PASSION IRLANDAISE

DU MÊME AUTEUR
CHEZ POCKET

L'ÉTÉ DE NOS SEIZE ANS
UNE SAISON DE LUMIÈRE

DEIRDRE PURCELL

PASSION IRLANDAISE

PRESSES DE LA CITÉ

Titre original :
A Place of Stones.

Traduit par Josette Chicheportiche

ISBN 2-266-06151-8

A ma mère, Maureen.

Première partie

1

On avait commencé le chargement du DC3. Par la vitre sale de la tour de contrôle, le commandant de bord, Tucker Thompson, regardait fixement, peint sur la carlingue fraîchement nettoyée, le logo « Pratt & Whitney Twin Wasps » qui étincelait sous le soleil métallique de Chicago. Bien qu'il soit encore tôt, l'air dans la pièce était déjà lourd et âcre de l'odeur de kérosène. Le vieux ventilateur électrique, qui soulevait mollement les penons en plastiques rouge et bleu attachés à sa carcasse cabossée, rafraîchissait à peine l'atmosphère; le pivot de rotation manquait d'huile et grinçait avec un rythme répétitif qui énervait Tucker. Ce matin, même le cliquetis des téléscripteurs suffisait à l'exaspérer.

Tucker tira sur le col de sa chemise. Sur la piste, on s'activait aux opérations de chargement de l'avion avant le long vol à venir. Pour le regard amer du pilote, les modifications qu'avait subies son cher vieux coucou avaient eu pour effet de le transformer en une espèce de salon volant. Malgré les réservoirs supplémentaires fixés après la guerre à l'arrière d'une fausse cloison, il leur faudrait, à cause de l'autonomie limitée du DC3, faire plusieurs étapes : à Bangor, dans la Maine, à Goose Bay dans le Labrador, à Prince Christian au Groenland, à Reykjavik, à Shannon, et enfin à Londres. Au moins, la météo était favorable, c'était déjà ça, pensa Tucker sombrement — vent arrière. A une moyenne de cent cinquante nœuds, le voyage ne devrait pas être trop pénible.

Il consulta les documents de vol, et son humeur empira. Ces Smith, comme tous les gens riches, accumulaient les bagages. Trois malles et sept valises, le tout pesant près de cinq cents kilos. Et tout ça pour trois adultes et un bébé! Irrité, Tucker écrasa une mouche qui bourdonnait contre la vitre striée de longues traînées sales

Pendant la guerre Tucker avait été l'un de ces pilotes courageux et même téméraires qui avaient mené à travers l'Atlantique les dangereuses missions de ravitaillement en armement de l'Europe. Trapu, avec un cou puissant supportant une tête hirsute à la mâchoire carrée qui lui donnait l'allure d'un bison miniature, il avait un visage ridé et tanné, et ses yeux brun pâle portaient sur le monde un regard cynique. Pendant la guerre, il avait échafaudé des plans pour l'avenir — monter sa propre compagnie d'aviation, faire carrière comme chef-pilote, mais on était en 1953, et il travaillait toujours pour une compagnie de charters. Il soupira et se tourna vers la table d'instruction où son copilote étudiait les cartes. Tucker soupira à nouveau : son second n'avait pas ce genre de soucis, lui. C'était encore un gamin, aux joues rebondies...

Le jeune homme leva les yeux vers son supérieur et lui adressa un large sourire ; Tucker, cependant, ne le lui rendit pas. Il était de tradition que les commandants de bord gardent leur distance vis-à-vis des copilotes, et les excès de familiarité, du moins pendant les opérations et en présence des types de la météo et du personnel au sol, n'étaient pas de mise.

— Vous savez quelque chose sur ces Smith ? demanda Tucker.

— Pas vraiment, répondit le jeune homme d'une voix empressée, sauf qu'ils ont des brasseries. Vous savez, Smith's Oaken, Smith's Arrow...

Tucker en avait entendu parler : une famille de brasseurs qui se flattait de son indépendance et de la qualité de ses produits. Il se contenta toutefois de répondre par un léger grognement avant d'attraper les télex des mains du météorologue qui se curait les ongles à l'autre bout de la table. Les prévisions météo pour Londres et chacune des étapes annonçaient partout : plafond et visibilité O.K. Les télex confirmaient de bonnes conditions de vol avec une couverture nuageuse de 020 à 100, entre deux mille et dix mille pieds. Tucker ayant prévu une altitude de croisière de dix mille pieds, cela ne posait aucun problème.

Il examina ensuite les cartes, avec les courbes et les petits triangles qui délimitaient les fronts froids et chauds. Un anticyclone était positionné à mille miles au sud-ouest de l'Irlande. Le long tracé du front froid passait à quelques degrés sous les régions polaires, et l'avant de la masse d'air qui traversait les îles Spitzberg, dans l'océan Arctique, se déplaçait vers le sud. Selon les prévisions, les cumulo-nimbus seraient isolés et le danger de givrage modéré.

Sans cesser de se curer les ongles, le météorologue remarqua que Tucker s'attardait sur le tracé du front froid. Il devança sa question.

— Vous aurez le temps, dit-il avec nonchalance. Normalement, il ne devrait pas atteindre votre latitude avant au moins vingt-quatre heures.

Au nord de la ville, dans le quartier boisé d'Evanston, une Cadillac attendait devant l'entrée à colonnes de Greentrees, la propriété de la famille Smith. Une fourgonnette était garée en bas des marches du perron, et le conducteur, aidé par le chauffeur de la Cadillac, chargeait dans le coffre la dernière de trois lourdes malles. Enfin, les portes furent refermées et la camionnette démarra, projetant un nuage de graviers alors qu'elle passait le portail en fer forgé.

A l'intérieur de la maison, Malcolm Smith finissait son petit déjeuner. En cette belle journée, les portes-fenêtres étaient grandes ouvertes sur la pelouse et la pièce était inondée de la lumière que le lac Michigan reflétait tel un miroir. Malcolm prenait toujours son petit déjeuner seul, et tout le monde dans la maison, de sa famille à son personnel, savait qu'il ne fallait pas le déranger.

Aussi loin qu'il portait son regard, l'étendue d'eau luisait et chatoyait de reflets dansants. Ce serait à coup sûr une chaude journée, se dit-il.

— Oui, il va faire chaud! déclara-t-il.

Lorsqu'il était assis dans son fauteuil — une pièce de musée au tissu tout élimé avec ses oreilles sur lesquelles on pouvait appuyer la tête —, Malcom aimait à conclure à voix haute ses phrases, ou finir des conversations imaginaires. Au début, il sursautait quand sa voix venait rompre le calme matinal, et lançait alentour des regards effrayés à l'idée qu'on ait pu l'entendre. Mais il y avait bien des années de cela.

Malcolm portait son âge avec sérénité. Originaire du pays de Galles, il était reconnaissant envers le Créateur de l'heureux sort qui était le sien et veillait sur tout avec le même soin, sa maison comme ses brasseries, sa famille comme sa propre personne. Son épouse Cordelia disait souvent que même un tremblement de terre ne saurait distraire Malcolm de son train-train quotidien.

En ce samedi de fin avril, il s'était levé comme à son habitude à sept heures moins le quart mais, ce matin, il n'avait pas été le premier ; en effet toute la maisonnée semblait déjà éveillée. Alors qu'il descendait à pas feutrés à la cuisine, il avait entendu du bruit dans les chambres de son fils, Cal, et de sa belle-fille, Maggie. Cal, remarqua-t-il, avait déposé l'une de ses valises dans le couloir.

Il but une dernière gorgée de café et sortit de sa poche un cigare et une paire de ciseaux en argent. L'arrivée de sa petite-fille et de la nurse l'interrompit.

Susanna gazouilla de plaisir en voyant son grand-père. Leur joie de se retrouver était manifestement mutuelle. La petite fille allait bientôt avoir un an et depuis sa naissance, elle tenait le vieil homme sous son charme. Malcolm haïssait l'idée de ce séjour d'un mois en Europe où elle accompagnait ses parents.

— Merci, Rosemary, je vais m'occuper d'elle, dit-il à la nurse anglaise, une jeune femme d'une vingtaine d'années, aux cheveux blonds très pâles et au teint clair.

— Faites bien attention qu'elle ne salisse pas ses vêtements avant le départ, monsieur Smith.

— Oui, oui, Rosemary. Viens, ma petite poupée chérie ! dit Malcolm en tendant les bras vers sa petite-fille.

Susanna rit aux éclats.

— Oupée ! fit-elle — du moins est-ce ce que comprit le grand-père enchanté.

— Vous avez entendu ? Vous avez entendu, Rosemary ? Elle a dit « poupée ». (Il se tourna vers la petite fille.) Répète, Susanna. Poupée ! Dis-le, mon trésor. Tu es une poupée !

Mais cette fois-ci, le bébé se contenta de babiller.

— Je vais chercher Christian. Ils ne se sont pas dit au revoir, déclara la nurse avant de sortir.

Malcolm emmena Susanna dehors sur la pelouse où les gouttelettes des tourniquets d'arrosage formaient des arcs-en-ciel dans la lumière du soleil. La petite fille se tortilla bientôt pour que son grand-père la pose à terre et celui-ci, qui ne savait rien lui refuser, la posa délicatement sur ses petites jambes potelées. Elle s'agrippa un moment à son pantalon, puis s'affaissa sur l'herbe.

— Oh, non! s'exclama Malcolm en la relevant. L'herbe est toute mouillée! Maman ne veut pas que tu t'assoies dans l'herbe avec ta jolie robe neuve.

Susanna se laissa reprendre sans objection. Elle caressa la joue de son grand-père et lui sourit d'un air coquin. Enchanté, le vieil homme éclata de rire.

— Oh, toi, ma poupée chérie!

Dans sa chambre où régnait un grand désordre, Maggie était assise devant sa coiffeuse et attachait un collier de perles à son cou. Vêtue d'une simple robe grise, quoique taillée dans un tissu luxueux, elle était de ces femmes qui sont aussi belles à trente ans qu'à soixante — grande et élancée, avec de larges épaules et des pommettes saillantes. Une fois de plus elle se regarda dans le miroir et tenta de se donner du courage. Quelle folie d'avoir accepté ce voyage! A l'idée que, dans une demi-heure, il lui faudrait se séparer de Christian, tout son corps fut saisi de tremblements. Dans la chambre voisine, son mari sifflotait. Maggie jeta un coup d'œil à sa montre. Elle ne pouvait plus reculer.

Elle s'engagea dans le couloir jusqu'à la chambre de Christian. La porte était ouverte et le lit vide. Elle descendit au premier, l'épais tapis de l'escalier étouffant le bruit de ses pas. Il n'y avait personne mais de lointains éclats de rire lui parvinrent du jardin par les fenêtres ouvertes. Maggie s'approcha et aperçut son beau-père, à une cinquantaine de mètres; il portait Susanna dans ses bras et cueillait des feuilles à un arbuste, qu'il lançait en l'air pour qu'elles retombent comme une volée de confettis sur leurs deux têtes.

Elle les regarda un moment en souriant, puis alla dans la cuisine où la bonne finissait de nettoyer la table du petit déjeuner.

— Avez-vous vu Christian, Bridie?

La bonne s'essuya les mains sur son tablier, puis roulant des yeux avec compassion, elle indiqua le cellier d'un signe de tête.

La minuscule pièce était plongée dans l'obscurité. Maggie préféra ne pas allumer et, une fois à l'intérieur, s'habitua très vite à la pénombre. Elle le vit bientôt, replié sur lui-même dans un coin, sous une étagère où Bridie rangeait ses provisions de farine, de sucre et de sel.

— Christian ? appela-t-elle doucement. Sors de là, chéri. Tu ne veux pas venir nous dire au revoir ?

Christian restait aussi impassible qu'un chat. Maggie ne fit aucun mouvement dans sa direction, mais s'accroupit sur place.

— Viens, mon ange. Tu n'es pas obligé de sortir du cellier, tu sais. Je voudrais juste te parler. Je serais très, très triste de partir sans te dire au revoir.

La lumière de la cuisine éclaira soudain ses yeux.

— Christian ?

— Quoi ? dit une voix renfrognée.

— Ne veux-tu pas sortir avec moi ? J'ai quelque chose de très important à te dire.

Aucune réponse, aucun geste.

— Ce que j'ai à te dire va te faire plaisir. Je te le promets.

Toujours le silence.

— Ai-je déjà manqué à ma parole ? Je suis sûre que tu seras très content quand tu sauras ce que j'ai à te dire.

Maggie retint son souffle.

— Qu'est-ce que c'est ? fit Christian d'une voix toujours hostile, quoique trahissant un soupçon d'intérêt.

— Je ne peux pas t'en parler ici, il fait trop sombre. Tu sais que je déteste l'obscurité.

Après un moment d'attente, il sortit de sa cachette.

— Qu'est-ce que c'est ?

Maggie se redressa mais sans chercher à s'approcher de lui.

— Allons dans la salle à manger et je te le dirai.

Elle lui tendit la main mais il passa devant elle en s'écartant, comme s'il redoutait une quelconque contamination.

Dans la salle à manger, il se tint le plus éloigné possible et l'épia d'un regard plein de rancune. Le cœur de Maggie faillit se briser. Il était si jeune, à peine dix ans, et il y avait tellement de choses qu'il ne pouvait comprendre, qu'elle ne pouvait lui expliquer. Elle regarda par la fenêtre. Sur l'eau scintillante, deux voiliers tiraient des bords ; sur la pelouse, Malcolm jouait avec le bébé. Non, ce n'était pas juste d'emmener Susanna et de laisser Christian. Elle s'était battue mais avait fini par se laisser convaincre par Cal qui lui avait fait remarquer, avec raison, que si le bébé ne les dérangerait pas puisque la nurse s'en occuperait, un garçon de dix ans en revanche, serait un fardeau.

Elle prit une profonde inspiration et se lança :

— Écoute-moi, Chris, tu veux bien me rendre un service...

Il la toisa de ses grands yeux bleus sans répondre.

— Tu vois le tas de bois que grand-père garde dans le garage ? Eh bien, avec tout ce bois, j'aimerais que tu construises… (Sa voix resta en suspens pour souligner son effet.) … une niche !

Elle vit à son visage qu'elle avait visé juste.

— Une niche ? répéta-t-il en détournant les yeux. Une niche pour quoi faire ? Je n'ai même pas de chien.

— Tu peux en avoir un.

— C'est vrai ? Tu es d'accord ? dit-il en perdant son air maussade.

Depuis ses sept ans, Christian harcelait ses parents pour avoir un chien mais Cal n'y avait jamais consenti. Maggie venait de passer outre la volonté de son mari.

— Et je le choisirai moi-même ?

— Oui, mon chéri, répondit Maggie, mais n'en parle pas encore à ton père. Ce sera notre secret, d'accord ?

Elle lui fit le signe qu'ils utilisaient entre eux lorsqu'ils avaient un secret à se dire, un « O » formé avec le pouce et l'index.

Christian se passa la main dans les cheveux. Son épi, qui résistait au peigne, à la brosse et au coiffeur, se dressait de manière encore plus anarchique sur le sommet de son crâne.

Maggie s'approcha de lui et le serra dans ses bras. Il n'avait pas complètement capitulé, mais il accepta d'être embrassé.

— Je l'appellerai Bluey, dit-il.

Elle éclata de rire et le serra encore plus fort.

— Attends au moins de l'avoir choisi. Il sera peut-être noir ou fauve, avec des grosses taches. Qui sait ?

Puis, tout en lui caressant les cheveux, elle ajouta, sûre d'avoir pris l'avantage :

— Tu m'aides à descendre mes bagages ?

Le petit garçon acquiesça d'un hochement de tête et accompagna sa mère à sa chambre avant de redescendre, une valise dans chaque main. La gorge nouée, elle le suivit du regard. Il avait un corps musclé et athlétique, comme celui de son père.

— Jamais plus je n'abandonnerai cet enfant, se dit-elle farouchement.

Dehors, elle les retrouva tous groupés autour de la Cadillac. Malcolm venait d'arriver avec Susanna et la donnait à la nurse, déjà assise sur la banquette arrière. Avec sa taille et son maintien, il aurait pu tout à fait passer pour un acteur de renom. Il se retourna en entendant sa belle-fille approcher :

— Bonjour, Maggie.

Elle se jeta à son cou.
— Vous allez me manquer, père.
— Toi aussi, tu vas me manquer. Prends bien soin de toi et reviens-nous vite en bonne santé.
— Promis.
Cal descendit les marches quatre à quatre. Malcolm fut sur le point de lui dire quelque chose mais, au dernier moment, il se tourna vers son petit-fils :
— Tout va bien, Chris?
Le petit garçon fit oui d'un signe de tête.
— Qu'est-ce que tu dirais d'un bonbon, hein?
Malcolm fouilla dans sa poche et en sortit un bonbon qu'il lui tendit, puis en prit un autre pour lui.
— Je crois bien qu'il est temps d'aller chercher ta grand-mère.
Cal prit place sur le siège avant, tandis que Maggie et Christian restaient debout côte à côte, suivant des yeux Malcolm qui gravissait l'escalier du perron.
— Cordelia! Cordelia! Les enfants s'en vont!
Christian ne résista pas quand sa mère le serra tout contre elle, et ils s'étreignirent sans un mot.
La Cadillac tourna au bout de l'allée, et Maggie jeta un dernier coup d'œil en arrière. Malcolm et Cordelia agitaient la main en signe d'adieu. Christian se tenait entre eux. Même à cette distance, elle voyait son épi dressé sur sa tête, et sa petite main, en l'air, qui formait un « O » avec le pouce et l'index.

— Puis-je vous débarrasser de vos manteaux? proposa l'hôtesse du DC3 quand ils montèrent à bord.
Elle était menue, avec des yeux noirs, et à côté d'elle, Maggie avait l'impression d'être un cheval. Cal, remarqua-t-elle, n'avait pas réagi à la vitalité de la jeune femme, comme jadis il l'aurait fait. Il avait changé, à moins que ce ne fût elle, pensa-t-elle avec une ironie désabusée.
Alors qu'ils s'installaient, elle reconnut que, pour une fois, Cal avait eu raison d'insister pour affréter un charter, plutôt que de prendre un de ces nouveaux vols réguliers de la BOAC ou de la PanAm. Une épaisse moquette olive donnait un cachet luxueux à la cabine; les huit sièges spacieux des passagers, couverts de velours d'un vert plus pâle, s'inclinaient complète-

ment pour dormir ; deux fauteuils et une table basse sur laquelle étaient posés des journaux et des magazines meublaient un petit salon.

Après avoir rangé les manteaux et aidé la nurse à installer le bébé, l'hôtesse ouvrit le petit bar du salon où s'alignaient dans des casiers en cuivre des bouteilles, des carafes et des verres de cristal, et proposa un apéritif aux passagers. Maggie choisit un vermouth et, pour la première fois de la journée, profita pleinement de cet instant de détente. L'hôtesse servit un bourbon à Cal et un verre de sherry à la nurse, puis disparut dans le cockpit, de l'autre côté de la cloison.

— Comment te sens-tu ? demanda Cal à sa femme, en lui jetant un regard oblique.

— Ça va, Cal, ça va.

— Contente d'être partie ?

— Heu... oui.

L'hésitation avec laquelle elle lui répondit ne lui échappa pas.

— Oui mais quoi, Maggie ?

— Mais rien, Cal.

Les hélices qui se mirent brusquement à tourner et à ronfler accaparèrent son attention et, au grand soulagement de Maggie, coupèrent court à toute conversation. Elle s'enfonça dans son siège.

L'avion prit de la vitesse et décolla. Maggie se pencha pardessus son mari et regarda par le hublot le sol qui fuyait rapidement sous eux. Elle fut surprise de constater à quel point la ville était boisée et riche en parcs et en jardins, où les piscines évoquaient, d'où elle se trouvait, de grands yeux turquoises. Plus ils s'éloignaient, plus les espaces verts s'étendaient. Elle reconnut le tracé sinueux de Sheridan Road, qui menait aux quartiers nord Evanston, Wilmette, Winnetka, Glenview, Highland Park, Lake Forest. Christian se trouvait là, près du lac. Que faisait-il en ce moment ? A quoi pensait-il ?

Au moment du déjeuner, après une heure de vol, l'atmosphère dans la cabine était bien plus détendue. Maggie et Cal s'étaient peu parlé, mais la tension semblait s'être dissipée entre eux. Une fois son repas terminé, Maggie s'occupa de sa fille et la fit manger, pendant que Cal parcourait méthodiquement les diverses revues. Susanna paraissait enchantée ; elle avait passé la matinée à ramper par terre, prenant appui aux sièges pour se redresser et jouant avec l'hôtesse, qui semblait aimer les enfants.

Quand Susanna eut fini de manger, la nurse la reprit pour la changer, et Maggie dormit un peu. Un changement dans le bruit du moteur de l'appareil la réveilla : l'avion amorçait sa descente sur Bangor. Elle se tourna vers Cal et vit qu'il la regardait fixement.

Alors que Maggie et Cal venaient d'atterrir à Bangor, dans le Maine, Christian et son grand-père arrivaient aux abords du stade de Wrigley Field où se jouait à guichets fermés la rencontre entre les Cubs et les Cardinals. Christian ne s'intéressait guère au base-ball, mais il aimait bien l'excitation qui régnait avant et pendant le match, les plaisanteries bon enfant du public qui s'installait sur les gradins, en bras de chemise, le son éraillé de l'orgue électrique dans les haut-parleurs alors que tout le monde reprenait en chœur les refrains populaires, les petits nuages de sable soulevés par les joueurs quand ils plongeaient pour atteindre leur base, les signes de la main entre partenaires, les cris des vendeurs dans la tribune, avec leurs paniers de sodas, de sucreries, de hot-dogs pleins de moutarde ou de ketchup.

Au milieu des coups de klaxon et des embouteillages, la Cadillac évita de justesse un piéton insouciant. Il restait moins d'un kilomètre avant le stade. Sur la banquette arrière, Christian se pencha vers son grand-père. Il pouvait lui faire confiance, ce n'était pas le genre d'homme à trahir les secrets, et il était sûr que sa mère ne lui en voudrait pas de l'avoir mis dans la confidence.

— Grand-père, est-ce que tu sais garder un secret ?

— Bien sûr, Christian.

— Devine ce que maman m'a promis à son retour d'Europe.

— Voyons un peu, fit Malcolm en faisant mine de réfléchir. Une nouvelle bicyclette ?

— Non.

— Une paire de patins à roulettes ?

— Non.

— Ça y est, je sais, un ornithorynque à bec plat !

Christian éclata de rire.

— Je suis sérieux, grand-père !

— Bon, bon. Un smoking avec une queue-de-pie ?

— Grand-père !

— D'accord. Je donne ma langue au chat.

Christian se pencha à son oreille et lui confia son secret.

— Eh bien ça alors ! Ton père est-il au courant ? demanda Malcolm, qui connaissait le désaccord au sujet du chien.

— Bien sûr qu'il le sait, grand-père! C'est lui qui en a eu l'idée, inventa Christian. Il y a déjà longtemps qu'il est d'accord, tu sais, mais maman avait peur que le bébé se fasse mordre.

Christian prononçait rarement le prénom de sa petite sœur.

— Et quand papa a décidé, ce matin, il était trop occupé par l'organisation du voyage pour me l'annoncer lui-même, alors c'est maman qui l'a fait, conclut-il. Tu comprends, grand-père?

Malcolm comprenait. Il avait souvent remarqué la manière dont Christian prenait la défense de son père, et sa jalousie à l'égard de sa sœur. Heureusement, la voiture se gara devant le stade, et il n'eut pas à répondre. Il tapota contre la vitre qui les séparait du chauffeur.

— Vous pouvez nous laisser ici, Jim. Ce n'est pas la peine de nous attendre, nous prendrons un taxi pour rentrer. Et voilà, nous y sommes! Au revoir, Jim.

— Je l'appellerai Bluey, annonça Christian quand ils franchirent les grilles d'accès. Et ce sera mon chien. Elle n'aura pas le droit de le caresser. Et pas question qu'elle le touche.

A huit mille kilomètres de là, sur la côte ouest de l'Irlande, Conor O'Briain, un jeune garçon de douze ans, était rouge de honte.

C'était l'heure du dîner à l'école de garçons de Saint-Kevin, et dans le réfectoire les élèves mangeaient du bœuf bouilli, du chou et des pommes de terre. Ils étaient vingt par table dans une salle où le silence était censé régner. Au-dehors, la campagne rocailleuse du Connemara se perdait dans la brume. La lumière était allumée dans le réfectoire; cinq ampoules nues oscillaient sous le plafond taché au bout de leur fil effiloché par l'âge, couvertes d'une mince buée opaque qui provenait des assiettes et du souffle des enfants, visible dans l'atmosphère humide. Une forte odeur planait, mélange de chou, d'humidité moite et de relents âcres et déplaisants de corps mal lavés.

Le repas se déroulait sous l'œil vigilant de frère Patrick, un géant aux cheveux blond sable qui allait et venait entre les tables, ses mains aussi larges que ses cuisses derrière le dos; il portait sur sa soutane une ceinture de cuir qui coupait son estomac en deux demi-lunes. On racontait qu'il avait été boxeur dans sa jeunesse.

Conor était boursier. Il venait d'Inisheer, une des trois îles d'Aran au large de Galway. Comme il n'y avait pas d'école secondaire pour les enfants des îles d'Aran, le gouvernement subvenait à leurs frais d'études sur le continent. Tout le monde était au courant de cet arrangement, mais les boursiers ne savaient pas qu'ils seraient, une fois dans les murs, la risée des élèves. Conor détestait son statut, et aujourd'hui plus que jamais.

Il ne mangeait pas avec les autres mais était agenouillé sur l'estrade au bout de la longue salle, face à ses camarades. Grand pour son âge, il avait un air dégingandé et de larges mains. Avec ses cheveux noirs coupés au bol qui arrivaient bien au-dessus de ses oreilles, sa figure paraissait encore plus allongée. Mais ses yeux étaient extraordinaires, frangés de cils épais, presque féminins, immenses et profonds, et d'un bleu dégradé : l'iris, bleu pâle autour de la pupille, fonçait peu à peu jusqu'au bord, devenant vert sombre, presque noir. Son regard fixe et dénué d'expression se perdait au-dessus des têtes des garçons. La plupart d'entre eux, par sens de la camaraderie, ou plus probablement parce qu'ils se disaient que demain ils pourraient être à sa place, évitaient de le regarder. Mais certains, les gros durs et ceux qui tiraient une satisfaction sauvage du malheur des autres, le toisaient ouvertement, et quand ils étaient sûrs de ne pas être vus de frère Patrick, se donnaient des coups de coude en ricanant. Parmi eux se trouvait le frère de Conor, Brendan, de deux ans plus âgé. Assis tout près de l'estrade, il ricanait avec son voisin de table, impatient de faire partie du clan. Bien que de la même taille que son frère, il était plus mince, et sa bouche, ouverte en permanence, lui donnait un air vaguement niais.

La raison de la punition de Conor remontait à la veille. Alors qu'ils dînaient, le frère qui était de service avait remis à Conor une lettre de ses parents, comme à l'habitude, déjà décachetée. Les nouvelles que lui rapportait sa mère l'avaient bouleversé : sa petite sœur, Molly, avait une pneumonie. Elle ne s'était pas remise d'un rhume qu'elle avait attrapé en février dernier et était depuis au lit avec une forte fièvre. Conor avait aussitôt cherché son frère du regard à travers la salle du réfectoire. Brendan avait lui aussi reçu une lettre qu'il avait parcouru à la hâte. Cependant, à son attitude, Conor avait compris qu'il ne trouvait rien d'alarmant à l'état de leur petite sœur. Peut-être avait-il raison, après tout. Sa famille, bien que petite selon les normes de l'île, était divisée. Conor était proche de sa mère et de sa sœur, tandis que Brendan s'était rallié dès son plus jeune âge à leur père, Micheal. Les deux frères, qui avaient joué ensemble étant enfants faute de mieux, avaient été séparés, à leur grand soulagement, lorsque Brendan était parti en pension ; ils évitaient à présent de se fréquenter, sauf lorsqu'ils se retrouvaient ensemble chez eux, à Inisheer. Alors que Conor était rêveur, Brendan semblait perpétuellement sur le qui-vive. Conor, que sa mère favorisait, savait bien que Brendan le jalousait, et par honnêteté il devait admettre que les sentiments de celui-ci étaient fondés.

Après avoir lu la lettre de sa mère, Conor l'avait soigneusement pliée et rangée dans sa poche, les mains tremblantes. Ne se sentant aucun appétit, il avait donné son morceau de pain à son voisin, Sean Lyons, un garçon gros et gras à lunettes. Sean était champion pour se tirer d'embarras : il prétextait une de ses crises d'asthme. Les places à table et au dortoir leur avaient été attribuées en début d'année par les frères, et les deux garçons avaient fini par sympathiser, plus par proximité que par affinité.

A la récréation, ce soir-là, tandis que certains se chamaillaient autour de la table de ping-pong sous le préau, et que d'autres écoutaient un programme de musique traditionnelle à la radio, Conor était allé à la chapelle, le seul endroit où, durant les heures de loisirs, on pouvait se rendre sans permission. Le frère Jarlath, un professeur malingre aux cheveux blancs, s'y trouvait. Il avait cessé d'enseigner depuis longtemps et passait là ses journées, assis à son prie-Dieu. Il servait de concierge et nourrissait les quelques volailles du poulailler, à côté de la rivière, tout au fond du parc de l'école. Les garçons l'aimaient bien.

La chapelle était plongée dans la pénombre. Seules la lampe du sanctuaire et une unique applique au-dessus du prie-Dieu de frère Jarlath étaient allumées. La chaise, bien cirée, luisait dans l'éclat du cierge de Pâques dressé sur l'autel. Un radiateur ronronnait et on entendait un petit bruit, comme un léger grattement. Sans doute une souris.

Conor eut beau fixer son regard sur un trou du rideau de satin blanc qui recouvrait le tabernacle, il ne réussit pas à prier. Il sortit la lettre de sa poche et la relut encore une fois. Il imaginait sa mère lui écrivant, assise dans la cuisine, à la clarté de la lampe à pétrole. Dans sa vision, elle pleurait. Le froissement du papier attira l'attention de frère Jarlath. Il se retourna et le regarda par-dessus ses lunettes. Conor baissa aussitôt la tête dans une attitude de méditation, enfonçant ses doigts aux coins de ses yeux pour retenir ses larmes.

Une fois son calme recouvré, il se leva, fit une génuflexion devant l'autel, et sortit. Il arriva sous le préau au moment où retentissait la cloche et entra avec les autres dans la salle d'étude. Mais tandis qu'autour de lui montait le bruit des plumes sur le papier et des pages que l'on tournait, il ne put se concentrer sur ses théorèmes de géométrie. Les lignes se mélangeaient sous ses yeux.

Plus tard, dans son lit, il eut du mal à s'endormir. Molly ne devait pas mourir. Elle ne pouvait pas mourir. Dieu n'allait tout de même pas permettre ça. Tout à ses pensées de révolte, il se retourna sur le ventre, faisant grincer les ressorts de son lit.

— Qui est-ce? appela frère Patrick, depuis son alcôve, au bout du dortoir.

Le cœur de Conor se serra.

— C'est moi, frère Patrick.

— Qui ça, moi? Moi le chat?

Quelques garçons gloussèrent.

— C'est Conor O'Briain, frère Patrick.

— Que se passe-t-il, O'Briain?

— Rien, frère Patrick.

— Je vais t'en donner, du rien. Tu es sorti de ton lit?

— Non, mon frère.

— Alors, cesse de déranger les autres, et dépêche-toi de dormir, ou tu auras affaire à moi!

Conor resta longtemps étendu, les yeux ouverts, et ne trouva le sommeil qu'à l'aube.

Le lendemain matin, quand le frère Patrick sonna la cloche à sept heures dix, il bondit de son lit — on était puni quand on arrivait en retard à la messe. L'air froid le saisit aux jambes plus vivement que d'habitude. Il se pencha et s'aperçut avec horreur que son pyjama et que son drap étaient trempés. Il avait mouillé son lit. C'était le pire jour où pareille catastrophe pouvait se produire, car le samedi matin avait lieu, au retour du petit déjeuner, l'inspection du dortoir. Les autres jours, les garçons se contentaient de tirer leurs draps avant de descendre à la messe, mais le samedi ils devaient les retirer pour les aérer. Conor ôta le drap taché et le posa sur le dossier de sa chaise, sous la couverture, craignant d'éclater en sanglots à tout moment.

Pendant la messe, tandis que les autres autour de lui se trémoussaient, toussaient, tripotaient leurs missels ou s'assoupissaient, la tête confortablement posée au creux de leurs mains en feignant de méditer, Conor pria comme jamais il n'avait prié. Il partit à l'assaut du ciel. Il semblait transpercer de son regard la chasuble du prêtre qui officiait, puis la porte ornementée du tabernacle, comme pour forcer son occupant à lui répondre. Ses prières étaient de deux sortes, mais tout aussi urgentes l'une que l'autre.

« O Jésus, je t'en prie, je t'en prie, fais qu'il ne s'aperçoive de rien.

Je t'en prie, Jésus, je deviendrai prêtre, je te l'ai promis. J'aiderai Brendan pour ses devoirs. Je ne répondrai plus jamais à mon père...

Je t'en prie, Jésus, viens en aide à maman et à Molly. Il faut que Molly guérisse, Jésus. Je t'en prie, ne la laisse pas mourir.

Mais, Jésus, je t'en prie, et toi aussi Mère immaculée, faites qu'il ne s'aperçoive de rien... »

Après la communion, il harcela Jésus de promesses. Il n'avait pas d'argent pour brûler un cierge ou faire des offrandes, mais il promit de garder le silence chaque jour jusqu'à l'heure du déjeuner durant tout le trimestre — les frères autorisaient ce genre de mortification si elle était faite dans une intention spéciale. Il promit aussi de se rendre deux fois par jour à l'église pour adorer le Saint-Sacrement quand il serait de retour à Inisheer, aux prochaines vacances.

Durant le petit déjeuner, pour éviter d'attirer l'attention, il avala son porridge jusqu'à la dernière cuillerée, malgré ses haut-le-cœur. Et quand ils remontèrent au dortoir, il ne cessa pas un instant de prier.

Mais ses efforts, toutes ses prières et tous ses serments furent vains, car frère Patrick découvrit les taches jaunâtres, encore humides.

— Qu'est-ce que c'est que ça? interrogea-t-il en soulevant le drap du bout de ses doigts jaunis par le tabac, une expression de dégoût exagéré au visage. Je te parle, O'Briain!

Les autres garçons s'immobilisèrent tous et regardèrent, mi-fascinés, mi-horrifiés. Conor, mortifié, était incapable de parler.

— Tiens!

Le frère lança le drap à Conor, et le saisissant par l'oreille, il le traîna jusqu'aux lavabos où il dut laver la tache sous le robinet. Puis il le tira à nouveau par l'oreille, si fort que Conor poussa un cri, et le ramena au dortoir, près de la fenêtre. Le drap trempé laissait une traînée d'eau sur le plancher ciré.

— Ce garçon fait encore pipi au lit, annonça à haute voix frère Patrick quand ils furent à la fenêtre. Et il va falloir faire un homme de ce bébé, c'est notre devoir, n'est-ce pas?

Comme il ne recevait aucune réponse, il reprit à l'adresse des enfants qui l'observaient, les yeux écarquillés :

— N'est-ce pas notre devoir?

— Oui, frère Patrick, répondirent en chœur les garçons, certains si effrayés que leurs voix étaient à peine audibles.

— Très bien, mes enfants!

Frère Patrick ouvrit la fenêtre à guillotine, et fit signe à Conor d'étendre le drap sur le rebord pour le faire sécher.

Conor s'approcha et au moment où il s'apprêtait à étaler le drap, l'un des coins lui échappa. Le vent se prit aussitôt dans le tissu, le gonfla comme une voile, et l'emporta au-dessus de la pelouse en face du bâtiment. Le drap virevolta, battant dans le vent, pour atterrir à cent mètres de là dans un pré, contre une haie d'épineux.

Frère Patrick devint rouge de rage.

— Regarde ce que tu as fait, imbécile! Ane stupide! Regarde, espèce de crétin!

Il frappa Conor de toutes ses forces sur la tête. Instinctivement, le jeune garçon se baissa, cherchant à se protéger avec le bras. Son geste ne fit qu'exaspérer le frère qui, sans prendre le temps de défaire la boucle de sa ceinture, l'attrapa par les cheveux et le frappa avec le bout libre de la ceinture de cuir qui pendait sur son ventre. Son geste n'avait pas assez d'amplitude pour blesser sérieusement le garçon, mais le bruit cinglant et l'énergie que le frère déploya étaient terrifiants.

Un enfant commença à pleurnicher. Frère Patrick fit volte-face.

— Et toi, qu'est-ce qu'il t'arrive, mauviette? hurla-t-il. Tais-toi si tu ne veux pas avoir droit au même traitement!

Il se retourna vers Conor et, le tenant toujours par les cheveux, recommença à le gifler. Puis il le libéra, se rajusta, soufflant comme un phoque.

— File, maintenant, dit-il. File chercher ce drap, et va l'étendre dans le verger. Tu me payeras ça au dîner ce soir, O'Briain.

Conor resta un moment sans réagir. Il se tenait la tête comme si la main du frère était encore agrippée à ses cheveux. Son oreille gauche le brûlait tant elle était rouge.

Devant son hésitation, la rage de frère Patrick redoubla.

— Est-ce que tu as entendu ce que je t'ai dit?

Conor décampa, dérapant sur le parquet mouillé à cause de ses grosses chaussures.

Plus tard, à l'heure du dîner, quand les enfants debout attendaient la bénédiction du repas, Conor ne se rangea pas à sa place habituelle, mais s'avança jusqu'à l'estrade devant frère Patrick, et s'agenouilla avant même d'en recevoir l'ordre.

Il était immobile dans cette posture depuis maintenant une vingtaine de minutes et ses genoux commençaient à lui faire mal. Mais il vit que son calvaire finirait bientôt. Les enfants se rangeaient par ordre d'ancienneté à la grande table de service dressée près de la porte où deux intendants plongeaient leur louche dans de profondes marmites, et servaient un dessert de pommes bouillies dégoulinant d'eau et de crème liquide.

A la fin du repas, les élèves quittèrent le réfectoire en rang par deux, mais, sitôt passé la porte, ils détalèrent à grand fracas dans le couloir carrelé vers le vestiaire où leurs chaussures étaient rangées dans des casiers numérotés. Il n'y avait qu'une demi-journée de classe le samedi, et les élèves consacraient leurs heures de loisir aux activités sportives — football, hockey, basket-ball ou handball. Conor, lui, préférait attendre d'avoir l'autorisation de se lever.

Le dernier élève sorti, frère Patrick retraversa la salle et se planta face à l'estrade surélevée, ses yeux à la hauteur de ceux de Conor. Cette fois-ci le jeune garçon ne broncha pas, le regard braqué sur la bouche du frère. Il remarqua de minuscule incrustations jaunes et écailleuses aux coins de ses lèvres. Frère Patrick fumait des Sweet Afton.

Comme Conor continuait de le regarder fixement, frère Patrick parut, pour une fois, dérouté.

— Descends de là, dit-il d'un ton bourru, et va chercher ton dîner aux cuisines.

Puis il se dirigea vers la porte et, éteignant toutes les lumières derrière lui, disparut dans un bruissement de soutane.

Conor se releva en se frottant les genoux. Il traversa le réfectoire dans l'écho de ses pas douloureux, et entra dans la cuisine. Deux jeunes employées s'affairaient à la vaisselle du soir qui baignait dans deux grands éviers d'eaux grasses. Il trouva sur une étagère une assiette de chou et de pommes de terre avec quelques bouts d'une viande grisâtre. Il emporta l'assiette dans le réfectoire désert, s'assit à sa place habituelle. Mais dès les premières bouchées de cette nourriture peu appétissante, il s'aperçut que son estomac n'allait pas en accepter beaucoup plus, alors qu'il pensait être affamé.

Ce fut lors de la quatrième escale, à Reykjavik, alors que le DC3 avait accompli plus de la moitié du vol, que Tucker Thompson commença à s'inquiéter sans toutefois savoir pourquoi. L'avion se comportait à la perfection depuis le départ, et malgré le vent qui avait légèrement forci à la tombée de la nuit, le ciel restait clair. Pourtant son sixième sens lui conseillait la prudence. Tous les bons pilotes suivent leur intuition — tous les pilotes suivent leur intuition —, et Tucker savait que la différence entre un bon et un mauvais commandant de bord dépendait non seulement de ses qualifications, mais aussi de sa capacité à distinguer ses intuitions de ses émotions.

Alors que Cal sommeillait dans son fauteuil et que Maggie allait et venait dans le petit salon tout en consolant le bébé agité après un réveil trop brusque, Tucker, sur la piste, un peu à l'écart, examinait d'un œil critique la forme argentée de la carlingue qui se découpait, énorme contre le ciel étoilé. Qu'est-ce qui pouvait bien lui avoir échappé ? Il leva le nez comme un cheval humant le vent. Puis il prit une lampe-torche et fit le tour du fuselage, vérifiant les rivets des ailes, inspectant le train d'atterrissage et les antennes radio. Il promena le rayon de lumière le long des hélices, les faisant tourner lentement à la recherche d'une fissure ou d'un défaut, mais elles lui semblèrent fiables. Il prit une échelle, y grimpa, agita le gouvernail dans tous les sens et contrôla les ailerons et les volets. Dans la carlingue, il se pencha sur les réservoirs de carburant en caoutchouc derrière la fausse cloison. Pas de fuite. Pas de trace d'odeur.

Dans la salle de contrôle il vit que les prévisions météo ne s'étaient guère modifiées depuis leur dernière escale au Groenland ; pourtant il ne pouvait s'empêcher d'être nerveux. Que signifiait ce pressentiment ? Il se concentra sur la grande carte de secteur. L'anticyclone demeurait stationnaire à environ mille miles au sud-ouest de l'Irlande. Tucker traça du doigt le contour du front froid qui s'était à peine déplacé depuis sa position originale communiquée au départ de Chicago. Il s'étirait maintenant du nord-ouest au sud-est, depuis les côtes volcaniques de l'île Jan Mayen, dans l'océan Arctique, jusqu'au centre de la Norvège.

— Vous êtes bien sûr de sa vitesse de déplacement? demanda-t-il au météorologue de service. On ne risque pas une poussée d'air polaire?

Il arrivait parfois — assez souvent, en fait, pour qu'on ne prenne pas la chose à la légère — qu'un flux soudain de vents glacials en provenance du cercle Arctique vienne heurter l'arrière d'un front froid et, propulsant celui-ci rapidement vers l'avant, crée de fortes perturbations internes.

Le météorologue secoua la tête.

— Pas autant que je sache, dit-il. Mais, évidemment on n'est sûr de rien.

Il réprima un soupir. Ce commandant de bord n'ignorait pas que les informations fiables sur les régions polaires étaient une denrée rare. Que voulait-il savoir, au juste?

Tucker soupesa les diverses possibilités. Parmi les difficultés rencontrées par les pilotes quand ils se trouvaient au-dessus de l'Atlantique sans liaison possible avec les contrôleurs aériens, figurait le plus souvent le gel des moteurs, du carburant, ou de la structure même de l'appareil. En raison de cette menace permanente, les bords d'attaque des ailes et du fuselage des DC3 — les parties les plus vulnérables — étaient équipés de caissons en caoutchouc maintenus en place par aspiration. Si le gel menaçait, le pilote pouvait à l'aide d'une pompe spéciale propulser par une valve un important volume d'air dans ces caissons; une fois ces derniers gonflés, les concrétions de glace se détachaient sans dommage. Tucker les avait inspectés minutieusement et n'avait rien décelé.

Le système de dégivrage de la carburation par air chaud fonctionnait lui aussi parfaitement, et Tucker finit par se dire qu'il était bien trop pointilleux. Il remercia l'agent de service et retourna à l'avion. Comme le plein de carburant venait d'être fait, il monta dans la cabine de pilotage pour procéder aux vérifications d'usage avant son cinquième décollage de la journée.

Alors que dans le dortoir tout le monde dormait, Conor O'Briain était étendu sur son lit, les yeux grands ouverts, tout habillé sous son pyjama. Il avait décidé de s'enfuir. Il n'avait pas un sou en poche et la distance jusqu'à Galway, où il pourrait prendre le ferry pour Inisheer, était considérable. Mais le dimanche, les pensionnaires se levaient plus tard et Conor avait pensé qu'en se glissant dehors très tôt, avant l'aube, il pourrait atteindre la route de Galway, et là, se faire emmener en ville avant que sa fugue soit découverte. Ensuite, sur le quai du ferry, il était sûr de rencontrer un de ses voisins d'Inisheer qui lui avancerait l'argent pour son passage.

Il avait élaboré son plan la veille pendant sa punition, et avait commencé, dès l'après-midi, de rudimentaires préparatifs. Au terrain de sport, il avait trouvé à l'insu de tous une cachette près de l'entrée principale pour ses bottes. Au dîner, il avait chapardé six épaisses tartines de pain et, sous le prétexte d'aller aux toilettes, les avait sorties du réfectoire sous sa blouse avant de monter en vitesse au dortoir — l'accès en était interdit dans la journée —, où il les avait dissimulées derrière sa trousse de toilette dans sa table de chevet; il était retourné au réfectoire juste à temps pour entendre la cloche de la bénédiction de fin de repas.

Le pain se trouvait à présent à ses pieds, sous son matelas, enveloppé dans une chemise de rechange; pour ne pas trop l'écraser, Conor gardait les genoux pliés.

Il avait mis Sean Lyons dans la confidence. Ce dernier avait accepté, les yeux écarquillés, la mission de confiance dont il était chargé dans l'audacieux projet de son ami, et avait consenti à avoir une de ses crises d'asthme juste avant le petit déjeuner. L'incident ferait diversion, et pendant que le frère de service emmènerait Sean à l'infirmerie, l'absence de Conor au réfectoire passerait inaperçue. Au pire, les surveillants imagineraient qu'il avait accompagné son camarade à l'infirmerie.

Il tendit le cou et essaya de lire l'heure sur la grosse pendule au-dessus de la fenêtre à l'extrémité du dortoir. Il devait être près de trois heures. A cause de la vitre de la pendule qui réfléchissait la lueur bleue de la veilleuse sous la statue de la Vierge, Conor ne pouvait distinguer les aiguilles. Craignant par-dessus tout de s'endormir, il attrapa le plus discrètement possible l'une de ses pantoufles sous le lit et la glissa sous ses reins. S'il s'assoupissait, l'inconfort de sa position ne manquerait pas de le réveiller.

Dans le poste de pilotage du DC3, Tucker et son second

buvaient un café. Par cette nuit sans lune, un sentiment de paix presque comparable à la vie intra-utérine régnait dans le cockpit, faiblement éclairé par la lueur du tableau de bord que seuls animaient le léger roulis du demi-cercle de l'horizon artificiel et le mouvement à peine perceptible des aiguilles des instruments les plus sensibles. Ils semblaient flotter dans cette noirceur bleutée, en suspension entre les étoiles et le tapis lumineux des nuages qui s'étiraient sous eux avec les souples ondulations d'une laine blanche et moelleuse. Dans cette atmosphère, ils ne pouvaient parler qu'à voix basse.

Reykjavik était à trois heures et demie de vol derrière eux, et Tucker passa les commandes au second le temps d'un petit somme. Leur trajectoire était aussi stable qu'un jet de pierre, et, grâce aux vents arrière, ils avaient de l'avance sur l'horaire. Avant de fermer les yeux, Tucker contrôla le compteur du loch. S'ils tenaient l'allure, ils atterriraient dans moins de deux heures à Shannon.

Dans la cabine, la nurse dormait à poings fermés tandis que Cal et Maggie discutaient tranquillement. Ils avaient posé le couffin de Susanna à leurs pieds. Bercés par le bruit monotone du moteur, ils partageaient un moment de paix peu habituel. Ils parlaient ensemble de leur voyage et de ses conséquences.

— Maggie, dit Cal, je te demande seulement de me faire encore confiance. Donne-nous cette chance, s'il te plaît, fais-le pour nous. Je te promets que tu ne le regretteras pas.

— Je ne serais pas venue si je ne croyais pas que ça en valait la peine.

Apaisée et à moitié assoupie, Maggie ne ressentait ni rancœur, ni impatience. Elle avait décidé de fermer les yeux sur le passé et de faire un effort. Cal et elle n'avaient pas fait l'amour, ni partagé le même lit, depuis bientôt quinze mois. Et comme si cela ne la concernait pas directement, elle se demanda comment ce serait de faire l'amour à Londres, à Paris et à Rome.

— Je te jure que tu ne le regretteras pas, continua Cal, et Maggie le laissa lui prendre la main.

Susanna s'étira dans son sommeil puis, après quelques pleurs, s'éveilla. Voyant que la nurse dormait encore, Maggie se pencha pour attraper le bébé, puis fouilla dans la trousse de voyage à la recherche d'un biberon déjà préparé. Susanna, les joues roses et les yeux grands ouverts dans la pénombre, enfouit son visage au creux de l'épaule de sa mère en reniflant.

Maggie la berça avant de lui donner le biberon. Susanna l'agrippa des deux mains et colla la tétine à ses lèvres, tétant avec satisfaction. Puis elle posa une de ses mains sur le visage de sa mère et resta ainsi tout en continuant à téter.

L'avion cahota soudain légèrement.

Tucker se réveilla en sursaut, réagissant instantanément au changement presque imperceptible du vol de l'avion plutôt qu'à l'exclamation de surprise du copilote. Il aperçut à travers le pare-brise ce que celui-ci venait de découvrir : à quatre kilomètres de là, occupant tout l'horizon, se dressait une muraille de nuages qui s'étiraient à perte de vue, tel un gratte-ciel masquant les étoiles. Tucker distingua le sommet en forme d'enclume qui culminait à la hauteur du jet-stream.

— Bon sang ! s'exclama-t-il.

C'était un « Q-nimb », un de ces énormes cumulo-nimbus qui s'étendent sur des centaines de kilomètres de hauteur et qui peuvent atteindre jusqu'à cinquante kilomètres de largeur. Tucker savait qu'à l'intérieur de ce gros bébé joufflu qui arrivait sur eux à toute allure bouillonnaient d'énormes orages de pluies glaciales, de grêle, de neige, et Dieu sait quoi encore.

Tucker ne doutait pas de son habileté ou des performances de l'avion face à la tempête, mais il devait penser à ses passagers. Il demanda aussitôt à son second de prévoir un nouveau plan de vol, triangulaire — sud-sud-ouest, puis plein sud, et quand le danger serait écarté, nord-nord-est. Reprenant les commandes, il fit plonger un peu le nez de l'appareil et arrondit la trajectoire. Leur ETA[1] serait modifiée, c'était inévitable, mais ils avaient de la marge. Il vérifia les jauges. L'un des réservoirs était presque vide. Il en ouvrit un autre, brancha le micro de l'interphone et demanda aux passagers de boucler leurs ceintures.

Dans la cabine, l'appel du haut-parleur brisa le calme. Susanna lâcha son biberon et se mit à pleurer. L'hôtesse se précipita aussitôt dans l'allée et la prit sur ses genoux pendant que les passagers bataillaient pour redresser leurs sièges et attacher leur ceinture. Le bébé se tourna vers sa mère et lui tendit les bras, mais ils entrèrent dans l'orage avant que Maggie eût pu reprendre son enfant.

1. *Estimated Time of Arrival* : heure d'arrivée prévue. (N.d.T.)

Le cerveau de Tucker démarra au quart de tour.

— Boucle ton harnais, beugla-t-il à son second, et abaisse ton siège au maximum.

— Pourquoi ?

— Tu verras !

Le copilote s'exécuta et se retrouva presque assis par terre.

Tucker régla ensuite l'éclairage du cockpit à pleine puissance pour contrecarrer l'éblouissement dû aux éclairs. Puis il parcourut le tableau de bord des yeux, s'assurant que le système de dégivrage était en marche. Sa tentative de dégagement avait échoué. Le front était sur eux. Ils n'avaient plus le choix : il leur faudrait le traverser.

Machinalement, il alluma les phares d'atterrissage et regretta aussitôt son geste. Telles deux lances, les puissants projecteurs transpercèrent une monstrueuse acropole de *son et lumière*, colonnes de brume jaunâtre traversées de violents éclairs de lumière sale. Tucker éteignit les phares.

Un coup de tonnerre perçu d'aussi près semble exploser directement dans le cerveau. C'est un choc abrupt, et qu'aucun écho n'atténue.

Le copilote comprit vite le sens de l'ordre de son supérieur. La position du siège, abaissé sous le niveau du pare-brise, lui procurait une illusion de sécurité ; en effet, le fait de fixer son attention sur les indicateurs placés sous ses yeux, l'empêchait, malgré leurs mouvements désordonnés, de regarder ce qui se passait au-dehors et lui assurait un semblant de normalité.

Mais lorsqu'il examina l'altimètre, il fut pris de terreur. Tucker avait les mains soudées au manche, et bien qu'il le poussât de toutes ses forces en avant pour garder le nez de l'appareil pointé vers le bas, l'altimètre indiquait qu'ils étaient soulevés comme un bouchon pris dans un geyser. Lorsque l'avion atteignit le sommet du courant ascendant, il retomba provoquant la même sensation d'épouvante. Tucker tenta de redresser l'appareil, mais il dégringola comme s'il venait de franchir l'abrupt d'une chute d'eau.

Le copilote tira sur les doubles commandes pour ajouter sa propre force à celle de Tucker, et, copiant ses gestes sur ceux de son supérieur, il comprit que son commandant cherchait à garder la ligne de l'horizon artificiel aussi droite que possible, tout en laissant l'orage leur dicter les variations d'altitude. Mais quand l'avion recommença un de ses piqués à vous retourner l'estomac, son pied appuya instinctivement sur le gouvernail, ce qui déséquilibra brutalement l'appareil.

— Retire ton pied de là ! hurla Tucker. Tu veux qu'on se fracasse ou quoi ?

— Désolé !

C'était pourtant écrit dans tous les manuels. La principale cause de désintégration des avions pris dans de tels orages découlait d'un comportement de panique et d'un excès dans la manière dont on cherchait à corriger la direction de l'appareil, celui-ci provoquant des pressions insupportables pour la structure. Tucker s'appliquait avant tout, comme le copilote le comprenait à présent, à ce que ses corrections soient aussi minimes et douces que possible.

Des gouttes de sueur perlaient sur le visage du commandant et, tout en gardant les mains plaquées sur les commandes, il clignait des paupières pour les chasser.

— Essaie de choper un contact à la radio ! cria-t-il.

Le copilote acquiesça et, sa main gauche maintenant fermement en appui son bras droit, il régla la radio à haute fréquence dont la portée était de mille miles. Il tenta en vain pendant cinq minutes de capter un autre avion ou un bateau croisant dans les parages. Mais le casque ne crachait dans ses oreilles qu'un torrent assourdissant de bruit de friture.

— Rien, commandant, lança-t-il.

Tucker approuva sans surprise. Il n'y avait guère cru. Ils devraient se débrouiller seuls.

Les cris de Susanna s'ajoutaient au chaos qui régnait dans la cabine. Maggie voulut se lever pour la prendre, mais quand elle déboucla sa ceinture, une violente secousse la projeta à travers l'appareil. Elle heurta durement le panneau et se blessa à l'épaule. Voyant sa mère à terre, Susanna pleura de plus belle.

Maggie rampa tant bien que mal jusqu'à son siège tout en se tenant le bras et en priant pour que ce ne soit pas trop grave. Elle avait peur, mais elle avait toujours su, dans les moments difficiles, contenir sa frayeur jusqu'à ce que la crise soit passée.

Elle attacha sa ceinture d'une main, espérant qu'elle serait encore en mesure de porter secours aux autres.

Dans la tour de contrôle de Shannon, l'opérateur, rompu de

fatigue devant son écran lumineux, se frotta les yeux, puis regarda une nouvelle fois sa montre. Dieu merci, il était presque minuit et il avait fini son service. La soirée avait été particulièrement ennuyeuse ; il venait juste d'enregistrer, à cent quatre-vingts miles du but, le dernier vol programmé dans son service. Comme tous les avions précédents, il était en avance.

Il mit à jour ses notes, qu'il allait transmettre à son collègue, et jeta un coup d'œil à son moniteur de contrôle. L'avion n'avait pas progressé vers le sud-est comme il s'y attendait et l'écho radar obliquait sur une trajectoire sud-ouest. S'il continue comme ça, pensa-t-il, on ne tardera pas à le perdre. Il consulta sa fiche. Le pilote s'était trompé — ou avait changé son plan de vol.

« Les pauvres vieux, se dit-il. Ils viennent sans doute d'essuyer cet orage qui est passé au-dessus d'eux il y a moins d'une heure. »

Il enregistra le changement de direction et constata sans surprise en revenant à l'écran que la lueur verte s'était éclipsée. Il en prit note, puis se tourna en bâillant vers la porte. Son collègue de nuit serait même en retard le jour de ses funérailles, maugréa-t-il en lui-même.

L'écho n'avait pas réapparu sur l'écran du radar quand l'opérateur de nuit, un type malingre au visage cadavérique, franchit la porte. Tout en retirant son pardessus de laine et ses pinces à vélo, il écouta son jeune collègue lui faire un résumé rapide de l'état de service. Une fois seul, il rangea son casse-croûte roulé dans un journal et sa bouteille de lait en haut d'un placard en bois et, gardant un œil sur l'écran, il tira le radiateur électrique aussi près du bureau que le permettait la rallonge, dirigeant la chaleur sur ses jambes. Puis il s'assit, les notes à portée de main. Toujours rien du côté du DC3...

Les cris de la petite fille ne cessaient pas et ils allèrent crescendo lorsque, malgré la poigne ferme de l'hôtesse qui la tenait, sa tête vint heurter le rebord du hublot. Les autres passagers supportaient plutôt bien les événements, jusqu'au moment où la nurse, qui avait jusque-là gardé les yeux fermés, risqua un regard au-dehors. Horrifiée, elle vit dans la noirceur de la nuit un halo bleuté de flammes scintillantes, comme un feu d'artifice éthéré, dansant à l'emplacement du moteur. Elle se mit aussitôt à hurler, et son cri terrifia encore plus le bébé.

La turbulence était si forte que l'hôtesse dut rester sur son siège. En vain, elle essaya de se faire entendre tandis qu'elle expliquait qu'il ne s'agissait que d'un feu Saint-Elme et que c'était un phénomène sans danger.

L'orage leur réservait d'autres mauvaises surprises. Au moment où une nouvelle accélération les propulsait brusquement en l'air, ils eurent l'impression de traverser un mur qui se désintégra autour d'eux dans un bruit assourdissant semblable au tir d'une mitrailleuse. C'était un mur de grêle.

Cal eut un violent haut-le-cœur et rendit tout son déjeuner. Cramponnée aux accoudoirs de son fauteuil, Maggie, impuissante, se concentra pour éviter d'être malade à son tour. Dans la cabine, l'affolement régnait et elle devait à tout prix conserver son sang-froid. Quand ils seraient sortis de ce cauchemar, on aurait certainement besoin d'elle.

Confronté à de telles conditions de vol, Tucker ne remarqua pas tout de suite que l'avion ne réagissait pas aux commandes comme il aurait dû. Mais lorsqu'il dut pousser la puissance du moteur à deux reprises en cinq minutes pour maintenir sa vitesse, il comprit que la situation était grave. La consommation en carburant devenait considérable. Il parcourut mentalement sa check list d'urgence. Le gouvernail ? Non, il n'y avait rien à signaler de ce côté-là. La carburation ? Non plus. Le compte-tours ne variait pas et le moteur tournait sans à-coups pour autant qu'on pouvait en juger dans cette tourmente. Le givrage ? Le système de dégivrage était en marche. Il se risqua à ouvrir un hublot latéral pour jeter un coup d'œil à l'aile. Pluie et grêle envahirent aussitôt le cockpit, le douchant et l'aveuglant, mais il garda son sang-froid assez longtemps pour s'assurer que la forme de la nacelle était normale et que l'aile ne présentait aucune anomalie sur son bord d'attaque. Il élimina de la liste le problème du givre blanc, qui se constitue rapidement en formant un épais renflement, et ravage l'aérodynamique de la carlingue.

La neige fondue était également une éventualité qu'il ne pouvait négliger. Une inspection aussi brève dans de pareilles conditions ne permettait pas d'éliminer ce risque avec certitude, car cette substance invisible et sournoise coule et gèle et s'insinue dans les surfaces vulnérables, rendant inutilisables les caissons de dégivrage.

Tucker consulta une fois de plus ses indicateurs. Il n'y avait aucune aide à en attendre, mais, quand il vit que le compteur de vitesse baissait de manière dramatique et qu'il dut remettre les gaz encore plus fort, il sut que son problème était la neige fondue.

Il leur fallait descendre coûte que coûte au-dessous du point où le phénomène de neige fondue se produit. Tucker serra les dents et s'arc-bouta sur le manche de toutes ses forces...

Un formidable bruit de casse en provenance de l'office, bientôt suivi d'un grand fracas, couvrit momentanément les claquements et les raclements qui provenaient de l'intérieur du bar. Les portes des toilettes et des placards de rangement battaient à tout va. Même les cloisons de la cabine craquaient et semblaient ployer sous la violence des secousses. Maggie, toujours solidement agrippée aux accoudoirs de son fauteuil, regrettait d'être si loin de la nurse pour la calmer. Une bonne gifle aurait mis fin à ses longs cris, à peine interrompus lorsqu'elle devait reprendre son souffle. Elle échangea un regard avec l'hôtesse, elle aussi bloquée au fond de son siège, puis se pencha vers Cal. Il gisait à ses côtés, presque en catatonie, couvert de ses vomissures. Figé d'effroi, le visage gris et les cheveux plaqués sur son crâne par la transpiration, il ne répondit pas à son geste. Une nouvelle secousse la projeta sur le côté. Il valait mieux qu'elle veille à son propre équilibre.

Avec l'aide du copilote, Tucker était parvenu à maintenir l'avion à une altitude moyenne de quatre mille pieds. On y est presque, se dit-il avec soulagement, remarquant d'après les réactions de l'appareil qu'il s'allégeait. Soit le système de dégivrage s'était enfin remis en marche, soit la glace se détachait sous les torrents de pluie qui obscurcissaient le pare-brise et réussissaient même à s'infiltrer à travers le joint des fenêtres latérales. L'appareil continuait à être ballotté comme un gobelet en carton pris dans des rapides, et Tucker avait l'impression qu'il ne pourrait plus jamais détacher ses doigts du manche à balai.

Puis, aussi soudainement que cela avait commencé, le calme revint. Après quelques derniers soubresauts, ils retrouvèrent un ciel relativement dégagé. Tucker se tourna vers son copilote. Le jeune homme, bien que pâle, avait tenu le coup.

— Ça va, fiston ? demanda-t-il.

— Oui. J'espère que pour eux aussi. On a sacrément dérouillé.

— Reprends les commandes. Je vais jeter un coup d'œil dans la cabine.

Il dégagea un à un ses doigts crispés sur le manche, puis déboucla son harnais.

— Vous voulez que je fasse un point pour nous situer ? proposa le copilote.

— Bonne idée, dit Tucker.

En se levant, il se sentit légèrement honteux. Ses jambes flageolaient.

A Shannon, l'opérateur de nuit n'était pas encore vraiment inquiet. D'après le plan de vol, le DC3 devait normalement apparaître d'un instant à l'autre sur le radar. Finalement la thèse de son prédécesseur, selon laquelle il avait modifié sa trajectoire pour éviter l'orage, lui semblait tout à fait vraisemblable. Dans ce cas, il allait surgir sur l'écran dans cinq minutes. Il venait à peine de commencer son service, mais tout comme les autres nuits, il n'eut pas la force d'attendre plus longtemps et sortit un premier sandwich à la tomate en se jurant de n'en manger qu'un. Tout en mâchant le pain mou et dégoulinant de jus, il suivit sur son écran deux appareils militaires en vadrouille, et guetta le DC3. Puis il attaqua un second sandwich.

Tucker avait fait de son mieux pour calmer ses passagers. La jeune nurse anglaise était vraiment dans un état critique. Elle ne criait plus à présent, mais elle s'était complètement emmitouflée dans une couverture, et son visage blême était baigné de larmes tandis qu'elle frissonnait incontrôlablement.

L'homme, lui, était en état de choc et Tucker préféra le confier aux bons soins de l'hôtesse ; seule la mère paraissait s'en être plutôt bien sortie. Pour l'instant elle s'occupait de son bébé qui hoquetait encore. S'adressant plus particulièrement à elle, Tucker les rassura tous. Leur arrivée à Shannon serait retardée, car ils volaient à présent avec un fort vent contraire apparu dans le sillage des orages, mais, dans l'ensemble, ils n'avaient rien à craindre.

Quand le commandant de bord sortit, Cal, qui semblait ne pas avoir écouté le moindre mot de ses explications, demanda à l'hôtesse un cognac.

Maggie faisait sauter Susanna sur ses genoux. La petite fille semblait tout à fait remise de ses émotions, bien qu'elle enfouît son visage au creux de l'épaule de sa mère quand l'hôtesse revint avec le cognac de Cal. Maggie commanda un verre, elle aussi. Elle le fit tourner entre ses doigts tout en chantonnant à l'oreille de son bébé. Le DC3, lui, poursuivait sa route comme si rien ne s'était passé.

Mais c'était loin d'être le cas.

De retour dans le cockpit, Tucker n'en crut pas ses yeux quand il vérifia et revérifia les jauges. Trop occupé à lutter contre l'orage, il n'avait pas vu l'importance du givrage, et l'avion, en transportant sans doute près d'une tonne de glace, avait brûlé un réservoir entier de kérosène.

— Où est-on ? Vous avez fait le point ? demanda-t-il abruptement à son second.

— Presque, répondit le copilote qui, depuis l'éclaircie, pouvait utiliser le gyro directionnel pointé sur Sirius.

Les nouvelles étaient plutôt mauvaises. Ils étaient à plus de quatre-vingts miles au sud et de soixante-dix miles à l'ouest de leur route prévue.

Tucker vérifia ses jauges. Selon ses calculs, l'avion, pourtant en pleine accélération, ne pouvait pas dépasser la vitesse de cent trente nœuds avec un tel vent contraire. Et même avec une météo idéale, il n'avait pas assez de carburant pour rallier Shannon.

Il se mit à réfléchir très vite. Il n'y avait pas de cargaison dont il pouvait se délester mis à part, se souvint-il, les bagages de ses passagers. Cinq cents kilos. Il fallait s'en débarrasser. Demandant au copilote de revenir à deux mille pieds, il retourna dans la cabine.

L'habitacle de la carlingue reprenait peu à peu une apparence normale tandis que l'hôtesse nettoyait les dégâts. Il restait encore des éclats de verres au sol qui crissèrent sous ses semelles quand il passa la porte. Il s'assit face au couple et s'adressa à Maggie. Sans la quitter du regard, il lui expliqua la situation aussi calmement que possible.

Le mari le prit de haut.

— Je ne vous le permets pas ! Ce que ces bagages contiennent vaut plusieurs milliers de dollars...

Tucker l'ignora, continuant à fixer Maggie, qui soutint son regard sans ciller.

— C'est vraiment si sérieux ? l'interrogea-t-elle.

Tucker sentit qu'il lui fallait aller droit au but.

— Le choix est simple, madame Smith. En nous délestant, nous jouons notre dernier atout. Sinon on manquera de carburant.

Ses yeux gris clignèrent, mais elle demeura impassible.

— Toutefois, soyez sûre que nous ne sommes pas seuls dans ce coin de l'Atlantique. Il y a des bateaux qui croisent dans les parages et nous avons déjà commencé à mobiliser des hydravions de la Royal Air Force comme escorte. On s'en tirera...

— C'est absurde... s'écria Cal.

Tucker lui coupa la parole.

— Je ne veux pas vous effrayer, dit-il en continuant de s'adresser à Maggie, mais chaque seconde nous coûte du kérosène. Les bagages pourront être remplacés, j'en suis persuadé.

Il insista sur le mot « bagage » et la laissa en déduire les conséquences. Il devait reconnaître, à son honneur, qu'elle n'avait toujours pas manifesté la moindre opposition.

— Est-ce que je peux récupérer quelques affaires avant ? demanda-t-elle après un silence, un léger tremblement dans sa voix trahissant sa détresse.

— Non, je regrette. Cela prendrait trop de temps, répondit Tucker, et il se leva pour retourner dans le cockpit.

Il reprit aussitôt les commandes de l'appareil et envoya le copilote exécuter ses ordres. Grâce aux instruments de bord, il savait où ils en étaient. Le dégivrage s'effectuait bloc par bloc. A chaque fois, l'avion bondissait légèrement et l'indicateur de vitesse gagnait quelques nœuds. Tucker décida de garder une altitude assez basse, deux mille pieds, pour ne pas avoir un vent trop fort à affronter et améliorer leur chance de repérer un cargo ou un chalutier. Quand le copilote revint, il lui demanda de calculer la route la plus directe jusqu'à Shannon et d'essayer d'établir un contact radio.

Quelles que soient les méthodes de calcul, les résultats étaient les mêmes. L'Irlande était à presque deux heures de vol et leur autonomie en carburant ne dépassait pas une heure trois quarts. Il commença à émettre sur la radio haute fréquence.

Le jeune pilote renouvela son appel à maintes reprises, mais n'obtint pas de réponse.

Enfin! L'écho du DC3 venait d'apparaître sur l'écran radar de la tour de contrôle de Shannon, à cent quatre-vingt-dix miles de distance. L'opérateur de nuit poussa un soupir de soulagement. Il vérifia ses notes. Il fallait compter encore soixante-dix minutes de vol avant leur atterrissage à Shannon, ce qui faisait plus de trente minutes de retard sur l'horaire prévu au départ de Reykjavik. Il reprit une gorgée de thé. Peut-être devrait-il chercher à en savoir plus?

Plusieurs précautions valent mieux qu'une, telle était sa devise. Il approcha son téléphone et appela l'officier de service au centre de secours aérien de Shannon.

— Allô, Seamus, commença-t-il quand ils furent en ligne. Je t'appelle peut-être pour rien du tout, mais avez-vous reçu un appel provenant d'un DC3? Il est en retard sur son horaire — à cause de l'orage, à mon avis. Je me demandais si tu étais au courant?

Il écouta la réponse et acquiesça :

— Oui, sans doute. Je m'interrogeais seulement sur leur autonomie... il y a six personnes à bord... Bon, d'accord, je te tiens au courant, conclut-il.

Il reposa le téléphone, prit une part de cake aux fruits et le mâcha pensivement en observant son écran.

Le copilote continuait de lancer son appel en balayant les fréquences radio quand, comme par miracle, il capta une réponse du centre de secours aérien de Shannon. Il donna rapidement la position, l'altitude, le plan de vol et l'estimation de leur autonomie en carburant. Quarante-cinq minutes — cinquante tout au plus.

— Bien reçu, dit faiblement la voix dans l'écouteur. On vous a localisés sur les radars de Shannon. Ne vous inquiétez pas. Gardez le contact. On prévient la RAF pour qu'ils vous interceptent et vous escortent.

Tucker mit son moteur à bas régime — bien qu'il eût des doutes sur cette méthode, c'était ce que préconisaient les ingénieurs pour économiser le carburant — et demanda à son copilote de prévoir une nouvelle trajectoire, moins directe et moins face au vent. Ainsi, feraient-ils peut-être des économies de kérosène et pourraient-ils utiliser le vent à la manière d'un bateau.

Le copilote signala le changement à Shannon.

— Bien reçu, répondit la voix à l'autre bout. Tenez bon. On vous envoie du renfort. Gardez l'écoute.

Tucker réfléchit longuement tout en scrutant les paumes de ses mains.

— Remplace-moi, dit-il enfin au jeune pilote. Il est temps de leur dire la vérité.

Puis il passa dans la cabine et fit signe à l'hôtesse de le rejoindre.

Maggie regarda le commandant et l'hôtesse venir vers elle. La forte dose de cognac qu'elle venait de boire l'avait calmée, tout comme l'apaisait la chaude présence du bébé qui dormait paisiblement contre elle. Mais le regard figé de Tucker déclencha aussitôt en elle une réaction d'angoisse.

— Que se passe-t-il ? demanda-t-elle à voix basse avant qu'il ait eu le temps de parler.

Cal, qui sommeillait à côté, se redressa dans son fauteuil.

— On a de sérieux ennuis, madame, dit Tucker.

— Quoi ! Que se passe-t-il encore ? vociféra Cal.

— Ça suffit, Cal ! intervint Maggie. Nous vous écoutons, monsieur Thompson.

— A dire vrai, nous n'avons plus assez de carburant pour atteindre notre destination. Ni même pour atteindre la côte.

Cartes sur table, jeu à découvert.

Que voulait-il dire par là ? Ses paroles lui semblaient étranges, presque incompréhensibles. Leur monde s'arrêtait aux limites de l'habitacle de cet avion. Il les avait protégés de l'orage, du vent, de la grêle et des éclairs. Le calme régnait et il y faisait bon. Et puis n'avaient-ils pas déjà consenti à quelques sacrifices pour cette sécurité ? Elle caressa doucement le front de Susanna.

— Je ne comprends pas, monsieur Thompson.

— Ce que je veux dire, c'est que nous allons très certainement devoir nous poser en mer.

Il espérait donner à sa voix un ton égal au sien. Pour des

raisons évidentes, il n'y avait pas de simulations réelles pour les exercices d'amerrissage; ils se faisaient en piscine avec des maquettes. Les pilotes apprenaient la théorie mais rares étaient ceux qui, après pareille épreuve, étaient encore en vie pour parler de leur expérience. La seule chose dont on était sûr, c'était que l'issue de l'entreprise ne dépendait d'aucune logique.

— Je comprends, dit-elle en continuant à bercer le bébé.

— Un moment, Thompson... s'écria Cal.

— Tais-toi, Cal!

Maggie se surprit elle-même de la violence de sa voix. Elle se tourna vers Tucker :

— Combien de temps... Je veux dire, dans combien de temps...

— Dans les conditions actuelles, on peut compter quarante-cinq minutes, répondit Tucker. Mais tout n'est pas aussi catastrophique. On a établi un contact avec le centre de secours de Shannon, et ils ont alerté la RAF. Un hydravion est déjà en route, il vient à notre rencontre.

Du moins l'espérait-il. Il la laissa réfléchir quelques instants.

— Comment nous retrouveront-ils en pleine nuit?

— Nous sommes équipés de signaux de détresse et de fusées éclairantes, et nous garderons le contact par radio.

Tucker marqua un silence. Le mari s'apprêtait à parler mais elle le retint en posant sa main sur son bras.

— Entendu, commandant. Dites-nous ce qu'il faudra faire, et nous le ferons.

— Eh bien, quand le moment sera venu, je préviendrai l'hôtesse qui vous expliquera ce que l'on attend de vous. Disons (il regarda sa montre) dans une trentaine de minutes.

Maggie acquiesça et il se leva; il resta un instant debout devant elle, ne sachant quoi dire. Quelle femme admirable! Il vit qu'elle se massait l'épaule en s'efforçant de ne pas réveiller le bébé.

— Vous êtes blessée?

— Non, non! Ce n'est rien. Je dois avoir un bon bleu, c'est tout.

De manière tout à fait inexplicable, elle n'avait pas peur. Elle se sentait même détachée. Elle contempla Susanna qui continuait de dormir, puis se tourna vers Cal, qui s'était à nouveau figé, les mâchoires crispées. Ce fut à ce moment précis qu'elle décida de divorcer. Tout comme les perles d'un boulier qui retombent une à une, elle vit le déroulement de sa vie avec clarté, point par point. Susanna et Christian passaient en premier, avant elle-même. Elle veillerait à ce que la menace des prochaines heures ne les atteigne pas; là était son seul devoir. Elle s'était dispersée en voulant faire plaisir à trop de gens. Elle avait un bébé dont elle avait à s'occuper et un petit garçon qui attendait son retour.

— Prends-la, dit-elle en tendant Susanna à Cal.

Frappé par l'autorité sereine de sa voix, il obéit en silence. Maggie alla ensuite réveiller la nurse.

— Oui, madame Smith? dit la jeune femme en tremblant.

Les yeux écarquillés, elle écouta Maggie lui expliquer brièvement la situation d'une voix qui se voulait la plus apaisante possible. Maggie la prit par les épaules et lui fit comprendre par ce geste qu'elle devait garder son calme.

— On va venir à notre secours, Rosemary, dit-elle avec fermeté. Un avion de la Royal Air Force va venir nous secourir. Il est déjà en route.

Les yeux de la jeune femme se remplirent aussitôt de larmes.

— Oh, madame Smith... commença la nurse en portant la main à sa bouche.

Maggie ne voulait surtout pas d'une nouvelle crise de larmes.

— Écoutez, Rosemary, gardez votre sang-froid. Pour nous sortir de cette situation, il faut d'abord rester calme. Je suis sûre que tout finira bien. Chacun doit y mettre du sien. Je veux que vous vous occupiez de Susanna. Il nous reste une demi-heure pour nous préparer. Prenez ça, continua-t-elle en lui tendant le gilet de sauvetage que lui avait remis l'hôtesse. Enroulez Susanna dans une couverture, et fixez ce gilet autour d'elle. Attachez bien les courroies et emmitouflez-la en prenant ses bras à l'intérieur pour éviter qu'elle se débatte. Vous avez compris? Si vous avez le moindre problème, appelez-moi. Vous pouvez lui donner sa tétine pour la calmer, ça devrait vous aider.

La nurse ravala ses sanglots et approuva d'un hochement de tête. Elle prit le gilet de sauvetage et alla chercher la petite fille dans les bras de Cal. Maggie retourna au salon.

— Et maintenant, expliquez-moi, dit-elle en s'adressant à l'hôtesse. Que va-t-il se passer exactement?

Pendant les vingt minutes qui suivirent, Maggie ne pensa qu'à se préparer à appréhender au mieux la situation. Elle se montra patiente envers Cal, lui tapotant la main doucement.

— Oh, Maggie, si seulement nous pouvions tout recommencer à zéro...

— Allons, Cal. Ce n'est pas le moment de discuter de cela.

Il demanda un autre verre, mais elle s'y opposa.

— Nous devons tous être en pleine possession de nos moyens, Cal.

Avant de lacer le gilet de sauvetage, la nurse emmitoufla le bébé dans sa couverture comme Maggie le lui avait expliqué. Susanna était docile et silencieuse — on aurait dit qu'elle faisait écho à l'atmosphère calme et attentive qui régnait dans la cabine. Elle tétait paisiblement sa sucette tandis que la nurse la berçait. Maggie se redressa dans son fauteuil, les nerfs à fleur de peau.

L'hôtesse surgit bien trop vite devant elle avec un gilet de sauvetage.

— Ne le gonflez pas à l'intérieur de l'avion, lui conseilla-t-elle, avant de remettre un gilet à Cal et à la nurse.

Elle sortit ensuite le radeau de sauvetage qu'elle disposa près de la porte, prêt à être utilisé, puis elle expliqua l'attitude à adopter au moment de l'impact : le buste penché vers l'avant, un bras replié derrière la nuque et l'autre en travers de la poitrine.

Elle parlait d'un ton tranchant.

— Après l'amerrissage, nous disposerons à peu près d'une à deux minutes pour sortir de l'avion. Vous sortirez la première, dit-elle à l'intention de la nurse. Ensuite, ce sera à vous, madame Smith. Je vous passerai le bébé dès que vous serez installée dans le radeau. Assurez-vous bien de gonfler son gilet quand vous l'aurez avec vous. Et n'oubliez pas le vôtre. Vous sortirez ensuite, monsieur Smith, continua-t-elle. Le commandant, le copilote et moi-même, nous vous suivrons.

Dans la cabine, alors que le copilote lançait en appel continu leurs coordonnées sur sa fréquence radio, Tucker observait l'altimètre tout en ramenant lentement l'avion à six mille pieds. Il ne voulait surtout pas attendre d'avoir épuisé sa réserve de kérosène mais comptait en garder suffisamment pour guider ses manœuvres au moment de l'amerrissage. En théorie, il devait maintenir le nez de l'appareil redressé au maximum, et profiter de la longue houle pour se poser. Cependant, pour autant que l'obscurité le permettait, il avait remarqué que la mer était agitée de grosses vagues moutonneuses, tandis que des vaguelettes venant en travers brisaient la symétrie de la surface. Ce ne serait pas facile de se poser dans ces conditions, et il voulait conserver assez de carburant pour remonter à pleine puissance si sa première, sa seconde, ou même sa troisième tentative s'avérait trop dangereuse.

Il regarda ses jauges. Environ dix minutes. Le moment était venu. Il demanda au copilote de donner l'ordre aux passagers de se tenir prêts, puis il alluma les projecteurs d'atterrissage, et commença à descendre lentement vers la mer noire et houleuse.

A cinquante pieds, il ralentit et l'avion commença à plonger. Mais juste avant qu'il ne touche l'eau, une vague à la crête frangée d'écume se leva et se dressa contre le faisceau des phares de l'appareil. Tucker tira aussitôt sur le manche et remit pleins gaz pour l'éviter. L'avion trembla, et un flot d'embruns aspergea le cockpit mais, très vite, il retrouva toute sa puissance et jaillit à soixante degrés vers le ciel en rugissant. La bouche sèche et le cœur battant douloureusement dans sa poitrine, Tucker examina de nouveau son tableau de bord. Plus que deux minutes dans les réservoirs. L'essai suivant devait être le bon.

Il se concentra pour reprendre son calme. Alors qu'il replaçait l'avion sur une trajectoire de descente, il revit l'instant où il avait failli entrer en contact avec la surface de la mer. Il se souvenait que les vagues, sans être très fortes, se croisaient dans tous les sens de manière anarchique. La chance compterait pour beaucoup.

Les dernières secondes s'écoulaient. Le moteur tribord puis le moteur bâbord crachotèrent et calèrent. Le silence se fit, un silence d'épouvante après ces heures de bourdonnement. On n'entendait plus que le sifflement du vent et la voix du copilote lançant l'appel de détresse à la radio qui résonnait comme une incantation :

— Novembre-deux-trois, MAYDAY, MAYDAY, novembre-deux-trois nous amerrissons, MAYDAY, nous nous posons, novembre-deux-trois, MAYDAY...

Tucker profita des dernières précieuses secondes qu'il lui restait pour redresser son appareil, et attendit une vague amicale. Puis ce fut la fin. L'altimètre indiquait zéro.

A l'intérieur de l'habitacle, le choc résonna comme une explosion. Maggie ne put s'empêcher de crier.

Il y eut une glissade, un bruit de déchirement, un intervalle de dix secondes avant que le fuselage ne cesse de vibrer en heurtant le sommet des lames, puis tel un hors-bord disgracieux dont on aurait brusquement coupé le moteur, l'avion finit par buter à l'arrêt. Il flotta comme par miracle dans la lumière de ses projecteurs.

Dès qu'il s'immobilisa, l'hôtesse retira son harnais et déverrouilla la porte.

L'eau se déversa aussitôt à l'intérieur. En quelques secondes, le niveau atteignit trente centimètres. Maggie déboucla sa ceinture et s'avança jusqu'à la porte pour aider l'hôtesse à jeter dans le vide de la nuit noire le radeau orange encore plié, tenant l'amarre fermement dans sa main. Il se gonfla automatiquement dès qu'il fut en contact avec l'eau. Puis l'hôtesse saisit le berceau du bébé et le coinça dans l'ouverture pour faire barrage à l'eau qui continuait de se déverser en flux renouvelés à chaque embardée de l'avion.

— Cal ! Rosemary ! appela Maggie.

Ils semblaient tous deux englués sur leur siège. Penchés en avant pour se protéger — la nurse était recroquevillée au-dessus du bébé calé sur ses genoux —, ils restèrent sourds à son appel.

Cela faisait à présent dix-sept secondes qu'ils s'étaient posés.

La porte de la cloison s'ouvrit devant Tucker et le copilote.

— Il faut les aider ! s'écria Maggie en montrant du doigt son mari et la nurse.

L'eau continuait à affluer dans la cabine. Elle était glacée. Dehors, le vent hurlait.

L'hôtesse se cramponnait à la haussière du radeau et luttait de toutes ses forces pour maintenir le berceau en travers de la porte.

Tucker attrapa le bébé qui gémissait tout en suçant sa tétine et le passa à Maggie. Puis il déboucla la ceinture de sécurité de la nurse et l'obligea à se lever avant de l'entraîner vers la porte.

Pendant ce temps, le copilote, ayant détaché la ceinture de Cal, tentait de le déloger en le tirant violemment par les épaules. Mais Cal, le visage dur comme de la pierre, s'obstinait à résister. Le jeune pilote le gifla à plusieurs reprises. En vain. Sans chercher à parer les coups, Cal se contentait de fermer les yeux.

Il y avait trente secondes qu'ils avaient amerri, et ils disposaient tout au plus d'une minute avant que l'avion ne coule.

Peut-être moins, car soudain l'appareil bascula à tribord et l'eau s'engouffra dans la cabine, balayant le berceau sur son passage.

— Laissez-le! hurla Maggie au copilote qui luttait sans répit pour faire bouger Cal.

Elle pataugea jusqu'à la nurse et aida le commandant à la pousser vers la porte.

Ils avaient maintenant de l'eau jusqu'aux genoux.

L'hôtesse avait réussi à garder sa prise sur l'amarre du radeau. De sa main libre, elle aida Maggie à faire sortir la nurse et à la culbuter dans le bateau qui tanguait dangereusement.

Une lame souleva tout à coup la queue du DC3 et l'avion pivota sur trente degrés. L'hôtesse tomba à la renverse; Maggie se précipita vers elle et l'aida de justesse à ne pas lâcher la haussière du radeau.

L'eau leur arrivait à présent à mi-cuisses. Brusquement, toutes les lumières s'éteignirent, les plongeant dans l'obscurité. L'avion était bringuebalé par la houle, et ils conservaient difficilement leur équilibre.

Maggie chercha à tâtons Susanna. La retrouvant dans les bras de Tucker, elle la prit, et l'hôtesse ayant halé le radeau devant l'ouverture de la porte, réussit à la passer à la nurse.

Une nouvelle vague, s'engouffrant à l'intérieur de l'avion, les projeta tous les trois loin de la porte, alors à demi submergée. Ce fut au tour de Maggie de perdre l'équilibre. Elle disparut sous l'eau, et sa tête vint heurter l'accoudoir d'un fauteuil. Elle saignait déjà abondamment quand Tucker la releva. Prise de vertiges et trébuchante, elle l'aida pourtant du mieux qu'elle put tandis qu'il la traînait presque jusqu'à la porte. L'hôtesse la lui fit franchir et la poussa dans le radeau où elle tomba la tête la première, s'effondrant sur la nurse et le bébé.

L'hôtesse resta devant la porte, hésitante. Il leur restait peut-être quinze secondes.

Tucker comprit qu'elle songeait à aller aider son autre passager. L'eau leur arrivait sous les bras et ils se sentaient déjà aspirés par la mer qui les tirait à elle.

— Laissez-le, c'est un ordre! hurla Tucker. Et grimpez dans le radeau!

Elle obéit et lui confia la haussière, avant de s'élancer mi-escaladant, mi-nageant, jusqu'à la porte. Depuis le radeau, Maggie vit d'abord sa tête puis ses bras qu'elle agitait pour se maintenir hors de l'eau.

Le DC3 sombrait rapidement. Il n'avait plus que le nez et l'aile tribord au-dessus de l'eau.

L'hôtesse rejoignit le radeau et Maggie la hissa à bord. Puis sous les regards horrifiés des trois femmes, la mer se souleva et l'avion glissa, la queue la première, sous les vagues. Malgré l'obscurité, Maggie aperçut le vaste cercle d'écume blanche qu'il souleva tandis qu'il s'enfonçait peu à peu dans la mer.

Le canot, qui cahotait de façon alarmante au gré des vagues, se cabra brusquement et se mit à tourbillonner follement dans les remous.

Un bras apparut soudain à la surface de l'eau blanche, puis une tête. C'était Cal. Il ne portait pas de gilet de sauvetage; il avait dû être éjecté au dernier moment ou avait réussi à sortir à temps. L'hôtesse lui lança une corde. Il l'attrapa mais, comme s'il participait à un horrible ballet nautique filmé au ralenti, il fut pris dans une vague, puis happé par l'effet d'aspiration du DC3 qui coulait.

Il ne lâcha pas l'amarre et le canot de sauvetage, lesté de son poids, oscilla dangereusement et se souleva d'un bord au-dessus de la houle. Une énorme lame roula sous la partie levée et retourna le canot, jetant sa cargaison humaine à l'eau.

Maggie lutta pour remonter à la surface. La température glaciale lui fit bientôt recouvrer ses esprits. Son gilet de sauvetage était à moitié gonflé, mais elle se débattit violemment et réussit à remonter à l'air libre.

Quelque chose frôla tout à coup ses jambes avant de surgir à côté d'elle. C'était Susanna, tout empaquetée dans son ballot orange. Elle avait les yeux fermés et la bouche molle. Maggie l'agrippa, luttant pour rester hors de l'eau.

A une courte distance, environ une dizaine de mètre, le radeau s'était remis à plat.

Malgré le choc et sa plaie à la tête, Maggie se sentait forte et en possession de tous ses moyens. C'était une bonne nageuse et, tout en retenant le bébé d'un bras contre son corps, elle nagea vers le canot qui apparaissait et disparaissait entre les vagues.

Elles coulèrent toutes les deux à plusieurs reprises. Maggie buvait la tasse à chaque fois, mais animée par la force du désespoir, elle remontait à la surface, recrachait l'eau et continuait d'avancer. Le canot montait et descendait au rythme des vagues; il penchait fortement de côté, abaissant le plat-bord au ras de l'eau. Cal devait toujours être accroché à l'autre bout de l'amarre.

Ce fut là sa dernière occasion de veiller au bien-être de sa famille, car Maggie, épuisée par l'effort, n'aurait pas trouvé la force de se hisser avec le bébé à bord du canot s'il avait flotté à une hauteur normale. Dans un dernier sursaut d'énergie, elle porta Susanna à bout de bras et la déposa à l'intérieur du canot — le bébé ne poussa pas un cri et ne se débattit pas — avant de grimper à son tour. Hors d'haleine et recrachant toute l'eau ingurgitée, elle s'allongea un instant à côté de sa fille, à même le fond du canot sous les embruns des vagues qui déferlaient autour du canot, puis réussit à s'agenouiller et força ses doigts engourdis à se mouvoir. Elle noua une des lanières du gilet de sauvetage de Susanna à la filière qui courait le long de l'intérieur de l'embarcation. Elle n'aurait pu dire si sa fille était encore en vie.

Elle chercha ensuite à détacher l'amarre qui retenait son mari. Mais elle fit un faux mouvement. Le nœud se libéra plus vite qu'elle ne l'aurait cru et le canot, délesté du poids de Cal, se redressa d'un bond, alors qu'elle était penchée, en déséquilibre. Propulsée vers l'avant, elle tendit instinctivement les bras. L'élan la fit basculer par-dessus bord et elle tomba à l'eau. Cette fois, elle ne chercha pas à lutter.

Le canot était léger à présent avec le bébé seul à bord, et voguait librement. Maggie le vit comme dans un rêve s'éloigner. Sa blessure à la tête lui faisait mal, mais l'eau ne semblait pas froide. Elle était douce. Douce et bonne. Sous les vagues était la paix. Le silence après le tapage. Même la douleur s'était calmée. Calme et douce. Obscure et calme bénédiction de l'eau. Berceau noir et doux.

Le canot flottait maintenant à plusieurs centaines de mètres, bringuebalé parmi la blancheur des franges d'écume mouvante.

2

L'heure était venue. Conor occupait l'avant-dernier lit du dortoir. Les yeux grands ouverts, il osait à peine respirer, tandis que le ciel, s'éclairait de teintes gris perle. Quand il parvint à discerner les détails de l'encadrement de la fenêtre à l'autre bout de la salle, son estomac se noua. Il avait jugé préférable d'attendre l'aube pour se lever, de peur de réveiller quelqu'un en trébuchant ou en heurtant quelque obstacle. Comment expliquer alors qu'il se promenait dans les couloirs tout habillé sous son pyjama à une heure aussi matinale ?

Dès qu'il put distinguer de l'ombre les objets autour de lui, il se décida. Avec des gestes mesurés, il se leva, le cœur battant, adaptant ses mouvements aux ronflements rythmés de Sean Lyons qui dormait dans le lit voisin. Il récupéra sa chemise et les tranches de pain qu'il avait dissimulées sous son matelas, puis se dirigea à pas de loup vers la porte du dortoir, évitant les lattes du parquet les plus susceptibles de grincer. Une fois sur le palier, il s'arrêta pour reprendre son souffle. Sa poitrine lui faisait mal tant il avait retenu sa respiration. Il avait terriblement envie d'aller aux toilettes, mais il n'osa pas s'y rendre et descendit avec précaution les marches de pierre usées qui menaient au couloir principal, le long des salles de classe.

Là, sa progression devint plus facile. Le couloir était long et éclairé par deux fenêtres situées à chacune de ses extrémités, mais il se guida sur la lueur des veilleuses qui, posées devant des statues religieuses dans de petites niches, brillaient comme de minuscules phares dans la nuit. Une forte odeur d'encaustique planait.

Il descendit une autre volée de marches, suivit un autre

couloir et arriva dans le grand hall pavé de marbre. En voyant la clé dans la serrure de la porte d'entrée — c'était la seule chose qu'il n'avait pas pu vérifier à l'avance —, il soupira de soulagement. Il la tourna et le mécanisme bien huilé céda facilement. Puis il respira profondément et tira le battant de la porte. Le penne résonna si fort que Conor resta figé sur place. Il attendit, immobile, à l'affût du moindre bruit... Mais seuls son propre souffle et le battement de son cœur lui parvinrent. Alors il se glissa dans la semi-obscurité sans oser refermer la porte derrière lui. Il savait que, lorsqu'on découvrirait la porte ouverte, l'alerte serait donnée dans l'école, mais il n'avait pas le choix. Elle était lourde, en chêne, et il lui était impossible de la refermer sans bruit.

Rasant les murs, il avança telle une ombre et traversa la pelouse mouillée. De la buée sortait de sa bouche et l'herbe était froide et glissante sous ses pieds nus. Au moins, il ne pleuvait pas, mais à sa grande consternation, il s'aperçut qu'il laissait des empreintes derrière lui. Pendant le violent orage qui s'était abattu sur l'école aux alentours de minuit, il avait failli renoncer, mais il était maintenant trop tard pour reculer. Il traversa l'allée de graviers devant l'école, courbé en deux, et ne prêta pas attention à la douleur que provoquaient les cailloux sous ses pieds nus. Quand il atteignit le terrain de sport, il se courba davantage, parcourant d'un regard inquiet l'étendue de terre à découvert. Les frères avaient autorisé un fermier de la région à laisser paître là ses moutons. En échange, l'herbe y était toujours rase. Le troupeau somnolait à cette heure et les corps laineux des bêtes semblaient flotter au-dessus des bancs de brume qui traînaient au ras du sol. En voyant approcher la silhouette arc-boutée de Conor, une brebis se campa avec difficulté sur ses pattes frêles et s'éloigna, suivie bientôt de ses deux petits. L'un des agneaux bêla brusquement et Conor s'immobilisa, glacé d'effroi ; il jeta un coup d'œil par-dessus son épaule vers le bâtiment gris et massif de l'école. Quelques fenêtres dans les étages supérieurs brillaient faiblement — ce devait être la lueur des cierges et des veilleuses —, mais aucune n'était vraiment éclairée. Quelques minutes s'écoulèrent sans que rien ne se passe. Jusque-là, tout allait bien.

Il arriva au portail de fer forgé et, retrouvant ses bottes là où il les avait dissimulées la veille, il s'assit par terre pour les lacer, en enfilant d'abord les chaussettes qu'il avait fourrées dans sa poche. Dans la précipitation, il oublia d'ôter son pantalon de pyjama; lançant de nouveau un coup d'œil inquiet par-dessus son épaule, il se débarrassa du vêtement en le déchirant le long des coutures. Puis, après l'avoir roulé en boule, il le jeta dans les buissons. Il regarda une dernière fois derrière lui puis s'engagea sur le sentier qui menait à la route principale. Sans manteau, son uniforme d'écolier ne passerait pas inaperçu, mais Conor avait une fable toute prête pour répondre à la curiosité de ceux qu'il rencontrerait : le supérieur de l'école, le frère Camillus, l'avait chargé de faire une course à Galway.

Alors qu'il avançait sur le chemin bordé de haies d'ajoncs et de murets recouverts de lichens, l'air frais du matin piquant vivement ses joues, il se sentit le cœur de plus en plus léger. Il imaginait son arrivée à Inisheer : sa mère serait surprise de le voir — elle aurait peur pour lui, aussi—, mais il savait qu'elle serait malgré tout heureuse. En un moment pareil, sa place était près d'elle et nulle part ailleurs, et il était prêt à assumer les conséquences de son acte.

Il s'appuya à une barrière en bois pour reprendre son souffle; ses bottes s'enfoncèrent dans la boue piétinée par le bétail. Conor avait toujours porté beaucoup d'intérêt à la vie des animaux, des insectes et des oiseaux de la campagne et, malgré l'heure qui pressait, il ne put résister à l'envie d'assister à ce réveil pastoral. Deux génisses soufflaient puissamment tout en arrachant à un rythme régulier des touffes de jeunes pousses parmi les joncs et les roseaux du marécage de l'autre côté de la clôture. Un vieil âne bossu trottina jusqu'à lui et tendit le museau en quémandant des caresses. Des corbeaux battaient des ailes dans les branches entrelacées d'un couple de marronniers, et un merle, caché par le feuillage, lançait ses premières vocalises. Un ruisseau gargouillait dans le fossé sous les broussailles d'aubépine de chaque côté de la barrière; s'il en avait eu le temps, il était sûr qu'il aurait pu dénicher des colonies de rats des champs, de musaraignes et de mulots à quelques pas de lui. De l'autre côté de la prairie, le chant d'un courlis monta.

Il ne devait pas traîner. Il donna une dernière caresse à l'âne et se tourna vers la grand-route. D'où il se tenait, il apercevait le taillis de sorbier planté par les frères autour du calvaire, au croisement de l'allée menant à l'école et de la route. Il décrotta ses semelles contre le dernier barreau de la barrière et se mit en marche.

Alors que, sur le continent, son fils se hâtait vers la route de Galway, Micheal O'Briain s'efforçait d'extraire son corps fatigué de la chaise où il venait de passer une grande partie de la nuit. Les pieds du siège raclèrent bruyamment la pierre de l'âtre quand il se leva ; d'un pas traînant, il alla jusqu'à la fenêtre de la cuisine, d'où il contempla le paysage rocheux de l'île sous la lumière claire de l'aube. Il avait le corps tout endolori. Le feu était presque éteint, peut-être avait-il finalement dormi quelques heures. Il prit quatre mottes de tourbe dans le panier à feu au coin de la cheminée et les jeta sur le tas de cendres blanches. Une pluie d'étincelles jaillit aussitôt.

Il s'adossa au manteau de la cheminée et regarda Sorcha, sa femme qui continuait de bercer le bébé, le visage penché sur la tête blonde et inanimée de l'enfant. Molly était morte depuis deux heures. Micheal avait pleuré sa mort, mais à présent la colère l'emportait sur le chagrin. La frustration qu'il ressentait avait tourné au fil des ans à l'amertume, et Micheal n'était pas autrement surpris par le décès de son unique fille.

Il se demandait parfois à quoi il devait ce destin misérable. Il ne tirait aucune consolation du fait que la quasi-totalité des familles de l'île vivaient dans le même dénuement, se débrouillant du mieux qu'elles le pouvaient entre la pêche, les maigres allocations du gouvernement, et les mandats envoyés par des cousins de Boston, de Coventry ou de Birmingham. Micheal et son frère se partageaient un coracle et quelques casiers à homards, qu'ils mettaient à l'eau chaque nuit, mais l'argent qu'on leur donnait sur le continent pour leur pêche ne payait rien de plus que le strict minimum.

Il regarda les mottes de tourbe prendre feu. Un grand calme régnait, interrompu par le battement régulier du pied bancal de la chaise sur laquelle Sorcha berçait son bébé.

Micheal n'était pas un rêveur, mais, alors qu'il regardait une nouvelle fois sa femme, des souvenirs d'avant leur mariage lui revinrent à l'esprit.

Il avait rencontré Sorcha Ni Choirreain, une jeune et gentille fille d'Inishmaan, l'île voisine d'Inisheer, au cours d'un bal à la salle des fêtes d'Inishmaan. Il avait déjà eu l'occasion de la remarquer lors de précédentes soirées, mais il s'était toujours abstenu de l'inviter à danser, car il se jugeait piètre danseur alors qu'elle lui avait semblé plutôt douée. Pourtant ce soir-là, sans doute enhardi par la bière, il se planta devant elle alors qu'elle évoluait avec sa sœur sur la piste de danse dans un quadrille irlandais.

— Deux filles qui dansent ensemble, ça ne se fait pas.

Sorcha ne répondit pas, se tenant immobile, les yeux baissés, mais sa sœur répliqua effrontément :

— Et pourquoi pas ?

Il s'adressa directement à Sorcha, lui tendant la main :

— Vous n'allez pas refuser ?

— Je veux bien.

Elle lui prit le bras et, laissant sa sœur se trouver un autre cavalier, ils s'élançèrent autour de la piste.

Le bal fini, Micheal proposa à Sorcha de la raccompagner car il faisait nuit noire, mais elle refusa.

— Je vais rentrer avec mes sœurs.

— Est-ce que vous viendrez à Inisheer pour notre bal ?

— C'est possible.

— Je pourrai vous voir ?

— C'est possible.

— Alors vous viendrez ?

— C'est possible, je vous ai dit.

Et il dut se contenter de cela.

Sorcha vint cependant et une longue et lente cour commença. Elle lui reconnaissait, à son avantage, d'être grand et fort, plutôt bel homme, et de ne pas être un buveur. Il avait aussi pour lui un atout inestimable : étant l'aîné des enfants, il possédait depuis la mort de ses parents une maison et un peu de terrain.

Pour Micheal, Sorcha était une jeune femme chaleureuse, intelligente et soumise. Elle était bonne cuisinière et tout aussi modeste que séduisante. Il était fier d'être vu des autres garçons quand il la raccompagnait les soirs d'été sur la jetée ou sur le quai à l'heure de retraverser les deux kilomètres du bras de mer séparant leurs îles, nommé à juste titre Bealach Na Fearbhach, ou l'Infâme Détroit.

Mais cette époque où il la courtisa se révéla le point culminant de leur vie commune. Après leur mariage, Sorcha lui apparut craintive et prude au lit, et il s'aperçut avec regret qu'elle le trouvait fruste et brutal. Mais, les usages étant ce qu'ils étaient, ils ne discutèrent jamais de ces choses par la suite, et les craintes de Sorcha et les rancœurs de Micheal finirent par s'épanouir entre eux au grand jour comme une mauvaise herbe trop vorace pour demeurer dans l'obscurité.

Il regarda sa femme qui continuait de bercer leur petite fille morte et s'étonna que ces souvenirs aient refait surface en un moment aussi tragique. Le calme de la cuisine l'oppressait.

En observant le visage défait de sa femme, Micheal s'aperçut, avec une lucidité inhabituelle, que s'il était déçu Sorcha l'était tout autant, et il se maudit d'être à l'origine de ce gâchis. Sa violence n'était pas délibérée, non, mais parfois il y avait comme une vague rouge devant ses yeux, et le long et douloureux silence de Sorcha n'arrangeait rien. Si seulement elle se révoltait quelquefois...

Il repoussa ces pensées, rendant sa femme responsable de sa propre rage.

Le pire, en fait, c'était qu'elle avait peur de lui, tout comme ses enfants avaient peur de lui aussi, et leur peur à tous ne faisait qu'aiguiser sa rage. Il jeta à nouveau de la tourbe sur le feu. S'ils avaient pu parler, même en veillant leur enfant morte... Mais il ne voyait pas d'ouverture dans la muraille dressée entre leurs deux cœurs, et il n'aurait su en percer une lui-même. Le pied de la chaise tapait toujours à la même cadence. Il étouffait dans cette cuisine.

— Je sors, grommela-t-il en se dirigeant à pas lourds vers la porte.

Sorcha ne répondit pas, et le dernier regard qu'il lui lança était proche de la haine. Elle était tellement douce, tellement humble, comme un reproche permanent à son encontre. Il faillit arracher le loquet de la porte tant il l'ouvrit avec violence.

Le chien sortit de sa niche dès qu'il le vit. Il s'étira, aboya, s'ébroua et s'approcha de lui en remuant vivement la queue. Micheal tenta de lui donner un coup de pied, mais il était agile et habitué à parer ses coups. Il trouva sur le rebord de la fenêtre un petit pot de lait et le ramassa. Un voisin avait dû le déposer pour l'enfant, une offrande apportée pendant la nuit pour ne pas les déranger. A quoi bon, maintenant qu'elle était morte. Il jeta le pot de toutes ses forces vers le bas de la colline. Le récipient vola dans les airs en projetant le lait à la ronde avant de se fracasser avec un bruit métallique contre un mur de pierre.

La maison des O'Briain était située sur les hauteurs de l'île, à cinq cents mètres environ de la plage. L'air lui parut frais et pur après l'atmosphère confinée de la cuisine. Le vent n'était pas complètement tombé et Micheal entendait les vagues qui venaient se fracasser contre les rochers après la tempête. L'obscurité dominait encore à l'ouest, mais le soleil qui se levait déjà dans les terres dessinait de timides raies or et rose au-dessus de l'horizon avec une clarté qui soulignait les contours d'Inisheer. L'île entière n'était que roche fissurée et calcaire plat, gris sur gris, où courait un treillis de murets délimitant de minuscules prés d'herbe grasse.

Micheal se retourna vers sa maison ; c'était là que son père avait vécu, là qu'il avait installé sa femme, là que ses enfants étaient nés, et là qu'il mourrait. Trois pièces, quelques meubles et la faïence de Delft que Sorcha avait apportée avec elle après leur mariage. Le produit de toute une vie de labeur. Sa fureur s'apaisa, laissant place à un abattement profond. Pourquoi lui ? Pourquoi eux ? La mort d'un enfant n'était pas chose rare sur l'île, mais Sorcha avait été une bonne mère, et lui, avait toujours travaillé dur. Il vit que l'orage avait endommagé le toit ; il aurait tout le temps de s'en occuper après les funérailles et décida pour l'instant de descendre à la plage.

La douleur qu'il ressentait dans tout son corps s'atténua à mesure qu'il avançait à pas pesants le long du chemin. Ils semblaient être avec son chien les deux seules créatures animées de l'île. Deux ânes dormaient tête-bêche à l'abri d'un mur. La vache maigre de Marcus O'Braonain somnolait dans son minuscule pâturage conquis sur les fissures de calcaire par la persévérance et l'application de trois générations d'O'Braonain. Ils avaient déblayé les éclats de roche avec lesquels ils avaient construit des murets, puis ils avaient comblé le terrain avec d'énormes quantités d'algues marines et de sable, les mélangeant au précieux terreau qu'ils piochaient dans les crevasses du calcaire. Un vrai travail de forçat, qui leur avait permis d'avoir assez d'herbage pour élever une vache.

Micheal resta un moment à regarder l'animal et son cœur déborda de jalousie. La vache arrachait régulièrement de petites touffes d'herbe et elle respirait bruyamment. Il ne posséderait jamais de vache. Le terrain qu'il avait, à peine plus grand qu'un mouchoir de poche, suffisait à peine à faire pousser deux courtes rangées de pommes de terre. S'il avait eu une vache, sa fille ne serait peut-être pas morte. S'il n'était pas né à Inisheer, mais à Inishmore — la plus grande des trois îles et la plus douce de climat —, il aurait peut-être eu une chance de s'en sortir. Et Molly aussi.

Il reprit son chemin et, à proximité de la plage blanche,

s'arrêta de nouveau. Au milieu de la baie, se balançant au-dessus des brisants, un petit canot en caoutchouc orange et lumineux se détachait contre le vert sombre de l'eau.

Il n'était pas rare au lendemain d'une tempête que la mer rejette des débris sur la plage : rames, casiers à homards, planches et flotteurs en liège — et même des barriques de bière et des conserves de poissons. Une fois, il avait lui-même trouvé trois boîtes à chaussures retenues ensemble par une ficelle. Les fragiles escarpins qu'elles contenaient n'étaient d'aucune utilité pour une femme d'Inisheer, car les talons n'auraient pas résisté aux chemins abrupts et inégaux de l'île. Mais Sorcha les avait séchés et cirés pour les vendre au marché, sur le continent. On avait aussi découvert plusieurs embarcations, pareillement échouées sur le rivage. Micheal n'en avait jamais vu lui-même, mais il se rappelait avoir entendu dire que ces canots contenaient souvent des objets fort utiles : des lampes, des sifflets, même des postes de radio — et parfois de la nourriture. Quoi qu'il trouve dans ce canot, il pourrait toujours se servir de la bâche qui le recouvrait pour réparer son toit ou protéger sa réserve de tourbe pour l'hiver.

Il descendit à grandes enjambées les derniers cent mètres, et traversa à la hâte la plage jusqu'au bord de l'eau. La marée montait, et à chaque vague, le petit bateau orange se rapprochait. Micheal attendit patiemment, le chien posté à ses pieds, guettant ses moindres gestes.

Cinq minutes plus tard, la frêle embarcation avait presque rejoint la plage. Alors qu'elle allait de nouveau s'éloigner, il l'attrapa de justesse et la tira à lui. Au même moment, il entendit un bruit bizarre, distinct du bruit de la mer. On aurait dit le miaulement d'un chaton. Il regarda autour de lui et s'aperçut qu'il provenait d'une sorte de gros paquet de la même couleur que le canot, qu'il n'avait pas vu jusque-là. Il se pencha. Le paquet n'était autre qu'un gilet de sauvetage. Cependant, il bougeait, et ce n'était pas un chaton. Deux petits pieds nus apparaissaient à un bout, et une tête blonde à l'autre. Micheal resta figé sur place tandis que l'enfant continuait de gémir faiblement.

Il détacha avec précaution le gilet et sortit le bébé, enveloppé dans une épaisse couverture de laine, humide mais chaude au toucher. Comme tous les pêcheurs de l'île, Micheal savait que la laine, même mouillée, isolait du froid. La couverture avait certainement sauvé la vie de cet enfant. Il vit que c'était une petite fille à sa robe rose à smocks. Il fouilla l'horizon du regard. Aucun autre esquif n'était en vue.

Se penchant de nouveau vers le bébé, il se surprit à lui parler à voix haute :

— D'où viens-tu ?

L'enfant ouvrit les yeux et le dévisagea, et ils restèrent ainsi quelques secondes face à face. La fillette avait de grands yeux bleu clair et Micheal remarqua que, si ses cheveux étaient très blonds, ses cils et ses sourcils étaient foncés. Il la souleva et elle le regarda avec calme. Très vite, cependant, elle se remit à gémir mais, comme si elle avait épuisé toutes les larmes de son corps, ses yeux restèrent secs.

Alors une idée terrible germa dans l'esprit de Micheal. A part les yeux — les yeux de Molly n'étaient pas aussi bleus —, il n'y avait pour ainsi dire aucune différence entre le teint et la chevelure de ce bébé et ceux de sa fille qui venait de mourir. Très peu de gens avaient vu Molly pendant les deux derniers mois de sa maladie, pas même ses deux frères, qui se trouvaient au pensionnat sur le continent. Et personne, hormis Sorcha et lui, ne savait, à cette heure, que Molly était morte.

Micheal réfléchit très vite. De toute évidence, avant d'avoir échoué ici, ce bébé se trouvait à bord d'un bateau ou d'un avion. Quelqu'un l'avait sans doute installé délibérément dans ce canot. Pour une fois, pensa Micheal, Dieu était peut-être de son côté. Si un habitant de l'île soupçonnait quoi que ce soit, si le bruit courait qu'un enfant avait été substitué à un autre, la rumeur ne durerait pas plus d'une dizaine de jours, jusqu'à ce qu'une autre rumeur prenne la relève. Il n'aurait aucune difficulté à ignorer tous ces commérages. Les histoires de substitutions d'enfants faisaient partie du folklore de l'île, et les anciens racontaient volontiers que les fées volaient des bébés pour les remplacer par les leurs. Qui allait les contredire ? se demanda Micheal, alors que, vidé par le chagrin et le manque de sommeil, il baissait de nouveau les yeux sur l'enfant.

Il leur faudrait être très prudents. La famille de cette fillette allait faire des recherches. Mais, s'il y avait des commérages, ils n'aboutiraient à rien. A rien en dehors de l'île, en tous cas. Les habitants d'Inisheer n'aimaient guère que l'on se mêle de leurs affaires. Il regarda vers la mer et ne vit rien à l'horizon, rien d'autre que le radeau orange ; et quand on le trouverait, on penserait que tout ce qui était à bord avait été perdu.

L'enfant avait fermé les yeux et semblait somnoler. Un élan d'une tendresse, que Micheal croyait depuis longtemps éteinte en lui, l'envahit soudain à la vue de ce visage paisible. Il songea à sa propre fille, et son regard se voila.

Il jeta un dernier coup d'œil autour de lui, puis enveloppa le bébé dans sa couverture. Le chien, sentant qu'il allait se passer quelque chose, se mit à japper vivement en faisant des bonds. Quand il vit que son maître se dirigeait vers les rochers, tout au bout de la baie, il s'élança en avant. Micheal s'approcha de l'eau, et, après avoir vérifié qu'il était toujours seul sur la plage, se débarrassa du gilet de sauvetage en le lançant le plus loin possible dans la mer. Il le regarda longtemps s'éloigner au gré des vagues, puis, marchant à la suite du chien qui paradait fièrement, il reprit le chemin de sa maison. Derrière lui, le canot de sauvetage se balançait sur les flots.

Christian n'arrivait pas à dormir. Il y avait beaucoup d'allées et venues au rez-de-chaussée, et des coups de sonnettes et des sonneries de téléphone retentissaient tandis que les pneus des voitures qui allaient et venaient crissaient sur le gravier. Il finit par s'asseoir dans son lit et alluma la lampe de chevet. Une nappe de lumière tamisée éclaira aussitôt sa chambre colorée où régnait un semblant de désordre. Christian aimait amasser des objets et il ne permettait à personne de jeter quoi que ce soit de son petit univers. Ses peluches étaient soigneusement rangées sur une étagère et une partie du sol était occupé par son train électrique, importé d'Angleterre. Cela faisait des années qu'il n'y jouait plus. Dans un coin se trouvaient un petit trampoline et un cheval à bascule en bois avec une vraie queue et une vraie crinière ; dans un autre, on avait installé un billard pour enfant. Sa toque de Davy Crockett, sa panoplie d'indien et ses chapeaux de cow-boy décoraient un pan de mur entier et son coffre à jouets était si plein que le couvercle en bois ne fermait plus.

Au-dessus de son bureau, des étagères faites sur mesure recélaient sa collection de coquillages exotiques et ses livres — des classiques reliés cuir, des contes, des encyclopédies, classés avec soin et visiblement peu lus. En revanche, les bandes dessinées et les journaux pour enfants qui s'entassaient pêle-mêle sur l'étagère la plus basse étaient de toute évidence la lecture favorite du jeune garçon.

Christian se leva et trouva sur la pile de bandes dessinées une version illustrée de *Huckleberry Finn*, dont les pages étaient déchirées tant elles avaient été feuilletées, et en dessous, dans un état encore plus délabré, *Black Beauty*, d'Anna Sewell, un chef-d'œuvre à ses yeux. Il le prit avec le plus grand soin et l'emporta dans son lit sous sa couette rayée.

Le livre s'ouvrit tout seul au chapitre où le vieux cheval de guerre, Capitaine, raconte à Beauty ses souvenirs de la guerre de Crimée :

« J'ai participé, avec mon noble maître, à de nombreux combats sans jamais être blessé; j'ai pourtant vu des chevaux périr sous les balles, transpercés par des lances ou affreusement massacrés à coups de sabre; et bien que je les aie vus agoniser sur le champ de bataille ou mourir de leurs blessures, j'ai toujours surmonté mes peurs... »

C'était le passage préféré de Christian; ces quelques lignes ne manquaient jamais de le faire rêver, et Christian se voyait, à califourchon sur son propre destrier lors de gigantesques combats; alors que Capitaine était seul avec son maître en Crimée, dans le scénario de Christian un chien — Shep ou Blue ou Rusty — l'accompagnait fidèlement. Les voyages imaginaires de Christian ne se limitaient pas à la Crimée; il parcourait d'autres terres aux noms exotiques : l'Afghanistan, les Indes, Tombouctou, Mexico, le Congo. Avec ses compagnons à quatre pattes, il bataillait en Chine, en Mongolie et en Espagne, montait au sommet de l'Everest et manquait périr dans les crues soudaines du fleuve Amazone.

Quand la sonnette de la porte d'entrée retentit une nouvelle fois, Christian en conclut que ses grands-parents donnaient une réception ce soir-là. Mais pourquoi n'entendait-il ni éclats de rire ni musique? L'idée de se lever pour mener son enquête le tentait, mais il était trop fatigué et il éteignit sa lampe. Avant de sombrer dans le sommeil, Christian se demanda s'il devait choisir un chien fort et courageux qui le suivrait au combat, ou bien un petit chien qu'il pourrait facilement emmener partout avec lui sur le porte-bagages de son vélo.

Il dormait depuis une demi-heure quand la porte de sa chambre s'ouvrit. Ses grands-parents se tinrent un instant sur le seuil de la pièce.

— Laissons-le dormir, murmura Cordelia. Il est trop jeune. Il le saura bien assez tôt...

Elle ramassa un lapin en peluche qui traînait par terre — la pauvre bête était à peine reconnaissable, sans oreilles, sans poils sur la tête et avec un seul œil — et le coucha tout contre la tête blonde de Christian.

Il faisait maintenant complètement jour, et le soleil perçait à travers les nuages déchiquetés qui traversaient le ciel à toute allure après l'orage. Micheal crut voir un coracle, au loin, qui prenait le large. Mais non, ce devait être son imagination. Il n'y avait rien à l'horizon. Le paysage était toujours aussi désert.

Il travaillait vite et avec efficacité. Sa pelle s'enfonçait sans difficulté dans le sol sablonneux, humide et granuleux comme du sucre brut et entrelacé de minuscules algues en cours de pourrissement. Tout en creusant la terre, il retirait les petites pommes de terre qu'il rangeait soigneusement sur le côté. Le trou qu'il creusait était nettement découpé, ovale, presque rectangulaire, et très profond, au point qu'il finit par atteindre la roche.

Sorcha se tenait près de lui, le dos tourné à la meule de tourbe. Sa jupe longue claquait au vent et son corps tremblait de fatigue, de froid et de nervosité. Pas une seule fois elle ne baissa les yeux sur le petit fardeau qu'elle serrait contre elle. Son regard fixait un point dans le lointain, et bien qu'elle gardât le silence, un torrent de larmes coulait le long de ses joues.

La fosse fut bientôt prête. Micheal se tourna vers Sorcha et tendit les mains pour lui prendre l'enfant, mais Sorcha écarta son mari, s'agenouilla près de la tombe, déposa elle-même le bébé au fond du trou et se releva aussitôt.

Quand Micheal s'avança avec sa pelle pour reboucher le trou, elle le repoussa à nouveau avec une violence qui ne lui ressemblait guère. S'agenouillant une nouvelle fois près de la tombe, elle reprit son enfant. Alors, avec mille précautions, elle le découvrit et le visage du bébé apparut. Ses yeux, comme deux billes embuées, étaient ouverts. Sorcha embrassa la bouche de sa fille et la serra contre son cœur. Puis elle referma le drap et la replaça dans la tombe. Quand elle se releva, elle s'en alla sans un regard pour Micheal.

Les pleurs aigus de l'autre enfant l'appelaient à l'intérieur de la maison.

Micheal jeta quelques pelletées de terre dans la fosse et replanta les pommes de terre.

Quatre heures après, alors que deux hydravions de la RAF patrouillaient la zone où le DC3 avait lancé son dernier appel de détresse, Christian Smith dormait encore et rêvait de chevaux courageux et de chiens valeureux et agiles. Sur le quai de Galway, le long de la jetée battue par le vent où les chalutiers et les bateaux de pêche se balançaient au bout de leur amarre, Conor O'Briain avait l'air bien abattu. Il avait oublié que le dimanche il n'y avait pas de ferry pour les îles d'Aran.

Il n'avait aucune raison d'attendre là et il avait froid. La ville, derrière lui, résonnait de l'appel des cloches. Il décida d'aller à l'église. Au moins il y serait au chaud, et cela lui laisserait le temps de réfléchir. Il suivit le carillon des cloches, traversa le pont au-dessus de la rivière se mêlant aux fidèles qui, vêtus de leurs habits du dimanche, se rendaient par petits groupes à l'église. Les hommes paraissaient mal à l'aise, engoncés dans leurs costumes et leurs chemises aux cols empesés ; les femmes, coiffées de chapeaux ou de foulards, portaient des chaussures à talons qui claquaient sur les pavés ; les genoux des garçons étaient encore rouges tant ils les avaient frottés en se lavant et leurs cheveux étaient plaqués sur leurs fronts par l'eau ou la brillantine ; les filles, elles, avaient mis des rubans dans leurs chevelures bouclées et prenaient des airs suffisants. Craignant que son baluchon n'attire l'attention, Conor le glissa sous son pull-over d'uniforme, et croisa ses mains sur son ventre dans l'espoir de le cacher. Tout en marchant, il essaya de lustrer ses chaussures, les frottant tour à tour sur l'arrière de son pantalon.

L'église lui parut très haute sous la nef éclairée par d'immenses vitraux décrivant les tortures et les triomphes de divers saints et martyrs. D'énormes bouquets de lys décoraient l'autel. Quand il entra, le prêtre disait le *confiteor*. Conor s'assit dans les derniers rangs et joignit sa voix aux réponses de l'assistance.

Dominus vobiscum.

Et cum spiritu tuo...

Il n'osa pas participer à la communion de peur de se faire remarquer avec son uniforme froissé. Mais alors que les paroissiens se levaient pour rejoindre les allées où s'étaient formées deux longues files, il se sentit encore plus en vue, seul sur son banc, et s'imagina que tout le monde l'observait en se demandant s'il avait rompu son jeûne ou s'il avait commis quelque crime atroce. Il enfouit son visage au creux de ses mains, cherchant à paraître le plus pieux possible, comme s'il avait déjà communié au précédent office.

Lorsque la messe fut terminée, il sortit de l'église en même temps que les autres fidèles et réalisa, une fois dehors, qu'il avait nulle part où aller. Il attendit un moment sur les marches, scrutant les alentours comme s'il attendait quelqu'un, puis fit mine d'étudier les communiqués de l'église affichés sous le porche. Des paroissiens se pressaient déjà à la porte pour la messe suivante. Quand l'église fut à peu près pleine, Conor retourna à l'intérieur.

Il suivit trois messes et un baptême, se cantonnant tout au fond pendant le baptême. Le bébé pleura pendant toute la cérémonie. Conor haïssait ces cris qui lui faisaient penser à sa petite sœur, attisant dans son cœur sa frustration et son sentiment d'impuissance. Mais un problème plus urgent se présentait à lui : il avait terriblement faim et son estomac le trahissait si bruyamment qu'il était sûr que tout le monde pouvait l'entendre.

A la fin du baptême, après les félicitations et les photos d'usage, le sacristain éteignit les cierges de l'autel. Dans l'église soudain assombrie et silencieuse, il ne restait plus qu'une vieille femme en noir qui se prosternait tour à tour devant les stations du chemin de croix. Conor continua de faire semblant de prier, effrayé de quitter son refuge, mais son estomac vide grondait de plus belle. Il se souvint avec envie qu'à la même heure, à Saint-Kevin, les pensionnaires entraient dans le réfectoire pour le déjeuner. Et le dimanche on leur servait du bacon et des petits pois, avec double ration de pommes de terre. Dans la lutte qui opposait sa peur à sa faim, la faim l'emporta facilement; il ressortit de l'église et contourna le bâtiment pour trouver un coin à l'abri des regards. Là, il s'appuya contre une clôture et déballa son pain qu'il dévora goulûment. Il fut pris alors d'une forte envie d'uriner, qu'il dut satisfaire à sa grande honte dans un recoin de l'église où se déversait une gouttière. Puis il retourna dans l'église. Que pouvait-il faire d'autre? A cette heure, on avait certainement déjà constaté son absence à l'école.

Le curé, le père Tom Hartigan, un homme de petite taille avec un gros nez busqué, le trouva vers six heures du soir recroquevillé sur un banc de la chapelle dédiée à la Vierge Marie. La paisible alcôve était plongée dans la pénombre, mais les cierges dégoulinant de cire placés au pied de la statue de Marie illuminaient son visage endormi marqué par les deux arcs de ses sourcils noirs. Sa tête reposait sur ses mains et ses poignets osseux dépassaient des manches de son uniforme, manifestement trop petit pour lui.

Le curé le secoua gentiment.

— Réveille-toi, mon enfant. Il ne faut pas dormir ici.

Conor se réveilla d'un bond et s'assit, le cœur battant.

— Je suis désolé, mon père.

Le prêtre souleva ses lunettes et pencha la tête de côté.

— Que fais-tu ici ? Comment t'appelles-tu ?

Conor baissa le menton.

— Allons, je suis un prêtre. Tu sais que tu peux tout dire à un prêtre. Même ton nom...

Il se mit à rire en faisant un drôle de bruit avec son nez, mi-nasillement, mi-reniflement.

— Conor O'Briain.

Malgré son malaise, Conor ne put s'empêcher de sourire en entendant ce rire étrange.

Le curé ne saisit pas son nom, que Conor avait murmuré du bout des lèvres, mais il comprit très vite de quoi il s'agissait. Ce garçon n'était pas le premier fugueur qu'il rencontrait.

— Si tu me dis ton nom, nous pourrons aller chez moi et manger un morceau tout en discutant...

Conor était affamé et la proposition du prêtre était tentante. Mais il devait faire attention. Quiconque portait une soutane lui paraissait suspect.

— Je ne sais pas, mon père. Je vous remercie, mais il vaut mieux que je rentre chez moi.

Le curé ne s'y trompa pas.

— Allez, viens. J'ai une servante qui prépare les meilleures tartes aux pommes de la région.

C'était plus qu'il ne pouvait supporter.

— D'accord, mon père !

— Comment dis-tu que tu t'appelles ? demanda le prêtre en le guidant vers le presbytère à travers le jardin de l'église.

— Conor O'Briain.

— D'où es-tu ?

— Inisheer.

— Et que fais-tu ici ?

Conor tenta de fournir une réponse mais les mots lui manquèrent. La gentillesse du prêtre épuisa les derniers vestiges de son entêtement et de sa résistance, et il se laissa aller sans retenue à toutes les émotions accumulées au cours des dernières trente-six heures.

— Tu n'as plus rien à craindre, lui dit le curé en tapotant son épaule. Quel que soit le problème, nous le résoudrons. Ça ira mieux quand tu auras mangé, et bu une bonne tasse de thé.

Avant de passer à table, Conor alla se débarbouiller et se laver les mains dans la salle d'eau, mais alors qu'il enfonçait son visage dans l'épaisse serviette éponge, l'énormité de la situation dans laquelle il se trouvait lui sauta aux yeux. Qu'allait-il devenir ? Il n'avait pas d'argent pour s'enfuir, aucun moyen de rejoindre Inisheer, et il n'osait pas imaginer ce qui l'attendait s'il rentrait à Saint-Kevin.

Le père Hartigan était assis au coin du feu dans un fauteuil recouvert de chintz. Des braises de charbon brûlaient dans l'âtre et un poste de radio, posé sur une table roulante dans un coin de la pièce, murmurait faiblement. Devant la cheminée, sur une petite table, il vit, comme promis, une tarte aux pommes et le service à thé.

— Ah ! Te voilà, fit le prêtre tandis que Conor, les joues encore rouges sous l'effet de l'eau froide, des larmes et de la peur, entrait timidement. Assieds-toi ici, je vais aller chercher le thé. Comment le préfères-tu, fort ou léger ?

— Euh… comme vous voulez, mon père… bredouilla Conor, confus qu'on lui demande son goût en matière de thé.

— Bon. Il doit être prêt, maintenant, dit le prêtre, et il se leva pour aller à la cuisine. Inisheer ? Tu as bien dit que tu venais d'Inisheer ? ajouta-t-il avant de sortir de la pièce.

Conor, qui s'était installé dans l'autre fauteuil, devant la cheminée, se raidit.

— Oui, mon père.

— Je connais assez bien Inisheer. D'où es-tu exactement ?

Il sentit le danger. Il y avait moins de quatre cents habitants sur les sept cents hectares de l'île. Pourquoi le prêtre cherchait-il à en savoir plus ?

— D'où as-tu dit ? reprit le prêtre de retour.

— Près de Cashel, mon père.

— O'Briain, O'Briain, répéta-t-il, l'air songeur, tout en versant le thé. Non, je n'ai jamais rencontré d'O'Briain par là-bas.

Il vit, au visage de l'enfant, qu'il était soulagé. Essayait-il de lui cacher quelque chose ?

— Je suis le père Hartigan, au fait, lança-t-il d'un ton léger en coupant la tarte. Je ne suis pas d'ici. Je viens de Dublin. Tu connais Dublin ?

— Non, mon père.

Le regard de Conor était braqué sur l'épais sirop qui s'écoulait de la tarte sous le couteau du prêtre. Il en avait l'eau à la bouche.

— Dublin est une grande ville. C'est un endroit formidable quand on est jeune. J'aime bien Galway aussi, mais on préfère toujours la ville où on a grandi, tu n'es pas d'accord ?

— Si, mon père.

Conor se fichait de savoir où le prêtre voulait ou ne voulait pas vivre. S'il avait été seul, il aurait englouti la tarte tout entière, en une bouchée. Le père Hartigan lui servit une large part, presque le tiers du gâteau, et en découpa une plus petite pour lui-même. Dès que le garçon eut terminé, il lui servit une seconde part, tout aussi grosse.

— Et si tu me disais ce que tu fais ici, Conor ? lui demanda-t-il.

La gorge de Conor se serra.

— Je... je voulais rentrer chez moi.

Le prêtre avait reconnu l'uniforme de Saint-Kevin.

— Il s'est passé quelque chose à l'école ? Est-ce que c'est pour ça que tu rentres chez toi ?

Conor se méfiait encore du prêtre.

— Non, mon père. Tout va bien à l'école... (Il hésita.) Mais ma petite sœur est malade, très malade, et je voulais la voir encore une fois avant...

Sa voix tremblota et de nouveau, il eut la gorge serrée.

Le père Hartigan versa du thé dans sa tasse, puis il y ajouta trois pleines cuillerées de sucre.

— As-tu peur qu'elle meure ? demanda-t-il doucement.

— Oui, mon père... articula difficilement Conor et, à son grand dépit, les larmes lui montèrent aux yeux.

— Bois ton thé, mon enfant. Nous verrons ensuite ce que nous pourrons faire.

Ils continuèrent de manger en silence, et malgré le goût salé que les larmes donnaient à son morceau de tarte, Conor n'en laissa pas une miette au fond de l'assiette. Le père Hartigan le laissa finir, puis reprit la parole.

— Écoute-moi, Conor, la première chose à faire est de prévenir les frères que tu es ici, sain et sauf. Ils ont probablement déjà alerté la police.

Voyant le jeune garçon pâlir, il se pencha en avant et lui prit la main.

— Allons, mon enfant, tu n'as rien à craindre, je connais le frère Camillus. Je vais lui passer un coup de fil pour lui dire que tu es avec moi. Tu peux dormir ici cette nuit, et demain on s'arrangera pour que tu ailles à Inisheer. Ça te va?

Conor ne semblait pas convaincu. Il avait les mains qui tremblaient.

— Qu'y a-t-il? Tu peux me dire ce qui te fait peur? Tu as ma parole, je le jure sur l'Agneau de Dieu. Je ne répéterai à personne ce que tu as à me dire.

— Il n'y a rien, mon père.

— Voyons, mon enfant, je sais bien qu'il y a quelque chose. Tu peux me parler.

Conor se risqua à regarder le prêtre en face.

— Frère Patrick, mon père, murmura-t-il. Il me tuera.

Le père lui prit le menton.

— Regarde-moi, Conor. Personne, pas plus frère Patrick que quiconque, ne va te tuer. Je te le promets. Je t'accompagnerai moi-même à l'école quand tu reviendras d'Inisheer, et je ferai en sorte qu'il ne t'arrive rien.

Conor ferma les yeux.

— Est-ce que tu me crois, mon fils?

Conor acquiesça d'un hochement de tête et le prêtre baissa la main.

— Parfait. A présent, il vaut mieux que je me dépêche de téléphoner avant que la police ne m'arrête pour kidnapping!

La plaisanterie ne ramena pas le sourire sur le visage de Conor, et le prêtre attendit quelques secondes avant de quitter la pièce pour se rendre dans le hall d'entrée, où Conor l'entendit composer le numéro de l'école sur le cadran.

Christian était perplexe. Les dimanches matin se déroulaient toujours de la même manière — on se levait de bonne heure, on prenait ensuite un gros petit déjeuner —, mais ce matin il s'était réveillé seul. La pendule, au-dessus de sa bibliothèque, indiquait neuf heures. Non seulement on ne l'avait pas appelé pour déjeuner, mais il n'entendait pas un bruit dans la maison. Il jeta un coup d'œil par la fenêtre. L'allée était vide, alors que normalement la voiture aurait dû être là, pour les conduire à l'église.

Il enfila sa robe de chambre et ses chaussons et descendit au rez-de-chaussée. Ne rencontrant personne, pas même un domestique, il alla à la cuisine où étrangement il ne sentit aucune odeur et ne vit aucun rôti dans le four. Bridie était assise à la grande table. Elle avait les yeux rouges et elle pleurait. Tout cela était bien inquiétant.

— Que se passe-t-il, Bridie ? Où sont-ils tous ? Où sont mes grands-parents ?

Bridie ne lui répondit pas. Elle poussa un profond soupir et, après s'être essuyé les yeux à son tablier, se leva pour aller chercher le lait et les céréales de son petit déjeuner.

— Bridie, qu'est-ce qui ne va pas ? répéta-t-il, le cœur battant.

La bonne haussa les épaules en soupirant mais ne lui répondit toujours pas. Il tenta de se rassurer en se disant qu'elle avait toujours eu la larme facile. Il lui arrivait même de pleurer devant la télévision en regardant des dessins animés, parce que, disait-elle, c'était trop mignon. Mais ces pleurs étaient d'une autre espèce.

— Est-ce que quelqu'un est malade, Bridie ?

Elle lui tournait le dos pour verser le lait dans une casserole, mais il voyait bien qu'elle était secouée de temps en temps par de violents sanglots. Sentant qu'il allait se mettre à pleurer à son tour, il fit un effort pour ravaler ses larmes.

— Dis-moi au moins où est grand-mère. Où est-elle, Bridie ?

Si seulement sa mère était là. Elle savait toujours comment s'y prendre avec Bridie.

— Ton grand-père et ta grand-mère sont sortis, réussit à dire Bridie entre deux sanglots.

Gêné, Christian ne pensait plus à présent qu'à sortir de la cuisine.

— Je n'ai pas très faim, Bridie. Je crois que je préfère ne pas déjeuner, déclara-t-il sans laisser à la bonne le temps de se retourner.

Il remonta dans sa chambre et s'assit sur son lit pour réfléchir. Il sentait bien qu'il se passait quelque chose. Il ramassa son livre là où il était tombé de ses mains la veille, mais pour une fois l'histoire ne suffit pas à capter son intérêt.

Le mieux était de s'habiller. Il était toujours inquiet, mais n'était-ce pas sa mère qui disait que travailler et surtout s'occuper étaient les deux meilleurs remèdes contre l'inquiétude ? Il allait commencer à construire sa niche.

Une heure plus tard, Christian était totalement absorbé par sa tâche. Il avait déjà monté les deux côtés de la niche avec deux équerres qu'il avait trouvées dans la caisse à outils, quand il sentit que quelqu'un l'observait.

Il se retourna et vit le chauffeur debout derrière lui :

— Salut, Jim, lança-t-il. Je suis en train de construire une niche. Maman a dit que je pourrais avoir un chiot à leur retour d'Europe et je veux que tout soit prêt pour l'accueillir.

Il avait à peine fini sa phrase qu'un détail chez le chauffeur le surprit : il ne portait pas sa tenue mais un costume de ville. Christian n'avait vu Jim Maskowski en costume qu'une seule fois auparavant : il allait avec son grand-père rendre visite à Auntie Mamie, la tante de Malcolm, quand ils l'avaient rencontré par hasard en ville.

— Je suis au courant pour le chiot, Christian. Ton grand-père me l'a dit, déclara Jim.

Christian n'en revenait pas.

— Ça alors! Il avait promis de ne pas en parler! C'était un secret!

— Oui, mais il a été obligé de me le dire, car il m'a demandé d'aller le chercher avec toi. On peut y aller maintenant, si tu veux.

— Maintenant? Aujourd'hui?

— Oui, répondit le chauffeur d'une voix calme. Ton grand-père m'a demandé de te conduire au chenil des Orphelins de l'Orage. C'est de loin le meilleur endroit pour trouver un petit chien, tu sais, parce que tous les chiens qu'ils possèdent ont été abandonnés et cherchent un toit. Tu peux faire une très bonne action en en sauvant un et en l'accueillant dans ta maison.

Malcolm avait cherché avec le chauffeur où ils pourraient trouver un chien le dimanche; le chenil des Orphelins de l'Orage, étant une institution charitable, semblait être la seule solution.

Christian fit part de ses doutes au chauffeur.

— Tu en es sûr, Jim? Maman m'a dit qu'elle viendrait avec moi à son retour d'Europe. Tu es sûr qu'elle ne sera pas fâchée?

— Oui, je suis certain qu'elle ne dira rien, et ton grand-père en est certain aussi.

Le chauffeur se frotta la paupière, comme s'il avait une poussière dans l'œil.

Christian courut jusqu'à la maison pour aller chercher sa

veste, et au retour dévala les marches du perron quatre à quatre pour bondir sur le siège avant de la Cadillac.

— C'est formidable, Jim ! Est-ce qu'il nous faut de l'argent ? Je dois prendre combien, à ton avis ? Tu crois que je devrais aller chercher ma tirelire ?

— C'est inutile, Christian, répondit le chauffeur, qui se sentait gagné par l'enthousiasme de l'enfant. J'ai tout ce qu'il nous faut. Ton grand-père m'a donné de l'argent.

Pendant le trajet jusqu'à Riverwoods, Christian ébaucha mille projets pour son chiot. Alors qu'ils traversaient la banlieue de Deerfield, il aperçut une femme qui promenait en laisse un saint-bernard.

— Je me demande si je vais en choisir un gros. Qu'en penses-tu, Jim ?

— C'est comme tu veux, Christian, mais à mon avis, avec un chien de cette taille, tu risques d'avoir des problèmes. N'oublie pas de penser à la hauteur de ta niche.

Christian approuva sagement.

— Tu as raison. Il ne faut pas qu'il soit trop gros. Tu crois qu'il va m'aimer tout de suite ? reprit-il aussitôt. Et comment décider lequel je vais choisir ? Oh, j'espère en trouver un qui m'aimera dès le début.

Comme il était encore très tôt, il y avait peu de candidats à l'adoption. La jeune femme à la réception les conduisit à l'enclos où les yeux de Christian s'écarquillèrent de pitié.

Plusieurs rangées de cages surélevées d'un mètre carré environ abritaient des chats. La plupart restaient totalement indifférents aux visiteurs, et un ou deux seulement réagirent en miaulant et en tendant la patte à travers le grillage, comme pour attirer leur attention. Christian aurait voulu les ramener tous à la maison.

Les chiens, qui étaient enfermés dans de petites cours grillagées, eurent une attitude tout autre. Pleins d'un espoir sauvage, ils se mirent à aboyer et à japper dès que Christian s'approcha. Ils couraient dans tous les sens, se bousculaient contre les portes grillagées, grimpaient les uns sur les autres. « Moi ! Moi ! Emmène-moi chez toi ! » semblaient-ils tous dire à Christian, et à la pensée qu'il ne pouvait en choisir qu'un seul, le petit garçon fut bouleversé.

Il hésita entre un jeune labrador au pelage fauve, qui bondissait devant lui et essayait désespérément de lécher sa main, et un bâtard à l'air triste, noir et blanc, qui se tenait à l'écart, au fond, derrière les autres, comme s'il savait que c'était un luxe interdit pour lui que d'être adopté par des maîtres aussi fortunés. Il était assis, une expression résignée sur sa bonne tête au regard plein d'intelligence, et jetait de temps en temps un coup d'œil interrogateur vers Christian. Au bout d'un moment, il se coucha, la tête posée sur ses pattes au pelage duveteux, et sembla renoncer.

Christian céda en le voyant aussi affligé.

— Celui-ci, dit-il en désignant le bâtard au chauffeur.

Le chien sembla comprendre le sens des paroles de Christian car il se redressa aussitôt en agitant la queue — mais seulement le bout de la queue, comme s'il savait qu'il ne faut pas vendre la peau de l'ours avant de l'avoir tué.

Les formalités d'adoption furent rapidement réglées. Christian et le chauffeur choisirent un collier, une laisse, et deux bols, un pour la pâtée et l'autre pour l'eau. Puis la jeune femme alla chercher le chien.

Une fois hors de la cage, il se métamorphosa et agita sa queue si fort que tout son corps bougeait; les oreilles dressées, il haletait joyeusement. Il se jeta sur Christian et lécha son visage puis ses mains, et fit de même avec le chauffeur; on aurait dit qu'il voulait les remercier. Jim paya, et ils retournèrent à la voiture. Le chien fila droit à la Cadillac et bondit sans hésitation sur la banquette arrière dès que la portière s'ouvrit.

— Où dormira-t-il ce soir ? demanda Christian. Sa niche n'est pas prête.

— Ne te tracasse pas, Christian, répondit le chauffeur. Ton grand-père te laissera sans doute le garder avec toi dans ta chambre tant que sa niche ne sera pas finie.

La niche ne fut jamais finie. Le chien, que Christian appela Flash car il avait une zébrure blanche sur son museau noir, s'installa dans la chambre de Christian ce soir-là et y dormit jusqu'à sa mort, six ans plus tard.

Cordelia et Malcolm attendaient leur petit-fils au retour de sa première promenade avec Flash. Cordelia vint au-devant de lui dans le hall, et le jeune garçon comprit aussitôt à ses yeux gonflés qu'il s'était passé quelque chose de grave. Sa grand-mère avait pleuré, cela ne faisait pas l'ombre d'un doute. Son cœur se mit à battre à tout rompre.

— Que s'est-il passé, grand-mère? demanda-t-il, saisi par la même inquiétude qui l'avait assailli ce matin-là, dans la cuisine.

— Christian, mon chéri, veux-tu venir un moment au salon? Ton grand-père et moi avons une très triste nouvelle à t'annoncer.

Malcolm était assis dans son fauteuil. Il tournait le dos au lac et faisait face à la porte. Christian vit qu'il avait la même expression que Cordelia, et qu'il avait pleuré, lui aussi. Il eut alors l'impression que son cœur se rétrécissait dans sa poitrine.

Malcolm lui tendit les bras, mais le chien, qu'il tenait toujours en laisse, recula, effrayé de sentir le parquet glissant sous ses pattes. Christian le tira à sa suite et s'approcha à contrecœur de son grand-père.

Malcolm n'insista pas pour le prendre dans ses bras.

— Christian, commença-t-il, je ne sais pas comment te le dire exactement, mais il y a eu un accident d'avion...

Le jeune garçon resta silencieux et baissa les yeux sur son chien qui, la queue entre les pattes, tendait le cou vers la porte.

— Est-ce que tu m'as compris, Christian? reprit Malcolm. L'avion dans lequel se trouvaient tes parents et ta sœur a eu un accident.

Le monde s'arrêta de tourner pour Christian. Il se sentit devenir de plus en plus petit, jusqu'à n'être plus qu'un grain de poussière. Plus rien n'existait autour de lui, hormis son chien.

— Comment sais-tu que c'est leur avion? finit-il par demander d'une petite voix.

Malcolm tendit les mains en un geste de supplique.

— Nous avons fait toutes les vérifications possibles, mon garçon. Nous n'avons pas dormi de la nuit. Nous sommes allés à la police. Il n'y a pas d'erreur.

Christian gardait les yeux braqués sur son chien. Il remarqua qu'il avait une oreille plus grande que l'autre.

— Comment avez-vous appris qu'il y avait eu un accident? Papa m'a dit qu'ils traverseraient le Groenland. Il me l'a même montré sur l'atlas. Ils se sont peut-être posés, et personne ne sait où pour l'instant.

— C'est impossible, Christian. L'avion a bien quitté l'Islande, mais il n'a jamais atteint l'Irlande. Et on a retrouvé un des canots de sauvetage du DC3 sur la plage d'une île au large de l'Irlande. Vide.

Christian se concentra sur le grain de poussière qu'il était devenu. Il craignait de se sentir disparaître complètement.

Malcolm cacha son visage dans ses mains. D'un seul coup,

Christian le vit, lui habituellement si fort et si plein d'humour, comme un vieil homme fragile. Il jeta un coup d'œil à Cordelia qui, elle aussi, se tenait le visage dans les mains. Seuls ses yeux, remplis de larmes, étaient visibles. Il suivit du regard les larmes qui coulaient sur ses mains couvertes de taches de rousseur ; on aurait dit de petits ruisseaux serpentant entre des galets bruns.

— Est-ce que je peux partir maintenant ? demanda-t-il.

Son grand-père acquiesça sans lever les yeux.

— Je te rejoins dans une minute, Christian, dit Cordelia, d'une voix étrangement assourdie.

Christian sortit calmement de la pièce, son chien sur ses talons. Arrivé au pied de l'escalier, il regarda derrière lui. Son grand-père n'avait pas bougé de son fauteuil et il apercevait juste le bout des pieds de Cordelia. Le soleil se reflétait sur le lac. La scène faisait penser à un tableau.

Conor se réveilla tôt. L'espace de quelques instants, il ne se rappela plus où il était. Le lit était plus moelleux que son matelas habituel, et il était seul dans la chambre. Il se glissa hors du lit et se planta devant la fenêtre. Il faisait un temps splendide : le soleil, levé depuis peu, dansait au-dessus de la rue déserte, au bout du jardin de l'église, et éclairait le lilas blanc qui fleurissait dans la cour de la maison voisine. Les oiseaux chantaient à tue-tête — des merles et des corbeaux, des étourneaux et des fauvettes. Comme il avait hâte d'être à Inisheer, et de se retrouver au grand air, face à l'étendue translucide de la mer ! Mais son cœur se serra à cette pensée. Dieu seul savait ce qui l'attendait là-bas. Comment allait Molly ? La maladie l'avait-elle déjà emportée ? Comment supporterait-il sa mort ?

Il retourna se coucher et essaya de se rendormir en attendant qu'on vienne l'appeler.

A sept heures et demie, la bonne du prêtre vint le chercher. Elle s'empressa autour de lui, ravie de sa compagnie, lui servant des œufs au lard et de grosses tartines grillées pour son petit déjeuner. Conor, aussi affamé que la veille, se jeta sur la nourriture. Il avait fini de manger quand le père Hartigan vint le retrouver. Il venait de célébrer la première messe du matin.

Le temps semblait s'écouler au ralenti. Alors qu'il prenait son propre petit déjeuner, le père Hartigan lui demanda quelles étaient ses matières préférées à l'école, et s'étonna que ce fût la géographie.

— Pourquoi aimes-tu autant la géographie ?

— Je ne sais pas, mon père.

— Voyons, si c'est ta matière préférée, tu dois bien le savoir.

Tout comme il n'avait pas l'habitude que l'on tienne compte de ce qu'il aimait et n'aimait pas, Conor n'était pas non plus habitué à ce genre de conversation d'égal à égal avec un adulte. Et il était là, en présence d'un homme, un prêtre qui plus est, qui s'intéressait à ce qu'il ressentait. D'une voix hésitante, il tenta donc de lui expliquer ce qui lui plaisait en géographie.

— Je ne sais pas vraiment, mon père. J'aime bien m'imaginer à quoi les autres pays ressemblent. Les pays chauds, précisa-t-il.

— Et quels pays chauds, par exemple ?

— L'Afrique, le Mexique ou l'Inde. Les animaux sont énormes dans ces pays-là, et il y a des plantes gigantesques — à cause de la chaleur, mon père —, et on peut y faire pousser tout ce qu'on veut. Des bananes, des tas d'autres fruits, et puis on n'a pas besoin de porter beaucoup de vêtements. On y vit avec une grande liberté.

Le prêtre remarqua que le garçon commençait à s'animer. C'était la première fois qu'il ne se tenait pas sur ses gardes.

— Qu'entends-tu par « grande liberté », Conor ? demanda-t-il en prenant un toast.

— Je ne sais pas, mon père, répondit le garçon, pressentant une menace dans la question.

— Tu dois bien penser à quelque chose en particulier quand tu parles de liberté, insista le père Hartigan. N'aie pas peur, voyons. Il n'y a pas de piège, ça m'intéresse seulement de savoir. L'idée que j'ai de la liberté est peut-être différente de la tienne. Chacun a sa propre définition. Si tu me donnes la tienne et que je te donne la mienne, nous pourrons peut-être apprendre quelque chose l'un de l'autre.

Conor prit le temps de la réflexion.

— Eh bien, commença-t-il lentement, dans d'autres pays, les coutumes et les religions sont différentes, les gens ne croient pas tous aux mêmes choses. Mais on ne les punit pas juste parce qu'ils ne se comportent pas comme tout le monde. C'est ça, être libre. Plus libre qu'ici, ajouta-t-il pour conclure.

Avant que le prêtre ne trouve une réponse à lui donner, le téléphone sonna et il se leva pour aller répondre.

L'appel venait de frère Camillus. Conor n'entendit qu'une partie de la conversation, et le père parla très peu. Lorsqu'il revint dans la cuisine, il émit de nouveau cet étrange rire nasal. Ce n'était plus la peine de prendre le bateau. Apparemment, après que le père Hartigan eut appelé frère Camillus la veille, celui-ci avait téléphoné à Inishmore. De là, un appel radio avait été lancé sur Inisheer pour demander des nouvelles de la famille O'Briain. La réponse était arrivée ce matin, et les nouvelles étaient bonnes.

— Il semble que tu te sois tracassé pour rien, Conor, dit le prêtre. L'état de ta petite sœur s'est beaucoup amélioré pendant la nuit. Il lui faut encore une longue convalescence, mais elle va s'en sortir.

Le soulagement s'empara aussitôt de Conor, puis la déception, à l'idée de ne pas se rendre sur l'île. Mais très vite la déception fit place à une terrible inquiétude, car tout cela signifiait qu'il allait devoir retourner à l'école...

Le prêtre l'observa pendant que ces différentes émotions le traversaient. Il s'était préparé à apaiser les craintes du jeune garçon.

— Je vais te raccompagner à Saint-Kevin en voiture, dit-il en posant sa main sur l'épaule de Conor. Ne te fais pas de soucis. Personne, tu m'entends, personne ne te fera de mal. Je te le promets.

Conor n'avait pas l'air convaincu.

— S'il y a le moindre problème, continua-t-il, tu pourras toujours compter sur moi. Si tu veux, je passerai te voir de temps en temps. Pas à chaque jour de visite, mais de temps en temps. Frère Patrick te laissera tranquille s'il sait que tu as un ami prêtre. Les frères aussi craignent les prêtres !

Cette fois-ci, Conor sourit. C'était la première fois depuis leur rencontre qu'il souriait, et le prêtre s'émerveilla de ce changement. Son sourire éclairait son long visage, gommant la laideur de son affreuse coupe de cheveux et de son teint terne.

« Il allait être un fameux séducteur », pensa Tom Hartigan, démuni devant ce sourire ouvert et éblouissant. « Que fait-on subir à nos enfants ? se demanda-t-il en finissant sa tasse de thé. Ce garçon devrait être en train de s'ébattre joyeusement au soleil. » Et de quel droit s'en préoccupait-il ? pensa soudain le prêtre enfermé dans la solitude de son célibat, coupé de toute affection humaine. Ses parents étaient morts et il était fils unique, si bien que, contrairement à beaucoup de ses amis prêtres qui jouissaient du statut d'« oncle préféré », il n'avait ni neveux ni nièces à qui envoyer des cartes d'anniversaire ou à inviter pour la journée.

Il se frotta le nez et sourit à Conor. Le jeune garçon semblait attendre tellement de lui. Il se leva et Conor fit de même, comme par mimétisme.

« Peut-être pourraient-ils s'aider mutuellement, pensa le père Hartigan. Les desseins de la Providence sont parfois si impénétrables... »

Le retour se passa sans incident. Le prêtre fit de son mieux pour que le moral de son jeune compagnon reste bon, mais il remarqua que plus ils approchaient de Saint-Kevin, plus Conor paraissait nerveux.

Prétextant qu'il devait rendre visite à quelqu'un qu'il connaissait dans une petite bourgade qui se trouvait sur le chemin de l'école, il quitta la route.

— Pourquoi ne m'accompagnerais-tu pas ? proposa-t-il à Conor, après s'être garé dans la cour déserte d'une ferme.

Conor sortit de la voiture et ils se dirigèrent ensemble vers la porte. Elle était entrouverte.

Une levrette efflanquée sortit au-devant d'eux en courant et se coucha à leurs pieds. Conor tendit la main pour la caresser, et la chienne se roula par terre en agitant les pattes.

— Il y a quelqu'un ? appela le prêtre par l'entrebâillement de la porte. (N'obtenant pas de réponse, il se tourna vers Conor.) Il doit être aux champs, dit-il. Je repasserai au retour.

Conor semblait apprécier vivement cette pause au grand air.

— Tu sais quoi ? fit le père Hartigan comme s'il venait d'avoir une bonne idée. J'ai envie de marcher un peu. Tu me suis ? Ça nous dégourdira les jambes.

— D'accord, mon père, répondit Conor, surpris.

Il ne savait plus à quoi s'attendre avec ce prêtre imprévisible. Jusqu'à présent, son expérience des hommes du clergé avait toujours été négative.

— Tu es bien sûr de vouloir m'accompagner ? (Une lueur espiègle brillait au fond de ses yeux.) Tu n'es pas pressé de retrouver frère Patrick, au moins ?

Conor sourit de son sourire éclatant et Tom Hartigan sentit que tout son corps se détendait.

Ils marchèrent à travers champs, et le prêtre nota aussitôt dans la démarche du jeune garçon le changement qui s'opérait en lui.

Il semblait plus grand, plus fort. Ici, en pleine nature, il était son seul maître.

— Parle-moi un peu de frère Patrick, demanda-t-il comme si de rien n'était.

Conor lui jeta un regard en coin, mais le père Hartigan s'était penché pour examiner un carré de mousse sur la souche morte d'un frêne.

— Que voulez-vous savoir, mon père ?

— Eh bien, je ne devrais peut-être pas t'en parler, mais je connais bien frère Patrick. Et depuis longtemps. Nous avons le même âge, vois-tu, nous étions au séminaire ensemble. Tout ce que tu pourras me dire ne me surprendra pas.

Rouge de confusion, Conor hésita à parler dans un premier temps, mais très vite il se laissa aller et finit par tout raconter.

— Je vois, dit le prêtre, quand il eut terminé.

Il avait pris garde de s'exprimer d'un ton neutre. Après tout, il lui fallait bien manifester une quelconque forme de solidarité envers les responsables de l'école, mais au fond de lui il était fou de rage.

— Écoute-moi, Conor, dit le prêtre alors qu'ils retournaient à la voiture. Tu te souviens de la promesse que je t'ai faite au presbytère ? Que tu n'aurais rien à craindre de frère Patrick ?

Conor acquiesça. Tom Hartigan vit qu'il était gêné de s'être ainsi épanché. Il avait encore les joues rouges de confusion.

— Eh bien, tu peux être sûr qu'à dater d'aujourd'hui, tu ne recevras plus de telles corrections de la part de frère Patrick.

— Qu'allez-vous faire, mon père ?

Le prêtre détesta l'expression craintive qu'il perçut dans sa voix.

— C'est mon problème, Conor. Mais je te donne ma parole. D'accord ?

— D'accord.

Ils se sourirent, puis le père Hartigan lui tendit la main. C'est alors qu'il se rendit compte, pour la première fois, que le jeune garçon était plus grand que lui.

Ils ne rencontrèrent personne sur le chemin qui menait à l'école et, quand ils se garèrent devant l'imposante façade grise du bâtiment, le pensionnat leur sembla aussi inanimé en ce lundi matin que s'ils étaient arrivés au beau milieu des vacances scolaires. Quand ils sortirent de la voiture, cependant, des voix chantant à l'unisson leur parvinrent par les fenêtres ouvertes des salles de classe.

Le père Hartigan serra le bras de Conor pour lui donner du courage.

Le directeur, le frère Camillus en personne, vint leur ouvrir la porte.

— Je me doutais que c'était toi! lança-t-il en prenant le père Hartigan par les épaules avant de refermer la lourde porte derrière eux. Comment vas-tu, Tom? Tu sais que ce garçon nous a fait une sacrée peur. C'est une chance qui ce soit toi qui l'aies retrouvé.

Il parlait de Conor comme s'il s'agissait d'un vulgaire paquet oublié dans un hall de gare.

Il y eut une seconde de flottement entre eux trois. Conor sentit à nouveau l'odeur envahissante de la cire où se mêlaient, à cette heure de la journée, des relents de chou cuisiné.

— J'aimerais te parler en tête à tête, Aidan, dit le père Hartigan pour couper court à leur gêne.

Conor sursauta. C'était la première fois qu'il entendait quelqu'un s'adresser au frère Camillus autrement que par le nom qu'il avait reçu en entrant dans les ordres.

— Bien sûr, bien sûr! répondit le frère, soulagé de repasser à l'action.

Il ouvrit toute grande la porte du parloir.

— Attends-nous ici, O'Briain, lança-t-il par-dessus son épaule, et, précédant le prêtre, il s'engouffra dans la vaste pièce.

Au moment de refermer la porte, le père Hartigan se retourna et adressa un clin d'œil à son jeune ami.

Conor tendit en vain l'oreille dans l'espoir de distinguer des bribes de leur conversation. La lourde porte du parloir ne laissait passer qu'un vague murmure. Pour tuer le temps, il compta les carreaux noirs et blancs au sol, mais il était trop nerveux pour se concentrer et ne cessait de se tromper. Il examinait les deux tableaux du hall — un portrait du frère fondateur, et une photo de Pie XII en tenue d'apparat — quand la porte du parloir s'ouvrit.

Le père Hartigan sortit en premier. Il marcha droit vers Conor et lui prit le bras :

— Allons-y! Tu me raccompagnes à ma voiture!

Conor se tourna vers le supérieur en quête de sa permission.

Frère Camillus, les mains plongées dans la poche de sa soutane, se balançait nerveusement sur ses pieds. Il lui fit un vague signe d'approbation.

— Va! Va!

Ils marchèrent en silence jusqu'à la voiture. Le père Hartigan attendit d'avoir ouvert la portière pour se tourner vers Conor. Son visage était grave et sérieux.

— Écoute-moi, Conor. Si tu te tiens tranquille et si tu travailles correctement, tu n'auras plus jamais d'ennuis dans cette école.

— Mais... que lui avez-vous dit? bégaya le garçon.

— Ce que je lui ai dit est sans importance. Tu sais que je connais frère Patrick depuis longtemps et je connais assez bien Camillus. Tu n'as pas besoin d'en savoir plus. Je veux juste...

Le père Hartigan sortit une enveloppe froissée de sa poche, et fouilla dans la boîte à gants de la voiture à la recherche d'un stylo. Puis il griffonna quelque chose à la hâte.

— Voici mon numéro de téléphone. Si tu as besoin de moi pour quoi que ce soit, j'ai bien dit pour quoi que ce soit, n'hésite pas à m'appeler. D'accord? Frère Camillus est au courant, et tu auras son autorisation pour téléphoner de l'école.

Conor le dévisagea, stupéfait.

— Ne me regarde pas comme ça! dit le prêtre en lui donnant une tape amicale sur le bras. Je compte seulement sur toi pour que tu ne m'appelles pas parce que tu as envie de chocolat! Mais n'hésite pas à téléphoner si tu as envie de parler. Tu m'as bien compris?

Abasourdi, Conor opina sans un mot.

Sur ce, le prêtre s'installa au volant, démarra et s'éloigna dans l'allée.

Ce ne fut que le soir, au dortoir, alors qu'il recopiait le numéro de téléphone du prêtre dans son carnet d'adresses, que Conor trouva le billet de cinq livres glissé dans l'enveloppe. Il rangeait son carnet dans le placard quand il reconnut le pas lourd de frère Patrick. Le rideau de l'alcôve s'ouvrit et l'énorme silhouette du frère apparut. La première réaction de Conor fut de se tapir au fond de son lit, puis il se redressa et leva la tête. Ils se toisèrent un instant et Conor discerna, dans la pénombre, les poings serrés de frère Patrick.

— Et voilà la vedette! fit le frère.

Il était si furieux qu'il en postillonnait. Un filet de salive coula le long de son menton.

Le prêtre tint parole. La vie quotidienne de Conor à Saint-Kevin reprit sans incident, et continua dans le calme jusqu'au jour de son départ.

3

La vie de Molly sur Inisheer était celle de n'importe quelle petite fille. Elle aidait sa mère dans les tâches ménagères, jouait avec le chien, allait à l'école, apprenait ses prières, faisait ses devoirs sur la table de la cuisine quand le froid ou la pluie ne lui permettait pas de sortir.

Mais aujourd'hui était un grand jour, peut-être le plus important dans sa vie. Aujourd'hui, elle avait cinq ans et Sorcha l'emmenait pour la première fois sur le continent.

Elle se réveilla de bonne heure, en proie à une vive agitation. Pendant des semaines, elle avait compté les jours, les barrant, un à un, sur le calendrier de la cuisine.

Elle regarda le portemanteau sur le mur d'en face et ce qu'elle vit la combla : une robe de soie bleue. C'était la plus jolie robe au monde, avec de petits ours jaunes brodés tout autour de l'ourlet et un énorme ruban qu'on attachait dans le dos. Lorsqu'elle l'avait essayée, elle avait ressenti une sensation de fraîcheur le long de ses jambes nues et le tissu avait émis un doux bruissement quand elle avait marché. Molly lui avait même trouvé une odeur étrangère, ce qui n'était guère surprenant puisque c'était une robe qui venait d'Amérique. Bien sûr, elle ne lui appartenait pas. Aine Kett, qui habitait au bout du chemin, la lui avait prêtée. C'était la tante d'Aine, qui habitait Boston, qui la lui avait envoyée, mais Aine était encore trop petite pour la porter et sa mère l'avait prêtée à Sorcha pour que Molly soit bien habillée le jour où elle irait à Galway.

Molly bondit hors de son lit et alla à la fenêtre. Le soleil brillait déjà mais personne n'était réveillé dans la maison. Tout en se demandant s'il n'était pas trop tôt pour s'habiller, elle tendit l'oreille, à l'affût du moindre bruit qui pourrait venir de la chambre de ses parents. Elle n'avait pas le droit d'aller réveiller Sorcha ; son père se fâcherait. Ils n'étaient que tous les trois à la maison. Conor était encore à l'école, à Galway, et Brendan travaillait à Birmingham. Il leur envoyait régulièrement de l'argent que Sorcha rangeait dans un pot, au-dessus de la cheminée ; elle puisait dedans pour acheter des choses qu'elle n'avait jamais pu avoir avant, comme de la confiture, une nappe pour la table, de la laine pour tricoter et des chaussures neuves pour Molly. Elle avait même mis des rideaux aux fenêtres de la cuisine.

Molly colla son oreille à la porte de la chambre. Le silence régnait dans la maison. Elle remonta dans son lit et passa le temps en observant un rayon de soleil qui se reflétait contre le mur, près de la fenêtre. Il avait la forme d'un crayon, puis il s'allongea progressivement, et s'allongea encore, jusqu'à ce qu'une autre fenêtre apparaisse sur le mur, jaune vif, jaune comme les ours brodés sur la robe.

Enfin, elle entendit sa mère ouvrir la porte de sa chambre, et de la cuisine lui parvint le bruit de l'eau versée louche par louche dans la bouilloire. Molly sauta hors de son lit.

Sorcha ranimait le feu quand elle entra dans la cuisine.

— Molly ! Tu vas attraper froid ! File mettre quelque chose.

Molly retourna dans sa chambre et enfila en vitesse un gilet par-dessus sa chemise de nuit. Puis, de retour dans la cuisine, elle prit son bol dans le placard et s'assit à sa place, déçue que sa mère ne soit pas déjà habillée et porte encore sa vieille robe et son châle.

— Dans combien de temps on part ? ne put-elle s'empêcher de demander tandis que Sorcha préparait le porridge dans un poêlon sur le feu.

Sorcha ne lui répondit pas, se contentant de lever les yeux au ciel.

L'attente parut interminable à l'enfant. D'abord, elle dut faire sa toilette. Elle détestait qu'on la lave. Le samedi soir, quand Sorcha sortait la bassine de zinc et mettait de l'eau à bouillir, elle ressentait toujours comme un léger tiraillement au creux de l'estomac ; bien qu'elle fasse confiance à sa mère et qu'elle tente de se raisonner en se répétant qu'il était nécessaire de se laver, elle ne pouvait s'empêcher de pleurer, surtout quand Sorcha lui lavait les cheveux. Heureusement, aujourd'hui, il n'y avait pas de bain, juste le gant de toilette. Elle ferma les yeux et essaya de se tenir tranquille.

Sorcha la coiffa ensuite et l'aida à enfiler la robe. Molly virevolta et sa mère lui dit qu'elle ressemblait à une petite princesse. Elle virevolta encore. Elle était vraiment une petite princesse.

Elle ramassa ses nouvelles chaussures vernies à bride dans lesquelles se trouvait une paire de chaussettes blanches. Elle n'avait pas encore le droit de les mettre et devait les tenir à la main jusqu'à la grève pour ne pas les abîmer ou les mouiller. Puis elle prit son petit sac à main en plastique blanc. Le fermoir doré s'ouvrait sans arrêt tant il contenait de choses. Sorcha avait préparé des sandwichs pour le voyage, de grosses tartines de pain avec du beurre et de la confiture d'orange que Molly avait rangées dans son sac, avec un mouchoir propre et deux sacs en papier soigneusement pliés. Car Molly allait faire des achats sur le continent. Elle avait une livre, qu'elle avait économisée depuis Noël.

Lorsqu'elle fut prête, elle sortit dans le soleil pour attendre sa mère. Elles partaient pour une vraie expédition et prendraient même une chambre dans une pension pour la nuit.

Le *Naomh Eanna* mouillait dans la baie. Molly sautillait sur place, jetant de temps en temps un coup d'œil par-dessus son épaule pour voir si Sorcha arrivait. Elle avait tellement peur de manquer le bateau. Enfin, sa mère sortit, son sac à provisions dans une main et dans l'autre un casier à homards avec deux poules qu'elle espérait vendre au marché de Galway, près de l'église espagnole. Molly n'était jamais allée au marché et la seule église qu'elle connaissait était la petite chapelle de l'île. Tout lui paraissait si exotique et si excitant !

Le chien les accompagna, en bondissant sur le chemin devant elles, tandis qu'elles descendaient la colline vers la mer. Molly avait vu le *Naomh Eanna* des centaines de fois, mais aujourd'hui, bien sûr, ce n'était pas la même chose et elle ne pouvait s'empêcher de se sentir légèrement nerveuse. Ce n'était pas la même chose parce qu'aujourd'hui elle prenait le bateau. Il lui paraissait tellement grand, aussi grand qu'un château, surtout à côté des coracles qui l'entouraient, attendant de recevoir leur part de sa cargaison.

Molly observa les hommes sur le *Naomh Eanna* décharger une vache et deux génisses. Ils attachèrent les animaux avec des sangles reliées aux grues du bateau et les passèrent par-dessus bord avant de les descendre lentement vers l'eau où d'autres hommes, depuis les coracles, les attrapèrent par les sangles. L'un des hommes, Sean Ban Nora, était le cousin de Molly. Il saisit le harnais de la vache alors que l'animal était à sa portée et attrapa la corde qu'elle avait autour du cou ; une fois la bête à l'eau, il la guida tandis qu'elle nageait derrière la petite embarcation jusqu'au rivage. De jeunes garçons s'élancèrent dans la mer et aidèrent Sean à hisser la vache sur la plage. Molly resta à l'écart ; elle n'avait pas le droit de salir ses vêtements propres.

De toute façon, il était bientôt l'heure de partir. Les derniers chargements arrivaient à terre, des caisses de boîtes de conserve, des sacs de ciment, des planches de bois, des tonneaux de bière brune, du pain frais, des œufs, un jambon entier, un énorme morceau de bœuf, des tomates, des journaux et le courrier. Il y avait aussi deux cheminées pour la maison que Marcus O'Briain, un autre cousin de Molly, se construisait, une bicyclette d'occasion pour un parent éloigné de Sorcha, un édredon pour un grand lit, plusieurs rouleaux de corde, douze douzaines de cahiers d'écolier et, très soigneusement empaqueté et manipulé avec précaution, un carton d'ampoules pour les rares maisons qui, sur l'île, avaient l'électricité.

Finalement, Molly fut autorisée à monter à bord de l'un des coracles, mais à peine la légère embarcation repartit-elle qu'elle serra de toutes ses forces la main de sa mère. Elle avait toujours eu très peur de la mer qui, au large de l'île, se creusait et se soulevait sous l'effet des vagues. Comme cela devait être terrible d'y tomber, comme l'eau devait y être froide et sombre.

Lorsqu'ils arrivèrent près du *Naomh Eanna*, le pont du bateau parut si haut à Molly qu'elle avait l'impression de devoir escalader une montagne ; heureusement, l'un des hommes, dans le coracle, l'aida à se tenir à l'échelle de corde et un autre lui prit la main tandis qu'elle se hissait à bord du bateau. La mer n'était plus aussi effrayante vue d'en haut, mais Molly s'écarta tout du même du bastingage quand ils furent en route. Tandis que le bateau gîtait, la plante de ses pieds la chatouillait sous le vrombissement des moteurs. Elle s'assit à côté de Sorcha et, les cheveux au vent, regarda les mouettes qui tournoyaient autour de la cheminée du bateau. A l'arrière, Inisheer devenait de plus en plus petite.

A leur arrivée dans le port de Galway, elle se plaqua contre

Sorcha, surprise par le bruit, le mouvement, et surtout par la foule. Jamais Molly n'avait vu autant de gens rassemblés au même endroit. Elle s'accrocha à la jupe de tweed de Sorcha quand elles s'engagèrent sur la passerelle, jetant des regards inquiets aux rues pavées, aux maisons serrées les unes contre les autres, aux boutiques, aux chevaux, aux voitures et à l'argent qui passait de main en main tandis que les gens parlaient une langue qu'elle comprenait à peine mais qu'elle avait reconnue comme étant de l'anglais.

Elles se rendirent directement au marché. Là, une femme aux longs cheveux en bataille et à qui il manquait une dent acheta les deux poules. Molly fut déçue par l'église espagnole. Elle était immense, mais construite dans une pierre grise qui n'avait rien à voir avec ce qu'elle avait imaginé. Elles s'assirent au soleil sur Eyre Square pour manger, puis elles firent le tour de la ville. Très vite, le sac à provisions de Sorcha fut rempli de trésors — de la ficelle, des bougies, des mèches, des allumettes, des pansements, de la levure pour la pâtisserie, des biscuits, des pommes, de la confiture, du chocolat, un ruban pour les cheveux de Molly, une paire de chaussettes pour son père...

Au bout de deux heures, Molly commença à avoir mal aux pieds dans ses chaussures neuves, mais elle n'avait pas encore dépensé sa livre et elle oublia sa douleur quand Sorcha la conduisit dans une boutique tout à fait spéciale. Elle ouvrit de grands yeux. La boutique regorgeait de merveilles : il y avait des tonnes et des tonnes de bonbons, des petits flacons, des brosses, des pinceaux et des tubes de crème que les femmes, lui expliqua Sorcha, utilisaient pour se maquiller, des cartes d'anniversaire, du papier à lettres et des rouleaux de papier cadeau ; elle vit aussi des rubans étincelants, des livres, des journaux. Il y avait même un endroit, au fond de la boutique, où, sur des étagères, étaient exposés des jouets. Il y avait tant de choses à acheter que Molly ne parvenait pas à se décider.

Après avoir changé d'avis une douzaine de fois, elle se choisit finalement une adorable poupée aux yeux bleus et aux cheveux blonds, vêtue d'une robe de dentelle. Il lui restait encore dix shillings à dépenser. Elle acheta un livre écrit en anglais parce qu'elle aimait bien le portrait de la jeune femme en couverture. Sorcha lui lut le titre et lui expliqua que c'était l'histoire de la danseuse russe Anna Pavlova avant de lui promettre de lui en lire quelques pages, le soir, au coucher.

Puis Molly acheta pour son papa une paire de lacets, et une très belle épingle à cravate pour Conor. Elle choisit une montre en jouet pour Aine Kett afin de la remercier pour la robe, et comme elle n'arrivait pas à se décider pour Brendan, elle lui prit aussi une paire de lacets. Il lui restait encore plein d'argent. Profitant que sa mère regardait ailleurs, Molly se glissa vers l'endroit où se trouvaient les bijoux et attrapa un bracelet orné de pierres étincelantes, blanches, bleues et vertes.

Elle l'offrit tout de suite à Sorcha qui, enchantée, le mit aussitôt à son poignet avant de l'autoriser à dépenser ce qui lui restait en bonbons.

Lorsqu'elles sortirent du magasin, elles entrèrent dans la boutique d'un photographe. Molly eut peur de la lumière vive du flash, et des manières brusques de l'homme qui prenait Sorcha en photo. Quand elle s'assit par terre, à côté de sa mère pour que le photographe les prenne ensemble, elle ne put s'empêcher de pleurer. Sorcha tenta de la rassurer, mais le photographe avait les cheveux rouges et il avait la même expression que son père quand il se mettait en colère. Finalement, Sorcha la prit dans ses bras et lui dit qu'après tout, si elle ne voulait pas être prise en photo, ce n'était pas grave.

Molly fut légèrement déçue lorsqu'elles arrivèrent à la pension ; elle s'était attendue à un palace. Leur chambre était toute petite, plus petite encore que la sienne, à la maison. Les murs étaient d'une horrible couleur marron foncé, avec des taches sombres en haut. Le lit était défoncé et une odeur étrange montait des draps. Mais une fois installée, bien au chaud sous les couvertures, elle se sentit tout à fait bien. Sorcha se brossa les cheveux, qu'elle portait longs, comme elle, mais qu'elle attachait généralement en un chignon. La brosse faisait un doux bruit apaisant. Sorcha lui avait raconté qu'enfant, elle avait les cheveux de la même couleur que les siens, mais qu'en vieillissant ils s'étaient ternis ; ils faisaient un peu penser à de la paille sèche, à présent. Molly se demandait si ses cheveux terniraient aussi, quand elle aurait des enfants...

Après avoir dit ses prières, Sorcha se coucha à côté de Molly qui se blottit contre sa mère. Sorcha était bien trop fatiguée pour lui lire quelques pages du livre qu'elle avait acheté, mais Molly ne lui en voulut pas : elle avait sa poupée dans les bras, sa jolie poupée qu'elle avait appelée Peggy, et elle était comblée.

Quelle belle journée ! Comme elle était heureuse ! Juste avant de s'endormir, elle éprouva toutefois quelques regrets à ne pas s'être laissé faire chez le photographe. Il lui faudrait rendre la robe à son retour à Inisheer, et elle craignait de ne plus jamais ressembler à une petite princesse.

Conor arriva à Inisheer dix jours après l'excursion de Molly sur le continent. Le jour de sa venue, Molly, escortée du chien, partit de bonne heure à la plage pour surveiller l'arrivée du *Naomh Eanna*.

Dès qu'elle franchit la porte de la maison, le soleil réchauffa son visage. Le ciel était dégagé et il n'y avait pas de vent, juste une petite brise qui soufflait doucement à la surface de l'eau. Molly s'assit sur la pierre, devant l'entrée de la maison, et retira ses chaussures — elle aimait sentir le soleil sur ses pieds nus. Elle les posa sur le rebord de la fenêtre et regarda au loin, vers la mer, en plissant les yeux. Souvent quand il faisait beau à Inisheer, il pleuvait sur le continent, pourtant à une quinzaine de kilomètres seulement. Molly pouvait voir la pluie qui tombait en oblique du ciel. Il faisait si sombre qu'elle distinguait à peine le sommet des Twelve Bens.

Elle alla à la plage, prenant soin de marcher sur l'herbe du sentier afin de ne pas se faire mal aux pieds et s'arrêtant de temps à autre pour cueillir quelques fleurs qui poussaient entre les pierres. Tout était si calme et silencieux qu'elle entendait le craquement des tiges quand elle les arrachait. Un moineau se posa sur un mur, non loin d'elle, et quand il s'envola, le bruissement de ses ailes la fit sursauter. Même les alouettes qui envahissaient le ciel de leur chant semblaient voler plus haut que d'habitude.

Arrivée à la plage, elle scruta l'horizon mais le bateau n'était toujours pas en vue : la mer scintillait au soleil, vide et plate. Pour passer le temps, Molly joua avec le sable et chercha des coquillages. Puis elle s'approcha de l'eau et s'amusa à sauter dans les vagues.

A Galway, le *Naomh Eanna* n'était pas encore parti. Le père Hartigan accompagna Conor jusqu'au port. Ils se tenaient tous les deux, le col de leurs manteaux relevés, contre la vieille Volkswagen du prêtre, à l'abri sous un parapluie. Absorbés par le chargement du bateau, ils ne parlaient pas. La pluie tambourinait sur leur parapluie tandis que le père Hartigan tirait profondément sur une Craven A. Il se plia brusquement en deux dans un violent accès de toux.

— Si vous ne renoncez pas à fumer, vous allez finir par en mourir, mon père, déclara Conor quand il se fut calmé.

— Je sais, je sais, répondit le prêtre, les yeux humides. Mais il faut bien qu'un homme ait des vices, non ? Préférerais-tu que je me mette à courir le jupon ?

Conor sourit. Bien qu'il n'eût que seize ans, il dépassait le prêtre d'une bonne tête. Cela faisait maintenant plusieurs années qu'ils se connaissaient, depuis que le père Hartigan avait trouvé Conor blotti dans un coin de son église. Conor appréciait de plus en plus sa compagnie, et grâce à son amitié, le jeune homme avait pris de l'assurance.

— Vous pensez que vous pourrez venir, mon père ? lui demanda-t-il alors que la grue du bateau se balançait au-dessus de l'eau.

Malgré l'insistance du père Hartigan, Conor n'arrivait pas à appeler son ami par son prénom.

— Si c'est possible, oui, répondit-il. En fait, c'est pratiquement sûr. Je dois assister à une conférence à Maynooth, mais à part ça et quelques mariages, je serai assez libre cet été.

Conor était enchanté. L'année précédente, le père Hartigan était resté presque une semaine à Inisheer. Il habitait au presbytère, mais comme il était en vacances ils avaient pu passer leurs journées à se promener ensemble sur l'île, à étudier la faune et la flore locales, à pêcher le maquereau ou à nager dans la mer.

Conor sentait bien que les gens se moquaient d'eux et parlaient dans leur dos quand ils les voyaient examiner une gentiane au bord du chemin ou cueillir des églantines, mais il ne s'en souciait pas, prenant leurs regards en coin et leurs sourires narquois pour de simples manifestations de jalousie.

Sorcha et son père ne comprenaient guère leur amitié, même si Conor avait deviné, à quelques phrases de sa mère, qu'elle était secrètement fière qu'un prêtre s'intéresse à son fils.

Il était temps de monter à bord du *Naomh Eanna*.

— Je t'écris le plus tôt possible pour te dire ce que j'ai décidé, déclara le père Hartigan.

— Très bien, mon père.

— Tu as les livres ?

— Oui, ils sont dans mon sac.

Le père Hartigan s'était abonné pour un an à *National Geographic* et une fois qu'il avait lu la revue, il la prêtait à Conor.

— N'oublie pas d'écrire à frère Patrick.

Conor répondit au sarcasme du prêtre par un sourire.

Le père Hartigan lui donna une tape dans le dos avant de lui dire au revoir et Conor monta sur la passerelle. La pluie dégoulinait de ses cheveux sur le col de sa veste; une fois sur le bateau, il se tint contre le bastingage. Le père Hartigan était déjà au volant de sa voiture. Il claqua la portière et, sans un regard derrière lui, démarra. Conor le suivit des yeux jusqu'à ce que la Volkswagen tourne au coin d'un immeuble. Un léger nuage de fumée plana quelques instants dans les airs.

Le temps se dégagea au large de Galway et le voyage fut des plus plaisants. A mi-chemin, la mer devint calme, puis complètement plate.

Conor reconnut immédiatement Molly sur la plage, bien avant que le *Naomh Eanna* soit à portée de voix. Sa minuscule silhouette, avec sa tête toute blonde, faisait des bonds sur place. Il lui fit signe de la main bien qu'il ne soit pas sûr qu'à cette distance elle puisse le voir sur le pont du bateau.

Une demi-heure avant l'arrivée du bateau, les coracles sortirent en mer. Sorcha avait rejoint Molly. Elle portait rarement son châle des îles d'Aran; elle l'avait sur elle, ce jour-là, croisé sur sa poitrine en l'honneur du retour de son fils. Conor fut le premier à débarquer. Quand le coracle ne fut plus qu'à quelques mètres du rivage, il sauta par-dessus bord, ne se souciant guère que ses chaussures et son pantalon d'uniforme prennent l'eau. Son sac sur le dos, il pataugea jusqu'à la terre ferme.

Molly hurlait de joie et dansait sur le sable. Conor jeta son bagage à terre, la prit dans ses bras et la fit tournoyer. Comme elle avait grandi et comme elle était devenue jolie! Les garçons n'étant pas censés pleurer, il plissa les yeux pour contenir ses larmes et s'approcha de sa mère qui attendait à quelques pas. Devant tant de joie, le chien bondissait autour d'eux.

Micheal O'Briain était sorti quand ils arrivèrent à la maison. Il était allé relever ses casiers à homards. C'était tout aussi bien, pensa Conor en posant sa valise derrière le banc dans la cuisine. Il s'empressa de se changer et d'accrocher au portemanteau son uniforme d'écolier pour enfiler un épais pantalon de tweed et un pull-over en laine de pays, sa tenue pour l'été.

Sorcha éclata de rire quand elle le vit.

— Il va falloir que je rallonge ce pantalon! dit-elle.

Elle s'agenouilla et examina l'ourlet. Conor avait tellement grandi que son pantalon lui arrivait aux mollets, et ses deux jambes paraissaient deux frêles troncs d'arbres.

— Il n'y a presque plus de tissu, fit-elle.

— Ce n'est pas grave, maman. Il fera bien l'affaire.

Molly attendait sagement devant lui, les mains derrière le dos.

— Que se passe-t-il?

Elle tendit la main et lui offrit l'épingle à cravate dorée qu'elle avait rapportée pour lui.

— Oh! Oh! Regardez-moi ça! Mais c'est de l'or! s'exclama Conor, ému.

— Oui, fit Molly. Je l'ai achetée à Galway quand maman et moi sommes allées sur le continent.

Conor l'accrocha au col de sa chemise.

— Il va falloir à présent que je porte une vraie cravate, dit-il. Quand je quitterai l'école, je t'emmènerai avec moi à Galway et tu m'aideras à choisir une belle cravate pour aller avec.

Molly acquiesça d'un hochement de tête, l'air grave et pénétré de sa propre importance. C'était la première fois qu'elle lui faisait un cadeau avec son argent de poche. Conor l'embrassa sur la joue et s'installa à table où Sorcha lui servit son repas — du bacon et de petites pommes de terre — tandis que Molly, assise en face de lui, le regardait manger.

Quand il eut fini, il la prit sur ses épaules et ils partirent tous deux faire une grande promenade sur l'île.

Molly se retenait à la tête de son frère, enfonçant ses doigts dans ses cheveux. Ils allèrent d'abord au bord de la falaise. Conor l'y avait déjà emmenée quand la mer était forte et Molly, effrayée et excitée à la fois, avait poussé des cris à chaque fois que les vagues venaient se briser contre les rochers dans de grands jets d'écume blanche. Aujourd'hui, la mer était calme, si calme que Conor la laissa s'allonger sur le ventre tout au bord pour qu'elle puisse regarder en bas où l'eau verte qui se soulevait ressemblait à du verre coulé.

Puis ils trouvèrent des primevères dans les petites crevasses des rochers, protégées de la lumière brûlante du soleil, et Conor lui montra où, dans quelques semaines, elle pourrait ramasser des campanules. Ils écoutèrent le coucou chanter et scrutèrent l'horizon à la recherche du faucon pèlerin qu'ils avaient repéré l'été dernier.

Enfin, lorsque Molly se sentit fatiguée, ils trouvèrent un petit coin, à l'abri, et ils se reposèrent. Un épais tapis d'herbe recouvrait la terre et Molly se blottit contre son frère. Son corps était chaud contre sa joue, mais pas aussi chaud que celui de sa maman. Conor lui avait promis de lui réciter un poème qu'il avait appris à l'école.

— C'est un poème qui parle d'un pays lointain, Molly, d'un très beau pays, avec de très hautes montagnes où il neige en hiver et où les vaches portent des cloches autour du cou, de sorte que, même depuis les villes, on entend venant des montagnes comme le bruit d'un piano lointain.

Il manquait cinq touches au piano de l'école de Molly et il ne sonnait certainement pas comme mille petites clochettes, mais la fillette n'eut aucun mal à imaginer le chant dont pouvaient résonner ces lointaines montagnes.

— Je t'y emmènerai un jour, continua Conor. Quand tu seras plus grande. C'est un poème écrit en anglais, alors fais attention. Ne t'inquiète pas si tu ne comprends pas tout. Écoute seulement la musique.

Te souviens-tu de certaine auberge,
Miranda?
Te souviens-tu d'une auberge?
et le fanage et la paille répandue
qui nous faisait une couche,
Et les mouches qui nous tourmentent dans les hautes Pyrénées,
et le vin au goût de goudron?
Et les rires et les railleries des jeunes muletiers
(sous la vigne vierge de la véranda)?
Te souviens-tu de certaine auberge,
Miranda?
Te souviens-tu d'une auberge?
Et les rires et les railleries des jeunes muletiers
Qui n'avaient pas un sou en poche,
et qui jamais ne payaient?
Et les coups frappés à la porte?
Et le hip! hop! hap!

des mains qui accompagnaient les balancements
de la fille allant, au hasard,
dansant, allant et revenant,
s'arrêtant net au milieu d'un tournoiement
Dedans et dehors —
Et le ting, tong, tang de la guitare.
Te souviens-tu de certaine auberge,
Miranda?
Te souviens-tu d'une auberge?

Conor s'interrompit brusquement, son attention captée par deux mouettes qui tournoyaient paresseusement au-dessus d'eux tout en criant dans le vent.

Molly était déçue qu'il s'arrête. Elle l'avait écouté avec application et, bien que le sens lui échappât, elle avait été charmée par le rythme du poème. Un vers, en particulier, lui était resté en mémoire.

— Moi non plus, je n'ai pas un sou en poche, dit-elle.

Conor se tourna vers sa petite sœur.

— Molly! Mais tu as compris! Comme tu es intelligente! Tu vas devenir l'érudite de la famille.

Il essaya de la chatouiller, mais elle était trop vive pour lui; voyant qu'il ne pourrait la rattraper, il se recoucha dans l'herbe et admira de nouveau le ciel.

Son frère était décidément la personne la plus merveilleuse au monde, se dit Molly, mais à peine avait-elle pensé cela qu'elle se sentit injuste envers sa mère. Sorcha aussi était la personne la plus merveilleuse au monde. Qui des deux aimait-elle le plus? Conor ou sa mère?

Christian monta bruyamment les marches quatre à quatre, son chien sur les talons, conscient de briser le silence qui régnait perpétuellement dans la maison. Mais il ne s'en souciait guère. Il en avait assez de vivre dans ce mausolée.

On était samedi et il allait chez son ami Dick.

Il ouvrit toute grande la porte de sa chambre et resta un moment sur le seuil de la pièce. Son grand-père avait raison, il devait le reconnaître : sa chambre était vraiment en désordre. Bien qu'elle y passe l'aspirateur et fasse la poussière, la femme de ménage avait reçu l'ordre de ne pas ranger la chambre de Christian. Malcolm et Cordelia estimaient que leur petit-fils était en âge de s'en charger lui-même et, pour l'encourager, ils lui avaient annoncé que son argent de poche en dépendrait. Justement, aujourd'hui, il devait toucher son argent de poche.

Flash se tenait à ses côtés, la langue pendante. Dès que Christian se mit à la tâche, il bondit à ses côtés, tourna autour de son maître, cachant les chaussettes sales, mordillant les manches d'un tee-shirt…

Malgré les cabrioles de l'animal, Christian réussit à faire le tri des vêtements qui traînaient par terre, ouvrant toutes les portes de son placard et jetant pêle-mêle ses habits à l'intérieur. Après avoir fourré ceux qui étaient sales dans le panier à linge de sa salle de bains, il rangea en vitesse sa bibliothèque, ramassant les quelques livres qui se trouvaient sous son lit, et remit en place son poste de télévision.

Il parcourut sa chambre du regard : tout semblait relativement en ordre. Christian avait refusé de se débarrasser de ses jouets, et tout ce qu'il avait accumulé au fil des années, de l'enfance à l'adolescence, encombrait à présent la pièce. Sa chambre tenait à la fois de la caverne d'Ali-Baba et du bazar, mais Christian était heureux comme ça. Il ne lui restait plus qu'à faire son lit. Sans prendre la peine de tendre le drap de dessous, il tira celui de dessus et ramena les couvertures, en sorte que son lit ait l'air plus ou moins fait.

Soudain il réalisa que Flash était bien calme. Il se tourna vers lui et vit qu'il mordillait quelque chose dans un coin de la pièce. Il s'approcha : ce que Flash tenait dans sa gueule n'était autre que le vieux lapin en peluche de Christian.

— Donne, Flash! ordonna-t-il.

Le chien leva les yeux vers son maître, la peluche toujours entre les crocs.

— Flash, donne! répéta-t-il.

Voyant qu'il n'était pas prêt à lâcher prise, Christian se pencha vers lui et le força à ouvrir la gueule. Suivit une brève lutte au cours de laquelle une couture du petit lapin se déchira, répandant un peu de kapok sur le sol.

— Regarde ce que tu as fait! s'écria Christian, au bord des larmes.

Il ramassa sa peluche et tenta de lui redonner un air présentable, mais en vain. Le lapin ne ressemblait plus à rien.

Christian s'assit par terre et éclata en sanglots. Flash rampa doucement vers lui ; penaud, il se coucha à ses pieds mais Christian le renvoya d'un geste brusque.

— Voulez-vous bien appeler Christian, Bridie ?

Cordelia se tenait à la petite table de la salle à manger, près de la fenêtre. Cela faisait des années que plus personne ne s'asseyait à la grande table massive, qui occupait tout le centre de la pièce.

Malcolm, en tenue d'été — blazer et pantalon de toile —, jeta un coup d'œil au journal tout en attendant Christian. Il entendit la bonne monter d'un pas lourd au premier et appeler son petit-fils, et il pensa que l'heure était peut-être venue de donner son congé à Bridie. La brave femme travaillait pour eux depuis plus de trente ans.

Christian arriva enfin, prit place à la table et, sans saluer ses grands-parents, commença à manger.

Malcolm replia son journal.

— Tu as vu que c'est encore Lew Hoad qui a remporté Wimbledon, Christian ?

— Hum-hum, fit le jeune adolescent, la bouche pleine.

Malcolm regarda Cordelia. Elle hocha la tête.

— J'ai pris des places pour un match de base-ball cet après-midi. Ça te dirait de m'accompagner ?

— Non, merci, grand-père, répondit Christian d'une voix polie mais distante.

Malcolm insista.

— Ce sont les Cubs contre les Pirates. Ce devrait être intéressant.

— Merci bien, mais j'ai d'autres projets.

— Et quels sont-ils ? demanda Cordelia.

— Je vais chez Dick.

Bridie apporta la soupe et le seul bruit dans la pièce fut celui de la louche dans les assiettes.

Cordelia attendit le départ de la bonne.

— Peut-être pourriez-vous y aller avec grand-père, Dick et toi ? proposa-t-elle. Qu'en penses-tu, Malcolm ?

— Bien sûr. Tu n'as qu'à lui téléphoner, Christian.

— Non, vraiment, merci, grand-père. Mais on a décidé d'aller jouer au tennis.

Ils continuèrent de déjeuner en silence. Malcolm et Cordelia échangèrent de nouveau un regard. Depuis quelque temps, ils se faisaient du souci pour Christian. Le jeune garçon semblait s'éloigner d'eux de jour en jour, et ils ne savaient plus quoi faire pour briser le mur qu'il avait érigé autour de lui.

Bridie revint pour servir la viande. Remarquant le lourd silence qui pesait dans la pièce, elle se déplaça sur la pointe des pieds et manipula les assiettes comme s'il s'était agi de la porcelaine la plus fine.

— Ça se passe bien à l'école ? demanda Malcolm, une fois Bridie partie.

— Oui, oui.

Malcolm soupira. Ne valait-il pas mieux qu'ils mettent un terme à ces déjeuners du week-end ? Il tenta d'engager la conversation sur un sujet qu'il savait intéresser Christian.

— Et la course ? Où en es-tu ?

Christian était sur le point de devenir l'un des champions de l'équipe d'athlétisme de son école.

— Ça va, répondit l'adolescent en découpant sa viande.

Malcolm regarda Cordelia en haussant les épaules, vaincu. Il passa le reste du repas à pousser machinalement sa nourriture du bout de sa fourchette tout en épiant du coin de l'œil son petit-fils.

Bien que loin d'avoir atteint sa stature adulte, Christian était grand et fort pour son âge. Ses cheveux blonds étaient soigneusement peignés et ses ongles propres et nets. Il présentait en tous points l'image du parfait petit Américain. Mais il avait la mâchoire anguleuse et ses lèvres serrés lui donnaient l'air d'être continuellement en colère.

— Est-ce que je peux sortir de table ? demanda Christian dès qu'il eut fini de manger.

Il s'exprimait avec une politesse exagérée, à laquelle il était impossible de répondre. Malcolm se contenta de hocher la tête et l'adolescent se leva et quitta la pièce sans un regard pour ses grands-parents. Ils entendirent une porte claquer, puis la voix de Christian qui appelait Flash.

— Peut-être ai-je été trop dur avec lui, fit Malcolm, songeur.

— Tu t'inquiètes pour rien, mon chéri, tenta de le rassurer Cordelia. C'est probablement une crise qui passera avec l'âge.

— Elle semble pourtant durer depuis pas mal de temps. Je me demande s'il ne faudrait pas l'emmener chez un psychologue.

— Attendons encore. Si tu veux, j'en parlerai à l'hôpital Saint-Joseph.

Cordelia passait une grande partie de son temps à l'hôpital de Chicago, où elle travaillait comme bénévole.

Christian entra brusquement dans la salle à manger.

— Est-ce que je peux avoir mon argent de poche?

C'était la première fois qu'il leur parlait sans qu'ils ne lui aient d'abord adressé la parole.

Malcolm prit dans son portefeuille un billet de cinq dollars et le lui tendit. Christian le remercia et sortit. Flash l'attendait dans le hall. Le vieil homme le suivit du regard. Il n'avait que cinquante-sept ans, mais se sentait aussi las que s'il en avait eu quatre-vingt-dix. Il se leva de table, annonça à sa femme qu'il allait se promener et sortit à son tour.

On était en plein été; une chaleur lourde et humide régnait depuis quelques jours et, avant que Malcolm n'atteigne les bords du lac, sa chemise était trempée. Il retira sa veste et la posa sur l'herbe, il la reprendrait au retour. La surface de l'eau était immobile; on aurait dit que le lac était las lui aussi de cette chaleur. Il aperçut plusieurs bateaux à moteur au loin, mais ils avançaient si lentement qu'aucune vague ne se formait dans leur sillage.

Malcolm était physiquement et mentalement fatigué. Ces derniers temps, il avait du mal à dormir et ses nuits étaient de nouveau hantées par les cauchemars qui l'avaient harcelé peu après l'accident d'avion, quatre ans auparavant. Il était torturé par la vision de son fils s'accrochant désespérément aux restes de l'avion, ballotté dans les eaux glaciales de l'Atlantique, jusqu'à ce que ses doigts gelés se détachent un à un. Il imaginait le bébé hurlant et l'eau s'engouffrant implacablement dans sa bouche grande ouverte.

Cordelia avait rendez-vous en ville et, à la perspective de passer tout l'après-midi livré à lui-même, il décida d'aller rendre visite à Mamie.

Alan Morgan, son oncle de Chicago chez qui il avait habité à la mort de son père et de ses frères, était décédé depuis longtemps, mais sa femme, Mamie, était encore de ce monde. Elle vivait dans une maison de retraite à Cicero, à l'ouest de Chicago. Malcolm adorait Mamie. Régulièrement, il lui proposait de venir s'installer à Evanston, mais la vieille femme refusait à chaque fois. Il l'avait aidée à trouver la meilleure maison de retraite de la région, et si ce n'était pas la plus chère, c'était de loin la plus agréable et la plus gaie, avec de vastes chambres ensoleillées et un grand parc. Elle était administrée par des catholiques. Mamie, qui adorait porter des robes aux couleurs vives et des chaussures peu convenables pour son âge, se faisait souvent conduire au cinéma — c'était devenu sa passion — et s'était débrouillée pour qu'on l'autorise à boire du gin, qu'elle prenait souvent le soir en même temps que ses pilules avant d'aller au lit. A quatre-vingt-neuf ans, Mamie se sentait si bien dans cette maison de retraite qu'elle songeait à se convertir au catholicisme.

Alors que Malcolm rentrait pour prendre sa voiture, il passa par la cuisine pour demander à Bridie si elle avait un message particulier à dire à Mamie. Les deux femmes s'appréciaient beaucoup; elles ne se voyaient pas souvent, mais elles s'écrivaient régulièrement.

Comme Malcolm portait des chaussures à semelles de crêpe, Bridie ne l'entendit pas approcher. Elle était assise à la table, la tête dans les mains et le regard perdu dans le vague. Son immobilité accentuait l'impression de vide que dégageait la cuisine. Avec son réfrigérateur qui ronflait doucement, ses rangées de pots en cuivre, ses paniers de légumes, ses bocaux et ses étagères bien rangées, la pièce, où régnait une odeur de café, n'avait jamais été aussi propre et en ordre. Mais elle manquait de vie. La maison entière manquait de vie. Cette cuisine grouillait autrefois de gens allant et venant, se faisant un sandwich, buvant une tasse de thé, bavardant, échafaudant des plans pour la journée; à présent, comme rétrécie autour de Bridie, elle semblait se demander : « Où sont-ils donc tous passés? »

— Bridie? appela Malcolm, le plus doucement possible.

La bonne sursauta et quand elle se retourna, Malcolm vit à quel point elle avait l'air vieille et fatiguée.

— Je sors, Bridie. Madame est en ville. Nous serons de retour pour le dîner.

— Et Christian? demanda-t-elle, gênée d'avoir été surprise à ne rien faire.

— Ne vous inquiétez pas pour lui. Il est chez son ami Dick pour l'après-midi. Il n'a pas dit à quelle heure il rentrait. S'il a besoin de quoi que ce soit, il est assez grand pour se préparer un en-cas. Au fait, je vais voir Mamie. Voulez-vous que je lui transmette un message de votre part?

— Oh, oui, monsieur. Faites-lui toutes mes amitiés et dites-lui que je lui écrirai ce week-end.

Malcolm acquiesça.

— A plus tard, Bridie.

— Bien, monsieur. Je vais faire cuire un poulet pour demain, et je préparerai une salade que je laisserai dans le réfrigérateur. J'aurai peut-être le temps de faire un gâteau aux pommes. Pensez-vous que ce sera assez?

— Bridie, c'est déjà trop. Je suis désolé...

Mais Malcolm ne finit pas sa phrase. Il s'en sentait incapable. Il était désolé pour lui-même et Cordelia, pour Christian, pour elle, pour son fils, sa belle-fille et Susanna, qui avaient bêtement trouvé la mort dans cet accident d'avion.

Christian gara sa bicyclette contre le perron de la maison de Dick. Dans cette rue — que le père de Dick, brigadier de police, nommait en riant « le quartier des bas loyers d'Evanston », toutes les maisons, rigoureusement alignées le long de la voie de chemin de fer, étaient identiques les unes aux autres, en brique et en bois. Christian avait apporté un nouvel album d'Elvis, soigneusement enveloppé dans un tee-shirt, et alors qu'il le sortait de la sacoche de sa bicyclette, son moral remonta. Par la porte d'entrée grande ouverte lui parvenait le vacarme qui régnait continuellement à l'intérieur de la maison.

Il semblait que, chez Dick, il y avait toujours au moins deux personnes qui parlaient en même temps, rivalisant avec le brouhaha continuel de la radio et de la télévision récemment acquise. Le niveau sonore était l'une des choses qui attirait le plus Christian ici et c'est pourquoi il préférait passer tout son temps libre chez son ami plutôt que chez lui.

Christian n'arrivait pas à voir Greentrees à travers les yeux de Dick. A chaque fois que ce dernier, impressionné par la grandeur de la riche demeure des Smith, se laissait aller à quelque commentaire favorable, Christian le rejetait avec mépris. La maison de son grand-père lui paraissait aussi oppressante qu'un cimetière et tout autant sinistre, et depuis la mort de ses parents il s'arrangeait pour s'en échapper le plus souvent possible.

— Salut, tout le monde! lança-t-il à la cantonade en entrant.

Deux des petits frères de Dick se roulaient par terre en se chamaillant tandis que l'une de ses sœurs, âgée de six ans et donc censée surveiller les deux garçons qui étaient plus jeunes qu'elle, se tenait devant eux, les mains sur les hanches, et leur ordonnait de s'arrêter tout de suite. Ils semblaient ne lui prêter aucune attention, et personne ne remarqua l'arrivée de Christian sur le champ de bataille.

Une autre des sœurs de Dick, celle-ci âgée de onze ans, donnait à manger au bébé tout en essayant de suivre un vieux film de Fred Astaire à la télévision. Elle leva les yeux en entendant la porte d'entrée que l'on refermait.

— Bonjour, Christian, lança-t-elle.

Christian se dirigea directement vers la cuisine. Deux chats se poursuivaient. Il en attrapa un et le caressa.

— Bonjour, madame Spielberg.

Penchée sur le plan de travail, la mère de Dick concoctait une crème dans un grand bol, un air rêveur au fond des yeux.

— Oh, bonjour Christian. Comme c'est gentil à toi d'être passé.

Christian s'était attendu à ce qu'elle lui dise cela — c'était toujours ce qu'elle lui disait, même si elle l'avait vu la veille ou quelques heures auparavant.

Il posa son disque sur l'un des tabourets, et ouvrit, par pure habitude, le réfrigérateur afin d'en examiner le contenu. En plus des restes — Mme Spielberg était un fin cordon-bleu —, il y avait des pots à moitié remplis de beurre de cacahuètes, de confiture, des boîtes de sauce tomate ouvertes, du pâté, des petits pots pour le bébé. Christian hésita un instant puis referma la porte.

— Pourquoi ne te fais-tu pas un sandwich? proposa Mme Spielberg en se tournant vers le jeune adolescent.

— Non, ça va aller, madame Spielberg. Je sors juste de table. Où est Dick?

— A la cave, je crois.

La mère de Dick se pencha et, d'une main couverte de crème blanchâtre, alluma la radio qui se trouvait sur la table, au milieu de la vaisselle sale du déjeuner.

Emportant le chat avec lui, Christian enjamba la pile de journaux qui traînaient en haut des marches menant à la cave et descendit rejoindre son ami. Après s'être frayé un passage entre des valises, des meubles cassés, des cartons de boissons et des piles de linge qui attendait d'être lavé, il aperçut Dick, assis dans un vieux siège de voiture. Il lisait une bande dessinée.

— Salut! lança-t-il sans lever les yeux de sa revue. Tu veux regarder le match?

— Pourquoi pas? répondit Christian en déposant le chat à

terre avant de s'asseoir à côté de son ami. J'ai apporté le dernier Elvis. Il est en haut. Tu veux l'écouter?

— Plus tard, fit Dick en continuant de lire.

Mais Christian savait qu'il était impressionné. Le dernier Elvis était numéro un au hit-parade.

Il ramassa une bande dessinée et se mit à lire, lui aussi. Ils formaient une drôle de paire, tous les deux : Dick, avec ses cheveux noirs et son visage rond, et Christian, avec ses cheveux blonds et son allure aristocrate. Au-dessus d'eux, le plafond craquait sous les pas et les sauts des frères et sœurs de Dick mais, comme isolés du vacarme, ils lirent tranquillement pendant une heure.

Malcolm longea Sheridan Road en direction de Lake Shore Drive. Il n'était pas pressé et laissait les autres voitures le doubler. Conduire à cette allure l'apaisait toujours; la voiture semblait être le seul endroit où personne ne pouvait le déranger.

Dans Rogers Park, il dut s'arrêter à un feu rouge, à côté d'une succursale d'Illinois Trust, fermée pour le week-end. Le nom de la compagnie lui remit en mémoire des souvenirs amers.

Cal, qui avait fini par se résoudre à l'idée qu'il ne serait jamais un grand acteur de cinéma, passait encore d'un travail à l'autre deux ans avant l'accident. Les Brasseries Smith, au nom de la diversification, venaient juste d'acquérir une petite chaîne de salles de cinéma, et Malcolm avait placé son fils à la tête de la filiale dans l'espoir que le travail lui plairait et qu'enfin, il se fixe. Au début, cela avait été le cas : lors de la première année, Cal avait persuadé la maison mère d'investir et de construire trois nouvelles salles qui devaient ouvrir à l'automne 1952.

Mais après la mort de Cal, lorsqu'un nouveau responsable avait repris son poste, on s'était aperçu que les comptes de la compagnie étaient désastreux et que la chaîne elle-même était au bord de la faillite. Des lettres de créanciers, dont plusieurs provenaient d'entreprises de travaux publics, étaient entassées au fond d'un tiroir. Apparemment, Cal s'était servi d'un de ses amis, manager d'une branche locale d'Illinois Trust, pour manipuler l'argent dont il disposait et en emprunter davantage, payant le personnel mais non les créanciers.

Malcolm n'avait appris tout cela que trois mois après l'accident, quand le nouveau responsable avait reçu la visite d'un représentant du syndicat des cercles de jeu de Chicago, venu présenter des billets à ordre signés de la main de Cal.

Arrivé à Cermak Avenue, Malcolm tourna à droite et traversa un quartier de hangars et de casses de voitures. Au croisement avec Western Avenue, des gamins avaient ouvert une prise d'eau et, torses nus, s'amusaient à s'asperger tout en criant et en courant. Une femme — de toute évidence la mère de l'un des enfants — les réprimandait tout en essayant de venir à bout d'un petit garçon qui cherchait à lui échapper pour rejoindre les grands. Malcolm observa la scène quelques instants et son cœur se brisa à la pensée de son petit-fils pour qui la vie avait été si peu clémente.

Il roula encore pendant dix minutes avant d'atteindre la maison de repos, située légèrement en retrait, et rangea sa voiture sur le petit parking bordé de dahlias rouges et jaunes. Quand il sortit de la Cadillac climatisée, il fut surpris par la chaleur lourde de l'odeur de l'asphalte. Avant d'entrer, il cueillit discrètement un dahlia jaune qu'il offrirait à sa tante.

Mamie était dans le jardin d'hiver, assise dans sa chaise roulante, face à la baie vitrée grande ouverte. Elle bavardait avec une femme qui se trouvait dans le jardin. Malcolm s'approcha doucement.

— Bonjour, Mamie.

— Malcolm ! (son visage tout ridé s'illumina d'un sourire.) Tu es venu me voir.

— Pourquoi ne viendrais-je pas te voir ?

Après avoir salué la femme avec qui elle parlait, elle tourna sa chaise roulante vers Malcolm et lui fit signe de s'installer à côté d'elle.

— Tiens, je t'ai cueilli un dahlia. Tu ferais mieux de le cacher, il vient de la plate-bande qui longe le parking.

— Malcolm ! A ton âge ! fit la vieille femme en souriant.

Elle glissa la fleur dans le décolleté en V de son tee-shirt tandis que Malcolm approchait une chaise.

— Tu as le bonjour de Bridie. Elle t'écrit bientôt.

— Ça me fera plaisir d'avoir de ses nouvelles. Elle est si bonne. Dis-moi, que dirais-tu d'un petit verre ?

— Non, merci. Mais ne te gêne pas pour moi.

Mamie sortit de son sac la flasque d'argent que Malcolm lui avait offerte et dévissa le bouchon qui faisait office de verre. Elle buvait son gin pur. Malcolm l'observa tandis qu'elle se servait. Sa tenue — un tee-shirt rose sur une jupe à fleurs — était tout à fait indécente pour une femme de quatre-vingt-neuf ans. Il avait l'impression qu'elle avait maigri depuis la dernière fois qu'il l'avait vue, six semaines plus tôt. Les plis de chair qui pendaient de ses bras tremblotèrent quand elle porta le verre à sa bouche. Et comme ses jambes étaient squelettiques! Mais ses cheveux blancs étaient soignés et encadraient joliment son visage. Elle soulignait toujours ses yeux pétillants d'ombre à paupières bleue, et maquillait ses lèvres et ses pommettes d'un fard rouge.

— Bien, fit-elle, en reposant la flasque. Alors, que me racontes-tu?

— C'est plutôt à toi de me raconter ce que tu as fait ces derniers temps.

— Oh, il ne se passe pas grand-chose ici, tu sais. Tiens, voilà Mr. Wilson, dit-elle en apercevant un vieux monsieur qui traversait le jardin. Bonjour, monsieur Wilson. Venez que je vous présente mon neveu.

Malcolm savait que les résidents de la maison de retraite étaient fiers de se présenter mutuellement leurs parents, particulièrement quand ceux-ci imposaient le respect; il sentit que Mamie n'était pas prête à laisser passer l'occasion d'impressionner son congénère. Il se leva pour saluer le vieil homme.

— Malcolm, je te présente monsieur Wilson, déclara Mamie de sa voix « raffinée ». Tu devrais l'entendre chanter! Quelle voix!

— Voyons, madame Morgan… fit l'homme en riant. Vous exagérez.

— Mon neveu, comme vous le savez, est le Smith des Brasseries Smith.

— Je sais, je sais, madame Morgan. Enchanté de vous rencontrer. Votre tante m'a beaucoup parlé de vous. Au fait, si un jour vous avez un excédent de ce que vous produisez, vous savez où l'envoyer, n'est-ce pas, madame Morgan?

— Oui, tout à fait.

— Je serai ravi de vous faire parvenir une caisse ou deux de bière, répondit Malcolm, qui s'en voulut de ne pas y avoir pensé plus tôt.

Après le départ de Mr. Wilson, Mamie se pencha vers Malcolm et lui glissa à l'oreille :

— Le pauvre homme. Il a un fils médecin qui vient de divorcer pour épouser sa secrétaire. Une jeune écervelée qui n'a même pas la moitié de son âge.

— Tu l'as rencontrée? demanda Malcolm, amusé.

— Bien sûr que non! Heureusement qu'il n'ose pas l'amener ici.

— Alors, comment sais-tu que c'est une jeune écervelée? insista Malcolm qui regrettait décidément de ne pas rendre visite à sa tante plus souvent.

— Il est parfois inutile de voir les gens pour deviner certaines choses, répondit Mamie en pinçant les lèvres. Mais dis-moi, comment va Christian?

— Eh bien, en vérité, je ne sais pas. J'ai l'impression de ne plus le comprendre. On dirait qu'il est perpétuellement en colère.

— Qui ne le serait pas, avec tout ce qu'il a vécu? Perdre ses parents et sa sœur comme ça. Je n'arrive toujours pas à m'y faire, même après tout ce temps. C'est comme si l'histoire se répétait. Tu as perdu ta famille deux fois.

Mamie était suffisamment vieille pour parler sans gêne de la mort et des drames qui s'étaient abattus sur les siens.

— Je n'oublierai jamais ce jour où Alan t'a amené à la maison, reprit-elle. Tu avais l'air tellement désorienté...

— Je sais, et moi non plus je ne l'oublierai jamais.

Elle lui prit la main.

— Est-ce toujours aussi terrible?

Malcolm hocha pitoyablement la tête.

— Je ne sais pas quoi te dire, mon chéri. Tout ce que tu peux faire, c'est t'accrocher à l'idée que tu as eu droit à de magnifiques années avec les tiens. Vis sur le souvenir, Malcolm.

Sa douce voix faiblit. Elle fouilla de nouveau dans son sac, cette fois-ci pour en sortir un mouchoir. Malcolm la regarda. C'était elle qui, à l'âge de quatre-vingt-cinq ans, les avait accompagnés, Cordelia et lui, à Bangor, dans le Maine, où avaient eu lieu les funérailles de Cal, Maggie et Susanna. Sur une minuscule plage couverte de galets, elle était restée près d'eux, tandis qu'ils jetaient des fleurs dans la mer et laissaient libre cours à leur chagrin. Mamie n'avait pas pleuré, mais s'était tenue droite dans sa chaise roulante, un plaid sur les genoux et un chapeau noir fixé à sa coiffure par des épingles.

— Quand tu seras aussi vieux que moi, Malcolm, continua-t-elle, tu verras que les souvenirs agréables font à ce point partie de toi qu'il est difficile de faire la différence entre la vie que tu vis aujourd'hui et celle d'autrefois. Ainsi, j'ai parfois l'impression que nous venons de fêter nos noces d'argent, Alan et moi.

— Je dors très mal en ce moment. Souvent, au milieu de la nuit, je suis assailli par d'horribles visions de l'accident.

Mamie poussa un profond soupir.

— Ta douleur ne te quittera jamais complètement, mon chéri, mais elle s'effacera petit à petit, jusqu'à n'être plus qu'une croûte. Et sous la croûte se trouve toute la douceur des jours heureux. Il ne tient qu'à toi de faire remonter à la surface le souvenir des jours heureux. Mais en attendant, il faut que tu aides Christian. C'est à ton tour, à présent.

— Je sais, mais il me rejette systématiquement, comme s'il m'en voulait de ce qui est arrivé.

— Et il t'en veut probablement, Malcolm. Mets-toi à sa place. Il faut bien que le pauvre enfant se venge sur quelqu'un.

Elle lui prit de nouveau la main.

— N'oublie pas qu'on n'aime jamais assez un enfant.

— Ce qui m'inquiète, et je n'ai pas encore osé en parler à Cordelia, c'est qu'il se laisse aller, qu'il n'a aucun but dans la vie, tout comme son père. Et je sais que ce sera ma faute.

— Et alors, Malcolm ? Il peut nous arriver pire dans la vie que de ne pas trouver un but, tu sais. Nous ne sommes pas tous faits pour devenir des aigles. Dieu a besoin aussi de gens qui respirent le parfum des fleurs.

Malcolm adorait la façon dont sa tante comprenait la religion. Il considéra longuement son doux visage rehaussé de couleurs artificielles.

— Mamie, tu es une femme extraordinaire ! s'exclama-t-il en serrant ses deux mains.

— Balivernes ! répliqua Mamie. Je suis vieille et j'ai vécu plus longtemps que toi, c'est tout.

Malcolm resta avec elle pendant une heure encore. La serre était très calme. Des lobélies, des capucines et diverses espèces de lierres retombaient mollement dans la lourde chaleur et Malcolm se laissa envahir par la sérénité de l'endroit. Mamie se resservit un verre de gin et lui parla encore, mais, à deux reprises, ses yeux se fermèrent. Elle était si fatiguée.

— Je ferais mieux de rentrer, Mamie, déclara Malcolm en voyant qu'elle faisait des efforts pour ne pas s'assoupir.

Mamie se redressa aussitôt.

— Ne te crois pas obligé de partir, Malcolm.

Mais il vit qu'elle avait besoin de se reposer. Il l'embrassa sur la joue. Comme sa peau paraissait fine !

— Au revoir, Mamie. Tu nous ferais très plaisir en venant nous rendre visite à Evanston.

— J'essaierai, mais je suis très occupée ici, tu sais.

Malcolm sourit et l'embrassa de nouveau.

— Je reviendrai te voir bientôt.

Elle lui sourit à son tour mais il vit qu'elle luttait pour ne pas s'endormir. Il se retourna une dernière fois avant de franchir la porte ; sa tête reposait déjà sur sa poitrine.

Jamais Molly n'avait connu un été aussi merveilleux. L'une des meilleures journées qu'elle avait passées, c'était lorsqu'ils étaient allés au bal à Inishmaan. Depuis le lever du soleil jusqu'à la tombée de la nuit, la journée lui avait paru magique.

Brendan, qui travaillait à présent à Birmingham, était venu, lui aussi, passer ses vacances sur l'île. Mais il ne les avait pas accompagnés. Molly n'en avait guère été surprise. S'il avait toujours été passablement renfrogné, il semblait encore plus renfrogné depuis qu'il avait quitté la maison. Parce qu'il était un homme, à présent, et qu'il gagnait sa vie, Molly devait lui céder sa chambre quand il revenait ; elle dormait alors dans la cuisine, avec Conor, chacun dans un lit situé de part et d'autre de la cheminée. Brendan ne sortait jamais de sa chambre avant l'heure du repas, et Conor et Molly l'évitaient autant qu'ils le pouvaient. Il semblait n'apprécier que la compagnie de Micheal. Il sortait très souvent en mer avec lui et ils allaient ensuite au pub ensemble.

Dès que Sorcha avait appris qu'il y avait un bal à Inishmaan, elle avait demandé à Conor de l'accompagner ; jamais elle n'aurait osé prendre le bateau seule pour se rendre sur l'île voisine où habitait sa famille, et elle savait qu'il ne viendrait certainement pas à Micheal l'idée de l'y conduire.

— Bien sûr, avait répondu Conor en prenant Molly dans ses bras, mais à une condition. Que je puisse emmener ma petite fiancée !

En apprenant la bonne nouvelle, Molly avait senti son cœur déborder de tendresse pour son frère.

Il avait été décidé que ce serait le frère de Micheal, Sean, qui les emmènerait tous les trois dans son coracle.

Comme les bals à Inishmaan commençaient très tard dans la soirée, ils décidèrent de passer la nuit là-bas, et la veille du grand jour Molly aida sa mère à préparer leurs affaires. Elles empruntèrent de nouveau la jolie robe de la petite Aine Kett, et Sorcha ressortit la robe qu'elle portait pour les grandes occasions. Puis, en fin de journée, elles firent du pain et s'assurèrent qu'il y avait assez à manger pour Brendan et Micheal.

Le lendemain matin, ils retrouvèrent tous les trois Sean à son coracle ; le frère de Micheal avait installé un moteur sur son bateau. Sorcha monta à l'avant, au milieu de ses paquets et de ses ballots ; Molly s'assit fièrement à côté de Conor, au milieu, et Sean tint la barre. La mer était un peu agitée et, alors que le coracle tanguait et se balançait sur les vagues, des embruns venaient les éclabousser. Molly riait aux éclats tout en se passant la langue sur les lèvres. L'eau était froide et salée.

A mi-chemin, lorsqu'ils passèrent le détroit de Foul, plusieurs dauphins se joignirent à eux et les suivirent. Molly en avait déjà aperçu depuis le rivage, ainsi que des marsouins et même de petites baleines, mais c'était la première fois qu'elle en voyait de si près. Quand l'un d'entre eux fit un bond hors de l'eau, elle poussa un cri, tant elle était effrayée et excitée à la fois.

Même Sean, qui pourtant était habitué à leur présence, ne put résister à la tentation de ralentir l'allure pour mieux les admirer. Avec leurs bouches grandes ouvertes, on aurait dit qu'ils riaient. Enchantée par le spectacle, Molly se mit à frapper dans ses mains et vit que sa mère frappait dans ses mains, elle aussi. Son foulard avait glissé sur ses épaules et ses cheveux flottaient librement au vent.

L'un des dauphins, plus curieux que les autres, les suivit longtemps. Chaque fois qu'il faisait surface, il semblait leur sourire, et chaque fois qu'il replongeait, mille petits arcs-en-ciel se formaient dans les gouttelettes d'eau qui retombaient sur lui.

Puis le banc de dauphins s'éloigna et le reste de la traversée se déroula sans encombre. A peine étaient-ils arrivés à Inishmaan que les sœurs de Sorcha les emmenèrent chez celle qui possédait le plus grand cottage pour y déjeuner. Toute la famille de Sorcha était là, autour de la table de la cuisine, les adultes assis et les enfants debout. Une fois le repas terminé, les enfants sortirent jouer pendant que les hommes fumaient et que les femmes bavardaient autour d'une tasse de thé.

A la tombée de la nuit, ils se préparèrent tous pour le bal. La chambre des enfants avait été attribuée à Molly et à Sorcha. Elles dormiraient toutes les deux dans le lit tandis que les petits s'installeraient par terre, sur des matelas. La pièce était petite et ils avaient un peu de mal à circuler tous ensemble, mais ils finirent par être tous prêts. Tout le monde admira Molly avec sa jolie robe de princesse, et les sœurs de Sorcha remarquèrent à quel point elle était grande pour son âge et comme ses cheveux étaient blonds.

Enfin, ils partirent pour le bal. La salle où il avait lieu se trouvait sur une hauteur. Quand ils s'en approchèrent, Molly perçut la lumière et la musique qui sortaient à flots par la porte grande ouverte. Les montagnes des Pyrénées résonnaient-elles de la même manière ? Conor marchait devant avec quatre de ses cousins, absorbé dans un monde masculin dont les portes lui étaient fermées, et elle n'osa pas aller le lui demander.

Il était presque minuit, et pourtant il ne faisait pas encore nuit noire. Au loin, vers l'ouest, une bande de ciel bleu pâle se dessinait au-dessus de l'horizon. Alors qu'elle avançait entre sa mère et ses tantes, Molly suivait du regard les petites pointes de lumière émanant des torches des danseurs qui se hâtaient vers le bal. On aurait dit mille lucioles bondissant tout autour d'elle.

Une fois qu'ils arrivèrent, elle fut tout étourdie par la lumière et le vacarme qui régnait à l'intérieur de la salle de bal. Le bruit des voix couvrait presque le son des instruments. Sept musiciens se trouvaient sur scène, dont deux — l'accordéoniste et le flûtiste — étaient spécialement venus du continent pour la soirée. Tandis qu'ils se frayaient un passage à travers la foule, Molly fit la grimace tant l'odeur de la bière lui parut forte.

Plusieurs femmes, vêtues elles aussi de leurs plus beaux vêtements, saluèrent sa mère. Sorcha s'assit avec elles, contre le mur, et prit Molly sur ses genoux. A nouveau on s'extasia sur la beauté de la petite fille. L'une des femmes alla lui chercher un verre de limonade et Molly les écouta parler des jours anciens et des bals de leur jeunesse. Sur la piste de danse, des couples de tout âge tournoyaient en tapant lourdement des pieds.

Conor vint la chercher. Ne prêtant pas attention aux protestations de sa sœur, il la souleva dans ses bras et la fit virevolter tout autour de la piste. A la fin du morceau, Conor la ramena. Mais Sorcha se levait déjà pour répondre à l'invitation d'un vieux monsieur bossu. De toute évidence, sa malformation ne le gênait guère. Sorcha riait aux éclats tout en se laissant guider par son cavalier et Molly trouva que sa maman était très jolie. Lorsque le vieux monsieur la reconduisit à sa chaise, il se courba devant la petite fille et lui dit que sa mère était la meilleure cavalière de toute l'Irlande.

Il était très tard, Molly ne tenait plus debout. Jamais elle n'avait veillé aussi tard. Conor lui confectionna un petit lit à l'aide des manteaux et l'installa dans un coin de la salle. D'autres enfants y dormaient déjà — deux petits garçons, et une fillette âgée de deux ans tout au plus. Alors qu'elle sombrait doucement dans le sommeil, bercée par les accords d'une vieille valse, elle se dit qu'elle avait bien de la chance d'être la fille de la meilleure danseuse d'Irlande.

Lorsqu'elle se réveilla le lendemain matin, sa mère et son frère étaient déjà prêts pour le retour à Inisheer. Ils devaient partir de bonne heure afin que Sorcha rentre à temps pour préparer le repas de Micheal et de Brendan.

La traversée au retour fut très calme comparée à l'aller ; la mer était plate et aucun dauphin ne vint les accompagner. Seule une mouette, dont la blancheur tranchait contre la grisaille du ciel, un ciel si gris que Sean se demanda s'il n'allait pas pleuvoir, vola paresseusement au-dessus d'eux quelque temps. Molly avait du mal à garder les yeux ouverts tant elle était fatiguée.

Arrivés à Inisheer, comme personne ne les attendait, Conor dut sauter à l'eau pour amener le coracle sur le sable. Sorcha et Molly en descendirent, puis, avec l'aide de Sean, Conor retourna le bateau et le porta jusqu'à une remise, où il serait à l'abri de la marée.

Ils trouvèrent Micheal assis, seul, près de la cheminée. Le feu était éteint.

— Vous en avez mis du temps, marmonna-t-il en les entendant entrer, puis il se leva de sa chaise et se dirigea d'un pas lourd vers la porte.

Conor lui lança un regard noir mais Sorcha se contenta de soupirer et envoya Molly chercher une motte de tourbe pendant qu'elle nettoyait l'âtre pour y faire du feu. Puis, s'apercevant que la cruche dans laquelle ils stockaient de l'eau était vide, elle demanda à Conor d'aller puiser de l'eau au puits.

Lorsque Micheal revint, ils s'installèrent tous les quatre autour de la table et mangèrent en silence. Pas une seule fois Micheal ne leva les yeux de son assiette. Sorcha avait préparé quelques harengs fumés que sa sœur lui avait donnés avant de partir. Comme la plupart de leurs voisins, ils mangeaient rarement du poisson, cependant ni Molly ni Conor ne firent de commentaire tandis qu'ils mâchaient la chair dure et filandreuse du hareng. Brendan n'était toujours pas rentré, mais Micheal était d'humeur si renfrognée qu'ils n'osèrent pas s'enquérir de lui.

Ce fut un soulagement quand le repas fut fini. Micheal écarta sa chaise et se leva sans un mot. Puis il s'approcha de la cheminée et prit un peu d'argent dans le pot en terre. Il s'était mis à pleuvoir; il attrapa son ciré, l'enfila et sortit. Dès qu'il fut dehors, l'atmosphère se détendit; Molly aida sa mère à débarrasser et Conor s'installa près de la fenêtre pour lire.

Il cessa de pleuvoir en fin d'après-midi. Molly sortit jouer tout en attendant le retour de son père et de son grand frère. Il était sept heures quand elle les vit grimper la colline. Brendan titubait en marchant. Micheal se tenait un peu mieux, mais sa démarche quelque peu hésitante ne trompait pas.

Sorcha s'empressa de mettre le couvert pour son mari et son fils. Conor, Molly et elle avaient déjà mangé.

— Sauve-toi avant qu'ils arrivent, dit-elle d'un ton suppliant à Conor. Tu n'as qu'à aller à la chapelle. Ils iront mieux après avoir mangé.

— Je ne bougerai pas d'ici, répondit Conor. Je ne fais de mal à personne. Ne t'inquiète pas, maman, ça ira.

Molly, qui venait d'entrer, comprit aussitôt de quoi il s'agissait. Lorsque Micheal avait trop bu, il était généralement d'humeur violente. Elle aussi aurait préféré que Conor sorte et l'emmène se promener, mais quand elle vit qu'il reprenait sa lecture près de la fenêtre, elle se glissa dans un coin de la pièce.

Les deux hommes ne tardèrent pas à arriver. Brendan se cogna contre le mur et sans l'aide de Micheal qui le retint par le bras, il serait tombé. Sorcha s'activa aussitôt autour de la table.

— Le repas est prêt, dit-elle.

Elle aida Brendan à s'asseoir et leur versa à chacun une tasse de thé après s'être assurée que le pain était à portée de leur main. Brendan était bien trop saoul pour avaler quoi que ce soit, mais il resta à table, dodelinant doucement de la tête.

Micheal mangea à la hâte; il buvait de grandes gorgées de thé et enfournait bouchée sur bouchée. Alors qu'il levait les yeux de son assiette pour prendre du beurre, il croisa le regard de Conor.

— Qu'est-ce que tu regardes? brailla-t-il si fort qu'il recracha des morceaux de pain à moitié mâchés.

Conor le fixa longuement. Un morceau de pain était resté collé à son menton. Avant que Micheal ait le temps de s'essuyer, Conor éclata d'un rire nerveux. Fou de rage, Micheal bondit sur ses pieds et renversa sa chaise.

— Espèce d'insolent! hurla-t-il. Je vais t'apprendre à rire de ton père!

Il traversa la cuisine à grands pas. Sorcha courut vers son fils et tenta de s'interposer entre Micheal et Conor, mais Micheal la repoussa violemment. Elle perdit l'équilibre et se cogna contre le buffet.

— Papa! s'écria Molly. Non! S'il te plaît!

— Pardonne-moi, papa, s'écria à son tour Conor. Pardonne-moi, je t'en prie.

Mais Micheal ne pouvait plus se contrôler. Ivre de colère, il tituba jusqu'à son fils, la main tendue pour le frapper. Conor baissa vivement la tête et esquiva le coup. Micheal, qui ne s'attendait pas à une telle rapidité, fut emporté par son élan et heurta le mur. Il poussa un cri et se retourna vers Conor en se massant l'épaule, les yeux injectés de sang. Conor se précipita vers la porte et l'ouvrit à la volée pour se sauver. Trop tard. Micheal était déjà sur lui. Le père et le fils commencèrent à se battre. Conor était grand et fort, mais face à Micheal il ne faisait pas le poids. Pourtant, il se débattit furieusement.

Molly était si effrayée qu'aucun son ne sortait de sa bouche. Plaquée contre le mur, elle regardait son père et son frère rouler par terre, renversant les chaises et se cognant contre les pieds de la table. Sorcha, qui s'était relevée, chercha à arrêter Micheal, mais il la repoussa de nouveau, tout en injuriant abondamment son fils, en anglais et en irlandais.

Parvenu à immobiliser Conor, il se releva et, tout en jurant de plus belle, il le traîna jusqu'à la chambre de Molly avant de claquer la porte derrière eux.

Les cris et la lutte continuèrent de l'autre côté du mur. D'une voix déchirante, Conor suppliait à présent son père.

— Papa, arrête, s'il te plaît. Je suis désolé. Arrête, arrête, papa.

La bouche pendante, Brendan ne s'était apparemment rendu compte de rien. Il était toujours assis à la table. Sorcha ne put en supporter davantage. Elle attrapa son châle et, le visage ruisselant de larmes, sortit. Molly courut aussitôt derrière elle, mais

Sorcha marchait vite et elle ne put la rattraper; elle était déjà au sommet de la colline quand la petite fille tourna au coin de la maison. Malgré la distance, elle pouvait l'entendre pleurer, tandis qu'à l'intérieur résonnaient les hurlements et les supplications de Conor. Deux hommes, qui allaient à pied le long du chemin, s'arrêtèrent en croisant Sorcha. Ils la regardèrent, puis se regardèrent en haussant les épaules. Molly suivit la scène de loin et faillit mourir de peur et de chagrin. De honte, aussi.

Elle s'élança vers l'appentis où le chien dormait habituellement sur un lit d'algues sèches, et se glissa à côté de l'animal, enfonçant la tête dans sa fourrure chaude et se couvrant les oreilles pour ne plus entendre les cris qui parvenaient de la maison. Le chien avait peur aussi, il tremblait et léchait le bras nu de la petite fille.

Après quelque temps — Molly n'aurait su dire combien de temps —, elle se releva. Le calme régnait. On n'entendait plus un cri, plus un hurlement.

Lentement, terrifiée, elle retourna vers la maison. Comme elle était trop petite pour regarder par la fenêtre, elle avança sur la pointe des pieds vers la porte restée ouverte. La cuisine était vide, les chaises toujours renversées et le sol couvert de tessons de verre et de morceaux d'assiettes cassées.

Elle entra doucement en veillant à ne pas se blesser et ouvrit la porte de sa chambre. Des signes de la lutte étaient visibles un peu partout. Les couvertures pendaient du lit et le réveil, que Brendan avait apporté de Birmingham, traînait dans un coin, brisé. On entendait encore le tic-tac des aiguilles.

Couché sur le lit, Conor lui tournait le dos, à demi nu, les mains attachées avec de la grosse ficelle. Son pantalon était baissé jusqu'à ses chevilles et sa chemise était en lambeaux. Il avait le corps couvert de bleus et de zébrures, là où Micheal l'avait frappé avec sa ceinture.

Molly se précipita vers le buffet de la cuisine et ouvrit l'un des tiroirs. Elle s'empara du grand couteau que Sorcha utilisait quand elle préparait une volaille et revint en courant dans la chambre. Elle eut du mal à couper la ficelle tant elle tremblait. Conor l'aida du mieux qu'il put, tendant les poignets vers elle tout en tirant sur la corde.

A peine fut-il libéré qu'il se rhabilla pour cacher sa nudité. Puis il regarda Molly avec une expression au visage que la petite fille ne lui avait jamais vue. De nouveau, la terreur l'envahit.

Mais Conor lui sourit et ses yeux se remplirent de larmes. Molly grimpa sur le lit et se blottit tout contre lui tel un petit chat. Il sentait la sueur. Il la serra dans ses bras.

— J'aurai sa peau, Molly. Un jour, j'aurai sa peau. Un jour...

4

Le chuchotement enfla sourdement dans le dortoir jusqu'à devenir un puissant murmure à mesure que les filles oubliaient toute prudence. Les vacances d'été commençaient le lendemain.

Le box de Molly était placé contre la fenêtre qui donnait sur la pelouse devant l'école, face au lac. La proximité de la fenêtre était un douteux privilège en hiver, quand la pluie battait les vitres et que le vent glissait ses doigts glacés dans les fissures du bois, mais des nuits d'été comme celle-ci vous dédommageaient des rigueurs hivernales. Il était presque dix heures du soir et, appuyée contre son oreiller, Molly regardait le soleil se refléter une dernière fois dans le lac avant de disparaître derrière les montagnes.

Le rideau séparant son lit de celui qu'occupait Kathleen Agnes Dwyer fut tiré d'un coup, et la tête bouclée de son amie apparut.

— Molly! souffla-t-elle.

Molly abandonna son coucher de soleil et dut se pencher hors de son lit pour entendre ce que lui voulait son amie. Les sœurs les avaient séparées au début de l'année, mais elles avaient levé la punition quand Kathleen Agnes, avec son sourire le plus charmeur, avait persuadé mère Regis que Molly avait besoin d'elle et que, timide comme elle l'était, il lui serait très difficile de se faire une autre amie.

Molly s'aperçut bien vite que Kathleen Agnes n'avait rien de particulier à lui dire, à part répéter encore une fois les plans qu'elles avaient échafaudés pour se revoir au cours de l'été. Elles avaient prévu de se rendre visite tour à tour au mois d'août. Le père de Kathleen Agnes était fermier et possédait une centaine d'hectares de bonne terre à Limerick.

Quand Kathleen Agnes lui avait fait part de ce projet, Molly s'était d'abord montrée réticente. Elle mourait d'envie d'aller à Limerick, mais elle s'inquiétait de la réaction de son amie quand celle-ci verrait le minuscule cottage de ses parents, si rustique comparé à sa luxueuse demeure. Elle avait résolu ce dilemme en s'arrangeant pour que la visite de son amie à Inisheer coïncide avec la semaine de vacances de Conor, au milieu du mois d'août, comptant bien que sa romantique amie serait assez subjuguée par Conor pour ne pas remarquer les sautes d'humeur de son père.

Mère Regis fit irruption dans le dortoir pour rétablir un semblant d'ordre, et Molly réintégra son lit en vitesse pour réciter le rosaire avec les autres.

— Bonne nuit, les filles! lança la sœur quand le rosaire fut terminé. Et tout le monde dort, maintenant! Assez de bavardages pour ce soir!

Mère Regis semblait elle aussi touchée par cette atmosphère de vacances. Sa voix avait quelque chose de jeune, de presque féminin.

— Bonne nuit, mère, répondirent les filles en chœur.

— Et attention aux puces! risqua une voix solitaire à l'autre bout de la vaste pièce.

Molly se pelotonna dans son lit et ferma les yeux. Elle ne détestait pas l'école, elle s'y plaisait même, mais elle avait hâte de rentrer à la maison. Elle avait seize ans, quatre mois et sept jours.

Quand elle ouvrit les yeux le lendemain matin, le dortoir bruissait déjà d'un fourmillement d'activité. Personne ne parlait, mais les filles, ignorant la règle qui leur interdisait de se lever avant la cloche, avaient commencé leurs allées et venues dans la salle d'eau. Des portes de placard s'ouvraient et se refermaient, des valises étaient traînées sur le sol.

Molly devait se rendre à Galway avec toutes les filles qui avaient un train ou un car à prendre; une sœur converse l'accompagnerait, pour le cas où le *Naomh Eanna* aurait du retard, ou verrait son départ annulé par le mauvais temps. Alors la sœur la ramenèrait à l'école. L'inquiétude de Molly se dissipa quand elle regarda le ciel : le soleil était haut, une belle journée se préparait.

Elle sauta de son lit, fit sa toilette, frissonna en sentant l'eau froide sur son visage, puis emporta sa cuvette dans la salle d'eau pour la vider dans l'un des éviers. Elle était fin prête, occupée à caser son sac de toilette dans sa valise, quand la cloche retentit.

Elles eurent droit à un petit déjeuner de gala — des corn flakes au lieu de porridge. Il n'y avait pas classe, bien sûr : même les terminales se contentaient d'une étude surveillée pour d'ultimes révisions. Aussitôt après le déjeuner, Molly traversa la pelouse semée de pâquerettes en direction du lac en compagnie de Kathleen Agnes, que son père allait venir chercher en voiture. Les poignets de Molly dépassaient des manches de son corsage, et tout en marchant, elle tirait désespérément sur sa jupe marron dans un vain effort pour la rallonger. Elle lui arrivait désormais bien au-dessus du genou, et Molly se sentait toute nue. Elle avait beaucoup grandi au cours de l'année scolaire, et se trouvait tout simplement affreuse.

— Je suis horrible! lança-t-elle tristement à la petite et rondelette Kathleen Agnes quand elle dut se baisser pour éviter une branche basse sous laquelle son amie s'était glissée sans difficulté. Je ne supporte pas d'être aussi grande!

— Oh, ça va, arrête de grogner cinq minutes! (Kathleen Agnes ne mâchait pas ses mots.) Mère Joséphine m'a dit qu'avec la tête que tu as, tu pourrais être mannequin ou vedette de cinéma!

Kathleen Agnes exagérait. La sœur s'était bornée à lui dire qu'elle n'avait jamais vu une fille d'Aran aussi grande. Mais Kathleen Agnes était sans cesse tiraillée entre l'irritation que Molly soit si jolie sans même le savoir — ou pire encore, en s'en moquant — et sa tendance naturelle à rassurer son amie.

— Si j'avais ton visage et ta taille, reprit-elle, rien au monde ne pourrait me forcer à revenir dans cette boîte l'an prochain pour finir cette stupide terminale. Je me barrerais à Londres vite fait.

— Mais enfin, Kathleen Agnes, tu es très belle! Et la terminale est ce qui nous permet de décider de nos choix plus tard dans la vie, ajouta sagement Molly, faisant écho aux sœurs.

— Je me fous éperdument de mes choix, dit Kathleen Agnes en secouant ses boucles.

Pour Molly, l'une des grandes révélations de l'école avait été le langage haut en couleur des pensionnaires.

— Je veux épouser un homme riche, poursuivit Kathleen Agnes, sûrement pas un fermier. Je n'aurai pas plus de deux enfants, et comme ça je pourrai profiter de la vie!

A l'appui de cette déclaration, elle ramassa un caillou et le lança dans l'eau claire du lac.

Molly était accoutumée aux opinions tranchées de Kathleen Agnes. Comme d'habitude, elle ne se sentait pas au diapason. Elle n'avait pas la moindre idée de ce qu'elle voulait faire après l'école. Influencée par l'atmosphère religieuse du couvent, elle envisageait vaguement de devenir nonne.

Quand ce fut l'heure du départ, elles se dirent au revoir devant la porte de l'école.

— Et tu m'écris tout de suite! ordonna Kathleen Agnes tout en claquant la porte du minibus qui emportait Molly avec sept autres filles et la sœur converse.

— Promis! cria Molly.

Kathleen Agnes lui lança alors un morceau de papier soigneusement plié par la vitre ouverte du minibus. Molly l'ouvrit tandis que le bus descendait l'allée. C'était une image pieuse, pliée en quatre. Elle représentait sainte Maria Goretti, la jeune fille canonisée pour avoir préféré se faire poignarder à mort plutôt que céder au désir de son agresseur.

Molly retourna l'image : « Mieux vaut prévenir que guérir! » avait écrit son amie de sa grande écriture anguleuse. Molly réprima un fou rire et jeta un coup d'œil à la sœur converse assise à côté d'elle, mais celle-ci, absorbée par sa conversation avec sa voisine, n'avait rien remarqué.

La saison touristique était commencée, et le *Naomh Eanna* était bondé. Molly se tint à la proue du steamer, qui fit d'abord escale à Kilronan, sur la grande île, avant de poursuivre sa route sur Inisheer et Inishmaan. Traînant sa valise d'une main et tirant sur sa jupe de l'autre, elle trouva un coin abrité du vent près du fumoir.

— Grâce au ciel, nous allons avoir un bel été.

C'était la voix d'un prêtre, qu'elle n'avait pas remarqué tout d'abord. Il était assis sur une petite valise et fumait la pipe.

— Oui, mon père, dit timidement Molly.

Elle n'avait guère l'habitude de parler à des prêtres. Sa maison n'était pas de celles qui recevaient régulièrement la visite du clergé; quant à l'aumonier de l'école, il élevait deux épagneuls avec lesquels il aimait chasser, et Molly, influencée par le respect que portait Conor à toutes les créatures vivantes, désapprouvait passionnément la chasse.

Elle ne savait plus que dire et, sans cesser de tirer sur sa jupe, elle feignit d'être complètement absorbée par ce qui se passait sur le quai.

— Je ne crois pas vous connaître, reprit le prêtre. Vous allez à Kilronan ?

— Non, mon père, je suis d'Inisheer.

— C'est là que je vais, moi aussi, dit-il d'un ton jovial. Le père Naughton prend des vacances et je le remplace pour deux semaines. Je suis sûr que nous nous verrons là-bas.

Elle hocha la tête, incapable de proférer un mot, et il lui tendit la main.

— Pat Morahan.

— Enchantée, mon père. Molly Ni Briain.

— Il fait un fameux vent, ici, Molly. Nous pourrions essayer de nous mettre un peu à l'abri.

— Comme vous voulez, mon père, dit Molly, étonnée d'être ainsi incluse dans ses plans.

Il trouva près de la poupe un endroit protégé par l'infrastructure du bateau. Molly cherchait désespérément quelque chose à dire, mais comme il semblait ne guère lui prêter attention, elle se détourna de nouveau pour regarder les docks. La corne de brume du steamer retentit, et cela justifia son silence jusqu'à ce qu'ils soient sortis du port.

— Vous n'êtes pas en terminale ? demanda-t-il une fois qu'ils eurent pénétré dans la baie.

— Non, mon père. L'an prochain seulement.

— Et après ? s'enquit-il gentiment.

— Je ne sais pas, mon père. Je ferai peut-être des études d'infirmière.

La moitié de la classe envisageait de devenir infirmière. Molly n'avait parlé à personne de ses éventuels projets d'entrer au couvent.

— C'est une très belle profession. Pour ma part, j'aurais aimé être médecin.

— Vraiment, mon père ?

Son intérêt était sincère. Toujours curieuse de la vie des autres, elle se sentait plus à son aise, à présent.

— Oui, mais malheureusement ça n'a pas marché.

— Et pourquoi donc, mon père ?

— Eh bien, à cette époque-là, les gens comme moi ne devenaient pas médecins. C'était réservé à l'aristocratie et aux fils des gros fermiers.

— Mais alors, comment êtes-vous devenu prêtre?

Elle regretta aussitôt sa question en voyant le regard scrutateur qu'il lui lança.

— Cela vous intéresse vraiment?

— Bien sûr, mon père!

Ils devaient crier pour s'entendre par-dessus le bruit des moteurs et les paquets de mer qui se brisaient contre la coque. Molly écouta attentivement, tandis qu'il lui parlait de la pauvre ferme où il avait été élevé dans le comté de Mayo, de sa mère qui se tuait à la tâche pour qu'il puisse aller au collège, et du flamboyant missionnaire qui avait surgi un jour dans sa classe de cinquième en demandant des volontaires pour devenir soldats du Christ dans les missions africaines.

— Pour moi, c'était le moyen d'échapper aux travaux et à l'esclavage de la ferme, dit-il. Et l'ordre missionnaire prenait tous les frais à sa charge, de sorte que ma mère n'avait plus à s'inquiéter pour payer mes études.

Molly était si stupéfaite qu'elle en oublia sa timidité. Elle avait toujours pensé que la vocation des prêtres leur venait dans un éblouissement inattendu quand soudain ils entendaient Dieu les appeler. Elle s'imaginait des rais de lumière les frappant au milieu de la nuit tandis qu'ils gisaient dans leur lit, terrifiés devant la présence divine.

— Et vous êtes allé en Afrique, mon père? demanda-t-elle d'un ton passionné. Ça a dû être une expérience extraordinaire?

— Eh bien non, je ne suis jamais allé en Afrique. En fait, je ne suis pas resté chez les missionnaires.

Elle faillit lui demander pourquoi, mais se souvint à temps de ses bonnes manières.

— Comme j'avais fait deux ans de théologie, j'ai été accepté dans le diocèse de Maynooth, et c'est comme ça que je suis devenu prêtre.

Il semblait sur le point d'ajouter quelque chose, mais il se ravisa. Sortant une boîte d'allumettes de sa poche, il entreprit de rallumer sa pipe en protégeant la flamme de ses deux mains. Puis il changea de sujet.

— Inisheer est un bel endroit, Molly, et vous avez bien de la chance d'habiter là. Mon village natal est désert, aujourd'hui. Nous avions un cordonnier et un maréchal-ferrant qui travaillaient côte à côte, quand j'étais enfant. Tout est fermé à présent, tout le monde est parti. Il n'y a plus de boucher, plus de pharmacien, plus de dispensaire ni de médecin. Il ne reste plus que l'infirmière à domicile qui fait sa tournée dans sa petite voiture. C'est vraiment triste, soupira-t-il en tirant sur sa pipe.

Décidément, ce prêtre lui plaisait, songea Molly en surmontant sa timidité. Il vous mettait tout de suite à l'aise. Elle lui parla de Kathleen Agnes, à qui elle espérait rendre visite pendant l'été.

— Son père est très riche. Ils ont une voiture à moteur, et des chevaux, et le téléphone, et Kathleen Agnes dit qu'elle va m'apprendre à monter à cheval.

— C'est formidable.

— Et ils ont deux télévisions!

Il se mit à rire.

— Vous regardez beaucoup la télévision?

— Je ne l'ai vue qu'une seule fois de ma vie, mon père. C'était dans une boutique de Galway, un jour que les sœurs m'emmenaient chez le dentiste.

Il rit de nouveau et elle sourit à son tour. Puis, bizarrement, il baissa les yeux et se détourna.

— Je crois que je vais aller faire un tour sur le pont.

Il revint vers elle alors qu'ils abordaient la jetée de Kilronan, à Inishmore. Ils n'échangèrent que peu de mots pendant le temps où le steamer resta à quai. Cette fois, le bateau n'était guère chargé, n'ayant embarqué que quelques caisses de poissons avant de faire route sur Inisheer. Ils pouvaient voir l'île se rapprocher, bloc compact sur la mer à quelques miles droit devant.

Le père Morahan était en proie à d'étranges sensations. Son cœur battait, et il ne pouvait détacher de son esprit l'image de Molly galopant sur l'un des chevaux de Kathleen Agnes. Tout au long de sa vie de prêtre, il avait péniblement réussi à préserver le célibat auquel il s'était voué au prix d'une lutte permanente contre son attirance naturelle pour les femmes. Mais cette fille-là était différente. Elle avait bouleversé en un instant ses défenses maintenues à si grand-peine. Il se surprenait à ruser pour capter son attention, il entendait sa propre voix prendre une vivacité inhabituelle. A sa grande horreur, le père Morahan se surprenait à flirter. Elle ne devait guère avoir plus de seize ou dix-sept ans, quand lui avait dépassé la cinquantaine.

Il se tint en retrait quand le steamer aborda, la laissant prendre de l'avance et monter dans un autre canot que le sien. Une femme qui devait être sa mère l'attendait sur le môle. Elle se retourna et lui fit un signe de la main tout en gravissant la colline à côté de la femme.

— Ce n'est rien, il ne s'est rien passé, tenta-t-il de se rassurer cette nuit-là au presbytère, agenouillé devant son lit pour dire ses prières.

« Pour l'instant », répondit son cœur en écho.

L'aube se levait quand il trouva enfin le sommeil.

Il la revit à la messe le lendemain matin. Il la reconnut aussitôt dans la foule qui attendait sagement son tour pour communier, et il dut avaler plusieurs fois sa salive. Elle ferma les yeux au moment de recevoir l'hostie, et il pria pour que personne n'ait remarqué son trouble quand il la lui déposa sur la langue.

Après la messe, il se réfugia dans la sacristie en luttant contre l'envie de fuir, de prétendre qu'il était malade et de sauter dans le premier bateau pour le continent. Mais il savait déjà qu'il ne ferait rien de ce genre. Il se sentait écartelé entre la crainte de l'effrayer, le désir de respecter ses vœux et celui, bien plus ardent encore, de la revoir.

Ce soir-là et le lendemain, il arpenta l'île au cours de longues promenades, en se répétant que la marche était excellente pour sa santé, mais son cœur ne s'y trompait pas. Inisheer était une si petite île, à peine cinq kilomètres carrés, qu'à moins que Molly ne reste cloîtrée chez elle toute la journée, il ne pouvait manquer de tomber sur elle tôt ou tard.

Le second jour, il la vit bien avant qu'elle ne l'aperçoive. Il avait découvert l'endroit où elle habitait — ce qui n'était guère difficile sur une île aussi minuscule — et s'était installé sur un muret de pierres sèches au bord de la route qui surplombait sa maison. Il contemplait la mer, son bréviaire abandonné à son côté. Une demi-heure passa. Il savait qu'il se conduisait comme un gamin amoureux pour la première fois, mais il semblait avoir totalement perdu la maîtrise de ses actes.

Quand elle sortit de la maison, le cœur du père Morahan se mit à battre, plus vite, et sa respiration s'accéléra. Mais il se reprit et se laissa glisser à terre. Elle venait dans sa direction. Il avança au pas de promenade le long du petit mur, puis s'arrêta pour examiner des fossiles pris dans le pavé de grès, faisant tout son possible pour que ce soit elle qui l'aborde la première.

— Bonjour, mon père!

Elle portait une longue jupe rouge et un pull de laine dont les grosses mailles soulignaient la fraîcheur de sa peau. Ses cheveux blonds flottaient au vent. Le père Morahan se sentait malade de désir.

Pourtant, il parvint à maîtriser sa voix et l'expression de son visage.

— Oh, bonjour, Molly! lança-t-il en feignant la surprise. Je faisais justement une petite promenade.

Pour dissimuler sa confusion, il désigna le pavé :

— Regardez ce que j'ai trouvé, dit-il en montrant les fossiles délicatement dessinés dans le grès. Je me demande bien ce que ça peut être.

Elle s'accroupit à son côté, et il perçut sa fraîche odeur de savon.

— Ce sont des crinoïdes, mon père. C'est l'autre nom des lis de mer. Conor — c'est mon frère — a étudié la flore et la faune de l'île. Il en connaît la moindre pierre.

Ils se relevèrent d'un même mouvement.

— Vraiment? dit le prêtre. (Puis, détournant la tête :) Vous voyez ce gros rocher là-bas, au milieu du champ — celui qui a une couleur un peu rosée? Vous savez de quelle sorte de roche il s'agit? (Il aurait pu se battre pour une telle fatuité).

— Oh oui, mon père.

Elle régla son pas sur le sien tandis qu'ils gravissaient ensemble la colline.

— C'est du granit, et il a été charrié jusqu'ici par les glaciers de l'ère quaternaire. Mais si vous le regardez de plus près, vous verrez qu'en fait il est gris. Ce sont les cristaux de feldspath qui lui donnent cette couleur rose. Vous savez ce que c'est?

Son cœur battait comme un fou. Il se souvint de ce qu'il avait appris en géographie à l'école primaire et prit le ton de la récitation pour dire :

— Le-feldspath-est-un-dépôt-minéral-contenant-de-l'aluminium-et-d'autres-silicates.

Elle sourit de nouveau et applaudit; il eut une envie ridicule de crier de joie, comme un gamin, mais il se borna à dire :

— C'est très bien, Molly. Je vois que vous avez une parfaite connaissance de l'île. Croyez-vous que vous pourriez trouver un peu de temps pour me montrer d'autres choses? Tant qu'à être ici, ajouta-t-il en riant, autant m'occuper de façon constructive.

Son propre rire sonna faux à ses oreilles. Il sentit une sueur nerveuse sourdre de ses paumes et de ses aisselles.

Molly semblait n'avoir rien remarqué.

— Mais certainement, mon père, dit-elle. C'est seulement dommage que Conor n'arrive qu'à la mi-août. Il saurait vous faire visiter l'île beaucoup mieux que moi. Mais je le ferai bien volontiers.

Il profita de son avantage.

— Vous aviez quelque chose à faire, ou pouvons-nous commencer dès maintenant?

— J'allais simplement passer un moment à la chapelle.

— Dans ce cas, c'est parfait. Nous pouvons y aller ensemble et commencer notre exploration tout de suite après.

Ils s'agenouillèrent côte à côte dans la simple chapelle peinte en blanc. Le père Morahan inclina la tête mais fut incapable de prier. Il se releva le premier. Molly le rejoignit une minute plus tard, et ils se mirent en route pour aller explorer l'île. Il s'efforçait en toute bonne foi de se concentrer sur ses explications : il n'y avait pas de rivière sur l'île, lui disait-elle, mais ils avaient en revanche de très bonnes sources.

— Et voici des siècles, mon père, conclut-elle en désignant deux noisetiers rabougris qui luttaient pour survivre, Aran était une terre fertile et très boisée. Mais nos ancêtres ont pratiqué le surpâturage et coupé les arbres, et voilà le résultat.

Ils se tenaient sur le point le plus élevé de l'île, là où la falaise tombe droit dans la mer, qui était d'un vert émeraude sous le grand soleil.

— J'aimerais savoir peindre, dit le prêtre, surmontant un instant son obsession pour admirer la pureté de la lumière réfractée par les rochers.

Mais elle le troubla de nouveau en lui lançant un sourire lumineux.

— Eh bien, pourquoi ne pas vous lancer, mon père? Vous ne saurez jamais si vous en êtes capable tant que vous n'aurez pas essayé!

Il oublia soudain la mer, le ciel et la lumière, et eut une folle envie de la prendre dans ses bras, là, tout de suite. Il reprit sa marche en gardant quelques pas d'avance sur elle, jusqu'à ce qu'ils atteignent un croisement.

Alors il la remercia, et retrouva suffisamment ses esprits avant qu'ils se séparent pour lui proposer de poursuivre leur exploration le lendemain. Elle accepta sans difficultés.

Sur la route qui le ramenait au presbytère, le père Morahan se sentait l'âme de Gene Kelly dans *Chantons sous la pluie.*

Cette nuit-là, dans la chambre à coucher du père Naughton, il tira soigneusement les rideaux et se mit entièrement nu. S'emparant d'un petit miroir tout piqué dont le curé se servait pour se raser, il le cala sur la commode et recula dans la pièce jusqu'à ce qu'il y voie reflété son corps en entier. Il ne s'était pas regardé ainsi depuis sa quinzième année, quand il avait peur de ne pas se développer normalement.

Qui pouvait dire que l'amour rendait heureux?

Il frissonna au souvenir du doux contact de sa peau fraîche quand ils s'étaient serré la main.

Il contempla son corps vieillissant, sans tête et sans pieds, dans le miroir ovale. Il savait qu'il était en train de commettre une folie.

Le lendemain, Molly emmena le père Morahan visiter les ruines de Cill na Seacht n-Inion, l'église des Sept-Filles, bâtie au septième siècle, à l'époque des monastères, sur le site d'un ancien fort. Ils allèrent aussi voir les ruines de l'église de Saint-Cavan, frère de Saint-Kevin de Glendalough, qui datait du dixième siècle. Elle lui raconta comment la petite église luttait vaillamment contre la dune de sable qui menaçait régulièrement de l'engloutir, et lui décrivit les fréquents travaux d'excavation auxquels on devait de la voir encore.

Le père Morahan semblait déjà au courant de la dévotion des insulaires envers saint Cavan, et de leur croyance aux intercessions miraculeuses du saint. Il en avait appris en tout cas le cérémonial complet qui se déroulerait dans la petite église à la fête de saint Cavan, qui tombait quelques jours plus tard.

— Vous croyez aux miracles, Molly? lui demanda-t-il alors qu'ils se dirigeaient vers la plage.

— Il me semble, mon père, dit-elle en hésitant.

En vérité, elle n'y croyait pas vraiment. Elle n'aurait su dire pourquoi — tous les autres y croyaient, y compris Kathleen Agnes —, mais elle ne pouvait pas avouer ses doutes à un prêtre.

— Il me semble que j'y crois aussi! soupira-t-il.

Cette réflexion lui parut très étrange. Les prêtres n'étaient-ils pas censés croire pleinement aux miracles?

Ils gravirent la colline tandis qu'elle lui désignait des fleurs sauvages, des saxifrages et des fougères ; elle découvrit même un vieux nid de troglodytes dans le trou d'un pavé de grès.

— Vous saviez que les troglodytes savent nager, mon père ?

— Voilà certainement une chose que j'ignorais !

— Eh bien, c'est vrai. C'est Conor qui me l'a dit.

Ils suivirent la ligne de crête des falaises. Molly lui expliqua qu'elles étaient trop abruptes et trop lisses pour que les oiseaux de mer puissent y faire leur nid, mais ils virent tout de même trois macareux et un couple de plongeurs à gorge noire. A présent qu'elle connaissait mieux le père Morahan, elle commençait à lui trouver quelque chose de bizarre. Par exemple, il lui arrivait d'éclater de rire quand elle disait des choses qui n'étaient pas drôles. Et puis il s'était arrêté à deux reprises pour contempler la mer, s'émerveillant de choses parfaitement ordinaires : un malard qui plongeait, ou deux canots qui avançaient de concert vers la côte.

Au bout de deux heures, ils avaient fait le tour de tout ce qu'elle connaissait. Le beau temps qui avait régné ces derniers jours menaçait de cesser. Les nuages s'amoncelaient vers l'ouest, et le fond de l'air, si doux la veille, fraîchissait singulièrement.

— J'aimerais mieux rentrer, mon père, dit-elle en frissonnant. Il faut que j'aille aider ma mère pour le dîner.

— Vous avez été très gentille, Molly.

— Je vous en prie, mon père. Cela m'a fait plaisir. Nous pouvons recommencer un de ces jours, mais j'ai bien peur de vous avoir montré tout ce qu'il pouvait y avoir d'intéressant sur l'île, ajouta-t-elle en riant.

— Eh bien ! Nous nous rencontrerons bien un de ces jours.

Elle perçut de nouveau ce curieux accent de passion dans sa voix.

— Oh, j'en suis sûre, mon père, dit-elle, pressée de partir.

— Voyez-vous, j'ai encore une bonne semaine à passer ici.

Il restait planté là, et pendant un moment elle se demanda s'il n'allait pas l'accompagner jusque chez elle.

— Alors, mon père, nous allons certainement nous revoir.

— Et puis, j'allais oublier, dit-il en se frappant la tête, il y a encore la procession, bien sûr. Vous serez là ?

Elle hocha la tête.

— L'île tout entière sera là, mon père.

Puis elle attendit, mais il ne bougea pas davantage.

— Et nous nous reverrons sûrement au cours de l'été.

— Quand allez-vous revenir ? demanda-t-elle poliment, tout en esquissant quelques pas en direction de chez elle.

— Je ne sais pas. En août, probablement.

— Alors, j'espère que vous serez là au même moment que Conor. Il vous fera visiter l'île bien mieux que moi, et je suis sûre qu'il vous plaira beaucoup.

Ils se serrèrent la main.

Oui, il était très gentil, pensait-elle en se hâtant vers la maison, mais décidément un peu bizarre. C'était sans doute le fait d'être prêtre.

Deux mois plus tard, au jour prévu pour l'arrivée de Conor, Molly descendit comme d'habitude sur la plage pour guetter le steamer. Conor ne sauta pas dans les vagues pour venir la soulever dans ses bras comme quand elle était petite, mais il descendit calmement du coracle avec les touristes et les autres passagers.

Il jeta quand même son sac par terre pour la serrer dans ses bras quand elle le rejoignit sur le môle.

— Seigneur ! s'exclama-t-il en l'écartant un peu de lui pour l'examiner. Comme tu as changé ! Tu n'es plus ma petite sœur, maintenant, tu es ma grande, grande sœur !

— Oh, tais-toi, je t'en prie, Conor !

Elle détestait qu'on fasse allusion à sa taille, même si elle se sentait plus à l'aise dans ses vêtements ordinaires que dans son uniforme trop étroit.

Elle aborda la question de Kathleen Agnes tandis qu'ils gravissaient la colline.

— Tu sais, Conor, mon amie Kathleen Agnes... Tu la connais ?

Il hocha la tête.

— Eh bien, elle arrive la semaine prochaine pour passer toute la semaine à la maison. Ensuite, je repartirai avec elle à Limerick jusqu'à la fin des vacances. Je te raconte tout ça parce que, vois-tu, il n'y a pas grand-chose à faire ici pour elle. Elle a l'habitude d'avoir le téléphone, des voitures, et la télévision. Alors tu seras gentil avec elle, n'est-ce pas ? Tu lui feras visiter l'île et tu l'emmèneras dans tes endroits, tu veux bien ?

— Hé là ! dit-il, pas si vite ! C'est mes vacances, aussi ! Je ne suis pas là pour amuser tes amies.

Elle s'arrêta net :

— Oh, Conor, je t'en prie!

— Mais bon sang, tu ne vois pas que je plaisante? Bien sûr que je vais être gentil avec ton amie!

Elle passa son bras sous le sien et ils marchèrent ainsi vers la maison. Elle était très fière de lui. Il avait vingt-sept ans, maintenant, et c'était le plus jeune conférencier du Jardin botanique de Dublin. Il avait obtenu une bourse, mais c'était surtout à Sorcha qu'il devait de pouvoir poursuivre ses études : celle-ci, malgré les fréquents raids de Micheal sur la jarre de la cheminée, avait réussi à économiser assez d'argent pour lui permettre d'habiter Dublin pendant ses années d'université.

Les premiers jours, Molly et son frère furent forcés de rester à la maison. Le temps était orageux, il pleuvait, et Conor passa beaucoup de temps à lire, en prenant bien soin de rester à l'écart de Micheal. Inquiète à l'idée de la visite prochaine de Kathleen Agnes, Molly les regardait se défier en silence. Pour Micheal, dont la mauvaise humeur était devenue permanente ces dernières années, le travail de Conor n'en était pas un, et c'était là leur principal sujet de friction.

Avec la complicité de Sorcha, Conor s'efforçait de manger à des heures différentes de celles de son père, mais ce n'était pas toujours possible, et quand ils étaient contraints de rester assis à moins d'un mètre l'un de l'autre, toute la maison retenait son souffle. Conor toutefois faisait la sourde oreille aux marmonnements provocateurs de Micheal, ce qui sauvegardait pour un temps une paix fragile.

Vers la fin de la semaine, le temps finit par s'améliorer et Molly alla faire avec son frère le tour de leurs endroits favoris. Ils s'arrêtèrent un moment pour se reposer à l'abri du vent.

— Tu te rappelles la première fois que je t'ai amenée ici? dit Conor après un silence.

— Oui, répondit Molly, heureuse de la question, et elle se mit à réciter le poème de Belloc qu'elle savait désormais par cœur :

Te souviens-tu de certaine auberge,
Miranda?
Te souviens-tu d'une auberge?
Et le fanage et la paille répandue
Qui nous faisait une couche,
Et les mouches qui nous tourmentent en hautes Pyrénées...

— Oh, oh, dit Conor. Une faute!

— Quelle faute? dit-elle, surprise.

— Ce n'est pas « en hautes Pyrénées », mais « dans les hautes Pyrénées ».

— Pas du tout. C'est « en hautes Pyrénées ». C'est comme ça qu'on nous l'a appris!

— Eh bien, on te l'a appris de travers!

— Sûrement pas!

— Et comment que si!

— Sûrement pas, Conor O'Briain. C'est ton école pourrie qui t'a appris de travers à toi!

— Qu'avez-vous dit, Miss Molly Ni Briain, sur mon école pourrie? Tu vas voir si elle est pourrie!

Il s'élança sur elle comme pour lui tirer les cheveux, mais elle lui avait déjà échappé d'un bond. Il sauta à son tour sur ses pieds et se mit à la poursuivre sur l'herbe douce. Ils riaient comme des fous tandis qu'elle le narguait, reculant toujours d'un pas hors de sa portée.

— Arrive un peu, que je te flanque une fessée!

— Attrape-moi d'abord! cria-t-elle en retour.

Il la saisit au vol et, malgré ses protestations, réussit à la traîner jusqu'à un gros rocher où il s'assit, en s'efforçant de l'allonger en travers de ses genoux.

— Je vais t'apprendre, moi, comment il faut réciter la poésie!

Elle lançait des coups de pied en tous sens, mais il était trop fort pour elle et elle sentit la brise sur ses jambes au moment où il relevait sa jupe et commençait à lui administrer la fessée. Elle criait et se débattait, bien que les coups ne fussent pas douloureux, mais soudain il s'arrêta et la laissa tomber dans l'herbe à ses pieds. Elle leva les yeux vers lui, stupéfaite.

— Voilà qui devrait suffire, grogna-t-il en se levant.

Elle se releva à son tour. Les fesses lui brûlaient là où il l'avait frappée, mais ce n'était pas déplaisant : une vague de chaleur lui parcourut tout le corps.

Il restait debout, le dos tourné.

— Conor?

— Excuse-moi de t'avoir frappée, dit-il d'une drôle de voix.

— Mais ce n'est pas grave, tu ne m'as pas fait mal.

— Rentrons, maintenant. Il se fait tard.

Elle rumina l'incident sur le chemin du retour. Ils marchaient aussi éloignés l'un de l'autre que le leur permettait l'étroit sentier. Lui lançant un coup d'œil à la dérobée, elle vit qu'il gardait la tête basse et un visage de marbre. Il s'était passé quelque chose.

Pour la première fois alors, elle se rendit compte qu'il n'était pas seulement son allié, son joli et gentil grand frère, mais qu'il était un homme. La sensation de brûlure sur ses fesses restait très présente. La vérité, c'est qu'elle avait bien aimé d'être ainsi fessée. Elle sentait vaguement qu'il s'agissait de quelque chose d'interdit, ce qui rendait la sensation encore plus troublante.

— Conor ?

— Oui ?

Il se retourna et la regarda droit dans les yeux. Elle en fut soulagée, mais ne reconnut pas l'expression de son regard.

— Excuse-moi d'avoir dit que ton école était pourrie.

Elle sentait bien que c'était un peu faible.

— Ce n'est rien, Molly, tu as tout à fait raison. C'était une école pourrie.

Elle ne répondit pas. Quelques instants plus tard, comme ils marchaient en silence, elle vit que le steamer avait jeté l'ancre dans la petite baie et que des coracles s'activaient autour de lui. Son arrivée trois fois par semaine était l'événement le plus marquant dans la vie de l'île, et des gens étaient rassemblés sur le rivage. Deux tracteurs avec leurs carrioles attendaient d'embarquer.

— Descendons sur la plage, Conor.

Molly était désireuse de dissiper le malentendu qui s'était installé entre eux. Il aquiesça d'un signe de tête et elle se sentit mieux. Il valait mieux se taire, laisser passer un peu de temps. C'était comme ça qu'elle amadouait Micheal, et Brendan avant qu'il s'en aille travailler en Angleterre.

Le premier coracle avait déjà déposé quatre personnes sur la rive quand ils arrivèrent. Parmi elles se trouvait Pat Morahan.

— Oh, regarde, Conor ! C'est le père Morahan, le prêtre dont je t'ai parlé. Je suis bien contente qu'il soit revenu, tu pourras lui montrer l'île bien mieux que moi. Viens faire sa connaissance !

Le prêtre gravissait la colline, une petite valise à la main.

Le père Morahan avait repéré sa tête blonde avant même que son canot eût abordé, et son cœur s'était mis aussitôt à faire de tels bonds qu'il avait dû respirer plus rapidement pour reprendre son souffle. Elle était encore plus belle que dans son souvenir.

Il n'avait jamais embrassé une femme de sa vie.

Il n'avait pas de sœurs, et sa mère avait été une femme silencieuse et froide. A douze ans, Pat Morahan avait quitté l'école primaire pour aller dans un collège de garçons qui faisait aussi office de petit séminaire et, de là, était passé directement aux six années d'études qui l'avaient mené à la prêtrise.

Depuis la lointaine époque du séminaire jusqu'à ces dernières années, le père Morahan avait régulièrement éprouvé en secret certains sentiments pour des filles ou des femmes de son entourage. Mais, habitué par son éducation à rester sur ses gardes, ces brefs coups de foudre n'étaient à ses yeux que d'inévitables embûches le long de sa vie de célibataire. Il évitait les « occasions de pécher » en prenant bien soin de ne jamais rester seul avec les embûches en question.

Jusqu'alors, Pat Morahan se représentait la relation entre un homme et une femme comme ce que l'on voyait dans les films, un état de ravissement intense empli de subtiles délices... Il regarda Molly qui se hâtait vers lui : il n'avait jamais envisagé cette passion pressante, déchirante, douloureuse...

Il vit qu'un homme grand et brun l'accompagnait, et conclut que ce devait être son frère. Bien que le père Morahan prît soin de se composer un visage en les voyant s'approcher, il retrouva toute sa timidité quand Molly l'aborda.

— Bonjour, mon père. Voici mon frère Conor. Vous savez, le botaniste ? Rappelez-vous, je vous ai dit qu'il connaissait chaque plante et chaque pierre de cette île !

— Tout à fait. Enchanté de vous connaître.

Les deux hommes échangèrent une poignée de main, puis le prêtre se tourna vers Molly :

— Et vous, Molly, comment allez-vous ?

— Oh, très bien, mon père. J'ai hâte de partir à mon tour en vacances. Je vais chez mon amie, Kathleen Agnes... Vous vous souvenez ?

Le père Morahan s'en souvenait fort bien. Celle qui avait des chevaux. Et Molly chevauchant...

Conor prit la valise du prêtre et tous deux encadrèrent Molly le long du sentier, dont l'étroitesse leur permettait tout juste de marcher de front. Elle était si près de lui qu'il avait l'impression de sentir la chaleur de son corps.

Mais il sentait en même temps une tension chez le frère, et il était sûr d'en être en partie responsable. Molly semblait la sentir, elle aussi, et lui racontait ses projets avec Kathleen Agnes sur un ton qu'il ne lui connaissait pas.

— Vous êtes ici pour longtemps, Conor ? demanda-t-il quand Molly parut à court de paroles.

— Encore quelques jours.

— Je vois.

Une soudaine bouffée de ce qu'il reconnut, à son grand désespoir, pour de la jalousie monta en lui. Ce frère lui prenait tout son temps, il pouvait aller et venir dans sa maison, la toucher s'il en avait envie...

Cependant, le silence qui s'était installé entre eux lui pesait de plus en plus, et il fut d'une certaine façon soulagé quand ils arrivèrent chez eux et disparurent à l'intérieur de la maison, le laissant poursuivre son chemin tout seul jusqu'au presbytère.

En entrant, Molly fut surprise de trouver son père assis près du foyer. Il leva les yeux vers elle.

— D'où viens-tu ?

Molly avait l'habitude qu'il lui demande de rendre compte de ses moindres mouvements, mais elle le connaissait assez pour comprendre qu'il était ce jour-là d'humeur pacifique.

Elle lui dit que le père Morahan était arrivé par le steamer, cette fois non comme remplaçant, mais pour passer des vacances.

— Une tasse de thé, papa ? proposa-t-elle.

Puis, quand il eut répondu qu'il en prendrait bien un peu, elle s'affaira avec la bouilloire et la théière. Il eut une brève hésitation au moment où elle lui tendait sa tasse et sa soucoupe, comme s'il voulait lui dire quelque chose. Mais il se borna à lui adresser un signe de tête, et but son thé en le renversant d'abord dans sa soucoupe.

Il était si rare de le trouver à la maison dans l'après-midi que Molly se demanda s'il n'était pas malade. Elle ne savait pas trop comment se comporter en tête à tête avec lui, surtout en le voyant si calme. Elle avait rarement été seule avec lui, Sorcha ne sortant guère que pour se rendre à la chapelle ou aller bavarder quelques instants avec la voisine. Quand Micheal était à la maison, elle s'efforçait toujours de lui parler sur un ton circonspect et apaisant, et de le trouver assis comme ça tout seul la mettait mal à l'aise.

Micheal ne parlait jamais beaucoup, mais cet après-midi son silence semblait d'une autre nature. Molly ne pouvait se défendre de l'impression que son père était comme prisonnier d'une bulle de verre qu'il s'efforçait de briser. Elle s'affairait avec nervosité autour de lui, veillant à lui resservir du thé, s'efforçant de combler le vide qui les séparait. Bien souvent, la nuit, surtout quand il s'était montré dur avec elle, ou après l'une de ses nombreuses disputes avec Conor, elle était restée éveillée dans son lit, frappant son oreiller de ses poings en se répétant qu'elle le haïssait. Mais aujourd'hui, tout en le regardant boire son thé, elle ressentait pour lui une étrange tendresse. Elle s'aperçut soudain qu'il avait vieilli. S'ils avaient eu d'autres rapports, elle aurait pu le prendre dans ses bras. Mais la réticence et la méfiance qu'elle éprouvait à son égard étaient des habitudes d'une vie entière.

Molly devinait juste en pensant que Micheal voulait lui parler. Elle l'avait surpris en surgissant brusquement dans la pièce. Sorcha était allée voir les Kett, quelques maisons plus haut, et pour une fois Micheal n'avait pas eu envie de retrouver la compagnie du pub. Cet homme introverti, était d'humeur pensive. Assis près de l'âtre, il avait réfléchi à sa vie comme il l'avait rarement fait, passant en revue les déceptions de toute son existence.

La première de toutes était bien sûr son mariage. Au fond, Sorcha et lui auraient aussi bien vécu séparés. Peut-être même s'en serait-elle mieux sortie sans lui, elle qui avait aimé la danse, les belles choses et les sorties, et qui était à présent usée par le travail et la dure vie qu'on menait dans l'île, avant de mourir à son tour à la tâche, comme les autres femmes de sa génération.

Mais le pire, songeait Micheal, c'était sa propre part de responsabilité dans son triste destin. Il la surprenait parfois à le contempler d'un air perplexe, comme si elle le voyait pour la première fois. Ce regard le rendait furieux. Il l'avait aimée, il l'aimait encore, mais depuis des années il était incapable de dire ou de faire quoi que ce soit pour le lui prouver.

S'ils n'avaient pas vécu dans l'île, peut-être auraient-ils eu leur chance. Micheal savait qu'il n'était pas dépourvu d'intelligence, et il maudissait secrètement le destin qui l'avait fait naître sur ce petit bout de rocher, perdu au fin fond de l'Atlantique nord.

Mais si d'autres s'étaient échappés vers les usines, les grands immeubles et les métros d'Angleterre et d'Amérique, il savait que cette vie-là n'était pas pour lui. Ses pensées étaient aussi confuses que ses paroles, mais il comprenait, sans même savoir pourquoi, que le ciel clair et la mer d'Aran lui étaient indispensables.

Tandis que Molly restait assise de l'autre côté de l'âtre, sans faire plus de bruit qu'une souris, Micheal gardait les yeux fixés sur sa soucoupe en essayant de se souvenir de la dernière fois où il s'était senti heureux, content de vivre — ou simplement en paix avec lui-même. Il jeta un coup d'œil à sa fille. Un soir peut-être, quand elle dormait dans son berceau, peu de temps après qu'elle leur avait été donnée ; Sorcha et lui s'étaient tenus près du berceau dans la cuisine et il avait entouré sa femme de ses bras. Alors peut-être. C'était sans doute la dernière fois que chacun avait su avec certitude à quoi pensait l'autre — à l'autre Molly, au petit corps enterré derrière la maison. Il lui arrivait parfois de se demander à quoi aurait ressemblé l'autre Molly. Serait-elle devenue une beauté comme celle-ci, qui s'était épanouie comme une fleur dans cette maison aride ? Il souhaita de tout son cœur avoir le courage de lui parler, de lui dire combien il regrettait la violence et les déceptions qu'il lui avait déjà apportées... Il risqua un autre coup d'œil vers elle et les mots lui vinrent sur la langue. Mais ils ne sortiraient pas de sa bouche. Le silence entre eux était insurmontable et le moment d'émotion passa.

Il termina son thé, saisit sa casquette et sortit.

Par la fenêtre, Molly le regarda se diriger vers le pub. Elle aussi aurait voulu pouvoir lui parler. Alors qu'il disparaissait au loin, elle s'aperçut que ses puissantes épaules s'étaient voûtées avec l'âge.

En fin de journée, la chaleur d'août s'était emparée de l'île et des nuages de moucherons dansaient dans l'air. Micheal revint du pub d'une tout autre humeur. Il s'assit au bout de la table en pianotant des doigts avec irritation contre son assiette, tandis que Sorcha s'agitait autour de la nouvelle cuisinière à butane, attendant avec impatience que son pain ait fini de cuire. Conor avait pris place à l'autre bout de la table, où il se tenait immobile. Les minutes se traînaient dans un silence menaçant.

Enfin, Sorcha saisit la miche dans un torchon et s'apprêtait à la découper sur la planche à pain quand Molly, dans sa hâte de servir, la lui prit des mains. Le torchon glissa et elle se brûla à la croûte encore chaude. Elle laissa tomber la miche sur le sol.

— Fichue idiote ! gronda Micheal en abattant son poing sur la table.

— Laisse-la tranquille !

La voix de Conor avait claqué comme un coup de fouet. Son visage était blême, et il serrait les poings. Molly le regarda avec crainte : elle ne lui avait jamais vu une telle expression de fureur.

— Qu'est-ce que tu viens de dire ? gronda Micheal sur le même ton que son fils.

— Je t'ai dit de la laisser tranquille.

— Et qui va m'y forcer ?

Micheal avait rentré le menton et regardait son fils par en dessous, front en avant, comme un taureau prêt à charger.

— Moi, s'il le faut, répliqua Conor sur un ton dangereusement calme. J'espère que ce ne sera pas nécessaire.

— Micheal, voyons, ne l'écoute pas, il ne parle pas sérieusement. N'est-ce pas, Conor, que ce n'est pas sérieux ?

Sorcha voulut se placer entre eux, comme elle l'avait fait tant de fois, mais Micheal bondit sur ses pieds, l'écarta de son chemin et tomba la veste.

— Bon Dieu, on va régler ça une bonne fois pour toutes !

— Comme tu voudras, papa. (Conor était encore calme, mais ses yeux lançaient des éclairs). Tu veux qu'on fasse ça où ? Ici ? Tu veux recommencer à casser les meubles ?

La tension montait à mesure qu'il parlait, mais il se contrôlait encore. Micheal le contempla avec stupéfaction, stoppé un instant dans son élan.

— Qu'est-ce qui t'arrête, papa ? Il faut d'abord que tu ailles prendre ta ceinture, c'est ça ?

La voix de Conor tremblait de haine.

Micheal explosa et se rua sur lui.

— Espèce de nom de Dieu de petit salaud ! Parler à ton père sur ce ton ! Je vais te tuer !

Conor esquiva l'assaut d'un pas de côté.

— Oh, non, tu ne vas pas me tuer. Je ne te laisserai pas faire ! Mais moi, je vais te flanquer une raclée monumentale, en compensation de toutes celles que tu m'as données.

Il sortit d'un pas léger dans la chaleur du dehors. Son père le suivit d'un bond.

Molly et Sorcha coururent dans la chambre et s'y enfermèrent. Molly se jeta sur le lit et couvrit ses oreilles de ses mains. Sorcha s'allongea à son tour, serrant Molly contre elle, et elles se mirent toutes les deux à sangloter de peur et de honte, sachant bien que les voisins n'allaient pas tarder à sortir de chez eux pour assister à la bagarre.

Malgré la porte close, il leur parvenait de l'extérieur des bruits étouffés de lutte, amplifiés par les cris de la petite foule qui s'était rassemblée devant la porte. Soudain, les clameurs cessèrent. Sorcha s'assit sur le lit, et Molly ôta ses mains de ses oreilles.

— Que se passe-t-il, maman ?

— Je ne sais pas, ma chérie. Il est arrivé quelque chose.

Elles ne bougeaient ni l'une ni l'autre, osant à peine respirer.

Il y eut un bruit dans la cuisine et la porte de la chambre s'ouvrit d'une poussée brusque. C'était Conor, tout sanglant et la chemise déchirée. Le sang coulait de ses deux arcades sourcilières, de son nez et de sa lèvre fendue.

Il s'appuyait contre la porte, l'air hagard.

— Maman, maman, viens vite, dit-il d'une voix tremblante. Papa est tombé et je crois qu'il est blessé.

Sorcha sauta du lit et se précipita dehors, suivie de Molly.

Le petit groupe de voisins qui stationnait devant la porte s'écarta avec respect quand Sorcha apparut. Les hommes ôtèrent leurs casquettes. L'une des vieilles femmes se signa. Après tous ces cris, le silence paraissait étrange.

Elles comprirent aussitôt. Micheal gisait sur le pavé gris. Il avait encore un poing serré, les phalanges éraflées et bleuies. Mais l'autre main était ouverte, comme celle d'un bébé, et Molly remarqua la paume marquée de cicatrices et de rides profondes. Elle était nu-pieds et sentait la chaleur du pavé sous ses pieds. Elle vit que les yeux vides de Micheal étaient ouverts, et qu'un filet de sang gouttait au coin de l'un d'eux. Tandis qu'elle le contemplait, du sang coula de sa bouche.

Micheal était mort.

Conor ressortit de la maison et se tint en retrait de la petite foule. Le silence régnait. C'était une journée couverte et humide, et le beau temps clair du début de l'après-midi avait tourné à l'orage. Les voisins s'assemblaient de plus en plus nombreux autour du corps. On avait envoyé un gamin chercher le prêtre, et le père Morahan arriva du presbytère en courant, son étole flottant au vent derrière lui. Tous s'agenouillèrent, formant un cercle autour de Michael, tandis que le prêtre lui administrait les derniers sacrements.

Conor n'avait pas bougé, et personne ne semblait faire attention à lui. Les yeux fixés sur le visage de son père, il remarqua que deux mouches bourdonnaient autour du sang qui se coagulait sur son front.

La petite foule se mit à réciter un rosaire, et Conor rentra lentement dans la maison ; là, il entreprit calmement d'empiler dans son sac les quelques vêtements qui lui tombaient sous la main.

La foule priait toujours quand Conor ressortit dans l'étouffante chaleur. Il s'engagea sur le sentier qui menait à la plage, mais personne ne fit un geste pour l'arrêter. Ils priaient toujours.

Arrivé à la plage, il jeta un regard derrière lui. Il vit la petite foule debout, qui le regardait partir en silence. Il se dit brusquement que le rosaire devait être fini. Se détournant, il reprit sa marche en direction de la rive, mais quand il se retourna une dernière fois, sa résolution faillit l'abandonner. Molly aussi le regardait. Il distinguait sa tête blonde un peu à l'écart des autres. Elle levait le bras d'une drôle de façon au-dessus de sa tête, comme si elle cherchait à lui dire quelque chose.

Comme il hésitait, il vit Sorcha s'approcher d'elle.

Il avait fait assez de mal comme ça.

Il leur tourna résolument le dos et prit le coracle de son oncle. Il était difficile à manier pour un seul homme, mais il réussit tout de même à le lancer sur la mer calme. Il y jeta son sac, sauta dedans, et se mit à ramer.

Sur la mer, le silence d'août était plus profond encore, troublé seulement par le bruit des rames. La petite foule, debout sur le seuil de sa maison, le suivait des yeux. Il continua de regarder Molly et sa mère jusqu'à ce que la brume de chaleur les brouille à sa vue avant de les effacer complètement.

A mi-chemin de Doolin, il fut tenté de se laisser tomber au fond du canot et de s'abandonner aux courants. Qu'ils le portent où ils voulaient ! Il se sentait à bout de forces. Chaque muscle de son corps lui faisait mal, et ses mains étaient écorchées. Il n'avait jamais ramé si longtemps tout seul. Inisheer lui semblait déjà loin, mais quand il se retourna, il vit que le continent était encore à des kilomètres.

Il bloqua ses rames et laissa dériver le canot. Puis il ferma les yeux. Le coracle tanguait sous une douce brise. Deux mouettes, qui l'avaient suivi dans l'espoir de quelque nourriture, se posèrent sur l'eau à quelques mètres de lui et le fixèrent de leurs yeux brillants.

Au bout de quelques minutes, il entendit le faible halètement d'un diesel à proximité et rouvrit les yeux. C'était un petit chalutier qui passait à moins d'un mile de lui. Il faisait route vers le nord-ouest, trop loin pour que Conor puisse lire son nom, mais d'après sa direction et le nombre impressionnant d'oiseaux de mer qui le suivaient il devina qu'il rentrait à Inishmore avec sa pêche.

La vue du bateau le galvanisa. Il ôta sa chemise déchirée et ensanglantée et se lava les mains dans la mer puis, prenant garde à ne pas faire chavirer le canot, il s'aspergea le visage. Il se lava longuement. Le choc de l'eau froide coulant sur sa poitrine et dans son dos lui redonna courage. Il se remit à ramer.

Le soleil se couchait quand il atteignit le rivage, si épuisé qu'il eut bien du mal à traîner le canot au sec sur la plage de Doolin. La seule personne en vue était un vieil homme occupé à réparer des filets.

Conor retourna le canot, prit son sac et sa chemise et s'assit sur la plage. Il avait les jambes flageolantes et tout son corps lui faisait mal. Pour l'instant, il n'avait qu'une seule envie : s'écrouler sur l'herbe et dormir, mais il savait que sa seule chance de salut était de continuer.

Il jeta un coup d'œil par-dessus son épaule pour voir si le vieux aux filets le regardait, mais celui-ci ne lui prêtait aucune attention. Il ouvrit son sac et enfila une chemise propre. Pour la première fois, il remarqua que le sang de Micheal, ou peut-être le sien, avait aussi taché son pantalon. Il l'ôta et en prit un propre. Puis il fit une boule de son linge sale, le fourra dans son sac et se remit péniblement sur ses pieds.

Il lui fallait trouver un téléphone.

Molly se tint à l'écart des voisins et regarda le canot s'éloigner sur la mer étale jusqu'à ce qu'il soit complètement hors de vue. Son cœur était comme mort. Elle était incapable de pleurer, bien qu'elle sût que cela viendrait plus tard. Elle entendit dans son dos que l'on portait le corps de Micheal à l'intérieur de la maison et que l'on commençait les rituels funéraires qui leur étaient si familiers.

Quand elle ne put plus distinguer la silhouette dans le canot, elle se détourna et rentra sans bruit dans la cuisine, où elle constata que les voisins avaient pris la situation en main. Elle s'assit près de Sorcha et accepta une tasse de thé, tandis que les femmes lavaient Micheal, lui passaient son habit du dimanche et mettaient des draps propres dans le lit. L'une d'elles se glissa dehors et revint avec deux grandes bougies qu'elle disposa de part et d'autre du lit. Une autre prêta un dessus-de-lit de coton blanc, et la mère d'Aine Kett offrit une taie de toile fine pour recouvrir l'oreiller.

Ce ne fut qu'une fois tous ces préparatifs terminés, quand les bougies furent allumées et qu'on eut dit une autre neuvaine, qu'on résolut d'aller chercher le docteur sur la grande île pour obtenir un certificat de décès.

Il y eut alors une discussion pour savoir s'il fallait appeler la police en même temps que le médecin. La plupart des hommes étaient contre, disant que c'était là l'affaire du docteur et pas la leur. Mais l'opinion contraire prévalut, certains pensant à part eux que Conor était un homme qui avait voulu s'élever trop haut au-dessus de sa condition.

Le docteur et le sergent arrivèrent à la nuit tombée. Le sergent parla à toute la maisonnée, mais personne, pas même ceux qui n'aimaient guère Conor, ne put l'éclairer sur ce qui était arrivé à Micheal. Personne n'avait rien vu. Ils se montraient polis, pourtant, et pleins de bonne volonté.

— Il serait tombé, vous croyez ? demanda Marcus O'Braonain.

— Il a pu glisser sur le pavé, c'est traître à cet endroit-là avec toutes ces fissures, suggéra Sean Ban Nora, un cousin de Molly.

Le sergent nota toutes les déclarations et examina le corps avec le médecin.

— Je sais que l'un des fils travaille à Birmingham. Mais où est l'autre fils — Conor, je crois ? demanda-t-il en sortant de la chambre.

Sean Ban Nora dit que la dernière fois qu'il avait vu Conor, il s'en allait faire un tour sur la plage. Il n'allait sans doute pas tarder à rentrer.

Le sergent se tourna vers Sorcha, ôtant sa casquette par respect pour son deuil.

— Toutes mes condoléances, madame. C'est bien la vérité, madame ? Votre fils est bien allé faire une promenade sur la plage ?

Sorcha hocha la tête et plusieurs voisins confirmèrent qu'ils avaient vu Conor se diriger vers la plage.

— Eh bien, s'il est parti en promenade, c'est vraiment une longue promenade. Où est-il, à présent?

— Il est peut-être allé sur la grande île? suggéra un homme.

Un autre homme renchérit, ajoutant qu'il avait entendu Conor dire qu'il voulait aller à Inishmore.

— Il avait des choses à régler à propos d'un chalutier, je crois, dit un troisième en faisant craquer ses phalanges avant de lamper une gorgée de thé.

— Un chalutier? répéta le sergent.

— Ouais, tout à fait, un chalutier, confirma le chœur des hommes.

— Il a beaucoup d'argent, voyez, maintenant qu'il travaille à Dublin.

Molly, assise près de sa mère, se sentait vide de toute émotion. C'était comme si elle n'avait pas été présente. Mais dans son détachement, quelques détails la frappèrent. Elle remarqua par exemple que la lampe à pétrole faisait briller les boutons de l'uniforme du sergent comme de petits points d'or.

Le policier était debout devant elle.

— Et vous, mademoiselle? Vous avez vu quelque chose?

Elle secoua la tête.

— Très bien, dit le sergent en refermant son carnet d'un coup sec et en jetant un regard à la ronde. Personne ici n'a rien vu. C'est bien ça?

Les hommes émirent un murmure.

— Eh bien, vous serez tous cités à l'enquête. Et si jamais Conor O'Briain revient de sa promenade ou de son chalutier à un moment quelconque, n'oubliez pas de nous prévenir. Nous aimerions lui dire un mot.

Puis il remit sa casquette et sortit.

Le vent sifflait à travers les vitres cassées de la cabine téléphonique; Conor, sans même s'apercevoir de l'inconfort de la situation, s'accrochait au combiné. La sonnerie retentissait dans le vide à l'autre bout de la ligne, et il était sur le point de raccrocher quand il y eut un déclic et Tom Hartigan répondit.

— Allô, dit-il d'une voix qui parut frêle à Conor.

L'opératrice intervint :

— Un shilling et huit pence, s'il vous plaît.

Il y eut un délai qui lui parut une éternité tandis qu'il glissait une à une les pièces dans la fente. Puis il obtint enfin la communication.

— Allô, mon père ?

— Conor ! dit le prêtre d'un ton joyeux. C'est bien toi ?

— Oui, mon père. Écoutez, je n'ai pas le temps de vous expliquer, je vais bientôt être coupé et je n'ai plus de monnaie. Mais j'ai une très grande faveur à vous demander.

— Quoi donc, Conor ?

— Je vous appelle d'un faubourg de Doolin. Je sais que c'est vraiment abuser, et je m'excuse de vous déranger à cette heure, mais je n'ai personne d'autre à qui m'adresser. Pourriez-vous venir me prendre ici ? Il n'y a plus de transports à cette heure-ci et je ne veux pas faire de stop. Je pourrais vous attendre à Lisdoonvarna.

— Bien sûr, Conor, avec plaisir, dit le prêtre sans hésiter. Je n'avais justement rien de prévu.

— Et pourrais-je coucher chez vous ce soir ?

— Tu sais que tu es toujours le bienvenu.

— Merci, mon père. Je sais que c'est beaucoup vous demander, mais je vous expliquerai en chemin.

— Pas de problème. On se retrouve où ?

— Je vous attends au *Sheaf*, dit Conor, mentionnant un pub de la ville.

Conor fut heureux de devoir marcher jusqu'à Lisdoonvarna : cela lui laissait le temps de s'éclaircir les idées. La fraîcheur du crépuscule, après la touffeur de la journée, exaltait l'odeur des haies, et malgré sa détresse, il percevait l'odeur du chèvrefeuille et du thym sauvage. C'était une belle soirée, et il y avait beaucoup de monde dehors — des jeunes gens à bicyclette, des petites familles qui goûtaient la fraîcheur de l'air. Soucieux de passer inaperçu, Conor leur rendit leurs bonsoirs.

Il s'efforça de mettre de l'ordre dans ses pensées. Quand son père était tombé, il avait attendu quelques secondes qu'il se relève, encore brûlant de la rage du combat, le sang battant à ses tempes. Mais Micheal était resté à terre et c'était un voisin qui s'était avancé le premier pour tâter son pouls. Conor était d'abord resté abasourdi. Il avait fixé d'un air stupide le corps, puis la petite foule des voisins, soudain silencieux. Enfin il s'était rué dans la maison pour aller chercher sa mère, qui s'était réfugiée dans la chambre avec Molly.

Le souvenir de Molly l'après-midi même, le soudain désir

qu'il avait eu d'elle en la voyant battre l'air de ses longues jambes tandis qu'il la corrigeait, l'envahit soudain repoussant l'image de son père mort. Il avait été bouleversé, et il l'était encore. Rien ne pourrait plus jamais être comme avant entre Molly et lui.

Conor, qui ne s'apitoyait jamais sur son sort, avait décidé que, vu les circonstances, il valait mieux pour tout le monde qu'il disparaisse.

Il faisait presque nuit quand il entra en traînant la jambe dans la petite ville de Lisdoonvarna. Son sac de voyage, qui lui semblait si léger à son arrivée à Inisheer quelques jours plus tôt, lui sciait l'épaule.

La mer bruissait doucement et la promenade le long de la plage était encore encombrée de flâneurs ; il se dirigea droit vers le pub. Il était bondé, mais il constata à son grand soulagement que la clientèle se composait surtout de vacanciers et il ne reconnut personne de la région. Il commanda une pinte de bière et s'assit à une table en faisant mine de s'intéresser à la partie de billard en cours.

Une heure plus tard, alors qu'il venait d'attaquer sa seconde pinte, le prêtre arriva.

— J'aurais aimé vous offrir un verre, mon père, dit-il en se levant, mais j'ai hâte de sortir d'ici.

Ils se dirigèrent vers la voiture. Le père Hartigan avait troqué depuis longtemps sa coccinelle asthmatique pour une Ford Escort qui montrait déjà un état de délabrement avancé.

Ce ne fut que lorsqu'ils approchaient de Ballyvaghan que le père Hartigan se tourna vers son silencieux compagnon :

— Et si tu me disais ce qui s'est passé ?

Deux jours après l'enterrement de Micheal, le père Morahan fut le dernier à quitter la maison après le repas de funérailles. La journée avait été très difficile pour lui : il avait conduit les obsèques du père de Molly en guettant son beau et lointain visage dans la foule pendant tout le service. Il avait du mal à se conduire en prêtre, même dans ces circonstances, et il était heureux que le rituel familier n'exigeât pas de lui une trop grande concentration.

Il n'avait bien sûr fait aucune allusion à la façon dont Micheal avait trouvé la mort. Personne n'en avait soufflé mot. C'était comme un grand silence qui s'était soudain abattu sur l'île tout entière. Les invités échangeaient les phrases d'usage entre l'église et le cimetière.

— C'était un homme de bien.

— Un bon pêcheur.

— La vie a été dure pour lui.

— C'était un type bien, voilà ce que je dis.

Un étranger n'aurait pas manqué de penser que Micheal O'Briain était mort dans son lit. Et personne ne mentionna Conor.

Le moment le plus difficile pour le père Morahan avait été le repas funéraire dans la maison du mort, après l'enterrement. Molly le servait, tournant autour de lui dans la cuisine encombrée, le frôlant sans cesse. Il aurait pu la toucher rien qu'en se tournant sur sa chaise.

Enfin, tout était terminé, et il pouvait partir. Voyant qu'il était le dernier, il se leva, imité aussitôt par l'autre frère, Brendan. Le père Morahan avait déjà remarqué Brendan, rentré de Birmingham pour l'enterrement de son père. Il était grand et fort, comme Conor, mais il y avait entre eux une subtile différence. Brendan se tenait légèrement voûté, comme s'il s'attendait toujours à être frappé.

Le père Morahan fit quelques pas vers lui et lui serra la main, mais il ne put rencontrer son regard. Puis il dit un dernier mot à Sorcha, qui se tenait avec ses quatre sœurs à la table de la cuisine. Il sentait sur lui le regard de Molly, assise à côté de l'âtre froid.

Il se retourna pour la saluer, et elle l'accompagna à la porte. Elle fit un pas dehors avec lui dans le bleu du soir.

Avant qu'il puisse les arrêter, les mots étaient sortis de sa bouche et il lui demandait de venir faire un tour avec lui. Elle hésita en jetant un regard en arrière. Elle s'apprêtait à refuser et il en était comme soulagé.

— Je ne suis pas sûre de pouvoir laisser maman et Brendan tous seuls...

— Bien sûr, je comprends, se hâta-t-il de dire. Je vous verrai une autre fois.

Mais à sa grande surprise, elle se tourna vers la mer et répondit :

— Oh, toutes mes tantes sont là, elle peut bien rester avec elles. Je crois qu'un petit tour me ferait du bien.

Comme la veille, le temps était couvert, mais il faisait chaud et humide et le soir était doux. Il n'y avait pas de vent, et d'un accord tacite ils descendirent vers le rivage, où l'air serait plus frais. Ils marchaient côte à côte et le prêtre se taisait, redoutant de rompre le charme. Il ne voulait pas la choquer ni l'effrayer. Il restait muet, transporté de se trouver seul avec elle.

Pourtant, il était stupéfait qu'elle ne sente pas le danger et qu'elle ne prenne pas ses jambes à son cou. Tous ses sens étaient en éveil, comme s'ils revivaient soudain. Il pouvait sentir son odeur de savon et entendre chacun de ses pas. Il n'avait pas prémédité cette promenade, se répétait-il pour se justifier. Si elle avait dit non, il serait parti sans insister. Mais son acquiescement lui semblait un signe.

Ils marchèrent sur la plage, écrasant de menus coquillages sous leurs pas. Elle se pencha et ramassa un morceau de varech, s'amusant à faire éclater ses coques comme font les enfants. Ce petit bruit emplissait le silence, et il lui semblait voir ses doigts délicats jouer non avec du varech, mais avec lui. Il était fou de désir. Il prit un peu d'avance sur elle, s'efforçant de se maîtriser. Mais il avait toujours conscience de l'endroit exact où se trouvait son corps par rapport au sien.

Ils parvinrent au bout de la plage et continuèrent à marcher. La mer se brisait doucement sur les rochers autour d'eux. Quand ils atteignirent un petit monticule herbeux, il faisait presque nuit.

— Asseyons-nous un instant, Molly, c'est si calme, ici.

Il avait parlé d'une voix étranglée, mais elle semblait toujours ne rien remarquer, assise contre la petite butte et peignant distraitement des doigts l'herbe rare qui poussait dans le sable.

C'est de la folie pure, pensa-t-il en s'asseyant à ses côtés. Mais il n'aurait pas pu s'éloigner d'elle, même pour sauver sa vie.

Enfin elle ouvrit la bouche :

— Merci, mon père...

— De quoi donc? demanda-t-il d'une voix rauque.

— D'être si bon pour nous.

Il prit ses mains dans les siennes.

— Oh, Molly, ma chérie...

Elle parut surprise, mais sans plus. Tout à coup, il s'entendit lui demander :

— Je peux vous embrasser?

Elle continuait à le regarder et il pouvait presque lire dans ses pensées. Il était prêtre, après tout, l'image même du célibat et de la respectabilité.

— Je… je ne sais pas, mon père.

Elle semblait perplexe, mais pas alarmée.

Oubliant soudain toute prudence et toute retenue, il l'attira violemment à lui, sentant contre sa poitrine ses jeunes seins ronds. Il l'embrassa passionnément, pressant son corps de ses mains avides, tout en couvrant son visage et sa gorge de baisers maladroits. Elle glissa sans effort et ils se retrouvèrent allongés l'un contre l'autre.

Elle ne luttait pas. Il l'écarta de lui, scrutant son visage. Il était calme et beau, levant vers lui de grands yeux surpris. Il l'embrassa de nouveau, conscient des gémissements qui s'échappaient de sa propre gorge. Il déboutonna son corsage et approcha ses lèvres de ses seins, dans un geste d'adoration. Ils étaient doux et souples. Sa jupe avait aussi des boutons ; avant de défaire le premier, il regarda de nouveau son visage.

Elle fermait les yeux. Elle avait glissé du petit monticule contre lequel elle s'appuyait, et ses cheveux étaient dénoués, formant autour d'elle un halo plus pâle que le sable.

Les boutons glissèrent sous ses doigts, sa jupe s'ouvrit, retombant de part et d'autre de son corps, dénudant ses longues jambes et son ventre. Elle semblait resplendir dans le crépuscule qui s'obscurcissait. Il faillit pleurer.

Elle eut un petit cri quand il voulut faire glisser son slip, mais il l'apaisa de baisers très doux sur le ventre, qui avait sous ses lèvres la texture de la soie. Sa Molly, sa jeune et ravissante Molly…

Soudain, il fut frappé de stupeur. Il luttait désespérément avec la fermeture Éclair de sa braguette quand des voix depuis longtemps oubliées retentirent dans sa tête : c'était un prêtre tonnant depuis le pupitre d'une église de campagne, ou quelque missionnaire promettant la perdition à une assemblée de paroissiens terrifiés…

Il revoyait la tombe de sa mère, et lui-même prostré sur le sol le jour de son ordination. Et puis des images venues de son enfance, effrayantes, écrasantes… saint Sébastien percé de flèches… les flammes de l'enfer… un terrible dieu vengeur à la grande barbe flottante, lançant la foudre et le tonnerre…

Il contempla cette lumineuse créature offerte, qui semblait elle aussi une image surgie de son enfance : un ange, une pure martyre, sainte Maria Goretti, ou la vierge de l'Annonciation…

Il s'arracha à elle et s'enfuit, trébuchant sur le sable mou de la grève, jusqu'au rivage. Là, il se jeta dans la mer et avança jusqu'à ce que l'eau lui arrive à la taille. Se penchant, il y trempa les bras et se baigna le visage, comme pour effacer sa faute.

Puis il revint à l'endroit où elle était allongée, pensant qu'elle aurait disparu, ou qu'elle allait l'accabler de son mépris. Mais elle n'avait pas bougé. Elle n'avait pas cherché à remettre ses vêtements et restait immobile, couchée sur le côté, les genoux remontés et couvrant ses seins de ses mains. Ses cheveux blonds retombaient sur son visage.

Dans ce creux de sable, elle semblait aussi parfaite que Vénus, comme si elle venait tout juste de naître de la coquille de ses vêtements répandus autour d'elle.

— Molly, souffla-t-il doucement, si doucement qu'elle ne l'entendit d'abord pas.

Puis elle s'assit et, les yeux baissés, elle s'habilla rapidement.

— Molly, répéta-t-il une fois qu'elle fut prête.

— Oui, mon père?

Elle était calme. Trop calme.

— Molly chérie, je regrette, vraiment, profondément... Mais d'un autre côté, je ne regrette rien, rien, vous comprenez?

— Vous êtes tout mouillé, mon père. Que s'est-il passé?

— Molly, reprit-il, les prêtres sont des hommes eux aussi, et ils tombent amoureux tout comme les autres...

Il se vit à ce moment, ridicule, plus très jeune, dissertant sur l'amour dans son habit de prêtre trempé et déchiré. Il hésita entre le rire et les larmes.

— Il n'y a pas de mal, mon père.

— Molly, ma chérie... Ce n'est absolument pas votre faute, vous êtes innocente de tout cela. Je vous en prie, croyez-moi, Molly. Toute la faute est pour moi...

Elle eut un petit soupir et regarda au loin vers la mer. Désormais, il ne pouvait plus l'atteindre. Totalement désemparé, il tourna lui aussi son regard vers la mer.

Puis il s'éloigna d'elle et traversa la plage, glissant à chaque pas dans ses chaussures trempées.

Molly n'avait jamais été embrassée par qui que ce soit, et cette aventure avait provisoirement éclipsé l'horrible mort de son père.

Elle n'avait pas encore eu le temps de réfléchir à tous les

événements qui s'étaient soudain bousculés ces derniers jours. Elle se déshabilla lentement dans sa chambre, fermant les yeux, essayant de retrouver le goût du baiser. Elle regrettait que la mort de son père l'ait contrainte à annuler la visite de Kathleen Agnes : elle aurait pu lui raconter tout ce qui s'était passé. Molly avait découvert que les événements ne devenaient réels que lorsqu'on pouvait en discuter avec quelqu'un.

Mais une seconde plus tard, elle sut qu'elle ne révélerait jamais ce qui s'était passé dans les dunes, pas plus à son amie qu'à qui que ce soit d'autre. Pas même à Conor, qui avait pris la fuite — vers où ?

Elle s'assit au bord de son lit tandis que lui revenait l'image de son frère, le visage sombre et tendu, tirant puissamment sur les rames du canot. L'avait-elle perdu pour toujours ? Elle ne pouvait le croire. Il reviendrait — il fallait qu'il revienne. Plus que la mort de son père, plus que ce qui s'était passé avec le prêtre, la fuite de Conor dans le canot était la pire chose qui était arrivée aujourd'hui.

Le prêtre l'avait caressée. Avant d'enfiler sa chemise de nuit, elle prit ses seins dans ses mains, essayant d'imaginer ce que le père Morahan en avait pensé, puis, troublée, ce que Conor en penserait...

Le plus étrange, c'est qu'elle n'avait pas ressenti de gêne quand il les avait touchés. Il en aurait sûrement été bien autrement avec Conor... Peut-être, se dit-elle, parce qu'avec lui elle en aurait eu envie. Alors, oui, elle aurait sans doute été honteuse. C'était un sentiment très nouveau... Mais Conor était parti à présent, et jamais il ne prendrait ses seins dans ses mains. Il n'aurait pas pu le faire, de toute façon. C'était son frère. Tout cela était très troublant.

La scène avec le prêtre avait été différente, comme une sorte de rituel lié à la mort de son père. C'était un prêtre. Aucun mal ne pouvait lui arriver de la part d'un prêtre. Quand elle avait été avec lui dans les dunes, ce qu'elle avait ressenti — qui d'ailleurs n'était pas déplaisant — n'avait aucune importance, et même semblait ne pas lui appartenir.

En tout cas, songea-t-elle en se glissant sans bruit dans son lit étroit tandis qu'elle entendait Brendan s'agiter dans la cuisine, le prêtre était gentil. Certes, il était vieux, mais il n'était pas laid et il s'était montré très doux.

Elle fixa le plafond et repassa la scène dans sa tête. Elle se rappelait chaque détail précisément, comme si son esprit avait flotté au-dessus des dunes et les avait contemplés depuis les hauteurs.

Mais surtout, les caresses du prêtre avaient renouvelé les sensations qu'elle avait ressenties avec Conor, ces sensations brûlantes accélérant son sang et courant sous sa peau. Un peu honteuse, elle reprit ses seins dans ses mains et imagina encore une fois que Conor les touchait.

Comment pourrait-elle se faire nonne, désormais ?

Elle roula sur le côté et chercha le sommeil. Mais l'image de Conor s'éloignant dans le canot s'imposa de nouveau à elle.

Pour la première fois depuis la mort de Micheal, elle pleura, sans savoir précisément pourquoi. Elle pleura pour la mort de son père, pour le chagrin de sa mère et pour le visage blême, angoissé de Brendan. Elle pleura parce que le prêtre était amoureux d'elle. Elle pleura parce qu'elle avait fini d'être une petite fille et qu'il lui fallait grandir.

Quand elle se réveilla le lendemain matin, il faisait grand jour et Brendan était assis au pied de son lit.

— Je m'en vais, Molly, dit-il d'un air embarrassé.

Elle s'assit d'un bond, soudain parfaitement réveillée.

— Où vas-tu ?

— Je crois que je vais retourner à Birmingham.

— Si vite ?

Brendan s'agita, mal à l'aise.

— Mais il est encore très tôt, tu sais ! Le steamer n'arrive pas avant cet après-midi.

— Je sais ! Mais Sean Ban m'a dit qu'il allait m'emmener à Inishmore.

Il lui lança un regard suppliant, qu'elle comprit aussitôt. Brendan avait besoin de sortir de cette maison de femmes en deuil.

Soudain, sa propre voie lui parut toute tracée. Elle devait partir aussi.

Elle le pria d'attendre quelques minutes et, dès qu'il eut quitté la chambre — sans d'ailleurs poser de questions —, elle se leva et s'habilla. Sortant sa valise du haut de l'armoire, elle y jeta ses vêtements de tous les jours et sa trousse de toilette. Puis elle alla prendre son argent dans le tiroir de la commode. Elle possédait dix-huit livres environ, économisées sur l'argent qu'elle recevait à Noël de Brendan et de Conor : à Inisheer, les occasions de dépenses étaient rares.

Puis elle prit son papier à lettres et entreprit d'écrire un mot pour le père Morahan. Elle écrivait vite, sans se donner le temps de réfléchir.

Cher père Morahan,

Je suis désolée de ne plus pouvoir vous montrer l'île cet été. Il est arrivé quelque chose qui m'oblige à partir pour Dublin. Merci pour tout ce que vous avez fait pour moi et ma famille. Tout va bien, ne vous inquiétez pas.

Elle hésita avant de signer. Elle signait toujours ses lettres par « je t'embrasse très fort », mais cela ne lui semblait guère adapté pour l'occasion. D'autre part, les salutations distinguées ne convenaient pas non plus. Elle finit par écrire « amicalement, Molly », en griffonnant le dernier mot.

Brendan était assis à côté de la cheminée, les yeux perdus dans l'âtre vide.

— J'arrive tout de suite, Brendan !

Elle mit sa lettre dans une enveloppe, qu'elle referma.

La lettre pour sa mère était plus difficile.

Chère maman,

J'espère que tu ne m'en voudras pas, mais il faut que j'aille passer un petit moment à Dublin.

Elle mâchonna son crayon avant de continuer.

J'espère que tout ira bien à la maison et que tante Mona et tante Moya pourront rester un peu plus longtemps pour que tu ne sois pas trop seule. Je m'en vais pour une semaine ou deux et je serai de retour à la maison avant la fin de l'été, aussi ne t'inquiète pas.

Elle réfléchit de nouveau.

Tout ira très bien à Dublin. J'ai le numéro de téléphone de deux filles de ma classe qui m'ont invitée à venir chez elles quand je voudrais. Je les appellerai dès mon arrivée à Dublin.

C'était là un mensonge inventé pour la circonstance, mais plus Molly y réfléchissait et plus elle trouvait l'idée excellente. Sa décision s'en trouva renforcée d'autant.

Encore une fois, j'espère que tu ne seras pas trop seule, mais n'oublie pas que je serai de retour bientôt.

Je t'embrasse de toutes mes forces, Molly.

Elle glissa la lettre dans une autre enveloppe et y inscrivit le nom de sa mère.

— Je suis prête, Brendan, dit-elle en posant les deux lettres contre le pot à lait sur le buffet.

Elle enfila son imperméable d'uniforme, qui lui était trop petit, mais c'était le seul manteau qu'elle possédait.

Quand Brendan prit sa valise et la sienne, elle s'aperçut qu'il ne lui avait pas demandé une seule fois où elle allait, ni pourquoi, ni si leur mère était d'accord. Elle se dit qu'elle ne comprendrait décidément jamais ce frère-là, si différent de Conor.

Ils descendirent vers la plage en silence, saluant les voisins qu'ils rencontraient en chemin. Sean Ban Nora n'était encore nulle part en vue. Molly ignorait tout des plans de son frère, mais elle entendait pour sa part prendre le *Naomh Eanna* au départ d'Inishmore.

Une fois sur la plage, elle s'assit sur sa valise et regarda vers la mer. Brendan faisait les cent pas en guettant Sean Ban Nora sur les routes qui menaient à la plage.

— Je me demande si je ne devrais pas aller chez lui, dit-il à Molly, le front plissé.

— Laisse-lui un peu de temps. Il est encore tôt.

En regardant par-dessus son épaule, elle vit Sorcha descendre la colline en courant.

Molly se leva. La vue de sa mère l'avait sortie de son indifférence.

Sorcha avait les cheveux défaits et les pieds nus. Elle s'arrêta à quelque distance de sa fille.

— Maman.

Sorcha porta une main à sa gorge.

— Molly...

Molly vit que sa mère avait à la main sa lettre et une autre enveloppe, si vieille que les coins en étaient tout noircis.

Sorcha avança encore de quelques pas et lui tendit la vieille enveloppe. Molly hésita, mais finit par la prendre. Elle était épaisse, et elle savait qu'elle contenait de l'argent.

— Oh, maman! dit-elle.

Elles restèrent face à face tandis que Brendan leur tournait de dos et s'éloignait.

— A quelle heure partez-vous? demanda Sorcha d'une voix étouffée.

— Sean Ban Nora nous emmène à Inishmore. Il sera là d'une minute à l'autre.

Sorcha hocha la tête. Molly devina qu'elle s'efforçait de prendre un ton naturel.

— N'oublie pas d'écrire, dit-elle.

— Promis, maman.

— Et si tu vois Conor...

Sorcha détourna les yeux en crispant sa main sur sa gorge.

— Voilà Sean Ban, dit-elle. Que Dieu te garde.

Elle murmura un au revoir à Brendan, puis fit volte-face et commença à gravir la colline.

Pendant que les deux hommes lançaient le canot, Molly ouvrit l'enveloppe. Elle contenait quatre-vingt livres. Molly savait que cet argent était destiné à l'enterrement de Sorcha. Leur vie durant, les femmes de l'île mettaient ainsi de côté de petites sommes d'argent pour payer les planches de leur cercueil et la veillée funéraire.

5

— Je vous en prie, à votre service!

Christian reposa le combiné, ôta ses lunettes et frotta ses yeux las. Tout en terminant son papier, il répondait aux innombrables coups de téléphone dont le journal avait été assailli toute la nuit. Très peu d'appels avaient été productifs pour le *Chicago Sentinel* : il s'agissait surtout de banlieusards qui s'inquiétaient de savoir si leurs petits chéris pouvaient se rendre sans risques au centre ville, ou de reporters d'autres États en quête d'informations de dernière main.

Il revint à son portrait de Tom Hayden, et se replongea dans les transcriptions des dernières déclarations du leader de la Nouvelle Gauche. Ils étaient tous en ville, une coalition de types loufoques et de radicaux — Hayden et Abbie Hoffman, le Yippie Jerry Rubin, le poète Allen Ginsberg, et on attendait même le dramaturge français Jean Genet. Mais pour Christian, la convention démocrate au grand amphithéâtre et les bagarres dans les rues en ébullition se résumaient à un match unique : à droite le maire Daley, à gauche tous les autres.

Il remania son introduction en s'efforçant de faire une synthèse sans parti pris, ce qui n'était guère aisé, vu son opinion sur la façon dont le maire Daley dirigeait Chicago. On se serait cru au Moyen Age plutôt qu'en 1968, pensa Christian. Richard Daley considérait la ville comme son fief personnel. Grenades lacrymogènes et matraquages dans les rues, grabuge entre délégués à la convention, et, chapeautant à la fois Chicago et le parti démocrate, le maire, avec une seule idée en tête : mener la ville comme il l'entendait. A ceci près que, pour l'instant, la situation n'était guère favorable au maire, et la rumeur courait dans la ville que Daley allait bientôt faire appel à la Garde nationale.

Christian avait beaucoup de sympathie pour les radicaux. Lui-même n'avait échappé à la conscription pour le Viêt-nam que pour la stupide raison qu'il avait les pieds plats et une vue défaillante. Plus la guerre traînait en longueur, plus il jugeait qu'elle n'était qu'un gâchis inutile, mais il était tenu à la neutralité sur le plan professionnel. Bien que les propriétaires du journal fussent républicains, l'éditorial du *Sentinel* évitait soigneusement de prendre parti sur la question du Viêt-nam. Cette fois, pourtant, ils s'étaient joints aux autres journaux de la ville pour demander au maire d'autoriser les manifestations. Christian n'aimait pas assez ce boulot pour trahir ses opinions personnelles dans ses papiers. Il ne s'intéressait guère à la politique intérieure, lui préférant ce qu'il appelait une « vision plus globale » du monde. Il avait donc demandé son transfert au service de politique étrangère, mais rien n'avait encore abouti. Le téléphone sonna de nouveau. Il baissa la tête, se concentra sur les touches de sa machine, et l'ignora.

— Bientôt fini ?

Il leva les yeux. Dick, couvert d'appareils photo et de coupe-files à moitié déchirés, était debout devant lui.

— Une dizaine de minutes, pas plus...

— Je crois que j'ai un ou deux bons plans de Hayden dans le truc de ce soir, dit Dick. Je les développe tout de suite. Tu veux les voir ?

— Et comment.

— C'est de la folie furieuse, là-bas. Tu devrais aller jeter un coup d'œil.

— Ouais, demain soir, peut-être.

Le téléphone retentit encore, et cette fois Christian décrocha. C'était un reporter anglais qui demandait à avoir accès aux dossiers de presse du journal.

Christian savait qu'à la minute le documentaliste croulait littéralement sous les demandes de ce genre, mais sa sympathie allait au journaliste étranger. Lui-même s'était souvent trouvé dans cette situation : une ville étrangère où l'on ne connaît personne, avec des informations à trouver à toute vitesse.

— Ça marche, dit-il. Vous n'avez qu'à vous présenter à l'accueil. Et toi, tu en as pour combien de temps ? demanda-t-il à Dick en raccrochant.

— Une heure, dit son ami en s'éloignant vers la chambre noire.

— On va s'en jeter un, après?

— D'accord, dit Dick avec une pointe d'hésitation. Je te retrouve au *Shamrock*.

Christian regarda son ami disparaître en direction de la salle des dépêches. Dick, ayant intégré le journal deux ans avant lui, était plus haut placé dans la hiérarchie, mais Christian espérait que, s'il obtenait son transfert, Dick l'accompagnerait dans certaines missions. Dick était son port d'attache, la relation la plus stable de sa vie.

Toutefois, il avait remarqué son hésitation à le rejoindre au *Shamrock Bar*. Dick pensait qu'il buvait trop, mais Christian jugeait que cela ne regardait que lui.

Dublin était frénétique. Une fois descendue du train à Kingsbridge, Molly resta plantée sur le quai, sa valise à ses pieds, essayant de se repérer. Elle ne comprenait rien aux annonces que crachaient les haut-parleurs et qui se répercutaient sous les hautes voûtes d'acier; le marbre et le métal dont était faite la gare amplifiaient le grondement de la locomotive diesel, tout près d'elle. Molly se sentait terrifiée.

— Pardon... Pardon...

Le flot de passagers s'écoulait du train bondé, butait contre elle, la contournait.

Quand le paysage accidenté du Connaught avait cédé la place aux vertes prairies du centre de l'Irlande, Molly avait décidé qu'au moins pour la première nuit elle prendrait une chambre d'hôtel. Elle y serait en sécurité et cela lui laisserait le temps de souffler un peu et d'appeler une ou deux camarades de classe. L'*Irish Independent* qu'elle avait acheté à la gare de Galway donnait un compte rendu du Dublin Horse Show. Elle raconterait à ses amies qu'elle était venue à Dublin pour voir le spectacle.

Après avoir pris cette première décision sur son avenir, elle s'était sentie mieux. Mais à présent qu'elle était là, elle devait lutter contre une envie folle de reprendre aussitôt le premier train pour Galway. Elle craignait aussi d'être un objet de curiosité, avec son imperméable d'uniforme trop court pour elle. Il lui faudrait s'acheter un manteau digne de ce nom.

Mais comme elle regardait les passagers se hâter vers les barrières au bout du quai, où les amis venus les accueillir se bousculaient pour mieux les voir, elle se rendit compte qu'ils lui accordaient à peine un bref coup d'œil en passant. Ils étaient bien trop affairés pour se soucier d'elle, et tous semblaient avoir un but, savoir exactement où ils allaient.

Tous, sauf elle.

Tout ce qu'elle connaissait de Dublin étaient O'Connell Street et la grande poste centrale qui avait été la scène de l'*Easter Rising*, le grand soulèvement de Pâques 1916. Il lui parut que, si elle parvenait jusqu'à cette fameuse poste, ce serait un bon point de départ pour découvrir la ville.

Elle reprit sa valise et suivit la foule en direction de la sortie. Mais une fois dans la rue, elle n'eut aucune idée de la direction à prendre.

Elle finit par s'adresser à un homme en casquette.

— Pardon, monsieur, pourriez-vous m'indiquer le chemin de la poste centrale ?

L'homme lui indiqua un itinéraire, puis considéra sa valise d'un air de doute.

— Vous êtes à pied ?

— Oui.

— Ça fait quand même une bonne petite trotte. Vous feriez mieux de prendre l'autobus.

Il lui indiqua l'arrêt et le numéro du bus, mais une fois arrivée à l'arrêt, elle s'aperçut qu'elle avait oublié le numéro. Se souvenant de ses indications, elle jeta un regard vers les quais, encombrés d'une circulation intense et klaxonnante, en direction du centre ville. Cela ne semblait pas si loin...

Mais la marche le long des quais s'avéra extrêmement pénible, et une fois encore elle sentit son courage l'abandonner. Une petite bruine tombait ; une odeur douceâtre montait des eaux sales de la Liffey, pour l'instant à marée basse ; les autobus et les camions éructaient des jets de fumée noire ; des papiers gras détrempés jonchaient le caniveau le long du trottoir.

Et puis, il lui semblait que ce quai n'en finissait pas. Au bout de dix minutes, elle sentit que sa valise lui sciait l'épaule et elle dut la poser et s'arrêter un moment. Elle jeta un regard en direction d'O'Connell Street : il ne lui semblait pas s'en être rapprochée d'un pouce...

Mais juste devant elle, elle vit une série de drapeaux flottant sur la façade d'un immeuble gris qui s'avéra être un hôtel. Molly décréta qu'elle ne ferait pas un pas de plus. Quels que soient les prix pratiqués, elle allait prendre une chambre ici. Elle reprit sa valise, franchit péniblement les derniers mètres et entra dans le hall du *Clarence*. L'atmosphère était chaude et calme. Une fille se tenait derrière un petit comptoir.

Molly se sentit obscurément coupable quand elle demanda une chambre — comme si elle n'en avait pas eu le droit —, mais la réceptionniste ne parut pas partager ce point de vue et poussa dans sa direction un registre et un stylo. Molly eut un instant d'hésitation, puis résolut de faire comme si elle était habituée à ce genre de choses. En examinant le formulaire, elle s'aperçut qu'il était très simple : on ne lui demandait que son nom, son adresse, et l'immatriculation de sa voiture.

— Il faut absolument que j'aie une voiture ? demanda-t-elle avec inquiétude.

La réceptionniste la considéra d'un air intrigué.

— Non, ce n'est pas la peine, dit-elle enfin.

Molly se sentit profondément ridicule.

Elle remplit sa fiche et paya une nuit d'avance. Pour trente shillings, le petit déjeuner était compris. Puis la réceptionniste fit signe à Molly de donner sa valise au chasseur qui attendait dans son dos, imperturbable.

Le chasseur la précéda dans l'escalier et la guida le long d'un petit couloir bordé de portes. Il s'arrêta devant l'une d'elles et inséra la clé dans la serrure.

La seule expérience qu'avait Molly des hôtels était une nuit dans une pension de Galway avec sa mère, quand elle avait cinq ans, et elle ignorait qu'elle était censée donner un pourboire. Le chasseur, un homme d'âge moyen, avait posé sa valise près de la porte.

— Vous n'avez plus besoin de rien, mademoiselle ? s'enquit-il.

Il semblait attendre quelque chose.

— Non, merci. Merci beaucoup d'avoir porté ma valise.

Il hésita, puis lui sourit et partit. Quand la porte se fut refermée sur lui, Molly jeta un coup d'œil circulaire à la chambre. Personne ne s'inquiétait d'elle, cette fois. Il n'y avait pas de sœurs, pas de Sorcha pour lui dire ce qu'elle avait à faire...

A ce moment, elle se rendit compte qu'elle mourait de faim. Elle allait commencer par manger quelque chose. Elle sortit son argent et compta ce qui lui restait : plus de quatre-vingt-dix livres. C'était une petite fortune pour elle, mais elle savait qu'elle devait faire attention. Cet argent devrait durer le plus longtemps possible.

En descendant dans le hall, elle sentit une bonne odeur de rôti de bœuf et de choux qui venait de la salle à manger. Un instant, elle fut tentée de le suivre, mais elle était trop timide et trop ignorante des usages pour oser s'installer dans une salle de restaurant. Elle sortit de l'hôtel et se retrouva sur les quais. La bruine avait cessé, mais une petite bise piquante soufflait du fleuve. Elle reprit sa route vers O'Connell Street.

Les mains libres cette fois, elle allait d'un pas vif et un sentiment d'euphorie l'envahit. Elle n'était pas encore très à son aise, mais à présent qu'elle avait un toit — même provisoire — elle se sentait d'humeur aventureuse.

Elle traversa deux fois le pont O'Connell, en changeant de trottoir à chaque fois, fascinée par la bruyante cohue. Tout le monde semblait se hâter à quelque rendez-vous. Des gens montaient et descendaient des autobus, s'interpellaient, se retrouvaient, se promenaient deux par deux ou par petits groupes. Des couples faisaient la queue devant les cinémas.

Elle parvint à la poste centrale, qu'elle reconnut à ses boîtes aux lettres et à ses distributeurs de timbres. S'abritant sous son portique de pierre, des dizaines de gens attendaient, seuls, sur leur trente et un. Ils avaient visiblement rendez-vous. Elle se demanda combien de temps passerait avant qu'elle ait elle aussi un rendez-vous devant la poste centrale.

Elle traversa la rue. Les vitrines d'une boutique du nom de Clery's étaient barrées de grandes affiches rouges portant le mot « soldes », et regorgeaient littéralement de marchandises : des draps, des serviettes de toilette, des sorties de bain, des blazers, des valises et des services à thé, des raquettes de tennis, des montres, des bouilloires, des couverts en argent... Elle n'avait jamais vu autant de choses de sa vie. Sorcha aurait adoré ça, songea-t-elle.

Plus bas, dans la rue, elle passa devant une cafétéria. Des photos de saucisses bien grasses accompagnées d'énormes frites, de gros œufs d'un jaune brillant et de glaces couleur pastel étaient collées sur la vitrine. Elle en eut l'eau à la bouche et entra.

Le repas n'était pas aussi bon que le promettaient les photos, mais elle se sentit réchauffée et repue quand elle l'eut terminé. Elle s'attarda devant une tasse de thé, réconfortée de voir qu'il n'y avait pas qu'elle à manger seule. Beaucoup d'autres tables n'étaient occupées que par un seul client.

Les réverbères étaient allumés quand elle ressortit dans O'Connell Street. Elle repassa devant Clery's, puis elle prit North Earl Street sur la droite, qu'elle suivit jusqu'au carrefour de Talbot Street. De là, elle aperçut une deuxième gare — elle le supposa, du moins, en voyant le pont qui traversait la rue. Deux gares ! Bien qu'elle ait souvent cherché à se représenter Dublin, elle n'en revenait pas de découvrir que c'était une si grande ville.

Elle se tenait à l'angle de Talbot Place, contemplant la gare, quand elle remarqua dans la vitrine d'un pub une petite affichette portant ces mots : « On recherche du personnel. » Avant d'avoir pris le temps de réfléchir, Molly entra.

John Pius McCarthy, un célibataire d'âge moyen qui vivait avec sa mère dans l'appartement au-dessus de son pub, jeta un regard par-dessus la rangée de pintes de bière qu'il était occupé à tirer. Le bar était bondé et bruyant, et un épais nuage de fumée bleue flottait dans l'air.

Devant lui se tenait une jeune fille écarlate, dans un manteau brun d'écolière trop petit pour elle, mais d'une grâce si naturelle que John Pius en resta bouche bée. La fille disait quelque chose qu'il n'arrivait pas à saisir. Il se pencha vers elle.

— Vous désiriez quelque chose, mademoiselle ?

— P-pourrais-je p-parler au gérant, s'il vous plaît ? balbutia-t-elle.

Elle avait un léger accent campagnard.

— C'est moi, le gérant.

Il attendit la suite, mais elle semblait avoir perdu sa langue. Il s'essuya les mains sur un torchon un peu douteux et la fit passer dans la grande salle, tout aussi bondée, mais nettement moins bruyante. Puis il se tourna vers elle.

— Maintenant, on s'entend mieux.

— C'est... c'est pour l'annonce dans la vitrine...

Pour se donner du temps, il brancha la bouilloire dans la prise située derrière le bar.

— Je vois. Vous me permettez de vous demander votre âge ?

— Seize ans, bientôt dix-sept, monsieur.

C'était bien ce qu'il pensait.

— Voulez-vous prendre une tasse de thé ? demanda-t-il.

Elle hocha la tête. Son œil exercé lui disait qu'elle n'avait sans doute jamais mis les pieds dans un pub de sa vie. Mais elle parut prendre son silence pour un encouragement.

— Je ferai n'importe quoi, monsieur. Vous cherchez quelqu'un pour faire quoi ?

— Asseyez-vous, dit John Pius en lui désignant un haut tabouret de bar.

John Pius, qui était timide, se sentait toujours mal à l'aise avec les femmes, et prenait soin de laisser systématiquement la barrière de son comptoir entre elles et lui. Il s'activa à ramasser les verres sales pour les poser sur la tablette à côté de l'évier, puis, d'un geste nerveux, ouvrit le robinet en grand et éclaboussa tout autour de lui tandis que son barman galopait derrière le bar, prenant les commandes du garçon de salle. Mais tout en s'affairant, John Pius réfléchissait profondément et regardait Molly à la dérobée. Il craignait que, s'il ne l'engageait pas, quelqu'un d'autre profite de sa naïveté et de son innocence. Molly ne tarderait pas à apprendre que John Pius était un cœur tendre.

Il ferma le robinet.

— Vous avez des références ?

Elle secoua la tête.

— C'est mon premier travail, monsieur.

— Hum, oui, c'est là que ça pose un petit problème.

Elle eut un tel air de détresse qu'il crut qu'elle allait se mettre à pleurer.

— Écoutez-moi, se hâta-t-il de dire. Revenez demain soir vers neuf heures. J'aurai besoin de quelqu'un en salle. Ça ne vous gêne pas de rester tard ?

Il venait tout juste de créer un emploi non seulement superflu, mais en outre en dehors des heures d'ouverture légales.

Molly ouvrit de grands yeux. Même dans la lumière tamisée du bar, il remarqua à quel point ils étaient bleus. Elle était vraiment très belle.

— Mais bien sûr, monsieur. Aussi tard que vous voudrez.

John Pius soupira.

— Vous vous appelez comment, à propos ?

— Molly. Molly Ni Briain.

— Alors, c'est entendu. Excusez-moi maintenant, mais il faut que je retourne au bar. Mick va me tuer si je le laisse tout seul une minute de plus !

Et à la stupéfaction de Molly, John Pius pouffa de rire. Sa rude figure s'enfonça dans son cou, comme une tortue qui se rétracte dans sa carapace, et tout son corps fut secoué d'un rire silencieux. L'effet était irrésistible.

— A propos, je m'appelle John Pius McCarthy, parvint-il à articuler entre deux hoquets, mais tout le monde m'appelle JP!

— Merci beaucoup, Mr. McCarthy.

Ils échangèrent une poignée de main.

— Eh bien, conclut JP, à demain soir!

Quand Molly se retrouva dehors, la tête lui tournait d'exaltation. Elle n'avait passé que quatre heures à Dublin et elle était déjà embauchée! Ce n'était pas un calcul de sa part, elle avait réellement prévu d'appeler ses camarades de classe, mais à présent que les choses s'étaient faites presque toutes seules, elle ne reculerait pas. Elle s'aperçut qu'elle avait oublié de discuter de son salaire, mais de toute façon, même si elle y avait pensé, elle n'en aurait pas eu le courage. Ce n'était pas très grave. Elle avait du travail, et d'instinct, elle faisait confiance à John Pius McCarthy.

Le chemin menant à l'hôtel lui parut cette fois infiniment plus court. La fille au comptoir d'accueil dans le hall du *Clarence* n'était pas la même que celle du matin, mais Molly la prévint quand même qu'elle gardait la chambre.

Elle passa la journée du lendemain à faire du lèche-vitrines, et retourna dîner à la même cafétéria que la veille.

Elle arriva au pub peu après huit heures, vêtue de sa seule jupe à sa taille et de son plus joli chemisier. John Pius n'était nulle part en vue, et personne ne semblait l'attendre. Mais le garçon de salle la reconnut et la fit asseoir au comptoir avec un jus d'orange.

JP arriva à son tour à neuf heures moins le quart.

— A l'heure militaire, je vois, lança-t-il en apercevant Molly.

Il lui prépara une tasse de café et lui expliqua ce qu'elle aurait à faire. C'était peu de chose : aider le garçon en salle s'il y avait du monde, et aider au nettoyage une fois le pub fermé. Le pub accueillait régulièrement un petit cercle de clients privilégiés — des acteurs, des écrivains, des artistes — qui restaient après la fermeture.

— Mais ne vous inquiétez pas si vous voyez que l'heure tourne. On s'arrangera toujours pour vous faire raccompagner. Vous habitez où, à propos?

Quand elle lui eut dit qu'elle était à l'hôtel *Clarence*, il parut scandalisé.

— Vous vivez à l'hôtel? Mais ça doit vous coûter une fortune!

Molly se débrouilla très bien pour son premier soir, et comme il ne vint personne pour rester après la fermeture, John Pius la raccompagna chez elle. Le lendemain après-midi, John Pius débarqua à l'improviste, serrant un journal froissé dans sa main. Il lui avait trouvé une petite chambre au-dessus d'une boutique, dans Dame Street, et l'emmenait de ce pas la lui faire visiter.

Molly fut enchantée de sa chambre. Elle était minuscule et chauffée par un seul petit radiateur électrique, mais elle était propre, refaite à neuf, et dotée de tout le nécessaire. Ils revinrent au *Clarence* où Molly donna son congé.

Puis, tandis qu'elle défaisait sa valise dans sa nouvelle chambre, John Pius disparut quelques minutes. Quand il revint, il lui tendit un grand sac en papier.

— Pour la nouvelle maison! dit-il en rosissant.

Le sac contenait un grand calendrier aux couleurs vives et une lampe de chevet avec un abat-jour à fleurs.

Molly resta sans voix devant tant de gentillesse.

— Et voici la prise, dit-il en la sortant solennellement de sa poche.

Il lui montra comment monter la prise, avec la lame d'un couteau qu'il trouva dans un tiroir, dans le minuscule recoin qui servait de kitchenette. Ils branchèrent la lampe et la sombre petite chambre, dont l'unique fenêtre regardait au nord, s'illumina d'une chaude lumière.

— Et maintenant, on va fêter ça! conclut John Pius en tirant une demi-bouteille de champagne de son autre poche.

Quand Molly eut compris que John Pius était encore plus timide qu'elle, elle se sentit beaucoup plus à l'aise avec lui. Elle n'avait jamais bu de champagne, ni même d'alcool, et restait fascinée devant les bulles qui pétillaient dans les verres ébréchés que John Pius venait de trouver dans la cuisine. Elle plissa le nez à la première gorgée, en sentant les bulles lui piquer la langue.

Ce soir-là, les acteurs débarquèrent au pub. Ils arrivèrent vers onze heures, et John Pius les regroupa dans un coin jusqu'à ce que tous les autres clients soient partis. Puis il remit des bûches dans la cheminée, tamisa les lumières et apporta des bouteilles de vin de sa cave. Tandis que Molly nettoyait le comptoir et s'assurait que tout le monde était servi, John Pius mit le *Concerto pour deux violons* de Bach, puis présenta Molly à chacun des convives. Molly crut qu'elle ne retiendrait jamais tous ces noms.

John Pius remonta alors au premier pour leur préparer des sandwichs au thon dans sa propre cuisine, en laissant à Molly la charge de la salle. Elle s'activa le plus discrètement possible. Suivant les instructions de John Pius, elle surveilla le feu, prête à rajouter une bûche si nécessaire, et resta à proximité des clients pour les resservir dès qu'ils le désiraient. Presque tous buvaient du vin, ce qui lui facilitait la tâche.

Pendant les longs moments où elle n'eut rien à faire, elle se tint derrière eux dans l'ombre, en retrait du petit cercle groupé autour de la cheminée. Puis les convives la prièrent de se joindre à eux et elle s'assit en silence dans un coin, tandis que ces gens pleins d'esprit et de grâce, parlant à voix basse par crainte d'une descente de police, racontaient de vieilles histoires en buvant tranquillement. Molly était enchantée.

Parmi les acteurs se trouvaient Macartan O'Toole et Dessie Byrne. Le quatrième soir, Dessie voulut absolument parler à Molly. Il avait l'esprit vif, il était beau et plein de charme. Molly n'avait jamais rencontré quelqu'un comme lui, et fut surprise de voir qu'elle n'éprouvait aucune gêne à lui parler. Dessie Byrne était passé maître dans l'art d'écouter.

Macartan se joignit à eux et les deux hommes interrogèrent doucement Molly, la priant de leur raconter son histoire. Ce qu'elle fit, mais sans souffler mot de Conor ni de la mort de son père. Et quand ils lui demandèrent pourquoi elle avait quitté l'école si jeune pour venir à Dublin, elle se sentit le cran de répondre :

— Pour tenter ma chance !

Dessie et Macartan eurent aussitôt la même idée. Il y avait une audition le lendemain matin à l'Abbey Theatre : on cherchait simplement des figurants pour des scènes de foule dans *la Charrue et les étoiles*, de Sean O'Casey, mais c'était déjà un début, assura Macartan.

John Pius, qui les écoutait, encouragea Molly à accepter.

— Allons, Molly, pourquoi ne pas vous lancer ?

— Ça n'a rien de difficile, appuya Dessie. Vraiment, Molly. C'est du gâteau !

— Je sais que vous êtes timide, Molly, reprit Macartan. Mais nous le sommes tous, je vous assure ! ajouta-t-il avec un air faussement sérieux.

— Timide, mon œil ! dit Dessie. Le jour où tu seras timide, Macartan O'Toole, les poules auront des dents ! Mais enfin, sérieusement, Molly, reprit-il en se tournant vers elle, les acteurs *sont* timides. Vous savez ce qu'on dit ? Monter sur les planches est la revanche personnelle des timides.

Molly ne l'avait jamais entendu dire, mais elle était très tentée. Elle était aussi flattée de l'attention qu'ils lui portaient, et de les voir persuadés qu'elle serait capable d'apparaître sur une vraie scène, comme une professionnelle.

Elle faisait déjà du théâtre à son école, et la sœur qui leur enseignait la diction l'avait vivement encouragée. Avec sa haute taille, cependant, elle avait toujours joué des rôles masculins, mais, malgré sa timidité, elle avait constaté qu'elle adorait être sur scène. Bien qu'elle ait pensé à l'époque qu'elle péchait par orgueil, elle avait senti, à la réaction du public, qu'elle était bonne. On ne lui faisait pas de compliments particuliers, mais toute l'école savait que si la pièce de fin d'année était *Hamlet*, par exemple, Molly serait désignée d'office pour le rôle du prince. Le professeur de diction l'avait présentée aux *feiseanna* locales, ces concours de jeunes talents, et la collection de coupes d'argent gagnées par Molly en déclamation décorait le sombre hall d'entrée de l'école. Elle aimait beaucoup les répétitions — excellente excuse pour manquer les cours —, mais préférait de loin les soirs de spectacle. Le vieux rideau de scène de l'école, tout mangé aux mites, avait toujours de nouveaux trous malgré les nombreuses reprises, et Molly, bravant le règlement, en profitait régulièrement pour jeter un coup d'œil sur la salle. Les parents des élèves qui habitaient à proximité étaient installés sur des rangées de chaises de bois, et derrière eux, sur les bancs du réfectoire, étaient assises les filles qui ne participaient pas à la pièce.

Les deux premiers rangs restaient vides jusqu'au tout dernier moment, quand les sœurs, précédées de la mère supérieure, arrivaient en file indienne. Elles restaient debout jusqu'à l'arrivée de la mère provinciale, qui s'asseyait au beau milieu sur son trône symbolique — la seule chaise munie d'accoudoirs.

Une fois la pièce commencée, Molly était à son affaire. Elle aimait la façon dont les lumières de la scène plongeaient les visages dans l'ombre, créant autour d'elle un petit monde à part tandis qu'elle allait et venait dans la peau de son personnage. Les soirs de spectacle, Molly se sentait aussi en sécurité qu'une huître dans sa coquille.

Elle contempla le cercle de visages encourageants dans la pénombre du pub.

— Eh bien, qu'en dites-vous, Molly ? demanda Dessie.

— Ma foi, pourquoi pas ? répondit-elle.

L'audition était fixée à dix heures du matin, et elle arriva avec dix minutes d'avance. Le théâtre, situé à proximité du pub, était sombre et vide, mais deux autres filles et un garçon attendaient déjà dans l'auditorium. Ils semblaient bien se connaître et, sans qu'ils lui adressent la parole, Molly comprit d'après leur conversation qu'ils avaient déjà un minimum d'expérience. Sentant qu'elle n'avait aucune chance, elle faillit quitter le théâtre, mais à ce moment précis un homme entra et les invita à monter sur scène.

Leur rôle consistait simplement à se tenir au milieu de la scène en poussant des cris d'enthousiasme, comme s'ils regardaient un match de football, puis à entrer et sortir de scène en utilisant alternativement le côté cour et le côté jardin.

Ils furent embauchés tous les quatre. Molly se rua au pub pour annoncer la bonne nouvelle, et John Pius en fut ravi pour elle. Il déclara que, pendant tout le temps que durerait la pièce, elle pourrait n'arriver au travail qu'après le rideau final. Puis il l'emmena déjeuner à l'hôtel *Gresham* pour fêter ça, en lui assurant qu'elle serait un jour une grande vedette.

Conor regardait une petite fille arabe courir après les pigeons de Trafalgar Square. Elle les poursuivait sans se lasser, battant des bras comme des ailes, mais les pigeons — ils en avaient vu d'autres — prenaient soin de toujours laisser quelques centimètres entre elle et eux. Sa mère, qui portait le voile, regardait d'un air attendri son mari mitrailler leur fille avec son Nikon.

La fillette, les cheveux dans les yeux, portait la version enfantine d'une robe de flamenco, rouge à pois blancs, avec des volants et un châle à franges, mais ses jambes étaient dissimulées sous d'épais collants.

Conor ne pouvait en détacher les yeux. Bien qu'elle ne présentât aucune ressemblance, même vague, avec sa sœur, quelque chose dans son rire lui rappelait ses jeux insouciants avec Molly quelques années plus tôt. Il détourna résolument son attention de la petite scène et, les mains dans les poches, contempla les autres touristes. Il était déjà venu plusieurs fois à Londres, à l'occasion de matchs de football ou pour quelques jours de vacances. Mais cette fois les circonstances étaient bien différentes. Au lieu de la joie de la découverte et d'une insouciante exploration, il arpentait les rues avec appréhension et se sentait complètement perdu. Il avait débarqué deux semaines plus tôt, et avait passé sa première nuit dans un hôtel miteux de King's Cross. Puis il avait trouvé refuge dans une petite pension de Bayswater, où il s'était senti beaucoup plus à l'aise.

Comme il vivait dans la crainte de tomber sur quelqu'un de sa connaissance, il évitait les pubs, où non seulement la clientèle, mais aussi les gens derrière le bar risquaient d'être irlandais. Aussi hantait-il depuis deux semaines les musées et les galeries d'art, mangeant à peu de frais dans les *fish and chips* et passant ses après-midi au cinéma.

C'étaient les soirées qu'il appréhendait le plus, sans rien d'autre à faire que de rentrer dans sa petite chambre.

L'argent filait pendant ce temps. Il lui fallait trouver du travail. Cette pensée l'épouvantait. Il devait éviter tout ce qui était de son domaine — la botanique, même le jardinage — puisque c'était sans doute par là que la police commencerait son enquête.

Il sortit son carnet d'adresses. Il n'avait pas encore appelé le prêtre dont le père Hartigan lui avait donné le nom en cas de besoin. C'était un homme très discret, lui avait assuré son ami, en ajoutant qu'il allait lui écrire immédiatement pour lui recommander Conor. Je passe mon temps fourré dans les jupes du clergé, pensa sombrement Conor en trouvant le numéro du prêtre ; mais il s'était jeté lui-même dans le piège et il n'avait plus le choix.

Le prêtre, qui s'appelait Frank O'Hare, lui facilita les choses au téléphone.

— Ah oui, dit-il avec entrain. L'ami de Tom Hartigan. J'attendais votre coup de fil. Bon, on se retrouve où ? J'imagine que vous n'avez pas envie de venir jusqu'ici...

Il habitait une lointaine banlieue.

— Je viendrai où vous voudrez, mon père.

— Appelez-moi Frank. Pas de « père machin » entre nous, voyons. J'aurais une attaque si un de mes paroissiens m'appelait « père » !

Tom Hartigan avait prévenu Conor que le père O'Hare travaillait dans l'un des quartiers les plus difficiles de Londres.

— Très bien, Frank, articula Conor.

Mais il avait du mal. La déférence irlandaise pour le clergé était puissamment enracinée en lui.

— Bon, quelle heure est-il ? poursuivit le prêtre. Deux heures passées. Vous aimez le poisson ? Il y a un très bon restaurant de poissons à Leicester Square, Manzi's. Vous connaissez ?

— Je trouverai sûrement, mon père — enfin, Frank.

— Bien. Un beau morceau de poisson ne sera pas pour me déplaire. Je m'offre une petite douceur une fois par mois. Si on se retrouvait là-bas vers sept heures, ça vous va ?

— Très bien, Frank, j'y serai. Et merci infiniment.

— Ne me remerciez pas, je n'ai encore rien fait pour vous. Mais j'ai un peu réfléchi depuis que j'ai reçu la lettre de Tom et on va peut-être arriver à vous trouver quelque chose. Je suppose que vous n'avez pas d'objection à un travail manuel ?

— Non, mon père — euh, Frank. Je n'ai aucune objection à quoi que ce soit. Et d'ailleurs, je ne suis pas dans la situation de refuser un travail.

— Ne parlez pas comme ça. Tant qu'il y a de la vie, il y a de l'espoir. D'accord ?

— Entendu. Merci encore.

Pour passer sa nervosité, Conor descendit à pied jusqu'à Cromwell Road et passa l'après-midi au Victoria and Albert Museum.

Le soir, il n'eut aucun mal à trouver le restaurant. Il n'était que sept heures moins le quart, mais il était déjà plein et le garçon ne put lui promettre une table avant une heure.

— Vous désirez attendre au bar, monsieur ?

Conor hocha la tête, intimidé. Il n'avait jamais mis les pieds dans un restaurant chic. Il y en avait bien quelques-uns à Dublin, mais ni lui ni ses amis ne fréquentaient ce genre d'endroit. Ils se retrouvaient plutôt dans des pubs ou organisaient des dîners chez les uns et les autres.

— C'est à quel nom, s'il vous plaît ?

L'homme tenait un stylo d'argent suspendu au-dessus du livre de réservations.

— Molloy, dit Conor, utilisant le nom sous lequel il s'était inscrit à l'hôtel. Sean Molloy.

Sans la terrible tension qui régnait dans l'air, Christian aurait sans doute fini par s'ennuyer. La nuit était tombée et il ne s'était rien passé depuis des heures. Les manifestants, tous très jeunes, put-il constater, étaient fermement décidés à ne pas quitter ce coin de pelouse de Lincoln Park. La police, de son côté, était bien déterminée à les en déloger. L'imminence de l'affrontement formait un lien presque tangible entre les forces en présence.

Dick et lui attendaient parmi la foule des reporters dans une partie boisée de Lincoln Park, tout en observant des manifestants qui construisaient une barricade avec des bancs, des tables, des branches d'arbres, bref, tout ce qui leur tombait sous la main. La plupart tournaient en rond, tandis que d'autres restaient assis sur l'herbe, discutant avec excitation de ce qu'ils allaient faire quand la police chargerait.

Les voitures pie tournaient non loin, en silence. Certaines avaient allumé leurs gyrophares. La scène entière avait quelque chose d'irréel. Ici et là, Christian entendait les murmures des radios de la police. Plusieurs flics marmonnaient des instructions dans les talkies-walkies.

Christian avait fini toutes ses interviews. Il avait des citations de Genet et de William Burroughs, et des kilomètres de la prose idéaliste et délirante des jeunes manifestants. Mais il ne pouvait pas partir avant l'affrontement. Ses collègues attendaient, eux aussi, ne voulant pas risquer de perdre une exclusivité.

Une fille du groupe le plus proche de Christian sortit des pots de vaseline d'un grand sac indien, et les jeunes gens entreprirent de s'en enduire le visage et les mains. Christian se dirigea vers elle.

— Excusez-moi, je suis du *Chicago Sentinel*. Pourriez-vous m'expliquer ce que vous êtes en train de faire ?

Il voyait bien que la fille n'avait guère plus de dix-sept ans, avec son air fragile et enfantin.

— C'est pour nous protéger la peau des gaz lacrymogènes, dit-elle. Ça brûle terriblement, vous savez, ce truc-là, et si vous en prenez dans les yeux, vous êtes carrément foutu.

Sa voix tremblait. Christian, soucieux de donner de la « couleur » à son papier, la regarda tandis qu'elle continuait à s'enduire de vaseline, notant mentalement ses longs cheveux qui collaient à ses joues.

Puis l'enfer se déchaîna.

Cela commença quand une voiture de police fonça sur la barricade. Après tout ce calme, le rugissement du moteur et le fracas de ferraille frappèrent de stupeur l'assistance. Un instant, la fille resta assise, sans voix, son pot de vaseline ouvert à la main. Puis elle bondit sur ses pieds.

— Sale flic ! Fasciste ! hurla-t-elle, le visage crispé de haine.

Elle jeta son pot en direction de la voiture de police, mais il atterrit à quelques mètres d'elle.

Christian recula vers la sécurité du petit bois et de la nuée de reporters. Mais les équipes de télévision, de gros types solides, se dirigeaient déjà vers le théâtre de l'action et il décida de se joindre à eux. Les policiers matraquaient systématiquement les manifestants. Christian était sous le choc, mais il sentait sa colère monter. Il s'efforça de garder son calme, décrivant les événements dans son petit magnéto. Il avait perdu Dick de vue.

La partie boisée du parc se trouvait derrière lui, de sorte qu'il entendit plutôt qu'il ne vit la meute de policiers, sans plaques ni numéros d'identification, qui se rua soudain sur les photographes, les matraquant et leur arrachant leurs appareils photo. Il pivota brusquement pour leur faire face et aperçut Dick, absorbé par son travail, inconscient de ce qui se passait dans son dos. Il était agenouillé dans l'herbe, photographiant un garçon en poncho qui portait une sanglante blessure à la tête et semblait inanimé.

— Dick! cria Christian.

Mais tout le monde criait dans le parc, et sa voix se perdit dans le tumulte.

Anonyme et casqué, l'un des policiers, matraque levée, se précipita sur son ami. Christian ne prit pas le temps de réfléchir. Il bondit en avant et le repoussa de toute la force de ses bras tendus, une seconde avant que la matraque ne s'abatte sur la tête de Dick. Préparé au choc, Christian tint bon tandis que le policier, emporté par son élan, décrivait une courbe au-dessus de Dick. Sa matraque le gênait pour amortir sa chute de ses mains, et il retomba lourdement sur le garçon en poncho. Celui-ci ne bougea pas.

Alors que Christian se penchait pour aider Dick à se relever, quelque chose explosa dans sa tête, accompagné de lumières, de couleurs violentes et d'une douleur fulgurante. Il s'évanouit.

Christian se réveilla à l'hôpital Henrotin, la tête lourde. Dick était assis à son chevet, ainsi qu'un des rédacteurs de service du journal.

— Comment te sens-tu? demanda ce dernier.

— Que s'est-il passé?

Il sentit douloureusement tous les muscles de son visage quand il bougea les lèvres pour parler.

— Tu t'es fait matraquer, expliqua Dick, mais rassure-toi, tu n'es pas le seul. Dix-sept journalistes en tout! Même ceux de la télé!

Christian referma les yeux, pris de vertige.

— Excuse-moi de te demander ça, reprit le rédacteur après une pause, mais je suppose que tu ne sais pas où sont tes notes...

Christian fit une tentative pour secouer la tête.

— Mon magnéto? parvint-il à articuler.

— Ils ont tout pris, dit Dick, ta cassette et ma pellicule.

Malgré sa douleur, Christian sentait la colère l'envahir.

— Pas besoin de notes, gronda-t-il. Où sont mes vêtements...?

— Tu ne peux pas sortir tout de suite. Tu as pris un mauvais coup.

Mais la voix du rédacteur manquait de conviction. Ils avaient déjà manqué la première édition, et rien n'était prêt pour la seconde.

Remonté par sa fureur, Christian se sentait déjà mieux.

— Dick, fais-moi sortir d'ici.

— Tu es sûr de ce que tu fais?

— Certain.

Contre l'avis des médecins, Christian signa une décharge et sortit de l'hôpital. Il se sentait abruti et la douleur lui brisait encore le crâne, mais sa rage était plus forte. Il allait régler leur compte à ces salauds, voilà ce qu'il allait faire. Quand il aurait bouclé son papier, il pourrait dormir trois jours d'affilée.

Un vent de folie soufflait sur la salle des dépêches. Les téléphones sonnaient sans discontinuer. Christian s'assit à sa machine à écrire et prit une grande inspiration pour s'astreindre au calme et rester objectif dans son compte rendu. Il se mit au travail en se contraignant à ne décrire strictement que ce qu'il avait vu. Il sut alors, avec une exaltation croissante, que ce serait le meilleur papier de sa carrière.

Il ne lui fallut que quarante minutes pour terminer son histoire. Le rédacteur de service, qui se tenait à côté de son bureau et recueillait les feuillets à mesure qu'ils sortaient de la machine à écrire, n'y changea pas une virgule. Quand il eut la dernière page en mains, Dick ramena Christian chez lui, où il s'offrit un whisky bien tassé avant de s'effondrer dans son lit.

A son réveil, le lendemain vers midi, il se sentait encore mal en point. Mais au moins, songea-t-il en s'étirant prudemment, il n'avait plus l'impression qu'il allait mourir. Dans la salle de bains, il avala quatre aspirines qu'il fit fondre dans un verre d'eau, puis se traîna jusqu'à la cuisine où il se prépara un café noir très fort arrosé d'une goutte de whisky. Il retourna s'allonger un moment, et au bout d'une demi-heure fut assez en forme pour appeler le bureau des dépêches.

— Il y a un message pour vous. A propos, félicitations pour votre papier. Morton veut vous voir, l'informa le chef de l'information.

— A quel sujet?

— Pas la moindre idée. Si vous lui passiez un coup de fil?

— O.K.

Christian rappela le journal et cette fois on lui passa directement le rédacteur en chef.

— Excellent papier sur les affrontements dans le parc, Smith, lui dit celui-ci — il appelait tous ses collaborateurs par leurs noms de plume.

— Merci, monsieur.

— Les radios l'ont repris et je crois même que vous avez été cité aux informations de la BBC à Londres.

— Formidable, monsieur.

— Oui. A ce propos, ce n'est peut-être pas le meilleur moment pour en discuter, mais je crois que vous avez demandé votre transfert au service étranger.

— Oui, monsieur.

Le cœur de Christian battit plus vite.

— Je n'y vois aucun inconvénient, Smith. Nous n'avons pas de poste vacant pour le moment, comme vous le savez, mais nous avons discuté au niveau de la direction de l'expansion de notre secteur international. Je me disais justement ce matin qu'on pourrait peut-être vous donner des missions ponctuelles. Vous n'auriez pas beaucoup d'analyses politiques, le desk s'en chargera, mais on pourrait vous envoyer sur des coups, vous savez, les tremblements de terre, ce genre de trucs. Votre description et l'atmosphère de votre papier étaient impeccables. A mon sens, c'est là que vous êtes le meilleur et le journal peut en tirer parti. Qu'en dites-vous?

Cela dépassait de loin ses espoirs les plus fous, et Christian savait que c'était le genre de mission dont il se tirerait à merveille.

— Cela me conviendrait parfaitement, monsieur, dit-il d'une voix tremblante.

— Alors c'est entendu. Passez me voir et nous réglerons ça en détail. Je vais vous repasser ma secrétaire pour qu'elle vous fixe un rendez-vous. A propos, comment va la tête?

— Ça va mieux, monsieur. Rien de cassé.

— Quels salauds! conclut le rédacteur en chef avant de couper la communication.

Molly s'était lancée avec enthousiasme dans sa nouvelle vie. Elle écrivit à Kathleen Agnes, qui venait de faire sa rentrée scolaire, pour lui raconter la chance qu'elle avait eue, et à sa mère pour lui demander la permission de ne pas retourner à l'école.

Si le théâtre ne marche pas, je peux toujours retourner à l'école plus tard et passer mon bac. Je te jure, maman, que c'est ce que je ferai. Je ne suis quand même pas idiote. John Pius et tous les gens du théâtre sont très gentils pour moi et ils pensent tous que je peux peut-être faire une carrière au théâtre. Ça n'a rien à voir avec les pièces qu'on jouait à l'école, tu ne peux pas imaginer. Les gens avec qui on est sont si bons acteurs et ils travaillent si dur. C'est à la fois un jeu et la chose la plus sérieuse du monde. Oh, je sens que je m'explique mal. C'est vraiment impossible à expliquer. Il faut que tu viennes voir par toi-même.

Tiens, d'ailleurs, c'est une bonne idée. Peut-être que Brendan et toi ou l'une des tantes, vous pourriez venir me voir sur scène? J'adorerais que tu me voies (bien que je n'aie pas grand-chose à faire, pas de rôle ni rien, mais tous les acteurs me disent que je suis bonne), et de toute façon, je serais tellement contente de te voir.

J'espère que tu n'es pas trop seule. Tu pourrais peut-être venir bientôt à Dublin et coucher chez moi? C'est vraiment mignon, tu sais, maman, et en plein centre de Dublin, ce qui fait que je vais partout à pied. Rends-toi compte, je passe tous les jours devant Trinity College pour aller travailler. Et puis, je pourrais t'emmener au cinéma — il y a de très bons films à Dublin, et il y a des séances tous les après-midi.

J'adore Dublin, tu sais. Il faut que je m'arrête maintenant, c'est l'heure de la répétition. RÉPÉTITION! Tu ne trouves pas que c'est un mot formidable?

Je t'embrasse bien fort, ainsi que les tantes. Avez-vous des nouvelles de Brendan? Il va bientôt revenir à la maison, ne te fais pas de souci. La seule chose qui m'inquiète, c'est de ne pas savoir où est Conor. Mais tel que je le connais, il doit se débrouiller.

En relisant sa lettre, Molly se posa encore une fois la question.

Où était Conor ? Elle n'avait pas passé un seul jour sans se faire du souci pour lui. Son imagination lui présentait Conor tantôt menant la vie exotique d'un nomade dans les déserts d'Arabie, tantôt trimant dur sur les chantiers de construction de Birmingham dont lui avait parlé Brendan. En tout cas, elle n'avait jamais douté qu'il soit vivant et en bonne santé.

Il ne lui avait écrit qu'une seule fois, une courte lettre qui lui était parvenue par l'entremise du père Hartigan. Il lui demandait de ne pas s'inquiéter, et terminait en disant qu'avec l'aide de Dieu il la reverrait dès que possible, même si ce devait être dans très longtemps. Il lui manquait terriblement, mais chaque fois qu'elle pensait à lui c'était la scène terrifiante de la mort de son père qui s'imposait à son esprit et qui la hantait chaque nuit malgré sa fatigue tandis qu'elle se retournait dans son petit lit étroit.

Cette fois, elle chassa résolument cette image, plaça un billet de cinq livres dans l'enveloppe et la referma.

John Pius vint à la première, bien sûr, et à midi sonnant le lendemain, tandis que le train postal à destination de Galway sortait lentement de la gare derrière le pub, il ouvrit une bouteille de champagne pour fêter les débuts de la jeune fille.

Molly continua à travailler au pub tout en faisant de la figuration à l'Abbey, qui fonctionnait sur deux niveaux, avec le petit Peacock Theatre situé au sous-sol. En octobre, on lui offrit un poste de régisseuse assistante. Elle était vive, passionnée par son métier, et tout le monde l'appréciait au théâtre.

Comme les répétitions avaient lieu le matin et que les après-midi étaient libres, Molly en profita pour devenir une cinéphile assidue. Parfois, quand il faisait trop beau pour s'enfermer dans un cinéma, elle explorait la ville, prenant des bus jusqu'à leur lointain terminus à Tallaght, Stillorgan ou Ballymun, juste pour le plaisir de la promenade.

Elle adorait Henry Street et ses petits vendeurs de fruits. Il lui arrivait d'acheter un sac de pommes pour le seul plaisir d'entendre l'accent de Dublin, si différent du sien. Elle s'appliquait d'ailleurs à le pratiquer, en écoutant chaque soir les acteurs, et testait ses progrès sur John Pius, qui pouffait de rire en lui disant que pour une fille de la campagne, elle se débrouillait plutôt bien...

Molly vivait dans l'enchantement de son nouveau travail. Les ragots et les cancans des gens de théâtre l'amusaient et l'étonnaient toujours autant, même si elle avait eu le temps de s'y faire. Arrivée à l'Abbey pleine d'appréhension, certaine d'être entourée d'êtres d'exception, elle s'était attendue à de hautes discussions sur l'Art, et s'était vue apprendre son métier d'actrice aux pieds de grands Artistes familiers de la langue magnifique de Sean O'Casey et de John Millington Synge...

Au lieu de cela, elle trouva des gens qui ne cessaient de se plaindre du froid, des courants d'air, du manque de temps pour déjeuner, ou de l'horrible direction qui ne leur laissait pas d'heures de loisir dans la journée ; des acteurs qui lisaient leur journal pendant les répétitions, quand ce n'était pas carrément sur scène, qui tricotaient, portaient des bonnets de laine et des moufles pendant les scènes d'amour, et qui buvaient d'innombrables tasses de thé. Mais chaque soir, depuis le trou du souffleur, elle s'émerveillait de voir cette bande de chenilles grommelantes se transfigurer en élégants papillons.

Le moment de la journée qu'elle préférait par-dessus tout, c'était vers six heures du soir, quand l'équipe de jour était partie, et que celle du soir n'était pas encore arrivée. Alors, elle était seule dans le théâtre et, bien que ce fût un immeuble récent, une grosse masse de béton sans grâce, la vive imagination de Molly revêtait ses entrailles d'histoires et de légendes, et peuplait sa grande scène vide de fantômes.

Elle s'en allait errer au magasin des accessoires, humant l'odeur des costumes anciens, des appartements factices repeints d'innombrables fois, des vastes toiles des décors ; elle traversait sans bruit la scène obscure, croyant percevoir d'antiques chuchotements, et plongeait son regard dans les rangées de sièges vides, déployés devant elle comme un grand éventail de velours bleu.

Un soir qu'elle était certaine d'être absolument seule, elle alla se planter au beau milieu de la scène, ferma les yeux et s'imagina qu'elle était une actrice, le premier rôle d'une pièce de l'Abbey, comme Nora Clitheroe de *la Charrue et les étoiles*, d'O'Casey, ou Deirdre de la *Deirdre des douleurs* de Synge... Le spectacle avait fait un triomphe, elle recevait les ovations et les applaudissements montant par vagues d'une salle enthousiaste. « Bravo, Molly ! » lui disaient ses partenaires, tout en s'inclinant à ses côtés...

Le bruit d'une porte qui se refermait dans le lointain la dégrisa soudain. Un peu honteuse, elle scruta la salle obscure en cherchant un prétexte pour justifier sa présence — mais non, il n'y avait personne. Elle retourna à sa place de régisseuse, tout au bord des coulisses, et répéta mentalement ses indications scéniques pour la représentation à venir.

Le soir, elle se retrouvait dans le cercle du pub, pas seulement celui de John Pius, mais dans tous les bars que fréquentaient les acteurs après le spectacle. Elle écoutait leurs grotesques imitations du rôle qu'ils venaient de jouer, et regardait avec une certaine fascination les intrigues se nouer et se dénouer.

Molly envisageait rarement qu'elle pût plaire à un homme. Même si elle comprenait instinctivement ce que le père Morahan avait pu ressentir pour elle, l'épisode dans les dunes s'était estompé de sa mémoire sans laisser d'impression durable. En revanche, ses souvenirs de Conor restaient vifs et sensuels. Ils remplissaient sa vie et semblaient lui suffire. Molly s'aperçut qu'elle ne cessait de comparer ses nouveaux amis à son frère, et que ceux-ci ne supportaient jamais la comparaison.

Mais un soir, dans le pub qui faisait face au théâtre, un jeune homme s'approcha d'elle.

— Bonsoir, dit-il d'un ton assuré. Ça fait un moment que je vous regarde!

Molly était seule : Macartan, avec qui elle buvait un verre, était parti aux toilettes.

— Bonsoir, répondit-elle, surprise.

— C'est votre petit ami? demanda le jeune homme, qui avait les yeux d'un bleu très clair assez rare en Irlande et un fort accent étranger.

— Pardon? fit Molly, bien qu'elle eût parfaitement entendu la question.

— C'est votre copain? L'homme qui était avec vous?

Et il désigna les toilettes.

Molly secoua la tête.

— Non, c'est un collègue.

— Très bien, dit le jeune homme. Dans ce cas, je peux m'asseoir?

Son assurance dépassait l'expérience de Molly. Désemparée, elle le regarda débarrasser un des tabourets du bar du manteau qui s'y trouvait et le poser par terre. Puis il tira le tabouret vers elle et s'assit en souriant. Il semblait parfaitement à l'aise, prêt à attendre toute la nuit qu'elle dise quelque chose. Molly finit par rougir sous son regard insistant.

— Vous êtes irlandais? demanda-t-elle pour dire quelque chose, espérant que Macartan ne tarderait plus. Elle le vit sortir des toilettes, mais il fut intercepté par deux femmes qui sortaient visiblement du spectacle et qui lui tendirent leurs programmes pour qu'il leur donne un autographe.

— Non, je suis suédois, dit l'homme. Je voyage en Grande-Bretagne et en Irlande. (Puis, comme Molly ne répondait pas, il ajouta :) Je connais bien l'Irlande, j'y suis venu souvent. J'ai fait mon doctorat sur William Butler Yeats.

— Formidable, dit Molly en avalant une si grosse gorgée qu'elle manqua s'étouffer. Alors, si vous étudiez Yeats, vous allez passer par Sligo, non?

— Je suis allé très souvent à Sligo, dit-il avec un geste insouciant. Mais parlons de vous. Vous êtes actrice?

— Oui, plus ou moins. Enfin, j'espère l'être un jour. Je démarre tout juste. J'étais dans la pièce de ce soir. Oh, une simple apparition! se hâta-t-elle d'ajouter, craignant qu'il ait assisté au spectacle.

— Je m'appelle Per Keller, dit l'homme en lui tendant la main.

— Et moi, Molly Ni Briain, dit Molly en la lui serrant.

— Ahh! Gaélique.

Il sourit et elle remarqua qu'il avait des dents parfaites. Molly avait coutume de prendre des décisions immédiates sur les gens, et elle décida que Per Keller lui plaisait.

— Vous allez rester combien de temps ici, Per?

— Ça dépend de ce que l'Irlande a à m'offrir, surtout l'Irlande gaélique.

L'invite était très claire. Molly, même avec son peu d'expérience, ne pouvait s'y tromper. Elle prit une autre gorgée de jus d'orange, bien que son verre fût pratiquement vide.

— Puis-je vous offrir quelque chose? demanda le Suédois, visiblement amusé. Un autre jus d'orange?

— Merci, dit Molly en jetant un regard désespéré vers Macartan, toujours absorbé par sa conversation avec les deux spectatrices.

Le Suédois attira l'attention du barman. A cette heure-là, il était complètement débordé, et Molly put constater que son compagnon ne manquait pas d'autorité. Il commanda un jus d'orange pour elle et une demi-pinte de Guiness pour lui mais, avant qu'ils soient servis, Macartan les avait rejoints.

— Macartan, dit Molly, je te présente Per... Excusez-moi, j'ai oublié votre nom de famille.

— Keller, dit-il en serrant la main de Macartan qui se présenta à son tour.

— Per a étudié William Butler Yeats.

— Je vois, dit Macartan. Alors, vous avez dû aller à Sligo?

— Des tas de fois, répondit patiemment le Suédois. Vous prenez un verre, Macartan?

— Avec plaisir!

Une fois sous la protection de son ami, Molly se détendit. Elle regarda le Suédois parler au barman et se surprit à admirer la ligne de sa mâchoire.

Le soir même, il les accompagna à une fête dans un appartement de Rathmines Road. Ils prirent un taxi, et s'arrêtèrent devant une boutique de spiritueux pour faire des provisions. Quand le taxi stoppa au bord du trottoir, Per se proposa pour aller acheter à boire.

— Quelle bonne idée, Per! dit Macartan. Avec deux packs de six, ça devrait aller. On ne va pas rester très longtemps.

— On aurait dû lui donner un peu d'argent, protesta Molly quand le Suédois fut sorti de la voiture.

— Pas question. Il est très content comme ça. Deux acteurs de l'Abbey, une soirée, et de quoi boire! Pour un Suédois, c'est ça, la vraie vie!

— Tu dis des bêtises, Macartan, et tu le sais très bien, déclara Molly sans pouvoir s'empêcher de rire.

— Tu n'es jamais allée en Suède...? Taisons-nous, il arrive! Très bien, Per! Voilà un bon garçon!

Per paya également le taxi à l'arrivée. C'était une soirée impromptue, où l'on ne célébrait rien de particulier. Le petit appartement était bondé, semé ici et là de groupes et de couples assis sur des chaises, perchés sur les bras des fauteuils, ou assis par terre sur les genoux les uns des autres. Un groupe installé dans un coin se poussa pour faire place aux nouveaux venus, et Molly s'assit le dos au mur entre Per et Macartan. Elle portait une minijupe et prit bien soin de ramener ses jambes de côté, mais elle remarqua le regard appréciateur de Per. Bien qu'elle regrettât de ne pas avoir mis son jeans, au fond elle n'était pas mécontente.

L'hôte de la soirée, un acteur lui aussi, avait créé une atmosphère d'intimité en éteignant toutes les lumières et en plaçant des dizaines de bougies dans des bouteilles et des pots de confitures. Les bougies jetaient de longues ombres dansantes et l'odeur de cire qu'elles dégageaient se mêlait à l'arôme douceâtre de l'encens. *Sergeant Pepper*, des Beatles, jouait doucement. Molly remarqua que le bras de changement de disques était coincé, ce qui signifiait qu'ils auraient droit à cet album pour le reste de la soirée. Elle avait conscience du regard du Suédois sur elle, mais ne sachant pas trop comment réagir, elle afficha un sourire de commande et se pencha vers Macartan.

Celui-ci montrait à Per comment ouvrir une bouteille de bière avec les dents. Le Suédois se mit à rire.

— Très bien, mon cher, quel art ! Mais je ne crois pas que j'essaierai ça ce soir. (Puis, se tournant vers Molly :) Et si j'allais nous chercher un ouvre-bouteilles ?

— Ça va, Per, ne bouge pas, dit Macartan. Je vais en ouvrir une autre pour elle. Voilà, ma petite.

Molly avait horreur de la bière, mais ne voulant pas offenser Macartan, elle en prit une gorgée du bout des lèvres. Le Suédois la fixait toujours.

— Quel âge as-tu, Molly ? demanda-t-il brusquement.

— Dix-huit ans, mentit-elle.

C'était son premier mensonge, et elle en resta stupéfaite. Le Suédois passa aussitôt son bras autour de sa taille.

— Tu es très jolie, tu sais, dit-il doucement.

Ne sachant que faire, elle se raidit.

— Qu'est-ce qui ne va pas ? demanda le Suédois.

De l'autre côté, Macartan observait la scène. Il se pencha.

— Tout va bien, Molly ? lui demanda-t-il, tout en regardant le Suédois.

— Très bien, dit Molly.

— Tu en es sûre ?

— Elle va très bien, Macartan, dit le Suédois sans ôter son bras.

Au bout d'un moment, Molly commença à trouver la situation assez plaisante. Le Suédois poursuivait son bavardage sur sa carrière universitaire à Uppsala et sur ses différents voyages en Irlande. Macartan était plongé dans une passionnante discussion sur le film *le Lion en hiver*, la coqueluche du moment parmi les acteurs, et Molly en était réduite à ses propres ressources tandis que le Suédois s'arrangeait habilement pour les isoler des autres. Peu à peu, il l'absorba tout entière, l'encourageant à lui raconter son enfance à Inisheer. Molly était toujours stupéfaite de voir à quel point les gens s'intéressaient à Inisheer.

Il termina sa bière, posa la bouteille par terre et prit la main de Molly dans la sienne.

— Tu es vierge, Molly?

Macartan sentit Molly se raidir. Il interrompit brusquement sa discussion et se tourna vers eux.

— C'est à quel sujet, Per?

— Pardon? fit le Suédois sans lâcher la main de Molly ni ôter son bras de sa taille.

— Qu'est-ce que tu viens de demander à Molly?

Le ton de Macartan était poli mais glacial.

— Je m'excuse, mais je ne vois pas en quoi ça te regarde...

— Oh, mais ça me regarde. Tu sais que cette jeune fille n'a que dix-sept ans?

— Elle m'a dit qu'elle en avait dix-huit, mais encore une fois je ne vois pas...

— Molly, reprit Macartan en se tournant vers elle, qu'est-ce qu'il t'a demandé?

Molly se sentit délicieusement embarrassée.

— Écoute, coupa le Suédois en la regardant dans les yeux, tout ça n'est pas grave. Il n'y a vraiment pas de quoi en faire un incident international.

— Désolé, Per, dit Macartan en haussant le ton, je ne crée aucun incident. Je te demande simplement de me répéter ce que tu viens de dire à Molly.

— Je t'en prie, Macartan, ce n'est pas grave, intervint faiblement Molly.

Sa main la brûlait dans la paume du Suédois, mais elle n'osait pas la retirer.

— De toute façon, nous partons, lança Macartan d'un ton décidé en se levant d'un bond. (Il se pencha et glissa la main sous le bras de Molly.) Allons, bébé, on y va.

— Eh, un instant, dit le Suédois. On pourrait peut-être demander à Molly si elle a ou non envie de partir. Nous sommes en pleine conversation...

— Eh bien, Molly? interrogea Macartan, sans retirer sa main de dessous son bras.

Molly se sentait prise entre deux feux.

— Oui... peut-être, balbutia-t-elle, avec l'impression d'être le point de mire de toute la pièce. Il... il se fait un peu tard...

Aussitôt, le Suédois leva les bras en signe de renoncement. Macartan aida Molly à se relever et resta à côté d'elle pendant qu'elle saluait le Suédois. Elle lui tendit la main, mal à l'aise.

— Eh bien, au revoir, Per.

Il prit sa main et la serra rapidement. Son visage n'exprimait rien.

— Au revoir, Molly, dit-il d'un ton joyeux. On se reverra peut-être quand tu seras un peu plus grande et sans ton chien de garde!

— Allez, Molly, on y va, dit Macartan sans accorder un regard au Suédois.

Il la guida à travers les corps vautrés à terre, s'arrêtant un instant pour saluer leur hôte. Arrivée à la porte, Molly jeta un regard en arrière. Le Suédois était toujours confortablement assis, nullement ébranlé par l'incident. Il essayait d'ouvrir une nouvelle bière avec ses dents.

Ils durent marcher dix bonnes minutes le long de Rathmines Road avant de trouver un taxi. Macartan avançait en silence, et Molly le suivait, visiblement gênée.

Ils montèrent dans le taxi sans un mot. Puis, alors qu'ils descendaient Camden Street, Macartan saisit Molly dans ses bras et l'embrassa avidement sur les lèvres. Elle fut trop surprise pour résister.

Il l'embrassa à nouveau, plus doucement, puis, la laissant aller, se renfonça dans son coin.

— Molly, je ne voudrais pas que tu te trompes sur mon compte. Tu es la fille la plus splendide que j'aie rencontré depuis longtemps, et j'ai envie de t'embrasser depuis que je t'ai vue pour la première fois. Mais prends bien garde à toi. Il y a des millions de piranhas dans ce panier de crabes.

— C'est quoi, un piranha? demanda Molly, déconcertée.

Il lui prit la main.

— Un piranha est un beau poisson brillant qui te happe et te dévore jusqu'aux os avant même que tu l'aies vu venir.

— Je vois.

— Je n'en suis pas sûr. Reste avec nous, bébé. On fera attention à toi.

Molly lui sourit, pleine de gratitude.

— Merci, Macartan.

— Ne me remercie pas, dit-il doucement. Moi aussi, je pourrais être un piranha pour toi, si j'avais l'ombre d'une chance. Tu iras loin, Molly, plus loin que Dessie et moi, plus loin que n'importe qui d'autre dans ce fichu Abbey Theatre. Mais fais attention à toi. J'aimerais bien pouvoir t'accompagner, mais tu vas être trop brillante pour moi... Je le sais, voilà tout.

Il lâcha sa main.

— Et maintenant, reprit-il d'un ton plus ferme alors que le taxi tournait dans Dame Street, te voilà chez toi. Encore un baiser, Molly?

— O.K.! répondit-elle en lui offrant ses lèvres.

Il prit son visage entre ses mains.

— Tu es ravissante, Molly, vraiment. Celui-ci est pour la route.

Il déposa un léger baiser sur sa bouche. Le taxi s'arrêta devant sa porte et elle sortit.

— Bonne nuit, Macartan.

— Bonne nuit, ma petite, et n'oublie pas ton oncle Mac dans tes rêves!

— C'est promis!

Elle referma la portière et resta là à agiter la main tandis que le taxi s'éloignait.

Un matin de la fin novembre, on répétait à l'Abbey une production d'avant-garde du *Songe d'une nuit d'été* qui devait être représentée au Peacok Theatre. Le théâtre avait fait venir un metteur en scène anglais pour l'événement, un homme d'une grande réputation nommé John Chalmers. Comme l'une des actrices était malade, Chalmers avait demandé à Molly de la remplacer au pied levé et en lisant son rôle dans son exemplaire de scène.

N'étant pas tenue de jouer, Molly se déplaça sur scène avec beaucoup de naturel et ne manqua pas une seule fois ses répliques, qu'elle lisait sans lever les yeux de son texte.

Quand ils s'arrêtèrent pour la pause, Chalmers l'appela.

— Quelle expérience avez-vous de la scène, Molly?

— Eh bien, j'ai fait de la figuration dans quelques pièces.

— Vous allez rester régisseuse?

— Je n'ai pas encore eu le temps d'y réfléchir, monsieur Chalmers. Tout cela est si nouveau pour moi.

— Et vous n'avez jamais pensé à devenir actrice?

— Vous allez rester figurante ?

Deuxième partie

6

Quand le ferry accosta à Harwich, Conor suivit avec la foule des passagers les flèches indiquant le train pour Londres. Exceptionnellement — la prudence étant devenue chez lui une seconde nature —, il avait engagé la conversation avec une Américaine, une fille de Lubbock, au Texas, avec de grandes dents texanes et une large croupe texane. Elle « faisait l'Europe ».

— Oh, vous êtes irlandais ? Vous êtes bien le premier que je rencontre en Europe !

Elle s'appelait Kirsty et avait déjà eu le temps d'apprendre à Conor qu'elle avait passé Pâques à Paris, adoré Amsterdam, détesté Rome, et réservait son opinion sur Berlin. Elle l'avait bombardé de questions sur Dublin, sa dernière étape : ce qu'il fallait voir, où trouver des garçons, si les rues étaient dangereuses. Conor se doutait bien qu'il ne la reverrait jamais, et dans un brusque accès de témérité — ou peut-être de solitude —, il l'avait chargée de passer au Jardin botanique pour dire au premier jardinier qu'elle rencontrerait qu'elle avait vu Conor O'Briain. Il le regretta aussitôt, car elle en fit évidemment tout un plat :

— Conor ! Quel joli nom ! C'est avec un *C* ou un *K* ? demanda-t-elle en sortant aussitôt un journal de voyage et un crayon d'une des nombreuses poches de son sac à dos.

— Avec un *C*, dit-il faiblement.

Quelle mouche l'avait piqué ? Elle n'allait pas manquer de se précipiter au Jardin botanique. Il se consola en pensant qu'au bout de six ans le personnel avait sûrement changé. Mais au moment d'accoster, il se rendit compte qu'il s'était mis dans un sale pétrin, avec cette fille qui allait lui coller aux basques pendant les formalités de douane. Son passeport, au nom de Sean Molloy, lui semblait lourd dans sa poche. Une fois à la douane, il s'arrangea pour prendre une autre file que la sienne, et il passa sans incident. Mais il était en nage quand il rejoignit la jeune fille au train.

Cet épisode lui servirait de leçon. « Sean Molloy », le travailleur itinérant qui s'était embauché sur les chantiers de construction à Londres, dans les conserveries en Hollande, sur les chaînes de Volkswagen en Allemagne, était une seconde nature, pour lui — ou du moins l'avait-il cru. Cela faisait des années qu'il n'avait pas commis une telle bourde.

Kirsty cala son volumineux sac à dos dans le compartiment à bagages et vint s'asseoir à côté de lui. Mais Conor avait trouvé le moyen de se soustraire à de nouvelles questions.

— Ça ne vous gêne pas si je dors un petit moment, Kirsty?

— Bien sûr que non. Allez-y, je vous en prie.

Le halètement du train avait quelque chose de soporifique et Conor, qui avait appris à dormir dans toutes les situations depuis qu'il était devenu Sean Molloy, s'endormit très vite. Quand il se réveilla, il constata que Kirsty s'était endormie à son tour, la joue pressée contre la vitre. Elle n'ouvrit les yeux que lorsqu'ils entrèrent en gare.

Conor fit semblant de ne pas saisir ses pesantes allusions à une possibilité de se revoir pendant son séjour à Londres, mais il accepta son adresse au Texas, « si jamais vous passez par là un de ces jours », ce qui était aussi probable, songea-t-il en se dirigeant vers le métro, que de passer par la lune en chemin vers Mars.

Il s'arrêta dans une cabine pour passer un coup de fil à Frank O'Hare. Le prêtre était la seule personne à Londres avec qui il fût resté en contact. C'était Frank qui lui avait annoncé la mort de Tom Hartigan, d'un cancer du poumon, six mois après son arrivée à Londres.

Dans les lettres qu'il expédiait à Conor poste restante, son vieil ami n'avait jamais soufflé mot de sa maladie. Sa dernière lettre, qui datait de Noël, était joyeuse, optimiste et chaleureuse, comme toujours. A la mi-janvier, il était mort.

A part le jour même de sa fuite, les jours qui avaient suivi avaient été les pires des six années écoulées depuis son départ d'Inisheer. Conor s'était senti horriblement seul et perdu. Il avait même envisagé de se rendre à la police, mais une méfiance innée de l'institution judiciaire l'avait arrêté.

Le prêtre londonnien s'était montré chaleureux et attentif, mais il était débordé de travail. En outre, Conor redoutait de se voir passer d'une dépendance affective à l'autre, d'une jupe de prêtre à l'autre, et se reprochait une telle faiblesse. Aussi, bien qu'ils soient toujours restés en contact et que le prêtre lui ait trouvé des chambres et du travail chaque fois qu'il venait à Londres, ils n'étaient jamais devenus intimes.

Le téléphone du père O'Hare sonnait dans le vide. Conor consulta sa montre : il n'était pas encore huit heures du matin. Le prêtre servait sans doute la première messe. Il essaierait plus tard à son bureau de Camden Town.

C'était l'heure de pointe dans le métro et Conor hésita, tandis qu'un flot d'employés en costume-cravate le contournait. Il lui fallait un endroit où déposer son sac en attendant de trouver un gîte. La dernière fois, il avait habité dans une petite rue donnant sur Pentonville Road, mais il n'aimait pas le quartier. Il décida de prendre le métro jusqu'à Earl's Court.

Le gémissement du violon d'un musicien des rues s'éleva parmi la foule massée sur l'escalator de la correspondance. C'était un type jeune, d'une vingtaine d'années, et, pour l'oreille non exercée de Conor, un excellent violoniste. Il fouilla dans sa poche à la recherche d'un peu de monnaie, mais au moment où l'escalator allait le déposer à la hauteur du musicien, son œil fut attiré par une affiche sur le mur en face de lui. Elle annonçait une pièce dans le West End, une reprise de *Blithe Spirit*, de Noël Coward. Conor n'allait jamais au théâtre, mais ce qui retint son attention fut la photo des trois acteurs, un homme et deux femmes. La plus jeune des deux était sa sœur, il en était certain.

Il changea d'escalator et se dirigea vers la sortie. Plusieurs affiches étaient disposées à intervalles réguliers, ce qui lui donna le temps de tout lire. Il ne vit nulle part le nom de sa sœur, mais sous la photo de la plus jeune actrice il lut « Margo Bryan ». Aucun doute, c'était bien Molly.

Molly, comme toujours très en avance, passa sous la verrière du Wyndham's. Et comme chaque jour, elle ne put se retenir de jeter un coup d'œil aux affiches placardées devant le théâtre :

Annabel Critchley
dans
BLITHE SPIRIT

de Noël Coward
avec Margo Bryan et Jeremy Forsythe

Au bout de six mois de représentations, Molly n'arrivait toujours pas à croire que c'était son nom de scène qu'on lisait là. Elle s'arrêta un instant pour saluer le portier.

— Belle journée, aujourd'hui, Peter.

— Très belle journée, mademoiselle Bryan. Grandes nouvelles pour la princesse Ann, hein ?

Molly sourit. Sur le chemin du théâtre, elle avait lu les gros titres des kiosques : « Ann épouse Mark ! »

— Oui, Peter, espérons que tout ira bien pour eux !

— Espérons !

Le portier semblait fort disposé à tailler une petite bavette, mais elle sourit et s'éclipsa dans l'allée qui donnait sur l'entrée des artistes.

Bien qu'elle dût encore se pincer pour s'assurer qu'elle était bien l'une des vedettes de ce spectacle, elle était déjà habituée à répondre à un autre nom. Elle se voyait désormais comme deux personnes distinctes. Molly était une fille à l'enfance irlandaise, Margo, une actrice qui se trouvait être irlandaise.

Elle passa l'entrée des artistes, en lançant cette fois un joyeux bonjour au concierge, monta l'escalier, longea un étroit corridor et s'arrêta devant la porte capitonnée de sa petite loge. Elle tourna la clé dans la serrure et ouvrit. La pièce était sombre : la fenêtre grillagée, donnant sur l'allée, ne laissait passer qu'un mince filet de lumière grise.

Elle referma la porte et alluma les lumières. Bien sûr, Annabel Critchley, qui jouait Madame Arcati, avait la loge numéro un, alors que Margo n'avait droit qu'à ce petit recoin plutôt miteux. Il avait un besoin criant d'une couche de peinture, et dans les rainures du parquet s'était accumulée une poussière qui remontait sans doute au siècle dernier et s'était solidifiée au cours des ans en une sorte d'enduit noirâtre. Mais, en attendant, c'était son petit domaine, et Molly soupira d'aise en jetant un regard autour d'elle. Elle était toujours la première arrivée, et ce moment de solitude était celui qu'elle préférait, quand les bruits et l'agitation extérieurs ne lui parvenaient plus qu'assourdis, et qu'elle sentait autour d'elle le théâtre silencieux et vide, exhalant les odeurs du passé et bruissant de mille craquements. Les ampoules qui encadraient son miroir diffusaient une douce lumière dorée et l'accueillaient comme de vieilles connaissances.

Quelques messages l'attendaient sur la petite table. Dolly lui rappelait qu'elle avait pris rendez-vous pour une interview pour ITV. Dolly Mencken était l'imprésario de Molly — John Chalmers la lui avait présentée à l'époque où elle jouait dans une de ses productions d'avant-garde —, et c'était sur son insistance que Molly avait changé son nom. Chalmers, qui l'avait amenée à Londres pour jouer dans cette pièce, l'avait ensuite habilement guidée dans le labyrinthe de la vie théâtrale londonienne, si différente du chaleureux petit monde qu'elle avait connu à Dublin.

A l'époque, elle était assez jeune pour voir en John Chalmers un père ou un oncle, et il sembla l'encourager dans ce sens. Quand il lui dit qu'elle avait beaucoup de chance qu'un imprésario de la stature de Dolly Mencken s'intéresse à elle, elle fut impressionnée.

Dolly, sur l'invitation de Chalmers, était venue voir jouer Molly dans la production d'avant-garde, et le lendemain ils déjeunèrent tous les trois dans un bar à vins de Soho. Molly se sentait peu sûre d'elle au début, bien que Dolly portât son talent aux nues. Molly vit d'abord une petite femme trop habillée, trop bavarde, qui portait beaucoup de bijoux et se montrait beaucoup trop autoritaire.

— Allons, ma chérie, la pressa Dolly à l'issue de ce premier déjeuner. Ce n'est pas un nom, que tu as là. Trop vieux. Pas assez de punch. Crois-moi. Rappelle-toi Shakespeare : « Que représente un nom ? » C'est bien Shakespeare qui a dit ça, n'est-ce pas, chérie ? John, tu sais qui a dit ça ?

Avant que l'un ou l'autre ait pu répondre, elle reprit en agitant sa petite main dodue pleines de bagues.

— Bah, qu'est-ce que ça peut faire, chérie ? Tu pourrais aussi bien t'appeler Hopalong Cassidy, pourvu que ça sonne bien, qu'on s'en souvienne, et que ça ait du punch. Le punch, chérie, tout est là ! « Molly », c'est bon pour rester à la maison et raccommoder des chaussettes au coin du feu ! Tu rentres chez toi, chérie, tu réfléchis à tout ça et tu te cherches un nom qui te plaise, qui sonne bien, et qui ait du punch.

Elle s'arrêta pour reprendre son souffle et but une gorgée de vin.

— Moi, j'adore les noms de trois syllabes ! Ju-di Dench ! Doris Day ! Tu saisis ? Ça sonne bien ça, pas vrai, chérie ? Et c'est vrai, en plus, que tu ressembles à Doris Day !

Molly, éberluée devant la personnalité et le débit de Dolly, se sentit mise au défi. Le soir même, après le spectacle, John et elle forgèrent « Margo Bryan » à partir de son vrai nom. Quand elle appela Dolly le lendemain, l'agent fut enthousiaste.

— Ah, ça, c'est un nom, chérie! Un nom fort. Dix lettres, cinq de chaque côté. Bien symétrique. Ça, ça fait de l'effet sur des affiches.

La rencontre suivante eut lieu lors d'une soirée organisée par Dolly dans son appartement de Chelsea, afin de présenter sa dernière protégée aux directeurs de casting et aux producteurs. Au bout d'une heure, la nouvelle Margo avait le vertige devant tant de visages inconnus. Elle n'aimait guère la plupart des gens qu'elle rencontrait, mais quand elle annonça à Dolly son intention de rentrer, celle-ci l'empoigna fermement par le bras et ne la lâcha plus de toute la soirée, masquant le manque de conversation de sa protégée sous des torrents de mots.

La soirée lui rapporta un petit rôle dans une pièce de la BBC, qui amena à son tour un rôle plus important pour la chaîne Granada. Dolly la fit alors auditionner pour le rôle de la fille ahurie d'une énergique divorcée écossaise dans un nouveau feuilleton en *prime time*. Molly crut que ses nerfs allaient la lâcher le jour de l'audition — elle craignait surtout de ne pas saisir l'accent écossais. Mais sa bonne oreille pour les accents ne la trahit pas, elle plut au metteur en scène et, à sa grande surprise, elle décrocha le rôle.

Elle put constater le pouvoir de la télévision quelques semaines après la diffusion du premier épisode. Le feuilleton eut un succès immédiat et c'était encore un choc pour elle quand on la reconnaissait dans la rue. Dolly tira naturellement parti de la situation, offrant aux journalistes de petits échos sur sa vie quotidienne, et bientôt les principaux journaux féminins lui consacrèrent des articles entiers.

Dolly gérait même la vie sociale de Molly qui se vit photographiée dans diverses situations, et retrouvait régulièrement ces photos dans la presse. Toutefois, les commentaires acides — et envieux — n'avaient pas manqué quand elle avait décroché le rôle d'Elvira dans cette reprise de *Blithe Spirit*. Elvira, créée à l'origine par l'incomparable Kay Hammond, était un rôle spécifiquement anglais, soutenaient les connaisseurs. Mais une fois encore Dolly avait fait un choix avisé, et la pièce joua bientôt à guichets fermés. Margo Bryan, à qui la critique avait réservé un accueil unanimement favorable, était désormais lancée.

Et puis, Molly n'avait pas tardé à s'apercevoir que, sous ses airs de matamore, son imprésario dissimulait un cœur tendre. Dolly devint une amie, une sorte de chaperon. Elle aida Molly à trouver un petit appartement avec terrasse, près de Bayswater, et insista pour se porter garante :

— Ne t'inquiète pas, chérie, c'est un investissement pour notre avenir à toutes les deux. Je ferai de toi une star avant de mourir, je t'en fiche mon billet!

John Chalmers continua lui aussi à garder un œil sur Molly, mais, bien qu'elle lui fût reconnaissante de sa gentillesse et de son soutien, elle ne lui faisait pas une confiance absolue. Elle sortait souvent dîner avec lui et il l'escortait dans les soirées, mais peu après le début de *Blithe Spirit*, elle remarqua que son attitude envers elle avait changé. Il semblait penser que le fait de l'avoir découverte lui donnait sur elle un droit de propriété. Elle s'aperçut aussi qu'il lui portait à présent un intérêt d'une autre nature — bien qu'il ne lui eût jamais fait de propositions —, et elle se sentait souvent mal à l'aise sous ses regards insistants. Une fois même, les yeux brillants d'ivresse, il lui avait saisi le bras :

— Qu'est-ce qui peut vous séduire, reine des neiges?

Elle avait réussi à se sortir de ce mauvais pas, et ils n'avaient jamais reparlé de l'incident. Pourtant, ces mots l'avaient bouleversée : ils la forçaient à affronter le fait qu'à presque vingt-deux ans, contrairement à la plupart de ses collègues, elle n'avait jamais eu de relations sexuelles avec un homme. L'épisode dans les dunes avec le prêtre avait désormais pour elle l'irréalité des rêves; elle n'était jamais allée plus loin depuis. La petite fille élevée chez les sœurs qui ouvrait de grands yeux devant la capitale avait bien changé. En se voyant catapultée dans la vie théâtrale de façon si peu orthodoxe, elle avait éprouvé le besoin de se consacrer exclusivement au travail, en oubliant tout le reste, y compris les hommes.

Molly envoya voler ses chaussures et commença à se déshabiller.

Parfois, en observant les autres actrices, elle enviait leur assurance avec les hommes, leur tranquille certitude que le sexe était la conclusion naturelle des dîners et des sorties. Peut-être aurait-elle été différente si elle avait suivi comme elles une école d'art dramatique.

Une fois en slip et soutien-gorge, elle s'étudia d'un œil critique dans le grand miroir. Les lumières brunissaient sa peau blanche, lui donnant une nuance dorée. Qu'est-ce qui n'allait pas chez elle ? Elle aimait les hommes, elle appréciait leur compagnie... Mais arrivait toujours le moment fatidique où ils lui demandaient une relation d'ordre physique, et elle prenait la fuite.

A chaque fois que Molly était sortie avec des hommes, cela n'avait jamais duré plus d'une fois. Il y avait eu cependant deux exceptions : d'abord un acteur qu'elle avait beaucoup aimé mais dont l'égocentrisme n'avait pas tardé à l'ennuyer ; puis un charmant agent de change qu'elle avait rencontré à l'une des soirées de Dolly. Il approchait de la trentaine, et pratiquait un humour à froid qui la faisait rire. Mais leur liaison se termina de façon brutale, et, comme toujours, par la faute de Molly.

C'était leur sixième ou septième rendez-vous, et il l'avait emmenée dîner. Molly se sentait détendue parce que le lendemain était un dimanche et le théâtre faisait relâche. Après le dîner, elle avait donc accepté volontiers de l'accompagner dans une discothèque. Mais quand ils y arrivèrent, elle sentit sa bonne humeur s'évanouir devant la cacophonie de la musique disco et la piste de danse surpeuplée. Elle ne voulait pas être impolie, mais quand une fille qui tournait sauvagement sur la piste lui planta un talon aiguille dans le pied, elle prit prétexte de cet incident pour demander à l'agent de change de la ramener chez elle.

Elle s'excusa plusieurs fois en sortant, se sentant coupable. Après tout, il avait dépensé des sommes folles pour elle ce soir-là, et elle se reprocha amèrement d'être incapable de s'amuser comme les autres. Pour se rattraper, elle l'invita à monter prendre un dernier verre chez elle.

Elle comprit trop tard son erreur : l'agent de change en avait naturellement conclu qu'elle l'invitait dans son lit, et il se mit à l'embrasser dès qu'ils eurent pénétré dans l'appartement.

Elle le repoussa en riant.

— Eh, une petite minute !

Elle alluma les lampes et le fit passer dans le salon. Au moment où elle sortait les verres, il se glissa derrière elle et enfouit sa tête dans son cou. Molly trouva la sensation agréable et se retourna pour l'embrasser, mais ses baisers étaient trop forts, trop insistants.

— Simon, je t'en prie, arrête ! parvint-elle à murmurer.

— Qu'y a-t-il ?

Il semblait sincèrement surpris.

— Eh bien, je trouve que... que...

— Que quoi ?

— Disons que tout cela va un peu trop vite...

Il réagit comme si elle l'avait giflé, s'éloigna et alla s'asseoir sur le divan tandis qu'elle dissimulait son embarras en faisant semblant de fouiller dans son bar, consciente de son regard dans son dos.

Au bout d'un moment, elle se redressa et lui apporta un whisky, les yeux fixés sur le verre, dont les facettes accrochaient la lumière en formant de petits arcs-en-ciel.

— Tiens, dit-elle en évitant son regard.

— Merci.

Il en prit une gorgée tandis qu'elle allait s'asseoir sur un fauteuil en face du divan.

— Si je mettais un peu de musique ?

Il haussa les épaules.

— Tu es chez toi, Molly.

Elle se dirigea vers la stéréo. Un disque était déjà posé sur la platine.

— Tu aimes le ragtime ?

Il répondit d'un nouveau haussement d'épaules. Elle posa l'aiguille sur le disque, puis revint s'asseoir et fit semblant d'écouter attentivement la musique.

— Simon... murmura-t-elle au bout d'un moment.

Mais il l'interrompit d'un geste.

— Oh, ne t'inquiète pas, Molly, ce n'est pas la première fois qu'on me repousse.

— Mais je ne te repousse pas, s'écria-t-elle. Pas du tout. C'est juste que...

— Que tu n'as pas envie de faire l'amour avec moi, compléta-t-il. Alors que moi, je meurs d'envie de faire l'amour avec toi. Et quand tu m'as invité à monter, j'ai cru évidemment que... (Il la regarda attentivement.) Mais je me trompais, n'est-ce pas ?

— Je ne peux pas t'expliquer, Simon. J'aimerais pouvoir le faire...

Elle sentait combien elle l'avait vexé.

— Je crois que je ferais mieux de partir, dit-il.

Elle regrettait que la soirée finisse de cette façon, mais elle ne pouvait plus lui demander de rester, ni espérer l'apaiser. Elle le regarda en silence terminer son verre et se lever. A son expression tandis qu'il remettait sa veste, elle comprit que tout était dit entre eux.

En sortant, il lui déposa un rapide baiser sur la joue et lui promit de la rappeler.

Allongée dans son lit, un peu plus tard, Molly fixait le plafond en repensant à cette petite scène. Simon était très attirant, elle ne pouvait le nier. Il était beau, intelligent, sans attaches.

Mais il n'était pas l'homme qu'elle voulait. Aucun ne l'était.

Car Molly, vaguement honteuse, osait s'avouer quand elle était vraiment honnête avec elle-même qu'aucun homme ne l'attirait comme l'attirait son frère. Elle en était à la fois horrifiée et excitée. En un sens, son absence l'arrangeait, même si elle se demandait parfois si sa passion pour lui ne se nourrissait pas précisément de cette absence ; s'il avait été là, peut-être aurait-elle eu l'esprit assez libre pour penser à d'autres hommes.

En effet, à sa secrète honte, c'était le souvenir de la fessée que lui avait donnée Conor le jour de la mort de leur père qui excitait le plus sa sensualité. Bien souvent, seule dans son lit, elle s'était revue allongée sur ses genoux, fermement maintenue par ses mains puissantes, tandis que le vent soufflait sur ses jambes nues. Molly avait enfermé ce fantasme au fond d'une boîte secrète, enrubannée comme un cadeau de Noël. Mais tard le soir, dans l'obscurité, le ruban se dénouait, parfois de lui-même, parfois défait de ses mains tremblantes — un lent et délicieux prélude au déroulement de son fantasme.

Molly aurait voulu pouvoir parler de tout cela avec quelqu'un. Elle connaissait beaucoup de gens à Londres, mais n'avait pas de véritable amie à part son agent — et Dolly n'était pas exactement le genre de personne à qui elle pouvait exposer ses doutes et ses désirs sexuels.

Elle contempla son image dans le miroir de sa loge, se sentant prise à son propre piège. Comment aurait-elle pu avouer la vérité à quiconque ? La vérité était bien trop étrange...

— Bon sang, Conor ! dit-elle à haute voix au miroir. Où diable es-tu passé ?

Au loin, soulignant le silence et la paix de sa loge, un téléphone sonna. Molly, qui nouait la ceinture de son peignoir, s'arrêta net, jusqu'à ce que quelqu'un réponde. Puis elle fit voler ses chaussures et s'allongea sur l'étroit divan qui occupait tout un coin de la loge. Elle ferma les yeux et s'efforça de faire le vide dans son esprit, mais l'image de son frère flotta de nouveau devant elle.

Dans les lettres qu'elle envoyait à sa mère, elle se montrait toujours rassurante à propos de Conor, soucieuse d'épargner Sorcha dont la santé commençait à se détériorer. Molly ne voulait pas ajouter aux problèmes de sa mère en lui laissant entendre qu'elle n'avait aucune nouvelle de Conor. Elle avait d'ailleurs la ferme conviction que tôt ou tard son frère réapparaîtrait dans sa vie.

Le téléphone qui se mit à sonner dans sa loge la fit sursauter. C'était le portier, qui lui annonçait que son imprésario était en bas avec une journaliste. Molly avait complètement oublié l'interview.

— Faites-les monter, je vous prie, dit-elle en jetant un rapide coup d'œil à sa coiffure et en s'assurant que son peignoir était bien fermé.

Dolly jaillit dans l'encadrement de la porte et embrassa sa protégée sur les deux joues.

— Voici Una O'Connor, de l'*Irish Record* de Dublin.

La journaliste était une fille rousse, pleine de taches de rousseur, environ de l'âge de Molly. Elles échangèrent une poignée de mains.

— Toutes mes félicitations pour le spectacle et pour les critiques, mademoiselle Bryan, dit-elle en s'asseyant sur le divan.

Molly s'installa à côté d'elle et Dolly posa sa masse sur la chaise de maquillage.

La journaliste mit en marche un petit magnétophone.

— Mademoiselle Bryan, commença-t-elle, je connais un peu votre passé et vos débuts à l'Abbey Theatre, mais ce qui m'intrigue, c'est pourquoi vous avez éprouvé le besoin de changer de nom ?

Le sous-entendu était clair : Margo Bryan avait jugé que son nom irlandais n'était pas assez bon pour elle. C'était un mauvais début et Dolly se hâta d'intervenir.

— Oh, mais c'était mon idée, lança-t-elle en se tapotant les cheveux, ce qui fit cliqueter ses nombreux bracelets. Margo n'était pas d'accord avec moi, mais je trouvais que « Molly » faisait trop vieux jeu pour le type de carrière que j'envisageais pour elle.

— Je vois, fit la journaliste d'un ton incertain.

A son grand soulagement, Molly comprit qu'elle aussi était mal à l'aise. Molly détestait les interviews. Quand elle les lisait ensuite, elle n'y retrouvait jamais ce qu'elle avait voulu dire.

Mais cette fille ne semblait pas être une de ces pimbêches pleines d'assurance à qui elle avait parfois eu affaire.

Elle sourit pour mettre la jeune fille à l'aise.

— En fait, c'était une opération commune, dit-elle. Dolly, enfin, mademoiselle Mencken, voulait un nouveau nom, mais c'est John Chalmers et moi-même qui l'avons trouvé. Vous connaissez John Chalmers ?

La journaliste avait visiblement fait son travail. Elle connaissait l'influence de Chalmers sur la carrière de Molly, et à partir de là les deux femmes se détendirent. Au cours des vingt minutes suivantes, l'interview se déroula sans problèmes.

Jusqu'à ce qu'elles en arrivent au passé de Molly.

— J'ai lu quelques-unes de vos interviews, mademoiselle Bryan, et bien que vous ayez souvent parlé de l'influence qu'a eue sur vous votre mère, je vois qu'il n'est jamais question de votre père. Quel rôle a-t-il joué dans le choix de votre carrière ?

Molly pour une fois n'était pas sur ses gardes. Elle hésita, et Dolly vint à sa rescousse en regardant ostensiblement sa montre.

— Je crois que nous n'avons plus le temps pour d'autres questions, mademoiselle O'Connor. Vous savez que le spectacle commence dans deux heures, et Margo a besoin de rester seule un moment pour se concentrer. Je suis sûre que vous avez déjà beaucoup d'éléments. Et s'il vous faut un complément, vous pouvez toujours me passer un coup de fil. Vous avez mon numéro ?

La journaliste arrêta son magnétophone et se leva.

— Merci, mademoiselle Bryan, dit-elle poliment. Je vous suis très reconnaissante de m'avoir reçue aussi vite.

Molly se leva à son tour.

— Je vous en prie, mademoiselle O'Connor. (Elle chercha à dissimuler son trouble.) Je suis toujours ravie de rencontrer des compatriotes, ajouta-t-elle de son ton le plus charmant. Excusez-moi d'écourter l'entretien, mais j'ai une longue préparation mentale avant d'entrer en scène. Je suis sûre que vous me comprenez. Vous avez ce qu'il vous faut ?

— Tout à fait, assura la journaliste.

Mais tout en la reconduisant, Molly eut la nette impression que la jeune fille avait noté la façon abrupte dont s'était terminé l'entretien. Elle était peut-être mal à l'aise, songea Molly, mais elle avait l'esprit vif.

— J'espère que le spectacle vous plaira, dit-elle en lui serrant la main. Il y a un billet pour vous à l'entrée.

— Merci. Je ne manquerai pour rien au monde le spectacle de ce soir !

— Voulez-vous repasser tout à l'heure boire un verre ?

A peine avait-elle prononcé ces mots que Molly les regretta. Il valait mieux garder ses distances avec les journalistes et elle sentit Dolly se raidir. Mais, Dieu sait pourquoi, elle était soucieuse de faire bonne impression. Tout ce qui touchait l'Irlande comptait beaucoup pour elle, et elle voulait avoir cette journaliste de son côté. Elle espérait ainsi dissimuler les failles qu'elle avait montrées au cours de l'entretien.

— J'en serais ravie, mademoiselle Bryan, dit la jeune fille d'un air surpris.

« Le spectacle s'est bien passé, ce soir », pensa Molly en souriant aux tonnerres d'applaudissements et aux innombrables rappels.

Dans *Blithe Spirit*, Elvira est un esprit, un fantôme qui hante son mari et sa nouvelle épouse. Pour une fois, la haute taille de Molly la servait sur scène. Les deux acteurs qui jouaient les personnages vivants avaient une tête de moins qu'elle, et ce contraste renforçait son aspect d'outre-tombe. Elle avait longuement travaillé une démarche fantomatique pour le rôle, et ce soir elle savait qu'elle n'avait pas fait le moindre faux pas — littéralement.

Elle se montrait exigeante avec elle-même et s'était souvent entendu reprocher par les metteurs en scène et par ses collègues de placer la barre trop haut. Mais ce soir, alors que le public scandait son nom en applaudissant, elle avait le sentiment d'avoir mérité leurs éloges, au moins en partie. Comme toujours après le tomber de rideau, elle passa en revue les moments où elle aurait pu être meilleure. Il y en avait très peu ce soir, notat-elle, et ils étaient surtout dus à la présence de la journaliste dans la salle. Une journaliste qui allait venir prendre un verre, se rappela-t-elle avec un soupir, une fois de retour dans sa loge, tout en s'enduisant le visage d'huile de noix de coco.

Elle était encore sous la douche quand elle entendit la porte s'ouvrir puis se refermer.

— J'arrive, mademoiselle O'Connor, lança-t-elle en coupant l'eau. Installez-vous je vous en prie...

En se regardant dans le miroir de la petite salle de bains, elle vit qu'elle avait la peau rouge et irritée sous l'effet du démaquillage et de l'eau chaude de la douche. Pour sauver les apparences, elle s'appliqua de la crème et une légère couche de fond de teint. Aucun son ne lui parvenait de la loge, à l'exception du léger cliquetis des portemanteaux que manipulait l'habilleuse. Dehors, les autres acteurs s'interpellaient par les portes ouvertes de leurs loges. Le théâtre plongeait doucement dans les ténèbres.

Elle ôta le bandeau blanc qui servait à protéger ses cheveux du gras et du maquillage, et secoua sa tête. Puis elle retourna dans sa loge.

— Excusez-moi... commença-t-elle, avant de s'arrêter net.

La pièce brillamment illuminée parut rétrécir. C'était un homme qui l'attendait, et non Una O'Connor.

Il avait trente-trois ans à présent, et de subtils changements s'étaient opérés en lui depuis la dernière fois qu'elle l'avait vu, six ans auparavant. Ses yeux semblaient plus clairs dans son visage buriné et marqué par la vie. Ses cheveux bruns ébouriffés étaient plus longs bouclant sur son col, et, sous sa veste de sport et son pantalon un peu large elle pouvait voir qu'il avait pris de la carrure.

— *Dia Dhuit...* dit-il, puis il se leva, attendant calmement.

Molly n'avait pas entendu parler irlandais depuis six ans.

— *Dia's Mhuire dhuit*, répondit-elle mécaniquement.

Il apportait avec lui un air d'énergie et de décision et Molly prit brusquement conscience du décor de la pièce. Les cartes de vœux qui décoraient les murs, ornées de chats noirs et de fers à cheval, lui parurent vulgaires, et le message narquois de bienvenue que Jeremy, son partenaire, avait tracé au rouge à lèvres sur son miroir, et qui l'avait tant amusée à l'époque, lui sembla minable et ridicule. Elle se sentit mal à l'aise, puis, sans savoir pourquoi, furieuse. Elle aurait voulu le frapper.

Il semblait attendre une invite, hésitant à s'asseoir. L'habilleuse, qui n'avait rien remarqué, s'affairait autour d'eux, débarrassant pour lui le petit fauteuil des vêtements de Molly. Il la remercia et s'installa en croisant une jambe par-dessus l'autre.

— Voici Joan, mon habilleuse.

Molly avait parlé en anglais, mais elle se garda de compléter les présentations. Se détournant vers son miroir, elle saisit une brosse à cheveux. Joan, une petite femme à lunettes, échangea une poignée de main avec Conor puis s'en fut dans la salle de bains. Il y eut un silence pendant que Molly se brossait les cheveux. Enfin elle se retourna pour lui faire face.

— Écoute, Conor, je ne sais vraiment pas quoi te dire. Où donc...

Bien qu'elle n'eût pas oublié sa langue maternelle, elle était si troublée qu'elle buta sur les mots. La fureur qu'elle en ressentit ne fit qu'ajouter à sa confusion.

Lui, pendant ce temps, restait d'un calme exaspérant.

— Mais il n'y a rien à dire ! J'étais mort et maintenant je ressuscite, dit-il en souriant.

— Mais où étais-tu, d'où sors-tu, qu'as-tu fait pendant tout ce temps ?

— Écoute, Molly — enfin, Margo, devrais-je dire — chaque chose en son temps...

Il la fixa si intensément qu'elle baissa les yeux.

— Je pourrais te poser la même question, reprit-il sur le même ton serein. Mais tu sais, je t'ai toujours gardée dans un coin de ma tête, petite sœur, pendant que je parcourais l'Angleterre. J'avais entendu dire que tu étais partie pour Dublin, mais c'était tout. J'avoue que j'ignorais totalement que tu étais montée si haut jusqu'à cet après-midi, quand j'ai vu par hasard une de ces affiches dans le métro, et qu'il m'a bien semblé qu'elles me rappelaient quelqu'un.

— Tu as vu la pièce ? coupa-t-elle, momentanément distraite.

— Non, c'était un peu tard, mais je vais y aller ! D'ailleurs, j'ai acheté un programme, dit-il en l'agitant au-dessus de sa tête. Ce qui m'a permis d'apprendre que tu es la vedette d'un feuilleton de télévision !

Mais elle n'était pas d'humeur à entendre des flatteries.

— Maman était aux cent coups quand tu as arrêté d'écrire ! dit-elle en criant presque.

— Oui, je m'en doute. J'en suis absolument désolé. J'avais mes raisons...

— Et on peut savoir quelles sont ces raisons ?

— Tout à l'heure. Est-ce que tu as... hum, un rendez-vous ou quelque chose, maintenant ?

Molly secoua la tête.

— Alors, on pourrait peut-être aller bavarder quelque part ?

— J'ai tout mon temps ! dit-elle avec véhémence. Discutons maintenant !

— Écoute, dit-il d'un ton conciliant, j'ai cessé d'écrire à maman parce que je savais que tôt ou tard la police allait revenir la harceler pour savoir où j'étais, et je ne voulais pas la mettre dans la position de toujours mentir pour moi.

— Elle est assez grande pour savoir quoi faire ! (La fureur de

Molly contre son frère trouvait un exutoire dans les problèmes avec sa mère.) Tu aurais pu la laisser décider si elle voulait mentir pour toi ou pas. Elle va assez mal, en ce moment, figure-toi ! Tu aurais pu en tenir compte ! Oh, bien sûr, tu n'y étais pas obligé...

Il y eut un léger coup frappé à la porte. Molly avait complètement oublié Una O'Connor. Elle bondit sur ses pieds, bousculant Conor qui était dans le passage.

En ouvrant la porte à la journaliste, Molly sentit tomber sa colère. Elle constata que la jeune fille avait troqué sa jupe et son corsage pour une robe bien coupée qui mettait sa silhouette en valeur. Molly était toujours touchée de voir les gens faire des efforts vestimentaires pour venir au théâtre.

— Bonjour, mademoiselle O'Connor, dit-elle avec chaleur. Entrez, je vous en prie !

Elle se sentit soulagée de revenir à l'anglais, qui instaurait une certaine distance entre Conor et elle.

La journaliste pénétra dans la loge et s'arrêta net.

— Oh, mais vous avez de la visite !

— Ce n'est pas gênant, dit Conor en se levant. Je ne suis pas quelqu'un d'important, juste un vieil ami qui vient d'Irlande. Sean Molloy, dit-il en lui tendant la main.

Una O'Connor se présenta à son tour.

Molly, qui essayait de comprendre — Sean Molloy ? —, perçut malgré tout l'expression qui passa dans les yeux de la journaliste quand elle regarda Conor.

Celui-ci lui offrit le fauteuil et alla s'asseoir sur le petit canapé.

— Vous êtes dans le théâtre, vous aussi ? demanda-t-il.

— Non, je suis journaliste. Je travaille d'ailleurs pour l'*Irish Record* de Dublin.

— Je vois.

Molly eut le sentiment qu'elle perdait du terrain dans une lutte confuse dont elle avait à peine conscience.

— Mademoiselle O'Connor m'a interviewée cet après-midi, expliqua-t-elle.

— Je vois, répéta Conor.

Il y eut un silence embarrassé, que la journaliste brisa en se levant.

— Eh bien, merci de l'invitation. Je crois que je vais vous laisser à présent...

Molly, qui était restée debout, se tourna vers le réfrigérateur.

— Mais où ai-je la tête ? Vous prendrez bien quelque chose ?

— Non, vraiment, dit Una. Il se fait tard, et vous devez être épuisée après le spectacle — c'était excellent, d'ailleurs.

— Merci.

— Restez donc, intervint Conor, et prenez un verre avec nous. D'ailleurs, je boirais bien quelque chose, moi aussi, ajouta-t-il avec un large sourire.

— Eh bien, si vous insistez... dit la journaliste en se rasseyant.

Elle accepta un Perrier et Conor réclama une bière. Molly pour sa part se servit un whisky sec. Elle avait le sentiment de l'avoir mérité.

— Et que faites-vous dans la vie, monsieur Molloy ? reprit Una quand ils furent installés avec leurs verres.

— Un peu de tout. Je voyage beaucoup.

— C'est très intéressant. Vous êtes voyageur de commerce ?

— Si on veut, dit Conor en riant. Je me vends moi-même. Non, je ne suis rien de précis. Juste un travailleur qui va chercher le travail là où il est. Je reviens tout juste d'Allemagne, où j'ai fixé des milliards de boulons sur des millions de Volkswagen.

Molly écoutait ce badinage en se disant qu'elle ne connaissait pas ce frère-là. Ce nouveau Conor était pour elle une révélation. Mais surtout, en voyant l'attitude d'Una O'Connor, elle s'aperçut avec un choc soudain qu'elle était jalouse. Elle s'empressa de repousser ce sentiment au plus profond de sa conscience.

— Désirez-vous un autre verre, mademoiselle O'Connor ? demanda-t-elle avec le charmant sourire de Margo Bryan.

A ce moment, son habilleuse revint dans la loge.

— J'ai terminé, mademoiselle Bryan. A demain. Bonsoir, Messieurs Dames, ajouta-t-elle avec un signe de tête à l'adresse des deux invités, puis elle quitta la pièce.

Una se leva avec décision.

— Cette fois, j'y vais, mademoiselle Bryan. Je n'ai que trop abusé de votre hospitalité. Merci pour tout, c'était vraiment très aimable à vous de m'inviter. Ravie de vous avoir rencontré, monsieur Molloy, ajouta-t-elle en serrant la main de Conor.

Molly s'imaginait-elle des choses ou la journaliste se tenait-elle un peu trop près de son frère ?

Quand elle fut partie, Molly, tout charme envolé, se tourna vers Conor.

— Tu peux m'expliquer, à présent? Qui est Sean Molloy?

Il ne parut pas autrement troublé.

— On ne pourrait pas aller manger un petit quelque chose? Nous avons un gros retard de confidences...

Son assurance était sans bornes.

— Je ne suis pas sûre que tu mérites la moindre confidence, Conor O'Briain!

— En tout cas, on pourrait déjà sortir d'ici, suggéra-t-il en tirant sur son col. Il fait une chaleur de four, dans cette loge.

— Bon, d'accord, laisse-moi deux minutes.

Quand Molly fut prête, ils sautèrent dans un taxi auquel elle donna l'adresse d'un restaurant près de Covent Garden. Sur le chemin, ils n'échangèrent que quelques monosyllabes, assis chacun dans leur coin. Conor semblait parfaitement à son aise, mais l'esprit de Molly travaillait à toute vitesse. Elle sentait la proximité des mains de son frère, dont l'une reposait entre eux sur la banquette, paume en l'air. Elles étaient grandes et bien faites, avec de longs doigts souples.

Molly était toujours aussi crispée quand ils parvinrent au restaurant, un petit italien intime. Le maître d'hôtel la salua et les installa dans un coin tranquille. Elle commanda une bière pour Conor et un Bellini pour elle. C'était une soirée calme, et seules deux autres tables étaient occupées : l'une par trois hommes moustachus qui buvaient du champagne, et l'autre par un couple qui se tenait la main, les yeux dans les yeux, perdu dans un rêve.

— Donc, reprit Molly quand le serveur leur eut apporté la commande, tu m'as bien dit t'appeler Sean Molloy?

— C'est le nom qui est inscrit sur mon permis de conduire, sur mon passeport et sur mes papiers de sécurité sociale. Mais enfin, réfléchis un peu, Molly! Pourquoi crois-tu que je ne me sers pas de mon propre nom?

— Et comment as-tu obtenu ces papiers?

— Molly, je n'arrive pas à croire que tu sois si naïve...

— Et moi, je n'arrive pas à croire que tu puisses débarquer comme ça! siffla-t-elle.

Il parut surpris devant une telle véhémence. Avec un nouveau choc, elle se rendit compte qu'elle ne lui en voulait pas à cause de sa fausse identité, mais à cause du regard qu'elle avait surpris dans les yeux d'Una O'Connor. C'était plus fort qu'elle.

— Tu devais savoir depuis des mois comment me joindre!

l'accusa-t-elle. Je n'ai pas eu un mot de toi depuis que tu as quitté Inisheer.

— Vraiment? Je t'ai pourtant écrit, Molly, avant de quitter l'Irlande pour l'Angleterre. J'ai demandé au père Hartigan de te faire passer ma lettre...

— Oh, celle-là!

— Tu veux dire que c'était trop peu?

— Ah oui, vraiment très peu, en six ans!

— Oui, c'est vrai, excuse-moi. Tu veux bien accepter mes excuses? Je ne recommencerai jamais, c'est promis. Je t'écrirai ponctuellement tous les deux jours...

— Conor, sois sérieux, s'il te plaît!

— C'est bon, c'est bon, dit-il en riant. Je suis au moins sérieux sur une chose : je n'ai plus l'intention de te perdre de vue.

— Et maman? Tu vas reprendre contact avec elle?

Le serveur arriva avec leurs verres et elle s'interrompit, baissant les yeux pour qu'il ne voie pas son expression. Quand il fut reparti, elle regarda son frère avec reproche.

— Cette pièce est à l'affiche depuis au moins six mois. Il y a eu de la publicité dans tous les journaux! Tu étais forcément au courant.

— Là où je travaille, on ne reçoit pas les journaux qui pourraient publier ton portrait.

— Tu travailles où?

— Eh bien, comme je l'ai dit à cette fille, la journaliste, je me déplace tout le temps...

— Oui, mais où?

— Dans le nord de l'Angleterre, en Hollande, en Allemagne...

— Et tu fais quoi, Conor?

— Je travaille.

— Quel genre de travail?

— Porter des caisses, creuser des tunnels, ramasser des coquillages, emballer des surgelés dans un entrepôt, travailler à la chaîne chez Volkswagen, comme je t'ai dit.

Sa colère tomba.

— Mais enfin, tu as un travail qualifié, protesta-t-elle. Et la botanique et toutes tes années d'études?

— Molly, la botanique n'est pas une profession très répandue. C'est évidemment par là que la police a dû commencer et même avec mon nouveau nom, si j'avais essayé de trouver du travail comme botaniste ou même comme simple jardinier, elle m'aurait retrouvé très rapidement. Tu sais aussi bien que moi que le seul moyen de lui échapper était de me fondre dans la masse et de bouger tout le temps.

Il se tut et la regarda droit dans les yeux.

— Arrête, Conor. Pourquoi me regardes-tu comme ça ?

— Je ne te regarde pas comme ça.

— Mais si ! C'en est même gênant.

Il lui prit la main.

— Tu es devenue très belle, dit-il simplement. Tu m'as manqué.

Dans sa chambre d'hôtel, Una O'Connor écoutait la bande de son entretien avec Margo Bryan. Tout cela était un peu fade. A part quelques réflexions sur les exigences professionnelles de l'actrice, elle ne lui avait pratiquement rien dit qu'elle ne sût déjà.

La vie personnelle de Margo l'intriguait. Il y avait décidément quelque chose de bizarre à propos de son père. Elle nota dans un coin de sa tête d'aller y voir d'un peu plus près, à l'occasion. Mais surtout elle se posait des questions sur Sean Molloy. Était-ce son petit ami ? Elle avait ressenti comme de l'électricité dans l'air quand elle était entrée dans la loge, mais elle n'avait pas su en deviner la cause. Elle avait d'abord pensé qu'elle les interrompait au beau milieu d'une dispute, mais non : Sean s'était montré bien trop détendu. A ce moment, elle se rendit compte qu'elle ne pouvait s'empêcher de penser à lui.

Una cherchait un homme solide. Elle aurait été incapable de décrire les qualités qu'il devrait avoir, mais elle était sûre au moins d'une chose : Sean Molloy les possédait toutes. Il avait une très forte présence physique, et en fermant les yeux, elle retrouvait l'impression qu'il lui avait faite dès le premier regard.

Una avait eu des amants, et même des relations assez longues mais, si charmants qu'ils aient pu être, ces liens s'étaient dénoués doucement, s'évaporant comme le sourire du chat de Chester. D'instinct, elle sentait qu'une relation avec Sean Molloy serait différente. Una avait appris à suivre son intuition.

Mais le reverrait-elle, seulement ? Son seul moyen d'approche était Margo Bryan. Avant tout, cependant, elle devait savoir si elle marchait ou non sur ses plates-bandes. Una, en ce domaine, avait le sens de l'honneur.

Le lendemain était un dimanche, et Conor dégustait une bière dans un pub de Londres, en lisant son *Observer* devant un faux feu de bois. C'était un quartier assez élégant au bord de la Tamise, et le pub était décoré de tissu et de cuivre qui lui donnaient un aspect faussement intime. C'était l'heure du déjeuner et plusieurs groupes d'hommes bavardaient au comptoir.

Conor avait du mal à se concentrer sur son journal. Les voix autour de lui étaient retenues, feutrées, anglaises, alors qu'il aurait voulu se trouver devant le comptoir sombre d'un pub de Dublin retentissant des voix tonitruantes, voire agressives, de ses compatriotes. Il remarqua que les conversations autour de lui portaient surtout sur les prix des loyers.

Il s'efforçait d'y voir clair dans ses sentiments. Sa rencontre avec sa sœur l'avait bouleversé. Toujours pragmatique, il avait fini, au cours des six dernières années, par s'accommoder de son statut et même par apprécier l'indépendance que lui procurait ce mode de vie. L'Irlande lui manquait terriblement et il regrettait les satisfactions que lui donnait son métier de botaniste. Mais il s'adaptait facilement, de sorte qu'il avait toujours réussi à trouver du travail assez bien payé pour lui assurer de nombreux loisirs. Il était peu dépensier de nature — même s'il avait toujours un appétit d'ogre — et ne s'intéressait guère à l'aspect matériel de la vie. Aussi mettait-il régulièrement de l'argent de côté, et, quand il en avait amassé suffisamment pour s'offrir des vacances, il quittait son travail et repartait ailleurs.

Il profitait bien de ses loisirs. En Angleterre, il allait dans les bibliothèques pour se tenir au courant des dernières recherches en botanique; à l'étranger, il apprenait la langue du pays. Il parlait assez bien français, néerlandais et allemand pour suivre une conversation, et sa connaissance du latin lui avait permis d'apprendre facilement l'espagnol et l'italien, bien qu'il ne les parlât pas couramment. Aussi n'avait-il jamais de mal à trouver du travail. Ses employeurs avaient parfois senti que cet homme calme et posé était peut-être trop qualifié pour le travail qu'il lui demandait, mais il avait toujours réussi à les rassurer, en affirmant que tout ce qu'il voulait était assez d'argent pour vivre.

Il y avait eu des femmes dans sa vie, mais jamais de façon

sérieuse. Il savait qu'il plaisait. Beaucoup de celles qu'il avait connues avaient essayé de prolonger leur relation, mais Conor, sachant qu'il devait repartir et toujours soucieux de sa sécurité, avait toujours refusé de s'attacher.

Il jeta un regard circulaire : la fadeur de la clientèle et le décor artificiellement intime lui portaient sur les nerfs. Il décida de téléphoner à Molly et consulta sa montre. Il était une heure et quart. Il se doutait que les actrices se levaient tard, mais même ainsi c'était une heure raisonnable.

Elle répondit à la deuxième sonnerie, ce qui signifiait sans doute qu'elle était encore au lit. Il prit un ton enjoué.

— Alors, on n'est pas à la messe, à ce que je vois?

— Et à quelle messe es-tu allé toi-même, mon cher frère? dit-elle en riant.

— Touché! Je te réveille?

— Non, en fait. J'ai déjà eu une conversation au téléphone avec Mlle Una O'Connor. Tu te souviens d'elle?

— Bien sûr. Hier soir dans ta loge.

— Eh bien, mademoiselle O'Conor trouve indispensable de transformer son article en un « portrait » de moi, ce qui suppose apparemment qu'elle puisse parler de moi avec d'autres...

— Ah oui?

— Et devine à qui elle veut parler d'abord?

— Dis-moi.

— Si tu tiens à le savoir, Mlle O'Connor a un petit faible pour toi...

— Impossible. Nous nous sommes vus dix minutes en tout.

— Tiens donc, et ça prend combien de temps en Hollande ou dans le nord de l'Angleterre?

Conor sentit le coup d'épingle.

— Mais enfin, c'est hors de question. Je ne peux pas lui parler de toi.

— Mon cher frère, je crains qu'il ne soit trop tard pour refuser. Il faut bien coopérer avec la presse...

Conor soupira. Quoi qu'elle ait manigancé, il allait y mettre bon ordre.

— D'accord, on en discutera plus tard. Il fait une journée splendide. Tu n'aurais pas envie de faire un petit tour le long de la Tamise?

Elle hésita.

— A quelle heure?

— A l'heure que tu voudras. Je suis à ta disposition.

— Bien. Alors, trois heures et demie, ça va?

— Parfait. Je te retrouve à Westminster, devant le métro. Ça marche?

— Entendu. A tout à l'heure.

Il raccrocha et retourna à sa place où il commanda un baby. Il rapporta son verre à sa table et tenta de nouveau de se concentrer sur son journal, mais il s'aperçut qu'il relisait cent fois la même phrase. Il regarda sa montre. Encore deux heures à attendre.

Molly avait quelques minutes d'avance quand il la vit se diriger vers lui. Il avait tué le temps en regardant les T-shirts imprimés et les Big Bens miniatures dans les boutiques de souvenirs le long de son chemin. Molly était habillée très simplement, d'un jeans délavé et d'un chemisier de coton. Ses cheveux étaient relevés en queue de cheval, et elle avait les pieds nus dans des sandales de cuir, elle portait sur l'épaule une veste légère d'un jaune un peu plus foncé que son chemisier. De loin, on aurait dit une adolescente. Elle agita la main en l'apercevant, mais avant d'arriver à sa hauteur elle fut arrêtée par un couple d'âge moyen qui lui demanda un autographe.

Il se rapprocha et resta quelques pas à l'écart tandis qu'elle signait au bas d'une enveloppe que la femme avait sortie de son sac.

— Salut, Molly, dit-il quand le couple se fut éloigné.

— Salut!

Elle lui sourit, et il retrouva la Molly d'autrefois.

Ils décidèrent de prendre une des vedettes qui sillonnent la Tamise jusqu'à Greenwich. Ils descendirent les marches de pierre qui menaient au quai, achetèrent deux billets et embarquèrent avec toute une bande de touristes.

— Tu as déjà fait ça? lui demanda-t-elle joyeusement.

— Il faut toujours une première fois, dit-il en secouant la tête.

— Moi, j'ai fait ça avec Dolly — c'est mon agent, il faut que je te la présente. Elle dit que tous les gens qui visitent Londres doivent voir la ville au moins une fois depuis la Tamise.

Ils continuèrent à bavarder gaiement pendant que la vedette bondée tanguait lourdement pour tourner et s'éloignait du quai. Puis ils furent bien forcés de se taire, incapables de concurrencer le bruyant commentaire du guide au micro, tandis qu'ils glissaient sur le fleuve, croisant péniches et bateaux de plaisance. Plusieurs trois-mâts étaient ancrés l'un derrière l'autre, tanguant dans les remous provoqués par deux hors-bord qui faisaient la course en tournant autour d'eux.

— On est loin du *Naomh Eanna* et des coracles d'Inisheer! cria-t-il à l'oreille de Molly au moment où l'un des hors-bord, dans un jaillissement d'écume, opérait un demi-tour spectaculaire.

Ils eurent droit à un résumé de l'histoire de Londres à mesure que le guide désignait les monuments de part et d'autre du fleuve : l'Aiguille de Cléopâtre, le dôme de Saint-Paul, la masse grise d'un navire de guerre le *Belfast*, le pont et la Tour de Londres. Une petite brise soufflait au ras de l'eau, et quand ils arrivèrent à Greenwich, Molly, qui frissonnait, suggéra d'aller prendre une tasse de thé.

Cela s'avéra difficile parce qu'en ce dimanche après-midi somnolent même le long des rues touristiques, ils durent marcher longtemps avant de trouver un marchand de journaux qui faisait salon de thé.

Il n'y avait personne au comptoir, mais il leur parvenait de l'arrière-boutique le son d'une télévision transmettant un match de cricket. Conor frappa sur le comptoir, et un petit homme à peau sombre, indien ou pakistanais, apparut pour prendre leur commande. Ils consultèrent le menu — écrit à la main et punaisé sur le mur —, et commandèrent une tarte aux pommes et du café avant de s'asseoir à une petite table contre la vitrine couverte de chiures de mouches. La tarte se révéla dure et farineuse, et le café avait manifestement été réchauffé plusieurs fois.

— Immonde, fit Conor après l'avoir goûté.

Il le repoussa et sortit une pipe de la poche intérieure de sa veste.

— Je ne savais pas que tu fumais la pipe, dit Molly.

— Oh, mais il y a beaucoup de choses que tu ne sais pas!

— Par exemple?

— Je t'ai raconté tout ce qu'il y avait d'important hier soir.

— Alors, parle-moi des choses sans importance.

— Des choses sans importance?

— Allez, Conor.

— Très bien, que veux-tu savoir?

— Je peux tout te demander?

— Tout.

— Tu as une amie?

— Non.

— Allons, il a bien dû y avoir quelqu'un! Tu as trente-deux ans…

— Trente-trois, pour être exact.

— Ne pinaille pas! Parle-moi de la femme, ou des femmes de ta vie.

— Il n'y a pas grand-chose à en dire.

— Conor O'Briain! Tu ne vas quand même pas me faire croire que tu es arrivé à cet âge-là sans avoir jamais été embrassé?

— Oh, ça, j'ai été embrassé!

— Par beaucoup de femmes?

— Quelques-unes…

— Et même un peu plus, non?

— Oui, on peut dire ça comme ça.

— Alors, quelques-unes ou beaucoup?

Le ton de sa voix avait brutalement changé.

— Beaucoup, je suppose.

— Quelqu'un en particulier?

— Humm…

— Alors, il y a eu quelqu'un de spécial?

— Plus maintenant.

— Tu voulais l'épouser?

— Non.

Elle essaya une autre tactique.

— Allons, dis-moi qui c'était.

Il s'amusait beaucoup.

— Mais pourquoi est-ce si important, tout d'un coup?

— Je n'ai jamais dit que c'était important.

Il ne répondit pas, mais se mit à tasser soigneusement son tabac dans le culot de sa pipe avec le coin de sa boîte d'allumettes. Puis il contempla une mouche qui bourdonnait autour de sa tarte aux pommes à peine entamée.

— Conor?

— Oui?

— Arrête de trifouiller cette fichue pipe et parle-moi de cette femme.

— Et pourquoi?

Cette joute verbale commençait à lui échauffer les oreilles. Elle se pencha vers lui.

— Tu as dit que je pouvais te demander n'importe quoi.

Son chemisier était entrouvert, et il distingua la naissance de ses seins. Il se concentra sur sa pipe.

— Pourquoi est-ce la seule chose qui t'intéresse? demanda-t-il, les yeux toujours fixés sur la boîte d'allumettes. Je pourrais d'ailleurs te retourner la question. Il y a quelqu'un dans ta vie à toi?

— N'essaie pas de détourner la conversation.

— D'accord. (Il se radoucit et se cala sur son siège). Je te le dirai si tu me le dis.

— Très bien. Toi d'abord.

Mais, au moment de s'expliquer, il abandonna son ton badin. Il n'y avait eu aucune femme importante dans sa vie, lui dit-il doucement. Il en avait rencontré plusieurs qui, s'il avait poursuivi la relation, auraient pu devenir « spéciales », mais il avait justement choisi de rompre.

— Et pourquoi?

— Pour la même raison que je porte un faux nom. A ton tour, maintenant, dit-il en tirant sur sa pipe.

Elle le contempla un moment.

— Eh bien, je n'ai pas encore trente-trois ans, ce qui fait que moi, au moins, j'ai une excuse!

— Allons donc! Tu ne vas pas me dire que, depuis le temps que tu es dans le théâtre, à Dublin et à Londres, personne ne s'est intéressé à toi?

— Je n'ai pas dit ça...

— Alors, qu'est-ce qui ne va pas?

Elle se cabra.

— Comment ça, qu'est-ce qui ne va pas?

— Tu vois bien ce que je veux dire...

— Pas du tout. Serais-tu en train d'insinuer que quelque chose ne va pas chez moi?

— Eh bien?

Elle se redressa toute droite, les doigts crispés sur la table.

— C'étaient eux qui ne m'intéressaient pas!

— Et pourquoi donc?

— Je ne sais pas... (Elle se sentit rougir). C'est une conversation idiote! Changeons de sujet.

— Oh oh, alors quand c'est toi qui ne veux rien dire, on doit changer de sujet, c'est ça?

— Tu as quelque chose à ajouter, peut-être? (Elle prit une gorgée de l'horrible café, à présent complètement froid). N'en parlons plus. Je regrette qu'on ait abordé ce sujet.

— Mais c'est toi qui as commencé, je te le rappelle!

— Oui, je sais. Mais j'ai changé d'avis, dit-elle d'une voix de petite fille.

— Comme vous voudrez, mademoiselle Bryan. De quoi veux-tu parler, maintenant ?

— Je ne sais pas.

— Et rien de moi ne t'intéresse à part les femmes ?

— Bien sûr que si.

— Alors prends bien ton temps, dit-il en tirant sur sa pipe. Je ne voudrais surtout pas te bousculer…

Il souriait, la taquinant encore, mais apaisant la dispute.

Il y eut un silence, pendant lequel ils regardèrent tous les deux par la fenêtre.

— Et comment trouves-tu Una O'Connor ? Elle te plaît ? reprit-elle d'une voix changée.

— Molly, ne sois pas ridicule. Comment une femme que j'ai vue si peu de temps et dans de telles circonstances pourrait-elle me plaire ?

— Ce sont des choses qui arrivent.

— Eh bien, pas cette fois. D'accord ?

— En tout cas, reprit-elle d'un ton déterminé en fouillant dans son sac, je lui ai promis de te donner son numéro pour que tu puisses l'appeler et lui parler de moi.

Elle lui tendit un bout de papier, où Conor put lire un numéro à Dublin.

— Elle est à Dublin en ce moment, dit-elle en refermant son sac d'un coup sec. Elle a dit qu'elle reviendrait à Londres.

— Tu ne veux tout de même pas que je lui parle ?

— C'est à toi de voir.

— Eh bien, il n'en est pas question, compris ?

— Mais Conor, tu dois absolument lui parler.

Il soupira en glissant le bout de papier dans sa poche.

— Écoute, reprit Molly, j'ai une idée. Une de mes amies, qui joue un show télévisé avec moi, donne une soirée d'anniversaire ce soir et je redoutais d'y aller seule. Pourquoi ne viens-tu pas avec moi ? Je voudrais vraiment que tu fasses sa connaissance.

— J'ai horreur des soirées. Et puis quel feuilleton télévisé, d'abord ?

— *Où est passé papa ?*, celui dont il était question dans le programme du théâtre.

— Oh, celui qui t'a rendue si célèbre ?

— Ne te moque pas de moi. Ça me permet de payer mon

loyer. De plus, je doute que j'aurais été prise dans *Blithe Spirit* si je n'avais pas été célèbre, comme tu dis.

— Ça passe quand ?

— Le mercredi soir.

— Comment peux-tu faire ça et jouer dans le West End tous les soirs ?

— On tourne en studio, du lundi au vendredi, aux heures de bureau ! Et ils tournent les scènes où je n'apparais pas quand j'ai des matinées. Ils ont l'habitude. Je ne suis pas la seule à jouer au théâtre en même temps. C'est Dolly qui a arrangé tout ça.

— Ton fameux imprésario ?

— Elle-même. Et maintenant, assez parlé de moi. On va à cette soirée ?

— Je viens de te dire que je déteste les soirées.

— Celle-ci devrait être supportable. Il y aura plein de monde, ce qui fait qu'on n'aura pas à rester trop longtemps. En tout cas, je veux absolument te montrer cette fille. Tu vas voir, elle est ravissante !

— Et après ?

— Eh bien, peut-être qu'elle te plaira.

— Je répète, et après ?

— Oh, je t'en prie, Conor, ne joue pas les vieux barbons !

Il vit qu'elle avait repris la situation en main.

Una tournait en rond dans son appartement. Elle n'était arrivée de l'aéroport que depuis un quart d'heure.

Il n'y avait aucune chance qu'il lui téléphone.

Il pouvait avoir déjà appelé.

Il n'avait peut-être pas encore eu le message.

Elle avait laissé sa porte ouverte au cas où. Son appartement se trouvait juste en face du téléphone public qui desservait la maison. Elle sortit dans le couloir et souleva le récepteur pour s'assurer que la ligne fonctionnait.

Quand elle avait appelé Margo Bryan en lui disant qu'elle allait modifier le style de son interview, elle avait épié soigneusement les nuances dans la voix de l'actrice. Mais Margo n'avait paru que modérément intéressée. Il est vrai qu'Una l'avait tirée de son sommeil. Mais quand Una, en retenant son souffle, avait mentionné le nom de Sean Molloy, Margo avait répondu très calmement et noté son téléphone. Jouait-elle la comédie ? Una n'avait pu le discerner. De toute façon, sa requête restait assez innocente, et, même s'ils avaient une histoire ensemble, Margo ne se méfiait pas forcément d'une journaliste qui voulait en toute bonne foi parler à son petit ami. Pour en savoir plus, Una devrait attendre qu'il l'appelle. S'il appelait un jour.

S'il y avait une chose qu'Una ne supportait pas, c'était l'inaction. Elle essaya de se consoler en se disant que, s'il n'appelait pas, elle aurait toujours la ressource de rappeler Margo Bryan en prétendant qu'elle avait manqué son coup de fil.

Elle brancha la bouilloire électrique pour se faire une tasse de thé, mais l'arrêta aussitôt, craignant que le bruit l'empêche d'entendre la sonnerie dans l'entrée.

Puis elle se réprimanda. C'était de la folie. Elle alla refermer la porte.

Aussitôt, le téléphone se mit à sonner. Elle rouvrit sa porte en vitesse et se rua dans le couloir ; elle s'arrêta devant l'appareil pour reprendre son souffle.

— Allô, dit-elle en maîtrisant sa voix.

Mais ce n'était que son rédacteur en chef.

— Écoutez, dit-il d'un ton bref, il semble qu'une bande de types se soient déshabillés pendant un match de football à Dalymount. La police en a arrêté sept et les a emmenés au poste.

— Mais j'étais en plein dans mon papier sur Margo Bryan, plaida-t-elle, peu décidée à sortir de chez elle.

— Ça peut attendre.

— C'est pour la rubrique des spectacles, ils le veulent pour demain, et vous m'avez déjà mise de garde au desk, ce soir.

C'était exceptionnel, le journal manquant de personnel.

— Ah oui, c'est vrai, dit le rédacteur. Désolé, j'avais oublié.

Il raccrocha, et Una poussa un soupir de soulagement. Elle rentra chez elle en refermant la porte derrière elle et rebrancha la bouilloire. Le déshabillage en public, se dit-elle en préparant son café, était décidément la grande mode cette année. Une bande d'adolescents nus avec des rêves de grandeur. Vu l'état où la mettait l'attente du coup de fil de Conor, elle se demanda si elle aurait vraiment été objective...

Elle posa son café sur la petite table qui lui tenait lieu de bureau et tira sa machine à elle. Puis elle attrapa son magnétophone et entreprit de décrypter la bande, arrêtant et faisant repartir la douce voix de Margo Bryan. C'était curieux de voir comment des actrices capables de se faire entendre à l'autre bout d'un théâtre pouvaient parler d'une si petite voix dans les conversations intimes.

Au bout de quelques minutes, Una se leva et alla rouvrir sa porte.

Conor n'avait pas menti en disant à Molly qu'il avait les soirées en horreur. Il se tapit dans un coin de la petite maison à un étage où avait lieu la fête, dégoûté par le bruit, la futilité des bavardages, la fumée, et l'horrible truc amer qu'on lui avait mis dans la main en arrivant. Il détestait ce frisson d'excitation sexuelle qui mettait de l'électricité dans l'air. Il avait déjà eu trois fois la même conversation avec trois femmes différentes, qui avaient vérifié tour à tour son degré d'intérêt et de disponibilité. Le fait de devoir surveiller ses paroles et de prétendre qu'il n'était rien de plus pour Molly qu'un vieil ami irlandais ajoutait à son malaise.

— Oh, bonjour, vous vous appelez comment?

C'était encore une de ces filles blondes et minces qui peuplaient la soirée.

— Sean Molloy.

— C'est un accent irlandais que j'entends là? reprit-elle en levant un sourcil.

— Oui! Excusez-moi!

Conor s'éloigna en direction de l'entrée. Frôlant un couple enlacé au pied de l'escalier, il alla se réfugier aux toilettes, au premier étage. Il savait qu'il s'était montré grossier, et espéra que cette femme n'était pas importante pour Molly.

Grâce au ciel, la salle de bains était vide. Il verrouilla la porte derrière lui et s'assit sur le bord d'une baignoire verte, munie de robinets dorés. Il resta là un bon moment, avant de percevoir de timides coups à la porte.

— Oui? dit-il.

— Pardon, dit une voix féminine, mais vous en avez encore pour longtemps? C'est la seule salle de bains de la maison!

— J'en ai pour une seconde!

Il tira la chasse d'eau et fit couler de l'eau avant d'ouvrir la porte en s'excusant. Puis il jeta un regard vers le rez-de-chaussée, où la porte d'entrée était grande ouverte, en se demandant s'il aurait le courage de dévaler les escaliers et de se ruer dehors sans demander son reste. Mais il se ravisa : Molly en serait très blessée. Il se mit à sa recherche.

Sa haute taille avait cet avantage qu'il la repéra aussitôt ; debout, un verre à la main, elle écoutait un homme qui gesticulait en lui tenant un grand discours. L'homme avait dix bons centimètres de moins qu'elle, et elle devait pencher la tête vers lui pour l'entendre par-dessus le brouhaha.

Conor se força un passage jusqu'à elle. En le voyant s'approcher, elle sourit, murmura une excuse à son compagnon et s'empressa de le rejoindre. Elle le conduisit à la cuisine, mais ils durent battre en retraite devant la foule qui l'occupait. L'hôtesse, une petite femme vêtue comme un oiseau bariolé, leva la tête et aperçut Molly sur le seuil.

— Bonjour, bonjour ! cria-t-elle. C'est la ruée, hein ? Je ne savais même pas que tu étais là. Tu connais tout le monde ?

Puis elle vit Conor.

Elle s'essuya les mains sur un torchon et se fraya un chemin jusqu'à la porte.

— Qui est-ce, Margo ? souffla-t-elle, semblant rapetisser encore quand elle dut lever la tête pour regarder Conor.

— Jenny, voici Sean Molloy, un de mes amis d'Inisheer. J'espère que ça ne t'ennuie pas que je l'aie amené...

— Si ça m'ennuie ? s'exclama l'oiseau bariolé. Il est à toi ?

Conor en avait assez.

— Enchanté, dit-il aussi courtoisement qu'il le put. Molly, il faut vraiment que j'y aille, maintenant. Je t'appellerai au théâtre.

En voyant son air éperdu, il regretta ses paroles.

— Laisse-moi t'accompagner à la porte, dit-elle.

— D'accord. (Puis, se tournant vers l'oiseau bariolé :) au revoir, mademoiselle...

Il avait déjà oublié son nom.

Ils se glissèrent jusqu'à la porte et firent quelques pas dehors.

— Tu es sûr que tu veux partir ? C'était si terrible que ça ?

— Franchement horrible.

— Attends-moi, je t'accompagne.

— Non, reste. Tu es avec tes amis.

Elle parut hésiter à nouveau, mais il l'embrassa fermement sur la joue.

— Salut !

— Tu m'appelles quand ? cria-t-elle.

— Demain.

— Promis ?

— Juré !

Il respira à pleins poumons. Ils étaient venus en taxi et il ne savait pas très bien où il était. En regardant autour de lui, il vit qu'il se trouvait dans un quartier de cottages identiques et de cages à lapins. Il avisa un pub à l'angle, qui se révéla à moitié vide, commanda une pinte d'ale et s'assit au calme dans un coin. En fouillant dans sa poche pour trouver de la monnaie, il en tira le bout de papier que lui avait donné Molly, portant le téléphone d'Una O'Connor.

Il en fit une petite boulette qu'il déposa dans le cendrier posé devant lui.

— Tu n'as pas froid, ma chérie ?

A l'arrière de la décapotable, Malcolm Smith se pencha et arrangea la couverture autour des genoux de Cordelia. C'était une belle soirée et ils s'en allaient à l'Opéra de Chicago.

Le chauffeur conduisait fièrement la Lincoln, conscient du regard des piétons et des infortunés propriétaires de voitures bas de gamme. Les chromes étincelaient, et la garniture de cuir blanc des sièges luisait doucement. Les obligations sociales de Malcolm étaient réduites désormais, et ses rendez-vous d'affaires se faisaient plus rares. Cordelia et lui s'étaient installés dans une douce routine à deux. Ils sortaient rarement, mais Malcolm faisait en sorte que chacune de ces soirées fût une fête pour Cordelia.

Ils avaient formé un beau couple, songeait-il en la regardant. Il appréciait son indulgence pour ses excentricités, comme son goût pour les petits déjeuners solitaires — une habitude qu'il conservait bien qu'il eût cessé d'aller au bureau tous les jours. Friand de sucreries, il se délectait d'une certaine sorte de nougat qu'on ne trouvait que dans une épicerie fine située dans Rogers Park ; Cordelia veillait à ce que le chauffeur aille tous les samedis matin en refaire provision. Malcolm eut un soupir de contentement. Il aimait l'ordre de leurs journées et la douceur de leurs nuits.

Elle portait ce soir le cadeau qu'il lui avait offert pour son dernier anniversaire, un collier de perles qui brillait d'un doux éclat sur sa peau encore fraîche, malgré son âge. Avec sa longue jupe crème, son chemisier de soie assorti et son châle de mohair brun, Malcolm la trouvait aussi jolie que le jour de leur rencontre, cinquante ans plus tôt.

Tandis que le chauffeur se frayait souplement un chemin dans la circulation, Cordelia sentit son regard sur elle. Elle tendit la main et lui toucha légèrement le bras.

— Tu es très distingué, ce soir, Malcolm.

— C'est ce que tu dis toujours, ma chère.

Pour lui plaire, il avait enfilé un smoking, une tenue qu'il détestait, même si Cordelia ne cessait de lui répéter que tous les hommes étaient merveilleux en smoking.

Il appréciait tout particulièrement ce moment de la soirée à Chicago, surtout à cette saison, avant que l'été ait vidé les rues. La ville semblait alors passer du travail au plaisir, les taxis déposaient çà et là des gens en habit de soirée sous la lueur des réverbères qui commençaient à lutter contre le crépuscule tombant sur le lac. Devant eux, Hancok Center se dressait au-dessus de la ville, tel un minotaure moderne brandissant vers le ciel les cornes jumelles de ses antennes.

Ils se mêlèrent à la circulation le long de Michigan Avenue, traversèrent la paresseuse Chicago River gardée de chaque côté par les deux immeubles jumeaux du Wrigley et du Sun Times-Daily News. L'immeuble du *Sentinel* se trouvait un peu plus loin sur le fleuve. Malcolm sentit son humeur s'assombrir. L'échec de sa relation avec son petit-fils Christian restait son plus grand regret.

L'agressivité de son petit-fils à son égard s'était quelque peu atténuée avec le temps, mais ils ne pouvaient toujours pas rester longtemps dans la même pièce sans se disputer. Malcolm avait beau s'adjurer au calme, il en arrivait toujours à critiquer les tenues de Christian, ses dépenses, son mode de vie et sa négligence envers Jo-Ann, sa femme. Dès le départ, Malcolm avait su que le mariage de Christian serait un désastre, et d'avoir eu raison ne le consolait en rien. Il avait dû, d'ailleurs, veiller à ce que Jo-Ann ne soit pas lésée lors du divorce. Christian était bien trop négligent pour s'en occuper. Quand Malcolm avait compris que Christian avait pratiquement tous les torts, son sens du fair-play s'était révolté devant l'indifférence de son petit-fils au sort de son ex-femme, et il était intervenu pour l'obliger à verser à Jo-Ann une pension décente, pour laquelle il avait dû se porter garant.

Cependant, il était très fier de sa réussite dans le journalisme, surtout depuis qu'on lui avait attribué le service étranger, six ans plus tôt. Christian et Dick formaient une belle équipe, et à eux deux ils étaient devenus une sorte de conscience errante, toujours soucieux de sensibiliser l'opinion sur les atrocités en Amérique centrale, l'apartheid en Afrique du Sud, la pauvreté en Asie et l'injustice partout dans le monde. Ses articles étaient souvent discutés au club de Malcolm, pas toujours favorablement, parce que Christian parlait de choses que les amis de Malcolm auraient préféré garder sous le boisseau. Mais personne ne discutait le talent de Christian en tant que journaliste, et Malcolm se rengorgeait en entendant les éloges.

Mais son admiration pour ses prouesses professionnelles était mitigée par une crainte plus profonde : il lui semblait qu'au retour de ses longs périples Christian forçait de plus en plus souvent sur la bouteille. Et dernièrement, il avait dû payer la caution pour une inculpation de conduite en état d'ivresse.

— A quoi penses-tu, Malcolm? demanda Cordelia en lui touchant le bras. Tu as l'air triste.

Ils étaient presque arrivés à l'Opéra.

— Oh, à rien de précis, ma chérie. La routine...

Elle hocha la tête avec compréhension.

— Ne te fais pas de souci. Pense simplement à notre soirée. Haut les cœurs!

Ils sortirent de la voiture et se joignirent à la foule qui bavardait sous les lustres du grand hall. Malcolm avisa deux connaissances du club qui montaient le grand escalier.

— Bonsoir, Sam! Salut, Dave!

Les deux hommes se retournèrent et redescendirent quelques marches pour serrer la main de Malcolm, tandis que leurs femmes au bronzage artificiel et clinquantes de bijoux balayaient de leurs faux cils la joue de Cordelia en articulant un « bonsoir » identique. Cordelia resta sereine.

7

L'alcoolisme de Christian avait commencé à affecter gravement son travail.

Au début de janvier 1974, Dick et lui se trouvaient dans l'immense hall carrelé du *Hilton* d'Addis-Abeba. Ils étaient enfoncés dans un divan à côté du bar et la patience de Dick allait en s'amenuisant. Pour le troisième soir consécutif, Christian était ivre, et il n'allait pas tarder à devenir agressif, ce que Dick cherchait à éviter à tout prix. Si cela n'avait pas été si pénible, la façon dont la personnalité de son ami se transformait sous l'emprise de l'alcool aurait été pour lui une constante source d'étonnement.

— Allons, Christian, finit-il par dire, il est temps d'aller se coucher.

— Mais on n-n'a p-pas encore discuté de ce qu'on allait f-faire avec cet article.

— Nous en discuterons demain matin.

— N-nan, tout de suite!

Dick soupira et dit du ton le plus léger qu'il put :

— Christian, nous sommes ici depuis trois jours et tu n'as pas manifesté le moindre intérêt pour ce qui s'y passe.

Il n'en fallait pas plus à Christian.

— Qu'ess-tu veux dire, connard? gronda-t-il. De quoi? Cet art-ticle est t-très important. Il faut qu'on y réfléchisse sérieusement.

— Oui, oui! Mais je t'en prie...

En lui-même, Dick commençait à douter sérieusement qu'ils arrivent à tirer un article quelconque de ce voyage. Le ton montait progressivement dans les télex qui leur parvenaient plusieurs fois par jour du desk de Chicago, et auxquels Christian refusait systématiquement de répondre :

— Raconte-leur ce que tu veux, Dick. Dis-leur que je les contacterai moi-même quand mon papier sera prêt.

Depuis leur arrivée à Addis-Abeba, Christian s'était enfoncé dans un état de telle lassitude, entretenu par des flots d'alcool, qu'il semblait incapable de prendre la moindre décision. Le devant de la saharienne qu'il avait achetée à la boutique de l'hôtel le soir de leur arrivée était à présent tout taché, et son épaisse chevelure blonde était complètement ébouriffée.

Dick craignait que Christian ait totalement perdu courage. Ils étaient venus pour couvrir la famine qui, disait-on, menaçait tout le nord du pays, mais ils n'étaient pas encore sortis une seule fois de la ville. Tout en continuant d'expédier des télex disant que Christian souffrait de dysenterie, Dick envisageait de plus en plus sérieusement de partir seul et d'envoyer des images agrémentées de légendes prolixes.

Il savait par expérience qu'il était inutile de bousculer son collègue. Comme toujours, il attendrait simplement que Christian sorte lui-même de sa soûlerie. Ils avaient de la chance sur un point — le journal n'avait pas encore réussi à les joindre par téléphone ; mais ce n'était qu'une question de temps. Il se leva.

— Christian, je vais me coucher, avec ou sans toi.

Christian avait reporté son attention sur une énorme corbeille de fruits posée juste à l'entrée du restaurant de l'hôtel, à l'autre bout du hall.

— Regarde-moi ça ! Non, mais qu-quelle vu-vulgarité !

Il voulut se lever, mais il trébucha et Dick dut le soutenir pour l'empêcher de tomber.

— Christian, tu veux bien aller te coucher ?

— Me coucher ? Moi, me coucher ?

Christian n'aurait pas été plus stupéfait si son ami lui avait proposé d'aller sur la lune. Il retomba lourdement sur le divan, l'œil perdu dans le vague.

— Comment est-ce poss... dit-il dans un hoquet. Co-comment p-pourrais-je aller me coucher ?

— Pourquoi pas, Christian ?

— P-pourquoi pas quoi ?

Dick eut un soupir d'exaspération.

— Pourquoi ne pas aller te coucher ?

— Mais p-parce que je n'en ai pas envie !

Le beau visage de Christian prit une expression renfrognée et têtue.

— Très bien, alors à demain.

— Une minute, Dick...

— Quoi, encore?

Christian fixait à nouveau la corbeille de fruits.

— Tu ne trouves p-pas ça vulgaire, Dick?

— Si, tout à fait.

— Oh, alors toi aussi, t-tu t-trouves ça vulgaire, hein?

— Oui.

— Très bien, alors!

— Très bien quoi?

— Tu t-trouves vraiment que c'est vulgaire?

— Combien de fois faudra-t-il te le répéter?

— Alors, ça va bien!

Christian se rassit, satisfait. Même quand il était parfaitement sobre, il avait une façon de sauter du coq à l'âne qui déconcertait souvent ses amis. Dick en avait assez.

— A demain, lança-t-il en se dirigeant vers les ascenseurs.

Christian le suivit du regard et haussa les épaules. Puis il ferma les yeux et s'endormit. Alerté par un barman moqueur, le concierge de nuit le réveilla une demi-heure plus tard et l'escorta jusqu'à sa chambre.

Quand Dick descendit pour le petit déjeuner le lendemain matin, il trouva Christian au restaurant, installé devant un Bloody Mary. Tandis que la *muzak* susurrait une version pour cordes du *Yesterday* des Beatles, il jouait avec un sandwich-club au bacon où était planté un stick à apéritif surmonté d'un minuscule drapeau américain en papier. Il avait les yeux cernés et injectés de sang, et son menton était couvert d'un duvet blond.

Au moins, pensa Dick, il n'était pas encore ivre.

— Christian, tu as une tête épouvantable, dit-il en s'asseyant.

— Ne remue pas le couteau dans la plaie.

Dick constata qu'il n'avait même pas touché à son Bloody Mary.

— Il faut que tu manges, dit-il. Ça ira mieux après.

— Je n'ai pas faim.

— Il faut que tu manges, répéta-t-il en lui tendant sa propre assiette, des œufs brouillés au bacon. Écoute, Christian, on ne peut pas les faire lanterner plus longtemps.

Il sortit de sa poche le dernier télex de Chicago et le posa entre eux sur la table.

— Ils veulent savoir quand ils peuvent attendre un papier, et avoir une idée de ce qu'il contient, et de sa longueur.

Christian évitait son regard.

— Christian, tu m'écoutes?

— Je sais, c'est moi qui ai tout fichu en l'air.

— Ah non, ne prends pas cet air de chien battu, maintenant. La question, c'est de savoir ce qu'on va faire.

Christian haussa les épaules en baissant la tête, et Dick se renfonça dans son siège, découragé mais trop attaché à son ami pour se mettre en colère. Il avait l'impression de l'avoir protégé toute sa vie.

— Arrêtons de nous lamenter sur le temps perdu et partons. On ne peut pas continuer à dépenser l'argent du journal à traîner ici. Et de toute façon, ton foie a besoin d'un peu de repos.

— Qu'est-ce qu'on va leur dire?

— On va trouver quelque chose, assura Dick. Reste ici, ne bouge pas d'un poil, je vais aller me renseigner sur les vols à la réception.

— Oui, Dick, dit humblement Christian.

Sa contrition était totale. Dick lui tapa sur l'épaule avec une exaspération affectueuse et se dirigea vers la réception. Ils avaient de la chance. Un vol Alitalia partait le soir même pour Rome et, à défaut d'une correspondance directe pour Chicago, ils pourraient y prendre un avion pour l'Angleterre qui les amènerait à Londres tôt le matin. De là, ils auraient des centaines de vols pour les États-Unis.

Quand il revint, Christian n'avait toujours pas touché à son sandwich.

— Prends-en au moins une bouchée! ordonna Dick. Il faut qu'on soit à l'aéroport à six heures et demie. Il n'y a pas de place, mais apparemment il n'y en a jamais quand on s'y prend aussi tard. On est en liste d'attente.

Christian se cramponnait aux bords de la table, craignant d'être malade.

— Allez, dit Dick en poussant le sandwich sous son nez.

— Impossible...

— Très bien. Je leur ai dit de nous préparer la note, mais on va voir si on peut garder la chambre encore quelques heures. Et toi, mon vieux, tu vas aller piquer un somme et prendre une douche.

— D'accord, répondit Christian, docile. Quelle heure est-il?

— Dix heures et demie.

Christian ferma les yeux.

— Oh, bon sang, Dick, je me sens horriblement mal!

— Tu as encore plus mauvaise mine, crois-moi. Et maintenant, si tu montais dans ta chambre? Je t'appellerai à quatre heures et demie. Je monte avec toi et tu vas me donner la clé, ce qui m'évitera de devoir enfoncer la porte pour te réveiller!

Christian se leva sans discuter. Vacillant sur ses grandes jambes, il ressemblait à un arbre malade et fragile. Dick le regarda avec compassion. On pouvait facilement se mettre en colère contre lui, mais il était impossible de le rester longtemps. Il se sentait comme une mère poule.

Ce soir-là, ils arrivèrent très en avance à l'aéroport, mais il semblait que toute l'Éthiopie ait eu la même idée. Quand ils passèrent l'impressionnant déploiement de forces de sécurité, ce fut Christian qui, aidé par sa taille et sa carrure, prit les choses en main. Dick s'émerveilla une fois encore du pouvoir de récupération de son ami. Christian portait une saharienne neuve, il s'était rasé et douché et, à part un réseau de petites lignes rouges dans le blanc de ses yeux, il ressemblait à un champion de tennis. Il pouvait à l'occasion prendre un ton arrogant et autoritaire, et Dick le regarda avec admiration tandis qu'il fendait la foule bruyante, faisant taire d'un geste impérieux les protestations d'une femme en uniforme munie d'un talkie-walkie.

Ils furent appelés les premiers mais durent voyager en classe économique. C'était peu confortable, surtout pour Christian qui avait du mal à caser ses longues jambes, mais peu après le décollage il s'endormit. Sa tête s'inclinait doucement vers Dick, et finit par tomber sur son épaule. Dick se tourna avec précaution pour regarder son ami. Il ne voyait que la courbe de sa joue et cette absurde mèche rebelle au sommet de son crâne.

Il tombait des cordes quand ils atterrirent à Londres. La pluie fouettait horizontalement les hublots tandis que le jumbo jet touchait le sol à Heathrow et faisait gronder ses freins sur la piste. Bien avant l'arrêt de l'appareil, les passagers avaient détaché leurs ceintures et cherchaient déjà leurs bagages, malgré les protestations du personnel naviguant.

Ils étaient si épuisés à leur arrivée à Rome qu'ils n'avaient pas voulu continuer directement sur Chicago, et s'étaient résolus à passer une nuit à Londres. Ils firent la queue à la douane, puis à nouveau dans le hall des arrivées pour réserver un hôtel. Le seul qui eût des chambres encore libres était un petit hôtel dans Belgrave Square. Ils firent encore la queue pour trouver un taxi, et ne tardèrent pas être complètement trempés. Ils frissonnaient tous les deux dans leurs sahariennes, particulièrement mal adaptées au climat de Londres, surtout par une journée pareille.

— Tu te rappelles quand on trouvait très chic de partir en mission à l'étranger ? demanda Christian, saisissant soudain le côté burlesque de la situation.

Mais Dick était trop épuisé pour répondre sur le même ton.

Ils parvinrent à l'hôtel peu après midi et convinrent de se retrouver à quatre heures dans le hall.

Après avoir dormi et pris une douche, ils se sentirent affamés et prirent un taxi pour Piccadilly. Christian était anxieux de faire amende honorable auprès de Dick pour tous les soins que celui-ci lui avait prodigués au cours des derniers jours. Il n'osa pas aborder le sujet du *Sentinel* — qui grâce au ciel ignorait encore qu'ils avaient quitté l'Éthiopie et qu'ils traînaient à Londres sans le moindre bout d'article.

Le taxi les laissa dans le flot de circulation autour de Piccadilly. Les yeux de Christian s'allumèrent à la vue d'un fast-food qui servait des hamburgers, mais Dick leva la main d'un air résolu.

— Rien à faire. Pas question d'aller là-dedans.

Là-dessus, il tourna les talons et se dirigea vers Shaftesbury Avenue. Christian soupira. Quand il avait faim, il ne se souciait pas de ce qu'il mangeait, pourvu que ce soit familier, comestible et immédiatement disponible.

Ils finirent par se mettre d'accord sur un steak-house d'apparence respectable et commandèrent chacun un steak et une part de poulet, accompagnés de montagnes de frites et d'une salade.

— Il n'y a toujours pas moyen d'obtenir un steak saignant dans ce pays, grogna Christian en voyant arriver la commande.

Il planta rageusement son couteau dans sa viande qui, effectivement, laissait voir une mince ligne rosée en son milieu.

— Combien de fois devrai-je te répéter de ne *pas* commander de steak à l'est de New York...

— Eh bien, pense à me le rappeler la prochaine fois.

— Je te l'ai rappelé juste avant que tu passes ta commande.

— Oui, mais ça fait trois ans qu'on n'est pas venus ici.

Comment pouvais-je savoir que les choses ne s'étaient pas arrangées ? Et toi, d'ailleurs, comment tu le savais ?

— Christian, c'est une discussion idiote. Tais-toi et mange.

— A t'entendre, on pourrait croire qu'on est mariés !

— Eh bien, on l'est, dans un sens ! On vit plus ou moins ensemble, non ?

Christian se mit à rire et Dick l'imita.

Ils n'avaient toujours pas parlé du journal. La question pesait lourd sur le cœur de Christian, mais, avec son art de toujours repousser les problèmes, il restait capable de penser à autre chose.

Ils se dirigèrent ensuite vers Leicester Square. Il était cinq heures et demie du soir, et les rues étaient remplies d'employés qui se hâtaient vers leur train, bousculant les touristes qui semblaient vaguement perdus.

Ils passèrent devant une agence de spectacles et s'arrêtèrent pour contempler la vitrine.

— Si on allait voir quelque chose, ce soir ? proposa Dick.

Christian hésita, consulta sa montre. Il était six heures moins le quart. Le théâtre n'était pas sa passion, mais tant qu'à être à Londres… Laurence Olivier, le West End, tout ça… Et puis, il se sentait en forme.

— Qu'est-ce qu'ils donnent ?

— Allons voir.

Ils entrèrent et feuilletèrent les brochures sur le comptoir.

South Pacific (« Une réussite ! » d'après l'*Evening Standard*) jouait à Drury Lane. Christian était tenté par *South Pacific*. Cela lui rappellerait des souvenirs ; il avait interprété le rôle d'un soldat quand ils avaient monté la pièce au collège.

— Au moins, je connais les airs.

Mais *South Pacific* était complet, à part quelques places isolées en matinée.

— Vous pouvez essayer d'aller faire la queue directement à l'entrée, monsieur, dit l'employé. Il y a parfois des désistements de dernière minute.

— Non, dit Christian. Mais merci quand même.

— Et ça ? demanda Dick en lui tendant une brochure sur la pièce du Wyndham Theatre.

— C'est quoi ?

— Une reprise d'une pièce de Noël Coward, *Blithe Spirit*…

— De quoi ça parle ?

— Je ne sais pas, mais je connais Noël Coward. Et puis, ça joue depuis des mois, il faut croire que ce n'est pas mauvais. Tant qu'à être en Angleterre, autant aller voir une pièce... « authentiquement anglaise », comme ils disent.

— C'est barbant?

— Non, pas si c'est de Noël Coward.

— Il reste des places? demanda Christian à l'employé.

— On vient justement de nous annuler cinq places, monsieur.

— O.K., dit Christian en haussant les épaules. Allons-y pour Coward.

Ils arrivèrent cinq minutes avant le lever de rideau. Le vieux théâtre, avec ses sièges de velours et ses dorures, exhalait une odeur de poussière ancienne, et le public parlait à voix basse, comme en présence d'un vieillard. Les lumières tamisées accentuaient l'impression d'être loin du monde extérieur, et Christian, dont l'expérience du théâtre se limitait aux spectacles du collège, sentit d'instinct qu'il devait marcher sur la pointe des pieds.

Leurs sièges étaient étroits et inconfortables, et comme toujours il eut du mal à caser ses longues jambes dans cet étroit espace.

— Authentiquement anglaise, hein? grogna-t-il. Promets-moi que si c'est nul on s'en va à l'entracte, d'accord?

Puis il avisa les petites jumelles de théâtre dans leur gaine sur le dossier du siège de la rangée précédente.

— Hé, regarde-moi ça!

Christian s'empressa de glisser dans la fente la pièce de dix pence nécessaire pour sortir les jumelles, mais dès qu'il les eut en main, il fut déçu. De quelque façon qu'il tournât le petit objectif, il n'arrivait jamais à faire le point.

— Laisse tomber, Christian. Tu verras beaucoup mieux quand la scène sera éclairée.

Les lumières baissèrent et le rideau se leva.

Au bout d'une demi-heure, Christian ne pensait plus à quitter le théâtre à l'entracte. Il ne pouvait détacher son regard de l'actrice qui jouait Elvira. Bien que l'image dans les jumelles fût trouble et déformée, il était fasciné par son port de tête, le jeu des lumières sur ses hautes pommettes, sa démarche flottante d'apparition. Il entendit à peine ce qu'elle disait et ne se soucia pas de savoir quel rôle elle tenait dans la pièce. Il baissait ses jumelles chaque fois qu'elle sortait de scène et les reprenait chaque fois qu'elle rentrait. C'était la plus belle femme qu'il avait jamais vue.

A l'entracte, Christian était surexcité. Pendant que Dick tentait de leur commander à boire dans la foule qui se pressait au bar, il parcourut la notice biographique de l'actrice sur le programme.

— Hé, c'est une Irlandaise ! lança-t-il à Dick quand celui-ci revint en rapportant deux verres contenant à peine une cuiller à café de whisky.

— Qui ?

— Cette actrice, Margo Bryan, celle qui joue le fantôme...

— Et alors ?

— Tu ne la trouves pas splendide ?

— Je la trouve très bonne. Mais je n'aurais pas cru qu'elle était irlandaise.

— Moi non plus. Mais enfin, tu ne trouves pas qu'elle a vraiment quelque chose ?

— Christian, par moments je ne peux pas croire que tu as le même âge que moi. Tu es incorrigible !

— Ouais, tu peux le dire ! fit Christian avec un large sourire. Son visage me dit quelque chose... elle ne te rappelle pas quelqu'un ? demanda-t-il d'un ton pressant.

— A présent que tu le dis, elle me fait un peu penser à Jo-Ann...

— Quoi ? Cette garce ! (Puis, voyant l'expression de Dick.) Excuse-moi, vieux, je sais que tu n'aimes pas que je l'appelle comme ça.

Dick ne répondit pas.

— Mais enfin, sérieux, cette fille a vraiment de la classe.

Il parcourut de nouveau la notice biographique.

— On ne dit pas si elle est mariée...

— On le dit rarement, fit remarquer Dick d'un ton sec.

— Je vais aller la voir dans les coulisses après le spectacle.

— Et tu envisages de passer comment ?

Christian sortit sa carte de presse de son portefeuille et l'agita joyeusement sous le nez de Dick.

— Ces trucs-là ont leur utilité, de temps en temps.

— Tu crois qu'elle reçoit systématiquement la presse ?

— Elle pourrait peut-être recevoir le correspondant à l'étranger du prestigieux *Chicago Sentinel*, surtout si je lui annonce qu'elle vient tout juste de recevoir le prestigieux prix de l'Actrice étrangère de l'année, attribué par la non moins prestigieuse Association des critiques de presse de l'Illinois.

— La quoi ?

— Tu m'as bien compris.

— Et je suis censé faire quoi, pendant ce temps ?

— Tu dois me soutenir, bien sûr. Tu es le photographe qui va mitrailler l'Actrice étrangère de l'année pendant que je l'interviewerai.

— Tu ne crois pas qu'elle va se douter de quelque chose en voyant que je n'ai pas d'appareil ?

— Dick, voyons ! (Christian recula d'un pas, l'air faussement horrifié.) Tu sais bien comment nous travaillons quand il s'agit de la prestigieuse Association des critiques de presse.

D'un geste preste, il fit voler un avion imaginaire.

— D'abord, une petite mission de reconnaissance pour sonder le terrain. Ce soir, nous venons nous présenter. Demain, on fera l'interview. Enfin, je fais l'interview, tu photographies. Quelques photos, c'est tout.

— Et ce ne serait pas plus simple de lui demander de nous accorder une interview ? En général, les actrices aiment bien voir leur nom dans les journaux.

Mais Dick savait qu'il perdait son temps. Pour Christian, cette approche compliquée faisait partie du jeu.

Déjà la sonnerie retentissait, annonçant la reprise du spectacle. Dick avala la dernière goutte de son scotch.

— Et quand j'aurai pris mes quelques photos, je vous laisse, c'est ça ?

Christian, toujours souriant, entoura ses épaules de son bras.

— C'est tout à fait ça, mon pote...

Après le spectacle, ils se frayèrent un passage en direction de l'entrée des artistes. Ils durent passer par l'allée sur le côté du théâtre luttant contre le flot des buveurs du pub d'en face.

Ils se retrouvèrent dans un petit hall fort peu accueillant, bien qu'un radiateur électrique y maintînt une chaleur de four. Il y avait un téléphone public et un panneau d'affichage couvert d'annonces professionnelles et de tracts invitant à sauver les baleines, mais aucun siège.

— Puis-je vous aider, monsieur ?

Au moins, le portier était poli.

— Oui, dit Christian avec son plus charmant sourire. Je suis sûr que vous le pouvez. Je suis le correspondant étranger du

Chicago Sentinel, qui se trouve à Chicago, aux États-Unis, évidemment, et voici mon photographe, Dick Spielberg. (Il lui tendit sa carte de presse.) Nous sommes en mission à Londres et nous venons tout juste d'apprendre que votre actrice, Margo Bryan, vient de se voir décerner un prix important en Amérique. Mon journal m'a demandé de l'interviewer.

— Je ne suis pas du tout au courant, dit le portier. (Mais sa voix n'exprimait aucun soupçon.) Vous avez rendez-vous ?

— Non, malheureusement, répondit Christian d'un ton d'excuse. J'ai reçu l'appel du journal à sept heures, ce soir, et je savais qu'il était inutile d'appeler Mlle Bryan juste avant le spectacle.

— Attendez une seconde, je vais l'appeler.

Le portier saisit le téléphone.

— Mlle Bryan est-elle disponible ? demanda-t-il. (Puis, au bout de quelques instants :) Mademoiselle Bryan, il y a ici deux messieurs d'un journal américain. Ils disent qu'ils veulent vous interviewer au sujet du prix...

Il écouta et posa sa main sur le micro :

— Quel prix ? demanda-t-il à Christian.

— L'Actrice Étrangère de l'année, dit-il d'un ton détaché.

Dick étudiait attentivement le panneau d'affichage qui annonçait une manifestation antivivisection pour le lendemain.

— Il dit que c'est pour l'Actrice Étrangère de l'année, mademoiselle Bryan...

Le portier écouta à nouveau, puis, reposant le récepteur, leur dit qu'ils pouvaient monter jusqu'à sa loge.

— Elle n'est pas au courant non plus, précisa-t-il avec un petit rire.

La loge se trouvait en haut d'un petit escalier et au fond d'un couloir brillamment éclairé, après une série de portes d'où montaient des bruits de bavardage et d'eau courante. On percevait des relents de sueur, de cosmétiques et de poussière, et une lourde odeur que Christian reconnut, depuis ses jours de gloire comme soldat dans *South Pacific*, comme celle du fond de teint de théâtre.

Il frappa à la porte de Margo Bryan.

— Je me demande comment on va se sortir de tout ça, lui souffla Dick.

Mais avant que Christian ait pu répondre, la porte leur fut ouverte par une femme ronde, portant des lunettes, qui les pria d'entrer.

Il y avait là un homme, grand et brun, mais Christian le remarqua à peine : Margo Bryan émergeait à ce moment de la salle de bains, les joues un peu irritées par le maquillage, ses cheveux tombant sur ses épaules. Elle portait un peignoir blanc en éponge.

— Bonjour ! dit-elle.

Le cœur de Christian fit un bond. Il se présenta et présenta Dick.

— Enchantée, dit Molly. (Puis, désignant l'autre homme :) Voici un de mes amis d'Irlande, Sean Molloy.

Conor serra la main des deux nouveaux venus. Christian le jaugea d'un œil critique. Un concurrent ? Mais le visage de Conor était serein.

Molly les pria de prendre un siège.

— Je suis ravie de vous rencontrer, et je vous remercie de l'intérêt que vous me portez, dit-elle, mais qu'est-ce que c'est que ce prix ? Alfred vient de me dire...

Elle avait une voix bien plus douce que sur scène, et elle parlait avec un léger accent.

— Voyez-vous, mademoiselle Bryan... commença Dick.

Mais Christian l'interrompit.

— Nous sommes vraiment désolés de cette intrusion, mais on vient tout juste de nous mettre au courant nous-mêmes. Vous en saurez sans doute davantage ce soir ou demain.

— C'est le premier prix que j'aie jamais reçu ! dit Molly, toute rose de plaisir. Ce n'est pas merveilleux, Sean ?

Christian remarqua qu'elle avait hésité en s'adressant à lui.

— Vous êtes aussi dans le théâtre, monsieur Molloy ?

— Non.

L'homme ne donna pas d'autres précisions, mais Christian n'en fut pas surpris. Les Américains vous déballaient leur pedigree et leur salaire au bout de cinq minutes, mais les autres nations avaient des règles différentes en matière de sociabilité.

— Voulez-vous boire quelque chose ? demanda Molly.

— Non, merci, dit Dick.

— Oui, volontiers, fit Christian d'une même voix.

Elle les regarda d'un air incertain.

— Mon photographe est un peu long à la détente...

Dick pinça les lèvres.

Elle sortit deux bières de son petit réfrigérateur.

— Et pour toi, Sean ?

— Une bière aussi.

Quand ils furent assis, les trois hommes serrés sur le petit divan, elle reprit ses questions à propos du prix.

— Pour tout vous dire, mademoiselle Bryan, commença Christian de son air le plus charmeur, j'en sais à peine plus que vous. Je sais, bien sûr, qu'il s'agit d'un prix prestigieux et qu'il est attribué par l'Association des critiques de l'Illinois.

— Par qui ? demanda-t-elle, perplexe.

— L'Association des critiques de presse de l'Illinois.

— Cela concerne seulement la presse ?

— Oh, non, la télévision aussi — et les radios, improvisa-t-il.

— Alors, pourquoi est-ce l'Association des critiques de presse ?

C'était Conor. Sans tourner la tête, il avait adressé sa question à Christian dans le miroir en face d'eux.

— J'ai dit ça, moi ? Je voulais dire bien sûr l'Association des critiques de l'Illinois, dit Christian.

Molly avait l'air songeuse.

— Je vous en prie, ne le prenez pas mal, je suis très flattée, mais enfin, ils m'ont vue où, ces critiques ? Je ne suis jamais allée en Amérique.

— Comment le savoir ? dit Christian en haussant les épaules. Je ne suis pas très calé en théâtre, pas plus que mon photographe ici présent (Dick se renfrogna, mais Christian l'ignora) et bien que je connaisse ce prix, bien sûr, c'est la première fois que je dois interviewer l'actrice qui l'a reçu. Mais bien sûr, j'aurai tous les détails avant de revenir pour l'interview.

Il fit une pause et Conor intervint.

— Qui a obtenu le prix de l'Acteur étranger de l'année ?

Christian lui lança un coup d'œil dans le miroir, mais l'Irlandais étudiait son verre. Comme le néophyte qu'il était en matière de théâtre, il leva les mains et haussa les épaules en signe d'ignorance.

L'habilleuse, qui avait rangé la loge sans bruit, leur dit un au revoir discret et s'en alla.

— Et que va-t-il se passer ? reprit Molly quand la porte se fut refermée derrière elle. Devrai-je aller aux États-Unis ?

Un instant, Christian eut la vision enchantée d'une cabine d'avion de première classe et des huit heures de voyage en tête à tête avec l'actrice...

— C'est très possible, mademoiselle Bryan, dit-il d'un ton

pressant, tandis que Dick s'étranglait dans son verre. Ça va, Dick ? lui demanda-t-il en lui frappant énergiquement le dos.

Dick, qui était rouge brique, toussa encore un peu mais hocha la tête.

— Excusez-moi, mademoiselle Bryan, vous disiez ?

— Je ne pense pas pouvoir aller en Amérique, dit-elle. Nous ne faisons relâche que le dimanche soir. Quand ce prix est-il décerné ?

— Je vous donnerai tous les détails au moment de l'interview, je vous le promets. J'appelle mon journal dès que je rentre à l'hôtel. (Il décida de pousser son avantage). A quelle heure pourrais-je vous voir demain ?

— Laissez-moi voir...

Elle sortit un petit agenda vert de sa table de maquillage et l'ouvrit à la page marquée d'un ruban.

— Le moment du déjeuner vous conviendrait-il ?

— Parfait ! s'écria Christian. Je viendrai vous chercher. Vous habitez où ?

Elle hésita.

— Non, je préfère vous retrouver dans un endroit qui vous convient.

— Vous permettez que je vous invite à déjeuner ? Ne vous inquiétez pas, c'est sur ma note de frais.

— Si vous insistez...

— Tout à fait. Où voudriez-vous aller ? Au *Ritz* ? Au *Dorchester* ? (Il s'emballait et il le sentait).

Elle se mit à rire, entraînée par son enthousiasme.

— Oh, non ! Ils sont bien trop snobs !

— Bon, où alors ?

— Que diriez-vous d'un endroit appelé *Kettner's*, dans Soho ? Vous le connaissez ?

— Non, mais je trouverai certainement !

— Très bien, alors je vous retrouve à une heure. Je réserverai la table.

Christian se leva, imité de Dick.

— Au revoir, monsieur Molloy ! J'espère que nous nous reverrons, lança Christian, sans attendre pour voir si l'Irlandais lui rendait son salut.

Il marchait sur des nuages. Il referma la porte derrière Dick et dévala les marches quatre à quatre. Il avait envie d'embrasser le portier, l'acteur qui leur tint la porte, Dick, l'ivrogne qu'il manqua renverser en sortant...

Dehors, il saisit Dick par le bras :

— Je suis amoureux! Je vais épouser cette femme!

— A ta guise! dit Dick. Et maintenant, comment on va se sortir de cette histoire de prix?

Ils n'eurent pas à se tracasser pour le prix. Pourtant, Christian fut surpris, en arrivant au *Kettner's* avec cinq minutes d'avance, de trouver Molly déjà installée à une table près de la fenêtre. On était vendredi et le restaurant était rempli d'hommes d'affaires qui se hâtaient d'avaler leur déjeuner.

— Je suis vraiment désolé, mademoiselle Bryan. Me serais-je trompé d'heure?

— Pas du tout. Mais je suis toujours en avance partout. Je ne peux pas m'en empêcher. Ce doit être l'habitude de la pension. (Elle regarda par-dessus son épaule.) J'ai retenu la table pour trois. Où est monsieur Steinberg?

— Spielberg. Il a été appelé pour un autre boulot.

Il ne jugea pas utile de lui préciser que Dick s'était déjà envolé pour Chicago, furieux de devoir assumer seul la débâcle de la mission en Éthiopie.

— Oh! (Elle eut l'air incertain.)

— Ne vous faites pas de souci, il y a plein de photographes free-lance à Londres. Tout ira bien.

Ils passèrent leur commande. Comme elle jouait le soir, elle se contenta d'une salade, et Christian demanda un steak.

— Vous avez de nouveaux détails sur le prix? demanda-t-elle quand on eut apporté leurs verres.

Tous les deux buvaient. Christian était absolument déterminé à tourner la page : jamais plus il ne boirait une goutte d'alcool. Il prit une profonde inspiration.

— A propos de ce prix, mademoiselle Bryan, j'ai quelque chose à vous dire.

Elle parut surprise et il se jeta à l'eau.

— Il n'y a pas de prix, mademoiselle Bryan — enfin, Margo. C'était un simple prétexte. Je voulais vous rencontrer.

Il lui adressa son plus beau sourire, qui avait eu tant de succès auprès des femmes du monde entier et attendit sur les charbons ardents en regardant les expressions qui passaient successivement sur son visage : d'abord la stupéfaction, puis la contrariété, et enfin, à son grand soulagement, l'amusement.

— Il n'y a pas de prix? répéta-t-elle d'un ton neutre.

Il secoua la tête.

— Mais ce prix existe, au moins?

— N-non.

— Ni non plus l'Association des critiques ou Dieu sait quoi?

— Non plus.

— Je vois.

Elle prit une gorgée de Perrier.

— Mais cela ne veut pas dire, mademoiselle Bryan, que vous n'aurez jamais d'autre prix. Un Oscar, un Nobel du théâtre...

— Il n'y a pas de Nobel pour le théâtre.

— Eh bien, au moins le prestigieux prix de l'Association des critiques de New York...

— Et ça, c'est un vrai prix?

— Je n'en ai aucun idée.

Elle le fixa et, un court instant, il se dit que c'était quitte ou double.

— Et pourquoi donc n'avez-vous pas simplement demandé à me rencontrer?

Il n'arrivait pas à déchiffrer l'expression de son regard.

— Parce que vous auriez pu refuser.

Le serveur apporta les crudités. Elle prit une bouchée de céleri.

— Et si je me levais maintenant et que je partais?

— Vous croyez? Je parie que vous ne le ferez pas.

— Vous pariez?

— Ouais!

— Qui m'en empêcherait?

— Vous-même!

— Et pourquoi donc?

— Parce que vous me trouvez peut-être insupportable, mais aussi plutôt intéressant, et même pas trop laid. Et vous n'avez jamais rencontré quelqu'un comme moi.

— Ça, c'est certain.

Elle mâchonna un petit bout de chou-fleur en silence.

— C'est bon, Margo?

— C'est délicieux!

— Pour Halloween, je vous promets un énorme potiron.

Elle se mit à rire, et il se sentit plein de joie et de soulagement. C'était gagné.

— Je pourrais vous épouser, dit-il.

Elle se remit à rire.

Le lendemain soir tard, le père Pat Morahan, allongé dans son lit provisoire à Inisheer, s'agitait dans son sommeil. Il remplaçait le curé de l'île, alité avec une mauvaise grippe, et, pour épargner sa vieille servante, il avait accepté l'offre d'une chambre dans une maison proche de la plage. Il se recroquevilla sous ses couvertures, heureux d'être au chaud alors que dehors la tempête faisait rage, secouant la fenêtre et le toit de tôle au-dessus de sa tête. Il avait vaguement conscience d'un battement régulier qui allait en s'amplifiant, sur un rythme de plus en plus pressé. Il entrouvrit les yeux et se dressa sur son séant. On frappait à la porte à coups redoublés, et une voix de femme retentissait dans la maison.

— *A Athair!*

— Une minute! cria-t-il.

Il enfila en hâte son pantalon posé sur une chaise et, sans même prendre le temps de passer ses bretelles, ouvrit sa porte. Il trouva devant lui sa propriétaire en chemise de nuit, les épaules simplement recouvertes d'un châle. Derrière elle, il aperçut Brendan O'Briain et comprit aussitôt. Brendan ruisselait de pluie et tordait sa casquette trempée dans ses mains.

— C'est ta mère? demanda le prêtre.

Brendan hocha la tête sans répondre, les yeux agrandis d'anxiété.

— Le temps de m'habiller et je te suis. Tu as une lampe?

A nouveau, Brendan hocha la tête.

Le prêtre s'habilla rapidement, passant un épais tricot sous sa tenue ecclésiastique. Il portait toujours les saintes huiles avec lui lors de ses visites pastorales; il les sortit de sa valise et les posa avec précaution dans son sac de voyage. Il savait que Sorcha était malade et avait prévu de passer la voir le dimanche après la messe, mais il ne se doutait pas qu'elle allait aussi mal. Les gens de l'île étaient durs et n'envoyaient chercher le prêtre qu'à la dernière extrémité.

Quand il eut enfilé un ciré, il sortit dans la tempête suivi du silencieux Brendan. Le vent soufflait du nord-ouest et hurlait en les assaillant; ils furent instantanément trempés par la pluie battante et les paquets d'embruns jaillissant des vagues qui s'écrasaient contre les rochers à quelques mètres d'eux. La nuit était si noire qu'ils ne distinguaient que les rafales de pluie passant dans la faible lumière de la torche. Mais Brendan, qui connaissait chaque pouce de l'île, braqua sa lampe vers le sol à quelques centimètres de ses bottes, et se mit à avancer résolument. Le père Morahan mit ses pas dans les siens, et ils gravirent ainsi la colline, courbés en deux face à la violence du vent. Au bout de quelques minutes, le prêtre, qui manquait d'exercice, fut essoufflé.

La tempête semblait plus violente encore autour de la maison. Au moment où Brendan poussait la porte d'entrée, le vent la lui arracha des mains et s'engouffra en hurlant dans la cuisine. La porte alla claquer contre le mur et le vent se rua dans la cheminée, faisant voler les braises et enfumant la maison. Brendan dut lutter quelques instants pour fermer la porte, suffoquant dans la cuisine obscurcie par un fin nuage gris. Finalement, il parvint à engager le verrou et les cendres retombèrent lentement tandis que les deux hommes ôtaient leurs cirés.

Brendan mena le prêtre à l'arrière de la maison, dans la chambre de Sorcha.

Les O'Briain n'avaient l'électricité que depuis peu et le plâtre était resté à nu autour des prises murales. Une lampe dépourvue d'abat-jour était allumée au chevet de Sorcha. La lumière crue de l'ampoule creusait sur son visage éteint les rides laissées par une vie dure, la faisant paraître plus âgée que ses soixante-cinq ans. Ses épais cheveux gris, toujours si bien tirés, étaient défaits et emmêlés autour de sa tête, et malgré les châles et les manteaux posés sur sa couverture elle frissonnait. Elle avait les yeux clos et ne semblait pas consciente de la présence des gens dans la pièce. Mais quand il posa une main sur son front brûlant, elle ouvrit les yeux.

En le voyant, elle voulut s'asseoir, mais les forces lui manquèrent.

— Ne vous agitez pas, Sorcha, dit doucement le prêtre en s'agenouillant à côté du lit et en lui posant une main sur l'épaule.

Elle remua les lèvres, mais sa voix était si faible qu'il ne put distinguer ce qu'elle disait. Il se pencha et colla son oreille contre ses lèvres.

— Qu'y a-t-il, Sorcha ?

— Vous devez être trempé, mon père, murmura-t-elle en anglais. (Chaque mot lui coûtait un effort visible). Voulez-vous une tasse de thé ?

— Non, Sorcha, merci. Ne vous inquiétez pas pour moi. Brendan m'en donnera une tasse plus tard.

Elle s'efforça de nouveau de s'asseoir.

— Mais vous n'avez même pas de chaise... Brendan...

Il l'interrompit en posant un doigt sur ses lèvres.

— Je vous en prie, Sorcha, je suis très bien comme ça.

Elle referma les yeux et il posa la lampe par terre, afin de lui en épargner l'éclat. Puis, approchant son oreille de ses lèvres, il lui demanda si elle voulait se confesser. Elle hocha la tête sans ouvrir les yeux.

Il sortit l'étole pourpre de sa poche, la baisa, la passa à son cou et se pencha sur elle, si près qu'il pouvait sentir l'odeur de renfermé que dégageaient les manteaux qui la recouvraient. Dehors, la tempête semblait s'amplifier encore, comme si elle cherchait son chemin jusqu'à eux.

Elle entama sa confession, articulant avec effort, mais le prêtre avait du mal à se concentrer sur cette triste litanie de distractions à la messe, de péchés d'omission contre son mari mort depuis longtemps et le fils qui vivait avec elle. Comme souvent dans ces circonstances, il ressentit une honte violente en comparant la gravité de leurs péchés respectifs. Mais cette fois, l'ironie du sort voulait que ce soit à lui, entre tous, qu'elle confesse cette chronique enfantine de minuscules transgressions, et il était à la torture.

Il s'efforça d'être le représentant de Dieu qu'elle croyait si fermement qu'il était, et concentra toute son attention sur ce qu'elle disait.

— Est-ce tout, mon enfant ? demanda-t-il doucement quand, épuisée, elle parut avoir fini.

Elle ne répondit pas et il posa une main sur son épaule.

— Est-ce tout, Sorcha ?

Dans un effort, elle rouvrit les yeux.

Le regard qu'il y vit était si rempli de terreur qu'involontairement il resserra sa prise sur son épaule.

— Qu'y a-t-il, Sorcha ? Qu'y a-t-il ?

Elle se remit à trembler. Sa tête roula sur l'oreiller.

— Sorcha, quoi que vous ayez fait, Dieu vous pardonne. Je vous pardonne au nom de Dieu...

Mais elle ne releva pas la tête. Ses lèvres remuèrent encore et il se pencha si près qu'il sentit le souffle de sa courte respiration contre sa joue. Mais il n'arrivait pas à saisir ce qu'elle essayait de dire.

— Dites-le en irlandais, Sorcha, ce sera plus facile pour vous.

Il saisit quelque chose. Quelque chose à propos de Molly...

Il sentit un coup brutal à l'estomac et craignit aussitôt qu'elle s'en aperçoive. Elle avait cessé de parler. Il se contraignit au calme.

— Prenez votre temps, Sorcha...

Elle referma les yeux. Le corps du prêtre, éclairé par en dessous, formait une ombre immense au-dessus du lit. Malgré la tempête, le silence régnait dans la chambre, lourd de menaces. Il entendait le tic-tac du gros réveil posé sur la table de toilette. De faibles bruits lui parvenaient de la cuisine, où Brendan s'agitait.

Elle se tut si longtemps qu'il crut qu'elle s'était endormie. Sans savoir s'il en était ou non soulagé, il s'apprêtait à faire le signe de la croix et à lui donner l'absolution quand elle rouvrit les yeux. Elle ne tremblait plus, et semblait même avoir retrouvé un peu de force.

— Molly n'est pas ma fille, mon père.

Avec précaution, il ôta la main gauche de son épaule et joignit les mains dans l'attitude de la prière. Il se força à conserver son calme.

— Je comprends, mon enfant.

Il avala sa salive. Il n'y avait pas d'issue. Il sortait de son rôle de confesseur, mais il voulait savoir.

— A qui est-elle, Sorcha?

Il vit que son visage s'était déjà détendu de soulagement. Elle parlait plus fort et plus clairement.

— Je ne sais pas, mon père. Micheal l'a apportée de la mer.

— Et quand était-ce, mon enfant?

— Le 1er mai 1953.

Il dut se forcer pour garder le ton du prêtre.

— Mais, Sorcha, comment avez vous expliqué l'arrivée de l'enfant?

— Ma petite Molly à moi était malade et est morte cette nuit-là.

— Et personne ne vous a posé de questions? (Il prit une profonde inspiration et parla plus lentement.) Je veux dire, tout le monde dans l'île devait savoir que votre enfant était malade. Qu'avez-vous dit?

— Il y a bien eu des rumeurs d'enfant échangé, mon père, mais ici, chacun garde ses affaires pour soi. L'autre petite fille avait la même taille et elle était blonde, elle aussi. Je ne me souciais pas des commérages, et je l'ai aimée comme si c'était la mienne, Dieu me pardonne.

— Et où est-elle, Sorcha ? Le bébé ? Enfin, votre bébé...

— Micheal l'a enterrée sous le carré de pommes de terre.

Il eut une vision des pommes de terre qu'il avait mangées le soir au dîner. Combien d'autres petits corps étaient-ils couchés sous les potagers dans cette île désolée ?

— Nous avons dit les prières, mon père, reprit Sorcha, et elle a été enterrée avec un chapelet dans les mains. J'ai prié pour elle chaque jour de ma vie.

Il passa une main sur son front.

— Et est-ce que Molly le sait ?

— Non, mon père.

Les dernières forces de Sorcha s'épuisaient. Il entendait le cliquetis des tasses dans la cuisine, où Brendan était occupé à faire du thé.

— Brendan et Conor le savent-ils ?

En même temps qu'il posait la question, il se rendit compte qu'il se comportait plus comme un détective que comme un prêtre. Sorcha secoua la tête, puis ferma de nouveau les yeux. Machinalement, il fit le signe de la croix et, alors qu'il lui donnait l'absolution, les révélations que venait de lui faire Sorcha le frappèrent avec force : il était le seul à être au courant. Tel un très vieil homme, il se releva doucement. Sorcha dormait paisiblement, les mains jointes. Le père Morahan sortit de la chambre sur la pointe des pieds et regagna la cuisine.

En l'entendant revenir, Brendan, qui versait l'eau dans une théière posée sur la plaque de fonte près de la cheminée, leva les yeux. Bien que possédant une cuisinière à gaz dans le cellier, les O'Briain, comme nombre d'autres habitants de l'île, préféraient faire bouillir l'eau pour le thé dans un chaudron suspendu au crochet au-dessus du feu.

— Voulez-vous une tasse, mon père ?

Le père Morahan acquiesça d'un hochement de tête et alla s'asseoir au coin de la cheminée.

Puis ils attendirent tous les deux que le thé infuse. Tandis que Brendan surveillait le feu, le père Morahan regardait fixement, posée sur la table, une boîte à sardines vide. Une fine couche de cendre était collée à la surface graisseuse du couvercle de métal. La cuisine était en désordre. Des assiettes sales traînaient sur le buffet et un balai barrait la porte qui menait au cellier. Il se demandait dans quel état serait la maison après plusieurs années livrée au seul soin de Brendan.

La tempête, dehors, était d'une violence rare. Le vent hurlait dans le conduit de la cheminée, et des gouttes de pluie tombaient sur le feu qui crachait et sifflait. Les deux hommes durent reculer leur chaise pour éviter les volutes de fumée qui remontaient de temps en temps du feu. Mais, alors qu'ils buvaient leur thé en silence, le père Morahan fut reconnaissant du vacarme qui régnait dehors, car il empêchait toute conversation.

Son désir de la revoir était aussi fort que la tempête qui faisait rage. S'il avait été seul, il en aurait probablement pleuré. Il savait que c'était dangereux pour lui de venir à Inisheer; s'il était parvenu à enfermer son image dans un coin secret de son esprit, il avait parfois du mal à respirer quand il voyait quelqu'un qui lui ressemblait ou, bêtement, quand il entendait une chanson sentimentale.

D'une certaine façon, les révélations de Sorcha ne l'étonnaient pas. C'était comme s'il avait toujours su, au fond de lui, que Molly ne pouvait pas être une enfant née dans ce coin de terre désolé et battu par le vent. Tout en fixant la table de la cuisine couverte de cendre, il revit son corps tremblant dans le sable. Il fallait qu'il sorte. Il but une dernière gorgée de thé et se leva. L'âge se faisait sentir dans ses jambes. Brendan se leva à son tour, mais il le repoussa doucement.

— Je m'en vais, Brendan, dit-il. Je reviendrai tout à l'heure, avant la messe.

Il lui serra la main et se retourna, mais Brendan le rattrapa et lui prit le bras.

— Je vous accompagne, mon père.

— Non, Brendan. Reste avec ta mère. Quelqu'un doit veiller sur elle. Je sais que c'est dur, reprit-il, devinant qu'il avait peur de se retrouver seul avec une femme sur le point de mourir. Ne t'inquiète pas, je reviens le plus vite possible.

— Mon père?

— Oui.

Mais Brendan baissa la tête.

— Prête-moi ta lampe, veux-tu?

Brendan s'approcha du buffet et prit la torche.

— Allez-vous téléphoner à Molly?

Le père Morahan hocha la tête puis attendit que Brendan lui donne le numéro de téléphone de sa jeune sœur.

Dehors, la tempête l'assaillit tel un démon s'emparant de lui, mais il courba le dos et accueillit la noire confusion du vent et de l'eau avec soulagement. Les rafales étaient si violentes qu'elles le forçaient presque à courir le long du chemin. Au bout de quelques mètres, il trébucha et s'effondra à terre. La douleur lui transperça l'épaule.

Il se releva avec difficulté, haletant, se retenant à un muret. Il essaya de rester le plus calme possible et de reprendre son souffle, mais le vent, qui soufflait en bourrasques, le fit se courber à nouveau. Malgré son ciré, la pluie glaciale coulait sous sa capuche et ruisselait au milieu de son dos. Une main plaquée contre le muret et l'autre tentant désespérément de tenir la torche dirigée vers le sol, il continua d'avancer.

Il tomba deux fois encore. La seconde fois, la torche lui échappa et roula à terre. Il se mit à quatre pattes pour la chercher à tâtons, mais les cailloux étaient couverts de boue et il glissa et se cogna la tête contre une pierre. Il poussa un cri tant la douleur était forte, et pour la première fois dans sa vie d'adulte il perdit pied. Renonçant à retrouver la lampe, il se mit à gémir, puis, toujours à quatre pattes, tel un taureau enragé, il hurla sa rage, sa frustration, sa douleur, défiant l'orage et le Seigneur.

— Va au diable! Va au diable!

La tête baissée, il laissa la pluie s'abattre sur lui et attendit, là, sous le vent, recroquevillé contre les pierres, comme un chien.

Il resta ainsi longtemps, la figure enfouie dans la capuche de son ciré, indifférent au reste du monde, presque heureux de la tempête qui lui lacérait le dos. Il s'imaginait qu'il était un morceau de roche, un tout petit morceau, une pierre qui dévalait la pente sous la force du vent et tombait dans la mer avant de sombrer dans les profondeurs de l'eau sans laisser de trace. Enfin le calme l'habitait. Au bout d'un moment, il ne sentit plus ses mains ni ses pieds, et son visage était si crispé que le moindre mouvement, même passer sa langue sur ses lèvres pour lécher la pluie, lui était douloureux.

Petit à petit, il prit conscience de l'image qu'il offrait — un vieux fou pathétique, roulé en boule par terre — et se força à se redresser, mais il éprouva encore plus de difficulté à se déplacer tant son corps était engourdi et endolori. En se retenant au muret de pierres, il marcha à pas lents vers la mer.

Lorsqu'il atteint le cottage, il ne prit pas la peine d'être silencieux, sachant que sa propriétaire l'attendait. En effet, dès qu'il ferma la porte derrière lui, elle entra dans la cuisine, un imperméable d'homme par-dessus sa chemise de nuit. Elle s'empressa d'attiser le feu et mit une bouilloire sur le fourneau.

— Allez vous changer, mon père, dit-elle. Je vous prépare une tasse de thé.

Le père Morahan était bien trop fatigué pour protester ou se montrer poli et il lui tendit son ciré afin qu'elle l'accroche au portemanteau.

Une fois dans sa chambre, il se passa le visage à l'eau froide et se lava les mains. Puis il retira son pantalon et se changea avant de retourner dans la cuisine où la femme s'activait. Avec amertume, il se rendit compte qu'elle était ravie de son rôle dans le drame qui était en train de se jouer. Elle le fit asseoir dans le meilleur fauteuil, près de la grande cheminée, et lui apporta une tasse de thé.

— Tenez, mon père, dit-elle d'une voix aux cadences mélodieuses. J'y ai mis une goutte de whiskey. Vous en avez sûrement besoin, avec la journée qui vous attend.

Elle s'installa en face de lui et croisa ses mains sur ses genoux.

— Alors, comment va cette pauvre Sorcha ? demanda-t-elle. Passera-t-elle la nuit ?

Trop las pour répondre, le père Morahan se contenta de hausser les épaules et but son thé à petites gorgées. Elle ne s'offusqua pas de son silence et tous deux contemplèrent en silence le feu. Comme dans la maison de Molly, il sifflait sous les gouttes d'eau qui tombaient par le manteau de la cheminée. Plus tard, quand elle vit qu'il avait fini son thé et qu'il s'était assoupi, elle se leva et lui prit la tasse des mains. Puis elle le laissa seul et retourna dans sa chambre.

Molly se réveilla avant que l'horloge du salon ne carillonne. Ne se sentant pas la force de tendre la main pour vérifier l'heure à son réveil, elle compta les coups. Il était huit heures. La rue était silencieuse, on n'entendait ni le bruit des voitures ni celui des camionnettes de livraison, et le vent qui avait cogné contre ses volets durant la nuit semblait s'être calmé. Elle se pelotonna, bien au chaud sous les couvertures, heureuse que l'on soit dimanche. Pas d'interview aujourd'hui, pas de rendez-vous avec son agent, pas de travail, pas de coiffeur ou de maquilleuse. Elle décida de passer la journée chez elle, à paresser au lit, à lire le journal, à regarder la télévision.

A présent qu'elle en avait les moyens, elle allait enfin pouvoir s'occuper de la décoration de son appartement. Molly adorait les couleurs pastel, la fraîcheur. Sa chambre était typique du reste de la maison, avec ses tapis de laine naturelle sur le parquet ciré, ses photos sépia aux murs, son couvre-lit en patchwork, le vase en terre qu'elle remplissait tous les jours de jonquilles, posé sur le bureau près de la fenêtre. Elle envisageait de faire construire une serre, cet été, dans le prolongement de la cuisine — Conor l'aiderait certainement. Elle pourrait même y installer une volière.

Conor. Depuis son retour, il lui était devenu impensable qu'il ne fasse pas partie de sa vie. Conor, qu'elle s'était toujours représenté sous la forme de différents objets solides et bien enracinés. Le pilier d'un pont, la tour d'une vieille cathédrale, un chêne géant. Et lui, comment la voyait-il? Certainement comme une enfant, une petite fille aux pieds nus dans une robe à fleurs, dont le passe-temps préféré était de chercher des coquillages sur la plage.

Il lui avait téléphoné tard hier soir, après son retour du théâtre, pour lui faire part de ses projets. Il avait trouvé un emploi de gardien au jardin zoologique de Londres qui lui permettrait, une fois payé le loyer de son petit studio à Battersea, de suivre des cours du soir en archéologie. Il semblait ravi et Molly avait été contente pour lui — et pour elle. Grâce à ce travail, il resterait à Londres au moins un moment.

Elle se demandait si elle allait se lever pour se faire une tasse de thé et hésitait encore à quitter la douce chaleur de son lit quand le téléphone sonna. Elle tendit la main et décrocha le combiné.

— Allô?

— Voulez-vous m'épouser?

— Christian! Avez-vous vu l'heure? s'exclama-t-elle, mais, bien au chaud et en sécurité dans son lit, elle éclata de rire.

— Bien sûr, mais la question n'est pas là. Voulez-vous m'épouser?

— Enfin, nous n'avons déjeuné qu'une fois ensemble.

— Oui, mais quel déjeuner!

— Un déjeuner tout à fait ordinaire, si vous voulez mon avis. Une salade et un steak, il n'y pas de quoi en faire toute une histoire.

— C'était le déjeuner le plus extraordinaire de toute l'histoire de l'humanité. Épousez-moi et vous ne mangerez plus jamais de salade de votre vie!

— Et si j'aime la salade?

— Je vous offrirai une usine de laitue.

— Christian, je vais raccrocher. J'ai des choses à faire.

— Si tôt, le matin?

— Des choses que vous autres, les Américains, ne pouvez pas comprendre, dit-elle en s'étirant paresseusement.

— Des choses anglaises? insista Christian.

— Irlandaises.

— Quelle sorte de choses?

— Des choses mystérieuses qui n'ont rien à voir avec vous.

— Faisons des choses mystérieuses ensemble.

— Christian! Retournez à Chicago. Je vous reverrai quand vous repasserez à Londres.

— Je ne peux pas rentrer chez moi sans être sûr que vous m'épouserez. C'est trop cruel. Il faut que je me mette en rapport avec l'association.

— Vous voulez parler de l'association qui m'a élue meilleure actrice étrangère?

— Non, c'en est une autre. C'est l'Association pour réparer les rêves brisés des Smith.

— Oh, *cette* association. Eh bien, mettez-vous en rapport avec elle, mais sans moi. A présent, je vais raccrocher.

— Très bien, ma belle au bois dormant. Je vous rappellerai des États-Unis.

— Cela va vous coûter une fortune.

— On, non. C'est le *Chicago Sentinel* qui paiera — enfin, si j'y travaille toujours.

— Et pourquoi n'y travailleriez-vous plus?

— Ne vous faites pas de souci pour ça. C'est juste un détail technique. Je n'ai que trois jours de retard sur un papier dont je n'ai pas la moindre idée...

— Christian!

— Je vous ai dit de ne pas vous inquiéter, ma belle. C'est mon problème. Réfléchissez à ma proposition.

— Au revoir, Christian!

— Au revoir, beauté...

Elle n'avait jamais été courtisée ainsi et, bien qu'elle ne prît pas le jeune Américain au sérieux, le sentiment qu'elle éprouvait ressemblait étrangement à celui qui s'était emparé d'elle quand elle avait bu du champagne pour la première fois. Le style direct de Christian, son charme étaient comme une brise légère. Aucun homme ne lui avait déclaré sa flamme aussi ouvertement. Et puis il était drôle, affectueux, amusant.

Si Conor lui faisait penser à un chêne géant, qu'évoquait Christian pour elle ? Elle ferma les yeux. L'image d'un poisson argenté s'imposa à son esprit, un poisson sans cesse en mouvement, impossible à attraper. Elle se figura son corps, souple et musclé, ses larges épaules, ses longues jambes, ses hanches étroites. C'était assurément un homme très séduisant.

Le téléphone qui sonna à nouveau la sortit de ses rêveries. Elle décrocha brusquement.

— Je vous ai dit de rentrer à Chicago ! s'écria-t-elle.

Mais elle entendit un crachotement à l'autre bout du fil, puis la voix lointaine d'une femme.

— Allô, allô, allô... disait-elle, apparemment en criant.

— Allô ? répondit Molly.

Elle n'eut pas de réponse. La ligne grésilla de plus belle.

— Allô, répéta Molly, plus fort.

Elle avait reconnu les parasites. C'était la première fois qu'elle recevait un coup de fil d'Inisheer si tôt le matin. En outre, on était dimanche. Il devait se passer quelque chose. Balançant ses jambes par-dessus le lit, elle s'assit et répéta, d'une voix à présent chargée d'inquiétude :

— Allô ? Qui est à l'appareil ?

Ce fut un homme qui lui répondit, et bien qu'elle eût du mal à l'entendre, elle devina, au ton de sa voix, qu'il devait crier dans le combiné.

— Allô, Molly ? Molly ?

— Oui, ici Molly. Brendan, c'est toi ?

Brendan, qui avait abandonné depuis longtemps son travail à Birmingham, vivait de nouveau à Inisheer avec Sorcha.

— Non, c'est le père Morahan à l'appareil, répondit la voix lointaine.

Molly se raidit immédiatement.

— Allô ? Allô ? Vous êtes encore là ? hurla le prêtre.

— Oui, mon père, lâcha-t-elle, sèchement. Qu'y a-t-il ?

— Molly, pouvez-vous venir très vite ? C'est à cause de votre mère...

Sa voix se perdit de nouveau sur les ondes.

Molly agrippa le combiné.

— Allô?... Allô?... Allô, mon père?

De nouveau, les grésillements l'empêchèrent de comprendre ce que lui disait le père Morahan. Pleurant presque de frustration, Molly plaqua sa bouche contre le combiné et hurla :

— Pouvez-vous m'entendre, mon père?

Il lui répondit quelque chose, mais Molly fut incapable de saisir le sens de ses paroles.

— Je ne vous entends pas, mon père! Répondez simplement par oui ou par non. Maman est-elle encore en vie?

Reconnaissant vaguement un oui, elle demanda :

— Est-elle très mal?

Cette fois-ci, elle entendit les mots « gravement malade » et quelque chose d'autre qu'elle ne put comprendre.

— Je prends le premier avion, mon père!

— Je vous attends, Molly, répondit le père Morahan.

Puis la ligne fut coupée. Molly resta un moment le téléphone à la main, le regard perdu dans le lointain. Quand elle raccrocha, quelques instants plus tard, elle jeta un coup d'œil machinal au réveil. Huit heures quarante-deux. Elle se leva d'un bond, entra dans la salle de bains et ouvrit le robinet de la douche. Elle s'apprêtait à passer un pied dans la cabine quand elle s'arrêta brusquement.

Conor!

Elle ferma le robinet, retourna dans sa chambre et composa le numéro de son frère. Le téléphone sonna quatre fois avant qu'il décroche.

— Je viens de recevoir un coup de fil d'Inisheer, dit-elle, en essayant de masquer son inquiétude. C'est maman. Elle est très malade. Je pars tout de suite. Tu m'accompagnes?

Il y eut un long silence.

— Écoute, continua Molly. Pourquoi ne me retrouverais-tu pas à Heathrow? J'y serai dans moins d'une heure.

— D'accord. A tout de suite.

Comme on était dimanche et que les routes étaient dégagées, il ne fallut pas plus de quarante minutes à Molly pour atteindre l'aéroport. Conor était déjà là. Elle l'aperçut immédiatement quand elle entra dans le hall d'enregistrement. Il se tenait près de l'un des bureaux d'Aer Lingus, le regard dans le vide, hagard et mal rasé. Il portait un duffel-coat par-dessus un blue-jean délavé et un vieux sweat-shirt. Elle se retint de courir vers lui et de se jeter dans ses bras, et lorsqu'elle arriva à sa hauteur, elle se contenta de lui taper sur l'épaule.

— Conor?

Son visage était dénué d'expression. Elle le regarda d'un air désolé puis traversa le hall pour aller acheter son billet. Il y avait un vol pour Shannon à onze heures. Elle prit un aller simple puis retourna vers Conor. Il se trouvait toujours près du bureau d'Aer Lingus. L'employée de la compagnie aérienne, qui portait le célèbre uniforme vert, était irlandaise.

— Combien de personnes? demanda-t-elle.

— Il n'y a que moi, répondit Molly.

— Des bagages?

— Non. Je garde ce sac avec moi.

Conor n'avait toujours pas bougé. L'hôtesse le regarda avec curiosité.

— Votre ami a un problème? Il n'a pas l'air d'aller bien.

— Il vient d'apprendre la mort d'un ami d'enfance. Je pars d'ailleurs pour l'enterrement, mais il ne peut pas m'accompagner. Il a un empêchement. Les affaires, le travail, vous comprenez... inventa Molly.

La jeune femme acquiesça d'un air entendu. Étant donné la forte proportion d'Irlandais qui vivaient à Londres, elle avait l'habitude de rencontrer des gens qui rentraient chez eux pour enterrer parents ou amis.

— Vous savez quoi? dit-elle. Vous avez au moins une heure devant vous avant le départ. Je vais voir si vous ne pouvez pas vous installer dans le salon réservé aux VIP. Vous y serez mieux.

Elle passa un coup de fil; quelques minutes après, un steward vint les chercher. Il les conduisit dans un petit salon, au premier étage, meublé de canapés, de fauteuils et de tables basses, puis leur proposa une boisson. Mais Molly et Conor refusèrent et il sortit. Dès qu'ils furent seuls, Conor prit sa tête entre ses mains.

— Qu'est-ce que je vais faire, Molly?

— Tu es sûr que tu ne veux pas courir le risque de m'accompagner? Nous sommes dimanche. Il n'y aura certainement pas beaucoup de monde... et de toute façon il n'y a pas de contrôle d'immigration du côté irlandais.

— Voyons, Molly! Ne dis pas n'importe quoi! s'emporta Conor. La police sera immédiatement au courant si je débarque sur l'île. Tu le sais aussi bien que moi!

— C'est vrai, c'est vrai. Pardonne-moi. J'essayais seulement de trouver un moyen de t'aider.

Derrière les fenêtres à double-vitrage, le bruit et l'agitation qui régnaient dans l'aéroport ne leur parvenaient pas, et c'était comme s'ils assistaient à la projection d'un film muet.

— Elle ne mourra peut-être pas, reprit Molly d'une voix qu'elle savait peu convaincante.

Conor secoua lourdement la tête. Plusieurs exemplaires des grands quotidiens irlandais étaient disposés sur l'une des tables basses, dans un coin de la pièce. Conor prit le *Sunday Independent*, l'ouvrit et commença à le lire. Mais au bout de quelques minutes il le reposa brusquement et se dirigea vers la fenêtre.

— Oh, si j'avais su... si j'avais su... Si ça n'était pas arrivé...

— Tais-toi, Conor! s'écria Molly, soudain effrayée de voir que les rôles entre eux s'étaient inversés — jusqu'à présent, c'était toujours lui qui gardait son calme. C'était autant ta faute que la mienne, continua-t-elle. Je l'avais provoqué.

— Ne sois pas ridicule! hurla Conor. Bien sûr que tu ne l'avais pas provoqué. C'était un être ignoble, un monstre!

— Voyons, Conor...

— Bon Dieu! Tu ne l'avais pas provoqué!

Molly sursauta, à présent totalement affolée. Conor jurait si rarement. Elle voulait se lever pour le calmer mais elle resta figée sur le canapé.

Conor serra les poings.

— Tu ne peux pas imaginer le supplice que je vivais quand je le voyais lever la main sur toi.

Elle le regarda arpenter la pièce. Elle ne s'était pas sentie aussi impuissante et désarmée depuis qu'elle était enfant.

Ils entendirent doucement frapper à la porte. C'était le jeune steward qui venait s'enquérir d'eux. Conor resta face à la fenêtre. Cherchant à l'éloigner, Molly lui demanda un café.

Le jeune homme sortit, laissant la porte légèrement entrouverte. Conor n'avait pas bougé.

Il se tourna alors vers Molly et la regarda de telle façon que tout son corps se mit à frémir. Jamais elle ne s'était rendu compte qu'il était aussi grand. Il devait avoir dix ou douze centimètres de plus qu'elle.

Il s'approcha d'elle et la força à se lever en la prenant par les épaules. L'espace d'un instant, elle crut qu'il allait l'embrasser. Mais il laissa retomber ses mains et retourna à la fenêtre. Ses doigts étaient blancs tellement il serrait les poings.

Elle se rassit doucement, en essayant de faire le moins de bruit possible. Un avion passa devant la fenêtre et le vrombissement de ses moteurs, étouffé par les doubles-vitrages, emplirent la petite pièce.

Le steward revint avec le café.

— Je suis désolé, dit-il à Molly, mais vous allez devoir vous dépêcher de le boire. Vous embarquez dans trois ou quatre minutes.

Molly s'empressa d'avaler son café tandis que Conor prenait son manteau qu'elle avait posé sur l'accoudoir du canapé. On aurait dit qu'il portait un masque tant son visage était dénué de toute expression.

— Tu as tout ce qu'il te faut?

Elle enfila son manteau et hocha la tête, n'osant pas lever les yeux vers lui. Le steward prit son sac et ils sortirent tous les trois. Lorsqu'ils arrivèrent à proximité des contrôles de sécurité, Conor s'arrêta.

— Je ne peux pas t'accompagner plus loin, dit-il doucement en embrassant Molly sur la joue.

Puis il s'éloigna lentement.

Molly fut la dernière à embarquer. L'avion était à moitié vide et à peine était-elle entrée que les portes se refermèrent. Elle refusa le bonbon que lui offrit l'hôtesse et ferma les yeux quand l'appareil commença à rouler sur la piste. Le souvenir de Conor la prenant par les épaules annihilait l'appréhension qui l'envahissait chaque fois qu'elle prenait l'avion, mais quand elle entendit le vrombissement des moteurs qui annonçait le décollage, elle ne put s'empêcher de serrer les accoudoirs de son siège jusqu'à ce que ses poings lui fassent mal. Bien que des années se soient écoulées depuis qu'elle avait passé la porte d'une église, elle récita, telle une enfant : « Jésus, fils de Dieu, en toi j'ai confiance; et toi, Marie, sa mère, prie pour nous. Ô, anges gardiens, protégez-nous, saint Joseph et saint Jude, protégez-nous aussi! » Elle répéta ces paroles comme une litanie jusqu'à ce qu'elle sente, au changement de vibration, qu'ils se trouvaient en l'air. Alors, elle ouvrit les yeux.

Pendant le vol, elle tenta en vain d'effacer le visage de Conor de sa mémoire. Elle feuilleta *Cara*, la revue de la compagnie aérienne, pour s'occuper l'esprit. Mais il revenait sans cesse, même lorsqu'elle essayait de penser à leur mère.

Il faisait beau à Shannon et, alors qu'ils roulaient vers le nouveau terrain d'aviation d'Oranmore, proche de Galway, elle fut soulagée que le chauffeur de taxi ne se croie pas obligé de lui faire la conversation. Elle appuya sa tête contre le dossier usé de la banquette et regarda le paysage. Sous le pâle soleil de janvier, les traces de la tempête qui avait soufflé la veille étaient encore visibles. La terre des champs était détrempée et plusieurs arbres le long de la route avaient des branches cassées qu'ils durent contourner.

En traversant la ville d'Ennis, ils furent ralentis par un petit embouteillage de voitures et de bicyclettes devant l'église, après la messe. Ils étaient à plus de mille kilomètres de Londres, et les noms familiers des villages sur les panneaux, que Molly prononçait à voix basse, rien que pour elle, la réconfortèrent : Dromore et Crusheen, Carra Lake, Gort et Kiltartan, Laban, Ardrahan, Kilcolgan, Kilcarnan, Clarinbridge...

Il était une heure et demie lorsqu'ils arrivèrent au terrain d'aviation d'Oranmore. Molly régla sa course au chauffeur de taxi puis se dirigea vers le minuscule bâtiment à un étage, pas plus grand qu'un abri, qui servait de hall d'enregistrement, de bureaux, de siège social et de salle d'attente à Aer Arann, la compagnie aérienne qui desservait les trois îles.

Tout le monde devait apparemment être au courant pour Sorcha car à peine Molly était-elle entrée que la jeune fille derrière le comptoir — c'était une O'Flaherty d'Inishmore — lui sourit avec sympathie.

— Nous vous attendions, Molly, dit-elle. Nous sommes tous désolés pour Sorcha.

Face à tant de gentillesse et de sollicitude, Molly fut sur le point de fondre en larmes, mais elle se ressaisit et remercia la jeune fille avant d'accepter une tasse de thé.

— Il n'y a pas trop longtemps à attendre. Nous partons à trois heures.

L'avion, petit, solide et spécialement conçu pour faire des sauts de puce d'île en île, devait s'arrêter d'abord à Inishmore avant de continuer sur Inisheer, mais par égard pour Molly, la compagnie avait modifié son itinéraire et décidé qu'il se poserait à Inisheer en premier. Il n'y avait que cinq passagers, qui se rendaient tous à Inishmore, la plus importante des trois îles — ils revenaient, en fait, d'un enterrement sur le continent. Aucun ne protesta quand on leur annonça le changement de programme et tous témoignèrent à Molly leur plus sincère sympathie. Juste avant le départ, ils montèrent, chacun leur tour, avec leur bagage à la main, sur la grosse balance Berkel. Ce fut le pilote en personne qui se chargea de les peser, bavardant avec chacun d'eux tout en notant les différents poids sur son carnet de route.

Le vol fut peu mouvementé. Ils survolèrent la baie de Galway vers l'ouest pendant une quinzaine de minutes jusqu'à ce qu'Inisheer apparaisse au loin. C'était la première fois que Molly survolait l'île et, malgré les raisons tragiques de sa visite, elle fut fascinée par le paysage nu et sans arbres, presque entièrement gris, entaillé de mille fissures et jalonné de murs de pierres sèches. Inisheer évoquait un puzzle de pierre sur la surface verte de l'océan.

L'île disparut rapidement de l'horizon alors que le pilote amorçait un virage au-dessus de la mer avant de se mettre dans l'alignement d'un promontoire herbu qui faisait office de piste d'atterrissage. Elle aperçut le tracteur et la remorque qui servaient à transporter les bagages et la cargaison, et deux ou trois personnes qui, les mains en visière au-dessus des yeux, suivaient les évolutions de l'appareil. L'arrivée d'un avion d'Aer Arann était toujours un événement sur l'île, attirant généralement les foules, mais aujourd'hui, comme on était dimanche, la plupart des habitants se trouvaient chez eux, attablés autour d'un bon repas.

Bien que le temps fût sec et lumineux, le vent soufflait encore. L'avion amorça doucement sa descente et aussitôt Molly fut prise de haut-le-cœur. Elle n'avait rien mangé de la journée et, pour toute boisson, n'avait pris qu'un café tiède à Heathrow et une tasse de thé à Oranmore. Mais, avant même qu'elle ne se sentit tout à fait mal, l'avion obliqua une fois de plus et se posa sur l'herbe. La jeune actrice regarda par le hublot et reconnut immédiatement le père Morahan. Plus vieux et plus gros, il se tenait sur la piste, les cheveux au vent et le col de sa veste noire remonté jusqu'aux oreilles.

Elle avait été si préoccupée par la santé de sa mère qu'elle en avait oublié le prêtre. Comment avait-elle pu être aussi stupide et penser pouvoir l'éviter ? Brendan devait probablement être au chevet de Sorcha.

L'avion eut une dernière secousse avant de s'immobiliser et le pilote détacha sa ceinture. Il se dégagea de son siège et ouvrit la porte. Aussitôt, l'air froid s'engouffra à l'intérieur de la minuscule cabine. Molly détacha à son tour sa ceinture et, son sac de voyage à la main, se dirigea vers la sortie.

Le pilote la salua. Il n'y avait plus d'échappatoire possible.

Elle descendit de l'appareil et traversa l'étroite bande d'herbe qui la séparait du père Morahan. Arrivée à sa hauteur, elle lui tendit la main.

— Comment allez-vous, mon père?

Il lui serra la main, mal à l'aise, et la relâcha très vite.

— Bien, Molly, répondit-il. Je suis désolé pour Sorcha...

Molly hocha la tête. Un lourd silence s'installa entre eux. Le père Morahan se pencha pour lui prendre son sac et Molly remarqua que sa main était bandée. Puis il se dirigea vers la petite ouverture dans le mur de pierre qui longeait la piste d'aviation.

— Que vous est-il arrivé à la main, mon père? demanda Molly, une fois qu'ils furent installés dans la vieille voiture cabossée qu'il avait empruntée pour la conduire chez elle.

C'était l'une des rares automobiles de l'île et Molly eut du mal à installer ses jambes sous le tableau de bord à cause d'une batterie de six volts qui traînait à ses pieds.

— Ce n'est rien, dit-il, et il ressortit de la voiture, prétextant qu'il devait vérifier l'eau.

Molly attendit plusieurs minutes tandis qu'il était penché au-dessus du moteur. Quand il revint, il évita de croiser son regard et garda les yeux droit devant lui. On aurait dit qu'il essayait de se faire le plus petit possible de sorte que pas un millimètre de son corps ne touche le sien, et en réaction, Molly se tint le plus éloignée qu'elle put de lui. La main gauche du prêtre qui reposait sur le levier de changement de vitesse telle une énorme araignée était toute boursouflée autour du pansement. Il sentit sa gêne car il la retira et la fourra dans sa poche, n'osant plus la sortir pendant le reste du voyage, même lorsqu'ils commencèrent à gravir la colline et que le moteur se mit à crachoter.

Quand ils arrivèrent à proximité de la maison, elle vit un petit attroupement d'hommes devant la porte, parmi lesquels se trouvaient l'un de ses oncles et son fils. Ils portaient tous une casquette et avaient les deux mains dans les poches de leurs costumes du dimanche. Deux poules et un jeune coq picoraient à leurs pieds.

Molly se répétait qu'elle n'avait aucune raison d'être gênée tandis qu'ils l'observaient de dessous leurs chapeaux mais leurs regards obliques la mirent malgré tout mal à l'aise. Elle hésita à s'avancer; les hommes s'écartèrent sur son passage et, au moment où elle atteignit la porte, l'un d'eux, rapidement suivi par les autres, ôta sa casquette. Molly garda la tête haute et entra. Le père Morahan la suivit et posa son sac de voyage contre le mur de la cuisine avant de ressortir.

La cuisine était ensoleillée et luisante de propreté, et le feu couvert ; une voisine faisait la vaisselle. Ne voyant pas Brendan, Molly en conclut qu'il devait être auprès de leur mère. Elle salua la femme, repoussant le moment d'entrer dans la chambre de la malade. Tandis que la femme préparait le thé, elle regarda par la fenêtre. Les hommes, dehors, épiaient du coin de l'œil le prêtre qui s'était éloigné d'eux pour aller fumer une cigarette, appuyé contre le muret de pierres. Ils étaient tant absorbés par ce spectacle qu'ils ne remarquèrent pas que Molly les observait. Elle vit que l'un d'entre eux ricanait et fut soudain très heureuse de vivre dans une grande ville impersonnelle.

Brendan sortit de la chambre de Sorcha. Il avait énormément maigri et s'était voûté. On aurait dit un vieil homme.

— Bonjour, dit-il gauchement.

Ils n'avaient jamais été proches et Molly savait qu'il n'appréciait guère son métier et le succès qu'il lui avait apporté. Cependant, il lui parut si désespéré qu'elle ne put s'empêcher d'éprouver de la pitié pour lui. Se retenant de le prendre dans ses bras, elle demanda :

— Maman est à l'intérieur ?

Il acquiesça d'un hochement de tête. Molly fit signe à la femme qu'elle prendrait son thé plus tard et entra dans la chambre de sa mère.

Le chauffage à gaz, sous la fenêtre, sifflait doucement. Le lit était net, avec des draps propres et des couvertures en laine sous la courtepointe blanche. Quelqu'un avait posé une serviette de table blanche sur un cadre de fortune au-dessus de la lampe à la tête du lit et une douce lumière baignait le visage de Sorcha. Elle avait les mains croisées sur sa poitrine qui se soulevait et s'abaissait irrégulièrement, et ses longs cheveux gris, soigneusement retenus par un bandeau de petite fille rouge vif, encadraient son visage. Ce fut ce détail qui brisa le cœur de Molly.

Elle se précipita au chevet de sa mère et s'agenouilla près d'elle, contemplant longuement son visage avant de lui prendre la main. Sa peau était dure et calleuse mais sa main petite et délicate. Il lui restait si peu de temps à présent pour lui dire combien elle l'aimait. Peut-être même était-il trop tard ? Elle lui caressa la main puis l'approcha de sa joue. Elle était parcheminée et sèche contre la fraîcheur de sa peau. Sorcha ouvrit les yeux.

— C'est toi, Molly? murmura-t-elle.

Elle tenta de se redresser mais ne parvint qu'à bouger la tête.

— Reste tranquille, maman, fit Molly en se penchant vers elle pour déposer sur son front moite un baiser.

— Mais après un si long voyage, tu dois avoir...

— Chut, ne parle plus. Repose-toi, maman.

Sorcha laissa sa tête retomber sur l'oreiller et sourit.

— Je suis contente que tu sois venue, Molly.

— Maman chérie, oh, maman...

C'étaient les seules paroles qu'elle pouvait prononcer. Elle garda sa main dans la sienne, puis, enfouissant sa tête dans la courtepointe, elle ajouta, presque pour elle-même :

— Que ferai-je sans toi?

Sorcha leva son autre main avec peine et caressa les cheveux de sa fille.

— C'est à toi maintenant de veiller sur tes frères, souffla-t-elle.

Tout ce que Molly avait préparé, tout ce qu'elle voulait lui dire était à présent inutile. Il était trop tard, elle le voyait bien.

— Oui, maman, oui. Ne t'inquiète pas. Je m'occuperai d'eux.

On s'agita derrière elle. Molly se retourna. C'était Brendan qui venait d'entrer dans la pièce. Le désespoir se lisait sur son visage.

Lorsque Molly se retourna vers sa mère, elle vit qu'elle la regardait fixement.

— Je voudrais te dire, commença-t-elle à voix basse — si basse que Molly dut se pencher pour entendre —, qu'une mère sait beaucoup plus de choses que sa fille ne peut imaginer.

Molly glissa son bras sous la tête de Sorcha et la berça doucement. Elle entendit à peine ses dernières paroles.

— Pardonne-moi, Molly! Pardonne-moi!

Et Sorcha mourut.

— Quoi que tu aies fait, maman, je te pardonne, murmura Molly.

Il plut des cordes pendant l'enterrement et Una O'Connor tremblait de froid en attendant de présenter ses condoléances à Molly. Elle était la dernière; au froncement de sourcil de la jeune actrice, elle comprit qu'elle ne se souvenait pas d'elle.

— Una O'Connor, dit-elle en lui tendant la main.

— Ah, oui, répondit Molly.

Elle avait l'air surprise de sa présence.

— Excusez-moi, je ne vous avais pas reconnue. Je ne m'attendais pas...

— Je suis désolée pour votre mère. Je ne la connaissais pas, bien sûr, mais je sais ce que c'est de perdre sa mère

— Oui? fit Molly, sa main toujours dans la sienne.

— Ma mère est morte l'an dernier.

— Non...? Je veux dire, comment savez-vous que ma mère vient de mourir?

— Je l'ai lu dans la notice nécrologique de l'*Independent*, expliqua Una.

— Merci d'être venue. Votre geste me touche beaucoup.

Una était terriblement gênée. Elle avait voulu profiter de l'enterrement de Sorcha pour reprendre contact avec Sean Molloy, espérant qu'il serait présent. Mais, en même temps, elle aimait bien Margo Bryan et avait sincèrement tenu à lui témoigner sa sympathie. Molly lâcha sa main.

— Vous nous accompagnez à la maison?

— Oh non! C'est réservé à la famille.

— Je vous en prie. Cela nous ferait plaisir. Voici Brendan, mon frère.

La jeune journaliste avait bien pensé que cet homme voûté, qui paraissait suffisamment vieux pour être le père de Molly, était son frère. Durant l'échange entre les deux femmes, il s'était tenu légèrement à l'écart, les mains croisées devant lui, comme s'il attendait que quelqu'un lui dise ce qu'il devait faire. Una connaissait ce genre d'hommes, ternes et maussades. Elle lui serra la main.

— Je suis désolée, monsieur O'Briain.

— Oui, oui, dit-il, venez à la maison, venez à la maison, dit-il, très vite.

Una avait l'impression d'être un imposteur. Elle avait presque honte d'être venue. Elle marcha à l'arrière du cortège funèbre qui avançait à travers la grisaille uniforme du paysage rocailleux tandis que la pluie ruisselait sur son manteau de ville. Comment pouvait-on vivre dans un endroit pareil?

La petite maison était telle qu'elle l'avait imaginée, et son impression d'abuser de la confiance de Molly et de sa famille ne fit que s'accentuer. Mais, alors que les gens autour d'elle se parlaient en irlandais, si vite qu'elle ne pouvait les comprendre, son œil exercé de journaliste commença à noter quelques détails : la cuisine, le buffet et la cheminée noircie par le feu, la nappe amidonnée sur la table, les bouteilles de whiskey, les assiettées de sandwichs et les tonneaux de bière brune, les verres et les chaises en bois.

Elle accepta un verre de whiskey que lui proposa une femme avec un sourire si bienveillant qu'elle se sentit coupable.

Molly vint s'asseoir à côté d'elle, mais très vite elles n'eurent plus grand-chose à se dire. Una se leva et s'approcha de Brendan. Il semblait terrifié par elle et, tout en prenant soin d'éviter son regard, ne lui répondait que par monosyllabes.

— Sean Molloy n'est pas venu à l'enterrement ? lui demanda-t-elle enfin, après s'être assurée que Molly était à l'autre bout de la pièce.

Son long visage ridé se plissa.

— Sean Molloy ? répéta-t-il, surpris. Sean Molloy ?

Il leva les yeux au ciel comme s'il réfléchissait, mais il n'en fallut pas plus à Una pour comprendre que cette pantomime signifiait uniquement que Brendan cherchait à être poli avec une étrangère. Il n'avait jamais entendu parler de Sean Molloy.

Ce n'était donc pas son petit ami... Mais, d'un autre côté, Margo se serait-elle confiée à son frère ? Una se rendit compte que sa visite avait été inutile.

Cependant, elle n'avait pas tout perdu. La jeune actrice la considérerait dorénavant comme une amie.

A peine cette pensée traversa-t-elle son esprit qu'elle eut envie de ramper sous terre.

8

Il pleuvait et le vent soufflait bien trop souvent dans ce fichu pays.

Le père Morahan secoua son parapluie dans le hall du presbytère de Tullyhalla et retira le vêtement de pluie qu'il portait par-dessus son manteau. Malgré le whiskey qu'il avait bu chez le malade qu'il venait de visiter, à l'autre bout du village, il grelottait de froid. La route lui avait paru longue jusqu'à sa maison, située un peu à l'écart de la route, juste à côté de l'église. Et en plus, ses pieds étaient trempés. Il en avait assez de tout ça, oui, assez, se dit-il en jetant ses chaussures dans un coin avant de passer dans la pièce de devant où régnait une forte odeur de cire. Il baissa les yeux sur ses chaussettes. Le bout de chacune était tout mouillé et faisait comme deux petites demi-lunes sombres autour de ses orteils.

Février était de loin le pire mois en Irlande. Si ce n'était pas la tempête et la neige fondue, c'était la pluie, toujours cette fichue pluie. Pour ce qui était des prémices du printemps, il lui était arrivé de voir dans le fond de son jardin des flocons de neige qui avaient résisté aux rafales de février.

Il jeta un coup d'œil par la fenêtre. La rue du village était déserte. Les lumières de la petite épicerie, juste en face, brillaient, mais, à travers la vitrine embuée, il vit le propriétaire, assis derrière le comptoir, désœuvré. Un jeune arbre, planté devant le portail de son jardin par la municipalité, se balançait sous le vent. Le père Morahan trembla. Oui, ce pays est vraiment abominable, se répéta-t-il, avant d'ouvrir le placard et d'en sortir une bouteille de whiskey et un verre. Non seulement ce pays était abominable, mais ce village perdu au bout de nulle part en était l'apothéose.

Pendant un an, le père Morahan avait connu une tout autre vie. En 1970, il avait remplacé le prêtre d'une banlieue cossue de San Diego, en Californie. Cela avait été une année de soleil — un soleil magnifique —, de travail facile et d'invitations à se baigner dans les piscines des riches paroissiens. Pas de tombola ou de bingo à présider, pas d'intervention à titre de médiateur entre les professeurs et les parents pour savoir qui dirigeait l'école, pas de délégation à représenter auprès des élus locaux pour obtenir de l'argent en vue de créer un centre communautaire. Pas de toit d'église à refaire. Pas d'effort pour feindre d'apprécier la salade flétrie au jambon ou le gâteau au carvi que les sœurs lui servaient au couvent. Pas de subterfuge pour boire un verre en dehors des repas.

Pas de scandale si l'on vous voyait bavarder dans la rue avec une jeune femme.

Il but une gorgée d'alcool. Un courant d'air dû à la porte ouverte s'engouffra dans la pièce et emporta dans son sillage une photo qui reposait contre un vase sur la cheminée; on l'y voyait au côté d'un paroissien. Le père Morahan la ramassa et la considéra, une moue de dégoût au visage. Comme il aimerait sentir juste maintenant le soleil chauffer son dos et cette langueur si particulière qui vous envahit après plusieurs longueurs dans une piscine à l'eau limpide.

Il avait même un peu oublié Molly Ni Briain au cours de cette année.

Mais il avait dû revenir au pays. Dans ce fichu pays.

Il reposa la photo sur la cheminée puis, son verre à la main, se dirigea vers la cuisine. Il faisait encore plus froid dans cette pièce à cause des courants d'air qui passaient sous la porte de derrière et l'ambiance aussi y était plus froide. Pas une tasse n'était sortie et les carreaux aux murs brillaient dans la lumière glaciale qui provenait du jardin. Il y avait un petit mot de Mme Conway sur la paillasse luisante de propreté. Elle lui expliquait qu'elle était allée rendre visite à sa mère à Galway et serait de retour à temps pour lui préparer son dîner.

Il resta là un moment, indécis, regardant fixement par la fenêtre l'herbe détrempée et ne sachant plus pourquoi il était venu là. Puis il alla dans la petite salle à manger voisine. Là était son refuge. Au moins, il y faisait meilleur, même si le feu commençait à s'éteindre. Il jeta une bûche dans l'âtre et alluma la télévision. Une course de chevaux était retransmise sur la première chaîne et, quand il mit la deuxième chaîne, le bruit assourdissant d'une fusillade retentit dans la pièce. Il reconnut Gene Autry et suivit quelque temps l'action du film. Puis il s'installa dans son fauteuil à côté de la cheminée et but une seconde gorgée de whiskey.

Il se rendit compte au bout de cinq minutes, quand son verre fut presque vide, qu'il avait déjà vu ce film — ou, si ce n'était pas celui-là, un autre à l'intrigue plus ou moins semblable —, et son attention se relâcha. La décision qu'il n'avait cessé de repousser pendant des jours revint le harceler. Il l'avait à moitié prise le lendemain de son départ pour Londres, après l'enterrement de sa mère, et avait été à deux doigts de passer à l'acte quand il était allé à la bibliothèque municipale de Galway pour trouver les deux adresses — celle du Bureau fédéral de l'aviation civile et celle de la Lloyds à Londres. Au dernier moment, il avait renoncé, craignant que le bibliothécaire ne lui pose des questions embarrassantes : « Et pourquoi vous intéressez-vous à tout cela, mon père ? »

Tout ce dont il avait besoin, à présent, c'était le coup de pouce final. Un peu d'action. Oui, il était temps qu'il arrête de tergiverser ; ce qu'il savait de Molly sans être exactement sûr de son identité le rongeait. Ce ne devait pas être si compliqué que cela. Après tout, il n'y avait certainement pas eu beaucoup de bébés perdus en mer, au large de l'Irlande, entre la fin avril et le début mai de l'année 1953. Ce qu'il ferait de sa découverte était une autre histoire. Comme dit le proverbe, chaque chose en son temps...

Il était inutile d'attendre plus longtemps : aujourd'hui était en effet le jour idéal. Mme Conway n'était pas là et il était libre jusqu'à l'heure de la confession.

Un secrétaire en désordre se trouvait dans un coin de la pièce. La vitrine à petits carreaux était bloquée par une pile de livres et de papiers, mais le panneau servant à écrire était toujours rabattu. Il avait formellement interdit à Peg Conway et à son chiffon d'approcher de ce meuble, dont la partie inférieure était toujours fermée à clé. Là se trouvaient ses biens les plus personnels, des photos de sa mère et de lui enfant, des livres qui avaient appartenu à son père, un missel que lui avait donné un jésuite, alors son conseiller spirituel, quand il avait été ordonné prêtre, une boîte en fer contenant les médailles, depuis rouillées, qu'il avait gagnées dans sa jeunesse au hockey, ainsi que la vieille médaille de l'IRA de son père.

Il y avait aussi une boîte à chaussures dans laquelle il avait rangé au fil des années toutes les coupures de presse qu'il avait pu trouver sur Molly Ni Briain. Il s'était à chaque fois montré très prudent, découpant soigneusement chaque article quand il était seul, le plus souvent tard dans la nuit, et brûlant le reste du journal une fois cette tâche accomplie. L'été, comme il ne faisait pas de flambée, il était obligé de rester devant l'âtre de la cheminée en attendant que le papier se consume. Après, il ramassait les cendres.

Il ouvrit son secrétaire et vérifia machinalement que la boîte à chaussures était toujours là. Il n'arrivait pas à croire qu'elle pût en contenir autant ; à vrai dire, il ne se passait guère de mois sans qu'il lise dans la presse irlandaise quelque chose sur Molly.

Dans la chope en étain qui se trouvait à côté de la boîte, il y avait des vieilles factures, des gommes, des crayons sans mine, des pages déchirées du *Messager du Cœur sacré* sur lesquelles il avait griffonné des notes et des numéros de téléphone. Il posa son verre et souleva la chope qu'il secoua jusqu'à ce qu'il aperçoive les deux adresses qu'il cherchait, écrites à la main sur la feuille froissée d'un agenda de poche. Il la lissa et la remit délicatement sur la table. Puis, replaçant la chope, il s'empara de son verre qu'il vida d'un trait. Ses lèvres, qui toujours en hiver étaient gercées, le picotèrent au contact de l'alcool. Il savait qu'il buvait trop, mais il s'en fichait. D'ailleurs, depuis quelque temps, il ne se souciait guère de ce qui pouvait lui arriver.

Il jeta un coup d'œil à la télévision. Gene Autry était toujours occupé à régler leur compte à des méchants à coups de revolver.

Le père Morahan prit un stylo et un carnet, et s'installa à son bureau. Sa chaise était trop basse et il était mal assis. Mais c'était toujours ainsi qu'il écrivait et il était trop vieux pour changer ses habitudes.

Christian regardait fixement le sous-main posé sur le bureau de son rédacteur en chef. L'homme était trop maigre. Tout le monde savait qu'il avait un ulcère au duodénum.

C'était quelqu'un de très méticuleux. Bien que la technologie soit entrée depuis plusieurs années au *Sentinel*, il conservait une réserve de crayons à papier, toujours finement taillés, dans une vieille boîte à cigares posée parallèlement au bord de sa table. La boîte, les deux téléphones, l'écran de l'ordinateur et une enveloppe de papier kraft représentaient, à l'heure actuelle, tout ce qui se trouvait sur son bureau. Il neigeait, et pourtant la fenêtre était grande ouverte. Christian entendait au loin le bruit des voitures dans les rues et le crissement du métro aérien qui domine le centre de Chicago.

Même s'il se refusait à croiser le regard de son supérieur, il savait que ce dernier ne le quittait pas des yeux tout en se curant les dents avec un trombone. Du coin de l'œil, il le vit jeter le trombone dans la corbeille en papier. L'absence de bruit fit penser à Christian qu'elle devait être pleine.

Ne cherchant pas à engager la conversation, Christian regarda par la fenêtre. La rivière était à moitié gelée, et une fine plaque de glace recouvrait les berges.

— C'est la dernière, Smith.

Le rédacteur en chef lâcha lourdement ces mots, un à un, avant d'ouvrir un tiroir et de jeter une carte sur la table.

— C'est pour moi ? demanda Christian, du ton le plus neutre possible.

— Vous pensiez peut-être que c'était pour moi ?

Christian ramassa la carte et lut : « Si votre mère vous dit qu'elle vous aime — vérifiez-le ! »

Il savait bien que, depuis quelque temps, sa situation au *Sentinel* était devenue précaire : si le nombre de ses articles ne manquait pas d'être impressionnant, son manque de sérieux commençait gravement à lui nuire. Il avait déjà eu un avertissement après l'épisode éthiopien, quatre semaines plutôt ; en revanche, ce qu'on lui reprochait aujourd'hui était, à ses yeux, une faute relativement mineure, une toute petite erreur d'appréciation — due au fait qu'il n'avait pas exigé suffisamment de temps pour rédiger son article —, mais le journal avait dû proposer un règlement à l'amiable au membre du Congrès qui voulait leur intenter un procès.

— Merci, monsieur.

Christian posa la carte en face de lui.

— Vous avez saisi le message, j'imagine ?

— Tout à fait.

Brusquement, il ne put se contenir davantage. Il en avait assez d'être paterné et traité comme un simple écolier. Il entendit sa propre voix presque avant qu'il eût réfléchi à ce qu'il allait dire.

— Eh bien, moi aussi, j'ai un message pour vous, monsieur !

Il ramassa la carte et la déchira sauvagement en petits morceaux qu'il jeta en l'air. Puis il s'écarta légèrement, marqua une pause le temps de noter avec satisfaction que son supérieur contemplait sa table, les yeux exorbités, et sortit de la pièce.

Ivre de joie, il repoussa les questions de ses collègues et ramassa ses effets personnels avant de griffonner un petit mot pour Dick qu'il punaisa sur le tableau d'affichage. Puis il sortit de l'immeuble et alla droit au *Shamrock Bar*.

Dick le rejoignit un peu plus tard et essaya de le convaincre de s'excuser.

— Je suis sûr qu'ils te reprendront, Chris.

Mais Christian était décidé. Rationaliser ne lui avait jamais posé de problème. Il parvenait toujours à trouver un responsable pour tout ce qui lui arrivait de désagréable ; dans le cas présent, les fautifs n'étaient autres que ces troglodytes à la tête du *Sentinel*, dont le rédacteur en chef était le meilleur représentant. Il n'avait jamais été apprécié à sa juste valeur. Il avait bien trop de talent pour un journal tenu par des arriérés. Non, rien ne le ferait changer d'avis.

Quatre jours plus tard, Cordelia l'accompagnait à O'Hare, où il prenait un avion pour Londres. Il se sentait bien plus à l'aise avec sa grand-mère qu'avec Malcolm. Cordelia, avec sa douceur, servait de tampon et de médiateur dans ses rapports toujours tendus avec son grand-père.

A une époque, cependant, avant la mort de ses parents, Christian avait été proche de Malcolm, bien que son imposante présence l'eût toujours intimidé. Mais les années passant, ils s'étaient figés l'un et l'autre dans une attitude dont ils ne démordaient pas et Christian n'avait jamais pu — même s'il l'avait voulu — combler le gouffre qui s'était creusé entre eux deux durant ses années d'adolescence.

Leurs adieux avaient été formels. Christian savait que Malcolm était furieux qu'il ait démissionné et décidé d'aller tenter sa chance comme free-lance à Londres. Il n'y avait rien de plus stupide à ses yeux. Mais, refusant d'affronter ouvertement son petit-fils, il s'était contenté de l'écouter en silence. Christian était soulagé de partir, même s'il lui était venu à l'esprit que c'était peut-être là la dernière fois qu'il voyait son grand-père vivant et qu'il avait été étonné d'être aussi ému.

Malcolm avait soixante-quatorze ans. Il était aussi vieux que le siècle. Christian avait toujours pensé à lui comme à quelqu'un d'éternel, et il fut surpris de voir, quand ils se dirent au revoir sur les marches de Greentrees, qu'il avait les mains aussi noueuses et couvertes de taches de vieillesse.

— Je suis désolé, grand-mère, dit-il simplement alors que la Lincoln avançait lentement sur la voie express en direction de l'aéroport.

— Je sais, Christian, répondit Cordelia. Mais ce n'est rien, chéri. Nous n'avons tous qu'une seule vie à vivre et tu dois vivre la tienne comme bon te semble.

La Lincoln s'arrêta brusquement.

— Il y a certainement eu un accident, madame, déclara le chauffeur.

En effet, quelques minutes plus tard, une voiture de police et une ambulance, sirènes allumées, passèrent à leur droite, sur la voie de dégagement.

— As-tu des nouvelles de Jo-Ann ? demanda Cordelia tout en essuyant la buée qui couvrait la vitre de l'automobile.

— Non, grand-mère. Mais Dick a entendu dire qu'elle était sur le point de se remarier.

— Très bien. J'ai toujours aimé Jo-Ann et votre divorce m'a beaucoup attristée.

Christian faillit lui rapporter sa propre version des faits, mais au dernier moment il se retint et se contenta de soupirer.

La voiture venait de repartir.

— Explique-moi encore ce que tu comptes faire à Londres.

Christian n'avait, en fait, rien de très précis en tête; son curriculum vitæ et un classeur contenant un exemplaire de chacun de ses meilleurs articles se trouvaient dans le coffre de la Lincoln, avec le reste de ses bagages. Il avait mené sa petite enquête — l'Angleterre connaissait une forte crise économique et, bien qu'il n'ait pas de doute sur sa capacité à trouver du travail, il se demandait si la récession générale avait touché le monde de la presse. Il espérait que son expérience de journaliste spécialisé en catastrophes naturelles, domaine dans lequel on trouvait toujours de quoi faire, et le fait d'être américain en ces moments historiques l'aideraient. Le monde était fasciné par le scandale du Watergate — Nixon était toujours à la tête des États-Unis — et il avait de bons contacts parmi les démocrates.

— Je n'ai pas de projets immédiats, répondit-il sincèrement, mais on m'a proposé plusieurs choses, s'empressa-t-il d'ajouter pour rassurer sa grand-mère. J'ai envie de prendre mon temps. De toute façon, j'ai besoin de vacances et... — il hésita — j'ai rencontré quelqu'un à Londres.

— Ah oui ?

— On ne s'est vus que deux fois, mais je lui ai téléphoné très souvent. Pour tout dire, je suis fou amoureux, grand-mère.

— Comment s'appelle-t-elle ?

— Margo Bryan. En fait, son vrai nom est Molly, mais elle est comédienne et Margo est son nom de scène. Elle est irlandaise.

— Tu as une photo d'elle ?

— Non, malheureusement. Je suis sûr que tu vas l'adorer, grand-mère.

— Quels sont ses sentiments à ton égard ?

— Eh bien... c'est difficile à dire. Elle ne m'a certainement pas éconduit, mais pour l'instant, elle est un peu bouleversée parce qu'elle vient de perdre sa mère. Grand-mère, je lui ai demandé de m'épouser.

— Après deux rendez-vous et quelques coups de fil ?

— La première fois que je l'ai vue, j'ai su que c'était la femme qu'il me fallait. Je n'ai jamais été aussi sûr de moi.

— Tu disais la même chose au sujet de Jo-Ann.

— Je sais, grand-mère.

Il méritait bien cela, même s'il savait que Cordelia n'avait pas eu l'intention de lui faire de reproches — ce n'était pas dans sa nature.

Cordelia lui prit la main.

— Christian, je ne veux surtout pas m'immiscer dans des choses qui ne me regardent pas, mais je te demande tout de même d'être prudent. Je ne voudrais pas que tu te trompes à nouveau. Cela dit, on résiste difficilement au coup de foudre. C'est ce que j'ai ressenti quand j'ai rencontré ton grand-père. Alors, tu vois, je comprends. Mais promets-moi tout de même de prendre ton temps, d'accord ?

— Oui, grand-mère, répondit Christian.

Il l'embrassa sur la joue tout en se jurant bien de ne pas suivre son conseil.

— Encore une chose, reprit Cordelia avant d'ouvrir son sac à main. Tiens, c'est pour toi. Attention, cela doit rester entre nous, et ne jamais parvenir aux oreilles de quiconque.

Christian jeta un coup d'œil au chèque et sursauta.

— Grand-mère !

Le montant était de dix mille dollars.

— Cet argent n'a rien à voir avec Malcolm ou la famille. Rappelle-toi, les brasseries sont à moi.

Ce point n'avait apparemment jamais posé de problèmes ; Malcolm avait tant fait toute sa vie durant pour les brasseries que tous semblaient avoir oublié qu'elles appartenaient effectivement à Cordelia.

— Grand-mère, je ne peux pas accepter.

— Pourquoi ? demanda-t-elle d'une voix sereine.

— Eh bien... je ne peux pas, c'est tout !

— Tu hériteras de tout, de toute façon, à notre mort, alors, avant ou après, où est la différence ? Mon petit doigt me dit que tu en auras besoin.

Christian tenait toujours le chèque à la main quand la voiture s'arrêta devant l'aéroport. Cordelia refusa de l'accompagner plus loin.

— Il vaut mieux que nous nous disions au revoir ici, mon chéri. Je déteste les adieux. Bon voyage, Christian, et n'oublie pas de nous appeler à ton arrivée pour nous communiquer ton adresse. Ton grand-père se fait beaucoup de soucis pour toi, tu sais.

— Oui, je sais, grand-mère.

— Et moi aussi, mon chéri. Prends soin de toi — et raconte-moi vite ce qu'il se passe entre cette fille et toi.

— Promis !

Alors que Cordelia s'enfonçait dans la banquette, Christian remarqua à quel point elle avait maigri. Il voulait lui dire qu'il l'aimait — et qu'il aimait Malcolm aussi. Mais quand elle leva les yeux une dernière fois sur lui, il s'en sentit incapable.

— Merci, murmura-t-il à la place.

Il s'était offert un dernier vol en classe affaire, mais pour une fois, il ne dormit pas et n'absorba pas une goutte d'alcool. Durant tout le voyage, il ne but que du Perrier et du jus d'orange. Depuis qu'il avait pris la décision d'aller à Londres, il avait la sensation que l'aventure qu'il s'apprêtait à vivre était un « plus », qu'on lui avait accordé, une dernière chance qu'il n'avait pas le droit de gâcher.

Il suivit deux ou trois scènes du film que la compagnie proposait aux passagers. Autour de lui, les gens s'étaient installés confortablement dans leurs sièges. Perdu dans ses pensées, Christian retira bientôt son casque. Le bruit du moteur était régulier et il percevait à peine le doux chuintement de l'aérateur qui soufflait de l'air froid au-dessus de sa tête. Il ferma les yeux mais il était si surexcité qu'il ne parvint pas à s'endormir.

Deux heures avant d'atterrir, il finit toutefois par s'assoupir pour se réveiller brusquement quand le commandant de bord leur souhaita une bonne journée. Les hôtesses et les stewards passaient déjà dans les allées pour servir le petit déjeuner. Le commandant leur expliqua qu'étant donné qu'ils avaient volé avec de forts vents arrière, ils auraient cinquante bonnes minutes d'avance par rapport à l'horaire prévu ; ils ne se trouvaient plus, par conséquent, qu'à une heure de vol de Londres et survolaient actuellement le nord-ouest de l'Irlande.

Christian avait très souvent survolé cette région, mais à chaque fois il ne pouvait s'empêcher de penser que quelque part dans la mer, à trente mille pieds en dessous de lui, sa mère, son père et sa petite sœur avaient trouvé la mort. Il plissa les yeux pour tenter d'apercevoir la côte. Si Molly acceptait de l'épouser — et Christian savait que c'était un *si* des plus hypothétiques —, il devait admettre que le hasard faisait bien les choses. C'était comme si le destin, après l'avoir frappé dans cette partie du globe en lui reprenant ceux qu'il aimait, semblait vouloir à présent faire amende honorable en lui ayant fait rencontrer Molly.

Le ciel était dégagé et les côtes de l'Irlande se découpaient au loin, déchiquetées et frangées d'écume blanche tandis que l'océan venait se briser contre elles. Ils étaient encore si haut dans le ciel qu'il lui était impossible de distinguer le paysage mais il voyait déjà le contour de plusieurs îles, sept ou huit, qui s'étalaient le long de la côte. L'une d'elles devait être Inisheer.

Il avala une gorgée de jus d'orange et grimaça tant il lui parut acide. Un souvenir de sa mère, aussi éclatant qu'une pierre précieuse, lui revint brusquement en mémoire. Il revenait de l'école et était entré avec précipitation dans la salle à manger. Sa mère était penchée au-dessus du couffin et venait de sortir le bébé, alors âgé de trois mois. Elle avait relevé la tête et lui avait souri puis, après s'être assise dans le fauteuil de Malcolm, elle l'avait pris sur ses genoux et lui avait donné le bébé à porter. Ils étaient restés là, assis tous les trois, et il avait laissé la chaleur des bras de sa mère l'envelopper tandis que les rayons du soleil qui se reflétaient sur le lac les réchauffaient à travers les portes-fenêtres grandes ouvertes.

Il reposa son jus d'orange sur la tablette face à lui et se tourna vers le hublot, scrutant fixement l'horizon à travers les nuages, jusqu'à ce qu'il se remît de son trouble.

Molly accepta d'épouser Christian Smith vers la mi-mars.

Depuis la mort de sa mère, elle avait souvent connu des moments de dépression. Le fait que *Blithe Spirit* ne soit plus à l'affiche n'avait fait qu'accentuer le vide de son existence, et même la nouvelle de sa nomination au Keane Award pour sa performance dans la pièce ne lui avait remonté le moral que peu de temps.

Bien que tous ses amis lui aient exprimé leurs condoléances et l'aient assurée de toute leur sympathie dans sa douleur, elle se rendait compte qu'elle n'avait personne à qui parler. Peu de temps après son retour d'Inisheer, Conor — le seul vers qui elle aurait pu se tourner — quitta provisoirement son emploi au zoo et partit pour Israël travailler sur un chantier de fouilles en rapport avec ses cours du soir en archéologie.

Dès que Christian avait appris la triste nouvelle au sujet de Sorcha, il avait cessé de harceler Molly de sa passion. Simplement il se montrait toujours disponible pour elle. Et puis, sa propre carrière à Londres l'occupait beaucoup ; il avait du travail plus qu'il ne lui en fallait, surtout depuis que Washington avait officiellement annoncé que Nixon était impliqué dans le Watergate. Christian, s'étant spécialisé dans cette affaire, était beaucoup demandé non seulement pour écrire des articles mais pour participer à des débats à la radio.

Il avait également abandonné tout comportement extravagant à l'égard de Molly, se contentant seulement de lui apporter des fleurs. Molly se sentait à l'aise avec lui, et elle lui donna son consentement comme s'il ne s'agissait que d'une simple promenade le long de la Tamise. Ils dînaient à *La Vecchia Rizzione*, dans St Martin's Lane, un restaurant que Molly adorait.

Le repas avait été succulent. La salle était aussi bondée et bruyante que d'habitude. Les serveurs allaient et venaient, s'interpellant en italien tout en reprenant à voix haute les airs d'opéra qui passaient sur la chaîne stéréo.

Bien que d'humeur plutôt gaie, Molly se sentait particulièrement vulnérable. Elle était sur le point de commencer à travailler sur son premier film. Le tournage devait débuter le lendemain mais Molly n'était pas attendue à Glasgow avant le lundi suivant. Il s'agissait d'un film à petit budget, interprété cependant par de prestigieux acteurs ; cela avait été un honneur pour elle d'être pressentie pour l'un des rôles, et un triomphe quand on lui avait annoncé qu'elle avait été choisie. Son partenaire n'était autre qu'Eugene Lothar, un séduisant acteur dans la force de l'âge qui avait été élu l'homme le plus sexy d'Angleterre à la suite d'un sondage du *News of the World*.

Plus la date du tournage approchait, plus Molly, comme beaucoup d'acteurs, était inquiète. Elle avait peur de ne pas y arriver. Les gens se trompaient quand ils pensaient pouvoir miser sur elle. Elle n'était que l'actrice d'un seul rôle. Et puis, elle était trop grande, trop gauche. Tous les autres acteurs du tournage avaient bien plus d'expérience qu'elle.

Elle regarda Christian avec affection pendant qu'il commandait. A la lueur de la bougie, son visage aux traits fins semblait sculpté, et elle remarqua, amusée, la mèche de cheveux qui se dressait continuellement, telle une petite sentinelle, sur le haut de son crâne. Christian faisait tellement américain! Elle appréciait certainement sa compagnie. Mais l'aimait-elle?

— Christian? appela-t-elle.

— Oui, chérie, répondit-il aussitôt.

— Non, rien.

Elle prit un morceau de pain et lui sourit.

Ils burent peu — un martini en apéritif et, bien qu'ils fussent dans un restaurant italien, un excellent rioja grand cru pendant le repas. Ils se firent pardonner cet affront en commandant, à la fin du repas, deux *sambucas*. Christian ne parla guère durant la soirée, préférant laisser la conversation suivre son cours naturel. Quand ils partirent, Molly songea qu'elle ne s'était pas sentie aussi bien depuis des semaines.

Ils allèrent chez elle pour prendre un dernier verre. Molly tira les rideaux, alluma une petite lampe posée sur la table et mit un concerto de Mozart. On aurait dit que son appartement se refermait peu à peu sur eux, les protégeant tous deux tandis qu'ils bavardaient à voix basse en buvant à petites gorgées leur alcool.

Vers trois heures du matin, Molly alla dans la cuisine où elle ouvrit une bouteille de vin. Lorsqu'elle revint, Christian ne leva pas les yeux vers elle. Il était assis dans un fauteuil et regardait fixement les flammes de l'appareil de chauffage à gaz, qui vacillaient dans la cheminée.

— Approche, chérie... murmura-t-il, et sans se retourner, il tendit le bras.

Molly s'avança doucement et s'assit par terre, entre le feu et Christian, s'appuyant contre ses genoux. Il écarta les jambes afin qu'elle se cale plus confortablement puis, penché en avant, l'entoura doucement de ses bras tout en effleurant ses cheveux de sa joue.

— Molly... il faut que nous nous mariions, dit-il presque dans un souffle. Je ne peux plus vivre sans te voir tous les jours.

Ce fut à ce moment-là que Molly céda. C'était si facile et tout était si paisible autour d'elle. Et puis, elle se sentait parfois si seule.

Ils restèrent debout toute la nuit et élaborèrent des plans. Il n'y avait aucune exaltation entre eux, juste un bonheur serein, dans l'esprit de la soirée qu'ils venaient de passer. Christian prit la main de Molly dans la sienne et lui confia qu'il avait peur que tout, autour de lui, s'évanouisse en fumée, elle, l'appartement, cette nuit, l'avenir, s'il exprimait trop vivement sa joie. Mais quand la pendule de Molly carillonna à l'aube, il serra la jeune fille contre lui et la couvrit de baisers, tendres et passionnés.

— Pourquoi ne pas aller au lit, Molly? murmura-t-il à son oreille.

Molly s'écarta aussitôt.

— Christian, il est encore trop tôt...

— J'ai tellement envie de toi. Je t'aime, Molly. Nous sommes fiancés. Pourquoi attendre? Quelle différence, ce soir ou dans quelque temps?

Elle n'aurait su lui expliquer la raison de son refus; elle ne pouvait pas, tout simplement. Pas tout de suite.

— C'est à cause de ton éducation religieuse? demanda-t-il en lui caressant les cheveux d'un geste rassurant.

— Non... Je ne sais pas. Mais si tu m'aimes, fais-moi confiance.

Il la repoussa légèrement.

— Je ne te plais pas? C'est ça? demanda-t-il, inquiet.

Elle lui sourit et hocha la tête avec tendresse, plus comme une mère ou une grande sœur, puis se blottit contre lui.

— Oh, non, Christian. Tu es certainement l'homme le plus séduisant que j'aie jamais rencontré.

— Alors, comment peux-tu me résister?

— Difficile à dire... mais j'ai des années d'expérience derrière moi.

— Très bien. Tu ne perds rien pour attendre et tu ferais mieux de te préparer à notre nuit de noces! plaisanta-t-il.

Formidable! Una sauta de joie en lisant le télex qui venait de tomber. Margo Bryan, l'actrice irlandaise de l'Abbey Theatre, était nominée pour les Keane Awards. Ce prix était l'équivalent, de ce côté-ci de l'océan, des Tony Awards de Broadway. C'était la première fois qu'un comédien irlandais était distingué pour cette récompense.

Elle s'empressa d'annoncer la nouvelle à son rédacteur en chef.

— Vous avez vu ça, Myles?

— C'est la fille que vous avez interviewée, non?

— Oui. Elle est vraiment très bonne. Elle a même des chances de l'avoir. Et, à mon avis, cela peut faire un super papier... avança Una en observant du coin de l'œil son supérieur.

— Vous pouvez l'interviewer par téléphone?

Depuis quelque temps, la rédaction limitait les dépenses pour les reportages à l'étranger.

— J'ai une proposition à vous faire, dit-elle. Je dois aller à Londres pour des raisons personnelles. Donc, si vous me payez mon billet d'avion, je me charge du reste. Même des courses en taxi. J'ai un ami qui travaille dans une agence de voyage. Il me trouvera sûrement un billet pas trop cher.

— Vous connaissez les consignes. L'*Irish Record* ne peut plus se permettre de dépenses superflues.

— Personne ne sera au courant.

— Vous êtes sûre que votre ami pourra...

— Comptez sur moi.

Sur ces paroles, Una retourna à son bureau et appela aussitôt Margo Bryan chez elle. Il n'y avait personne. Elle regarda sa montre — elle la joindrait dans deux heures, au théâtre.

Elle devait se rendre dans l'après-midi à une conférence sur l'implantation — par un groupe japonais — d'une usine de composants électroniques en Irlande. Una, pour qui le seul mode de transport efficace dans Dublin était la bicyclette, rangea la sienne devant l'hôtel cinq minutes avant le début de la conférence.

Elle signa le registre, prit un dossier de presse et scruta la salle du regard. Ils étaient tous là, toujours les mêmes, les journalistes de la télévision, ceux des magazines dits de « qualité » et les autres, comme elle, qui couvraient tout et n'importe quoi, d'un enterrement à un hold-up.

— Hé, Una! Quoi de neuf?

Mark Trimble s'avança vers elle. Ils étaient sortis ensemble plusieurs fois. Mais depuis qu'elle avait été présentée à l'inaccessible Sean Molloy, tous les hommes qu'elle rencontrait lui paraissaient bien fades. Elle n'arrivait pas à croire qu'elle pût être amoureuse d'un homme qu'elle n'avait vu que dix minutes. La dernière fois que cela lui était arrivé, elle avait onze ans.

Una se vantait d'avoir un esprit pratique et cette obsession n'avait aucun sens. D'une certaine manière, elle espérait qu'il resterait inaccessible ; ainsi, elle cesserait de penser à lui et passerait à autre chose. C'était l'incertitude qui la minait.

— Salut, Mark, lança-t-elle sans enthousiasme en consultant la documentation qu'on lui avait remise à l'entrée.

Nullement décontenancé, le journaliste consulta à son tour le dossier de presse. Il tenait rarement en place très longtemps et se mit à se trémousser et à se balancer tout en lisant, comme s'il risquait de tomber s'il restait calme. Cette habitude qu'il avait de s'agiter sans cesse avait rendu Una folle lorsqu'ils s'étaient fréquentés.

La conférence commença enfin mais Una ne parvint pas à s'y intéresser. Pour une fois, elle ne se montra pas perfectionniste et prendrait le communiqué de presse pour argent comptant. Cependant, afin de pouvoir émailler son article de citations, elle ne put s'empêcher, à la fin de la conférence, de solliciter une interview auprès du Japonais qui devait financer l'usine et du représentant de la chambre de commerce de la ville où elle serait implantée. Elle les boucla toutes les deux en cinq minutes.

Une fois dehors, elle courut jusqu'à sa bicyclette et s'empressa de retourner à son bureau où elle appela le Wyndham's Theatre.

— Je suis désolé, lui répondit le portier quand elle demanda à parler à Margo Bryan. Mais cette pièce n'est plus à l'affiche. Nous jouons une comédie musicale en ce moment.

Una raccrocha et composa le numéro de l'appartement de Margo. La chance était avec elle ce jour-là. Margo répondit à la troisième sonnerie.

— Bonjour, c'est Una O'Connor.

— Oh, bonjour, mademoiselle O'Connor... euh, Una. Je voulais vous écrire après l'enterrement de maman pour vous remercier d'être venue de si loin. C'était très gentil à vous. Mais je n'en ai pas eu le temps et...

— Je vous en prie. Ce n'était rien. Vous devez être encore bouleversée.

— Eh bien, disons que la vie continue, surtout la vie au théâtre.

Elle n'avait certainement pas la voix de quelqu'un de déprimé, pensa Una.

— Je crois savoir que les félicitations sont de rigueur. Vous êtes donc nominée pour les Keane Awards?

— Les nouvelles vont vite, répondit Molly en éclatant de rire.

— C'est fantastique. D'ailleurs, vous le méritez.

— Merci beaucoup.

— Ce qui explique (Una prit sa respiration) la raison de mon coup de fil. Mon journal aimerait faire un nouveau portrait de vous.

— Encore?

— Eh bien, si vous vous souvenez bien, le premier a été réduit à un petit article à cause d'un manque de place. Je... enfin nous... aimerions vous avoir à la une du journal.

Il y eut un silence pendant lequel Una retint son souffle.

— Quand voulez-vous faire l'interview?

— Dans le courant de la semaine prochaine, cela vous irait?

— C'est-à-dire que... il faudrait que ce soit avant. Nous sommes samedi et je pars lundi pour tourner un film.

— De mieux en mieux, observa Una.

— Au fait, ne pourrions-nous pas faire l'interview par téléphone?

Bon sang! pensa Una. Elle apprend vite le métier.

— Eh bien, ce serait très compliqué pour moi. Je ne travaille pas bien au téléphone, voyez-vous. A mon avis, ce serait bien plus agréable pour nous deux d'être face à face.

— Je comprends, répondit Molly. Nous n'avons plus alors qu'à attendre mon retour.

— Et pourquoi pas demain?

— Demain? C'est dimanche et mon fiancé m'emmène passer la journée à Oxford.

Fiancé?

— Et qui est l'heureux élu?

Horrifiée, Una s'entendit parler d'une voix tremblante.

— C'est un Américain. J'y pense, il est journaliste, comme vous. Il vient de Chicago.

Tout ce qu'Una entendit fut le mot américain. Elle avait envie de lancer le combiné en l'air et de hurler de joie.

— Toutes mes félicitations! C'est merveilleux!

Una ne parvint toutefois pas à persuader Molly d'annuler ses projets, ou même à la décider de rentrer plus tôt, mais la nouvelle de ses fiançailles la transportait tellement de joie qu'elle ne vit pas trop d'inconvénients à remettre l'interview au retour de l'actrice.

— Après tout, cela nous fera un sujet de plus, dit-elle. Je suis sûre que tout se passera bien. Je vous rappellerai donc dans trois semaines pour nous mettre d'accord sur une date. Bonne chance pour le film, et encore toutes mes félicitations!

Una raccrocha et se précipita dans le bureau de son rédacteur en chef. Elle lui sauta au cou.

— Que vous arrive-t-il? demanda-t-il tout en lissant une feuille que la jeune fille avait froissée.

— Je ne ferai pas l'interview de Margo Bryan avant trois semaines!

— Et c'est une bonne nouvelle?

— Une très bonne nouvelle!

— Et les affaires personnelles que vous deviez régler à Londres? Votre ami qui travaille dans une agence de voyage? Tout semblait si urgent il y a une heure.

— C'était avant! s'exclama Una. Ça peut bien attendre trois semaines.

Trois semaines, ce n'était rien. Una avait le pressentiment que, si elle pouvait le voir seul, elle avait une chance. Elle écrivit son article sur l'implant électronique avec la même fougue que Michel-Ange peignant la chapelle Sixtine.

Une fois terminé, elle le relut et s'arrêta brusquement avant d'arriver à la fin. Il ne lui était jamais venu à l'esprit que Sean Molloy pût avoir une petite amie.

Quatre semaines plus tard, Molly sortit de son lit à onze heures du matin. On était samedi. Conor était rentré depuis trois jours mais elle n'avait pas eu le courage de l'appeler. Il fallait pourtant bien qu'elle lui annonce ses fiançailles. Elle savait, sans pouvoir se l'expliquer vraiment, qu'il serait mécontent et elle ne voulait pas exposer le fragile équilibre qu'elle avait si récemment acquis à sa désapprobation.

Tant qu'elle était sur le tournage — à sa grande surprise, elle s'y était sentie très à l'aise —, elle avait eu une excuse pour ne pas le contacter. Mais à présent, elle ne pouvait plus attendre.

Sans prendre le temps de se changer, elle descendit dans l'entrée et se dirigea vers le téléphone. A peine avait-elle composé son numéro sur le cadran qu'elle raccrocha.

Furieuse contre elle-même, elle alla dans la cuisine où elle se fit un café. Pourquoi avait-elle peur ? Après tout, il s'agissait de sa vie.

Retournant à grands pas dans l'entrée, elle décrocha le téléphone et l'appela avant de changer une nouvelle fois d'avis.

Il répondit à la seconde sonnerie.

— Bonjour Conor ! lança-t-elle. Encore au lit ?

— Que se passe-t-il ? demanda-t-il d'une voix tout ensommeillée. Où sont les « Comment vas-tu Conor ? », « Tu m'as manqué, tu sais », « Où en es-tu de ton travail ? »

Refusant de se laisser décontenancer, elle poursuivit sur le même ton.

— Je t'appelais pour t'inviter à déjeuner.

— J'ai eu droit à des invitations bien plus chaleureuses.

— Alors, ça te tente, oui ou non ?

— Oui, patron ! Comment un homme pourrait-il refuser invitation aussi charmante ?

— Disons une heure au *Kettners* ?

— Le *Kettners* est trop cher.

— D'accord. Alors, allons manger un hamburger.

— Et puis quoi encore !

— Où veux-tu aller, alors ? Personnellement, j'aime bien le *Kettners*. Et au cas où tu craindrais les dépenses extravagantes, c'est moi qui t'invite.

— Holà !

Conor, qui jusqu'à présent s'était gentiment moqué de Molly, adopta brusquement un autre ton.

— Primo, je ne me fais pas inviter par des femmes dans des restaurants chers, et secundo, je crois que je n'ai pas envie de déjeuner avec toi étant donné ton humeur présente.

— Je suis un peu sur les nerfs, Conor.

— Ça s'entend, permets-moi de te le dire.

— Pardon. J'aimerais vraiment que l'on déjeune ensemble.

— On ne peut pas se garer près de *Kettners*...

Conor avait récemment acheté une Morris Traveller d'occasion et il en était aussi fier que s'il s'était agi d'une Rolls-Royce.

— Nous sommes samedi, Conor. Je suis sûre que tu trouveras de la place.

— Je ne pourrai pas y être à une heure. Une heure et demie, ça te va?

— Parfait! A toute à l'heure!

Lorsque Molly raccrocha, elle se rendit compte qu'elle tremblait. Qu'allait-elle faire?

Elle prit un bain et s'habilla, ce qui lui prit trois fois plus de temps que d'habitude. Tout en se répétant qu'elle était ridicule, elle essaya six tenues différentes. Au bout d'un quart d'heure, son lit ressemblait à un étal dans une braderie. Finalement, après maintes hésitations, elle se décida pour une robe de soie bleu pâle avec des manches plissées.

Elle arriva en avance au restaurant. Il y régnait une atmosphère intime; l'une des raisons pour laquelle Molly appréciait particulièrement cet endroit, c'était que les serveurs ne pressaient jamais les clients, même à l'heure de pointe. Comme c'était samedi — l'anniversaire de son premier déjeuner avec Christian, pensa Molly —, il n'y avait pas trop de monde.

Molly était assise à l'une des tables près du bar lorsque Conor arriva. Il portait un vieux costume de tweed qui allait à la perfection avec sa Morris Traveller. Il avait l'air bronzé et en pleine forme. Personne ne l'aurait pris pour un humble gardien de zoo. Dès qu'il l'aperçut, il s'avança dans sa direction.

— Est-ce que je peux vous embrasser, *mein Führer*? demanda-t-il d'un air moqueur.

— Ne sois pas stupide, Conor! Je suis désolée pour tout à l'heure.

— Oublions tout ça, va!

Il se pencha et déposa un léger baiser sur sa joue avant de s'asseoir à côté d'elle.

— Alors, comment vas-tu? Tu es très chic.

Avant de partir de chez elle, Molly avait jeté un dernier coup d'œil à sa mise dans le miroir, et elle devait admettre que cette tenue lui seyait à merveille.

— Oh, ce n'est qu'une vieille robe. Tu prends quelque chose?

— Commandons tout de suite. Les apéritifs coûtent une fortune ici.

— Ce n'est pas plus cher qu'ailleurs, fit remarquer Molly. Et puis, tu es mon invité, alors ne m'insulte pas.

— Je suis désolé, Molly, mais cela ne correspond guère à mon train de vie.

— Eh bien, sache que cela correspond au mien, maintenant que je vais devenir une actrice célèbre. Alors, tais-toi, Conor, et prends un verre.

— Je n'aime pas ça du tout, répéta-t-il.

— Je sais. Mais n'oublie pas, quand tu seras un archéologue de renom, tu pourras m'inviter sur le site de tes fouilles dans le désert et m'offrir du lait d'ânesse en guise d'apéritif.

— Ce n'est guère probable, surtout au rythme auquel je passe mes examens.

Molly appela l'un des serveurs et commanda un Bellini.

— Que prends-tu, Conor ?

Il regarda fixement le serveur.

— Un verre d'eau. Du robinet, s'il vous plaît !

— Vraiment, Conor, ce n'était guère nécessaire, observa Molly une fois le garçon parti.

Conor ne prêta pas attention à sa remarque et se cala dans son siège.

— Alors, quoi de neuf? Parle-moi de ton film.

— Plus tard, plus tard.

Elle savait qu'elle eût mieux fait de le lui annoncer tout de suite, mais ne s'en sentait pas capable. Elle n'avait même pas eu le courage de porter la bague de Christian. Elle se trouvait dans une petite boîte, au fond de son sac à main.

Conor soupira.

— Quel suspense !

Lorsque les apéritifs arrivèrent, ils parlèrent de son travail à lui, son vrai travail d'archéologue et non son emploi au zoo qui n'était qu'alimentaire. Il se passait beaucoup de choses en Afrique, où plusieurs expéditions en Tanzanie, au Kenya et en Éthiopie remettaient sans cesse en question la date de l'apparition de l'homme sur terre.

— Tu as certainement entendu parler des Leakey, Molly. Ils font un travail extraordinaire, mais il y a une autre expédition, en Éthiopie, qui, à mon avis, risque de bouleverser les théories actuelles. Le type qui la dirige s'appelle Johanson et on raconte qu'il a trouvé le squelette complet d'une femme qui prouverait que l'être humain pourrait être vieux de plus de deux millions d'années par rapport à ce qu'on pense aujourd'hui.

Le serveur vint les chercher pour les conduire à leur table. Conor continua de parler de sa nouvelle vocation, essayant d'expliquer à Molly pourquoi il trouvait tout cela si excitant. Il émaillait son discours de termes techniques que la jeune femme ne comprenait pas. Jamais elle ne l'avait vu aussi enthousiaste. Cependant, plus le temps passait, plus elle était obsédée par ce qu'elle avait à lui dire.

Elle ne l'écoutait plus que d'une oreille distraite, répétant en elle-même ce qu'elle s'apprêtait à lui confier tout en hochant la tête de temps en temps et en lui posant ce qu'elle espérait être des questions pertinentes. Il travaillait dur, mais apparemment cela semblait lui plaire, et il lui raconta qu'il s'était couché à quatre heures du matin pour finir un devoir.

Lorsque le serveur leur apporta les premiers plats, Molly se rendit compte qu'elle n'arriverait pas à manger tant qu'elle ne lui aurait pas parlé. Mais comment arrêter le flot incessant de ses paroles ? Peut-être, après tout, se faisait-elle une montagne de ce qui se révélerait n'être qu'un détail ?

Au fait, j'ai oublié de te dire, je suis fiancée...

Elle le regarda planter sa fourchette dans son steak et se dit que Christian et lui avaient au moins un point en commun : ils commandaient toujours un steak au restaurant. Et s'il n'y avait pas de steak, des côtelettes. Si, par malheur, il n'y avait pas de côtelettes non plus, ils se rabattaient de mauvais gré sur du poisson.

Il avait tout planifié, lui expliquait-il à présent. Dès qu'il serait à même de gagner sa vie en tant qu'archéologue, il abandonnerait son travail au zoo et offrirait ses services à l'État en tant que chercheur sur l'un des chantiers nationaux en cours.

— Bien sûr, il faudra d'abord que je passe ma thèse. J'ai déjà réfléchi au sujet. Je ne te le dis pas, parce que ça me prendrait au moins dix minutes pour te l'expliquer, mais elle me permettra de travailler sur le terrain. Tu imagines, Molly ! Je serai peut-être celui qui comblera un point obscur dans ce que nous savons de nos ancêtres, ou qui découvrira une nouvelle manière de tailler le silex chez l'australopithèque !

— C'est extraordinaire ! commenta Molly, légèrement pince-sans-rire

— Excuse-moi.

Il avala son dernier morceau de viande et posa soigneusement son couteau et sa fourchette sur son assiette avant de s'enfoncer dans son siège.

— A toi, maintenant, reprit-il. Comment s'est passé le tournage ?

— C'était super.

— C'est tout ce que tu as à en dire? C'était super?

— Eh bien, oui.

— Allons. Parle-moi de ton partenaire, Eugene Lothar. A quoi ressemble-t-il?

Il fallait qu'elle le lui dise. Elle prit sa respiration et :

— J'ai quelque chose à te montrer...

Elle fouilla dans son sac et glissa la bague à son doigt avant de tendre la main vers lui. Conor resta coi. Autour d'eux, le bruit des rires et des conversations sembla augmenter de volume.

— Et qui est l'heureux élu? demanda-t-il.

— Christian Smith, le journaliste américain que tu as rencontré dans ma loge. Tu te rappelles, il était accompagné d'un photographe.

— Quoi? Ce guignol!

Molly vit qu'il était outré. Elle lui avait raconté en riant que Christian lui avait dévoilé quelques jours plus tard que son histoire de prix n'avait été qu'une ruse pour pouvoir l'approcher.

— Christian n'est pas un guignol.

— Je vois.

Elle ne devait en aucun point céder à la panique. Conor la fixait, le visage fermé.

— Depuis quand êtes-vous fiancés?

— Depuis quatre semaines. En quoi la date a-t-elle de l'importance?

— Oh, elle n'en a aucune. Et qu'est-ce que tu lui trouves? Est-il riche?

— Ça, Conor, ça ne te regarde pas, déclara-t-elle en essayant de garder son sang-froid. Je pense, mon cher frère, que tu pourrais, par exemple, me féliciter ou me souhaiter tout le bonheur possible. N'est-ce pas ce que l'on dit dans ce genre de circonstances?

Ils se toisèrent un instant, puis Conor baissa les yeux.

— Tu as raison, fit-il doucement. Je suis désolé. Je te souhaite d'être très heureuse, Molly, sincèrement.

Troublée, elle remarqua qu'elle avait posé, durant tout cet échange, sa main droite sur sa main gauche, cachant ainsi la bague. Elle la retira aussitôt et laissa sa main gauche bien à plat sur la table, à côté de son assiette où sa salade était intacte.

— J'espérais que tu pourrais venir à Chicago pour le mariage.

— C'est au-dessus de mes moyens.

— Nous pouvons nous arranger et faire passer le prix de ton billet dans les dépenses générales pour le mariage.

— Oh! Et je suppose que c'est lui qui va payer, observa Conor.

— Il s'appelle Christian.

Ils se toisèrent à nouveau, puis Molly fouilla dans son sac avant d'en sortir un mouchoir.

— Ne me dis pas que tu vas pleurer, maintenant.

Elle gratta une tache invisible sur sa robe et répondit :

— Non, je ne vais certainement pas pleurer. Ce n'est pas mon genre, et d'ailleurs je n'ai aucune raison de pleurer.

— En as-tu parlé à Brendan?

— Qu'est-ce que Brendan a à voir avec tout ça? demanda-t-elle, étonnée.

— C'est ton frère. Le chef de la famille.

— Je t'en prie, Conor!

Il s'empara de son couteau et repoussa un haricot vert au bord de son assiette.

— Tu sais très bien que c'est toi, mon frère, ajouta-t-elle doucement.

Il garda le silence encore quelque temps.

— A mon avis, tu fais une erreur, déclara-t-il enfin. Mais quoi que je pense ou dise, tu ne changeras pas d'avis, n'est-ce pas?

— J'ai bien peur que non. Nous allons nous marier à Evanston, dans la maison des grands-parents de Christian. La cérémonie a lieu le 2 mai. J'espère que tu seras là.

— Je passe mes examens fin juin. Alors, tu vois, même si j'avais voulu venir, je n'aurais pas pu me libérer.

Il reposa soigneusement son couteau sur son assiette.

— Je ne viendrai pas, Molly. A présent, parlons d'autre chose.

D'une certaine façon, sa décision la soulageait. Son absence serait plus facile à supporter, après tout, que sa présence.

Ils commandèrent des cafés et Molly s'efforça de paraître enjouée. Elle lui parla du film et, quand elle remarqua qu'il ne lui prêtait plus attention, elle lui annonça qu'elle avait été nominée pour les Keane Awards.

— J'attends de nouvelles félicitations, tenta-t-elle de plaisanter.

— C'est un prix important?

— Le plus important du West End.

— C'est fantastique, Molly! s'exclama-t-il en lui prenant la main, qu'il lâcha aussitôt.

Il avait senti la bague sous ses doigts.

— Attention, je n'ai été que nominée. Il y a d'autres concurrents, précisa-t-elle. Et pas n'importe qui. Mais c'est déjà un grand honneur pour moi.

— Je suis fier de toi, Molly.

Elle vit dans son regard qu'il était sincère.

— S'il vous plaît, l'addition! appela-t-elle soudain avant de sortir sa carte de crédit. Tu peux me déposer au *Cumberland*? J'ai rendez-vous avec une journaliste pour une interview.

Elle s'abstint de lui préciser qu'elle avait aussi rendez-vous avec Christian, Una O'Connor l'ayant persuadée d'amener son fiancé avec elle.

— Tu n'auras qu'à me laisser devant.

— Bien sûr.

Il pleuvait quand ils quittèrent le restaurant et, comme ni l'un ni l'autre n'avait de parapluie, ils durent courir jusqu'à la Morris Traveller, garée à une cinquantaine de mètres. Essoufflés, ils montèrent dans la voiture et Conor démarra aussitôt. Molly ne put s'empêcher de remarquer l'odeur virile de Conor, accentuée par ses vêtements mouillés.

Lorsqu'il s'arrêta devant le *Cumberland*, à Marble Arch, Molly aperçut Una O'Connor, qui se dirigeait vers l'entrée.

— Voilà la journaliste, dit-elle en sortant de la voiture. Una! Una!

La jeune femme se retourna et lui fit signe avant de venir la rejoindre près de la voiture.

— Vous vous rappelez... euh... Sean Molloy? demanda Molly en indiquant son frère d'un geste de la main.

Le sang d'Una ne fit qu'un tour. Conor se pencha vers la vitre pour lui dire bonjour — du moins est-ce ce qu'elle crut entendre. Elle avait l'impression qu'il avait les cheveux plus longs que dans son souvenir.

— Bonjour, monsieur Molloy! Quelle surprise! Comment allez-vous?

— Très bien, je vous remercie.

— Vous êtes bronzé. Vous étiez à l'étranger?

Son sourire, elle n'avait pas besoin qu'on le lui fasse remarquer, était aussi stupide que sa question.

Mais à nouveau Conor répondit courtoisement.

— Oui, en Israël, sur une fouille archéologique.

S'il cherchait à être sarcastique, cela ne se voyait pas.

Tout à coup, Una se rappela la présence de Molly. Que faire ? Elle ne pouvait tout de même pas laisser passer cette occasion, car il ne s'en présenterait peut-être pas d'autre. Le temps pressait. L'égalitarisme des sexes et des classes sociales étant l'un des rares avantages de sa profession, elle décida d'en profiter.

— Que diriez-vous de déjeuner ensemble un de ces jours ? lui proposa-t-elle, à brûle-pourpoint.

Elle vit qu'il jetait un coup d'œil à Molly et se promit de réfléchir à sa signification plus tard.

— Volontiers. Je vais vous donner mon numéro de téléphone. La prochaine fois que vous passez à Londres, mademoiselle O'Connor.

— Una, je vous en prie.

Il prit un stylo dans la poche de sa veste et chercha un morceau de papier. Una n'en revenait pas. Cela avait été tellement simple !

— Je suis désolée, dit-elle en se tournant vers Molly. Je suis à vous dans une seconde.

Molly ne lui répondit pas. Elle avait le regard perdu dans le lointain.

Una se pencha de nouveau vers la voiture. Conor venait de trouver une vieille carte à jouer sur laquelle il griffonna en vitesse son numéro de téléphone.

— Voilà, dit-il en la lui tendant. Au plaisir de vous revoir. Après tout, c'est agréable de se faire inviter à déjeuner. Au revoir, Molly ! Et merci pour le repas, c'était délicieux.

Una ne savait pas ce qui se tramait entre eux mais elle s'en moquait. Elle rangea la précieuse carte dans son sac et lui fit signe de la main au moment où la voiture démarrait. Elle ne se tourna pas pour voir si Molly lui disait également au revoir.

— Eh bien, fit-elle, ravie, on y va ?

Christian les attendait dans le hall. La jeune journaliste le reconnut tout de suite — son visage s'illumina comme un arbre de Noël quand il les vit entrer. Il était très beau et tout à fait charmant, mais il ne lui fallut pas plus de dix secondes pour se rendre compte que ce n'était pas du tout le genre d'hommes qu'elle aimait.

Un large sourire aux lèvres, elle conduisit les jeunes fiancés dans le salon de thé pour y faire l'interview.

9

Quelques jours plus tard, le 28 avril, il faisait à Tullyhalla un temps merveilleux et c'était, pour le père Morahan, une véritable trêve dans la longue guerre d'usure qui l'opposait au climat irlandais. Le soleil était bon comme l'été et réchauffait le sommet de son crâne chauve. Seul un vent très doux soufflait et le village était si calme qu'on pouvait entendre le bruissement des feuilles dans les arbres nouvellement plantés, le long de la rue, par le conseil municipal. Il sortit de l'église après la messe du matin et resta quelques instants à jouir de l'atmosphère, puis à écouter, en contrepoint de la douceur du jour, les gémissements de la Honda 50 de Silver Cash, qui remontait la rue en pétaradant. Silver était le facteur ; ses tournées couvraient, sur trente kilomètres à la ronde, les fermes isolées dans les marais et les petits villages dispersés.

— Bonjour, mon père ! cria Silver en approchant de l'église.

D'habitude, sa gaieté imperturbable lui portait sur les nerfs, mais aujourd'hui le père Morahan rendit volontiers son salut au facteur, qui fit une embardée devant l'église, décrivit un demi-cercle avec sa moto rouge et dérapa pour s'arrêter pile devant lui, projetant des graviers dans les parterres de fleurs.

— Pas censé faire ça, mon père ! hurla-t-il, pour couvrir les éternuements de son moteur. Pas censé faire un détour ! Mais comme c'est vous, continua-t-il tout en fouillant dans sa sacoche, on fera une exception ! Il fait un temps extraordinaire, n'est-ce pas, mon père, grâce à Dieu et à la Vierge ! Tout à fait extraordinaire !

Il tendit trois lettres au prêtre, enfonça sa casquette, remit le moteur en marche et partit en trombe. Le père Morahan jeta un coup d'œil à ses lettres et son cœur se mit à battre si fort qu'il crut se sentir mal. Sur l'une des enveloppes, il reconnut le cachet américain et l'en-tête du Bureau fédéral de l'aviation civile. Il la serra, avec l'impression qu'elle étincelait comme une enseigne au néon et que tout le monde, au village, ne voyait qu'elle. Malgré son envie pressante de l'ouvrir sur-le-champ, il se retint. Il n'y avait pas âme qui vive à trente mètres à la ronde, sauf, de l'autre côté de la rue, l'épicier qui remontait le grand volet de sa boutique et rentrait les journaux déposés devant sa porte par le chauffeur du bus de Galway. Et l'épicier avait un regard d'aigle.

La lettre semblait vivante sous ses doigts et il hésita entre rentrer chez lui ou retourner à l'église. Il se rappela que c'était jour de foire dans la ville de Toome. Mme Conway voulait toujours en finir vite avec le petit déjeuner quand c'était jour de foire, pour être prête lorsque son neveu viendrait la chercher en voiture. Il décida donc de rentrer chez lui.

L'enveloppe lui brûlait la main tandis qu'il remontait les cinquante mètres qui le séparaient du presbytère. Il lui faudrait attendre d'avoir fini son petit déjeuner. Avant de se rendre à la cuisine, il alla dans la salle à manger et fourra les trois lettres dans un tiroir de son secrétaire.

Mme Conway était assise sur un tabouret. Il vit qu'elle avait déjà mis son chapeau.

— Désolé, je suis un peu en retard, madame Conway, dit-il avec un faux air enjoué. Silver m'a retardé.

Elle haussa les épaules.

— Ce n'est pas grave, mon père. Cela ne me regarde pas.

Peg Conway, veuve à l'âge de vingt-sept ans, avait toujours travaillé chez des prêtres. Elle avait même un frère qui était évêque.

Le père Morahan attaqua le lard grillé, les œufs, les saucisses et la tomate qu'elle lui avait préparés. Bien que mourant d'envie de lire cette lettre, il avait très peur d'éveiller les soupçons en se comportant d'une manière inhabituelle. Il mangea aussi les deux tranches de pain grillé, avec du beurre et de la confiture maison, et but ses deux tasses de thé, comme il le faisait tous les matins. Puis il remercia Mme Conway et, la laissant débarrasser, alla dans la petite salle à manger, qu'il appelait toujours son bureau.

Mais ce ne fut qu'après avoir entendu le grondement de la voiture du neveu, suivi du claquement de la portière avant, qu'il osa sortir les trois lettres.

Il poussa un long soupir et ouvrit la première.

Elle était signée de manière illisible et informait le père Morahan que, pendant la nuit du 30 avril au 1er mai 1953, un DC3, qui effectuait la liaison Reykjavik-Shannon, avait sombré dans la mer au large des côtes d'Irlande.

L'avion, qui venait de l'aéroport de Midway, à Chicago, avait été affrété par une famille du nom de Smith, habitant à Evanston, dans l'Illinois, et transportait sept personnes, six adultes — dont les trois membres de l'équipage — et une fillette de un an. Aucun corps n'avait été retrouvé, bien que des restes du naufrage aient fini par s'échouer sur la côte sud-ouest de l'Irlande. Une enquête avait conclu que l'avion, pris dans un violent orage, avait été forcé de dévier sa route, et avait manqué de carburant.

Maintenant il savait.

Mais, en même temps, il ne savait rien. Si ce n'était que son nom était Smith, qu'elle était originaire d'Evanston, dans l'Illinois, qu'il imaginait proche de Chicago puisque c'était de là que l'avion était parti. Sa famille avait affrété un avion, ce qui laissait penser qu'elle devait être riche.

Sans bien savoir pourquoi il faisait cela, le père Morahan prit une feuille de papier et écrivit : « Smith, Evanston » d'une main tremblante. Il plia le papier et le mit dans sa poche. Puis il ouvrit le tiroir de son secrétaire fermé à clé, en sortit la boîte à chaussures, l'ouvrit et, après avoir soigneusement replié et glissé la lettre dans l'enveloppe, la plaça sous la pile des coupures de presse, s'assurant qu'elle y était bien cachée avant de remettre le couvercle. Pour finir, il rangea la boîte à la même place et referma son bureau à clé.

Il fourra les deux autres lettres dans le pot en étain qui se trouvait sur la tablette du bureau ; l'une était une circulaire de son ancienne école, et l'autre une facture. Il regarda sa montre — neuf heures trente seulement. Oserait-il boire quelque chose si tôt le matin ? Il avait une messe d'enterrement, mais, comme c'était jour de foire à Toome, la messe aurait lieu à onze heures au lieu des dix heures habituelles, et il n'avait rien de particulier à faire d'ici là.

Il alla dans le salon, ouvrit le placard qui contenait le whiskey et le referma vite. Il valait mieux s'abstenir. Même s'il mangeait des bonbons à la menthe, tout le monde, à la messe d'enterrement, remarquerait son haleine.

Il resta un moment à la fenêtre à regarder Tullyhalla, sa rue large, ses petites maisons basses — certaines peintes en blanc, d'autres de couleurs vives, d'autres encore laissées à l'abandon, mais toutes intimement collées les unes aux autres, en bonnes vieilles voisines qu'elles étaient —, ses jeunes arbres aux troncs protégés de grillage, les deux poubelles neuves et brillantes autour desquelles s'étalait une mer de papiers de bonbons, de paquets de chips vides et de boîtes à moitié écrasées. Au bout de la rue, un employé municipal poussait une brouette tout en balayant le long du caniveau. Juste en face, l'épicier, avec un petit pinceau et une boîte de peinture blanche, inscrivait les offres spéciales du jour sur sa devanture. Mme Moran, qui habitait la maison juste à côté de l'épicerie, nettoyait les cuivres de sa porte.

Le père Morahan sortit le bout de papier de sa poche. « Smith, Evanston. »

Il essaya d'imaginer Evanston. Il le voyait ensoleillé, avec de beaux petits Américains qui faisaient du roller sur les trottoirs ou qui portaient des raquettes de tennis sur l'épaule, l'air décontracté. Si c'était vraiment le faubourg riche de Chicago, il devait y avoir beaucoup de verdure avec de larges avenues et de riches maisons entourées de jardins, avec de belles voitures garées dans l'allée...

Sa Molly avait été privée de cette vie facile et saine pour être jetée dans ce milieu sauvage et désolé qu'était Inisheer. Mais à présent qu'il savait cela, il n'était pas plus avancé. Il devait en savoir plus... Il regarda à nouveau du côté du placard à whiskey, puis détourna la tête. Comme Scarlett O'Hara, il attendrait demain pour réfléchir sérieusement à la question.

Il sortit, laissant la porte ouverte, et traversa la rue pour se rendre à l'épicerie où il acheta deux tablettes de chocolat Cadbury, pour lequel, depuis toujours, il avait une passion et qu'il mangeait sans le mâcher, laissant les bouts de chocolat fondre lentement et délicieusement dans sa bouche. Il prit ses quotidiens habituels, l'*Irish Independent* et l'*Irish Record*, et, comme chaque fois, répartit la monnaie qui lui restait entre les différentes boîtes des œuvres charitables, alignées sur le comptoir de la boutique.

Il retourna chez lui et, dans la cuisine silencieuse, mit à chauffer la bouilloire pour se faire une tasse de thé, savourant sa première tablette de Cadbury en attendant que l'eau fût chaude. Le thé prêt, il s'assit à la table et mangea la seconde tablette, tout en ouvrant l'*Independent* à la page de la rubrique nécrologique, puis à la page des sports.

Il n'avait feuilleté que la moitié du journal lorsqu'il fut interrompu par le téléphone. Il revint ensuite à la cuisine, où il se dépêcha de laver sa tasse, de rincer la théière, et de replier l'*Independent* et le *Record* avant de les emporter dans son bureau pour les lire plus tard.

Son travail pastoral l'occupait toute la journée et ce ne fut pas avant six heures du soir qu'il put retourner chez lui. Mme Conway était absente mais, tel un reproche muet, une côte d'agneau congelée et des pommes de terre frites attendaient dans une assiette posée sur la table de la cuisine, entre son couteau et sa fourchette. Le père Morahan avait déjà pris un copieux repas aux funérailles. D'un air coupable, il alla vider ces aliments peu appétissants dans la poubelle, mit l'assiette dans l'évier et retourna à son bureau, en s'arrêtant d'abord devant le placard du salon pour se servir un bon verre de whiskey.

Dans son bureau, le whiskey à portée de main, il ouvrit l'*Independent*. Le journal évoquait surtout un vol spectaculaire d'œuvres d'art, d'une valeur de huit millions de livres. Huit millions de livres, songeait le père Morahan avec envie; il imaginait ce qu'il pourrait faire avec une somme pareille...

Quelques instants plus tard, il jetait l'*Independent* pour prendre l'*Irish Record*, qui faisait aussi ses choux gras du vol de tableaux. Il jeta un coup d'œil à la rubrique nécrologique en dernière page, puis feuilleta le journal; il se sentait si fatigué qu'il arrivait à peine à manipuler ces grandes feuilles de papier.

Elle était là, à la page 5.

Sorti brusquement de sa torpeur, le père Morahan lut l'article d'Una O'Connor, qui faisait toute une page, avec un sentiment d'horreur croissant. Les choses étaient parfaitement claires. Margo Bryan, irlandaise, actrice renommée et star de cinéma, devait se marier avec Christian Smith, héritier d'une grande famille de brasseurs aux États-Unis.

M. Smith a enfin trouvé le bonheur, après bien des heures tragiques. Né dans une famille fortunée, sa vie s'annonçait sous les meilleurs auspices, mais ce bonheur fut anéanti lorsque son père, sa mère et sa petite sœur périrent lors d'une catastrophe aérienne.

Ironie du sort, continuait l'article, *bien qu'elle fût trop jeune pour en avoir eu connaissance, le DC3, dans lequel voyageait la famille de son futur mari sombra tout près de l'île où naquit et grandit Margo Bryan, célèbre en Irlande sous son vrai nom de Molly Ni Briain...*

Le regard du père Morahan se troubla en lisant la suite de l'article.

Molly, sa Molly, allait se marier avec son frère.

Le papier se crispait dans ses mains qui commençaient à trembler. Il avait toujours su qu'un jour elle se marierait, et il avait essayé de se préparer à l'idée qu'elle se retrouverait dans le lit d'un autre homme. Mais cette horrible perspective n'était rien à côté de ce qui arrivait, par un hasard absolument extraordinaire.

Il se révolta contre la cruauté du sort. Il savait bien qu'il devait faire quelque chose pour empêcher ce mariage incestueux, et cependant, comment pouvait-il dire qu'il connaissait la vérité ? Il était tenu par le secret inviolable de la confession. Déjà, il l'avait trahi en écrivant au Bureau fédéral de l'aviation civile et à la Lloyds. Et à qui pourrait-il confier son secret ? A Molly ? Mais comment pourrait-il l'approcher ? Il se sentit faible et pris de nausée.

Il parvint tant bien que mal à la salle de bains où il vomit le repas d'enterrement qu'il n'avait qu'à moitié digéré. Il vomit encore et encore jusqu'à ce qu'il fût complètement vidé, tandis que sur ses joues des larmes coulaient tant et plus. Épuisé, il actionna la chasse d'eau et se laissa tomber au sol, appuyant sa joue humide contre la fraîcheur douce de la cuvette.

Il réussit à se remettre debout après quelques instants, se lava le visage et se rendit dans sa chambre, où il s'assit sur son lit pour réfléchir. Il avait été faible toute sa vie ; c'était maintenant l'heure, que cela lui plût ou non, de se comporter avec dignité et courage, quelles qu'en fussent les conséquences.

Il retourna à la salle de bains, se brossa les dents, puis redescendit et reprit le *Record* à l'endroit où il l'avait laissé. Il relut l'article. Il n'y avait pas de temps à perdre : le mariage, qui devait avoir lieu chez le jeune homme, était prévu pour le 2 mai. Il ne restait plus que trois jours. Molly et cet homme — il n'arrivait pas à se convaincre lui-même de l'appeler son fiancé, ou même son frère — devaient déjà se trouver en Amérique, et cela limitait les possibilités d'intervention. Ce genre de nouvelle ne pouvait pas s'annoncer au téléphone et il ne pouvait aller les voir. Il se sentit soulagé. Du moins n'aurait-il pas directement affaire à elle.

Les corps n'ayant pas été retrouvés, peut-être le dossier concernant la catastrophe aérienne n'avait-il pas été refermé par le Bureau fédéral de l'aviation civile ? Pouvait-il alors donner un coup de fil anonyme pour faire savoir qu'il détenait des informations au sujet de cet accident ?

Mais agiraient-ils suffisamment vite ? Entreraient-ils en contact avec Molly avant d'avoir fini l'examen du dossier ? Et quelle raison plausible pouvait-il leur donner pour justifier son désir de rester anonyme ? Ils le prendraient pour un fou et refuseraient de l'écouter.

Il relut encore une fois l'article du *Record*. Cette Una O'Connor serait sûrement intéressée par son histoire. Et les journalistes avaient la réputation de respecter l'anonymat de leurs informateurs et de ne jamais révéler leurs sources.

Il défaillait à l'idée de lui parler, mais, avant que son imagination ne l'entraînât trop loin, il se rendit dans le couloir et appela les renseignements, pour obtenir le numéro de téléphone de l'*Irish Record* à Dublin.

— *Irish Record*, dit une voix féminine au bout du fil.

— Pourrais-je parler à Una O'Connor, s'il vous plaît ?

— Un moment, je vous prie.

Il entendit une autre tonalité puis, lorsqu'on décrocha à nouveau, un tohu-bohu — de voix, de machines à écrire, d'imprimantes. Brusquement le son fut étouffé. La personne qui avait pris le récepteur l'avait couvert de sa main. C'était un homme. Le père Morahan entendait maintenant sa voix assourdie. Il aurait voulu en avoir déjà fini, quelle que fût la personne à qui il avait affaire.

L'homme lui parla enfin :

— Désolé de vous avoir fait attendre, que puis-je pour vous ?

— Pourrais-je... pourrais-je parler à Una O'Connor, s'il vous plaît.

— Una est partie pour quelques jours. Voulez-vous lui laisser un message ?

— Quand sera-t-elle de retour ?

A nouveau on n'entendit plus que le brouhaha ; l'homme, sans doute, se renseignait. Il reprit la parole et dit :

— Pas avant mercredi, je crois.

— Il faut absolument que j'entre en contact avec elle, c'est très important. Pourriez-vous me dire où elle se trouve, s'il vous plaît ?

— Est-ce que c'est pour un article ?

— Non, c'est personnel.

— Je suis désolé, mais nous ne donnons ni numéro ni aucun renseignement personnels.

— Mais c'est une question de vie ou de mort!

— Si vous voulez bien laisser votre nom et le numéro où vous joindre, dit l'homme d'un ton patient, je veillerai à ce qu'elle les ait si elle téléphone ici. Je dis bien si...

— Non, tant pis, dit le père Morahan et il raccrocha brutalement.

Le cœur battant à tout rompre, il resta là, à regarder bêtement l'appareil noir et silencieux qui semblait le narguer.

Il écrirait une lettre anonyme à Una O'Connor et l'enverrait à son bureau, à Dublin. Ce serait extrêmement risqué. Son collègue avait dit qu'elle ne reviendrait pas avant mercredi, et mercredi serait le 1er mai, la veille du mariage. Mais lorsqu'elle aurait lu la lettre, elle comprendrait qu'il leur fallait agir au plus vite. Elle aurait aussi une sorte de devoir moral à partir du moment où elle recevrait cette information. En fait, elle serait sûrement contente d'agir, car cela lui fournirait matière à plusieurs articles.

Il se dépêcha de s'asseoir à son bureau pour n'avoir pas le temps de changer d'avis, tira vers lui son bloc de papier à lettres et prit un stylo dans la poche intérieure de sa veste noire.

Il n'écrivit ni son nom ni son adresse en haut de la page.

Chère mademoiselle O'Connor,

Veuillez excuser cette façon de m'adresser à vous, ainsi que ma hâte à vous écrire, mais je dois absolument vous donner une information en rapport avec l'article que vous avez publié aujourd'hui, concernant l'actrice Margo Bryan — Molly Ni Briain — et son mariage prochain avec un journaliste américain, M. Christian Smith.

Avant d'entrer dans le vif du sujet, je tiens à vous assurer que je ne suis pas quelqu'un à me mêler de ce qui ne me regarde pas ou à susciter des rumeurs inconsidérées. Veuillez croire, je vous prie, que je ne vous écris que pour des raisons hautement morales.

Il relut le deuxième paragraphe et prit conscience que ces précautions de langage ne faisaient que le rendre plus suspect encore. Il déchira la lettre et recommença.

Chère mademoiselle O'Connor,

Je suis désolé de vous importuner, mais, ayant lu votre article dans le journal d'aujourd'hui, je crois nécessaire de vous communiquer une information des plus urgentes, qui vous intéressera sans doute.

J'ai suivi la carrière de Mlle Bryan avec le plus grand intérêt, et me suis tout d'abord réjoui, en lisant votre article, d'apprendre qu'elle allait se marier. Malheureusement, je dispose de certaines preuves — je ne peux vous révéler pourquoi, mais croyez-moi, mes sources d'information sont absolument irréprochables — selon lesquelles, par un hasard absolument extraordinaire, Molly Ni Briain et le journaliste américain Christian Smith sont, en réalité, frère et sœur.

Je sais que cela semble tout à fait incroyable, mais si vous écrivez ou téléphonez au Bureau fédéral de l'aviation civile, à Washington, on pourra vous confirmer que, la nuit du 30 avril 1953 — cette fameuse nuit que vous mentionnez dans votre article —, un bébé a disparu dans un accident d'avion, au large des côtes irlandaises.

Mademoiselle O'Connor, sachez que cette petite fille n'a pas péri durant cette catastrophe, elle a survécu. Après avoir été rejetée par la mer vers la côte, elle a été recueillie et élevée par une famille pauvre du nom de O'Briain. Je joins une lettre que j'ai reçue du Bureau fédéral de l'aviation civile confirmant l'accident, car j'ai été amené à faire ma propre enquête.

Je sais bien que tout cela est très difficile à croire, mademoiselle O'Connor, mais, pour des raisons professionnelles éthiques et morales, je ne peux pas vous dire pourquoi j'ai été en possession de cette information le premier. Cela m'a été révélé d'une façon absolument confidentielle et depuis que j'ai reçu cette lettre, je vis dans l'angoisse, ne cessant de me demander si je dois trahir ou non ce secret qui m'a été confié. Si ce n'avait été ce hasard vraiment extraordinaire, j'aurais emporté dans la tombe le secret de la véritable identité de Molly Ni Briain. Mais, comme vous pourrez en juger, si je me décide à faire cette démarche maintenant, c'est pour empêcher ces deux jeunes gens d'être victimes d'une véritable catastrophe morale. Dieu peut en juger, je n'ai que leurs intérêts à cœur. Pour les mêmes raisons éthiques et morales qui m'empêchent de révéler mes sources d'information, je ne peux moi-même contacter ces jeunes gens.

J'ai pris la liberté de téléphoner à votre bureau et votre collègue m'a informé que vous ne devriez pas être de retour avant le mercredi 1er mai. Mais, ainsi qu'il est précisé dans l'article de votre journal, que je joins également, ce mariage doit avoir lieu à Evanston, dans l'Illinois, le 2 mai. Comme vous le voyez, il y a extrême urgence.

J'espère aussi pouvoir compter sur votre discrétion. Comme vous êtes une personne intelligente, vous comprendrez sans doute aussi pourquoi je ne peux signer de mon nom.

Craignant de se raviser, il prit dans son tiroir la lettre du Bureau fédéral, arracha soigneusement le haut de la page où on pouvait lire : « Cher père Morahan », et la glissa avec sa propre lettre dans une enveloppe sur laquelle il inscrivit le nom et l'adresse d'Una ainsi que la mention « Personnel ». Puis il fourra dans sa poche les bouts de papier restant.

Voilà. C'était fait. L'enveloppe posée sur son bureau semblait le narguer. Tout cela était trop dangereux. Si elle appelait le Bureau fédéral, et elle le ferait sûrement ils lui parleraient de cette lettre qu'ils lui avaient envoyée, et dont ils avaient sans doute une copie dans le dossier Smith.

Il se sentait abject, peureux et égoïste. Comment Molly allait-elle réagir face à une journaliste qui lui annoncerait de telles nouvelles, détruisant tous ses projets de mariage et pouvant la mettre publiquement en cause?

Il ne lui restait plus qu'une seule possibilité : solliciter l'avis de l'Église; cette vénérable institution avait sûrement connu auparavant une situation de ce type. Il pourrait se confier à un membre de la haute autorité ecclésiastique, ce qui serait une démarche à la fois difficile et humiliante pour lui. Il décida d'aller voir Ned O'Neill.

Le père Edward O'Neill était un jésuite que le père Morahan avait eu pour conseiller spirituel au séminaire de Maynooth. Ned, qui avait près de quatre-vingt-dix ans maintenant, était un homme tolérant, sage et pétillant d'humour. Rien, ou presque, ne pouvait le surprendre. Il avait été le confident et l'ami de centaines de jeunes séminaristes, dont beaucoup étaient restés en contact avec lui, comme le père Morahan. Ned saurait quoi faire.

Il se dirigeait vers la porte pour sortir quand il entendit un bruit de clé. Mme Conway! Il l'avait momentanément oubliée.

Il retourna précipitamment à son bureau, saisit la lettre adressée à Una O'Connor, souleva les coupures de presse dans la boîte à chaussures, fourra l'enveloppe dessous, remit le couvercle et rangea la boîte à toute vitesse. Il fermait son bureau à clé lorsque Peg Conway entra dans la pièce.

— Bonsoir, mon père, dit-elle.

Horrifié, il s'aperçut, en se tournant vers elle, que l'une des coupures était tombée au sol.

— Bonsoir, madame Conway, dit-il sur un ton faussement chaleureux.

Il avança d'un pas dans sa direction et posa le pied sur la coupure de presse. L'avait-elle vue ?

Apparemment, non.

— Je suis descendue au village, mon père, pour rendre visite à Sarah Sheehan. Elle n'en a plus pour longtemps dans ce monde.

— Oui, madame Conway. Elle est très âgée. Que Dieu la bénisse...

Un coin de la coupure dépassait de dessous sa chaussure.

— Eh bien, j'étais juste venue prendre mon livre de prières, mon père. Je vais à l'église pour le chemin de Croix.

— Bien, bien, madame Conway, fit-il sans bouger.

Si la scène n'avait été si pénible, elle eût été digne d'une comédie des Marx Brothers. Il avait presque envie de rire.

— Voulez-vous que je vous allume un feu, mon père ? proposa Mme Conway en regardant l'âtre vide. Il commence à faire très froid.

— Non, cela ira. Mais voudriez-vous allumer la radio ? J'aimerais écouter les nouvelles de six heures et demie.

Le poste de radio était dans la cuisine.

— Elles doivent être finies, mon père.

— Oh... c'est-à-dire, c'est la météo qui m'intéresse.

— Dans ce cas, bien sûr !

Enfin, elle quitta la pièce. Il ramassa la coupure de presse et la fourra comme les autres papiers dans la poche de sa veste. Lorsque Mme Conway se dirigea vers l'entrée, serrant contre elle son livre de prières, il l'accompagna et ferma la porte derrière elle. A peine était-elle partie qu'il se précipita sur le téléphone. Ned O'Neill était chez lui.

— Pat ! Quel plaisir de vous entendre !

— Ned, est-ce que je peux venir vous voir ce soir ?

— C'est si urgent ? (La voix de Ned était à la fois chaleureuse et prudente.) Vous n'avez tout de même pas envie de tout abandonner au point où vous en êtes, j'espère ?

Le père Morahan eut un rire gêné.

— Non, pas du tout, Ned, mais c'est quelque chose de très important.

— Eh bien, quoi qu'il en soit, cela peut-il attendre deux ou trois jours ? Je suis invité à Maynooth ce soir — en fait, vous avez appelé au moment où j'allais partir.

Le père Morahan serra le poing sur la table du téléphone.

— Je crains que cela ne soit très urgent, Ned. (Il regarda sa montre.) Il n'est que sept heures moins le quart et le jour ne se couchera pas avant une heure ou deux. Dans combien de temps serez-vous à Maynooth ? Je pourrais être là-bas en moins de deux heures et demie si nous pouvions nous voir ce soir. Cela, bien sûr, si je ne perturbe pas trop votre dîner...

La voix de Ned O'Neill avait légèrement changé.

— Je vois. Eh bien, Pat, bien sûr. Et vous ne me dérangerez pas du tout. Il n'y aura que des vieux comme moi, et je suis sûr que tout sera fini bien avant que vous n'arriviez. Je passe la nuit à Maynooth, de toute façon, et à mon âge les vieux os n'ont pas tant besoin de sommeil. Je vous attendrai donc. Je laisserai un message à l'entrée pour dire où l'on peut me trouver. Ne vous inquiétez pas, je resterai éveillé pour vous attendre, inutile donc de risquer de tuer quelqu'un en fonçant sur les routes.

— Entendu, mon père, promit le père Morahan et il raccrocha.

A nouveau, il se sentit faible et se retint au bord de la table pour ne pas tomber. Il fallait qu'il mange quelque chose, son estomac étant vide à présent, mais, oubliant qu'il avait déjà prit un whiskey, il préféra se verser un autre verre, qu'il avala d'un trait. L'alcool lui réchauffa tout le corps et il se sentit aussitôt beaucoup mieux.

Il se servit encore un verre, plus petit, et l'emporta avec lui dans le bureau, décidé à agir maintenant. Il écrivit un message pour Mme Conway, où il lui expliquait qu'il avait été appelé en urgence pour la soirée et qu'il la verrait au dîner le lendemain. Par la grâce de Dieu, pensait-il tout en avalant son whiskey, elle était à l'église, et il n'aurait donc pas à affronter ses questions. S'il se dépêchait, il serait loin déjà lorsqu'elle reviendrait...

Il laissa le mot bien en évidence sur l'égouttoir de la cuisine, appela l'hôtel *Wynn* à Dublin, où il descendait toujours quand il se rendait dans cette ville, sortit un pyjama propre et des caleçons du séchoir à linge. Puis il prit ses affaires de toilette dans la salle de bains, son bréviaire dans la chambre et fourra le tout dans une valise qu'il tira de dessous son lit. Avant de partir, il retourna au salon et guettant par la fenêtre un éventuel retour de Mme Conway, il se versa un nouveau whiskey, un petit, juste pour se donner du courage.

La chance était de son côté. Il avait déjà fait démarrer la voiture, une Ford Escort qu'il avait depuis trois ans, lorsqu'il la vit sortir de l'église. Faisant semblant de ne pas la voir, il accéléra et passa rapidement le portail, avant de foncer en direction de Loughrea et de la nationale menant à Dublin. Il y avait assez peu de circulation et il conduisait vite. La radio retransmettait un concert, la *Symphonie pastorale* de Beethoven, une musique qu'il avait toujours adorée.

Il commença à pleuvoir juste avant Aughrim. Bien que la vitre de son côté fût ouverte, le mouvement rythmé des essuie-glaces, combiné aux riches accords de la symphonie, accentuait les effets de l'alcool et, en arrivant à Athlone, il sentit qu'il luttait pour rester éveillé. Il alla se garer au parking de l'hôtel *Monarch* pour faire une pause.

Le personnel de l'hôtel était affairé; deux réceptions avaient lieu en même temps, l'une au bar, l'autre dans une salle de fêtes. Malgré son état de fatigue, le père Morahan comprit que l'on fêtait deux mariages distincts dans l'hôtel, et que les invités, à présent, se mêlaient les uns aux autres pour ne plus faire qu'un gigantesque groupe.

— Vous voulez boire quelque chose, mon père?

Le père Morahan regarda autour de lui. Un homme énorme, avec des mèches de cheveux qui lui barraient le sommet du crâne, était assis dans un fauteuil, tenant à la main une pinte de bière qui tanguait dangereusement et menaçait de se renverser sur sa chemise ouverte.

— Non, merci, dit-il poliment, et il se dirigea vers le bar.

Le personnel, deux jeunes filles et un homme, était débordé et faisait difficilement face à la demande. Des chopes de bière à demi remplies attendaient en rang d'oignon sur le comptoir. Le père Morahan se trouva une place à un coin du bar et réussit à attirer l'attention d'une des serveuses.

— Pourrais-je avoir un sandwich, s'il vous plaît?

— A quoi le voulez-vous, mon père?

— Ce que vous avez, dit-il, étant donné le brouhaha.

— Il faut que j'aille le chercher à la cuisine. Jambon, ça vous irait?

— Oui, c'est très bien.

— Vous voulez boire quelque chose?

— Oui. Je prendrai un whiskey. Un double, s'il vous plaît.

Le sandwich atténuerait les effets de l'alcool. Il avait déjà fini de boire son whiskey quand le sandwich arriva et il commanda une bière pour l'accompagner. Il était dans une position inconfortable, perché sur ce haut tabouret, avec le coin du bar qui lui coupait l'estomac chaque fois qu'il se penchait pour manger. Il eut soudain conscience que tous les regards se posaient sur lui, même si, par respect pour son habit ecclésiastique, les invités à la noce et les clients habituels avaient laissé un grand espace autour de lui. Il avala son sandwich ainsi que sa bière, et quitta les lieux aussi vite que possible.

Il était onze heures moins le quart lorsqu'il atteignit Maynooth. Devant les énormes portes du séminaire, son courage l'abandonna et, au lieu de s'engager dans l'allée, il resta sur la route, traversa la ville et se dirigea vers Dublin.

Il pensa un instant arrêter la voiture et faire quelques pas pour se rafraîchir les idées, mais décida plutôt d'aller manger un autre sandwich dans la ville suivante, à Leixlip. Il avisa un pub, dans la rue principale, et se gara dans un parking.

Il entra. Il se sentait bien à présent. D'ici peu, Ned O'Neill l'aiderait à sortir de cette situation.

Le pub était en pleine activité mais il trouva là aussi une place libre au bar. Il n'y avait de nouveau à manger que des sandwichs au jambon.

— Quelque chose à boire, mon père? demanda le jeune serveur.

— Je prendrai une bière, répondit le père Morahan. Oh, puis non. Donnez-moi plutôt une eau minérale.

— Minérale?

Le père Morahan changea d'idée une troisième fois.

— Je prendrai en fait un café et un petit whiskey.

Le serveur poussa un soupir, regarda ostensiblement sa montre, puis posa un whiskey sur le comptoir, avant d'aller chercher le sandwich et d'allumer la bouilloire pour le café.

Tandis qu'il buvait son whiskey à petites gorgées, le père Morahan se rendit compte qu'il était la seule personne ici qui fût solitaire. Les gens, hommes et femmes, étaient assis en groupe, riant, bavardant, jouissant de la compagnie des autres. Un nuage bleuté de fumée de cigarette flottait et s'étirait au-dessus de leurs têtes. A côté de lui, au bar, trois hommes, des amis sans doute, riaient sans retenue; de l'autre côté, un couple d'amoureux, oublieux du reste du monde, se buvaient des yeux.

Le prêtre fixa les profondeurs dorées de son verre de whiskey. Voilà où il en était, un homme solitaire perché sur un tabouret de bar et à demi saoul. Peu importait la gentillesse avec laquelle Ned O'Neill allait l'accueillir ce soir, il ne réussirait jamais à oublier ce qu'il avait fait. Chacun, ici, avait quelqu'un dans sa vie, et personne ne se souciait vraiment de lui.

A travers ce brouillard de tristesse, il aperçut le serveur qui était revenu avec le sandwich et le café, et qui lui demandait quelque chose.

— Quoi ? réussit-il à dire.

— Ça vous fera deux livres soixante, tout compris, répéta le jeune homme. Vous êtes sûr que ça va, mon père ?

Le père Morahan leva la main.

— Oui, tout à fait. Tout à fait, mon fils.

Il ôta l'enveloppe de Cellophane et mordit dans son sandwich mais celui-ci avait un goût de papier mâché et il ne put l'avaler. Il ne toucha pas au café non plus, mais but son whiskey d'un trait. Il ne lui était plus possible de fuir.

Au parking il mit le moteur en marche ainsi que les essuie-glaces, qui allaient et venaient, allaient et venaient avec un petit bruit sourd et se dirigea vers le pont, à la sortie de Leixlip.

C'est alors qu'il fut aveuglé par les phares étincelants d'un camion qui arrivait en sens inverse et amorçait déjà son virage. Le père Morahan leva la main droite devant ses yeux pour se protéger de cette lumière éblouissante et instinctivement, tourna son volant à gauche. Le conducteur du camion donna un brusque coup de klaxon, si brusque et perçu de si près que le père Morahan sursauta. Son pied droit enfonça la pédale de l'accélérateur et la Ford Escort heurta le trottoir et écrasa l'armature de fer du vieux pont.

Il était étrangement détendu quand la voiture partit dans les airs, une seconde ou deux, plus surpris qu'effrayé. La voiture dégringola dix mètres plus bas, et le volant s'enfonça dans sa poitrine, mais il ne sentit pas tout de suite l'explosion de la douleur. Elle viendrait sans doute plus tard. Tout semblait se dérouler au ralenti. La voiture était dans une position bizarre penchée vers l'avant et à moitié renversée sur le côté. Alors qu'un grondement assourdissant montait peu à peu, il sentit que ses pieds, repliés sous lui, devenaient très très froids. De l'eau. De l'eau s'engouffrait dans la voiture. Il chercha en tâtonnant la poignée, mais il était complètement écrasé contre la portière avant et la poignée se trouvait derrière lui. Même en pliant le bras, il ne pouvait l'atteindre. Il avait très froid et commençait à trembler. Il remarqua que l'eau arrivait au niveau de son autoradio et se demanda si ce genre d'appareil résistait à l'immersion. Il n'avait pas peur. Il souhaitait seulement que le bruit fût moins fort.

Et tandis que l'eau glacée, au goût de terre, assaillait sa gorge et son nez, et l'aveuglait, sa dernière pensée ne fut pas pour l'immortalité de son âme, ni pour Molly, ni pour Ned O'Neill, qui commençait à se faire du souci. Le père Morahan regrettait de ne pas avoir mangé son sandwich au jambon.

Le juge d'instruction ne put déterminer si le père Morahan avait essayé ou non de sortir de la voiture, après que celle-ci fut tombée dans la rivière. Ses plus proches parents étant tous à l'étranger, ce fut Mme Conway qui alla à Dublin recouvrer ses effets personnels. Tout ce qui avait été retrouvé dans la voiture avait été placé dans la valise trempée.

— Voici son portefeuille, dit le fonctionnaire. Sa montre et ce qui traînait dans ses poches se trouvent dans ce sac en plastique.

Le soir, chez lui, elle ouvrit le sac et en sortit d'abord une lettre à laquelle il manquait visiblement un morceau ; elle avait été envoyée de Washington. Sur un bout de papier, elle reconnut l'écriture du père Morahan, à moitié effacée, et parvint à lire quelque chose comme « Smith, Evensong ». Le troisième papier était une coupure de presse, douce comme du coton mais encore déchiffrable. C'était un article sur Margo Bryan. Mme Conway prit la lettre et les deux morceaux de papier et, décidant de les brûler, les plaça dans la cheminée vide du bureau du prêtre avant de craquer une allumette. Ils brûlèrent lentement et elle resta à les regarder qui se recroquevillaient et se transformaient en cendre noire. Puis elle alla dans la cuisine, s'assit à la table et se perdit un instant dans ses pensées. Quand elle se releva, sa décision était prise.

Bien que les clés du père Morahan fussent dans la valise, elle préféra sortir les siennes de son sac à main. Dans le petit salon, elle ouvrit le bureau. La boîte à chaussures était bien là.

Mme Conway n'avait pas été choquée lorsqu'elle en avait découvert le contenu quelques années auparavant. Il n'était pas le premier et ne serait sans doute pas le dernier prêtre à entretenir une passion inavouée. En fait, Mme Conway se sentait secrètement en sympathie avec lui, à cause de cette âme celte qui était enfouie au plus profond d'elle-même et qu'aucune église romaine ou puritaine ne pouvait étouffer complètement.

Elle réfléchit à ce qu'elle allait faire de la boîte et de son contenu. Elle aurait pu brûler le tout, mais elle était superstitieuse quant aux biens d'un homme décédé. Cependant, elle préférait être damnée que de laisser à d'autres la possibilité de mettre le nez, de ricaner, de suggérer, de souiller la mémoire du père Morahan avec des sous-entendus, incapables qu'ils étaient de rien comprendre à tout cela.

Elle prit une feuille de papier sans en-tête et griffonna, en lettres capitales :

TROUVÉ PARMI LES EFFETS DU PÈRE MORAHAN

Puis elle ouvrit la boîte à chaussures et y plaça la feuille par-dessus les coupures de presse. De retour dans la cuisine, elle s'assit à la table et commença à lire attentivement l'article du *Record* jusqu'à ce qu'elle trouve ce qu'elle cherchait, c'est-à-dire un compte rendu de spectacle mentionnant le nom d'une salle de théâtre où Margo Bryan avait joué.

Dans le tiroir de la commode, elle prit du papier d'emballage, de la ficelle, des élastiques, et en fouillant encore, elle trouva une feuille de papier kraft assez grande. Après l'avoir défroissée du mieux qu'elle put, elle entreprit de faire un beau paquet sur lequel elle écrivit : MADEMOISELLE MARGO BRYAN, WYNDHAM'S THEATRE, LONDRES, en grosses lettres.

Puis elle se fit une tasse de thé et se mit au lit.

Son neveu vint la chercher à temps, le lendemain, pour les funérailles. Elles avaient lieu dans la paroisse natale du père Morahan, à Kilmacslea, dans le comté de Mayo. Elle posa le paquet sur le siège arrière de la voiture, avant de monter.

— Arrête-moi à Tuam. Il faut que je poste ça, dit-elle.

— Mais, ma tante, le bureau de poste est ouvert ici. Nous aurons peut-être des difficultés à nous garer à Tuam.

— Fais donc ce qu'on te dit! le tança-t-elle.

A présent, Peg Conway ne faisait confiance à personne à Tullyhalla. Et surtout pas aux postières.

L'Église, dans sa sagesse, avait laissé au père Morahan le bénéfice du doute quant à son suicide éventuel et lui offrit la gamme complète des rites funéraires. Les deux boutiques et les trois pubs de Kilmacslea furent fermés pour la matinée, et la minuscule église de pierre, qui datait du XIIe siècle, était pleine à craquer. Il y avait trente et un prêtres et trois évêques à l'autel pour concélébrer cette messe d'enterrement. Peg Conway fut la seule à pleurer sur la tombe.

Molly s'attendait à être impressionnée par la splendeur de la maison d'Evanston mais, dès l'instant où elle pénétra dans le vaste hall d'entrée, elle se sentit immédiatement chez elle.

Elle resta immobile un moment, le regard posé sur le grand escalier dont elle admira la courbe, tandis que Christian pestait contre leurs sacs et leurs manteaux. Malcolm, qui était venu les chercher en voiture à l'aéroport, alla vite prévenir la femme de chambre qu'ils étaient arrivés et Cordelia, les entendant entrer, sortit de l'une des pièces qui donnaient dans le hall, les mains tendues.

— Vous êtes la bienvenue, Margo, dit-elle d'une voix douce. J'espère que vous serez très heureuse ici.

Molly l'aima aussitôt.

— Merci, madame Smith, dit-elle. Je sens que je vais être très heureuse, oui.

— Appelez-moi Cordelia, je vous en prie ! Si vous m'appelez madame Smith, moi aussi je vous appellerai comme ça !

Molly se mit à rire.

— Entendu, Cordelia. Mais alors, appelez-moi Molly. Margo n'est que mon nom de scène.

— Je préfère nettement Molly, de toute façon, observa Cordelia avec un sourire.

Christian la prit par le bras.

— Viens ! Je veux t'emmener au lac.

— Christian, protesta Cordelia, je suis sûre que Molly est très fatiguée et qu'elle aimerait se rafraîchir.

— C'est vrai, Molly ?

Christian avait l'air contrit.

— Je ne suis pas si fatiguée que cela, mais j'aimerais bien me changer.

— Eh bien, nous descendrons au lac demain matin, après le petit déjeuner. D'accord ?

— D'accord, dit-elle en riant.

— De toute façon, il fait très froid dehors et j'ai demandé qu'on nous serve le dîner tout de suite.

C'était Malcolm. Il venait d'entrer dans le hall.

Elle se tourna vers lui. Il n'avait pas encore ôté son manteau et elle eut l'impression qu'il la regardait attentivement. Cette impression ne s'atténua pas durant le repas pendant lequel elle se sentit très observée. C'était un hôte parfait, dont la conversation était agréable et qui faisait tout pour la mettre à l'aise, et pourtant elle ne pouvait se défaire d'un vague sentiment que, derrière tout cela, il cherchait à comprendre quelque chose.

— Votre spectacle à Londres est un grand succès. Vous avez reçu un prix, je crois?

— En effet, dit Molly. Le spectacle ne se donne plus à l'heure actuelle, mais j'ai été nominée pour les Keane Awards. La remise officielle a lieu dans dix jours et les producteurs affirment que je dois y être. C'est pourquoi il n'y aura pas de lune de miel, je le crains.

Cordelia, qui avait disposé de moins d'un mois pour préparer le mariage à la maison — « Tu ne m'as pas laissé beaucoup de temps, Christian! » —, expliqua à Molly ce qu'il restait à faire.

— Avez-vous apporté votre robe de mariée?

— Pour être tout à fait honnête, Cordelia, je vous dirai que c'est la dernière chose à laquelle j'ai pensé.

— Eh bien, nous irons demain chez Magnin.

— Tu peux dire adieu à ta fiancée, Christian! lança Malcolm en riant.

Molly remarqua que Christian ne riait pas. Pendant tout le repas, elle sentit qu'il régnait un antagonisme sourd entre Christian et son grand-père, qu'elle ne pouvait comprendre maintenant qu'elle connaissait Malcolm. Elle avait vraiment le sentiment que Malcolm se mettait en quatre pour être agréable et aimable envers son petit-fils, mais que ce dernier lui était complètement fermé.

Les préparatifs du mariage étaient assez simples. Ni Christian ni Molly ne voulaient lui donner trop d'importance. Cordelia cependant semblait préoccupée par les origines catholiques de Molly.

— Êtes-vous vraiment sûre, Molly, que vous ne souhaitez pas qu'il y ait une cérémonie catholique? Je suis certaine que nous pourrions arranger cela. Malcolm a d'excellentes relations avec le cardinal, n'est-ce pas, mon cher?

— Je suis certaine, Cordelia, que le cardinal lui-même ne pourrait régler la chose en si peu de temps, commença Molly avant que Malcolm n'ait eu le temps de répondre. De toute façon, ce n'est pas un problème, honnêtement. Quelle que soit la cérémonie, ce que vous aurez organisé sera tout à fait bien.

— Mais êtes-vous sûre d'avoir envie de vous marier ici, en Amérique ? Croyez bien que Malcolm et moi-même aurions pu faire le voyage jusqu'en Irlande.

Molly savait bien qu'en aucune façon elle n'aurait pu se marier avec un homme divorcé à Inisheer. Peu désireuse d'expliquer à Christian les subtilités des règles du mariage catholique, elle s'était contentée de lui affirmer qu'on aurait trouvé choquant qu'elle se mariât moins de quatre mois après la mort de sa mère.

— Je vous assure, Cordelia, dit-elle, cela ne me pose aucun problème de me marier ici ou là.

— Eh bien, si vous en êtes certaine ! dit Cordelia, qui se tourna vers Christian pour lui expliquer où se trouvait son costume pour le lendemain.

Dick Spielberg, que Molly avait rencontré brièvement dans sa loge, cinq mois auparavant, devait être le garçon d'honneur de Christian, mais il restait à trouver une demoiselle d'honneur pour Molly et quelqu'un qui lui donnerait le bras.

— C'est tellement dommage, dit Cordelia, qu'aucun membre de votre famille ne puisse venir.

Molly savait qu'il était inutile d'inviter Brendan — il n'aurait pas même fait le voyage pour Londres. Et Conor s'était éliminé de lui-même.

— J'ai très peu de famille proche, dit-elle. Christian a dû vous dire que je n'ai que deux frères et que l'un d'eux est injoignable car il travaille à l'étranger. Mais je vous assure, Cordelia, cela ne me gêne pas du tout que les choses se passent ainsi. Je n'aurais pas aimé qu'il y ait trop de remue-ménage autour de ce mariage.

— Eh bien, il ne nous restera plus qu'à vous trouver une demoiselle d'honneur, dit Cordelia d'un ton léger. Et Malcolm vous donnera le bras — si cela vous convient ?

— Naturellement ! J'en serais enchantée.

Au moment du café, Molly, fatiguée par le long voyage, s'excusa et se leva de table. Christian se leva à son tour, embrassa sa grand-mère et déclara qu'il allait se coucher lui aussi.

Ils montèrent ensemble l'escalier et devant la porte de la chambre de Molly, il lui donna un baiser léger.

— Sois la bienvenue ici, Molly, murmura-t-il. J'avais rêvé de t'amener ici un jour. Je t'aime. Beaucoup.

— Je t'aime moi aussi... répondit-elle à voix basse.

En fermant la porte, elle se rendit compte que c'était la première fois qu'elle le disait.

Elle repensa à la conversation du dîner ; comme elle s'était facilement déliée des pratiques et des règles de sa religion... aussi facilement qu'un serpent perd sa peau. Et pourtant, elle se sentirait toujours catholique. Qu'aurait pensé Sorcha ? Et se serait-elle mariée avec Christian si Sorcha avait encore été de ce monde ? Elle était trop fatiguée pour réfléchir sérieusement à tout cela, trop fatiguée même pour défaire ses valises.

Elle se lava le visage dans la petite salle de bains et grimpa nue dans le lit aux draps de lin frais. Sa chambre était située à l'arrière de la maison et donnait sur le lac. Elle n'avait pas tiré les rideaux et, lorsqu'elle éteignit sa lampe de chevet, chaque objet se détacha bientôt clairement grâce aux reflets gris argenté de la lune se réfléchissant dans les eaux du lac. Molly se sentait bien, en sécurité. Flottant à mi-chemin entre la veille et le sommeil, elle entendit une sorte de chuchotement non loin d'elle. C'était un son doux et agréable, comme un soupir, qui provenait du clapotis des vagues sur le lac, et de la brise qui entrait par la fenêtre.

Elle se réveilla le lendemain à quatre heures, son horloge biologique étant restée à l'heure de Londres. Elle lisait un livre trouvé sur une étagère lorsqu'une femme de chambre lui apporta une tasse de thé. Peu après, Cordelia frappa à sa porte.

— Nous sommes des lève-tôt dans cette maison, dit-elle sur un ton d'excuse en entrant. J'espère que cela ne vous ennuie pas que je vienne vous chercher de si bonne heure, mais si nous voulons avoir le temps de trouver tout ce qu'il vous manque, il faudra que nous partions assez tôt. Cela prendra une bonne heure pour descendre en ville, surtout s'il y a du monde.

Molly, qui habituellement n'aimait guère faire les courses, découvrit que c'était un plaisir en compagnie de Cordelia. La grand-mère de Christian était connue et appréciée dans toutes les boutiques chics de Michigan Avenue, et ensemble elles passèrent un très bon moment.

Cordelia avait déjà pris contact avec les magasins, de sorte qu'une sélection de robes les attendait. Molly tournait et virevoltait devant elle, dans des nuages de soie, de satin et de dentelle. Finalement, elle fixa son choix sur une robe en soie de chez Saks, simple et élégante, de couleur crème, qui enveloppait son corps dans un drapé sensuel.

— Je ressemble à Isadora Duncan! Qu'en pensez-vous, Cordelia, cela vous plaît?

Elle se tourna vers Cordelia et s'arrêta aussitôt. Il y avait des larmes dans ses yeux.

— Que se passe-t-il, Cordelia?

— Ce n'est rien, Molly. C'est que, dans cette robe, vous me faites penser à quelqu'un, il y a longtemps.

— Oh, je suis désolée. Je ne veux surtout pas vous attrister. Je l'enlève tout de suite. Il y en a beaucoup d'autres, de toute façon.

— Non, répondit fermement Cordelia, en se mouchant. C'était juste une impression. Bien sûr, c'est cette robe-ci que nous prendrons. Vous êtes magnifique, Molly.

L'après-midi, Molly se retrouva un moment seule dans le petit salon, que toute la famille semblait préférer au grand salon, plus décoré et plus imposant. Elle examina avec curiosité les livres sur les étagères, et les tableaux accrochés aux murs. Dans un coin de la pièce il y avait un piano sur lequel était posée une série de photos. Il y en avait plusieurs de Christian à différents âges — et d'un autre enfant, qu'elle supposa être sa sœur décédée. Mais il y avait aussi une grande photo de mariés qui attira son attention. Elle comprit pourquoi Cordelia avait réagi ainsi chez Saks. La mariée portait une robe droite qui ressemblait à celle qu'elle-même avait choisie. Cette femme était grande et assez osseuse, avec de larges épaules comme elle. Le visage était plus carré et la coiffure complètement différente. Néanmoins, la ressemblance était frappante. Cordelia l'avait forcément remarquée. Ce devait être la mère de Christian. Elle entendit des pas approcher et reposa la photo d'un air coupable, comme si elle avait été surprise à espionner par le trou d'une serrure.

C'était Christian, qui venait la chercher pour faire une promenade.

— Et si tu n'es pas trop fatiguée, nous pourrions aller à un match de hockey, ce soir. J'ai déjà les billets. Dick viendra avec nous. Ça te tente?

Pour faire plaisir à Christian, Molly tâcha de se divertir le mieux possible, ce soir-là, au Chicago Stadium, mais le bruit et la violence du jeu l'effrayèrent.

Le lendemain soir, Malcolm et Cordelia les emmenèrent dîner au restaurant, au quatre-vingt-quatorzième étage du Hancok Center, et le contraste avec la bruyante soirée de la veille n'aurait pu être plus grand. Lorsqu'elle sortit de l'ascenseur, elle poussa un soupir de contentement devant la vue qui s'offrait à elle — les gratte-ciel tout illuminés contre le ciel noir, les fils lumineux le long de la voie sur berge, les colliers de lumière sur l'autoroute, l'éclat des étoiles, des phares, des tours de contrôle, des signaux d'avertissement en haut des grues, des avions scintillants qui volaient lentement dans le ciel vers l'un des trois aéroports de Chicago.

Cordelia était enchantée par la réaction de Molly.

— J'espère que vous vous plairez beaucoup dans notre ville, Molly.

— Je suis sûre que oui, fit Molly.

Elle jeta un regard à Christian. Il paraissait radieux.

Durant tout la semaine qui précéda le mariage, Christian se comporta en compagnon exemplaire, gentil et aimant. La seule chose qui préoccupait Molly était de le voir si distant avec son grand-père. Elle comprit qu'il était capable d'une extrême froideur, et cela l'inquiéta. Mais elle n'avait guère le temps d'y réfléchir, les préparatifs du mariage et les rencontres avec les amis et les relations de Malcolm et de Cordelia occupant tout son temps. Cordelia avait choisi pour demoiselle d'honneur la petite fille d'un cousin de Christian, et Molly la trouva tout à fait charmante.

Toute la semaine fut bourdonnante d'activité, puis ce fut sa dernière soirée de jeune fille. La maison était une véritable serre, il y avait des fleurs blanches partout, tressées le long de la rampe de l'escalier, au-dessus des portes, assemblées en énormes bouquets dans le hall d'entrée et le salon, où devait avoir lieu la réception.

Le mariage lui-même devait se dérouler dans le petit salon et les décorateurs avaient dressé une arche florale, avec des lilas et des roses blanches, devant les portes-fenêtres.

Cordelia avait insisté pour que Christian, selon la tradition, aille dormir ailleurs, et à contrecœur il était allé chez Dick. Molly se mit au lit de bonne heure, mais elle ne parvint pas à trouver le sommeil. Tout en regardant les ombres que le clair de lune traçait sur les murs de sa chambre, elle réfléchit à ce qu'allait être sa future vie sexuelle avec son mari. Il ne l'avait en rien brusquée, d'ailleurs, bien qu'il y fît souvent allusion sur un mode semi-humoristique, lui rappelant volontiers que même un saint aurait du mal à résister à tant de beauté…

Molly était encore vierge, mais là n'était pas le problème ; elle n'avait pas peur, et elle aimait vraiment Christian. Ce qui l'inquiétait, c'est qu'il ne l'attirait pas physiquement. A vrai dire, elle se serait bien contentée de leur mode actuel de relation affective. Mais ce n'était bien sûr ni envisageable ni honnête vis-à-vis de lui. Elle se devait d'être loyale. Elle essaya de se concentrer sur l'aspect positif des choses : elle aimait son corps, elle aimait le sentir contre le sien lorsqu'ils s'embrassaient, elle aurait une vie agréable avec lui. Il suffisait sans doute de se baser sur ces sentiments...

On frappa doucement à la porte. Elle sauta du lit pour ouvrir, certaine que c'était Cordelia qui voulait régler avec elle quelque ultime problème.

C'était Malcolm. Il était encore tout habillé, dans son costume bleu marine à fines rayures, et respirait avec force, visiblement essoufflé d'avoir monté les escaliers. Cordelia avait confié à Molly qu'elle voulait faire installer un fauteuil montant le long de la rampe, mais qu'il s'était refusé à nuire à l'esthétique de l'escalier.

— Je suis désolé de venir ainsi, si tard, dit-il, mais nous n'avons pas beaucoup eu l'occasion de parler, et j'aimerais tellement que nous puissions bavarder un peu tous les deux, avant le mariage. Puis-je entrer?

— Bien sûr, répondit Molly en ouvrant plus largement la porte et en le laissant passer.

Il s'assit sur une petite chaise près de la fenêtre tandis qu'elle tirait les couvertures sur son lit et enfilait une robe de chambre. Elle aurait pu se sentir mal à l'aise, mais étrangement elle ne l'était pas. Quand elle se fut assise sur le lit, elle attendit qu'il parle. Molly avait souvent remarqué que les personnes âgées avaient tendance à la nervosité; Malcolm, lui, faisait exception. Il était calme et rayonnait de tranquillité.

— Je suppose que vous vous demandez quelle raison importante peut bien me pousser à venir ainsi vous importuner?

— Non, pas du tout. Je suis contente d'avoir l'occasion de pouvoir vous parler.

Elle pensa qu'elle devait l'aider un peu.

— Est-ce en rapport avec le mariage de demain?

— En un sens, oui, dit-il. En un autre, non. J'ai hésité longtemps avant de me décider à vous montrer ceci...

Dans sa poche intérieure il prit son portefeuille, et en sortit une petite photo d'identité, qu'il lui tendit.

Molly la regarda attentivement. C'était un cliché en couleur, une fille blonde avec des pommettes hautes et une grande bouche. A l'exception des yeux, qui étaient plutôt ronds, Molly aurait pu y reconnaître sa propre sœur.

— Qui est-ce ? demanda-t-elle.

— Jo-Ann, la première femme de Christian. Quand je vous ai vue à l'aéroport, j'ai tout de suite été frappé par la ressemblance. Jo-Ann était petite, beaucoup plus petite que vous, Molly, mais à part cela vous vous ressemblez énormément. Mais ce n'est pas vraiment pour cela que j'ai apporté cette photo. En fait... (Il hésita à poursuivre.) Lorsque Christian est venu avec Jo-Ann, la première fois, je me faisais également beaucoup de souci pour elle. C'est que... comprenez-vous, toutes les deux, vous ressemblez terriblement à la mère de Christian, Maggie...

Il replaça la photo dans son portefeuille et en sortit une autre, plus vieille, en noir et blanc, prise en studio et conservée dans une pochette en plastique.

— Je l'avais déjà remarqué, dit-elle simplement en prenant la photo pour la regarder. J'ai vu la photo de mariage, en bas, sur le piano.

Malcolm observait sa réaction.

— Je voulais seulement que vous le sachiez, dit-il.

Molly n'était pas aussi troublée qu'il l'escomptait, peut-être. Elle avait entendu parler, lors de dîners entre amis, de cette recherche masculine d'un substitut maternel ; à chaque fois, la conversation s'était terminée par une remarque en bout de table sur le fait que cela pouvait constituer une excellente base psychologique pour une bonne relation.

— Cela ne vous gêne pas, j'espère ? demanda Malcolm.

— Non. (Elle secoua la tête.) Ce n'est pas très surprenant. Si ce que vous semblez dire est vrai, Christian ne sera ni le premier ni le dernier dans ce cas.

— Vous êtes une jeune dame très mûre. Christian ne nous a pas dit grand-chose de votre famille. Je crois que vos parents sont décédés ? Mais vous avez deux frères ?

— Oui. Ils sont tous les deux plus âgés que moi. L'un d'eux, Brendan, est toujours à la maison, c'est l'aîné. Conor est plus jeune. Il était botaniste.

— Était ?

— Oh, je ne sais plus très bien ce qu'il fait à présent...

Ses yeux étaient dans l'ombre, mais elle eut cependant

l'impression qu'il décelait quelque chose d'étrange dans le ton de sa voix. Elle se rendit compte qu'elle avait parlé comme si elle se sentait coupable.

— Il y a autre chose qui m'inquiète, poursuivit-il, et veuillez m'interrompre si je vais au-delà de mes prérogatives, ma chère. C'est la différence de cultures. Je ne connais pas grand-chose à l'Irlande, et je ne comprends pas bien la nécessité de verdir l'eau de la Chicago River le jour de la Saint-Patrick! (Il eut un petit rire forcé.) Une manie typiquement américaine de célébrer la terre des ancêtres.

Elle eut à son tour un sourire forcé.

— En fait, ce n'est pas exactement la vérité, continua-t-il. J'en sais un peu plus que cela. Savez-vous que je suis celte? Que je suis gallois?

Elle hocha la tête.

— Mais je suis certain que notre pays de charbon et de hauts fourneaux est à des années-lumière de cette Irlande telle que je l'ai toujours imaginée, verte, douce, et où tout le monde déclame des vers ou chante des chansons lors des soirées...

Molly se mit à rire.

— Vous savez, il n'y a peut-être pas un tel fossé entre vous et moi. Il n'y avait pas beaucoup de verdure à Inisheer. Et je peux vous dire que la seule poésie qu'il me fût donné d'entendre est celle qu'on apprenait à l'école!

— Vous êtes catholique, par exemple, et Christian ne l'est pas, fit remarquer Malcolm. N'est-ce pas un problème pour vous?

— Pas du tout. Je crois que je me suis fait ma propre religion, ces derniers temps.

— Eh bien, c'est tout ce que j'avais à dire. Pardonnez-moi, ma chère. Je suis un vieil homme. (Il regarda ses mains.) J'ai l'impression que je n'arrête pas de dire cela, en ce moment...

— Malcolm, ne vous faites pas de souci, déclara Molly. Je m'occuperai bien de Christian, je vous le promets.

— Étiez-vous heureuse, enfant?

La question semblait venir de nulle part et l'obligea à réfléchir.

— Oui, je crois, dit-elle lentement. Je ne m'en souviens pas tellement en réalité.

Elle eut alors le sentiment qu'elle était sur le point d'entendre ce qu'il avait vraiment envie de lui dire en venant la voir.

— Pardonnez-moi, ma chère, répéta-t-il d'une voix douce, je ne suis qu'un vieil homme. Ça y est ! Je l'ai encore dit ! Mais dans la mesure où ils n'ont plus rien à perdre, les vieillards peuvent oser dire certaines choses. J'espère que vous ne serez pas offensée si je me permets de vous demander si vous aimez vraiment Christian. Nous ne sommes pas vraiment proches, lui et moi, vous l'avez sans doute remarqué, mais je crois que je ne supporterais pas de le voir souffrir à nouveau.

Molly fut touchée par ses paroles.

— Malcolm, dit-elle d'une voix ferme, jamais je ne ferai de mal à Christian.

— Pardonnez-moi encore, ma chère, mais ce n'était pas là ma question.

Elle ne pouvait plus fuir. Il lui était impossible de dissimuler.

— Tout ce que je peux dire, en toute sincérité... (elle cherchait ses mots) c'est que je crois que oui. Je n'ai sans doute jamais aimé personne comme j'aime Christian.

Elle disait la vérité, mais ce n'était pas vraiment satisfaisant. Elle le savait au moment même où elle prononçait ces mots.

Il se leva et elle se leva aussi. Il lui prit la main et, dans un geste étrange, plein de courtoisie, la baisa.

— Vous êtes une jeune femme absolument exquise, dit-il, et je me réjouis de ce mariage et de vous accueillir parmi nous. Je vous prie d'excuser ces divagations de vieillard.

Puis il quitta la pièce, se retournant encore sur le pas de la porte.

— Bonne nuit, ma chère, à demain. Et j'aimerais que vous sachiez que vous serez toujours la bienvenue dans cette maison. Quoi qu'il arrive.

— Je n'en doutais pas.

Quand il eut fermé la porte, Molly eut une impression bizarre de déjà vu, quelque chose qu'elle avait ressenti plusieurs fois depuis son arrivée à Greentrees.

Le lendemain, la cérémonie se déroula comme prévu. Conor, à qui elle avait donné son adresse à Evanston en cas d'urgence, avait envoyé un télégramme : BONNE CHANCE A VOUS DEUX. LONGUE VIE ET BONHEUR. Il avait signé : SEAN MOLLOY.

Tandis que Molly et Christian se réveillaient dans la suite nuptiale de l'hôtel *Palmer* après leur nuit de noces, Una

O'Connor, à Londres, attendait nerveusement son hôte au restaurant du *Cumberland*. Elle attendait depuis un quart d'heure déjà. Ce n'était pas qu'il fût en retard, elle avait vingt minutes d'avance et il restait encore cinq minutes avant l'heure exacte de leur rendez-vous.

De sa table, elle apercevait la porte, mais elle ne voulait surtout pas laisser voir qu'elle le guettait. Elle restait donc obstinément le nez penché sur son roman. Una, dont l'emploi du temps était dépendant de celui des autres, ne partait jamais de chez elle sans emporter un livre.

Il arriva à l'heure, et une fois encore elle fut frappée par son naturel et sa simplicité, tant dans son apparence que dans sa façon d'être. Il n'en a pas lui-même conscience, pensa-t-elle en lui serrant la main. Il se laissa glisser dans sa chaise. Elle se sentait très calme. Una était toujours très calme quand elle n'était pas prise au dépourvu. Elle connaissait déjà la carte et, profitant de son avantage d'hôtesse, lui indiqua ce qui lui semblait être bon.

— Est-ce qu'ils ont des steaks ? demanda-t-il, tout en examinant la longue liste des plats.

— Je suis sûre qu'ils peuvent vous en faire un.

Elle leva une main vers le maître d'hôtel, qui vint vers eux.

— Est-ce possible d'avoir un steak ?

— Vous en avez à la carte, madame, répondit le maître d'hôtel.

— Je prendrai alors un steak grillé, c'est tout, déclara Conor.

Soulagée, Una engagea la conversation, comme si elle s'apprêtait à faire une interview.

— Parlez-moi de votre vie au zoo.

— Il n'y a pas grand-chose à dire, répondit Conor en haussant les épaules. Je suis gardien en chef, je peux donner un coup de main partout où c'est nécessaire.

— Aimez-vous vraiment les animaux ou est-ce juste un travail comme un autre ?

— J'aime bien les animaux, mais c'est avant tout un travail. Ce qui m'intéresse vraiment, maintenant, c'est l'archéologie.

Elle releva le « maintenant ».

— Et avant, à quoi vous intéressiez-vous ?

— A la botanique.

Il y avait quelque chose comme un avertissement dans le ton de sa voix. Elle revint à l'archéologie.

— Je ne connais absolument rien à l'archéologie, dit-elle.

C'était comme si elle avait appuyé sur un bouton. Il ne lui restait plus qu'à déguster son vin à petites gorgées et à découper son poisson, tandis qu'il attaquait son steak et s'enthousiasmait sur ce sujet.

— Je dois passer des examens dans quelques semaines, expliqua-t-il. J'ai commencé les cours en retard, en janvier dernier seulement, et je fais tout ce que je peux pour être au niveau.

— Quand aurez-vous fini vos études ?

— Sans doute jamais. Je n'en saurai jamais assez, la vie est trop courte. Dès que vous arrivez à comprendre ce qui se passe quelque part, un nouveau site est découvert. Mais je serai officiellement archéologue, si tout va bien, d'ici deux ou trois ans.

Una avait du mal à se concentrer sur ses réponses. Tandis qu'il parlait, elle avait l'impression qu'une ligne haute tension lui passait à travers le corps. Tout allait très bien et il était tout à fait à l'aise, mais qu'allait-il se passer ensuite ? Elle n'avait aucune idée de ce qu'elle pourrait faire après ce déjeuner avec lui, et elle commençait sérieusement à s'inquiéter. Il finissait son steak, nettoyant son assiette avec un morceau de pain.

Elle prit soudain conscience qu'il avait cessé de parler et qu'il la regardait, en attente de la suite. Mon Dieu ! Lui avait-il posé une question ?

— Excusez-moi, dit-il. Je vous ennuie ? Cela m'arrive souvent, j'en ai peur.

— Non, non, pas du tout.

Il la regarda, sourit et dit :

— A votre tour, maintenant.

— Non, je préférerais que vous me parliez encore d'archéologie.

Conor posa son couteau et sa fourchette au milieu de son assiette vide.

— Una, demanda-t-il, pourquoi m'avez-vous invité à déjeuner ?

— Parce que vous étiez là... comme le mont Everest.

— C'est une bonne raison, j'imagine. (Puis il ajouta, sur un ton banal :) Que faisons-nous maintenant ?

— Que... que voulez-vous dire ?

— Eh bien, je suppose que vous ne m'avez pas invité à déjeuner parce que vous aviez peur que je meure de faim...

Elle fit un effort pour ne pas perdre pied.

— Alors, pourquoi avez-vous accepté ?

— Oh, pour toutes sortes de raisons ! Y compris le fait que j'aime beaucoup les cheveux roux, dit-il.

Elle vit qu'il continuait à sourire, mais elle était absolument incapable d'interpréter ce sourire.

— Êtes-vous... êtes-vous libre, aujourd'hui ? réussit-elle à dire.

— Oui. Et je devrais être en train d'étudier, bien sûr !

— Oui, bien sûr !

Elle fit un geste au maître d'hôtel pour avoir l'addition.

— Pourquoi m'avez-vous demandé si j'étais libre aujourd'hui ? murmura-t-il.

— Eh bien, j'espérais que vous pourriez m'emmener au zoo.

Elle ne manquait pas d'audace et cela le fit rire.

— Je vois. Eh bien, allons au zoo !

Molly glissait la clé dans la porte de leur maison de Vernon Street à Londres tandis que Christian, après avoir réglé le taxi, s'avançait tant bien que mal avec toutes leurs valises, y compris la malle qu'ils avaient achetée pour y ranger quelques-uns de leurs cadeaux de mariage.

La femme de ménage de Molly, Mme Sharma, avait disposé des fleurs fraîches sur le guéridon de l'entrée, avec le courrier bien en tas juste à côté.

— Je vais dans la cuisine, Christian, lança Molly et elle traversa le hall en prenant le courrier au passage.

Elle mit de l'eau à bouillir, — c'était un réflexe qu'elle avait chaque fois qu'elle retrouvait sa cuisine —, s'assit devant la table et commença à ouvrir le courrier. Elle ne prit pas la peine de décacheter les enveloppes publicitaires, mais mit de côté une pile d'invitations, une lettre de Brendan, et une autre où elle reconnut l'écriture déliée de Dolly. Elle ouvrit celle-ci en premier. C'était un plan de travail pour son film, accompagné d'un petit mot de Dolly disant qu'elle avait reçu du théâtre Wyndham un paquet pour elle « qui l'intriguait beaucoup ».

La bouilloire siffla. Elle entendit Christian hisser les valises dans l'escalier.

— Je fais du thé, chéri, cria-t-elle par la porte. Tu en veux ?

— Je préfère du café, s'il te plaît !

— C'est de l'instantané, ça ira?

— Bon, d'accord, maugréa-t-il, tout en tirant la malle. Je n'arrive pas à monter cela tout seul. J'aurais besoin d'aide.

— Pourquoi ne pas défaire certaines valises ici même? Ce sera plus facile à monter ensuite.

— Tu aurais pu le dire plus tôt! Maintenant que je me suis presque cassé les reins!

— Christian, ne sois pas si grincheux! On pourrait croire que nous sommes mariés depuis trente ans et non trois jours!

— Quatre jours, corrigea-t-il en entrant dans la cuisine. N'oublie pas que le temps passe.

Il vint derrière elle, tandis qu'elle versait l'eau bouillante dans les deux bols, et l'attira contre lui.

— Christian! Je vais tout renverser!

Il la relâcha aussitôt.

— Excuse-moi! dit-il en allant s'asseoir à la table.

Molly apporta les deux bols et demanda d'un ton volontairement léger :

— M'accorderais-tu une faveur?

— Laquelle?

— Je viens de recevoir un mot de Dolly. Elle a reçu un paquet pour moi et elle dit que cela l'intrigue beaucoup. Je ne vois absolument pas de quoi il s'agit. Mais je meurs d'envie de savoir ce qu'il y a dedans. Voudrais-tu être un amour et aller le chercher à son bureau en taxi?

Elle vit qu'il n'était pas très disposé à l'aider.

— Je déferai tous les bagages pendant ce temps-là, promit-elle. Après, nous irons nous coucher.

— Pour dormir?

Le sarcasme était manifeste.

— Tu n'es pas fatigué?

— Je suppose que tu l'es.

— Eh bien, n'est-ce pas normal d'être fatiguée après avoir traversé l'Atlantique comme nous venons de le faire?

— Oui, c'est normal. Bon, je vais te chercher ton paquet.

Elle était dans la chambre et rangeait leurs vêtements dans l'armoire quand Christian revint avec le paquet. Elle s'assit sur le lit pour l'ouvrir.

— Cela ne ressemble pas à un scénario, dit-il, curieux, en s'asseyant près d'elle.

Il avait raison. Quand elle eut enlevé le papier, Molly vit que ce n'était qu'une vieille boîte à chaussures, dont l'état ne s'était guère amélioré avec le transport par la poste. Elle souleva le couvercle et trouva un mot à l'intérieur.

TROUVÉ PARMI LES EFFETS DU PÈRE MORAHAN.

Ce nom, auquel elle ne s'attendait pas, lui fit un choc.

Christian regarda par-dessus son épaule.

— Qui est le père Morahan ?

— Oh, c'est juste un prêtre que j'ai connu autrefois, dit-elle. Il doit être décédé...

— Il y a plein de coupures de presse te concernant, observa Christian. Il était gentil avec toi ce type-là, Molly ? Un prêtre ?

— C'était il y a longtemps, répondit Molly en essayant de refermer la boîte.

— Une femme avec un passé, c'est ça ? Et avec un prêtre, qui plus est !

Il fit semblant de vouloir attraper la boîte. Sa bonne humeur était revenue.

— Voyons voir un peu.

— Christian, non ! s'écria Molly en riant.

Elle s'empara de la boîte, gênée à l'idée de le voir lire ces vieux papiers la concernant. Mais il tenta de la lui reprendre, et ils commencèrent à lutter sur le lit. Elle réussit à se dégager, serrant la boîte contre sa poitrine, sortit de la chambre en courant, et dévala l'escalier quatre à quatre.

— Donne-moi ça ! grondait Christian, derrière elle. Femme ! Obéis à ton maître !

— Maître ? Et puis quoi encore ? s'exclama Molly en s'échappant dans la cuisine.

Christian la rattrapa mais elle ne lâcha pas prise.

— Ce ne sont que des vieux papiers sans intérêt, insista-t-elle. Et ils sont à moi ! Cela ne te regarde pas !

Elle avança de quelques pas encore dans la cuisine et, tandis qu'il continuait à la harceler, elle réussit à placer la boîte tout en haut du placard.

— C'est bon, fit Christian d'un ton enjoué. Il est temps de se confesser. Alors, qui était ce Morahan ?

— Quelqu'un qui n'a rien à voir avec nous, répondit-elle, et pour lui changer les idées elle l'embrassa sur la bouche.

Il se dégagea, haletant.

— Molly, je te préviens, des baisers comme celui-ci peuvent avoir certaines conséquences...

— Et alors ? Ne sommes-nous pas mariés ?

Il se frappa le front avec la paume des mains.

— A présent, c'est elle qui me le rappelle ! (Puis il recula légèrement, lui prit la main et dit :) Tu le penses vraiment, Molly ? Tu es sincère ?

Elle hocha la tête, tremblant légèrement.

— Allons, viens, dit-il, d'une voix tendre. Montons, ma femme !

Troisième Partie

10

— C'est une petite fille! s'écria la sage-femme, d'une voix triomphante.

Des larmes coulèrent sur les joues de Molly quand son enfant naquit.

Elle se sentait plate et vide, fatiguée mais ragaillardie en même temps. Elle fit un gros effort pour lever la tête et voir sa fille, mais on l'avait déjà emmenée à l'autre bout de la salle, et on s'affairait autour de la table sur laquelle elle était couchée.

Allongée sur le dos, Molly tenait la main de Christian dans la sienne. Elle aurait voulu voir son visage, mais seuls ses yeux étaient visibles à cause du masque chirurgical qu'il portait. Il ne la regardait pas. Il regardait ce qui se passait du côté du bébé.

Elle était contente qu'il fût près d'elle. Sa présence avait été vraiment nécessaire.

Elle eut une nouvelle contraction. Elle ferma les yeux et expulsa le placenta.

— C'est très bien! dit la sage-femme.

Molly se sentit bêtement flattée par le compliment. Les lumières violentes de la salle de travail l'aveuglaient mais elle réussit à lever à nouveau les yeux vers Christian. Il lui tenait toujours la main mais regardait obstinément vers la porte. Il y avait là beaucoup d'agitation. Une infirmière courait.

Un jeune médecin vint s'asseoir devant la table de travail, sur un tabouret. Elle vit qu'il était indien.

— Je vais juste vous faire un petit point de suture, dit-il. Vous n'allez rien sentir.

— Où est mon bébé? demanda Molly.

Elle ne voyait de lui que ses cheveux noirs, tout occupé qu'il était à bien recoudre les chairs, après l'épisiotomie.

— Ne bougez pas, dit le médecin d'une voix douce.

— Où est mon bébé?

Molly fut soudain prise de panique. Elle avait l'impression que son corps était délicat et fragile comme du verre. Son regard alla du médecin à Christian. Les yeux de Christian étaient pleins de larmes. Quelque chose n'allait pas.

— On a emmené votre bébé à la nursery, pour le mettre en couveuse. C'est juste une précaution, expliqua le médecin, toujours sans la regarder.

— Pourquoi cette précaution? demanda Molly.

Sa voix était de plus en plus aiguë.

Une infirmière vint lui faire une piqûre.

— Pour éviter la douleur, madame, dit-elle. Et aussi vous éviter d'être malade.

Molly ne ressentait aucune douleur. Et elle ne se sentait pas malade non plus.

— Qu'est-ce qui ne va pas, Christian?

Il ne lui répondit pas, mais, lorsqu'il enleva son masque, elle fut effarée par l'expression de son visage.

— Est-ce que le bébé est mort?

Molly essaya de descendre de la table d'opération, et l'infirmière et le médecin se précipitèrent pour l'empêcher de bouger. Elle s'entendit crier, mais sa voix lui parut très irréelle.

— Allons, allons, chère madame, dit l'infirmière. Tout va bien. Restez calme.

Le médecin dit quelque chose que Molly ne put comprendre parce que, brusquement, tout était devenu lointain et elle se sentait très fatiguée, bien plus fatiguée qu'auparavant. La fatigue la recouvrait comme une couverture douce et noire, si douce qu'elle rendait inaudibles tous les mots qu'elle essayait de dire. Elle tenta de lutter, de s'en défaire, mais n'était pas de force, et bientôt il n'y eut plus ni lumière ni son. Elle tomba dans un profond sommeil, comme on tombe au fond d'un puits.

Quand elle se réveilla, il faisait sombre et durant quelques instants, n'ayant aucune idée de l'endroit où elle se trouvait, elle eut une impression de flottement et de paresse, fort agréable. Elle avait fait un rêve, un rêve très vivant et très doux où elle se mariait à nouveau et où la maison d'Evanston flottait sur le lac comme une barque remplie de fleurs. Tout le monde était là, dans son rêve, même Sorcha; elle était très belle, et regardait fièrement Molly remonter l'allée. Jo-Ann était là aussi, blonde, dans une robe rose, à côté d'une autre belle femme en gris, qui souriait gravement à Molly en la voyant passer. Molly savait que c'était la mère de Christian. Elle lui rendit son sourire, et la femme parut très heureuse. Au bout de la pièce, Malcolm jouait d'un instrument de musique, une sorte de mandoline. Des rubans multicolores et des banderoles étaient attachés à son costume rayé bleu marine. John Pius, le visage rose et tout réjoui, était le prédicateur. Même Beauty, le chien de Molly lorsqu'elle était enfant, faisait partie des invités. Il était assis aux pieds de John Pius et agita la queue, les oreilles dressées, en voyant Molly approcher. Beauty portait un minuscule chapeau de clown pointu sur sa tête noire et blanche et une guirlande de fleurs autour du cou.

Après la cérémonie, lorsque Christian lui ôta son voile ce n'était plus Christian mais Conor. Et cela lui parut évident.

Elle s'étira dans le lit chaud et confortable mais, en bougeant, sentit que quelque chose la tiraillait entre les jambes. Alors, elle se souvint. Le bébé. Elle était à l'hôpital. Elle avait eu une fille.

Les dernières images de son rêve se dissipèrent lentement. La tête lui tournait. Elle prit appui sur ses oreillers et alluma la lumière au-dessus du lit. La pièce, d'une propreté impeccable, était égayée de fleurs. Quelqu'un avait dû les disposer là. Il y en avait sur les rebords de la fenêtre, sur les placards, les tables et même sur le poste de télévision, par douzaines, des orchidées, des roses, des dahlias, des chrysanthèmes, dans des paniers, des vases ou des pots. Elle avait une impression d'irréalité, comme si elle était morte et qu'on l'eût transportée quelque part. Elle n'avait vu personne apporter ces fleurs.

Elle voulut sortir de son lit, mais eut le vertige quand elle essaya de se tenir debout. Tête baissée, elle longea les murs et, à tâtons, se dirigea vers la fenêtre pour tirer les lourds rideaux. Bien que les réverbères fussent allumés dans la rue, il ne faisait pas noir dehors. La nuit n'était pas tout à fait tombée. A l'horizon, elle pouvait encore apercevoir des traînées rouges et dorées.

Elle revint tant bien que mal jusqu'à son lit et s'y effondra. Un cordon de plastique venait d'une prise électrique au mur jusque sous son oreiller. En le soulevant, elle découvrit une poire en caoutchouc; c'était une sonnette. Elle appuya sur le bouton et une lumière s'alluma au-dessus de sa porte.

Quelques secondes plus tard, une infirmière entra.

— Mon Dieu, chère madame, vous n'auriez jamais dû descendre de votre lit!

L'infirmière l'aida à se recoucher.

— Nous ne pensions pas que vous vous réveilleriez si vite, dit-elle. Comment vous sentez-vous?

— Où est mon bébé? demanda Molly, plus désorientée que jamais.

Même sa voix lui semblait lointaine et faible.

— Nous vous l'amènerons d'ici peu. Elle est à la nursery, les médecins s'en occupent. On lui fait des examens.

Des examens. Noyé dans un brouillard, le mot lui parut terrifiant.

— Quelle sorte d'examens? réussit-elle à demander.

— Ne vous faites pas de souci, chère madame, le médecin va venir bientôt et il vous expliquera tout. Voulez-vous boire quelque chose?

L'infirmière versa de l'eau d'un pot en plastique de couleur turquoise dans un gobelet de la même couleur, qu'elle approcha des lèvres de Molly. L'eau lui parut très sucrée.

— Où est mon mari?

— Vous avez dormi longtemps. Vous étiez très fatiguée. Votre mari est rentré chez vous, mais il a demandé qu'on lui téléphone dès votre réveil.

Mais où étaient-ils tous, à présent? Christian aurait dû être près d'elle. Une horrible pensée l'assaillit : s'il n'était pas avec elle, c'est qu'il était en train de boire. Il avait promis de ne pas le faire. De rester sobre. Il l'avait promis.

Elle eut l'impression d'entendre quelqu'un à la porte. On lui amenait son enfant! Mais le bruit de pas s'éloigna.

Christian devrait être ici avec elle. Tout allait s'arranger entre eux. Maintenant qu'ils avaient cet enfant, ils prendraient un nouveau départ.

Oui, Christian allait cesser de boire. C'était une fille, avaient-ils dit. Il serait capable d'arrêter de boire parce que, maintenant, il avait une fille...

Elle ferait un effort pour mieux répondre à son désir. Certains livres faisaient valoir que les femmes ne mûrissent sexuellement qu'après avoir enfanté. Elle allait vraiment faire de son mieux. La blessure entre ses jambes allait se refermer et elle se sentirait mieux.

Ils se sentiraient mieux tous les trois, Christian, elle-même, et leur fille. Une vraie famille...

Après tout, elle aimait Christian.

Elle s'arrêta sur cette pensée. Elle aimait Christian, et elle l'aimerait plus encore dorénavant. Leurs difficultés venaient, pour la plupart, du fait qu'elle ne l'aimait pas assez...

Mais où était son enfant ?

— Voulez-vous bien l'appeler, s'il vous plaît ? J'aimerais lui parler.

— Bien sûr, madame. Nous avons le numéro au bureau. Reposez-vous maintenant.

— Quand pourrai-je voir mon enfant ?

— Ce ne sera plus long maintenant. Reposez-vous, chère madame.

L'infirmière quitta la chambre. Ses semelles de crêpe faisaient sur le parquet des bruits de ventouses.

Quand elle eut refermé la porte derrière elle, Molly essaya en vain de rassembler ses esprits. Elle savait que quelque chose n'allait pas. Ce n'était pas seulement à cause du comportement du personnel de l'hôpital, c'était quelque chose qu'elle ressentait au plus profond d'elle-même. Où était Christian ? Où étaient Malcolm et Cordelia ? Ils avaient dû venir à la clinique à un moment ou à un autre. Elle était sûre de se rappeler leurs visages, flottant dans le vague, au-dessus d'elle.

Ou bien était-ce avant la clinique ? Avait-elle seulement rêvé qu'ils étaient là ? Ils étaient à Londres, c'était certain. Ils étaient descendus à l'hôtel *Dorchester*, la semaine passée. Malcolm avait tenu à être là pour la naissance de sa première arrière-petite-fille. Il était terriblement nerveux tous ces derniers jours.

Elle essaya de se remémorer le moment de la naissance, le cri du bébé. Elle n'arrivait pas à se rappeler un cri. « C'est une petite fille ! » avait dit quelqu'un. Et puis ces gens affairés, au seuil de la salle de travail... Elle n'avait pas vu son enfant, elle n'avait pas pu le tenir dans ses bras...

Elle appuya sur la sonnette une deuxième fois et, quand la même infirmière entra, elle demanda à voir son bébé.

L'infirmière vit qu'elle était angoissée.

— Oui, madame, dit-elle d'une voix douce. Je vais chercher le médecin et lui demander de venir.

Après la naissance de sa fille, Christian accompagna son épouse endormie jusqu'à la salle de repos, puis jusqu'à sa chambre, où il apparut clairement qu'elle allait dormir pendant plusieurs heures. Il resta assis sur une chaise, avec le sentiment d'être inutile : le personnel, visiblement compétent, allait et venait. Le gynécologue qui avait présidé à l'accouchement, un homme d'âge mûr, du nom de Sinden, aux cheveux argentés et aux vêtements élégants, vint le voir et lui parla à voix basse. Il était aimable, mais ne lui apprit pas grand-chose, si ce n'est qu'il reviendrait le voir dès qu'il pourrait lui fournir de plus amples informations définitives.

Christian savait déjà que les nouvelles seraient mauvaises. Ce n'était maintenant qu'une question de degré. Il avait vu sa fille, bleue et raide dans les mains de l'infirmière qui l'emmenait précipitamment vers la nursery, et avait bien remarqué qu'elle ne ressemblait pas du tout aux nouveau-nés qu'il avait vus, avec Molly, dans les films de préparation à l'accouchement.

Dans la salle de repos, il essaya de comprendre ce sentiment étrange qu'il éprouvait de n'être en rien concerné par tout cela. Après le traumatisme initial de la naissance, c'était comme si son cerveau avait cessé de fonctionner, pour devenir indifférent à tout. Il avait vaguement l'impression qu'il aurait dû sérieusement s'inquiéter, être triste, ressentir le tragique de la situation ou l'angoisse du futur, et ce qu'il éprouvait n'était qu'un sentiment de vide, de grisaille. Son regard se fixa sur sa femme, allongée sur le dos, la tête enfoncée dans les oreillers. Ses cheveux emmêlés et défaits traçaient des lignes sombres sur le drap blanc du lit, qui semblait légèrement lumineux à la lueur bleutée de la veilleuse au-dessus du lit. Sa bouche, entrouverte, laissait s'échapper un léger souffle.

Il avait gâché son mariage. Exactement de la même façon qu'avec Jo-Ann, la conquête de Molly avait signifié la fin de son désir. Cela avait pris un certain temps, bien sûr. Son désir physique pour Molly s'était même amplifié, au début, et, la première fois qu'il l'avait vue nue dans son lit, il avait eu envie de se mettre à genoux et de tomber en adoration devant une telle perfection.

Mais à mesure que passaient les semaines, il s'était senti de plus en plus irrité, puis frustré. Pour être juste, il devait reconnaître qu'il n'avait vraiment rien à lui reprocher. Il n'avait tout simplement pas réussi à établir le contact.

En y repensant, il se dit que cela avait été une erreur pour elle de ne plus travailler, même si c'était d'un commun accord qu'ils avaient décidé que cette pause ne durerait qu'un an. Cela avait été son idée à lui, ce repos momentané, et cette rencontre avec sa nouvelle famille en Amérique. Elle avait semblé l'accepter avec un certain plaisir, au début, et le premier mois passé à Evanston avait été merveilleux — du moins voulait-il le croire. Cordelia et Malcolm l'adoraient, et l'ambiance dans la maison était devenue agréable, joyeuse même.

Mais ensuite, avec la grossesse, les problèmes avaient commencé. Tout le monde était heureux, à Evanston. Malcolm semblait rajeunir à l'idée d'avoir un arrière-petit-enfant, et si Christian, au début, s'était réjoui avec les autres, sa joie s'était vite évanouie. Molly, malade les deux premiers mois, s'était enfermée dans sa grossesse, avec Cordelia comme confidente. Jamais elle ne s'ouvrait à lui. Et, les mois passant, leur vie sexuelle avait fini par se réduire à néant. Il avait essayé d'en parler avec elle, et elle avait accepté poliment le dialogue, mais il avait eu chaque fois une impression de vide, car il était impossible de communiquer avec quelqu'un qui vivait ailleurs, dans un lieu secret, inaccessible. Elle lui avait demandé d'être patient, elle lui avait promis que les choses iraient en s'améliorant dès après la naissance de l'enfant... Mais il avait senti que c'était là une promesse qu'elle ne tiendrait pas — ne pourrait pas tenir. Il admettait même, à présent, qu'il ne le souhaitait pas lui-même.

Il la regarda dormir. On aurait dit une morte, dans son lit d'hôpital. Elle était belle dans son immobilité, malgré le désordre de sa coiffure et les cernes autour de ses yeux, belle comme une statue d'albâtre. En vérité, se dit-il, Molly semblait ne pas avoir besoin de relations sexuelles.

Et donc, parce qu'il l'avait aimée, ou avait cru l'aimer, il s'était convaincu lui-même qu'il pouvait se passer de rapports sexuels et s'était enfermé dans son travail. Il avait travaillé en free-lance pour différents journaux, y compris étrangers, et s'était réjoui d'aller à Londres les deux derniers mois de la grossesse de Molly. Pour une raison ou une autre, elle préférait accoucher en Angleterre. Il s'était même imaginé que, loin de l'ambiance douillette et réconfortante créée par Cordelia à Evanston, ils auraient peut-être l'occasion de retrouver l'intimité de leur premier mois de jeunes mariés. Mais le déménagement n'avait pas suscité de grands changements. Molly restait hors d'atteinte. Le jour, ils avaient des rapports de politesse aimable, la nuit ils étaient chacun de leur côté, bien qu'ils ne fussent séparés que par quelques centimètres, dans leur grand lit.

En y réfléchissant mieux, Christian reconnut que son inclination à boire était sans doute un facteur déterminant. Elle se fermait complètement quand il avait bu quelques verres de trop. Pourtant, il avait essayé, il avait vraiment essayé d'arrêter de boire, mais c'était plus fort que lui. Il y avait des moments où l'alcool était son seul ami... Et tout en sachant qu'il avait pour lui des circonstances atténuantes — le fait qu'elle ne le désire pas, les deuils qu'il avait vécus —, il se rendait bien compte cependant, lorsqu'il était sobre et déprimé comme aujourd'hui, qu'il avait tous les torts.

L'un dans l'autre, son sentiment d'échec était considérable.

Elle poussa un soupir. Il se pencha aussitôt vers elle, pensant qu'elle allait se réveiller. Mais elle se contenta de changer de position et de replonger dans le sommeil.

Il ne savait pas du tout ce qu'il ressentait pour l'enfant. C'était trop tôt et les problèmes à venir étaient difficiles à évaluer. Mais ce sentiment de dégoût de soi et d'échec n'empêchait pas un fort ressentiment contre le destin, qui encore une fois lui avait joué un sale tour — *leur* avait joué un sale tour. Cela, ce n'était sûrement pas *sa* faute.

Ils étaient maintenant pris au piège, tous les deux. Le filet se resserrait autour d'eux. Implacablement.

Christian regarda sa femme, et il ne vit que de la poussière d'éternité. Elle serait mieux loin de lui...

Il se leva, se dirigea vers la fenêtre, tira les rideaux et scruta la rue en contrebas. Des gens, des gens ordinaires, des hommes avec des attachés-cases, rentraient chez eux après leur journée de travail. Des voitures trouvaient une place où se garer, ou bien la quittaient. Un taxi prenait un client. Pourquoi lui ?

Il jeta un regard par-dessus son épaule vers sa femme. Cela faisait presque une heure qu'il était près d'elle, et elle n'avait pas bougé. Il n'avait aucune raison de rester ici. De toute façon, personne ne semblait attacher une grande importance au fait qu'il fût là ou non, et Molly moins que personne. Il savait qu'il devait appeler Malcolm et Cordelia. Ils se faisaient sans doute beaucoup de souci à l'heure qu'il était. Il avait promis de téléphoner tout de suite après l'accouchement. Mais ce n'était pas vraiment le genre de nouvelle que l'on peut annoncer au téléphone. « Oh ! Grand-père, devine ce qui est arrivé à ta première arrière-petite-fille ! » Il devait se rendre en personne au *Dorchester*.

Il retourna un instant près du lit. La lumière bleue de la veilleuse se réfléchissait sur ses dents et rendait translucide la peau satinée de ses paupières. Il frissonna. Molly ressemblait à un cadavre. Étrangement, il se sentit l'envie de lui donner un baiser. Il se pencha sur son visage et posa ses lèvres sur son front. Il était froid et légèrement humide.

Il quitta la pièce, passa devant le bureau des infirmières, à côté des ascenseurs, et déclara qu'il allait s'absenter un moment, ayant deux ou trois choses à faire, mais qu'on pourrait le joindre chez lui d'ici une heure et demie environ. Il griffonna son numéro de téléphone sur un bout de papier, et partit.

Dehors, la chaleur s'atténuait, après une journée de mai extrêmement lourde. Il trouva un taxi tout de suite et demanda au chauffeur de le conduire au *Dorchester*. Mais lorsque la voiture prit un raccourci à travers Berkeley Square, il le pria de s'arrêter devant l'étal d'une fleuriste. Au grand étonnement de la marchande, il acheta pour cinquante livres de fleurs — des orchidées, des roses, des chrysanthèmes, des dahlias, les plus beaux spécimens qui se trouvaient là. La fleuriste les assembla du mieux qu'elle put, en deux énormes bouquets, que Christian prit dans ses bras avant de retourner au taxi.

Mais, alors qu'il approchait du *Dorchester*, il sut qu'il ne pourrait jamais annoncer la mauvaise nouvelle à ses grands-parents. Il donna un coup sur la vitre qui le séparait du chauffeur et, lorsqu'elle s'ouvrit, expliqua qu'il avait changé d'idée et qu'il voulait être conduit à Soho. L'homme leva les yeux au ciel et referma brusquement la vitre.

Quelques instants plus tard, ils étaient arrivés dans Brunswick Street.

— Nous sommes à Soho, monsieur, annonça le chauffeur. Où voulez-vous que je vous dépose ?

— Au restaurant *L'Epicure*, répondit Christian.

C'était le seul nom qu'il connaissait dans le quartier. Il ne se rappelait plus le nom du restaurant où il avait déjeuné pour la première fois avec Molly. C'était peut-être un signe, pensa-t-il avec amertume.

Le taxi mit cinq minutes de plus pour arriver jusqu'au coin de la rue où brillait l'enseigne du restaurant. Christian descendit de voiture, en laissant les bouquets de fleurs sur la banquette et demanda au chauffeur de les porter à la clinique Sainte-Catherine. Il griffonna l'adresse et le nom de Molly sur un bout de papier et le lui donna, avant de lui payer trois fois le prix de la course.

— A votre service, monsieur! Et bonne journée! lança le chauffeur de taxi.

Christian le regarda s'éloigner. Son envie de boire était maintenant irrésistible. Il y avait un pub en face du restaurant ; il traversa la rue et y entra. Le pub était bruyant, mais chaleureux, plein de jeunes gens bavards, qui travaillaient sans doute dans les boutiques de vêtements du voisinage.

Christian s'installa au bar et commanda un double bourbon avec des glaçons. Quand on le lui apporta, il l'avala d'un trait, et fit signe au serveur de lui en servir immédiatement un deuxième. Il emporta celui-là dans un coin de la salle, où il y avait une place libre, près d'une fenêtre, et se mit à boire à petites gorgées tout en réfléchissant aux dernières heures qu'il avait vécues.

Cette boule de chair sanglante et infirme qu'on avait emportée précipitamment hors de la salle de travail, mais qu'il avait vue, à l'hôpital Sainte-Catherine, il y avait de cela moins de trois heures, était donc sa fille. Il avait du mal à la considérer comme telle ou même tout simplement comme un enfant. Il avala une grande gorgée d'alcool. La présence de la foule et les dernières bouffées de chaleur de la journée rendaient l'atmosphère du pub oppressante. Il enleva sa veste, vida son verre et se dirigea vers le bar pour en commander un autre.

Au comptoir, il remarqua un Américain, à peu près du même âge que lui. C'était là leur seul point commun. L'homme était petit, rondouillard, avec des cheveux couleur de sable et des yeux clairs.

— Salut! dit-il. Vous êtes américain, hein?

Christian n'était pas d'humeur à faire la conversation, mais tout en fixant le serveur des yeux il répondit brièvement :

— Salut.

L'homme, cependant, avait envie d'engager la conversation.

— En vacances?

— Non, dit Christian, espérant le décourager par le ton de sa voix. J'habite ici en ce moment.

C'était une erreur d'avoir précisé cela. L'homme en profita.

— Ah bon! Vous allez pouvoir me filer quelques tuyaux, alors! (Il tendit la main.) Ferdy Cameron. C'est un nom écossais. Professeur de littérature à Oshkosh, dans le Wisconsin. Je vais passer une année sabbatique ici, en Angleterre.

Christian lui serra la main.

— Christian Smith. Je suis journaliste.

— Mon Dieu! Pas le Christian Smith qui a écrit cet article formidable sur la convention de Chicago?

Cela faisait si longtemps que cela ne lui était pas arrivé que Christian se sentit désarmé.

— Si, dit-il d'un air ahuri.

— Eh bien, voyez-vous, Christian, je me suis servi de cet article pour mes cours! C'était quelque chose!

L'homme saisit à nouveau la main de Christian et la lui serra avec enthousiasme.

— C'est extraordinaire! Christian Smith! Il faut que je vous offre un verre, Christian!

Il n'y avait plus moyen de fuir.

Trois verres plus tard, et dans un état qui annonçait l'ivresse, Christian commençait à trouver que ce vieux Ferdy n'était pas un mauvais bougre et lui proposa d'aller dîner. Ferdy fut ravi. Il s'était si longtemps senti seul, avoua-t-il. Les Londoniens étaient réfrigérants. Christian, que la boisson avait détendu, fut tenté de confier ses problèmes du moment à son nouvel ami, mais quelque chose le retint, comme un sentiment d'incomplétude.

Ils se rendirent à *L'Epicure*; après un court moment d'attente, ils réussirent à avoir une table. Durant le repas, ils évoquèrent l'Amérique, leurs années de collège, et Christian réussit à maintenir enfouie cette affreuse impression de vide qu'il avait dans le cœur. Tous les deux prirent un cognac après le repas, sans se soucier des serveurs qui s'activaient autour de leur table.

Au moment même où le médecin s'apprêtait à entrer dans la chambre de Molly pour lui révéler la vérité sur son enfant, quelque part dans Londres Conor était au lit avec Una O'Connor, et une dispute s'annonçait.

Il avait fait très chaud pour un début de mai. Les fenêtres du minuscule appartement de Conor, au troisième étage, étaient toutes ouvertes mais, allongé sur le dos dans son lit étroit, avec le corps rond et chaud d'Una accroché au sien, il transpirait à grosses gouttes. Il aurait voulu se lever mais s'efforça d'être patient, tandis qu'elle se blottissait contre lui, le faisant transpirer davantage.

Il étouffa un bâillement. Ce n'était pas la première fois qu'il se demandait comment il avait bien pu se laisser enfermer dans une telle situation. Il aimait bien Una, c'était une compagne intelligente et leurs rapports sexuels étaient très agréables — ou l'avaient été —, mais elle attendait de leur relation beaucoup plus que ce qu'il était prêt à donner, et peu à peu il avait eu l'impression d'être envahi. Una s'arrangeait avec son journal pour passer de plus en plus de temps à Londres et il aurait nettement préféré qu'il en fût autrement, mais d'un autre côté il était gêné et se sentait injuste envers elle. Ne dépensait-elle pas toutes ses économies en transports aériens pour venir le voir?

— Est-ce que tu as lu l'article du *Standard* sur Margo Bryan? demanda-t-elle au hasard.

Il profita de l'occasion pour se défaire doucement de son étreinte et sortir du lit.

— Non. Quel article?

— Apparemment, *Les Rivières de l'espoir*, ce film qu'elle a fait avec Eugene Lothar, a reçu une récompense à Cannes et Margo a des chances de se voir décerner un prix. Bien sûr, ils disent que c'est une actrice britannique!

Una se sentait des droits sur sa protégée, Conor le savait bien.

— Et alors? (Il se dirigea vers le lavabo et se passa de l'eau fraîche sur le visage.) Après tout, la plupart de tous ses succès, c'est en Angleterre qu'elle les a obtenus, non?

Una prit appui sur un coude, indignée.

— Sean Molloy! Comment peux-tu oser?

— Quelle différence cela fait-il, Una?

— Eh bien, cela fait une grande différence pour moi, et je suis sûre que, si Margo était là, cela ferait une grande différence pour elle aussi! Imagine qu'un jour tu découvres un nouveau fossile qui révolutionne toute la théorie mondiale sur l'origine de la vie ou quelque chose comme ça. Aimerais-tu que les journaux disent que tu es anglais?

Conor continua à s'asperger d'eau. Una, qui avait tendance à la véhémence pour la moindre cause, lui tapait sur les nerfs.

Una ne voulait pas en rester là.

— Eh bien? fit-elle en se redressant brusquement.

Les ressorts du lit grincèrent. Il ne se retourna pas mais il savait bien que ses yeux devaient étinceler d'indignation. Il était las de ces disputes. Il avait envie de quitter la pièce, de quitter Una, et cette chaleur étouffante.

Puis il eut honte. Una était une fille bien, comme on n'en rencontrait pas si souvent, et elle méritait mieux que ça. Il ne lui avait même pas révélé son vrai nom ni son véritable lien avec Molly. Pauvre Una qui croyait qu'il était Sean Molloy, d'Inisheer, un ami d'enfance de Molly. Il s'essuya le visage et revint s'asseoir sur le rebord du lit.

Elle se poussa aussitôt pour lui faire de la place, puis, voyant qu'il ne bougeait pas, l'entoura de ses bras.

— Alors, l'Anglais ? Tu ne m'as pas répondu.

Elle commença à bouger contre lui, cambra le dos, passa une jambe sur les siennes, se frottant les seins contre sa poitrine. Cela le répugnait.

— Arrête, Una !

Il s'était exprimé d'une voix plus dure qu'il ne l'aurait voulu, et constata qu'il l'avait blessée.

— Excuse-moi, je ne voulais pas...

Una le repoussa et se leva. Il ne bougea pas.

— Excuse-moi, Una. Ce n'est pas ce que je voulais dire. J'ai très chaud et je suis fatigué. J'ai eu une semaine très chargée.

— Moi aussi, Sean !

— Je sais. Sortons et allons dîner.

— Non, merci. Je n'ai pas faim. Je vais prendre une douche.

Elle ramassa sa robe de coton et se dirigea vers la salle de bains. Il entendit l'eau de la douche couler. Ce week-end s'annonçait difficile, pensa-t-il en soupirant.

La vérité, c'est qu'il avait envie de revoir Molly. Una était très agréable, mais elle ne pouvait la remplacer. Il lui fallait voir Molly. Il savait qu'elle devait accoucher ces jours-ci. Ils ne s'étaient pas revus depuis son mariage avec Christian — plus exactement depuis ce repas où elle lui avait annoncé son mariage. Cependant, même s'ils l'avaient voulu, il leur aurait été difficile de se revoir, car ils étaient souvent sur des continents différents. Molly était allée en Amérique, et lui, grâce à la coopération de l'administration du zoo qui admettait ses absences, il s'était immergé dans l'archéologie et partait souvent faire des fouilles.

D'un autre côté, il regrettait de ne pas l'avoir vue l'an passé. Elle lui manquait terriblement et il se réveillait souvent au milieu de la nuit en pensant à elle. Mais, étant donné son nouveau statut d'épouse, il savait qu'il aurait du mal à se comporter avec elle d'une manière naturelle, comme il convenait à un frère —

ou même, s'il y avait d'autres personnes autour, comme son soi-disant vieil ami Sean Molloy. Finalement, il leur était beaucoup plus simple de ne pas se rencontrer.

Ils s'étaient parlé. Elle lui avait téléphoné pour le remercier de son télégramme et de son cadeau — une nappe damassée en lin irlandais —, et à d'autres occasions. Mais ils communiquaient surtout par lettres, guindées, formelles, un peu comme deux correspondants lassés d'écrire mais s'obligeant à le faire. Elle parlait de sa nouvelle famille, surtout de son beau-père, Malcolm, qu'elle semblait beaucoup aimer. Son voyage à Inisheer avec Christian, durant lequel ils rencontrèrent Brendan, fut matière à plus ample correspondance. Mais elle en était déjà au cinquième mois de grossesse lorsqu'elle lui annonça qu'elle était enceinte.

Lui-même, lorsqu'il était à l'étranger, lui écrivait de longues lettres, avec des descriptions détaillées du désert ou de quelque autre lieu où il se trouvait, et, comme il y avait toutes les chances pour que son mari les lise, il les signait toujours « Sean ».

On entendait toujours des bruits d'eau dans la salle de bains. Il regarda autour de lui la chambre minuscule et tout en désordre; il avait l'impression d'étouffer. Des affaires d'Una étaient éparpillées un peu partout. Conor, qui avait vécu seul durant de longues années, était méticuleux et soigné, et le caractère désordonné d'Una était pour lui une source supplémentaire d'irritation. Il lui fallait sortir d'ici, trouver son espace...

Il se dirigea vers la salle de bains et frappa à la porte. Una ne l'entendit pas tout de suite et il dut frapper une seconde fois. Le bruit de la douche cessa.

— Oui? cria-t-elle.

— Una, je sors quelques instants. Je ne serai pas long.

Il attendit.

— Entendu, dit-elle en remettant la douche en marche.

Il enfila ses habits que, par habitude, il avait soigneusement pliés sur une chaise près du lit, et quitta l'appartement en descendant l'escalier quatre à quatre.

Une fois dehors, il se dirigea à grands pas vers la Morris Traveller, garée non loin. Il lui faudrait affronter Una une bonne fois pour toutes. Laisser la situation se détériorer n'était pas une bonne chose, ni pour lui ni pour elle.

Il monta dans sa petite voiture et resta un instant immobile, fixant sans le voir le vieux tableau de bord. Il avait le sentiment, de plus en plus pressant, qu'il devait retrouver Molly. Mais comment? Comment pouvait-il rentrer dans sa vie après une absence de plus d'un an? Et sous quel prétexte?

C'était ridicule. Il n'avait nul besoin de prétexte pour aller voir sa propre sœur, après tout. La naissance imminente de son enfant était une très bonne raison de la contacter. Et si c'était Christian qui lui ouvrait la porte, il s'en arrangerait bien, il pouvait dire qu'il était de passage ou quelque chose comme cela.

Il mit le moteur en marche et partit rapidement vers Vernon Street.

Quand il arriva, la rue était aussi calme que d'habitude. Il regarda sa montre. Il était juste dix heures et demie et les réverbères étaient allumés. Aucune lumière ne brillait aux fenêtres de la maison de Molly. Il sonna, malgré tout. Ils étaient peut-être dans la cuisine, ou au fond du jardin. Il regretta aussitôt son geste — qu'allait-il dire? — et fut presque soulagé de n'obtenir aucune réponse. Il allait partir lorsqu'il entendit une fenêtre s'ouvrir, la maison d'à côté.

Une tête apparut, éclairée par la lumière du réverbère.

— Vous cherchez quelqu'un? demanda une femme d'âge mûr, aux cheveux blonds s'échappant de ses bigoudis.

— Oui, je voudrais voir Mme Smith. Excusez-moi de vous avoir dérangée. J'espère que je ne vous ai pas réveillée.

— Pas de problème, répondit-elle, mais vous ne trouverez pas Mme Smith ici, ce soir. Elle est à la maternité. Elle a dû accoucher à l'heure qu'il est. On l'a emmenée vers huit heures ce matin.

— Merci beaucoup! cria Conor, qui se sentait un peu bête. Vous ne sauriez pas par hasard le nom de la maternité?

— La clinique Sainte-Catherine, je crois.

— Merci encore!

— Vous êtes un parent?

— Un ami! lança Conor.

— Dites-lui bien des choses de ma part, quand vous la verrez, d'accord?

— Entendu, promit-il.

La fenêtre se referma et il retourna à sa voiture. La circulation était fluide et il réussit à se garer près de la station de métro d'Earl's Court. Là, il trouva un téléphone public, obtint de l'opératrice le numéro de Sainte-Catherine, puis appela la clinique. On lui répondit à la seconde sonnerie.

Il déclara qu'il voulait des nouvelles de Mme Smith.

— Un instant, monsieur, dit la standardiste.

La ligne fut coupée. Quand elle fut rétablie, il entendit une voix différente au bout du fil.

— Vous voulez des nouvelles de Mme Molly Smith ?

— Oui, dit Conor.

— Vous êtes monsieur Smith ?

— Oui, répondit Conor, instinctivement.

— Je suis très contente que vous appeliez, monsieur Smith. Nous avons essayé de vous contacter au numéro que vous aviez laissé, mais nous n'avons pas eu de réponse. Votre femme vous a demandé. Pourriez-vous venir aussi vite que possible ?

Le cœur de Conor se mit à battre très fort.

— Oui, bien sûr, je vais venir tout de suite. Est-ce qu'elle va bien ?

— Le médecin est avec elle en ce moment. Je viens juste de prendre la relève, mais je sais que tout va bien. Je suis sûre que le médecin répondra à toutes vos questions.

— Merci, dit Conor.

Et il raccrocha. Son regard se fixa sans les voir sur le téléphone, les graffitis, les autocollants sur la vitre de la cabine. Quelque chose n'allait pas.

Il avait oublié de demander l'adresse de la clinique.

Il sortit précipitamment de la station de métro et, sans se soucier de la façon dont était garée la Traveller, héla un taxi. Le chauffeur connaissait la clinique, qui n'était qu'à un kilomètre de là environ, et il lui assura qu'ils y seraient dans quelques minutes à peine.

La clinique se trouvait dans un quartier résidentiel de Londres, dans une rue calme, en cul-de-sac. Conor régla sa course et monta précipitamment l'escalier. Le hall d'entrée était paisible, et une musique de Mozart s'échappait en sourdine des plantes vertes qui tombaient d'une mezzanine. Le seul détail qui montrait qu'on se trouvait dans une clinique et non un hôtel, c'était l'uniforme blanc javellisé de l'hôtesse à l'accueil.

— Monsieur Smith, annonça-t-il. Je viens voir Mme Smith.

Il se sentait comme un criminel, nerveux et coupable d'abus de confiance. Et si Christian était arrivé après qu'il eut appelé au téléphone ? Et si cette hôtesse avait déjà vu Christian et se souvenait de lui ?

Mais l'hôtesse ne réagit pas, se contentant de consulter un

fichier circulaire avant de lui indiquer la mezzanine et l'ascenseur qui le conduirait au troisième étage.

Une infirmière et un médecin l'attendaient. Le médecin se présenta sous le nom d'Anderson et lui demanda d'entrer un instant dans son bureau. Conor le saisit par la manche.

— Est-ce que Molly va bien ? Est-ce qu'elle va bien ?

— Elle va bien, monsieur Smith. Nous lui avons donné un léger calmant car elle était un peu agitée, mais elle va tout à fait bien... Le docteur Sinden s'excuse de ne pas être ici lui-même pour vous parler. Nous avons essayé de vous joindre toute la soirée. Il a malheureusement dû partir. Mais avant, il m'a mis au courant de tout.

Sa voix était grave, posée, rassurante. L'infirmière entra à leur suite, ferma la porte derrière eux, et s'assit discrètement sur une chaise, à demi cachée par un meuble de rangement.

Le médecin proposa à Conor de s'asseoir dans un fauteuil, tandis qu'il se perchait sur le rebord du bureau.

— Y a-t-il un problème pour l'enfant ou pour Molly ? demanda Conor, qui n'en pouvait plus de toute cette mise en scène.

— Votre épouse va bien, surtout ne vous inquiétez pas pour elle. Elle a reçu un choc et il est bien normal qu'elle soit très fatiguée après l'accouchement, mais il viendra un moment où il faudra qu'elle sache ce qui s'est passé vraiment.

— Et que s'est-il passé ? Comment va l'enfant ?

Conor se rendit compte, trop tard, qu'il ne savait même pas si Molly avait donné naissance à un garçon ou à une fille.

Le médecin hésita.

— Votre fille pourrait, j'insiste sur le « pourrait », souffrir d'un mal que nous appelons paralysie cérébrale.

Il posa la main sur son épaule, en un geste professionnel qui déplut à Conor.

— Ce n'est pas facile à dire ni à entendre, continua-t-il, mais le cerveau de votre fille est atteint. Il est trop tôt pour savoir à quel point et quelles en sont les causes, si elles sont d'origine génétiques ou liées à des difficultés pendant la grossesse ou l'accouchement. Nous ferons tout ce que nous pourrons pour elle, bien sûr, vous pouvez en être assuré, mais malheureusement le pronostic n'est pas encourageant.

— Vous voulez dire qu'elle va mourir ?

— Certaines personnes, ayant les mêmes problèmes, vivent très longtemps.

— Mais pour le cas présent ?

— Il est trop tôt pour le savoir.

— Vous pensez que son état est grave, n'est-ce pas ?

Le médecin hocha la tête.

— Nous disons toujours qu'il faut garder espoir dans ces situations-là, mais oui, c'est grave.

— Quels sont les symptômes ?

— Chaque cas est différent, bien sûr, cela dépend de la gravité de son mal et de l'endroit où le cerveau est atteint. Dans le cas de votre fille, il est beaucoup trop tôt pour le dire avec précision. Nous allons devoir observer son développement.

Il fit une pause, pour lui donner le temps d'assimiler l'information.

— Dans le cas de votre fille, monsieur Smith, reprit-il, il semble qu'elle pourrait être hémiplégique. En d'autres termes, gravement paralysée. Il se pourrait qu'il y ait d'autres problèmes aussi. Il est fort probable, monsieur Smith, que si votre fille survit, elle devra être placée dans un centre spécialisé.

Conor avait oublié qu'il n'était pas le mari de Molly. Il avait envie de hurler, de secouer cet homme, aussi bien intentionné fût-il. Il se leva.

— Puis-je voir Molly, je veux dire ma femme, s'il vous plaît ?

— Elle est probablement endormie, mais bien sûr, vous pouvez la voir.

Le docteur Anderson descendit de son perchoir et lui tendit la main.

— Je suis vraiment désolé. C'est un choc pour vous, je le sais bien. Et je suis sûr que vous pensez qu'il m'est facile de dire qu'il ne faut pas trop se tourmenter. Mais je peux vous assurer que votre fille est entre de bonnes mains. Tout ce qui peut être fait pour elle le sera, soyez-en assuré. Et nous allons demander à un psychologue de venir voir votre femme, bien sûr.

Il hésita un instant puis dit à nouveau :

— Je suis vraiment désolé...

Conor lui serra rapidement la main. Il ne se sentait plus un imposteur. Il ne pensait plus à Christian.

Il suivit le médecin dans un couloir faiblement éclairé. Anderson poussa une porte lourde et lisse, puis s'effaça pour laisser Conor entrer seul.

Le seul éclairage de la chambre provenait d'un globe bleu sombre placé juste au-dessus du lit. Molly dormait sur le côté, respirant doucement, ses genoux repliés comme une enfant. Sa peau était comme de la porcelaine fine sous la lumière nocturne qui semblait éthérée et il la trouva plus belle que jamais.

Sans faire aucun bruit, et sans la quitter un instant des yeux, il attrapa une chaise dans un coin de la pièce et la plaça aussi près d'elle que possible sans la toucher. Elle ne bougea pas et continua de dormir paisiblement. Une mèche de cheveux lui barrait le visage et se soulevait légèrement sous son souffle; il avait envie de la repousser. Il remarqua que la pièce était pleine de fleurs.

Un grand calme régnait. Les bruits de la rue, au-dehors, étaient étouffés par le double vitrage des fenêtres et l'épaisseur des rideaux. Il prit conscience de l'exhalaison des parfums dans la chambre : les odeurs d'hôpital, de désinfectant, se mêlaient à la senteur lourde des fleurs et à un autre effluve encore, qu'il reconnut avec surprise comme étant celui, prégnant, de l'enfantement et du sang. Durant son enfance, Conor avait eu l'occasion d'assister à la naissance d'un veau ou d'une portée de chiots. L'odeur était la même.

Au bout de dix minutes environ, elle ouvrit les yeux. Elle le regarda un moment sans le reconnaître, puis lui sourit avec l'air candide d'une enfant.

— Tu es venu, murmura-t-elle.

Il hocha la tête. Il se sentait bouleversé.

Elle sortit la main de dessous la couverture et la lui tendit. Il la serra. Elle était douce et chaude.

— Tu sais, pour mon enfant? chuchota-t-elle.

Sa voix était très calme.

Il hocha la tête à nouveau. Son visage adorable se crispa et elle fronça les sourcils comme pour essayer de se rappeler quelque chose de particulier.

— Mon enfant ne va pas bien, Conor...

Il lui serra la main plus fort, puis relâcha l'étreinte. Il avait peur de l'écraser.

— Molly, nous ferons face ensemble. Nous allons tous t'aider.

— Où est Christian?

— Je ne sais pas, Molly, mais quand je t'aurai quittée, j'irai le trouver.

— Je ne sais pas s'il est au courant...

— Je ne le sais pas non plus, mais ce n'est pas quelque chose que tu auras à affronter seule, je te le promets.

Il était très calme. Malgré la faiblesse de l'éclairage, il voyait que son regard, fixé sur lui, était opaque.

— Est-ce que tu l'as vue ? demanda-t-elle, toujours à voix basse. (Il secoua la tête.) Moi si. Je l'ai vue. Ils m'ont emmenée la voir. Elle est dans une petite boîte en verre. Elle est très belle, comme un petit coquillage tout fin.

Elle avait du mal à prononcer les mots.

— As-tu décidé du nom qu'elle porterait ?

Il se sentit bête aussitôt. Quelle importance cela pouvait-il avoir ? Mais elle répondit tout bas :

— Margaret Susanna.

— C'est un joli nom. Margaret Susanna Smith, répéta-t-il, avec difficulté, car les mots ne voulaient pas sortir de sa bouche. C'est un joli nom.

— Oui, dit-elle, je sais, c'est un joli nom.

Elle ferma les yeux.

— Je suppose que tu n'as pas vu l'*Evening Standard* de ce soir ? demanda-t-il d'une voix douce.

— Non...

— On dit que tu as toutes les chances d'obtenir une récompense à Cannes.

— Ah oui ? C'est bien...

Elle n'ouvrit pas les yeux et Conor crut qu'elle s'était rendormie. Il espéra que ses rêves, le temps de leur durée, seraient agréables. Mais ses lèvres bougèrent à nouveau.

— Ne pars pas tout de suite, Conor.

— Je ne pars pas.

Peu de temps après, sa main devint molle dans la sienne.

Quand il fut certain qu'elle était profondément endormie, il retira un doigt, puis l'autre, et resta debout près d'elle sans faire aucun bruit. Puis, comme s'il vénérait une déesse, il se pencha et posa un baiser sur sa bouche entrouverte. Ses lèvres étaient sèches.

Il attendit un peu, pour la regarder encore, puis la quitta, refermant doucement la porte derrière lui. Venant d'une autre partie du bâtiment, très loin lui sembla-t-il, une sorte de miaulement aigu se fit entendre, un cri de nouveau-né. Quelques secondes plus tard un autre suivit. Il se demanda, avec amertume, si l'un des deux pouvait être l'enfant de Molly et si Margaret Susanna était même capable de crier.

L'infirmière à la peau sombre qui attendait devant l'ascenseur leva les yeux vers lui quand il appuya sur le bouton d'appel. Il ne lui rendit pas son sourire.

L'air de la nuit était froid et rafraîchissant après l'atmosphère surchauffée de l'hôpital. Il se souvint que dans sa hâte il avait oublié de fermer la Traveller à clé. Il espéra la retrouver à sa place et partit en quête d'un taxi.

La chance était de son côté : la voiture était restée là où il l'avait garée. Il regarda sa montre, et à sa grande surprise s'aperçut qu'il n'était pas encore minuit. Il avait éprouvé tant d'émotions durant les deux dernières heures qu'il était persuadé qu'il était plus de deux heures du matin. Il avait très faim.

Avant de partir à la recherche de Christian, il fallait qu'il mange quelque chose. Il vit qu'il y avait un *Wimpy* encore ouvert, près de la station de métro. Il remonta Earl's Court Road, se gara dans une ruelle, et revint à pied jusqu'au *Wimpy*. Il était le seul client de la cafétéria aux lumières criardes, où il commanda deux hamburgers et des frites, qu'il avala rapidement, debout devant le comptoir. Il n'avait aucune idée de l'endroit où Christian pouvait bien traîner. Peut-être Molly en avait-elle quelque idée? Ou la clinique?

Il mangea ses dernières frites en vitesse et retourna à la Traveller. Il y avait une cabine téléphonique au coin de la rue.

La standardiste répondit cette fois encore à la deuxième sonnerie. Conor prit sa respiration et, se sentant ridicule, comme un acteur de cinéma dans un film de série B, fit de son mieux pour prendre l'accent américain.

— Ici Gerald Smith, dit-il. Je suis le beau-frère de Mme Molly Smith, qui vient d'avoir un enfant. J'essaie d'entrer en contact avec son mari, mon frère Christian. D'après ce que je sais, il vous a laissé un numéro où le joindre?

— Oui, monsieur Smith. Attendez un peu...

Il y eut un bruit sec, puis la jeune femme lui donna le numéro de téléphone de la maison de Molly, dans Vernon Street. Tout cela n'avait servi à rien. Il la remercia et raccrocha. Au moins savait-il que Christian avait l'intention de revenir chez lui à un moment ou à un autre. Il composa le numéro, mais n'obtint pas de réponse. Il n'avait plus qu'à retourner chez lui et à appeler à intervalles réguliers. Christian finirait bien par rentrer tôt ou tard — et même par aller à la clinique. Peut-être y était-il déjà?

Il ne ressentait aucune pointe de jalousie à l'idée qu'il pût être au chevet de Molly. C'était comme si une sorte de catharsis s'était opérée, qu'il avait du mal à comprendre, mais il sentait — il espérait plutôt — qu'il ne serait plus jamais jaloux du mari de Molly. Dorénavant, il lui semblait que tout ce qui pouvait rendre Molly heureuse le rendrait heureux lui aussi, même si, pour cela, elle devait se retrouver dans le lit d'un autre. Il mit le moteur en marche et démarra. A présent, il voyait très clairement ce qu'il allait dire à Una.

La foule noctambule du vendredi soir à Soho tournoyait autour de Chrissian et Ferdy alors qu'ils sortaient de *L'Epicure*. Christian, qui n'avait pas réussi à anesthésier l'horreur malgré la grande quantité d'alcool qu'il avait ingurgitée, insista pour que son nouvel ami reste encore avec lui.

— Viens, Ferdy ! Il est beaucoup trop tôt pour aller se coucher !

S'il pouvait prendre quelques verres de plus, cela retarderait le moment où il se retrouverait dans la maison vide, où il lui faudrait affronter ses démons. Pire, s'il n'avait nul endroit où aller, il n'avait plus aucune raison de ne pas retourner à la clinique.

— Je... je ne sais pas, Christian. (Le petit visage de Ferdy exprimait le doute.) Où veux-tu aller ?

— Il y a des tas d'endroits. Londres est rempli de boîtes de nuit.

— Non, je n'y tiens pas, Chrissian, dit Ferdy qui commençait à bafouiller.

— Oh, bon, d'accord !

Christian en avait assez de lui, après tout. Ils se séparèrent, après des échanges d'adresses et les promesses habituelles de rester en contact. Puis chacun partit de son côté en quête d'un taxi.

Il y avait tant de monde dans la rue que Christian mit vingt minutes à en trouver un.

— Où allez-vous ? demanda le chauffeur de taxi.

Christian hésita. Il aurait dû retourner à l'hôpital. Il regarda sa montre. Minuit et demi. Molly serait sans doute endormie et sa présence à nouveau superflue. Le chauffeur attendait patiemment.

Christian prit une décision. Il se donnerait bonne conscience en téléphonant. Puis il irait au *Dorchester* voir Malcolm et sa grand-mère. Personne alors ne pourrait rien lui reprocher.

— Pourriez-vous m'emmener au *Dorchester* ? dit-il. Mais en chemin, arrêtez-vous à une cabine téléphonique, s'il vous plaît.

La clinique répondit à la seconde sonnerie, et il dut hausser le ton pour se faire entendre, à cause du bruit des voitures.

— Monsieur Smith ? dit la standardiste. Je vous passe l'étage tout de suite.

— Bonsoir, dit une autre voix au bout de quelques secondes.

— Bonsoir, dit Christian, en articulant bien, à cause de la circulation mais aussi pour ne pas laisser entendre qu'il avait bu. Ici Christian Smith, le mari de Molly Smith.

— Oui, monsieur Smith ?

— Je voudrais avoir des nouvelles de ma femme, Molly Smith.

— Eh bien, il n'y a aucun changement...

Il sentit, au ton de sa voix, qu'elle était étonnée.

— Je vois, dit-il. Est-ce qu'elle dort ?

— Oui, elle dort. Et je suis sûre qu'elle va dormir jusqu'à demain matin maintenant.

— Pouvez-vous lui laisser un message, s'il vous plaît ? Pouvez-vous lui dire, quand elle se réveillera, que j'ai téléphoné et que je l'aime beaucoup, et aussi que je serai là demain matin de bonne heure. (Comme il n'obtenait aucune réponse, il demanda :) M'entendez-vous ?

— Oui, monsieur Smith. Ne vous inquiétez pas. Je veillerai à ce que votre femme ait le message.

— Merci beaucoup, dit Christian. (Il raccrocha et revint au taxi.) Au *Dorchester*, s'il vous plaît.

L'inaction rendait Malcolm extrêmement nerveux. Il ne pouvait plus attendre. Pour la vingt-cinquième fois en une heure, il releva la manche de sa veste et consulta sa montre. Minuit et demi passé. Et s'il était arrivé quelque chose de grave ?

Il se tourna vers sa femme, et regretta de ne pas avoir sa force de caractère. Cordelia était confortablement installée sur un divan, devant la baie vitrée du petit salon de leur suite, et lisait un livre tout abîmé qu'elle avait acheté le jour même chez un bouquiniste — *Comment l'on devient reine — Victoria au palais de Kensington*, par un auteur nommé Eleanor Graham. C'était la première fois que Cordelia venait en Angleterre, et Malcolm découvrait avec une surprise amusée qu'elle était fascinée par la famille royale.

Il poussa un profond soupir. Même la suite commençait à lui porter sur les nerfs. Ce n'était que profusion de couleurs pastel, de rayures, de glands de rideaux et de fanfreluches, et à présent que Malcolm ne savait comment passer le temps, cette surabondance commençait à lui paraître de mauvais goût. Cordelia — Dieu la bénisse ! — faisait de son mieux. Ils avaient dîné dans leur suite, et toute la soirée elle avait essayé de le distraire en lui donnant des détails sur la vie de la princesse Alexandrina Victoria.

Cela faisait quatre heures qu'il avait téléphoné à l'hôpital.

— Il doit y avoir d'autres nouvelles maintenant.

Cordelia posa son livre.

— Malcolm, protesta-t-elle de sa douce voix, ce n'est pas du tout inhabituel qu'un premier accouchement soit aussi long. J'ai connu des femmes qui avaient mis trente-six heures à accoucher. Molly n'est à l'hôpital que depuis seize heures. Pourquoi ne vas-tu pas te coucher ? Je resterai à attendre. Je te promets que je t'appellerai dès que le téléphone sonnera. Christian n'oubliera pas de nous appeler. Il sait comme tu te fais du souci.

— Il n'est pas question d'aller me coucher, répondit vivement Malcolm.

Il était assis dans un fauteuil, près du téléphone. Agacé, il donna un petit coup à l'appareil.

— Je veux aller là-bas, Cordelia !

Elle posa son livre sur le divan, vint derrière lui, et se mit à lui masser le cou.

— Vieil âne bâté, pourquoi ne veux-tu pas écouter ta femme et aller au lit ? Tu sais très bien que tu ne pourras rien faire là-bas, et à rester assis comme ça, tu ne fais que te monter la tête ! Quand les nouvelles arriveront, tu ne seras même pas en état de les recevoir et de les apprécier !

Il lui prit la main.

— Je suis désolé, ma chérie, tu as raison, comme d'habitude. Pourquoi as-tu toujours raison ? Je ne sais pas comment tu peux me supporter...

— Je t'aime, c'est tout.

Il l'attira vers lui et l'embrassa.

— Malcolm Smith ! protesta-t-elle. Tu n'es même pas rasé !

— Et alors ? Ça montre que je suis un homme, un vrai !

Ils se sourirent. Cordelia retourna à sa lecture.

Malcolm poussa un soupir et prit un exemplaire de *Tatler*, l'un des journaux que la direction de l'hôtel avait posés sur la table basse, devant son fauteuil. Il tournait les pages d'un air irrité, n'arrivant pas à s'intéresser aux bals des débutantes ni aux mariages à la campagne, quand la sonnerie du téléphone le fit sursauter.

— Ici la réception. Votre petit-fils est en bas. Dois-je le faire monter ?

Enfin ! Christian était là !

— Oui, s'il vous plaît !

Malcolm était surexcité en remettant l'écouteur à sa place.

— Cordelia ! C'est Christian ! Il doit nous apporter des nouvelles !

Il alla ouvrir la porte, mais dut attendre encore une minute avant que l'ascenseur n'arrive. A peine vit-il le visage de son petit-fils qu'il comprit qu'il s'était passé quelque chose. Et avant même que Christian ne s'approchât de lui, il devina qu'il avait bu. Mais il se mordit la langue.

— Entre, Christian, dit-il, en laissant passer son petit-fils. Nous nous faisions du souci, tu sais.

Christian entra et se dirigea aussitôt vers Cordelia. Il se pencha et l'embrassa.

— Il y a quelque chose qui ne va pas, n'est-ce pas, Christian ? dit-elle d'une voix calme.

Malcolm l'avait suivi et restait planté au milieu de la pièce. Il n'avait pas refermé la porte.

— Que se passe-t-il, Christian ?

Christian ne se retourna pas pour lui répondre.

— Il y a un problème, dit-il en s'adressant à sa grand-mère.

Sa voix tremblait et il avait du mal à tenir debout.

— Assieds-toi, Christian, dit Malcolm.

Il alla fermer la porte puis revint vers son fauteuil. Christian alla s'asseoir près de Cordelia.

— L'enfant est handicapé, grand-mère, commença-t-il. Elle… c'est une fille… elle est gravement handicapée. Le cerveau est atteint.

Il détourna la tête et fixa un point au loin. Malcolm ne le quittait pas des yeux. Ce n'était pas possible. Pas dans leur famille. Pas à nouveau.

— Tu l'as vue, Christian ?

Cordelia posa une main sur son petit-fils.

— Elle dort, dit-il. Ils lui ont donné un somnifère…

— A l'enfant?

Elle ne comprenait pas.

— Je croyais que tu parlais de Molly.

La voix de Christian était blanche.

— Non, je voulais dire... As-tu vu ta fille?

— Je l'ai vue au moment de la naissance. Elle était toute bleue. C'était horrible.

Il se prit la tête dans les mains, et c'est à ce moment-là que Malcolm comprit que c'était vraiment arrivé.

— Pourrais-je avoir quelque chose à boire? demanda Christian d'une voix sourde.

— Du bourbon, ça ira?

Malcolm sortit de la chambre. Cordelia emportait toujours une bouteille quand ils voyageaient — pour les aider à dormir dans des lits inconnus, disait-elle.

Il revint, une bouteille et un verre à la main, qu'il tendit à son petit-fils. Christian se servit largement. Il garda la bouteille en main et partit avec, cinq minutes plus tard. Pour une fois, Malcolm n'eut pas le cœur de la lui retirer.

Avant de retourner chez lui, Conor s'arrêta à une cabine téléphonique et refit le numéro de Vernon Street. Christian n'était toujours pas rentré. Il appela ensuite la clinique et déclara qu'il voulait des nouvelles de Mme Molly Smith.

Il entendit le petit déclic habituel, puis à nouveau la voix de la standardiste.

— Êtes-vous un parent?

Cette fois-ci il répondit :

— Je suis son frère.

— Oui, eh bien, Mme Smith dort et elle va bien.

— Y a-t-il quelqu'un avec elle? demanda-t-il. Faut-il que je vienne?

— Attendez un instant, monsieur... répondit la standardiste. J'ai demandé à l'étage, monsieur, reprit-elle au bout d'une minute, et l'infirmière en chef pense qu'il vaudrait mieux la laisser dormir.

— Y a-t-il quelqu'un avec elle?

— Aucun visiteur n'est admis à l'hôpital à cette heure-ci, monsieur, sauf les maris.

— Et est-ce que son mari est avec elle? insista Conor.

— Monsieur (la standardiste commençait à s'impatienter), Mme Smith dort.

— Merci, je rappellerai demain matin.

Christian n'était donc pas auprès d'elle.

Il devait à présent affronter Una.

Cinq minutes plus tard, il arrivait chez lui, montait les escaliers sans faire d'effort particulier pour ne pas faire de bruit. Le vendredi soir, on faisait la fête dans son immeuble. Il y avait de la lumière sous sa porte. Una ne dormait pas. Il avait secrètement espéré, par manque de courage, qu'elle se serait endormie.

— Bonsoir, dit-elle quand il ouvrit la porte.

Elle était assise sur le lit, un livre à la main. Toute propre dans sa robe de chambre, ses cheveux roux en boucles autour du visage, elle semblait petite et vunérable, comme une enfant.

— Tu en as mis du temps! dit-elle.

— Oui, je suis désolé! Voudrais-tu boire quelque chose? Une tasse de thé ou de café, ou autre chose?

— J'ai du whiskey dans mon sac. Je l'avais apporté pour toi, mais tu étais si long à revenir que j'étais sur le point de l'entamer toute seule.

— Bien, dit-il. Je vais chercher les verres.

Il en rinça deux sous le robinet de l'évier tandis qu'elle sautait du lit, fouillait dans son sac, faisant voler partout ses sous-vêtements, ses livres et ses cassettes.

— La voilà! Je la mets toujours dans mon sac. Je déteste me balader avec ces sacs en plastique des boutiques de *duty-free*. J'ai toujours l'impression que les douaniers nous regardent d'un air méprisant. Ta-raa! cria-t-elle en brandissant la bouteille de Paddy.

Puis elle sauta à nouveau sur le lit, arrangea les couvertures autour d'elle et le regarda d'un air engageant, la bouteille à la main.

— Allez, viens, traînard!

Il apporta les verres et vint s'asseoir près d'elle sur le lit. Elle les servit tous deux généreusement et reposa la bouteille sur la table de nuit.

— A la tienne! lança Una en portant le verre à ses lèvres.

— Tu ne me demandes pas où j'étais, Una? interrogea Conor d'une voix douce.

— Ça ne me regarde pas. Il n'y a pas de cordon ombilical entre nous, tu sais!

Elle ne lui facilitait pas la tâche. Il posa son verre.

— Una, dit-il gentiment en lui prenant la main. Il faut que nous parlions.

— Oh, oh! dit-elle. Je n'aime pas ça!

Malgré son ton désinvolte, il sentait qu'elle était inquiète.

— J'ai quelque chose à te dire.

— Ne me le dis pas! Je l'ai toujours su. Tu as une femme à Clacton!

Elle retira sa main et but une nouvelle gorgée d'alcool.

— Una, je ne suis pas marié. Mais je t'ai menti.

Elle regardait au fond de son verre, qu'elle tenait à deux mains.

— Est-ce que tu m'écoutes, Una?

— Oh non, je ne t'écoute pas, je chante. Que crois-tu que je fasse? (Elle le regarda alors, d'un regard franc et direct.) Tu essayes de me dire que tu es amoureux de quelqu'un d'autre.

Il faillit l'admettre. La tentation était forte de le dire à quelqu'un, n'importe qui. Mais pas à Una.

— Ce n'est pas cela, Una. Je ne suis pas celui que tu crois.

— Quoi?

— Mon nom n'est pas Sean Molloy.

Il observa ses réactions.

— Je vois. Eh bien, vais-je savoir à qui j'ai l'honneur?

— Veux-tu vraiment le savoir?

— Je ne suis pas certaine que cela me plaira, mais au point où nous en sommes...

Elle voulut faire un autre geste pour dire que cela n'avait pas d'importance, mais n'y arriva pas.

— Mon vrai nom est Conor O'Briain. Je suis le frère de Molly.

Elle le dévisagea, stupéfaite.

— Je suis le frère de Molly, répéta-t-il. Je reviens de la maternité où Molly vient d'avoir une petite fille. L'enfant est handicapée, Una. Il faut que je fasse quelque chose pour Molly, pour ma sœur...

Il observa son visage. Horrifié, il comprit qu'il s'était complètement trompé. Elle allait penser qu'il n'y avait pas de problème entre eux deux, que tout allait s'arranger — et pourquoi pas, de son point de vue?

— Oh, Sean! (Elle reposa son verre et le prit dans ses bras.) Je suis vraiment désolée! Je veux dire, je suis désolée pour l'enfant, mais je vous aiderai! Je ferai tout ce que je peux pour vous venir en aide.

— Non, Una. (Il lui dénoua doucement les bras.) C'est justement ce que je voulais te dire. Je ne veux pas qu'on m'aide. Je veux me débrouiller seul.

Elle ne comprenait pas.

— Sean. Quelle différence cela fait-il pour nous deux? Et au fait, ajouta-t-elle d'un ton léger, pourquoi ce mensonge? Pourquoi m'as-tu dit que tu t'appelais Sean Molloy?

— Si tu veux vraiment le savoir, je te le dirai, mais c'est une histoire très longue et très compliquée. Il faut que je trouve le mari de Molly, à présent. Il a disparu.

— Pourquoi, Sean... Conor? Je déteste ce nom, d'ailleurs! dit-elle d'une voix rauque.

— Pourquoi quoi?

— Tu sais bien. La vraie raison. Je te connais assez pour imaginer que tu dois avoir eu de sérieuses raisons de changer de nom — et ta sœur, qui est de connivence avec toi, doit en avoir aussi. Serais-tu membre de l'IRA, par hasard?

Il eut un sourire.

— Non, tu peux être sûre que je ne suis pas membre de l'IRA.

— Eh bien, tant mieux! (Elle essaya de rire, sans succès.) Mais la vraie question, c'est de savoir en quoi ce changement de nom a quelque chose à voir avec notre relation?

— Je te dirai encore que c'est une très, très longue histoire. Disons juste qu'il m'arrive beaucoup de choses, d'un seul coup, et que j'ai besoin d'être seul, pour un certain temps.

Elle tenta sa dernière chance :

— Pour un certain temps?

— Una...

— Bien, bien! s'exclama-t-elle avec un accent irlandais légèrement exagéré. Je sais quand je suis battue!

Elle avala son whiskey d'un trait et posa lentement son verre sur la table. Puis, consultant sa montre, elle dit, sur un ton affairé :

— Veux-tu que je m'en aille tout de suite? Il est un peu tard...

Il pensa à nouveau qu'elle avait l'air d'une enfant faisant semblant d'être une adulte. Il la prit dans ses bras.

— Oh, Una!

Mais elle se dégagea.

— Non, non! Ne soyons pas sentimentaux!

Sa bouche essayait vainement de sourire. Honteux, Conor se releva.

— Tu n'es pas obligée de partir tout de suite, Una. Et j'espère que tu vas rester tout le week-end.

— Je t'en prie, Sean! cria-t-elle en attrapant le livre resté ouvert sur le couvre-lit.

Elle le lança brusquement, non pas vers lui, mais contre le mur. Conor leva les mains. Il renonçait. Bien que se sentant coupable, il ne voulait pour rien au monde d'une scène.

— Très bien, dit-il. Reste ici tant que tu voudras. Moi, je dois partir pour essayer de trouver le mari de Molly.

Una ravala sa colère.

— Oui, Molly. Bon. Il ne faudrait surtout pas que je t'empêche de t'occuper de Molly.

Sa voix était pleine d'amertume et Conor vit bien qu'elle avait du mal à retenir ses larmes.

— Una, dit-il à nouveau en se dirigeant vers le lit.

Mais c'était à son tour, maintenant, de lever les mains pour l'arrêter.

— Je suis vraiment désolée pour l'enfant. Tu le sais. Fais mes amitiés à Molly, s'il te plaît.

Sa voix tremblait.

— Compte sur moi.

— Et, ajouta-t-elle en se maîtrisant à nouveau, n'oublie pas que je tiens à connaître le fin mot de l'histoire. Seulement, je ne peux pas faire face à plusieurs choses à la fois... pour l'instant.

Il avait l'impression qu'il la frappait. Et il souhaitait plus que tout être ailleurs.

— Tu sauras tout, je te le promets.

Il la regarda une dernière fois avant de partir. Una ramassait son livre. Tout son corps était secoué de tremblements. Il ferma doucement la porte derrière lui.

Il arriva à la maison de Vernon Street vers une heure et demie, se gara, coupa le moteur, éteignit ses feux et attendit. Il regrettait de ne pas avoir pris de veste; après les dernières chaleurs de la journée, la nuit devenait très fraîche. Il réussit à dormir un peu. Vers deux heures, il entendit qu'un taxi tournait à l'angle de la rue. Dieu soit loué!

Le taxi s'arrêta devant la maison, le moteur diesel ronronnant doucement, et, après un temps qui lui parut très long, la porte arrière s'ouvrit et Christian apparut dans le cercle de lumière jaune du réverbère. Même à une distance de vingt mètres, Conor devina qu'il n'était pas dans son état normal. Ses cheveux étaient tout décoiffés et son col de chemise ouvert. Ses genoux ployaient sous lui ; il avait du mal à sortir de la voiture et dut se retenir au capot pour ne pas tomber.

Conor sentit la colère le prendre à l'estomac. Il refoula ses émotions. Il lui fallait rester calme, maître de lui-même.

Le taxi s'éloigna, et Christian resta immobile sur le trottoir, à le suivre des yeux, chancelant. Quand le taxi tourna au coin de la rue, il lui adressa un geste bizarre, les deux mains en l'air, tel un général victorieux saluant ses troupes. Puis il laissa retomber ses bras, haussa les épaules en regardant la rue vide et se dirigea tant bien que mal vers sa maison.

Conor sortit de sa voiture et ferma la portière sans bruit pour ne pas l'alerter. Puis il vint vers lui.

— Christian, dit-il, quand il fut tout proche.

Christian n'eut pas l'air surpris et tourna la tête.

— Oh ! Qui... qui êtes-vous ?

— Bonsoir, Christian. Je te cherchais. Molly voudrait te voir.

— Molly ?

— Oui ! Ta femme, Molly !

Conor serra les poings.

— Mol... Molly veut... veut me voir maintenant ? (Christian faillit trébucher dans le caniveau.) Mais qui êtes-vous ?

— Peut-être ne t'en souviens-tu pas, mais nous nous sommes déjà rencontrés, dit Conor.

Il était inutile de tricher, et Christian était tellement ivre qu'il ne se souvenait sans doute de rien.

— Je suis le frère de ta femme, reprit Conor d'un ton crispé.

Christian parut fouiller en vain dans sa mémoire.

— Je ne vous ai jamais vu... Attendez... vous... c'est vous, le gars qui était dans la loge, Mallarkey...

— Molloy, corrigea Conor nerveusement. Mais mon vrai nom est O'Briain, Conor O'Briain. Je suis le frère de Molly. On peut entrer chez toi, maintenant ?

Mais Christian en était encore à essayer de comprendre ce que Conor avait dit pour commencer.

— Molly veut me voir maintenant ?

— Allez, Christian. (Conor le prit par le bras.) Entrons et prenons un café. Ça ne sert à rien de rester ici.

Christian essaya de se dégager mais il ne pouvait rien contre Conor qui le tenait d'une main de fer.

— C'est bon, c'est bon ! dit-il en sortant les clés de la poche de sa veste.

A bout de patience, Conor les lui prit et ouvrit la porte.

Il alluma les lumières. Dans l'entrée, on pouvait voir les signes d'un départ précipité. Un sac en papier vide traînait par terre et une chaussure était abandonnée sous le portemanteau. Le courrier n'avait pas été ramassé.

Conor poussa Christian jusqu'à la cuisine, à l'arrière de la maison. Des assiettes sales s'entassaient dans l'évier et le couvercle de la cafetière était posé sur la paillasse, comme si Molly avait été sur le point de faire du café, mais avait changé d'avis au dernier moment, ou avait été interrompue.

Conor prit les choses en main. Il trouva le paquet de café et les filtres dans un placard, rinça la cafetière dans l'évier et y versa une quantité de café à remettre d'aplomb un éléphant. Une fois le percolateur rempli, il le brancha. Il ne restait plus qu'à attendre le gargouillis de l'eau bouillante. Il jeta un coup d'œil vers Christian. Celui-ci avait fermé les yeux et piquait du nez sur la table.

— Christian ! cria Conor. Christian ! Réveille-toi ! Le café est prêt !

Christian ouvrit difficilement un œil.

— Qu'est-ce que tu fais là, Mallarkey ? demanda-t-il, étonné.

— Je te fais du café, Christian. Il faut que nous allions voir Molly.

— Molly ? demanda Christian, l'air de ne pas comprendre.

Visiblement, tout cela ne servait à rien. Christian lui ferait plus de mal que de bien s'il allait la voir maintenant.

— C'est bon, dit Conor. Viens, je vais t'aider à monter.

Christian haussa les épaules mais accepta l'aide de Conor pour se relever, puis avança jusqu'à l'escalier en s'appuyant lourdement sur lui.

Quand ils arrivèrent à la chambre, Conor le renversa sur le lit. Christian s'écroula, le visage contre l'oreiller. Il s'endormit aussitôt.

Conor s'écarta, légèrement essoufflé. Christian était presque aussi grand que lui et pesait sacrément lourd. Il regarda autour de lui, et partout il vit la marque de Molly — des fleurs fraîches dans un pot sur un rebord de fenêtre, des tapis de laine douce à même le sol.

Il y avait un petit moïse dans un coin de la pièce, garni de broderie anglaise et de coton à fleurs, et tout autour des boîtes encore fermées qui, d'après les étiquettes, devaient contenir un trousseau de bébé. A côté du petit lit un passage en forme d'arche donnait dans la pièce voisine, transformée en dressing-room. Elle contenait deux armoires énormes de style victorien, deux secrétaires, une commode et une coiffeuse avec un miroir encadré d'ampoules électriques. Les armoires étaient toutes les deux ouvertes. L'une d'elles, visiblement celle de Christian, était un désordre de costumes, de vestes et de chemises. Des cravates gisaient à terre, juste devant, et des chaussures y étaient empilées n'importe comment. L'autre armoire, celle de Molly, était soigneusement rangée, avec des robes, des corsages et des jupes, dans les tissus doux et les couleurs simples qu'elle affectionnait.

Il jeta un coup d'œil à Christian. Il dormait toujours. Retournant à l'armoire de Molly, il laissa courir ses doigts sur les robes qu'elle avait portées et sa peau rêche s'accrocha aux tissus vaporeux. Il reconnut la robe de soie bleu pâle aux manches plissées qu'elle portait le jour où elle lui avait annoncé qu'elle allait se marier. Elle était d'une extrême douceur au toucher et avait gardé l'odeur de Molly. Le portemanteau fit un léger bruit. Conor regarda derrière lui. Christian n'avait pas bougé.

Il revint dans la chambre et lui enleva ses chaussures. C'était des mocassins, et il n'eut aucun mal à les lui retirer. Alors qu'il s'apprêtait à ouvrir la fenêtre, dans l'espoir que l'air frais aiderait Christian à se remettre plus vite d'aplomb, il aperçut, dans un cadre d'argent posé à plat sur le bureau, le portrait de leur mère, Sorcha. Et, dans un coin, un vieux cliché de toute la famille, en noir et blanc. Ils étaient tous debout, Micheal et Brendan devant la maison, raides et sérieux, Sorcha entre eux deux, les mains levées à hauteur des yeux pour les protéger du soleil; lui était en culottes courtes, et tendait la main vers sa petite sœur. Molly, qui devait avoir deux ans, tournait le dos à l'appareil, l'allure résolue : elle avait les mains croisées derrière le dos, et penchait la tête de côté, refusant visiblement de poser.

Une autre photo à côté, dans un cadre d'argent elle aussi, montrait Christian et Molly le jour de leur mariage. Christian regardait sa femme avec une expression d'adoration heureuse.

Molly était très belle. Sentant qu'il outrepassait ses droits, il quitta la pièce, ferma la porte derrière lui et descendit au rez-de-chaussée. Il avait oublié d'ouvrir la fenêtre.

Dans la cuisine, l'arôme du café était lourd. Il s'en versa une tasse et y ajouta trois cuillerées de sucre pour en atténuer l'amertume. Il jeta un coup d'œil dans le réfrigérateur. Il n'y avait pas de lait. Il n'y avait d'ailleurs presque rien, à part un petit morceau de fromage, un cœur de laitue et un bout de pain. Comme toujours, Conor avait faim. On était vendredi, non, samedi maintenant. Molly faisait sans doute ses courses le week-end.

Il considéra le morceau de fromage et, avec un soupir, le prit et le posa sur le pain. Puis il déposa ce semblant de sandwich sur la table, et tira une chaise. La nuit allait être longue.

Il resta attablé toute la nuit, se levant de temps en temps pour se dégourdir les jambes. A l'aube, il traversa la serre attenante à la cuisine pour entrer dans le jardin miniature que Molly avait installé avec goût dans son patio. Il était orienté plein sud. Toutes sortes de plantes grimpantes et fleuries poussaient sur des treillages accrochés aux murs blanchis à la chaux : clématites, lobélies, lierre, roses trémières. Il y avait diverses espèces de géraniums en pots et de grands bacs remplis de capucines rouges et orangées. La lumière perlée qui précède le lever du jour n'était pas assez forte encore pour pouvoir différencier les couleurs des fleurs — et beaucoup d'entre elles étaient encore toutes recroquevillées — mais leurs parfums mêlés étaient déjà entêtant. Il se souvint de Molly, si calme dans sa grotte bleue pleine de fleurs, à Sainte-Catherine...

Il resta un moment dans le patio, respirant l'air calme et humide, observant les fleurs revenir lentement à la vie tandis que le ciel prenait des couleurs saumon, puis or, puis légèrement bleutées, et que les nuages dessinaient des formes roses et blanches. Une journée chaude et ensoleillée s'annonçait.

Il retourna à la cuisine et refit du café. Si Sainte-Catherine était un hôpital comme les autres, Molly serait bientôt réveillée. Il était temps de tirer Christian du sommeil.

Tout à coup, il se rappela quelque chose.

Il sortit de la maison, coinçant la porte d'entrée avec un journal, monta dans sa voiture et commença à faire le tour des rues avoisinantes. Il voulait acheter du lait mais aucune boutique du quartier n'était encore ouverte.

Il retourna à Vernon Street et, comme il se garait, il remarqua que la plupart des habitants se faisaient livrer du lait tôt le matin. Conor choisit une maison non loin de celle de Molly et, avec des gestes de voleur, prit la bouteille de lait qui se trouvait sur le seuil.

11

Christian se demanda ce qui l'avait frappé. Il avait été réveillé par un bruit assourdissant, et juste après avait reçu un coup sur la tête, qui le faisait horriblement souffrir. Il se risqua à ouvrir un œil et vit que le bruit venait des fenêtres de sa chambre. Un homme était en train de les ouvrir. A sa grande surprise, il s'aperçut qu'il ne le connaissait pas. Si c'était un cambrioleur, pourquoi ouvrirait-il les fenêtres ? Il voulut protester, demander à cet individu ce qu'il faisait dans sa chambre, mais la douleur l'étrangla. Il referma les yeux, incapable de réagir, fût-ce à une bande armée de cambrioleurs.

Il se sentait si mal qu'il avait envie de pleurer. Quelque chose lui sciait l'estomac et il se rendit compte que c'était sa ceinture. Il avait dû s'endormir tout habillé. Il ne se rappelait plus du tout comment il était rentré chez lui, ni ce qu'il avait pu faire après avoir vu son grand-père au *Dorchester*.

Malade comme il l'était, il fut indigné par le comportement du cambrioleur qui se permettait, à présent, de le secouer. Il émit quelques grognements, le visage toujours enfoui dans le couvre-lit, puis essaya de lever la tête pour lui dire d'aller au diable, mais la douleur l'assaillait de partout et aucun mot ne voulait sortir de sa bouche. Les secousses le faisaient grincer des dents, comme si elles envoyaient des ondes de courant électrique dans ses mâchoires meurtries. Même ses oreilles lui faisaient mal.

— Allez-vous-en ! réussit-il à articuler, mais le voleur ne voulait pas partir.

— Allez Christian, allez ! (La voix de l'homme crissait dans son crâne comme du papier de verre.) Levez-vous. Je ne vous laisserai pas tranquille tant que vous ne serez pas debout. Si vous ne bougez pas, je vous jette un seau d'eau froide sur la tête.

Christian en avait assez de se battre. Il était plus simple de faire ce que l'homme lui demandait. Il plia les genoux et, sans lever encore sa tête trop lourde, chercha le sol des pieds. Puis il se traîna tant bien que mal hors du lit et se dirigea, chancelant, vers la salle de bains.

Son tortionnaire était là, et l'eau de la douche coulait.

— Mais qui êtes-vous donc? parvint-il à dire, entre deux haut-le-cœur.

— Nous nous sommes vus hier soir. Mon nom est Conor O'Briain. Je suis votre beau-frère.

— Mais vous êtes en Aus... en Australie!

— Non, je ne suis pas en Australie. Je suis ici, et vous allez prendre une bonne douche.

Christian n'était pas en mesure de lui résister. Gardant la tête basse pour tenter d'atténuer la douleur, il enleva ses vêtements et, les laissant choir au sol, entra dans la cabine.

Il poussa un hurlement. L'eau était glacée et le choc fut tel que son cœur se mit à battre à toute force : en plus de sa douleur à la tête, il avait maintenant horriblement mal à la poitrine. Il voulut sortir de la cabine mais l'homme était là, comme un mur de pierre, lui barrant le chemin.

— Retournez là-dedans!

Christian en avait vraiment assez.

— Allez vous faire foutre! (Il releva la tête, juste sous le menton de l'homme, comme un bélier qui veut se battre.) Allez vous faire foutre!

La douleur augmenta, il lui sembla que son crâne allait s'ouvrir en deux.

L'homme ne bougea pas et ne semblait d'ailleurs nullement perturbé par ces éclats de voix.

— Il faut que nous allions à la clinique dès que possible, dit-il. S'il vous plaît, retournez sous la douche. Vous n'êtes pas en état d'aller où que ce soit à l'heure actuelle.

Christian mit une main en visière au-dessus de ses yeux, comme si, par ce geste, il pouvait juguler la douleur, l'empêcher de cogner, et lança à son ennemi un regard par en dessous.

— Il faut que *nous* allions à la clinique?

— Christian, nous perdons du temps. Molly a essayé de vous joindre. Il se trouve que je l'ai vue hier soir. Je lui ai promis de revenir avec vous.

Nu et glacé jusqu'aux os par l'eau froide, Christian se mit à frissonner. La main toujours au-dessus des yeux, il regarda à nouveau Conor : pour qui se prenait cet intrus? N'était-il pas dans sa propre salle de bains?

— On s'est déjà rencontrés? demanda-t-il sur un ton aussi hostile que possible.

— Oui. Le premier soir où vous êtes arrivé à Londres. Vous prétendiez vouloir interviewer ma sœur.

— Mallarkey!

— Molloy. Et maintenant, est-ce que vous allez retourner sous la douche ou faut-il que je vous y force?

Quelques instants encore, ils continuèrent à échanger des regards furieux. Christian tremblait de tout son corps à présent, mais il vit qu'il n'y avait rien à faire et qu'il ne pourrait sûrement pas s'opposer à un adversaire aussi implacable. Il retourna dans la cabine à reculons, prenant soin de régler convenablement la température de l'eau.

Il y resta bien vingt minutes; l'eau lui frappait la tête, lui massait le visage et la nuque. Lorsqu'il se sentit un peu mieux, il retourna dans sa chambre pour s'habiller. Un arôme de café et de cuisine lui parvint aux narines. Cela lui donna la nausée.

Quand il arriva à la cuisine, Conor était devant l'évier et lui tournait le dos, enveloppé dans un nuage de vapeur. Il sortait quelque chose de brûlant d'une marmite. Des pommes de terre. Il faisait cuire des pommes de terre à cette heure-ci!

— Vous êtes fou ou quoi? demanda Christian avant de se sentir empoigné par une main de fer qui l'obligea à s'asseoir devant la table de la cuisine, sur laquelle une assiette avait été posée, ainsi qu'un couteau et une fourchette.

Conor lui servit une bonne quantité de pommes de terre bouillies.

Christian les considéra avec dégoût. Elles avaient cuit si longtemps qu'elles étaient toutes molles. Une substance comme de la pâte à papier s'en écoulait. Le pire restait à venir. Conor versa une petite casserole de lait chaud sur ce plat répugnant, avança la salière et la poivrière, et ordonna :

— Mangez!

— Je n'en veux pas. De toute façon, je ne peux rien avaler. (Puis, dans un accès de légitime indignation, il s'écria :) Allez vous faire foutre!

Il repoussa sa chaise en arrière, ce qui produisit un horrible crissement sur le sol dallé.

— Mangez! tonna Conor en l'empêchant de se relever.

Le regard de Christian alla de l'assiette à Molloy; il le foudroyait des yeux. Pour la troisième fois en une demi-heure, il céda. Il prit la fourchette et essaya d'avaler une bouchée. A sa grande surprise, il n'eut pas de haut-le-cœur.

Il saupoudra le tout d'une bonne quantité de sel et de poivre, et en quelques minutes finit tout ce qu'il y avait dans son assiette. Conor, qui buvait du café, lui servit ensuite une tasse de thé très fort. Christian aurait préféré du café, mais il accepta le thé noir, qu'il but sans commentaire, d'un air soumis.

— Si vous êtes le frère de Molly, comment se fait-il que vous vous appeliez Molloy? demanda-t-il.

— C'est une longue histoire, répondit Conor et Christian ne chercha pas plus loin.

Bien qu'encore mal en point, il reconnaissait que cet homme avait des remèdes efficaces, même s'il les avait découverts dans Dieu sait quel trou irlandais.

— Bien, fit Conor quand il eut bu son café. Ma voiture est garée devant la maison. Il est presque sept heures moins le quart. Nous serons à l'hôpital avant sept heures et quart.

Christian redécouvrit l'horreur de la situation.

Ils roulèrent en silence dans les rues du samedi matin. Christian baissa la vitre et sortit la tête pour profiter de l'air frais. Ils allaient bientôt arriver.

Si les circonstances n'étaient aussi tragiques, ce court trajet aurait été très agréable, dans ce quartier calme de Londres. La lumière du soleil filtrait à travers les branches des arbres, et on entendait le pépiement des moineaux. Conor se tourna vers Christian :

— Nous sommes arrivés.

Le visage de Christian était hagard, et Conor eut presque pitié quand, lui ouvrant la portière, il le vit chanceler et déclarer d'un air solennel :

— Merci de m'avoir amené ici. (Puis, comme si c'était une supplique qu'il lui faisait :) Vous ne voulez pas venir avec moi?

Conor secoua la tête.

— Je viendrai plus tard. Vous avez besoin d'être seul avec Molly.

Christian ferma la portière. La Traveller était garée à vingt mètres environ de la clinique; Conor le regarda dans le rétroviseur s'y diriger lentement et monter l'escalier. Il décida de prendre un peu l'air et sortit de voiture. Au bout de l'impasse, il y avait une grille, qui entourait un petit parc. Sans se soucier de fermer sa voiture à clé, Conor entra dans le parc.

L'endroit était agréable, frais et vert, avec des buissons et des arbres en pleine floraison, des parterres de fleurs, une pelouse parsemée de pâquerettes et une mare guère plus grande qu'une grosse flaque. Tout cela était à sa disposition. Il suivit les grilles, pour en faire le tour. Puis il s'allongea dans l'herbe, à côté de la mare. Ses oreilles perçurent peu à peu les doux bruits ambiants : le chant des oiseaux, l'intense activité des insectes à la surface de l'eau stagnante. Sous la paume de sa main, dans l'herbe, il sentit un petit grouillement, des fourmis sans doute, ou des araignées. Un papillon blanc apparut dans son champ de vision, le faisant cligner des yeux, et il se rendit compte à quel point il était fatigué. C'était un véritable soulagement de pouvoir fermer les yeux, et comme c'était samedi matin et qu'il ne travaillait pas, il se laissa doucement envahir par le sommeil.

Dès que Christian entra dans la clinique, il se sentit pris de nausées. Il demanda à l'hôtesse d'accueil où se trouvaient les toilettes et y arriva juste à temps pour vomir.

Il resta là un long moment, les genoux tremblants, puis alla se laver les mains et le visage. Dans le miroir discrètement éclairé, au-dessus du lavabo, il scruta son visage tout en laissant couler l'eau. Il était très pâle, mais à part cela tout à fait présentable. Il pensa à sa femme, qui l'attendait dans son lit, à sa fille handicapée, qui devait être encore en couveuse. Il avait pour habitude de faire régulièrement un bilan de sa vie en imaginant deux colonnes — le pour, le contre —, ce qui lui permettait de voir dans quelle mesure elles s'équilibraient. Tout en se regardant dans la glace, il essaya alors de juger sa situation présente aussi objectivement que possible.

Le pour :

Il était en bonne santé.

Il était jeune.

C'était un bon journaliste.

Il pourvoyait largement aux besoins de sa famille.

Le contre :

Il était le père d'une enfant handicapée.

Il n'aimait pas sa femme.

Il buvait trop.

Il ne rendait pas sa femme heureuse.

Sa femme n'avait pas d'estime pour lui.

Sa femme avait raison.

La conclusion était claire : professionnellement, c'était un gagnant, personnellement un perdant. Il ne serait jamais un bon père, il ne serait jamais un bon époux, pas plus avec Molly qu'avec une autre.

Même si Molly ne devait plus travailler, ce qui, avec le talent qu'elle avait, était peu probable, elle et le bébé ne connaîtraient jamais de difficultés matérielles — Malcolm y veillerait. Il ne lui restait plus dès lors qu'une seule solution. Molly comprendrait un jour qu'il avait eu raison d'agir ainsi.

Christian se sécha les mains avec soin. Puis il sortit des toilettes et retourna dans le hall d'entrée. L'hôtesse, occupée au téléphone, ne le regarda même pas partir.

Conor fut réveillé par le halètement d'un chien à son oreille. C'était un fox-terrier trop nourri, et sa maîtresse, une petite dame âgée, habillée comme si on était en hiver, et non en été, l'appelait d'une voix caquetante, à l'autre bout du parc.

— Toddy! Toddy! Reviens ici! Reviens ici tout de suite!

Conor se redressa. Il se sentait la tête vide. Il caressa le chien, qui agita la queue en aboyant avant de retourner vers sa maîtresse.

Conor posa la tête sur ses genoux, et l'impression de vertige s'estompa. Il regarda sa montre : il avait dormi presque une demi-heure. Il pensa qu'il avait assez attendu maintenant pour pouvoir rejoindre Christian et Molly à la clinique, sans crainte de les gêner.

Il se sentait sale et aurait apprécié une bonne douche. Comme il lui fallait se raser deux fois par jour, il gardait toujours un rasoir électrique dans le vide-poche de sa voiture. Il retourna à la Traveller, s'y assit, et entreprit de se raser face au rétroviseur. Il se regardait rarement dans une glace. Son visage n'avait pour lui aucun intérêt. Mais, comme un rayon de soleil traversait la vitre, il fut surpris de constater que sa barbe naissante était parsemée de gris. Il commençait à vieillir.

Quand il eut terminé, il passa ses doigts ouverts dans ses cheveux en désordre, essayant de les arranger au mieux. Puis il sortit de voiture, la fermant à clé cette fois, et se dirigea vers la clinique.

L'ambiance n'était pas la même, ce matin, dans le hall. On avait ouvert les portes pour laisser entrer l'air et le soleil, et une femme de ménage passait l'aspirateur sur la moquette. Une autre, dans la mezzanine, arrosait les plantes. Ce n'était pas la même personne à l'accueil. Ne prenant pas la peine de s'annoncer, il lui adressa un sourire et alla droit vers l'escalier, comme un vieil habitué.

Cependant, quand il sortit de l'ascenseur, il n'était pas aussi sûr de lui. Comment allait-il justifier son usurpation d'identité, au cas où il rencontrerait l'une des personnes à qui il avait eu affaire la veille ? La présence de Christian était la preuve vivante qu'il y avait eu abus de confiance. Christian et lui ne se ressemblaient pas du tout.

Il reconnut l'infirmière à la peau brune, et se prépara à l'affronter, mais elle ne lui posa aucune question et se contenta de lancer aimablement un « Bonjour, monsieur Smith ». Il lui rendit son sourire, soulagé. Elle n'avait pas dû voir Christian passer, ou avait dû s'absenter quelques instants.

Il approchait de la chambre de Molly quand il entendit une voix appeler :

— Monsieur Smith ! Monsieur Smith !

Qu'allait-il faire ? C'était le docteur Anderson. Visiblement, il n'avait pas rencontré Christian.

— Bonjour, monsieur Smith, dit-il, légèrement essoufflé. Je viens d'avoir le docteur Sinden au téléphone. Il voudrait vous voir dès son arrivée. Il devrait être ici vers neuf heures.

— Très bien, répondit Conor. Comment va l'enfant ?

— Il y a peu de changements pour l'instant, mais nous attendons les résultats des tests.

— Merci, dit Conor.

Le médecin repartit en sens inverse et Conor entra dans la chambre de Molly.

La pièce, éclairée par les rayons du soleil et colorée par tous les bouquets de fleurs, ne ressemblait pas du tout à la grotte bleue de la veille. Molly était assise dans son lit, calée contre plusieurs oreillers, et regardait au loin, vers la fenêtre. Elle ne l'entendit pas entrer. Ses cheveux étaient coiffés, mais il remarqua les cernes noirs sous ses yeux gonflés. Elle avait dû pleurer.

Elle était seule. Où était Christian ?

— Bonjour Molly, dit-il doucement.

Elle tourna son visage vers lui et parut heureuse de le voir.

— Bonjour Conor, dit-elle. Tu es revenu. Cela me fait très plaisir.

— Christian est déjà parti ? demanda-t-il.

Elle eut l'air décontenancé.

— Il n'est pas encore venu, répondit-elle. Je l'attends. Il a téléphoné cette nuit pour dire qu'il serait là ce matin à la première heure. Il doit dormir encore, ajouta-t-elle pour l'excuser.

Peut-être Christian était-il aux toilettes ? Étant donné ce qu'il avait bu la veille, ce n'était guère étonnant.

— Est-ce que le médecin est venu te voir ? demanda-t-il en approchant une chaise du lit.

Elle secoua la tête.

— Pas encore, mais l'infirmière dit qu'il va bientôt passer.

Conor continuait à s'interroger sur Christian. Il l'avait pourtant bien vu entrer. A moins qu'il soit à la nursery ?

— Tu es sûre de ne pas avoir vu Christian, ce matin ?

— Certaine. Pourquoi me demandes-tu cela ?

— C'est juste parce que... oh, peu importe. Comment te sens-tu ?

— Bien... (Puis, la voix hésitante, elle ajouta :) Voudrais-tu voir le bébé ?

Il hocha la tête. Elle descendit de son lit et prit sa robe de chambre.

Tandis qu'elle le conduisait à la nursery, il se prépara mentalement. Conor n'était pas une petite nature, mais il n'avait jamais vu de nouveau-né handicapé, et il ne savait pas du tout à quoi s'attendre.

Margaret Susanna était le seul enfant dans la nursery. Les autres, expliqua Molly, étaient avec leurs mères, qui leur donnaient le sein. Sa voix était neutre, trop neutre, pensa Conor tout en regardant son unique nièce à travers les deux épaisseurs de verre, celle de la nursery, et celle de la couveuse.

Elle était nue, couchée à plat ventre, incroyablement menue. Elle avait une touffe de cheveux blonds sur le crâne et ses yeux étaient clos. Des petites ventouses de caoutchouc étaient fixées sur son dos et ses bras. Le visage était tourné de leur côté : ils pouvaient voir les tuyaux qui sortaient de son nez et de sa bouche. Un nombre impressionnant d'appareils étaient disposés autour de la couveuse. Un autre tuyau reliait une poche, accrochée à un support, à ses bras fins comme des allumettes. Elle était si chétive et si calme qu'il était difficile de croire qu'elle fût vivante, mais il pensa que les signaux lumineux émis par les appareils attestaient qu'elle l'était. Même à cette distance, et malgré le tuyau, il pouvait voir que sa bouche était difforme.

Il chercha désespérément les mots justes. Molly lui vint en aide.

— Elle est belle, n'est-ce pas? murmura-t-elle, en levant vers lui des yeux implorants.

— Elle est très belle, Molly.

Il ressentit une fois encore à quel point il était prêt à tout pour protéger sa sœur, pour lui éviter d'autres souffrances. Il regarda à nouveau Margaret Susanna. Même cette douleur-là n'était pas insurmontable. Il l'aiderait.

Mais où Christian pouvait-il bien être?

— Es-tu sûre que Christian n'est pas venu? insista-t-il. Il est peut-être passé sans que tu t'en aperçoives. As-tu quitté la chambre un moment?

Elle le regarda, à nouveau troublée.

— Non, Conor. Et même s'il était venu pendant mon absence, il aurait attendu, sans doute, ou bien il aurait laissé un message. Pourquoi demandes-tu cela?

— Non, ce n'est rien, dit-il.

Ils restèrent là un moment encore. L'enfant ne bougeait pas, mais les appareils continuaient d'exercer leur surveillance active.

Ils finirent par retourner à la chambre de Molly. Quand ils ouvrirent la porte, ils virent qu'il y avait du monde. Malcolm et Cordelia étaient assis côte à côte, près du lit. Molly poussa une exclamation de joie et les embrassa tous les deux. Malcolm essaya de se lever, mais elle l'obligea à rester assis.

— Oh, Malcolm! Vous êtes au courant?

Le vieil homme était plus âgé que Conor ne s'y attendait d'après les lettres de Molly. Même à travers leur style guindé et formel, un Malcolm plein de vie et d'énergie s'était imposé à son esprit. Mais ce Malcolm-ci, aussi distingué et aristocratique fût-il, était effondré dans son siège et, sur le pommeau de sa canne, ses doigts noueux se crispaient comme des serres d'oiseau. Dans la lumière vive du matin, il était d'une pâleur de cire. Son épouse, Cordelia, était très belle. Elle regardait d'un air interrogatif la porte où il se tenait, mal à l'aise, se demandant s'il devait entrer ou non.

Molly elle-même hésitait à faire les présentations, mais il l'en dispensa en se dirigeant droit vers le couple, main tendue.

— Bonjour, monsieur Smith, bonjour, madame Smith, dit-il. Votre belle-fille m'a beaucoup parlé de vous. Je suis son frère, Conor.

Molly poussa un soupir. Il se tourna vers elle et dit :

— Ne t'inquiète pas, Molly, tout ira bien aujourd'hui.

Conor était surpris lui-même par le ton de sa voix, qui donnait l'impression d'une grande assurance.

— J'ai décidé de prendre les choses en main, continua-t-il, et, s'adressant à Malcolm, il ajouta : Il est dommage que nous fassions connaissance en un moment pareil.

Malcolm lui serra la main avec une courtoisie pleine de gravité, et Conor éprouva un vif sentiment de compassion pour lui. Il comprenait à présent pourquoi Molly l'aimait tant. Même dans la tristesse, il se dégageait de lui une sorte de noblesse.

— Je suis heureux de faire votre connaissance, déclara Malcolm. Et je me réjouis qu'en de telles circonstances Molly puisse avoir près d'elle quelqu'un comme vous. (Il se tourna vers Molly.) C'est le frère dont vous m'avez parlé, celui qui est botaniste ?

Elle hocha la tête.

Conor ne jugea pas nécessaire de donner des explications précises sur son modeste emploi au zoo de Londres, et, pour éviter d'avoir à parler de lui, il alla appuyer son dos fatigué contre le mur, à l'autre bout de la chambre.

— Je suis vraiment désolé. Je me sens tellement impuissant, dit Malcolm. J'imagine ce que cela doit être pour vous et pour Christian. Mais où est Christian, au fait ?

Molly haussa les épaules.

— Il va arriver d'un moment à l'autre, je pense. Il m'a fait parvenir un message. Il est encore très tôt.

Conor remarqua le regard aigu du vieil homme, qui cependant n'essaya pas d'en savoir plus.

— Molly, dit-il sur un ton presque suppliant, soyez bien sûre que Cordelia et moi ferons tout ce que nous pourrons, je vous le promets...

Conor revit le petit corps immobile et comme ratatiné de Margaret Susanna, et pensa que même avec la meilleure volonté du monde il n'y avait pas grand-chose à faire. Il resta le regard fixé sur la moquette, luxueuse et d'un bleu pâle, comme la bruyère avant la floraison.

— Je l'aime déjà... murmura Molly, d'une voix proche des larmes.

— J'en suis bien sûr, ma chère Molly. Et nous allons tous nous occuper d'elle. L'argent, dans ce domaine, a une certaine importance et, grâce à Dieu, nous ne sommes pas démunis. Je veillerai à ce qu'elle bénéficie de la meilleure aide possible, des meilleurs avis médicaux et des soins les plus sophistiqués, quel qu'en soit le coût. (Il fit une pause, regarda sa femme, puis Molly à nouveau.) Croyez-vous que nous puissions la voir ?

— Peut-être Molly n'est-elle pas prête à cela, Malcolm.

C'était la première fois que Conor entendait la voix de Cordelia. Elle était agréable et claire.

— Non, ce n'est pas un problème, Cordelia, dit Molly. (Elle fit le tour du lit, prit un mouchoir en papier dans la table de nuit et se moucha.) Excusez-moi. Je vais vous amener à la nursery.

Conor eut le sentiment que sa présence n'était plus nécessaire. A présent qu'il avait révélé sa véritable identité, il était saisi d'une énergie nouvelle et éprouvait un besoin pressant d'aller plus loin, de resserrer tous les liens défaits, et de se défaire de ceux qui n'avaient rien à voir avec cette nouvelle certitude.

— Molly, je vais partir, dit-il. Mais je reviendrai cet après-midi.

Elle avait retrouvé toute sa maîtrise.

— Je t'accompagne.

L'ascenseur était bloqué à l'un des étages. Ils entendirent un claquement, sans doute celui d'un chariot sur lequel on transportait quelqu'un. Tandis qu'ils attendaient, elle se moucha encore.

— Excuse-moi pour tout à l'heure, Conor. J'ai bien peur de ne plus bien savoir où j'en suis.

— Ne t'excuse pas.

Il y eut un silence. Il était à nouveau conscient de leur proximité physique mais, en dehors du fait même qu'elle était sa sœur, en l'état actuel des choses, son désir, et même la seule idée de son désir, était tellement incongru qu'il se maudit. Quelle sorte de monstre était-il ? Elle croisait les bras sous ses seins, qui, gonflés par la montée de lait, tendaient le tissu de sa chemise de nuit. Les aréoles sombres apparaissaient clairement à travers la fine batiste, et il ressentait une envie malsaine d'y poser les lèvres, et de les téter, comme un bébé.

L'ascenseur finit par arriver. Il y entra, très troublé.

Una jeta un dernier regard circulaire au petit divan et ramassa son sac. Elle resta quelques instants plongée dans ses pensées, puis s'assit sur le comptoir qui séparait la kitchenette du salon, et qui servait à la fois de table et de meuble de rangement. Elle sortit un carnet et un stylo de son sac et commença à rédiger un mot pour Conor.

Cher Conor,

Il n'y a guère de sujet plus rebattu que les adieux, je le sais, et c'est pourquoi cette lettre sera aussi brève que possible. Si tu penses que cela manque un peu de dignité (le fait même d'écrire, je veux dire), pardonne-moi. Mais ma devise a toujours été : « Ne laisse rien au hasard. » Aussi bizarre que cela puisse paraître, je n'ai pas l'habitude de me faire jeter ! Je suis un peu tentée de te dire simplement : Va te faire voir ! Il y a beaucoup d'autres choses horribles auxquelles je pense, et qui, si je te les disais, te feraient dresser les cheveux sur la tête ! Mais même si je disais : Va te faire voir ! je ne le penserais pas vraiment. C'est juste une réaction d'orgueil et j'ai eu l'occasion de constater que l'orgueil est une vertu solitaire.

Donc, cher Conor, nous en sommes là, semble-t-il. J'aimerais pouvoir dire quelque chose de bien, de digne, mais je n'y arrive pas. Je ne suis qu'une scribouillarde !

Au fond de moi, je dois certainement espérer qu'un jour, si je suis patiente, nous nous retrouverons. Quoi qu'il en soit, j'ai été très heureuse. Je ne peux guère en dire plus sans verser dans la flagornerie.

Una.

PS : Je crois que j'ai tout de même du mérite à rester aussi calme, qu'en penses-tu ?

Una ne relut pas sa lettre car elle craignait de changer d'avis. Elle s'empressa de la glisser sous la boîte à thé de Conor, puis rangea son carnet et son stylo, ramassa son sac et, sans un dernier regard, quitta l'appartement.

A la clinique, le docteur Sinden venait de quitter la chambre de Molly. Elle ressentait à présent un immense désespoir. Malcolm et Cordelia étaient encore là. Aucun d'entre eux ne pouvait plus parler. Le médecin avait fait preuve de tact, mais il n'avait pas caché la vérité. Margaret Susanna était hémiplégique. Elle avait un trou dans le cœur, un bec-de-lièvre, et serait très probablement tout à fait sourde. Il était trop tôt pour parler de sa vue. Les résultats des tests n'étaient pas encore disponibles, il ne pouvait donc rien en dire pour l'instant. La naissance avait été normale, l'enfant n'ayant pas eu de problème de respiration. Il faudrait sans doute plusieurs semaines pour savoir de façon certaine quel facteur, ou quelle combinaison de facteurs, avait été à l'origine de tous ces handicaps.

— Cela pourrait même être génétique, avait-il conclu, et pour en avoir le cœur net, il faudra que nous vous fassions subir quelques examens, madame Smith, ainsi qu'à votre mari.

Après son départ, Molly se mit à la fenêtre, tournant le dos à Malcolm et Cordelia qui étaient restés assis, côte à côte. Ce fut Cordelia qui, la première, rompit le silence.

— Peut-être pourrions-nous prier ?

— Non ! s'exclamèrent en même temps Molly et Malcolm. Je suis désolée, Cordelia, je ne voulais pas vous blesser, ajouta Molly aussitôt.

Elle traversa la pièce et se recoucha, remettant les couvertures en place. Puis elle resta allongée sur le dos, les yeux grands ouverts fixés au plafond. Elle avait ressenti tant d'émotions ces dernières vingt-quatre heures qu'elle eût dû se sentir hystérique, mais elle n'éprouvait qu'une très grande colère. Et, malgré les excellentes dispositions d'esprit de Malcolm et de Cordelia, elle souhaitait à présent être seule. Un lourd silence s'installa entre eux. Elle entendait le souffle du vieil homme, qui respirait péniblement.

— Où est Christian ? s'exclama-t-il tout à coup. Christian devrait être là...

— Quelle heure est-il ? demanda Molly.

Si, jusqu'ici, elle s'était refusée à se montrer déloyale envers lui, surtout en présence de ses grands-parents, elle ne s'en souciait plus désormais.

— Il est dix heures passées, dit Cordelia.

— Je me demande où il peut bien être. Sans doute dans un bar.

— Est-ce qu'il boit beaucoup ? demanda Malcolm d'une voix calme.

— C'est évident, non ?

— Aimeriez-vous que nous vous laissions seule, Molly ? demanda Malcolm, devinant sa lassitude.

— Je suis un peu fatiguée, pour vous dire la vérité.

Il se leva. Molly regarda son cher visage, creusé par le chagrin et le souci. Elle regretta sa rudesse, se redressa et tendit les bras pour l'embrasser.

— Malcolm, je me sens si seule. Tout le monde est très gentil avec moi, mais je me sens si seule. Je ne l'ai pas encore tenue dans mes bras, vous comprenez.

S'appuyant lourdement sur sa canne, il se pencha maladroitement pour l'embrasser.

— C'est très dur et... (Il luttait désespérément pour trouver les mots justes.) Voudriez-vous voir un prêtre ? demanda-t-il en se redressant.

Elle secoua la tête.

— Je m'adresse à Dieu, mais à ma façon. Je suis très en colère contre lui, et la dernière chose que je veux entendre, c'est que tout cela relève de la volonté divine.

Malcolm lança un regard impuissant à Cordelia, puis à Molly qui avait les yeux fixés au plafond.

— Vous savez où nous trouver en cas de besoin, ma chère Molly, dit-il. Surtout, n'hésitez pas à appeler, pour quoi que ce soit, même si ce n'est que pour parler. De toute façon, j'appellerai cet après-midi et, si vous le souhaitez, nous reviendrons ce soir après le dîner. Et dites à mon petit-fils, quand il viendra, qu'il aura affaire à moi s'il ne sait pas se tenir !

Elle hocha la tête, se méfiant trop d'elle-même pour dire quoi que ce soit.

Puis ils partirent.

Molly n'eut guère le temps de profiter de sa solitude, car à peine la porte se fut-elle refermée derrière eux que deux infirmières entrèrent en annonçant qu'elles allaient l'aider à prendre un bain. Elle protesta qu'elle pouvait très bien se débrouiller toute seule, mais la plus âgée des deux femmes, qui semblait être la responsable, ne voulut rien entendre.

— Ça fait partie de notre travail, chère madame. Les premiers bains doivent toujours être surveillés. Et vous serez surprise de voir à quel point vous serez fatiguée après. Nous ne voulons pas avoir de problèmes et vous retrouver noyée ! Ça ne ferait pas bien dans notre dossier, vous comprenez ?

Molly reconnut l'accent irlandais auquel se mêlaient des pointes d'accent anglais dues à de longues années passées à Londres.

Elle les suivit dans la salle de bains et, tandis que la plus jeune faisait couler le bain, rajoutant du désinfectant et des sels dans l'eau tiède, l'Irlandaise essora un gant au-dessus du lavabo et commença à lui laver le visage, avec des gestes doux mais fermes. Molly, qui était beaucoup plus grande qu'elle, devait se baisser pour être à sa hauteur. Pourtant, elle avait l'impression d'être une enfant, et, à sa grande surprise, prenait plaisir à cette toilette.

Elle se laissa faire, lorsque, d'une main leste, elles lui enlevèrent sa chemise de nuit et l'aidèrent à entrer dans l'eau fumante et laiteuse. Elle ressentit une petite douleur entre les cuisses, qui ne dura pas. Les deux femmes la frottèrent, la savonnèrent, lui lavèrent les cheveux. Bientôt, l'eau lui fit l'effet d'un baume.

Ses deux seins étaient très lourds et la faisaient terriblement souffrir. Elle leur demanda si cela était normal.

— On vous a fait une piqûre ? demanda l'infirmière à l'accent irlandais.

— On m'en a tellement fait, répondit Molly. De laquelle voulez-vous parler ?

— On aurait dû vous expliquer pour celle-ci. C'est pour arrêter la montée de lait.

— Je ne sais pas. Je ne m'en souviens pas. Il s'est passé tant de choses.

— Ma pauvre petite dame, murmura l'infirmière irlandaise qui, d'après le badge épinglé à sa poitrine, s'appelait Bridget Slevin. J'irai voir ce qu'il en est lorsque nous aurons terminé et que vous serez bien au sec et au calme dans votre lit. Nous allons nous occuper de vous, n'ayez pas peur. (Et, tout en recommençant à la savonner, elle répéta :) Nous allons nous occuper de vous.

Pour la première fois depuis la naissance de sa fille, Molly eut envie de se détendre et de s'en remettre entièrement à ces mains expertes. L'infirmière avait eu raison de parler de fatigue après le bain : Molly se sentit prise de langueur et ne souhaitait plus que retrouver son lit et le sommeil.

— Détendez-vous maintenant pendant que nous refaisons le lit, déclara Bridget Slevin. Nous allons laisser la porte ouverte afin de vous surveiller.

Molly resta allongée dans l'eau aseptisée et regarda les traînées de savon blanches à la surface de l'eau, se rejoignant puis se séparant tels les bras d'un delta. Elle entendit les infirmières s'affairer autour du lit, et le bruit des oreillers et des draps qu'on remet en place. Elles parlaient doucement tout en travaillant. Molly ne pouvait comprendre ce qu'elles se disaient. Apaisée par la chaleur et le bien-être que lui procurait le bain, elle se laissa emporter, doucement, vers le sommeil.

— Vous allez bien ? demanda Bridget Slevin en passant la tête par la porte.

— Oui, oui, merci, répondit Molly.

— On ne veut pas vous perdre. Une dame de votre importance.

— Oh, pas si importante que ça !

— Allons, allons ! Ne faites pas la modeste ! Ne passez-vous pas à la télévision ? Et n'avez-vous pas votre nom dans tous les journaux ? Margo Bryan, la célèbre actrice ! Allez, maintenant, il est temps de retourner au lit.

Bridget aida Molly à sortir du bain, l'enveloppa dans une serviette, et la frotta énergiquement jusqu'à lui fouetter le sang. Puis elle lui tendit des sous-vêtements et une garniture propre.

— Avez-vous une autre chemise de nuit ?

Molly lui indiqua la valise sous le lit. Bridget Slevin l'ouvrit et en sortit l'une des belles chemises de nuit que Christian avait achetées chez Harrods.

— Celle-ci est absolument magnifique ! (Elle l'approcha de ses narines pour sentir l'odeur du neuf.) Quelle jolie chose ! dit-elle en la dépliant pour aider Molly à l'enfiler. Nous y sommes, chère madame, toute belle et toute propre.

Molly remarqua que l'autre infirmière était partie.

Bridget tira le drap, et, quand Molly fut bien installée, elle la borda.

— Annie est allée se renseigner pour la piqûre, expliqua-t-elle. Je reviens dans un petit moment. Reposez-vous maintenant et essayez de dormir.

Molly recevait ces soins maternels comme un petit animal aveugle et affamé. Elle se sentait maintenant bien au chaud, et, d'une manière qu'elle n'aurait pu expliquer, en sécurité.

— Vous savez, pour mon bébé ? demanda-t-elle.

— Oui, répondit Bridget en faisant gonfler les oreillers. Ma pauvre petite, tout cela est bien difficile, n'est-ce pas ? Mais essayez de ne pas trop vous en faire. Dieu est bon.

Dans sa bouche, cette expression, que Molly avait souvent entendue dans son enfance, paraissait neuve et fraîche. Elle ferma les yeux et l'infirmière partit.

Elle avait dû s'endormir ensuite, car brusquement il y eut autour d'elle une grande agitation. Molly ouvrit les yeux. C'était Bridget Slevin à nouveau, mais son doux visage était tendu.

— Madame Smith ! appelait-elle doucement. Madame Smith !

Une autre infirmière se tenait derrière elle, et près de la porte, Molly crut apercevoir la silhouette d'un homme tout en blanc. Elle fit un effort pour reprendre conscience.

— Qu'y a-t-il ?

— On vous demande à la nursery, madame Smith, dit Bridget, en s'approchant. Venez, je vais vous aider.

Elle se baissa pour attraper les pantoufles de Molly sous son lit et les plaça de sorte qu'elle pût les enfiler aisément. La robe de chambre de Molly était restée accrochée à la porte de la salle de bains ; Bridget la prit et la lui tendit.

— Que se passe-t-il ? demanda Molly en l'enfilant et en nouant les rubans qui la fermaient sur le devant.

Le visage de Bridget resta fermé et Molly se figea comme une pierre.

— C'est grave ?

— Je ne sais pas, chère madame, répondit Bridget.

Tandis qu'elle quittait sa chambre, Bridget à ses côtés et l'autre infirmière fermant la marche, Molly avait l'impression que tout cela n'était qu'un rêve. C'était comme si son cœur avait cessé de battre et qu'elle flottait entre deux eaux. Sa tête lui paraissait légère et elle ne sentait pas sa propre respiration.

En entrant dans la nursery, elle entendit un bébé pleurnicher dans un coin de la pièce, mais son enfant à elle ne faisait aucun bruit. Plusieurs personnes l'entouraient et semblaient vouloir faire quelque chose, mais les appareils étaient suffisamment éloquents : ils n'émettaient plus aucun signe. Margaret Susanna, âgée de moins de vingt-quatre heures, avait cessé de lutter pour la vie.

Molly se dirigea vers la couveuse. Elle était ouverte. Un

médecin enlevait les petites ventouses posées sur le dos de l'enfant. Elles se détachaient avec des bruits de succion. On avait déjà ôté les tuyaux de la bouche et du nez, et le petit bras n'était plus relié à rien.

Le médecin, un jeune Indien (celui-là même qui l'avait recousue ? Molly n'aurait pu le dire), acheva sa tâche, puis resta près de la couveuse, l'air respectueux.

— Nous sommes désolés, madame Smith, dit-il. Nous avons fait tout ce que nous avons pu.

— Est-ce que je peux la prendre, maintenant ? demanda Molly.

Il hocha la tête. Toutes les personnes qui se trouvaient là s'éloignèrent et, après un instant d'hésitation, le médecin fit de même. Molly prit doucement le petit corps dans la boîte transparente. Il était encore chaud au toucher car la température de la couveuse n'avait pas été modifiée. La tête retomba sur le petit cou et, instinctivement, Molly la prit dans ses doigts pour la relever.

Elle sentit quelqu'un près d'elle. C'était Bridget, qui lui tendait une couverture.

— Laissez-moi l'envelopper pour vous.

Elle prit le petit corps et, de ses mains expertes, l'emmaillota avec la couverture, avant de le redonner à Molly.

Molly berça sa fille pour la première et la dernière fois. Avec son index, elle suivit la ligne de ses cils et l'arrondi de sa joue minuscule, et posa sa propre joue contre la touffe de ses cheveux humides. L'une des mains de l'enfant sortait un peu de la couverture et Molly put toucher ses doigts, aussi délicats que les tiges des fleurs sauvages qui poussaient dans les crevasses à Inisheer.

— Voudriez-vous la baptiser ? demanda Bridget à voix basse.

Molly hocha la tête.

L'infirmière partit sur la pointe des pieds, et revint quelques instants plus tard avec un pichet d'eau. Molly versa quelques gouttes sur la tête de l'enfant et dit doucement :

— Je te baptise au nom du Père et du Fils et du Saint-Esprit.

Bridget s'éloigna à nouveau et prit le bébé qui se trouvait dans le coin de la pièce. A présent, il avait trouvé sa voix et hurlait à pleins poumons. Elle revint près de Molly.

— J'amène celui-ci à sa mère et je reviens, dit-elle doucement. Asseyez-vous, vous serez mieux.

De sa main libre, elle conduisit Molly vers un petit tabouret qui se trouvait à côté d'une table à langer.

Molly se sentait très calme. Elle resta assise à regarder le visage tranquille de son enfant, voulant inscrire chacun de ses traits dans sa mémoire. Margaret Susanna ne pesait pas plus lourd qu'un petit oiseau et sa tête se logeait dans la pliure de son bras, contre sa poitrine. Molly aurait aimé soulever ses paupières pour voir la couleur de ses yeux, mais elle se contenta de lui caresser les cheveux qui, mouillés lors du baptême, retombaient maintenant sur la fontanelle.

— La pauvre petite, dit doucement Bridget qui était tout près maintenant, est-ce qu'elle n'est pas jolie ? Vous pouvez être sûre d'une chose à présent, continua-t-elle en lui caressant la tête, c'est qu'il y a au ciel un ange qui veille sur vous.

C'est alors que les larmes vinrent. Mais elles coulèrent dans le cœur de Molly, des larmes de deuil et de tristesse, qui emportèrent avec elles toute l'amertume. Tandis qu'elles débordaient de son cœur et inondaient son visage, elle ne fit aucun effort pour les contenir ou les cacher.

— Ma pauvre, ma chère dame, murmura Bridget, la prenant par les épaules. Ah ! Ma pauvre petite dame...

Molly, la tête posée sur la poitrine de la douce Bridget, pleurait sur elle-même et sur son enfant.

L'enterrement eut lieu le jour suivant. Jusqu'à la dernière minute, Molly pensa que Christian allait réapparaître, mais il n'en fit rien. On l'avait recherché, bien sûr. Conor était reparti dans sa Traveller, avait fait le guet devant la maison et inspecté tous les pubs des environs, puis ceux de Soho, où Christian aimait aller. Mais Londres est une ville de dix millions d'habitants, Conor le savait bien, et un homme qui veut disparaître peut le faire facilement.

Puis il avait demandé l'aide de la police, mais la seule information qu'elle put leur donner, ce fut que Christian était parti pour Chicago sur un vol de la Pan Am, et qu'il était arrivé dans cette ville. Il n'était pas rentré chez lui, n'avait pas contacté Dick ou Jo-Ann — qui était remariée — ni aucun de ses collègues du *Sentinel*.

Les obsèques eurent lieu près de Willesden, dans un couvent

de religieuses que connaissait Bridget Slevin. La cérémonie fut des plus simples. L'aumônier du couvent, trop âgé pour exercer ailleurs son ministère, célébra la messe des anges qui fut chantée par l'une des sœurs, dont la voix devenue tremblante avait dû être belle autrefois. Une autre religieuse l'accompagna à l'harmonium.

Tout au long de la messe, Molly resta très calme. Elle était fatiguée et son corps, qui avait enfanté quarante-huit heures auparavant, la faisait souffrir, mais pas suffisamment pour la distraire. L'oratoire lui rappelait ses années d'école : cette simplicité, cette atmosphère particulière de femmes vivant ensemble et en paix, ces fenêtres toutes simples, laissant entrer le soleil qui se réfléchissait sur le mobilier et le sol carrelé noir et blanc. Les stations de la Croix n'étaient figurées ni par des peintures ni par des illustrations d'aucune sorte, mais par de discrètes croix noires, placées à intervalles réguliers le long des murs blancs, et désignées par des chiffres romains. Le cierge pascal et les cierges qui se trouvaient sur l'autel avaient été allumés pour la messe, mais leurs flammes étaient presque invisibles sous les rayons du soleil. La chapelle était décorée seulement de deux gerbes de lis blancs, de chaque côté du cercueil blanc. Celui-ci, de soixante centimètres de long, était posé sur un socle bas, à l'entrée du sanctuaire. Bien qu'elle ne fût pas entrée dans une église depuis les obsèques de sa mère, Molly se sentait apaisée par le recueillement et la simplicité du service funèbre.

Malcolm était assis derrière elle. Il revoyait tous ceux qui avaient traversé sa longue vie : ses collègues, ses relations, ses amis. Presque tous étaient morts depuis longtemps. Et ses affaires, qui lui paraissaient tellement importantes à l'époque, et qui comptaient si peu à présent... Toutes ces allées et venues... Les gens qu'il avait aimés : sa mère, dont il se souvenait à peine, son père et ses frères, Alan et sa chère Mamie, Maggie, Cal et Susanna. Tous perdus. Même Christian, maintenant, semblait-il...

Il était venu à Londres avec tant de joie, tant d'espoir... Il était venu pour une naissance, et n'avait trouvé encore une fois que la mort. Ses yeux restaient attachés au cercueil, que seule ornait une petite plaque d'argent sur laquelle était gravé le nom : Margaret Susanna Smith. Il n'y avait pas de dates. Il l'avait vue, après l'autopsie, et juste avant qu'on ne la mît en bière. Son arrière-petite-fille. Perdue, elle aussi.

Malcolm se sentait l'âme fatiguée comme jamais. Il était temps d'abandonner la partie. A la fin de la messe, il accepta l'aide de Cordelia pour sortir de la chapelle ; elle sentit qu'il s'appuyait plus lourdement que d'habitude, mais n'en dit rien. Molly porta le petit cercueil blanc hors de la chapelle. C'était une journée chaude et ensoleillée. Malcolm, aveuglé, clignait des yeux. Il commençait à avoir la migraine.

Ils se mirent en route vers le cimetière. Ce n'était pas loin, ils y allèrent à pied ; la simplicité de toute la cérémonie la rendait d'autant plus poignante. L'aumônier, courbé, son étole et son surplis volant au vent, marchait devant. Conor se tenait aux côtés de Molly, et Malcolm était juste derrière, toujours appuyé sur Cordelia. Les seules autres personnes présentes dans cette procession funéraire étaient la mère supérieure et sa communauté de sept religieuses, qui suivaient tant bien que mal, deux par deux, le long du sentier qui menait à la tombe.

Malcolm pensa qu'il ne pouvait en supporter davantage. Il ferma les yeux et laissa Cordelia le guider, devenant tout à coup très sensible au bruit de ses pas sur les graviers qui crissaient. Tous ces enterrements... Le prochain serait le sien, et il n'aurait pas à l'endurer.

Mais Cordelia... Il ouvrit les yeux et regarda sa femme, si patiente, et aimante, qui marchait d'un pas ferme à ses côtés. Il ne la méritait pas. Il n'était qu'un vieillard apitoyé sur lui-même, qui voulait tout abandonner quand d'autres avaient encore besoin de lui. Il se redressa et se fit moins lourd à son bras. Remarquant la différence, elle eut un léger sourire. Malcolm décida sur-le-champ de se reprendre et de vivre aussi longtemps que Cordelia l'aimerait et que Dieu le voudrait.

Le petit cimetière, bien entretenu avec ses rangées de croix blanches toutes simples, se trouvait à côté du verger des nonnes, dont les pommiers bourdonnaient d'abeilles et de papillons. Un tel lieu, à Londres même, eût été hors de prix, s'il n'avait appartenu à cette communauté. La petite procession s'arrêta un peu à l'écart des croix, à côté d'un buisson de fuchsias, qui cachait les maisons alentour. Il avait été récemment taillé et une grande quantité de clochettes rose sombre et mauve parsemaient le sol comme autant de joyeux confettis tout autour de la tombe de Margaret Susanna.

Malcolm garda respectueusement la tête baissée pendant que l'aumônier et les religieuses récitaient leur rosaire. Le visage de

Molly était impénétrable. Conor, attentif à sa sœur, la tenait par le bras.

Puis vint le moment pour Molly de déposer sa fille dans la terre. Elle le fit avec douceur, se baissant pour s'accroupir près de la tombe. En déposant le cercueil, elle prit soin de ne pas le heurter. Puis elle se releva.

L'aumônier lança quelques gouttes d'eau bénite et récita d'autres prières, que Malcolm ne comprit pas, puis Conor s'avança. Enfin, Malcolm pleura lorsque, de ses mains nues, le frère de Molly jeta dans le trou une motte de terre, puis une autre, jusqu'à ce que le cercueil fût tout à fait recouvert. Il continua, ainsi, à entasser la terre, qui finit par former une petite pyramide.

12

Au mois d'octobre, quatre mois et demi après la mort de sa fille, Molly commença à travailler pour son second film.

Le premier, *Les Rivières de l'espoir*, était arrivé en tête du box-office. Contrairement aux pronostics des journaux britanniques, il ne fut pas primé à Cannes, mais il eut deux Oscars : celui du meilleur second rôle pour la jeune Tracy Sullivan, et celui de la meilleure musique pour le groupe rock Morgan La Fay. Quant au jeu de Molly, il avait été apprécié par la critique, presque unanime, en Grande-Bretagne et aux États-Unis. Avec tout cela, le film ne passa pas inaperçu et Dolly Mencken fut assaillie de propositions de rôles.

Suivant les conseils de Dolly, Molly prit son temps avant d'accepter quoi que ce soit et finit par choisir, pour sa deuxième incursion dans le monde du cinéma, *La Nuit d'émeraude*, une histoire tôt fantastique adaptée d'un conte pour enfants. C'était à nouveau un film à petit budget. Elle se douta qu'elle avait été choisie à cause de son succès dans *Blithe Spirit*. Cela la contraria un peu car, même si le rôle était formidable — une créature mystérieuse, d'un autre monde, jette un sort à un professeur de mathématiques conventionnel et bourgeois de l'université de Liverpool —, elle ne voulait pas rester cantonnée dans le même type de personnage.

Dolly n'avait pas les mêmes angoisses.

— Écoute, disait-elle, à peine visible derrière les montagnes de papier qui recouvraient son bureau, quand on t'offrira un rôle de fantôme, de fée, ou de sirène pour la quatrième fois, alors tu pourras commencer à t'inquiéter.

Elle fit tinter ses bracelets en ouvrant un tiroir, prit un petit poudrier et, louchant un peu, remit du rouge sur ses joues ridées.

— Margo, c'est un rôle pour toi, taillé sur mesure. Et je te ferai remarquer qu'ils ne t'ont même pas demandé de faire un essai, cette fois-ci. Ça veut bien dire quelque chose. C'est que nous sommes sur la bonne voie. Après ce film-là, on te trouvera un rôle où tu te baladeras en pull et veste de tweed, suivie d'une meute de chiens. C'est d'accord, ma chérie? (Elle ferma le poudrier d'un coup sec.) C'est d'accord?

— C'est d'accord.

— Et tu vas avoir David Croft comme partenaire, ma chérie.

David Croft, qui devait jouer le professeur, était une star internationale.

Molly était partie contente.

Cependant, au fur et à mesure qu'approchait le premier jour de tournage, elle devenait de plus en plus nerveuse et, la veille de son départ pour Liverpool, où se situait l'action, elle se sentit assaillie de douleurs au point qu'elle dut se mettre au lit.

Vers huit heures du soir, Conor, qui avait élu domicile Vernon Street, frappa à sa porte.

— Je t'ai préparé un bouillon de poule, Molly.

— Merci, Conor. Mais je crois que je ne pourrai pas l'avaler.

Il ouvrit la porte.

— Il faut que tu prennes quelque chose. Les boissons chaudes sont recommandées pour les douleurs.

— Recommandées par qui? demanda-t-elle, l'air abattu.

— Par moi. Écoute, Molly, il faut te ressaisir.

— Comment?

Elle était indignée.

— Tu sais ce que je pense? continua-t-il. Je pense que tu as peur et que si tu te rends malade, c'est pour trouver une raison de ne pas y aller demain. A mon avis, tes douleurs sont psychosomatiques, Molly.

Elle se redressa, furieuse, les yeux brillants de larmes.

— Comment oses-tu dire des choses pareilles? Je voudrais bien te voir, toi, dans ma situation!

— Et quelle est ta situation, Molly?

Il n'était pas du tout impressionné par sa colère et restait obstinément calme.

— Je sais que tu as traversé une période très dure sur le plan émotionnel, mais tu es à l'aube d'une grande carrière, des tas de gens te réclament, tu as aussi une belle maison, beaucoup d'argent, et même un serviteur dévoué qui te porte sur les nerfs et se croit obligé de t'apporter des boissons chaudes lorsque tu « n'en peux plus », comme tu dis.

Elle lui jeta un regard noir, mais Conor fit mine de ne s'être aperçu de rien. Il lui tendit la tasse fumante.

— Vas-tu te décider à boire ça ? Ou serai-je obligé de t'abandonner à ton pauvre sort ?

Il lui souriait tout en parlant, si bien qu'elle finit par accepter son offre, de peur de passer pour une horrible grincheuse.

— Bon, dit-elle en prenant la tasse. Si je ne suis pas obligée d'écouter tes discours...

— Fini les discours.

Il s'inclina, tel un mandarin, et quitta la pièce.

Molly, le dos appuyé sur ses oreillers, but le bouillon à petites gorgées. Conor avait sans doute raison, se dit-elle, maussade. Il avait d'ailleurs presque toujours raison pour tout ce qui la concernait. Après l'enterrement de Margaret Susanna, elle avait accepté sa proposition de venir s'installer temporairement chez elle, pour lui tenir compagnie. Il n'avait pas abandonné son appartement et continuait à en payer le loyer. Il avait juste apporté quelques affaires personnelles. Quatre mois plus tard, il était encore là.

La vie suivait son cours, tranquille, tandis que chacun d'eux allait et venait, tout occupé à sa propre vie. Ils avaient l'un et l'autre leur cercle d'amis — les plus intimes sachant désormais qui était Conor — et lorsqu'ils étaient en même temps à la maison, ils passaient leur temps à lire ou, pour Conor, à étudier. Ils regardaient très peu la télévision.

« Comme deux petits vieux », disait Molly en riant lorsque ses amis lui demandaient comment ils s'entendaient. « Le couple irlandais typique : la vieille fille et le vieux garçon ! » Ce n'était pas tout à fait exact, elle le savait bien. Pour des frère et sœur, ils étaient extrêmement pudiques et s'il arrivait, par hasard, que l'un touchât l'autre, au passage d'une porte ou dans le couloir étroit, ils se confondaient en excuses. Mais finalement, ils trouvèrent ensemble un certain équilibre, et même une forme de bonheur. Molly sentait que quelqu'un l'aimait et se préoccupait d'elle. Par moments, elle avait l'impression d'être à nouveau une petite fille, et de jouer au papa et à la maman avec son frère.

Ils parlaient de Christian, quelquefois. Ce fut un soulagement pour elle de pouvoir avouer, un soir tard alors qu'ils buvaient un grog ensemble, qu'elle préférerait ne plus le revoir. Malcolm, elle le savait, songeait à engager un détective privé pour retrouver son petit-fils, mais hésitait encore. Derrière cela, Molly en était consciente, il y avait la peur que l'agence ne découvre d'autres choses, et c'était une peur qu'elle partageait.

Après la mort de sa fille, Molly avait regardé les choses en face : elle ne souhaitait plus avoir Christian pour mari. Avec Conor, ils avaient discuté de la conduite à tenir quand celui-ci referait surface. Pour l'immédiat, Conor lui avait conseillé de ne rien faire, si ce n'est de prendre contact avec un conseiller juridique.

Elle finit de boire le bouillon. Était-ce un effet de son imagination ou ses douleurs s'étaient-elles vraiment apaisées? Elle se mit debout : ses jambes étaient encore raides et douloureuses mais elle décida de ne pas en tenir compte. Elle enfila une robe de chambre et descendit à la cuisine, sa tasse à la main.

— Merci, Conor, dit-elle. Excuse-moi, j'ai été un peu désagréable.

— Ce n'est pas grave. Ça va mieux?

— Un peu, admit-elle.

— La potion magique du docteur O'Briain a encore agi.

Il écrivait une lettre. Elle lui demanda :

— Pour qui est-ce?

— Comme d'habitude.

— Qu'est-ce que ça donne?

— Ça avance, je crois, mais il ne faut pas se faire trop d'illusions. Ce n'est pas fini, Molly...

Conor avait entamé des négociations avec la police irlandaise. Mais, la prudence étant chez lui une seconde nature, il ne craignait pas d'emprunter des chemins détournés pour régler le problème. Il avait téléphoné à un ami à Amsterdam qui lui avait trouvé un avocat hollandais. Celui-ci, informé des tenants de l'affaire par l'ami de Conor, avait pris contact avec l'ambassade d'Irlande pour demander conseil. L'ambassade avait alors écrit au ministère de la Justice, à Dublin, et avait rapporté à l'avocat l'information selon laquelle le dossier de l'affaire était encore ouvert; par conséquent, Conor était toujours recherché.

Il y avait à présent des négociations trilatérales entre l'avocat hollandais, un avocat anglais et le ministère de la Justice irlandais par l'intermédiaire des ambassades. Par précaution, Conor avait évité jusque-là de quitter l'Angleterre et continuait de travailler sous le nom de Sean Molloy.

— Cela me fait penser, dit Molly, que je dois écrire à Malcolm et à Brendan. Et puis, cela m'évitera de penser à demain. (Elle s'assit en face de Conor.) J'ai encore mal, tu sais. J'ai mal partout.

— Bien sûr! fit-il sans lever les yeux. Pourquoi serait-ce déjà fini? Mais tu verras, demain, tu seras fraîche comme une rose!

Conor avait raison, comme d'habitude. C'est ce que Molly pensa, le lendemain après-midi, tandis qu'elle discutait avec le metteur en scène et son partenaire. David Croft et elle étaient déjà en costumes et maquillés — le budget était très serré et le temps de répétition réduit au minimum.

David Croft ne cessait de tourner en rond et de parler à toute vitesse. Il était grand, souple et mince comme une lanière de cuir, et gros fumeur. Il allumait cigarette sur cigarette, tout en proposant des changements dans le scénario, qui, selon lui, feraient mieux apparaître les motivations de son personnage. Molly avait éprouvé une certaine appréhension à le rencontrer, à cause de la réputation que lui prêtaient les journalistes, et particulièrement les journalistes de la presse à sensations, qui aimaient à le décrire comme un homme impatient, inconstant, capable d'abandonner un plateau s'il pouvait tourner ailleurs dans de meilleures conditions.

On disait aussi de lui que c'était un don Juan. Molly était partagée entre l'inquiétude, car elle ne savait pas si elle pourrait lui tenir tête, et la honte, car c'était sans doute prétentieux de sa part de s'imaginer capable de le séduire. Et si même elle le pouvait, serait-elle, de son côté, attirée par lui?

A la vérité, Molly était très contente d'être célibataire et sans attache. Son frère était la seule personne au monde qui la comprît profondément, et lui-même n'ayant aucun lien avec quiconque, leur vie commune était un très bon arrangement.

D'un autre côté, à regarder David Croft, avec son visage débordant de vitalité et d'intelligence, elle comprenait clairement pourquoi on le considérait comme très séduisant. Il continuait à faire les cent pas dans la caravane, et cette agitation même avait sur elle un effet apaisant. Elle se sentait en sympathie avec lui, le devinant vulnérable, par-delà son nervosité. Bien qu'il fût un grand acteur chevronné, Molly voyait bien qu'il était aussi terrorisé qu'elle à l'idée de devoir bientôt plonger dans ce film. Et tandis qu'il s'obstinait à bombarder le metteur en scène de théories et de questions, auxquelles, d'ailleurs, il répondait lui-même, Molly, prise d'une sorte d'instinct maternel, avait envie de le serrer dans ses bras et de le rassurer.

Quand son célèbre acteur commença enfin à se fatiguer, le metteur en scène, un Gallois, se leva et déclara :

— Certaines de vos suggestions sont excellentes, David, et j'en parlerai aux scénaristes. Mais il faut que je m'occupe du décor maintenant. Peut-être pourriez-vous jouer la scène telle qu'elle a été écrite, pour commencer, une première fois, ainsi nous pourrions vraiment voir quelles modifications sont nécessaires. (Croft ne put qu'approuver.) Je vous verrai sur le plateau pour la répétition, entendu ? ajouta le metteur en scène, en quittant la caravane.

Molly se retrouva avec son partenaire.

— Vous en voulez une ? dit-il en lui tendant une cigarette.

Elle fit non de la tête.

— Voulez-vous que je vous laisse seul, David ?

— Non, restez, je vous en prie, restez. Vous avez une bonne influence sur moi !

Il alluma une cigarette et se jeta sur le divan. Puis il la regarda intensément.

— Avez-vous déjà rencontré Tammy ?

— Non.

Tammy Simms, qui avait déjà reçu un prix spécial et un Oscar, devait jouer l'épouse de David Croft.

— Eh bien, méfiez-vous d'elle. Elle est très gentille, mais elle manque de confiance en elle et n'aime pas du tout la concurrence.

— Pourquoi dites-vous cela ? (Molly était sincèrement étonnée.) Nous ne nous ressemblons pas du tout et nos rôles sont complètement différents.

— Oui, ma chère, mais Tammy est blonde comme vous, ou l'était, elle a quinze ans de plus et est arrivée au sommet de sa carrière. Tandis que vous, vous ne faites que commencer. Mais surtout, regardez-vous !

Molly se regarda dans la glace, et aussitôt, elle se sentit gênée.

— Je pense que Tammy est très belle, dit-elle.

— Et vous ? Comment vous trouvez-vous ?

Molly remarqua qu'il avait les yeux verts, avec des pointes de brun. Sa gêne s'accrut. Il ajouta, curieusement :

— J'ai vu *Les Rivières de l'espoir*. Avez-vous eu du plaisir à tourner ce film ?

— Oui, beaucoup.

— La caméra vous aime bien.

Elle vit qu'il la dévorait des yeux. C'était de ces regards qui en disent long, auxquels elle était habituée maintenant, et qu'elle savait affronter. Que David Croft ne fût pas différent des autres la rassurait plutôt, mais elle se promit de ne pas figurer dans son tableau de chasse.

— Si nous devons être amis, David, dit-elle calmement, appelez-moi plutôt par mon vrai nom : Molly.

— Molly, répéta-t-il, en insistant sur les *L*. Mollllly... c'est joli. Doux. Comme vous.

— Je ne suis pas douce, rétorqua-t-elle. Ne croyez surtout pas que je sois douce.

— Bien ! dit-il. Une femme de caractère ! Je déteste les femmes douces !

Il lui adressa pour la seconde fois un long regard séducteur. Elle s'apprêtait à réagir, quand il sauta du divan pour arpenter à nouveau l'espace réduit.

— Que pensez-vous du scénario ? demanda-t-il. Vous aimez votre rôle ? Ne trouvez-vous pas qu'il est trop bavard ?

— Je pense que c'est un très bon scénario, répondit Molly d'un air assuré.

— Vraiment ? (Il commença à tourner autour d'elle.) Et combien de scénarios avez-vous lus dans votre vie ?

— A quelle réponse vous attendez-vous ?

— Répondez-moi. Depuis combien de temps faites-vous du cinéma ?

— Eh bien ! C'est un interrogatoire ?

— Désolé, ma chère. (Il paraissait l'être vraiment.) Ne faites pas attention à moi. Je suis toujours comme ça le premier jour de tournage. Vous finirez par me connaître et vous habituer à moi.

— Peut-être, mais peut-être pas !

— C'est ça ! Vous n'êtes pas une tendre ! (Il se jeta de nouveau sur le divan.) Vous n'aviez pas de scène d'amour à jouer dans le précédent. Que pensez-vous de cette scène d'amour que nous allons tourner, vous et moi, d'ici un quart d'heure ? Depuis que les films ne sont plus tournés selon l'ordre des séquences, il arrive que des personnes se retrouvent à faire l'amour ensemble, alors qu'elles ont eu à peine une heure pour faire connaissance.

— Je me sens nerveuse, dit Molly.

Elle avait décidé qu'elle n'avait rien à perdre à jouer l'honnêteté, même si elle savait que cette scène d'amour était relativement anodine. Selon le scénario, elle rendait visite au professeur pendant son sommeil, se penchait au-dessus de son lit et, dans un gros plan, lui donnait un baiser langoureux mais chaste, qui le sortait de son sommeil.

— Ça se passera bien, dit-il. Vous êtes vraiment une beauté, Molly. Je suis impatient de vous embrasser.

Mais il regardait, au-delà d'elle, sa propre image dans un miroir. Molly avait l'habitude de ces vanités d'acteurs.

— J'espère que vous ne serez pas déçu, fit-elle.

Elle n'eut pas à en dire plus. Le second assistant frappait à la porte. On les demandait pour la répétition.

Croft écrasa sa cigarette et prit un vaporisateur sur sa table de maquillage pour se rafraîchir l'haleine.

— J'ai été lapidé par des centaines de dames parce que je les avais embrassées avec un arrière-goût de tabac dans la bouche. Depuis, je ne voyage plus jamais sans mon vaporisateur! (Il appuya deux fois dessus, la bouche ouverte.) Je suis prêt à tout maintenant, les gars!

Il fit une grimace, et Molly pensa qu'elle l'aimait bien, décidément.

Les six semaines suivantes, elle se jeta à corps perdu dans le travail et, dès le début, y prit plaisir. Sa première rencontre avec Tammy Simms fut un moment délicat mais, prévenue comme elle l'était, Molly se comporta habilement, jouant la candide aux pieds de la grande actrice. Tammy Simms fut à la fois rassurée et charmée.

Tout le monde semblait heureux sur le plateau, les acteurs et les techniciens formant une équipe unie autour du metteur en scène. Le tournage avançait bien et le travail était si intense qu'il ne laissait pas le temps de se voir en dehors. David Croft, qui en était à sa troisième procédure de divorce, tentait de faire la conquête de Molly, sur un mode romantique ; heureusement son sens de l'humour sauvait la situation, qui, d'embarrassante, en devenait très amusante.

Il la touchait et l'embrassait le plus souvent possible — au grand désespoir des maquilleuses — et quand elle se dégageait, telle une anguille, il se frappait la poitrine des deux mains, dans un geste théâtral.

— Regardez! Regardez! criait-il aux techniciens, à la scénariste, aux assistants et aux coursiers. Voyez ce que je dois endurer!

Il lui envoya des tonnes de fleurs. Tous les matins, quand la voiture venait la chercher à l'hôtel, il y avait un bouquet de roses fraîches sur le siège arrière. Elle trouva même des œillets blancs sur son oreiller, un soir où elle était rentrée épuisée.

Molly appréciait ces marques d'attention. Elle riait comme elle ne l'avait plus fait depuis longtemps. Mais, vers la fin du tournage, elle commença à se faire du souci. Elle prenait trop de plaisir à ce jeu. Christian aussi l'avait courtisée de cette façon.

Le premier jour de leur dernière semaine de tournage, Molly avait dans les bras un nouveau bouquet de belles-de-jour et de frésias blancs.

— Écoutez, David, dit-elle, je crois vraiment que tout cela va trop loin. Ma chambre est remplie de fleurs et, s'il est vrai que je les aime, et que je vous remercie de ces gentillesses, il n'en reste pas moins qu'il faut cesser tout cela maintenant.

Il baissa les yeux vers elle, et elle s'aperçut qu'il était le premier acteur avec qui elle eut joué dont la taille dépassait nettement la sienne. D'une certaine façon, sa stature imposante lui rappelait celle de Conor.

— Pourquoi? demanda-t-il.

— Pas de pourquoi. Vous le savez de toute façon, dit-elle, moins déterminée déjà. Parce que.

— Parce que? Parce que quoi?

— Je vous l'ai dit déjà! Parce que c'est tout.

— Est-ce ainsi qu'on raisonne en Irlande? N'aimez-vous pas les fleurs, Molly?

— Je les adore. Je vous l'ai dit des milliers de fois. Mais je vous ai dit aussi que j'en avais trop reçu. Et puis...

— Et puis quoi?

— Je n'en veux plus.

— Mais j'aime en envoyer.

— Écoutez, David...

Molly ne savait pas quoi dire. Jamais il ne lui avait dit explicitement ce qu'il attendait d'elle.

— Oui, Molly?

Voyant qu'un technicien et un cameraman les écoutaient, elle le prit par le bras et l'entraîna derrière un décor.

— Pourquoi m'envoyez-vous toutes ces fleurs? demanda-t-elle. Pourquoi à moi?

— Vous savez bien pourquoi. Ou bien est-ce que je ne sais plus me faire comprendre?

Les yeux verts, pour une fois, avaient un air grave. Elle hésita l'espace d'un instant. Ce serait sans nul doute passionnant d'avoir une aventure avec cet homme séduisant, amusant et plein de talent. Mais, tandis qu'elle hésitait, l'expression, dans les yeux verts, devint plus tendre, et Molly retrouva vite ses esprits.

— David, dit-elle, je vous aime bien, mais c'est tout.

— Les désirs de Madame sont des ordres...

Il se pencha, et lui fit un baisemain.

— Je... j'espère que vous ne m'en voulez pas, dit-elle d'une voix hésitante.

— Ma chère Molly, jamais un homme n'a été rejeté avec une telle élégance!

— Je ne vous rejette pas.

— Je vous en prie, ma chère, ne protestez pas de votre innocence. Je voudrais seulement être l'homme de votre vie.

— Il n'y a pas d'homme dans ma vie, ne croyez pas cela.

— Vraiment? (Il leva les sourcils.) C'est bien dommage! ajouta-t-il en s'éloignant. Nous aurions eu du bon temps ensemble!

Molly était presque tentée de le rappeler. Que lui arrivait-il donc?

Il ne lui envoya plus de fleurs et sa conduite fut irréprochable jusqu'à la fin du tournage. Par chance, toutes les scènes d'amour étaient déjà tournées et la plupart des scènes qui restaient se passaient sur le bac qui faisait la traversée de la Mersey. Le temps était mauvais, et ils étaient si préoccupés par la pluie, par leur maquillage et leurs costumes trempés que la semaine leur parut très courte.

Toute l'équipe de tournage se retrouva le dernier soir pour faire la fête, et l'on but beaucoup. Les esprits s'échauffèrent rapidement. David, qui était assis en face de Molly pendant le dîner, fut plein d'attentions pour la scénariste, mais quand celle-ci se leva pour aller aux toilettes, il se pencha vers Molly et lui prit la main.

— Vraiment, vous ne voulez pas coucher avec moi? dit-il.

Molly vit qu'il était un peu ivre. Elle-même avait bu du champagne plus que de raison. La tête lui tournait légèrement. Durant un bref instant de folie, elle fut tentée, mais le désir passa et elle secoua la tête.

— David, je ne veux vraiment, vraiment pas. De toute façon, vous avez l'air de très bien vous en tirer sans moi.

Il se mit à lui caresser la main et dit :

— Bon, si jamais vous changez d'avis...

— Je sais où vous trouver! continua Molly.

Elle quitta les lieux peu après, après l'avoir embrassé sur le sommet de la tête ; le lendemain, au réveil, elle trouva encore un de ses petits messages, qu'il avait glissé sous la porte de sa chambre aux premières heures du jour, pendant qu'elle dormait. C'était une carte toute blanche, avec deux mots seulement, tracés de sa grande écriture inégale : *Forse ancora*...

Molly eut un sourire. Elle savait que *ancora* signifiait « encore », et devinait, ayant étudié le latin à l'école, le sens du premier mot. « Peut-être encore... » La signature était un simple D.

La production lui avait réservé une place en première classe dans le train du matin pour Londres et, à son grand soulagement, elle constata que le wagon était presque vide. Deux dames d'âge mûr la reconnurent tout de même, l'ayant vue à la télévision, et s'approchèrent timidement pour lui demander un autographe avant le départ du train, mais personne ne la dérangea plus par la suite jusqu'à la fin du voyage.

Tandis que le train faisait entendre son martèlement régulier, Molly sortit de son sac la carte de David Croft, relut le message et se dit qu'elle avait encore laissé passer une occasion. Il était temps, elle le savait, de regarder sa vie en face, et d'analyser ce rejet constant de tout lien affectif. Elle avait lu, comme beaucoup de femmes, des articles sur la question dans la presse féminine, et en avait retenu que la plupart des gens qui connaissaient ce type de problèmes avaient été maltraités, traumatisés ou plus ou moins abandonnés durant leur enfance. Elle n'avait aucune excuse de cette sorte. Jusqu'à la mort de son père, elle avait eu une vie relativement normale.

Il n'y avait que sur scène, ou lorsqu'elle devait créer un personnage qui ne lui ressemblait pas du tout, qu'elle se sentait vraiment comblée. Quelle qu'en fût la cause, elle avait la curieuse sensation d'être spectatrice de sa propre vie. Elle avait beau faire, elle avait toujours l'impression de ne pas être à sa place, de ne pas être tout à fait elle-même, comme une mère sans enfant, une épouse sans mari, un enfant sans père ni mère, une femme sans homme. Et pourtant, chaque fois qu'elle avait le moyen de s'en sortir, elle faisait marche arrière.

Elle se mit à repenser à ce qui s'était passé avec le père Morahan, dans les dunes. Avait-elle voulu, inconsciemment, en effacer toute trace ? Était-ce cela qui l'avait rendue distante avec les hommes ? Cette expérience, en fait, lui paraissait surtout dénuée de sens, irréelle, sans importance, et aurait pu être vécue par quelqu'un d'autre. Si c'était là l'origine de ses problèmes avec les hommes, cela signifiait que le père Morahan s'était mal conduit envers elle. Mais elle ne le pensait pas. Tous les souvenirs de cette période mouvementée de sa vie, qui n'avait d'ailleurs duré que quelques jours, étaient dominés non par la silhouette du père Morahan et sa tentative maladroite de séduction, ni même par la mort de son père, mais par l'image de Conor s'éloignant d'elle sur le canot noir.

Elle regarda le paysage vallonné et soigneusement entretenu qui défilait devant elle. Elle ne se sentait pas vraiment chez elle, à Londres, et elle savait bien qu'elle ne pourrait jamais retourner vivre à Inisheer. Elle tenta de faire resurgir les paysages de son enfance, les orages, les couchers de soleil et la dureté de ce lieu de pierres, son père taciturne, sa mère si douce. Mais ils avaient perdu toute consistance, comme des tableaux encadrés dans une galerie sans âme. Sauf Conor. Elle reconnut, avec un sentiment de culpabilité, qu'elle éprouvait un certain émoi à l'idée de le retrouver chez elle.

Volontairement, elle abandonna toute tentative d'auto-analyse — elle avait d'ailleurs appris à l'école que tout cela n'était qu'indulgence envers soi-même — et, ouvrant un magazine, essaya de se concentrer sur la vie de la reine mère. Mais, tandis que le train approchait de Londres, l'idée de revoir Conor la troublait au plus haut point.

A sa grande déception, il n'était pas là lorsqu'elle arriva à la maison de Vernon Street. La Traveller n'était pas garée devant la porte, et la maison elle-même avait la triste odeur d'un lieu abandonné et poussiéreux. Le courrier était resté sur le paillasson ; elle le ramassa, et l'ajouta à la pile en attente sur la table de l'entrée.

Elle alla à la cuisine pour mettre de l'eau à bouillir et trouva un mot sur le placard. Conor était parti pour le week-end à York, et ne devait pas revenir avant le mardi suivant.

Molly se sentait aussi vide que sa maison. Elle prit le courrier et, s'installant à la table de la cuisine, commença à le lire. Dolly avait été très active pendant son absence, prévoyant des rencontres utiles et des interviews de journalistes.

Un peu plus tard, dans la soirée, elle l'appela, et Dolly, qui reconnut aussitôt la dépression de l'acteur en fin de tournage, l'invita à dîner.

Au moment du premier anniversaire de la mort de Margaret Susanna, Molly jouait le rôle d'Ophelia dans un centre d'art et d'essai de la banlieue de Londres, où se donnait *Hamlet*. Dolly avait estimé que ce serait bien pour sa réputation. Les critiques, par chance, approuvèrent l'initiative.

Un vendredi matin de mai, elle fut conviée à une projection privée de *La Nuit d'émeraude* dans un petit cinéma loué pour l'occasion. En plus des acteurs, de l'équipe technique, des producteurs et des amis, le metteur en scène avait invité un groupe de journalistes soigneusement choisis, quatre critiques qu'il estimait et connaissait personnellement. Lorsque les lumières se rallumèrent dans la salle, tous se mirent à applaudir avec enthousiasme, à l'exception des critiques qui, assis à l'écart, loin les uns des autres, manifestaient mollement leur approbation, l'air pensif et grave, chacun regardant les trois autres du coin de l'œil et aucun ne voulant dévoiler ses pensées. Bien sûr, tous les quatre s'étaient mis d'accord pour garder le secret jusqu'à la sortie effective du film, promesse que le metteur en scène considérait comme aussi fiable qu'une montre à deux sous. Il leur faisait absolument confiance pour lâcher à l'avance quelques informations et insinuations, pour se damer le pion les uns aux autres, afin de paraître tout savoir le premier et d'être considéré par le public, et plus encore par les collègues rivaux, comme seul initié.

Il y eut ensuite un repas au premier étage d'un agréable restaurant de Covent Garden, auquel les critiques, qui tenaient à marquer leur indépendance, ne participèrent pas. Mais Molly en fut, et elle y prit grand plaisir. Elle était satisfaite, ayant pu constater, à sa grande surprise, qu'elle était capable de faire vivre un personnage pour lui-même. Comme ils étaient à l'étranger, sur d'autres tournages, ni David ni Tammy n'étaient là, si bien que Molly était la seule vedette de ce déjeuner, et elle fut particulièrement bien traitée.

Elle but du champagne et, après le second verre, se sentit plus légère qu'une plume. D'habitude, elle alternait Perrier et champagne, mais aujourd'hui elle avait envie de se laisser emporter dans le flot général de la bonne humeur et des félicitations.

Que m'importe! se disait-elle après le quatrième verre, Ce n'est pas tous les jours qu'une femme peut se voir dans un film.

— Merci! s'exclamait-elle en souriant tandis que le maître d'hôtel s'empressait de remplir sa coupe.

Plus elle buvait, plus grandissait sa tendresse envers les acteurs et l'équipe technique, plus leur conversation lui semblait brillante et passionnante. Elle les aimait tous, oui. Et elle se sentait si bien parmi eux.

Oh! Comme ils étaient gentils! Comme ils étaient bons avec elle! Elle remplit elle-même son verre. Elle adorait jouer la comédie, elle adorait le cinéma, elle adorait la scénariste qui était assise à sa droite.

— Et comment va David? lui demanda-t-elle, en essayant de poser le menton sur sa main.

— David qui? fit la scénariste étonnée, les sourcils légèrement froncés au-dessus de ses yeux bleus.

— David! répondit Molly. David, vous savez bien, David Croft, la vedette! Votre David...

— Oh! Ce David-là! s'exclama la scénariste en riant. Ce n'est pas mon David. Pourquoi voudriez-vous que ce le soit?

— Oh! dit Molly, le coude glissant sur la table. Oups!

Elle pouffa de rire et, se tournant vers le cameraman, un Australien, déclara :

— Bien sûr. Ce n'est pas son David à elle. C'est le David de personne. *Forse anc... ancora!* (Elle agita la main au-dessus de la table comme si elle voulait donner sa bénédiction et baissa la tête.) Comment vas-tu, mon petit? demanda-t-elle au cameraman.

— Qui est Cora? interrogea la scénariste.

Ce fut le tour de Molly de paraître étonnée.

— Cora? Cora qui?

— Peu importe, fit la scénariste, tapotant l'épaule de Molly.

— Je vais très bien! dit le cameraman, à la gauche de Molly.

Elle pivota sur elle-même pour le regarder en face. Il devait nourrir, Molly le savait, au moins deux épouses et environ sept enfants.

— Et com... comment vont les enf... les enfants ?

Elle avait le hoquet maintenant.

— Ils vont bien, Margo, merci ! dit l'homme en riant. Prenez donc un verre d'eau. Peut-être devriez-vous rentrer chez vous ?

Molly estima que c'était, en effet, plus prudent. Elle regarda sa montre et constata avec étonnement qu'il était presque quatre heures et demie.

Le metteur en scène lui appela un taxi et tint à rester avec elle jusqu'à son arrivée. Avant de monter dans la voiture, Molly l'embrassa et lui déclara qu'elle l'aimait vraiment beaucoup.

Pendant tout le trajet, Molly, qui n'avait jamais été aussi ivre de sa vie, ressentit des ondes de douceur et de plaisir frivole la traverser. Elle repensa avec tendresse à tous ses chers amis acteurs et techniciens. David, cher David. Elle lui enverrait une carte. Tandis que le taxi prenait les virages sur les chapeaux de roues et dépassait tout le monde, Molly roulait sur le siège d'un côté et d'autre, en riant toute seule.

— Vous allez bien, ma petite dame ? cria le chauffeur indulgent, par-dessus son épaule, après un virage particulièrement périlleux.

— Jamais été aussi bien... Je joue... je joue dans un film !

Elle se sentait aimable et aimée, légère comme une plume. Lorsque le taxi arriva Vernon Street, elle fut ravie de voir que la Traveller était garée devant la maison. Conor était là. Elle tendit au chauffeur de taxi un billet de dix livres et lui dit de garder la monnaie.

— C'est moi ! clama-t-elle en tournant la clé dans la serrure. Ça leur a plu ! Ça leur a plu !

Elle entra en dansant dans la cuisine et chanta à tue-tête :

— Venez voir Mar... go, Mar... go Bryan ! Qui va devenir une grande vedette de cinéma !

Elle virevolta dans la pièce, attrapa un vase posé sur le bahut et, s'en servant comme d'un très gros micro, commença à imiter Louis Armstrong chantant « Quel monde merveilleux ». Elle n'avait jamais eu de dons particuliers pour le chant et rata un aigu.

— Oh, pardon ! fit-elle en posant la main sur sa bouche, comme une enfant, puis elle recommença à rire.

Conor, assis à la table de la cuisine, souriait de la voir si heureuse.

— Allez ! De toute façon, les vedettes de cinéma peuvent chanter dans leur cuisine comme bon leur semble !

— Vraiment ?

— Vraiment.

— Bravo ! s'écria-t-elle en lançant des poignées de fleurs dans toute la cuisine.

— Tu es saoule, Molly ! observa Conor, plus amusé que scandalisé.

— Oui ! Hic ! Et c'est super ! C' que j' veux, c'est un' p'tite chambre à moi !

Elle était repartie dans « My Fair Lady ».

Conor attendit qu'elle en ait terminé avec le couplet pour applaudir et lui annoncer les nouvelles qui le concernaient. Il avait eu un coup de fil de son avocat. Il devait se rendre à Dublin le lendemain, et une entrevue officielle au ministère de la Justice aurait lieu le lundi suivant, en présence de son avocat.

— Oh, c'est merveilleux. Merveilleux !

Molly reposa le vase, traversa la cuisine et se jeta à son cou. Conor resta de marbre, et elle recula en hâte. Le hoquet la reprit.

— Excuse-moi, dit-elle.

— Ce n'est rien, répondit-il avec une grimace. C'était agréable. Inutile de t'excuser.

Le metteur en scène avait bien choisi ses critiques. Deux jours plus tard, des articles parurent avec des phrases ou même des paragraphes mentionnant — au passage — que la très attendue *Nuit d'émeraude* était prête à sortir.

Un critique, Clive Treethorne, écrivit, dans le style « d'après ce que l'on peut savoir... », que la nouvelle venue au cinéma, Margo Bryan, qui avait fait « si forte impression » dans *Les Rivières de l'espoir*, confirmait son talent et serait sûrement nominée pour un prochain Oscar.

Un autre, Trilby Owens, assura que l'alchimie cinématographique avait fonctionné à merveille entre David Croft et la jeune Margo Bryan (une actrice à suivre de près pour un prochain Oscar ?) et que leur couple était d'une force étonnante.

Un troisième, Derwent Reed, ne prit pas la peine de cacher le fait qu'il avait bénéficié d'une projection privée et provoqua la fureur des trois autres.

Tammy Simms fait dans ce film son habituel et excellent bon numéro, mais c'est à l'actrice inspirée et pleine de grâce qu'est Margo Bryan, toute jeune encore dans la profession, et qui semble venir de nulle part comme une étoile filante dans le firmament — bien qu'elle ait déjà fait grande impression dans Les Rivières de l'espoir, *c'est donc à cette jeune actrice que l'on doit décerner les honneurs. Ce n'est pas un mince exploit si l'on considère qu'elle a en face d'elle des acteurs aussi expérimentés que David Croft et Tammy Simms. Attendons-nous à un Oscar pour Bryan, l'an prochain...*

Les agences de presse ne pouvaient manquer pareil éloge. Le passage sur Margo Bryan fut sélectionné pour la presse irlandaise, transmis et reçu sur les téléscripteurs de l'*Irish Record* à Dublin ; là, il arriva sur le bureau du rédacteur en chef.

— Ce serait peut-être bien pour vous, ça, déclara-t-il après l'avoir lu.

Una O'Connor parcourut la dépêche.

— Vous voulez quelque chose là-dessus ? demanda-t-elle.

— Ça n'a pas l'air de vous enthousiasmer.

— Si vous voulez un article, je vous le ferai.

Le rédacteur en chef prit le temps de réfléchir. On arrivait à l'été, c'est-à-dire à la basse saison, et la rubrique des spectacles était en quête d'articles sur des personnalités marquantes. De toutes façons si cette Bryan devait un jour obtenir un Oscar, il valait mieux avoir établi à l'avance un contact avec elle.

— Oui, dit-il. Voyez ce que vous pouvez faire.

Una décrocha son téléphone. Elle trouva Molly chez elle.

— Salut ! dit-elle d'une voix claire. Vous vous souvenez de moi ? Una O'Connor de l'*Irish Record* ?

— Oui, bien sûr, Una, je me souviens de vous.

La voix de Molly était un peu hésitante et Una en devina la raison. Sean.

— Écoutez, dit-elle, cela m'ennuie sans doute autant que vous, mais si je vous appelle, c'est pour des raisons professionnelles. Mon patron veut encore un article, à cause de tout ce qu'on raconte sur vous, sur le fait que vous pourriez avoir un Oscar, et aussi pour le film.

— Mais il n'est pas encore sorti !

— Je crois comprendre que c'est imminent, tout de même. L'article pourrait paraître juste au moment où le film sortirait en Irlande.

A nouveau, Una sentit l'hésitation de Molly. Elle aurait vraiment préféré se tenir éloignée de tout ce qui pouvait lui rappeler Sean Molloy, mais elle devait bien faire son travail. Elle fit appel au sens du devoir de Molly.

— Je suis sûre que l'article aura une grande influence sur le public, ici. Il sera largement diffusé.

— Quel genre d'article voudriez-vous faire ?

— Eh bien, ce serait encore un article sur vous, sur ce que vous avez fait cette année. Vous avez été très occupée, d'après ce que je crois savoir.

— Éviterez-vous de mentionner ma vie privée ?

— Vous voulez parler de votre mariage ?

— Non, dit Molly d'une voix calme. Je veux parler de la mort de mon enfant.

Ce fut au tour d'Una d'hésiter.

— Vous savez bien que vous pouvez compter sur moi.

— Bon. Eh bien, c'est d'accord, alors.

Una informa son rédacteur en chef qu'elle pouvait faire l'interview.

— Parfait, dit-il, mais faites vite. Les dépêches arrivent aussi chez nos concurrents. Et pour les photos ?

— Je ne veux pas de photographe avec moi pour cette entrevue, répondit Una aussitôt. Nous ferons les photos plus tard.

Una rappela Molly et elles décidèrent ensemble que la rencontre se ferait, cette fois-ci, chez Molly, à dix heures le lendemain matin.

Quand elle venait à Londres, Una descendait toujours au *Regent Palace*, non pas pour le luxe — en réalité, ce n'était pas un endroit luxueux — mais parce qu'il était bien situé, juste à côté de la station de métro Piccadilly, en face d'une pharmacie, et à proximité de plusieurs restaurants où l'on pouvait manger rapidement. Tout ce qu'un journaliste pouvait souhaiter.

Elle se leva à sept heures et vers neuf heures, ayant déjeuné, s'apprêta à partir ; elle avait des piles neuves dans son magnétophone, d'autres en réserve dans sa poche, et dans son sac des cassettes vierges dont elle avait déjà enlevé l'emballage de Cellophane. A cette heure, la circulation était dense. Elle se mit en quête d'un taxi. Molly lui avait expliqué comment se rendre chez elle par le métro, mais Una préféra, comme toujours, utiliser le moyen de transport le plus fiable, et à Londres c'était le taxi.

Pendant le trajet, elle s'empêcha de penser à Sean Molloy — elle n'avait jamais réussi à l'appeler par son vrai nom, Conor. Durant de longues nuits, seule dans son lit, elle s'était répété qu'il l'avait définitivement dégoutée des autres hommes, mais Una avait du ressort, et elle était fataliste. Si elle se retrouvait dans cette situation, elle ne pouvait que s'en prendre à elle-même. Elle avait mis Margo Bryan en avant, elle l'avait utilisée, mais elle avait raté son principal objectif. Son autre objectif, qui était de garder des relations professionnelles avec l'actrice elle-même, était une autre affaire.

Le taxi la déposa devant la porte de Molly. Comme elle avait vingt minutes d'avance, elle se mit à arpenter Vernon Street Arriver en avance pour une interview était pire qu'arriver en retard, car la personne interviewée, surtout si elle était mal à l'aise et devait être conquise, se sentait prise au dépourvu. Et si cette personne était censée se confier au journaliste, il fallait, avant tout, qu'elle se sente en sécurité.

Elle remarqua que Vernon Street était bordée de maisons de style victorien, en enfilade, bien entretenues, et que le quartier était très calme. Une boutique faisait l'angle, au carrefour. Una y entra et s'acheta un Mars. Il était presque dix heures moins dix. Elle redescendit lentement la rue, mobilisant à fond ses capacités d'observation. Au cas où elle aurait besoin d'étoffer son article, il lui serait utile de décrire l'environnement : les maisons, les jardins, les voitures...

Elle s'arrêta brutalement. La Traveller était garée devant la maison. Elle n'était pas là quand le taxi l'avait déposée, Una en était absolument certaine; elle l'aurait forcément remarquée.

Son cœur se mit à battre la chamade. Qu'allait-elle faire ? Elle serra les lèvres. Ce qu'elle allait faire, c'était une interview. C'était exactement ce qu'elle allait faire.

Il était dix heures une quand elle sonna à la porte.

A son grand soulagement, ce fut Molly qui lui ouvrit. Automatiquement, Una remarqua ses vêtements — un jean et une chemise d'homme — et l'impression générale qui se dégageait d'elle : elle paraissait plus âgée mais aussi plus détendue, et était toujours aussi belle. Tandis qu'elles échangeaient des formules aimables, Una prit mentalement une photo de l'entrée — des carreaux rouges et blancs, une petite aquarelle abstraite, une table ancienne, un petit pot de roses blanches — et fut attentive aux odeurs et à l'ambiance générale de la maison : café, lumière, confort chaleureux.

Molly l'emmena dans un salon minuscule, meublé simplement mais avec beaucoup de goût, avec des chaises et des tables assez petites, à l'échelle de la pièce, et une ravissante cheminée victorienne qui abritait à présent un chauffage au gaz. Là aussi, il y avait des pots de fleurs blanches un peu partout.

— Vous êtes la bienvenue, Una. Cela devient presque une habitude, non ?

— Vous savez, il y a des journalistes qui sont spécialistes du rideau de fer, d'autres des expositions florales, moi c'est de vous !

Molly se mit à rire.

— Voulez-vous du café ?

Una hocha la tête et Molly quitta la pièce. Où pouvait-il bien être ? Dans la cuisine ? Est-ce qu'elle le verrait, seulement ? Elle était tant partagée entre la peur et l'envie de le voir qu'elle avait du mal à se concentrer. Elle se leva pour regarder les titres des livres dans la bibliothèque vitrée qui se trouvait dans une alcôve, à côté de la cheminé. Elle n'aurait pas dû. La bibliothèque contenait un mélange de pièces de théâtre, de romans en éditions de poche et de gros ouvrages de botanique et d'archéologie. Est-ce qu'il vivait ici ?

— Je regardais vos livres, dit-elle quand Molly revint avec un café fumant et un assortiment de biscuits.

— Il n'y a rien de bien passionnant.

Elle ne put s'empêcher de poser la question :

— Votre frère habite ici ?

Molly lui jeta un bref regard.

— Oui. Il habite ici maintenant. Mais il va partir dans quelques minutes, ajouta-t-elle aussitôt. Pour Dublin.

— Bien. On commence ? demanda Una tout en tripotant nerveusement son magnétophone.

Puis elle se lança, s'efforçant de se concentrer sur la carrière de l'actrice, sur ce qui s'était passé depuis leur dernière rencontre, et plus particulièrement le tournage de *La Nuit d'émeraude*. Elle faisait un effort terrible pour être attentive aux paroles de Molly, mais de temps en temps il lui semblait entendre un bruit venant d'une autre pièce. Elle réussit tout de même à bien mener l'interview. D'une part, elle s'en remettait à son magnétophone pour enregistrer les questions et les réponses, relativement banales, d'autre part, elle prêtait la plus grande attention au contexte, observant les changements d'expression, le ton de la voix, les petites pauses, les hésitations, les phrases dites à toute vitesse. Et elle attendait le moment opportun pour poser certaines questions qui amèneraient tout naturellement Margo à parler de sa vie privée.

Cela vint très facilement. Molly venait de parler de certaines scènes qu'elle avait eu grand plaisir à tourner dans les deux films. Una la suivait dans ses explications, sans la brusquer, écoutant ce qu'elle avait à dire sur la façon d'appréhender un rôle, sur ses raisons de préférer telle scène à telle autre, quand la cassette fit entendre un petit bruit. Una s'était efforcée, sans en avoir l'air, de créer entre elles deux un climat chaleureux de confiance et de compréhension mutuelle. Elle s'approcha du magnétophone, le regard baissé et les gestes plus calculés que nécessaire, et demanda d'un air innocent :

— C'était difficile pour vous de recommencer à travailler après la mort de votre enfant ?

Molly ne répondit pas, et Una continua à tripoter la cassette comme si elle avait du mal à la remettre en place. Finalement, elle fit repartir le magnétophone et le reposa sur la petite table qui les séparait, à côté des biscuits et du café. Elle se pencha, leva les yeux, et attendit la réponse, l'air attentif et concerné.

Rares sont les gens qui supportent une longue pause dans une conversation, et Molly ne faisait pas exception.

— Oui, un peu, finit-elle par dire.

— Est-ce que votre entourage vous a aidée ? demanda Una, baissant la voix de façon à l'accorder exactement à celle de Molly.

Il y eut une pause à nouveau. Molly hésita, mais Una garda son sang-froid.

— Oui, dit Molly. Mais je ne crois pas que l'on puisse comprendre à quel point c'est dur si on ne l'a pas vécu soi-même.

Una comprit qu'elle avait tapé dans le mille.

La demi-heure qui suivit, Molly parla de la naissance et de la mort de son enfant, d'une voix sourde et entrecoupée au début, puis égale et continue. Elle avait la mémoire des acteurs et le sens des détails. Una sentait un picotement agréable la gagner au bas de la nuque : elle tenait là une grande histoire. Quand la cassette cessa à nouveau de tourner, elle ne la changea pas tout de suite mais garda les yeux fixés sur l'actrice, qui en était à lui parler de la gentillesse de Bridget Slevin. Elle pleurait. Una fit un effort pour tout mémoriser, se substituer momentanément au magnétophone, n'oublier aucun des mots employés par Molly, tout en sortant discrètement de son sac une autre cassette. Elle réussit à la glisser dans l'appareil sans distraire son interlocutrice, ni la faire dévier de son sujet. Lorsque tout fonctionna à nouveau, Una se détendit et ne se préoccupa plus que de faire avancer le récit.

Tout s'arrêta brutalement lorsque Conor ouvrit la porte du salon.

— Désolé de vous interrompre, mais il faut que j'y aille maintenant, sinon je vais rater mon avion. (Il se dirigea vers Una.) Je ne pouvais pas partir sans dire au revoir.

Elle se leva. Molly, c'était clair, avait prévenu Conor de sa visite.

— Bonjour, fit-elle.

Elle sentit son cœur battre très fort et cela la mit hors d'elle.

Conor eut un regard vers Molly, dont les joues étaient striées de larmes. Una se sentait à présent absurdement coupable.

— Tout va bien, Molly? demanda-t-il.

— Oui, oui, tout va très bien. J'étais dans de vieux souvenirs...

Conor se retourna vers Una.

— Ça va, Una?

— Oui.

— Merci pour ta lettre, au fait.

Comme elle avait serré les poings de rage, la nuit, au souvenir de cette lettre. Non parce qu'elle regrettait de l'avoir écrite ou qu'elle la reniait, mais parce qu'elle ignorait tout des réactions de son destinataire.

— Excuse-moi de n'y avoir pas répondu. Je le ferai un jour, c'est promis, ajouta-t-il.

Una hocha la tête, sans pouvoir dire un mot.

— Bon, dit Conor, j'y vais. *Ciao*! Souhaite-moi bonne chance, Molly.

— Bonne chance, Conor!

Il les embrassa toutes les deux sur la joue et sortit.

Una s'aperçut que le magnétophone continuait de tourner. Elle l'éteignit. Elles entendirent une porte claquer puis le moteur de la Traveller démarrer. Plus désemparée que jamais, Una chercha à recréer l'atmosphère de confiance qu'elle avait réussi à établir entre l'actrice et elle-même. Il fallait que Molly se sente sécurisée, que le récit de sa vie lui parût aller de soi.

— Auriez-vous des coupures de presse vous concernant qui pourraient m'aider à écrire mon article ? demanda-t-elle d'une voix aussi neutre que possible.

Molly parut prise de court, comme si elle avait oublié son métier d'actrice. Elle plissa le front.

— Je ne crois pas. (Puis elle réfléchit.) Dolly doit en avoir gardé, remarquez. Vous connaissez mon agent, Dolly Mencken ?

Una fit oui de la tête.

— Je prendrai contact avec elle, de mon hôtel.

En son for intérieur, cependant, elle exclut toute éventualité d'approcher cette foudre de guerre, de près ou de loin. Elle se leva.

— Merci beaucoup. Je vous laisse en paix.

L'important maintenant, c'était de partir avant que Margo Bryan se rendît compte qu'elle en avait trop dit et imposât ses conditions.

— Voudriez-vous encore du café ?

Molly avait rassemblé ses esprits.

— Non, merci. Mais vous avez dit que vous aimiez jardiner. J'aimerais beaucoup voir vos plantes...

Una ne voulait pas montrer trop d'empressement à partir.

Molly sembla sincèrement touchée par cette demande.

— Bien sûr. C'est la saison propice.

Elles passèrent par le petit couloir qui menait à la serre et au patio.

— Quelle jolie cuisine ! s'écria Una dans la grande pièce ensoleillée, sans doute la plus agréable de la maison.

— N'est-ce pas ? J'ai apporté quelques meubles d'Irlande pour me rappeler mon enfance ; cette petite commode, là, ce bahut. Oh ! ajouta-t-elle soudain en montrant du doigt le haut du bahut. J'avais oublié ça ! Vous m'aviez demandé des coupures de presse ?

Elle monta sur un escabeau et attrapa la vieille boîte à chaussures, souffla dessus pour enlever la poussière.

— Je suis désolée ! Je crois que ma femme de ménage n'arrive pas jusque-là. En fait, je n'ai jamais relu tout ça. Dolly est très organisée, elle garde tout ce qui paraît, mais il y a sans doute des choses plus anciennes là-dedans. Est-ce que ça pourrait vous être utile ?

— Merci beaucoup. C'est formidable.

Una prit la boîte.

— Vous me la rendrez quand vous voudrez, dit Molly.

Puis elle eut l'air de se rappeler quelque chose. Elle reprit la boîte, l'ouvrit, en sortit un bout de papier au-dessus de la pile et, l'ayant mis en boule, le fourra dans la poche de son jean. Una ne fut pas assez rapide pour voir ce qu'il y avait écrit dessus. Molly remit le couvercle en place, lui rendit la boîte et l'emmena vers la serre.

Le patio était vraiment très agréable, avec toutes sortes de fleurs qu'Una aurait été incapable de nommer, dans des bacs et des pots. Elle ne reconnut que les rhododendrons. On était encore en mai, mais le soleil était déjà chaud et les abeilles s'en donnaient à cœur joie autour d'un buisson de fleurs bleues tirant vers le mauve.

Elles restèrent un moment dehors, au soleil, échangeant des impressions sur le bel été à venir. Una admira le patio et les fleurs, puis déclara qu'elle ne voulait pas abuser du temps dont Molly disposait. Ramassant la boîte à chaussures, le magnétophone et son sac, elle serra la main de l'actrice.

— Je suis désolée d'être si émotive, dit Molly. (Elle eut un instant d'hésitation, puis continua :) Je ne vais pas vous dire de ne pas utiliser ce que j'ai dit à propos de mon enfant, mais je compte vraiment sur vous pour ne pas en faire une histoire sensationnelle…

Il y avait comme un appel dans sa voix, et Una en eut le cœur serré. A présent que tout cela était en lieu sûr dans son appareil, elle pouvait se payer le luxe de se laisser émouvoir.

— Ne vous inquiétez pas, dit-elle, et elle était sincère. Je vous promets que vous ne le regretterez pas. Et en tout état de cause, je suis certaine que ce que vous avez dit peut être d'un grand secours pour toutes les femmes qui traversent les mêmes épreuves.

— Oui, il y a cela, aussi, reconnut Molly.

Mais Una vit bien qu'elle n'en était pas tout à fait convaincue.

— Je vous en prie, croyez-le, vous pouvez me faire confiance.

Et elle était sincère. Quel avenir pouvait-elle espérer si elle trahissait cette femme et écrivait un article racoleur ! Le journal pouvait avoir besoin de la rencontrer à nouveau. Tout en s'éloignant de la maison, Una commença à rédiger dans sa tête le premier paragraphe de son texte. Elle avait envie d'être seule aussi. Pour repenser à Conor. Et pour rentrer au plus vite chez elle, à Dublin.

Où pouvait-il bien être à Dublin ? Mais à peine cette question lui avait-elle traversé l'esprit qu'elle la rejeta violemment.

Le temps qu'elle retourne à son hôtel, où elle avait déjà réglé sa chambre, elle avait recouvré son calme. Elle sortit son grand sac et y rangea le magnétophone. Puis elle essaya d'y fourrer la boîte à chaussures, mais rien à faire. Saleté de boîte! pensa-t-elle, regrettant maintenant d'avoir demandé ces coupures de presse. Elle l'aurait sur les bras pendant tout le voyage de retour, et ensuite il lui faudrait faire un paquet pour le renvoyer par la poste. Elle songea à l'expédier tout de suite, de Londres, mais craignit que cela n'eût l'air désobligeant.

Sans compter qu'il y avait peut-être des choses dont elle pourrait se servir — bien qu'elle sût qu'elle avait plus de matériau qu'il n'en fallait pour écrire l'une des meilleures histoires de sa vie.

De retour chez elle, Una décida de se mettre tout de suite au travail. C'était la meilleure chose à faire pour ne pas penser à Conor. Elle parcourut du regard sa chambre en désordre. Elle n'avait jamais eu l'intention de vivre ainsi, et aurait sans doute eu les moyens de faire autrement, mais elle avait toujours eu quelque chose de plus intéressant ou de plus important à faire que de se mettre en quête d'un appartement ou d'une maison.

Elle accrocha sa veste derrière la porte et lança son sac de voyage et la boîte à chaussures sur son lit. Ne prenant même pas le temps de se faire une tasse de café, elle sortit le magnétophone et le posa sur la table, qui se trouvait au centre de la pièce, servant aussi bien pour les repas que pour la cuisine ou le travail, et dont un pied branlant était soutenu par un petit bout de bois.

Una se demanda un instant si elle devait appeler son rédacteur en chef, mais décida de n'en rien faire. Il y avait toujours un risque que celui-ci ne lui donne pas son aval. Elle le contacterait en temps voulu, quand elle aurait fini d'écrire l'article.

Elle commença par noter tout ce qui avait été dit lors des changements de cassettes, et dont elle pouvait se souvenir. Puis elle appuya sur la touche de l'appareil et transcrivit l'interview, en omettant ses propres questions. Cela lui prit presque quatre heures et demie. Il était plus de onze heures lorsqu'elle entendit le bruit de la porte du salon, chez Molly, suivi de la voix de Conor, résonnant dans tout l'appartement.

D'un geste brusque, Una éteignit l'appareil et se releva. Elle était affamée. Elle se dirigea vers le réfrigérateur de sa « cuisine », séparée de son « salon » par un rideau suspendu à un fil. Il n'y avait rien, à part un carton de lait et deux tomates moisies.

Elle sortit de chez elle et descendit Rathmines Road pour se rendre au *Kentucky Fried Chicken*, un fast-food très animé à cette heure de la nuit où tous les pubs étaient fermés. Elle dut faire la queue pour acheter une part de poulet-frites avec un Coca. Comme toutes les tables étaient occupées, elle décida de rentrer. Une fois chez elle, elle se dirigea droit vers son lit, son paquet à la main, et alluma la radio qui se trouvait sur la table de nuit. Son sac de voyage gisait à moitié ouvert au milieu du lit, là où elle l'avait laissé, juste à côté de la boîte à chaussures. Elle chercha une station de radio qui diffuse de la bonne musique, tout en fixant la boîte des yeux, d'un air un peu méprisant. Elle avait bien assez d'éléments pour écrire son article, mais un certain sens du devoir, qui confinait au perfectionnisme, prévalut. Il se pouvait qu'il y eût là quelque information qu'elle n'avait pas. Et puisqu'elle l'avait portée de Londres jusqu'ici, autant en tirer profit.

Elle s'assit sur le lit, ouvrit sa bouteille de Coca et commença à manger. Puis, ayant ôté le couvercle de la boîte à chaussures, elle la retourna de façon à laisser tomber les coupures de journaux sur le lit. Elles avaient un aspect grisâtre, certaines même étaient jaunies. Elles avaient été très soigneusement pliées, aux dimensions exactes de la boîte, et avaient tendance à y rester coincées à l'intérieur. Essuyant ses doigts gras sur sa robe, elle attrapa celles qui ne voulaient pas tomber. Il n'y avait pas que des coupures de presse dans la boîte. Il y avait aussi une enveloppe. Une enveloppe sur laquelle était écrit son nom. Était-ce un tour que lui jouait Molly?

Son cœur cessa brusquement de battre. Conor! Il avait dit qu'il lui répondrait « un jour »...

Avant d'ouvrir l'enveloppe, comme pour retenir le temps, elle mangea une frite.

Una n'aurait pu dire si elle était déçue ou non quand elle lut la première ligne. *Chère mademoiselle O'Connor*... Ce n'était donc pas lui. Mais qui cela pouvait-il bien être? Elle reprit :

Chère mademoiselle O'Connor,

Je suis désolé de vous importuner, mais ayant lu votre article dans le journal d'aujourd'hui, je crois nécessaire de vous communiquer une information des plus urgentes, qui vous intéressera sans doute...

Elle dut relire la lettre deux fois avant de la comprendre vraiment et d'en mesurer les conséquences.

Car, quelle que soit la façon dont elle s'était retrouvée mêlée aux coupures de presse, les révélations qu'elle contenait étaient très claires : Molly s'était mariée avec son propre frère. Le savait-elle ? La question obsédait Una. La réponse aussi : cela expliquait probablement les problèmes du bébé.

Una se mit à réfléchir très vite. Elle devait vérifier quelque chose.

Elle se leva, s'accroupit, et sortit de dessous son lit plusieurs sacs de sport fourrés là, semblait-il, n'importe comment. Là se trouvait son « fichier personnel ». Elle fouilla dans chacun d'eux à la recherche de ses notes sur Christian Smith. Elle compara les dates avec celles que donnait le Bureau fédéral de l'aviation civile.

Elles correspondaient bien. Il n'y avait pas d'erreur.

Si elle avait cru tenir une bonne histoire, il apparaissait à présent que c'était vraiment la meilleure qu'on pût jamais écrire !

Du calme. Du calme. Il ne fallait pas aller trop vite, mais procéder point par point. D'abord qui pouvait bien avoir écrit cette lettre, et pourquoi la lui avoir adressée à elle ?

Elle la relut. La deuxième question était facile : *J'ai lu votre article dans le journal d'aujourd'hui...*

Mais qui ?

J'ai toujours suivi la carrière de Mlle Bryan avec le plus vif intérêt...

C'était une explication aux coupures de presse.

J'ai des raisons personnelles de ne pas mener cette enquête moi-même... Pourquoi ?

La raison était sans doute l'intérêt personnel. Cet homme, ou cette femme, portait un intérêt particulier à Molly. C'était trop facile de conclure qu'il s'agissait d'un homme amoureux d'elle. Une femme était plus logique. La vraie mère de Molly ?

Elle reprit son propre fichier. L'enfant Smith était d'une famille riche et s'était perdu en mer, après un accident d'avion. Le corps de la mère n'avait jamais été retrouvé. Mais même si elle avait survécu quelque part, sans révéler son identité, pouvait-on imaginer qu'elle ait su où se trouvait sa fille, qu'elle ait suivi toute sa carrière attentivement, et ne se soit jamais manifestée ?

Tout cela était éminemment improbable. Pour essayer de se rafraîchir les idées, elle alla ouvrir la seule fenêtre de sa chambre, et passa la tête dehors, au grand air de la nuit. Il bruinait :

fermant les yeux, elle laissa la pluie mouiller ses joues trop chaudes. Il n'y avait qu'une seule explication possible. La lettre avait été écrite par un homme qui était amoureux de Molly, mais ne pouvait le révéler.

Un homme marié ?

Elle se rappela quelque chose à la fin de la lettre. Elle ferma la fenêtre et se dirigea vers le lit pour reprendre la lettre.

... *révélé de manière confidentielle*... révélé...

Révélé !

Par la confession ! Cet homme était un prêtre.

Una sentit que ses jambes se dérobaient sous elle et elle dut s'asseoir. Elle fouilla dans son sac à la recherche du Mars qu'elle avait acheté la veille et mordit à pleines dents dans la confiserie.

Que faire ?

Tout d'abord, contacter Margo Bryan. Elle consulta sa montre. Il était une heure moins le quart. Elle ne pouvait pas la réveiller en pleine nuit pour lui annoncer une telle nouvelle. En fait, c'était impossible à dire au téléphone. Il fallait qu'elle aille la voir, le plus tôt possible.

Elle fourra dans sa bouche ce qui restait du Mars, alluma la radio et se mit à mâcher avec nervosité. Puis elle jeta ses vêtements à terre, éteignit la lumière et essaya de dormir. Cette découverte soulevait d'autres questions encore. Conor ? Ce n'était donc pas le frère de Molly. L'avait-il déjà découvert lui-même ? Était-ce pour cette raison qu'il s'était brusquement éloigné d'elle ?

Una essaya de ne pas penser à cet aspect-là du problème. Cela ne pouvait que rendre plus complexe encore sa tâche de journaliste. Comme elle n'arrivait pas à dormir, elle finit par rallumer la lumière et relut la lettre. Puis elle éteignit à nouveau et s'allongea sur le dos. Oserait-elle questionner Molly au sujet de Conor ?

Vers quatre heures, Una renonça à dormir. Elle prit son pot à café rempli de pièces de dix pence et se glissa dans le couloir jusqu'à la salle de bains commune. Il y faisait froid et humide, mais dans l'état fiévreux où elle se trouvait, cela ne lui déplaisait pas du tout, au contraire. Elle glissa une pièce dans le compteur, alluma le gaz et prit un long bain chaud.

Elle arriva à l'aéroport peu après sept heures. Bien que le premier vol pour Londres fût complet, elle réussit à obtenir une place suite à un désistement de dernière minute. Il lui restait très peu de temps avant l'embarquement, mais elle voulut tout de même téléphoner à Molly.

La sonnerie retentit six fois avant que Molly ne réponde.

— Allô ? fit-elle, d'une voix tout endormie.

L'estomac noué, Una entendit les pièces tomber dans l'appareil, les unes après les autres, et eut très peur que l'actrice ne raccrochât.

— Allô ! dit-elle sitôt que la dernière pièce fut tombée.

— Oui ? Qui est à l'appareil ?

— Molly, c'est moi, Una. Je suis absolument désolée de vous réveiller, mais il y a quelque chose de très important, et de très urgent, au sujet de l'article que je dois écrire sur vous et...

— Savez-vous l'heure qu'il est ?

— Oui, je sais, mais croyez-moi, je ne vous dérangerais pas si ce n'était d'une extrême importance. Je suis à l'aéroport... Je pars à l'instant pour Londres, pour vous voir.

— Quoi ?

Devinant au ton de sa voix qu'elle était très contrariée, Una s'empressa d'ajouter :

— J'ai une nouvelle importante.

— Quel genre de nouvelle ?

— C'est à propos de votre mari, répondit Una, inspirée.

Il y eut une pause. Elle glissa une nouvelle pièce dans la fente.

— Qu'avez-vous à me dire sur mon mari ?

La voix de Molly était devenue circonspecte.

— Je ne peux pas vous le dire au téléphone. Il faut absolument que nous nous voyions.

Una entendit le dernier appel pour le départ de son avion.

— Eh bien, il semble que vous soyez sur le point de partir, de toute façon ! fit Molly.

— Je viendrai directement chez vous dès mon arrivée à Londres.

— Entendu.

— Encore une fois, désolée de vous avoir réveillée, Molly.

— Ce n'est pas grave.

Una raccrocha et courut vers son avion. Elle fut la dernière à embarquer, et s'effondra sur son siège, essoufflée. Dès que l'appareil décolla, elle commença à avoir la nausée. Pourquoi est-ce que je me mets dans un état pareil ? se répétait-elle. Mais il n'y avait rien à faire. Si professionnellement la situation était très excitante, elle redoutait la scène à venir, se l'imaginant de mille façons différentes : Molly incrédule, en colère, indignée, menaçante, en larmes, violente, hystérique. Ou tout cela à la fois. Comment réagirait-elle elle-même si quelqu'un, si un journaliste, débarquait avec la preuve que son mari était son propre frère.

Derrière tout cela se profilait la question insinuante, insistante, de son intérêt personnel. Où se situait Conor dans tout cela ? Pour commencer, il avait été l'ami, puis le frère, et maintenant, qui était-il ? Una se refusa à penser à lui. Elle penserait à lui *quand* elle aurait fait ce qu'elle avait à faire.

Elle avait mis la vieille boîte à chaussures dans un filet et avait conscience de paraître bizarre, dans le métro de Londres, avec ce misérable paquet. La lettre anonyme était au fond de son sac à main, qu'elle serrait sous son bras, avec le sac de voyage contenant les mêmes affaires que la veille, dont le magnétophone, ainsi qu'une cassette et des piles neuves. Comment allait-elle s'y prendre pour tirer le meilleur parti journalistique de la situation ? Elle ne pouvait décemment pas mettre le magnétophone en marche dès son arrivée.

Restait le problème principal. Comment allait-elle annoncer la nouvelle à Molly ? Devrait-elle foncer bille en tête ou bien y aller en douceur ? Elle n'avait toujours pas pris de décision au moment où elle arriva au coin de Vernon Street. Elle régla la course et se dirigea, le cœur battant, vers la porte jaune vif.

Le cœur de Molly battait aussi la chamade tandis qu'elle attendait Una. Les ennemis ne portent pas toujours des cornes ou des queues fourchues ; souvent, même, ils parlent d'une voix douce, enjôleuse, et cette Una O'Connor ne lui disait finalement rien qui vaille, malgré son visage ouvert, plein de taches de rousseur et sa masse de boucles rousses.

Elle se sentait mal dans son corps et anxieuse. Pour tenter de calmer son appréhension, elle avait pris un bain parfumé après le coup de fil d'Una et avait mis un de ses vêtements préférés, une robe de coton blanc. Mais elle ne tenait pas en place à attendre que les minutes deviennent des heures. Il était encore tôt, dix heures dix seulement, mais qui pouvait savoir à quelle heure cette femme arriverait ?

Elle essaya de lire un scénario que Dolly lui avait envoyé, avec un avis très favorable. La proposition venait d'une grosse maison de production. Le tournage devait avoir lieu en Argentine, avec un gros budget et des acteurs prestigieux. Dolly avait noté sur la couverture que le rôle envisagé pour elle était idéal, mais aussi qu'il lui faudrait faire un essai, étant donné l'importance du budget, et donc du risque. Molly essaya de se concentrer sur ce qu'elle lisait, pour s'apercevoir au bout de quelques minutes qu'elle relisait toujours la même page. Elle jeta le scénario sur la table de la cuisine, puis le reprit, le rapporta dans le salon et le rangea soigneusement sur l'une des étagères. Elle alluma la radio, mais ne réussit pas à trouver d'émission qui lui plaise. Elle éteignit le poste et recommença à faire les cent pas dans la maison, remettant en place les coussins, nettoyant, dans la cuisine, les surfaces de travail déjà parfaitement propres.

Elle sortit dans le patio. Après une longue série de beaux jours, le temps avait changé. Pendant la nuit, un vent de nord-est s'était mis à souffler, emportant les pétales des roses les plus précoces et les dalles de pierre étaient comme parsemées de flocons de neige pastel. Elle se mit à frissonner et retourna dans la maison, allant de pièce en pièce en quête de quelque chose à faire. Mais l'appartement scintillait de propreté, Mme Sharma était venue la veille alors qu'il n'y avait déjà aucune trace de poussière nulle part. Elle prit un cardigan, le posa sur ses épaules et retourna au patio. Là, elle ramassa les pétales tombés à terre avec une balayette et, quand ce fut terminé, s'occupa des géraniums en pots. Le vent lui picotait le visage mais ce travail occupa un moment son esprit.

Qu'est-ce que cette journaliste pouvait savoir de plus, au sujet de Christian, que ce qu'elle-même lui avait dit durant l'interview ? Ce que Molly craignait surtout, c'est qu'Una ait réussi, par un moyen quelconque, à retrouver sa trace. Et si c'était le cas, dans quelles dispositions d'esprit se trouvait-il ? La relative tranquillité de sa vie serait-elle à nouveau menacée ? Mais il était impossible qu'Una ait pu retrouver la trace de Christian entre le moment où elle avait quitté la Vernon Street, c'est-à-dire hier matin, et ce matin à sept heures. Le laps de temps était trop court. A moins que, par une coïncidence extraordinaire, elle ne l'ait rencontré par hasard et qu'elle l'ait reconnu, bien que ne l'ayant vu que lors d'une interview. Ou peut-être l'avait-il contactée...

Molly était tiraillée entre l'envie de savoir ce que pouvait bien être cette nouvelle et la tentation de se cacher la tête dans le sable. Elle avait le pressentiment que, quoi que ce fût, cela modifierait profondément sa vie.

Ces derniers mois, elle avait vécu dans un monde tout à fait irréel, jouant au papa et à la maman avec Conor, et enterrant mentalement Christian. Mais elle se rendait bien compte à présent que c'était de sa part un manque de courage. Christian était son mari, pour le meilleur et pour le pire. Elle n'aurait pas dû s'en remettre à Malcolm pour le retrouver. Elle aurait dû mener sa propre enquête.

Juste après le coup de fil d'Una, elle avait eu envie d'appeler Conor. Elle connaissait le nom de son hôtel à Dublin. Mais elle s'était retenue. Il avait suffisamment de problèmes sans devoir subir les appels hystériques de sa sœur.

Elle entendit la sonnette de la porte d'entrée et son estomac se contracta brusquement. Au moins l'attente était-elle terminée. S'obligeant à marcher d'un pas normal, elle rentra dans la cuisine, retira son cardigan et le posa sur le dossier d'une chaise. Comme elle se dirigeait vers l'entrée, la sonnerie retentit encore, cette fois-ci avec un son prolongé et strident. Elle ressentit une certaine irritation devant le sans-gêne de la journaliste, et s'arrêta un instant devant le miroir de l'entrée pour vérifier sa mise. Lorsqu'elle ouvrit la porte, personne n'eût pu deviner qu'elle se sentait dans un état second.

— Bonjour, dit-elle. Voulez-vous entrer ?

Una s'arrêta dans l'entrée, et Molly remarqua que sa peau était couverte de rougeurs et qu'elle avait les yeux cernés. Une idée folle lui traversa l'esprit : cette femme avait eu une aventure avec Christian et était venue pour tout avouer ! Mais c'était tellement ridicule qu'elle faillit aussitôt éclater de rire. Elle se sentit un peu mieux.

— Voudriez-vous une tasse de café ? demanda-t-elle.

— Non merci. J'en ai déjà trop pris.

Una eut un petit rire nerveux.

Molly hésita.

— Allons dans la cuisine, Una. C'est plus agréable, à cette heure-ci.

Una la suivit et resta debout, mal à l'aise, ne sachant si elle devait s'asseoir. Molly lui indiqua une des chaises, devant la table.

— Vous êtes sûre que vous n'allez pas changer d'avis pour le café ?

— Oui, dit Una, j'en suis bien sûre, merci. Oh ! Avant que j'oublie !

Elle sortit la boîte à chaussures du filet et la lui tendit.

Molly la replaça en haut du placard de la cuisine. Puis elle s'assit en face d'Una.

— Allons-y! Qu'est-ce que vous teniez à me dire au sujet de mon mari?

Una regarda fixement la table et Molly attendit. Très longtemps, lui sembla-t-il. Finalement, Una leva les yeux et dit :

— J'ai réfléchi à la façon dont je pourrais vous l'annoncer, j'y ai beaucoup réfléchi, toute la nuit et pendant le voyage en avion, mais je n'ai pas trouvé.

Molly ne chercha pas à l'aider. Elle attendit.

— Cela vous concerne tous les deux, votre mari et vous-même aussi.

— Oui?

— Molly, ce sera un choc terrible pour vous!

— Mais, mon Dieu, dites-le!

Molly était à présent dans un état de tension extrême.

— Oui, eh bien, avant de vous le dire, il faut que je vous rappelle quelque chose. (Una respira un grand coup.) Rappelez-vous que je suis journaliste et que mon métier, c'est de rapporter ce que je vois et ce que j'entends.

C'en était trop pour les nerfs de Molly. Elle ne pouvait supporter davantage tout ce préambule.

— Je vous en prie, dites ce que vous avez à dire!

Au lieu de répondre, Una ouvrit son sac à main et y prit une enveloppe blanche, qu'elle tendit à Molly sans un mot. Molly la regarda.

— Mais cette lettre vous est adressée, dit-elle.

Una hocha la tête.

— Lisez-la tout de même.

Molly prit la lettre manuscrite, ainsi qu'une autre, tapée à la machine, avec le haut de la feuille arraché. Elle lut pour commencer celle qui était manuscrite, et, tandis qu'elle lisait, le temps s'arrêta. Le réfrigérateur, qui ronronnait doucement jusque-là, eut un petit déclic et le silence qui s'installa ensuite parut d'une lourdeur insupportable. La deuxième lettre confirmait la première.

— De qui est celle-ci? demanda-t-elle dans un souffle. L'en-tête a été arrachée.

— Oui, dit Una. Mais comme vous pouvez le voir d'après la signature, elle vient du Bureau fédéral de l'aviation civile, en Amérique.

Molly la fixait des yeux, glacée.

— C'est donc... mon frère, murmura-t-elle. Mais ce n'est pas possible.

Elle semblait implorer Una de lui dire que tout ceci n'était qu'une erreur, une très mauvaise plaisanterie.

Una eut envie de lui prendre la main, mais se retint.

— Je suis désolée d'être l'intermédiaire dans une telle affaire, croyez-le bien... (Elle parlait à voix basse maintenant, elle aussi.) Puis-je vous servir quelque chose ? Un cognac ?

Molly regarda à nouveau les deux lettres, l'air hébété. Elle en avait une dans chaque main.

— D'où viennent ces lettres ? demanda-t-elle.

— De la boîte à chaussures que vous m'avez confiée. Je ne sais pas pourquoi la personne qui m'a écrit cette lettre ne me l'a finalement pas envoyée.

La boîte à chaussures. Le père Morahan. TROUVÉ PARMI LES EFFETS DE....

Molly regarda fixement Una.

— Comment cela se peut-il ? C'est impossible. Cela voudrait dire, si c'est vraiment mon frère, que Malcolm est mon père, non, mon grand-père... (Elle regarda les lettres à nouveau, qui tremblaient dans ses mains.) Conor, dit-elle dans un souffle, n'est pas... est...

La pièce autour d'elle commença à tanguer. Les lettres faisaient un bruit de papier froissé dans ses mains tandis qu'elle tremblait de tout son corps.

— Vous allez bien, Molly ? demanda Una, anxieuse. Voulez-vous boire quelque chose ?

Molly lova sa tête dans la pliure de son bras, posé sur la table.

— Pourriez-vous me donner un verre d'eau, s'il vous plaît ?

Una prit un verre dans le bahut et fit couler l'eau du robinet jusqu'à ce qu'elle fût bien fraîche. Elle posa le verre plein sur la table. Molly le saisit mais faillit le laisser tomber et renversa de l'eau. Una l'aida à le porter à ses lèvres.

— Je suis désolée, Una.

— Mettez-vous la tête sur les genoux...

Molly obéit et, peu après, commença à se sentir un peu mieux. Elle releva le buste.

Les lettres lui avaient glissé des mains et gisaient sous la table à même le sol.

— Pourriez-vous les ramasser pour moi ? demanda-t-elle.

Una se baissa, prit les lettres et les lui tendit. Molly hésita.

— Elles sont à vous. Elles vous sont adressées.

— Je pense, dit Una d'une voix neutre, que vous avez certains droits dessus....

Molly relut la lettre du père Morahan.

... pour des raisons professionnelles, éthiques et morales, je ne peux vous dire... révélé d'une façon absolument confidentielle...

Il n'y avait qu'une seule possibilité. La confession. Il devait l'avoir appris par quelqu'un qui s'était confessé. Quelqu'un de directement concerné. Son père? Sorcha? Elle ne le saurait jamais.

Elle leva les yeux vers Una.

— Pourrais-je garder ces lettres quelques jours? demanda-t-elle, faisant un gros effort pour se contrôler. Il est clair que je vais devoir... Il y a des choses qu'il faut que je fasse...

Una hocha la tête.

— Gardez-les autant que vous voulez, dit-elle.

Puis elle avança sa chaise, pour se trouver tout près de Molly. Celle-ci devina ce qui allait suivre et cela ne lui plaisait pas du tout.

Elle ne s'était pas trompée. Après s'être éclairci la gorge, Una se lança dans un discours qu'elle avait préparé, Molly en fut consciente.

— Je vous ai dit que j'étais journaliste, et que je devais faire mon travail, commença-t-elle. Je n'ai aucune envie de vous rendre la vie difficile... Je veux dire plus difficile encore. Mais mettez-vous à ma place : ce n'est pas une histoire ordinaire que la vôtre. Et comme c'est moi qui vous l'ai fait découvrir, d'une certaine façon, elle m'appartient autant qu'à vous...

Bien qu'en état de choc, Molly vit qu'Una était un peu gênée, et que tout cela n'était pas facile pour elle non plus. Mais elle n'avait aucune envie de l'aider. Elle essaya de rassembler ses esprits, ou ce qu'il en restait.

— Je sais ce que vous ressentez. Bien sûr, je peux attendre quelques jours...

Elle fit une pause et Molly remarqua que ses taches de rousseurs se rejoignaient sur le nez.

— Vraiment? dit-elle, en essayant d'être ironique.

— Je ne peux pas changer ce qui est, Molly.

— Excusez-moi, mais je crois que si.

Molly essayait de paraître forte, mais la voix qui sortait de sa gorge était aiguë et faible.

Un moment, elles restèrent chacune sur leurs positions.

— Écoutez, dit doucement Una, je suis désolée d'avoir été la messagère de cette nouvelle, mais je n'ai pas été la chercher. Je n'ai pas fouillé dans votre vie. On m'a écrit, sans que je n'aie rien demandé. Mais si vous le permettez, je vous dirai qu'à mon avis cette personne avait à votre égard les meilleurs intentions du monde. Et quelle que soit son identité, elle m'a fait confiance, pensant que je ferais pour le mieux. Eh bien, je crois avoir fait pour le mieux en venant vous voir, mais, comme je vous l'ai dit, je suis journaliste.

Molly se sentit prise au piège.

— Ce que je vous propose, continua Una, si cela vous convient, c'est de ne rien faire durant le mois à venir, pour vous donner tout le temps de vous retourner... Mais je vous aiderai. Si je peux faire quoi que ce soit pour vous aider à retrouver votre mari... je veux dire votre frère... (Molly tressaillit.) Je le ferai. Mon journal a d'énormes possibilités d'investigation et des contacts dans les coins les plus reculés du monde. Nous ne sommes pas des détectives, mais les journalistes sont capables de faire des prodiges quand ils sont décidés à trouver quelque chose.

— Mais la publicité autour...

— Croyez-moi, je ferai pour le mieux. Vous n'aurez jamais honte de ce que j'écrirai sur vous. Jamais, au grand jamais je ne ferais une chose pareille. Mon rédacteur en chef me tuerait sur place si je me permettais le plus petit écart. De toute façon, si vous le souhaitez, je vous montrerai l'article avant qu'il sorte. Je ne vous promets pas d'y changer quoi que ce soit, remarquez, mais du moins vous aurez l'esprit en paix. Et s'il y a une erreur, ou si quelque chose vous peine ou vous embarrasse, aussi bien vous que votre famille, je veux bien reconsidérer ce que j'ai écrit. Si vous êtes coopérative, je le serai aussi, et je vous promets que tout se passera pour le mieux.

Molly la regarda à nouveau. Dans son désir ardent de convaincre, la journaliste balayait toute précaution de langage et sa voix retrouvait l'accent de ses origines irlandaises. Molly se souvint de Bridget Slevin, qui l'avait aidée en des temps difficiles. Sa colère était tombée et elle se sentait à nouveau en confiance. De toute façon, elle n'avait pas vraiment le choix.

— Vous seriez vraiment prête à m'aider, à retrouver mon... Christian ?

— Oui. Remarquez, ajouta Una, qui prit soudain conscience de sa chance — petite journaliste en bas de l'échelle à l'*Irish Record*, elle pourrait avoir une belle promotion —, il faut que je voie tout cela avec mon rédacteur en chef, mais je pense arriver à le convaincre.

— Oh, je vous fais confiance.

Elles échangèrent un demi-sourire.

— Après tout, dit Una, profitant de l'avantage, rien de tout cela n'est votre faute, pas plus que la mienne. On ne peut tout de même pas vous en vouloir d'avoir été victime d'un accident d'avion au-dessus de l'Atlantique, ni d'avoir été recueillie sous une fausse identité à l'âge d'un an !

— Est-ce que cela est déjà arrivé ?

— J'ai entendu parler d'une histoire semblable, mentit spontanément Una.

— En Irlande ?

— Non, il me semble que c'était en Amérique, une histoire que j'ai lue récemment.

— Si vous pouviez... commença Molly d'une voix anxieuse. Peut-être pourrais-je entrer en contact avec ces personnes, voir comment elles ont fait...

— J'essaierai de vous retrouver cet article, promit Una.

La conversation s'épuisa. Il n'y avait plus rien à dire, semblait-il. Una, cependant, hésitait à laisser Molly seule.

— Y a-t-il quelqu'un chez qui vous pourriez passer le reste de la journée ? demanda-t-elle doucement. Il vaudrait mieux que vous ne restiez pas seule.

Molly se mit à réfléchir. Il n'y avait personne chez qui elle pût aller, personne sur qui s'appuyer en un moment aussi critique, du moins pas à Londres. Elle aurait pu aller à Dublin, retrouver Conor, mais l'exclut délibérément. Elle devait d'abord réfléchir seule à ce que venait de lui révéler Una, ainsi qu'aux conséquences que cela entraînerait. Elle pensa à John Pius, qui n'était qu'à une heure d'avion, puis se rappela qu'il était en vacances à l'île Maurice. Restaient Malcolm et Cordelia, là-bas, à Chicago. Mais il faudrait leur annoncer la nouvelle et le téléphone n'était sans doute pas ce qu'il y avait de mieux pour le faire. Rien ne la retenait pour l'instant à Londres, et Conor avait l'intention d'aller voir Brendan si l'entrevue de Dublin tournait à son avantage, comme il l'espérait.

Elle prit une décision. Son compte en banque était largement approvisionné, grâce aux bons soins de Dolly, et elle pouvait se permettre d'aller aux États-Unis quand elle le voulait.

— Je vais aller à Chicago, pour voir Malcolm, mon... mon grand-père.

Les mots lui paraissaient sonner étrangement. Elle n'avait jamais eu de grands-parents, les parents de Sorcha et Micheal étant morts avant sa naissance. Du moins le croyait-elle. Les choses étaient si confuses.

De toute façon, ils n'auraient pas été ses grands-parents. Puisqu'elle n'était pas née à Inisheer. Puisque Sorcha et Micheal n'étaient pas ses parents. En réalité, elle n'avait pas de parents, comme Christian, mais elle avait un grand-père. En fait, elle avait des parents, et c'étaient les parents de Christian, mais ils étaient morts dans un accident d'avion, comme les parents de Christian...

— Et donc mon vrai nom, c'est... c'est...

Elle repensa aux photographies sur le piano d'Evanston. A celle du bébé, c'est-à-dire d'elle-même. Elle n'arrivait même pas à prononcer le nom de « Susanna ».

— Susanna, murmura Una à sa place.

— Oui, Susanna, répéta Molly, d'une voix à peine audible.

Elle revit alors son propre bébé, Susanna, son petit corps calme et chaud, sa tête duveteuse, Susanna qu'elle avait tenue dans ses bras à la nursery de Sainte-Catherine.

Una la laissa pleurer. C'était probablement la meilleure chose à faire. Se sentant inutile, elle se leva et fit comme toutes les Irlandaises dans les moments critiques : elle prépara du thé.

13

Molly prit une gorgée de thé et faillit s'étrangler, mais Una la força à boire.

— J'y ai mis quatre cuillerées de sucre. Allez, Molly, un petit effort. Ça vous fera du bien. Vous en avez besoin.

Molly fit la moue mais finit par avaler la boisson sirupeuse. Elle avait l'impression de s'être dédoublée, comme si elle jouait dans un film et le regardait en même temps.

Quand elle reposa sa tasse, Una lui proposa de l'accompagner à Heathrow. Les deux femmes montèrent dans la chambre de Molly et tandis que cette dernière attendait, assise sur son lit, la jeune journaliste se dirigea vers le dressing-room. Elle ouvrit une porte et découvrit des vêtements d'homme.

— Ce sont les affaires de Christian, expliqua Molly d'une toute petite voix. Je n'ai jamais eu le courage de m'en débarrasser.

Una referma l'armoire et ouvrit celle qui se trouvait à côté. Elle choisit plusieurs tenues et les rangea dans une valise, puis elle alla dans la salle de bains où elle prit le nécessaire de toilette de Molly ainsi que quelques-uns de ses produits de maquillage.

Puis elle appela un taxi et elles descendirent dans le hall.

— Avez-vous votre carte de crédit ? demanda Una alors qu'elles s'apprêtaient à quitter la maison.

Molly fouilla dans son sac à main et hocha la tête, aussi obéissante qu'une enfant. Elle était encore sous le choc. Comme c'était agréable d'avoir quelqu'un qui veille à tout.

— Passeport ?

— Euh… Non.

— Où est-il ?

— Dans le tiroir du petit buffet de la cuisine.
— Je vais aller le chercher. Attendez-moi.
— Merci, Una.
Una revint avec le passeport et le feuilleta.
— Êtes-vous sûre que votre visa est encore bon?
— Oui, il est valable pour cinq ans.
Una prit le sac à main de Molly et y rangea son passeport avant de le lui rendre.
— Vous êtes sûre que ça va aller? s'enquit-elle, hésitante.
— Oui. Ne vous en faites pas.
Una répéta sa question deux fois durant le trajet jusqu'à l'aéroport et deux fois Molly lui assura qu'elle n'avait pas à s'inquiéter. Mais lorsqu'elles arrivèrent à Heathrow, elle se sentit incapable de s'occuper des formalités du voyage et s'en remit de nouveau à Una, se contentant de signer le reçu de sa carte de crédit. Bien que l'on soit dimanche, le hall de l'aéroport était bondé et il régnait un vacarme terrible.
— Il n'y avait plus de vol direct pour Chicago. Vous passerez donc par New York, annonça Una en lui tendant le billet. Je vous ai pris une place en première classe. Vous pouvez bien vous le permettre... et puis vous le méritez. On s'occupera bien de vous comme ça, et vous pourrez dormir.
Alors qu'elles s'approchaient de la salle d'embarquement, Molly se tourna brusquement vers la journaliste. Elle lui était reconnaissante de sa gentillesse et de son attention, mais brusquement, à l'idée de voyager seule, elle se sentait prise de panique.
— Vous ne voulez pas m'accompagner?
Una secoua la tête.
— Je ne peux pas. J'aurais bien aimé, mais sincèrement je ne peux pas. J'ai un travail, vous savez. D'ailleurs, je suis censée être au bureau dans deux heures.
— Bien sûr. Je suis désolée.
— Molly, je vous en prie, ne vous excusez pas. Je me déteste pour ce que je vous ai fait.
— Pouvez-vous alors rester encore un petit peu avec moi?
— Oui.
Una présenta sa carte de presse à l'hôtesse qui l'autorisa à pénétrer avec Molly dans le salon réservé aux voyageurs de première classe.
— J'ai encore du mal à m'y faire, murmura Molly.

— C'est normal, la rassura Una en lui prenant la main. Il va vous falloir du temps pour vous habituer à votre nouvelle identité. Vous devriez peut-être voir un médecin une fois à Chicago. Donnez-moi le numéro de téléphone des grands-parents de Christian pour que je les appelle et que je les prévienne de votre arrivée.

— Vous feriez cela ? Vous êtes si gentille.

— Arrêtez de dire que je suis gentille. Je ne suis pas gentille, et je ne suis pas fière de moi en ce moment. A présent, donnez-moi le numéro. Mais attention, prévint-elle après l'avoir recopié dans son calepin. Je ne leur dirai rien. Je me contenterai uniquement de leur demander de venir vous chercher à l'aéroport.

— Et s'ils ont un empêchement ?

— Et alors ? Vous avez de l'argent sur vous ? Vous n'aurez qu'à prendre un taxi.

— Oui, vous avez raison. Je pourrai changer de l'argent à New York.

— Voilà qui est mieux ! lança Una en souriant.

— Croyez-vous que je devrais téléphoner à Conor ? demanda Molly.

Una baissa les yeux.

— Dans ce domaine, je ne peux guère vous aider.

— Excusez-moi...

Les deux jeunes femmes s'assirent et Molly garda la main d'Una dans la sienne. Un tableau au mur accrocha son regard. Elle le contempla longuement avant de déclarer, d'une voix lointaine :

— Je crois que j'aime Conor.

Elle ne parlait pas à Una mais à elle-même.

Una lui répondit si doucement que Molly ne comprit pas. Elle avait la tête baissée et Molly ne pouvait voir l'expression de son visage.

— Pardon ? fit-elle poliment.

— J'ai dit, « bien sûr que vous l'aimez, Molly », dit Una, mais elle ne releva pas le visage.

Une fois Molly partie, Una sortit lentement de l'aéroport. Face à l'immense désarroi de la jeune actrice, elle n'avait guère eu le temps de penser à elle-même. Il était temps à présent de remédier à la situation. D'abord, elle se rendit compte qu'elle était affamée — elle n'avait pas mangé depuis la veille au soir. Bien qu'il eût été plus raisonnable de vérifier l'heure du prochain vol pour Dublin et s'il restait des places, elle décida de prendre son temps. Elle grimpa les marches qui menaient au restaurant et s'installa à une table avant de commander un steak et des frites.

Mais lorsque le serveur lui apporta son plat, elle s'aperçut qu'elle était incapable d'avaler quoi que ce soit.

Elle l'avait perdu à tout jamais.

Malgré tout ce qu'elle avait pu se dire quand il lui avait annoncé que c'était fini entre eux, elle ne s'était pas dit la vérité. Au fond d'elle-même, elle n'avait jamais cessé d'espérer le faire revenir d'une façon ou d'une autre. Oh ! Comme elle s'était trompée, et comme elle avait honte d'avoir cru pouvoir le garder !

A présent, elle devait regarder la vérité en face : elle l'avait bel et bien perdu.

— Quelque chose ne va pas, madame ? lui demanda le serveur.

Una leva les yeux. Il était d'origine asiatique et, à travers ses larmes, son visage lui apparut légèrement flou. Elle tenta de sourire.

— C'est-à-dire que... je n'ai pas aussi faim que je le pensais.

Elle prit son sac, furieuse contre elle-même. Ce qui lui arrivait était d'une telle banalité. Le grand vide à l'intérieur, la douleur... Elle qui s'était toujours vantée d'être forte et invulnérable, voilà qu'elle pleurait comme une gamine. Ce n'était qu'un homme, après tout. Pour s'en sortir, elle connaissait la solution : se concentrer sur son travail, sur l'article qu'elle devait écrire.

Elle paya son repas resté intact et prit la direction du comptoir Aer Lingus, mais chaque pas qu'elle faisait résonnait dans sa tête. Elle l'avait perdu, elle l'avait perdu, elle l'avait perdu...

Alors qu'elle se trouvait au-dessus de l'Atlantique, Molly fut brusquement convaincue que Malcolm mourrait avant qu'elle n'ait le temps de lui annoncer la nouvelle. Elle céda aussitôt à la panique. Heureusement, il n'y avait personne à côté d'elle, l'avion n'étant qu'à moitié rempli. La résignation qui avait été sienne jusqu'à présent, tout le temps où Una avait pris les choses en main et où elle s'était comportée comme un jouet mécanique, l'avait quittée au moment du décollage, quand, affolée, elle avait pleinement pris conscience des implications qu'entraînait la découverte de la journaliste.

Christian était son frère.

Conor n'était pas son frère.

Sorcha n'était pas sa mère.

Michael n'était pas son père.

Malcolm était son grand-père.

Cordelia était sa grand-mère.

Sa mère s'appelait Maggie, son père Cal.

Maggie était sa mère — cette femme au visage grave le jour de son mariage.

Elle avait des grands-parents et des cousins en Amérique.

Elle savait que, dès lors et jusqu'à la fin de sa vie, elle irait de découverte en découverte. Tout ce temps perdu... mais l'était-il vraiment ?

Car, sans tout cela, elle n'aurait jamais rencontré Conor.

Comme elle comprenait la réticence d'Una au sujet de Conor.

Pauvre Una.

Brusquement, à la pensée de Conor, un sourire éclaira son visage. C'était un sourire si lumineux que l'hôtesse qui déposait devant elle une tasse de thé et des biscuits ne put s'empêcher de le lui rendre, légèrement perplexe.

Oh, comme elle aurait aimé que l'avion avance plus vite ! Elle aurait dû prendre le Concorde. Avant son arrivée à Chicago, il fallait absolument qu'elle téléphone à Conor.

Elle appela l'hôtesse et commanda du champagne. Son excitation était si forte qu'elle avait l'impression que sa tête allait éclater. Quand la jeune femme lui apporta le champagne, Molly changea d'avis et commanda une bière. Le champagne allait lui donner le tournis tandis que la bière la calmerait. Et elle avait besoin de se calmer.

— Mais bien sûr, madame, dit l'hôtesse en reprenant la bouteille de champagne.

Elle doit penser que je suis droguée, songea Molly. C'était bien, en fait, la sensation qu'elle éprouvait. Droguée.

Elle commença à manger et but une gorgée de bière, et la combinaison de l'alcool et du soleil, qui baignait son visage à travers le hublot, la calma. Deux heures avant d'atterrir, Molly finit par s'assoupir.

Kennedy Airport était noir de monde. Molly, désorientée et encore sous l'effet de la fatigue du voyage, hésita à appeler Conor. Comment lui parler au téléphone ? Elle n'y arriverait jamais. Ce qu'elle avait à lui dire, elle ne pourrait le lui dire qu'en le regardant dans les yeux.

Elle suivit les autres passagers dans la salle de transit puis monta dans l'avion pour Chicago. Le vol dura deux heures mais il sembla à Molly que quelques minutes à peine s'étaient écoulées avant qu'elle ne reconnût par le hublot les allées qui bordaient le lac.

Cordelia l'attendait.

Chère Cordelia !

Molly éclata en sanglots et se jeta dans ses bras.

— Molly ? Que se passe-t-il ? Que se passe-t-il ? Ma pauvre Molly. Que se passe-t-il ?

Les passagers dans la zone d'arrivée s'écartèrent tandis que Molly pleurait et riait tout à la fois.

— Venez, Molly, dit enfin Cordelia. Venez... Nous serons mieux dans la voiture.

La salle à manger était plongée dans l'obscurité. Malcolm était assis à son fauteuil, à présent bien délabré. Le brocart était usé et effiloché aux accoudoirs et là où Malcolm reposait sa tête depuis tant d'années. Les fenêtres étaient ouvertes, la nuit douce, et le lac, tel une fine feuille d'étain, scintillait sous la lune.

Cordelia entra, suivie de Molly.

— Malcolm, regarde qui est venue nous voir.

Il devait dormir car il sursauta avant de tenter de se redresser en s'appuyant aux accoudoirs du fauteuil.

— Molly ! Ma chère ! Quel plaisir de vous voir !

— Ne vous levez pas, Malcolm, s'écria Molly en se précipitant vers le vieil homme.

Elle s'empara d'un tabouret recouvert de velours rouge et le posa en face de lui.

— Je vais allumer. On n'y voit rien ici, déclara Cordelia.

— Non, Cordelia, ce n'est pas la peine. C'est mieux comme ça, dit Molly.

— D'accord. Je vous laisse tous les deux. Je vais faire du café.

— Je suis désolé, Molly, de n'être pas venu vous attendre à l'aéroport, mais j'étais un peu fatigué.

Si son visage accusait le passage du temps, sa voix était encore pleine de clarté et d'énergie.

— Oh, Malcolm, bien sûr que je ne vous en veux pas de ne pas être venu. J'ai… j'ai quelque chose d'extraordinaire à vous dire…

Comment continuer ? Cela avait été si facile avec Cordelia. Les mots lui étaient venus sans qu'elle ait besoin de réfléchir, se mêlant au flot de ses larmes.

— Il fait un peu frais, vous ne trouvez pas ? Peut-être ferais-je mieux de fermer les fenêtres ?

— Non… Il ne fait pas froid et je n'ai pas froid. Qu'avez-vous de si extraordinaire à me dire, Molly ?

— Vous allez avoir du mal à le croire, commença-t-elle d'une voix hésitante, et j'espère que ce ne sera pas un trop grand choc pour vous.

Elle se pencha en avant et lui prit les mains.

— Une journaliste est venue me voir aujourd'hui, enfin, hier… non, aujourd'hui, et elle m'a raconté quelque chose sur ma vie. Elle est absolument sûre de ses sources et je pense qu'on peut lui faire confiance. Je crois même savoir qui lui a appris ce qu'elle m'a annoncé. Malcolm, je ne suis pas qui je pensais être. Je ne suis pas Molly Ni Briain d'Inisheer. (Elle marqua une pause.) C'est absolument incroyable.

— Je vous écoute, murmura le vieil homme en se raidissant.

— Malcolm, je suis votre petite-fille. Je suis la sœur de Christian.

Il ne bougea pas.

— Je sais que cela paraît incroyable. Mais cet accident d'avion… Je suis la seule qui ait survécu. J'étais dans un canot de sauvetage et j'ai échoué sur une plage d'Inisheer. Je ne connais pas tous les détails mais j'ai été trouvée par mon père et ma mère… enfin, je veux dire par les gens que je pensais être mes parents. Malcolm, je suis votre petite-fille.

Lentement, il croisa ses mains sur ses genoux.

— Quelque part, tout au fond de moi, je le savais. Je le savais depuis longtemps, dit-il très calmement, bien que l'effort qu'il fit pour rester maître de lui fût manifeste. Il va seulement me falloir du temps pour m'y habituer.

— Malcolm, je suis votre petite-fille !

Le vieil homme resta immobile mais son visage exprimait une

telle émotion que Molly sut qu'elle n'oublierait jamais cet instant. Il se mit alors à parler comme pour lui-même.

— Lorsque je t'ai vue pour la première fois, à l'aéroport, aux côtés de Christian, j'aurais juré que tu étais Maggie. Je l'ai toujours pensé mais cela me paraissait tellement improbable. Tu ne lui ressemblais pas seulement physiquement, tu parlais comme elle, tu te tenais comme elle. (Il se frappa le genou du poing.) On aurait dû faire des recherches après l'accident. Fouiller toutes les îles. J'aurais dû y aller moi-même, j'aurais dû visiter toutes les maisons, une à une. Je t'aurais reconnue immédiatement... Toutes ces années...

Cordelia revint et comprit aussitôt à l'agitation de son mari qu'il était au courant.

— Et Christian ? demanda-t-elle doucement.

Malcolm la regarda et se leva brutalement.

— Tu as raison. Il faut absolument le retrouver. J'appellerai l'agence dès demain.

Puis il se retourna vers Molly qui était restée assise.

— Tu es donc ma petite Susanna ?

— Oui, je suis ta Susanna, grand-père ! Mais il va me falloir du temps à moi aussi pour m'habituer à ce nom !

— Oh, les noms ! Les noms ! s'exclama Malcolm. Enfin, tu es de retour !

Cette nuit-là, Molly ne put s'empêcher de céder à une impulsion enfantine : elle prit l'un de ses tubes de rouge à lèvres et écrivit en travers du miroir de la coiffeuse : « Je m'appelle Susanna ! » Comme elle n'avait pas tiré les rideaux, le miroir scintillait au clair de lune et, de son lit, les lettres lui apparaissaient nettement. Pour la première fois de la journée, elle prit le temps de réfléchir à ce qui venait de lui arriver.

Elle plaça sa main gauche dans le rayon de lumière qui filtrait à travers la fenêtre et le diamant de sa bague de fiançailles brilla aussitôt d'un vif éclat. Désormais, il lui serait difficile de continuer à la porter.

Ah ! Si elle avait été écrivain, ou compositeur, ou bien peintre ! Elle essaya d'imaginer à quoi son tableau aurait ressemblé. Des cercles, des cercles qui s'emmêleraient les uns aux autres en un immense tournoiement. A la périphérie, des couleurs vives — jaune, orange, rouge — représenteraient les grands moments de son existence : ses succès au théâtre et au cinéma, le jour de son mariage, l'instant de bonheur intense qu'elle avait ressenti à la naissance de son bébé. Mais ces ronds de couleur fondraient et disparaîtraient dans un tourbillon central et menaçant d'un vert criard moucheté de marron sale : là, serait toute la douleur qui s'était emparée d'elle quand on lui avait pris son bébé, tout son désespoir quand elle s'était rendu compte que Christian buvait, quand il l'avait abandonnée. Et tout au milieu, un cercle blanc se dégagerait des autres cercles. Son avenir.

Conor. Il devait être six heures du matin en Irlande. L'image de Conor ne l'avait pas quittée un seul instant durant toute la journée, mais elle n'avait pu se résoudre à l'appeler. Les implications des révélations d'Una lui semblaient trop brutales, trop excitantes et d'une certaine manière, trop terrifiantes pour qu'elle osât y réfléchir.

Elle éclata brusquement de rire. Dire qu'au moment même où il déclarait à la face du monde qu'en fait il était son frère, elle était sur le point de lui annoncer qu'elle n'était *pas* sa sœur!

A cette pensée, elle se redressa tout à coup. Il y avait une chose à laquelle elle n'avait pas songé jusqu'à présent : comment Sorcha et Michael avaient-ils expliqué la soudaine arrivée dans leur foyer d'une petite fille de un an? Conor et Brendan savaient-ils depuis toujours qu'elle avait été trouvée?

Il fallait qu'elle joigne Conor sur-le-champ. Elle bondit hors de son lit et descendit au rez-de-chaussée le plus doucement possible avant de se rendre dans le salon de réception. C'était une pièce où Malcolm et Cordelia n'allaient guère, et qui avait l'avantage d'être loin des chambres. Molly n'alluma pas la lumière; ses yeux s'habituèrent très vite à l'obscurité et le clair de lune était suffisamment vif pour qu'elle distingue le téléphone, posé sur une petite table à côté des grandes fenêtres. Elle appela les renseignements et donna à la standardiste le nom de l'hôtel à Dublin où séjournait Conor.

— C'est en Irlande du Nord ou du Sud, madame? demanda la jeune femme à l'autre bout du fil.

— En république d'Irlande!

Habituellement, ce genre de question avait le don d'irriter Molly, mais ce soir elle ne s'emporta pas. Malgré son ignorance des capitales d'Europe, la jeune femme s'avéra efficace et Molly obtint le numéro de téléphone qu'elle voulait au bout de trente secondes.

— Merci, dit-elle poliment avant de raccrocher.

Elle s'empressa de composer le numéro sur le cadran avant de l'oublier. Le téléphone sonna à plusieurs reprises; désespérée, Molly s'apprêtait à raccrocher quand une voix lointaine répondit enfin.

— Oui?

— Pourrais-je parler à M. Conor O'Briain, s'il vous plaît.

— Ne quittez pas.

A son grand soulagement, elle entendit la voix de Conor à peine quelques secondes plus tard.

— Allô?

— Allô, Conor?

— C'est toi, Molly?

Elle ne put s'empêcher de rire.

— Si l'on veut, oui.

— Pardon?

— Oui, c'est moi, Conor.

— Molly, aurais-tu bu par hasard? D'où m'appelles-tu? On dirait que tu es sur une autre planète.

— D'une certaine façon, c'est à peu près ça. Sérieusement, je suis à Chicago, enfin, pas vraiment. A Evanston, pour tout dire.

— Je vois. Et que fais-tu là-bas?

— Eh bien, je suis en mission, en quelque sorte.

— Je vois, répéta Conor d'un ton impatient. Écoute, Molly, je n'ai pas le temps de m'amuser. Une journée très importante m'attend. Je me suis levé à cinq heures ce matin afin de préparer ce que je vais devoir dire dans quatre heures.

— Je ne m'amuse pas, Conor. J'ai une question à te poser, une question capitale. Tu vas peut-être penser que c'est étrange, mais c'est en partie la raison de ma présence ici. C'est une question de vie ou de mort, Conor, et je suis terrifiée à l'idée de te la poser.

— Pour l'amour de Dieu, de quoi s'agit-il, Molly?

— Sais-tu quelque chose sur ma naissance?

Il y eut un long silence et, quand Conor répondit, Molly devina au ton de sa voix qu'il était très surpris.

— Quelque chose sur ta naissance?

— Oui.

— Eh bien, je n'étais pas à la maison quand tu es née, si c'est ça que tu veux savoir. J'étais à l'école.

— Quel âge avais-tu quand tu m'as vue pour la première fois?

— Molly, je ne comprends vraiment pas du tout. Que cherches-tu à savoir ?

— Je te le dirai quand je te verrai. Pour l'instant, il faut que tu me répondes. Quel âge avais-tu quand tu m'as vue pour la première fois ?

— Tu devais avoir deux mois, je crois. Je suis revenu à la maison pour Pâques avec Brendan et tu étais là.

— Tu es bien sûr de m'avoir vue à Pâques ?

— Tout à fait. Je me rappelle même t'avoir emmenée à la plage. Et c'était le dimanche de Pâques parce que nous avons mangé du poulet.

Molly éclata de rire. Cher Conor. Il en revenait toujours à la nourriture.

— Tu es donc bien sûr de ne pas te tromper, insista-t-elle. Je n'avais pas par hasard un an et deux mois ?

Elle l'entendit soupirer.

— Tu étais un tout petit bébé quand je t'ai emmenée à la plage. Tu ne savais pas marcher ni parler ni même gazouiller. Est-ce que ça répond à ta question ?

— Oui ! s'exclama Molly, folle de joie.

— Puis-je retourner à présent à la préparation de mon entretien avec les représentants des forces de police d'Irlande ?

— Je veux que tu m'écoutes très attentivement, Conor. Je dois rester ici un jour ou deux — j'ai plusieurs choses à régler —, mais je serai de retour à la fin de la semaine. J'irai à Inisheer pour vous voir, Brendan et toi.

Conor marqua une pause puis demanda d'une voix hésitante :

— Es-tu à Chicago à cause de Christian ? Comptes-tu le ramener avec toi ?

— Je n'ai aucune idée de l'endroit où il peut être, mais je vais essayer de le trouver. Cependant, même si je le retrouve, je ne le ramènerai pas avec moi, tu m'entends, je ne le ramènerai pas avec moi.

— Je vois.

— Conor, il s'est passé quelque chose de tout à fait extraordinaire, mais je veux te le dire de vive voix et à Inisheer.

— Est-ce une bonne ou une mauvaise nouvelle ?

— Sois patient, Conor. La seule chose que je peux te dire, c'est que tu seras impressionné.

— Tu as été nominée pour un Oscar !

— Grands dieux, Conor ! Ce n'est pas avant des mois et, de toute façon, c'est bien mieux qu'un Oscar.

— Alors c'est une bonne nouvelle.

— Patience, patience. En attendant, bonne chance pour aujourd'hui. J'ai idée que rien de mal ne peut nous arriver aujourd'hui.

— Au revoir, Molly.

Au ton de sa voix, Molly devina qu'il souriait.

— Au revoir, Conor!

A peine avait-elle raccroché qu'elle retourna en courant à sa chambre. Il l'avait vue quand elle avait deux mois. Voilà un mystère qu'ils auraient à éclaircir ensemble. Il devait s'agir d'un autre bébé. Pauvre bébé. Mais à quoi bon y penser maintenant? Rien ne pouvait atténuer son bonheur présent.

Malcolm était déjà habillé quand Molly descendit le lendemain matin. Elle le trouva assis à son bureau, un bloc-notes en face de lui. Il venait de raccrocher le téléphone avec exaspération lorsqu'elle entra dans la pièce.

— Fichue agence! Je ne fais que tomber sur leur répondeur!

— Voyons, Malcolm, il n'est que sept heures et quart, lui fit remarquer Molly.

— Je sais, je sais. Enfin, bonjour Susanna.

— Susanna, Molly, Margo... Je crois que je vais me faire appeler Julie et ça ira comme ça, plaisanta-t-elle en s'approchant du vieil homme avant de se pencher et de l'embrasser sur la joue. Bonjour, grand-père.

Malcolm parvint à tenir en place jusqu'à huit heures du matin, heure à laquelle l'agence rappela. Il leur donna rapidement de nouvelles instructions puis leur annonça qu'il allait louer les services d'une seconde agence afin de leur venir en aide. Retrouver son petit-fils était désormais de la plus haute importance.

Christian traînait dans la rue, à des milliers de kilomètres de Chicago et à des années-lumière d'Evanston. Le soleil jetait des éclats rouges mais ce n'était pas les effets d'un somptueux lever du jour. La ville de Gary, en Indiana, empestait de l'odeur des hauts fourneaux qui crachaient une épaisse fumée noirâtre vingt-quatre heures sur vingt-quatre.

Dans une impasse à l'écart, l'asile de nuit qui servait de demeure à Christian jetait ses locataires à la rue dès sept heures du matin, qu'il pleuve, qu'il vente ou qu'il grêle. Christian marchait d'un pas lourd le long du trottoir. Ses pieds, serrés dans des tennis à moitié déchirées, lui faisaient atrocement mal. Au moins avait-il quelque chose à faire aujourd'hui. Il avait rendez-vous avec quelqu'un de la Sécurité sociale, mais son rendez-vous n'était pas avant neuf heures du matin. Il arrêta un homme qui allait dans la direction opposée à la sienne.

— Excusez-moi !

L'homme fit mine de ne pas l'avoir entendu et pressa le pas.

— Je voulais seulement vous demander l'heure ! hurla-t-il, mais l'homme ne s'arrêta pas.

Une femme finit par lui donner l'heure — il était huit heures et demie. Il ne lui restait plus que trente minutes à attendre. Ce rendez-vous allait lui permettre de revoir sa situation. Il pourrait peut-être même en ressortir avec du travail, mais sobre comme il l'était à cette heure de la journée, il savait que ses chances étaient maigres. Ses efforts pour gagner sa vie au cours des six derniers mois s'étaient tous soldés par un échec. Il avait travaillé pour les chemins de fer et dans des mines, mais cela n'avait jamais duré bien longtemps. Toute son existence à présent était réduite à un mauvais cliché, il le savait bien, semblable aux histoires qu'il couvrait à une époque qui lui paraissait désormais bien lointaine, la vie n'avait guère été clémente avec lui et il ne trouvait le réconfort que dans l'alcool. Quelle ironie !

A son arrivée à Chicago, après avoir quitté Londres, il avait pris une chambre dans un hôtel où il s'était enfermé avec, pour seule compagnie, une bouteille de bourbon. Le lendemain, quand il eut dessoûlé, il était allé à sa banque, sur Michigan Avenue, et avait fermé son compte après avoir retiré tout l'argent qui s'y trouvait. Puis, avec l'intention de se perdre à jamais, il était monté dans un autocar pour le Milwaukee où il avait habité à l'hôtel.

Les chambres étaient toujours les mêmes : propres, spacieuses, climatisées et aussi impersonnelles qu'une salle d'attente dans un aéroport. C'était la fin de sa vie de famille, ou du moins de sa tentative de vie de famille. Il ne supportait pas de penser à ce qu'il avait fait, et il savait que la seule façon qu'il avait de rester en vie était d'être perpétuellement ivre.

Pour ne pas attirer l'attention, il changeait d'hôtel tous les trois jours, se déplaçant en autocar à travers toutes les villes du Middle West en prenant bien soin d'éviter Chicago. Il vécut ainsi pendant presque cinq mois, jusqu'au jour où il n'eut plus d'argent. Il avait perdu plus de dix kilos.

Il trouva du travail chez un quincaillier, à Detroit, qui l'employa pour l'aider à faire l'inventaire de son magasin, mais, comme il était incapable de se concentrer il fut renvoyé.

Et petit à petit, ce genre de situation devint son mode de vie. Il travaillait pendant quelques jours puis se faisait renvoyer avec suffisamment d'argent pour vivre dans des hôtels minables et s'enivrer.

Jusqu'au jour où il finit par ne plus trouver de travail et vécut aux dépens de l'État. Au cours des derniers mois, il avait rejoint le monde des clochards, des sans-abri et des marginaux qui fréquentaient les asiles de nuit des grandes villes. Ils avaient tous une histoire à raconter, mais aucun, y compris Christian, ne la racontait. Ils se débrouillaient plus ou moins, touchaient des indemnités de l'État, vendaient leur sang, volaient de la nourriture dans les cuisines des restaurants et, bien qu'il existât une certaine solidarité entre eux, ils vivaient leur vie solitaire comme des épaves flottantes qui ne se rencontrent jamais.

De temps en temps, Christian repensait à son ancienne vie, à son grand-père, à Molly, au journalisme. Mais il finissait toujours par enfouir ses souvenirs dans l'alcool — il n'était jamais difficile de trouver quelqu'un avec une bouteille. Son impression de solitude s'estompait peu à peu et, après les premiers mois, il n'y prit plus garde ; elle faisait partie de sa vie, voilà tout.

Les bureaux de la Sécurité sociale ouvrirent à neuf heures tapantes. Christian entra d'un pas traînant, à la suite des autres personnes qui attendaient comme lui. Comme la femme qu'il devait voir était en retard, il s'assit sur un banc dans la salle d'attente aux murs peints en vert tandis que les gens autour de lui étaient appelés dans des petits isoloirs alignés tout au fond de la pièce. L'agitation sporadique rompait à peine l'impression de mort et de désespoir qui habitait l'endroit. Christian éprouva brusquement un prompt besoin de boire. Il s'apprêtait à partir quand il entendit enfin son nom. Une femme le conduisit dans un bureau, à l'écart, à peine plus grand que quatre cabines téléphoniques réunies.

— Monsieur Smith, dit-elle en s'installant derrière son bureau avant de sortir un dossier. Est-ce votre vrai nom ?

— Oui, répondit Christian. Je m'appelle Christian John Smith.

La femme soupira.

— Écoutez, monsieur Smith, nous avons beaucoup de John Smith. Ne pouvez-vous pas être un peu plus original?

— Smith est mon vrai nom.

Elle soupira à nouveau.

— Très bien, monsieur Smith. Êtes-vous marié?

— Non... euh, oui... Non!

Elle le regarda longuement, puis poussa encore une fois un profond soupir.

— Vous avez de la famille?

— Non, madame, répondit Christian avec fermeté.

— Vous en êtes sûr?

— Tout à fait.

— Votre dernière adresse?

— Un hôtel à Detroit, dans le Michigan.

— Je parlais d'une adresse permanente, monsieur Smith.

— C'est ce qu'il y a de plus permanent que je puisse vous donner.

Le téléphone sonna au même moment. La femme décrocha et nota quelque chose sur son carnet avant de raccrocher.

— On vient de m'annoncer, monsieur Smith, que vous êtes sans travail et sans moyens de subsistance depuis une période relativement courte. Voulez-vous être envoyé dans un centre de réintégration?

La soudaineté de la question prit Christian de court. Il était venu ici pour chercher de l'aide, mais à présent qu'on la lui proposait de manière si imminente, il hésitait. Son besoin de boire devint irrésistible.

— Que... que voulez-vous dire?

— Vous m'avez entendue. Je vous ai demandé si vous désiriez être envoyé dans un centre de réintégration?

Christian se tortilla sur sa chaise, mal à l'aise. Ses pieds lui faisaient terriblement mal.

— Quelle sorte de centre est-ce?

— Vous le savez très bien, monsieur. Désintoxication.

Christian n'avait jamais fait de cure de désintoxication, mais il avait entendu maintes histoires atroces sur le sujet.

— Je... je ne sais pas.

— Monsieur Smith, reprit la femme, doucement. Soit vous voulez réintégrer la société, soit vous ne le voulez pas. Je ne suis pas là pour vous persuader, mais uniquement pour vous faciliter les choses. Pourquoi êtes-vous venu ici ? La désintoxication est votre seule chance. Vous êtes encore jeune, monsieur Smith. Je ne sais pas de quel milieu vous êtes, mais aujourd'hui cela importe peu. Ce qui compte, c'est que vous vous fassiez une nouvelle vie... On s'occupera de vous. Réfléchissez-y. Donnez-vous une chance.

Elle prit un dossier sur son bureau et le feuilleta.

— Je lis ici que vous n'avez pas de problème médical majeur. Vous pouvez tout à fait vous en sortir et repartir de zéro. Alors ?

Christian regarda longuement la femme qui se tenait devant lui. C'était la première personne qui lui avait parlé gentiment depuis des semaines.

— Est-ce qu'on soignera mes pieds ? demanda-t-il.

— Qu'avez-vous aux pieds, monsieur Smith ?

— Ils me font très mal. Je crois que ce sont les orteils.

Elle inscrivit quelque chose sur le dossier.

— Oui. Ne vous faites pas de souci.

— Je suis d'accord, déclara Christian, d'une voix hésitante. Que dois-je faire ?

— Pour l'instant, rien, monsieur Smith. L'État va vous prendre en charge. Avez-vous une carte de sécurité sociale ?

Christian secoua la tête. Il l'avait vendue pour s'acheter à boire.

— Ce n'est pas grave.

Et elle décrocha son téléphone.

L'inspecteur qui interrogeait Conor était grand et maigre. A sa gauche se tenait un jeune officier de la garde nationale, et à sa droite un représentant du ministère de la Justice. Conor et son avocat étaient assis en face d'eux, à l'autre extrémité d'une longue table vernie.

Conor sentait que l'audience ne se passait pas bien. Les questions polies de l'inspecteur étaient entrecoupées de longs silences durant lesquels il prenait des notes. Ils étaient justement à présent en plein milieu d'une de ces pauses.

Tout en attendant la question suivante, Conor ne put s'empêcher de trouver que la séance entière, ainsi que l'endroit où elle se déroulait, avait quelque chose d'irréel : le lourd silence, la table trop brillante, les gants de l'inspecteur soigneusement placés à côté de sa casquette devant lui. La pièce était vaste et haute de plafond, avec de grandes fenêtres à travers lesquelles on entendait vaguement le bruit de la circulation. Tous ces gens, dehors, qui menaient des vies ordinaires. Jamais il n'aurait dû engager ces procédures. Après tout, sa vie à Londres était tout à fait satisfaisante.

L'inspecteur, qui répondait au nom de Silke, s'arrêta d'écrire.

— Pouvez-vous me redire, monsieur O'Briain, pourquoi vous avez éprouvé le besoin de changer de nom ?

L'avocat de Conor bondit.

— Sauf votre respect, nous avons déjà traité ce point.

— Eh bien, sauf votre respect, nous allons revenir dessus. Bien que l'inspecteur se montrât extrêmement poli, Conor voyait bien qu'il supportait difficilement le doucereux accent anglais de son avocat.

— Comme je vous l'ai expliqué, j'ai pensé qu'il me fallait changer d'identité au cas où la police me rechercherait.

— Au cas où la police vous rechercherait... Voyons, monsieur O'Briain, si, comme vous nous l'avez raconté, la mort de votre père était un accident, pourquoi avez-vous fui la police ?

— Avec votre respect... commença l'avocat, mais Conor l'interrompit avant qu'il puisse continuer.

— A mon avis, vous auriez fait la même chose à ma place, inspecteur. N'oubliez pas que je vous ai dit que nous étions en train de nous battre violemment, mon père et moi. J'ai pensé qu'on pouvait en conclure, lorsqu'il a trébuché et qu'il est tombé, que c'était moi qui l'avais tué.

— Mais n'était-ce pas à la cour de décider ?

— Je n'ai pas pensé à la cour, à ce moment-là. Mon père était à terre, mort. J'étais son fils, inspecteur. Je l'avais tué.

— Ah, fit l'inspecteur.

— Permettez-moi de faire remarquer que mon client ne reconnaît en aucune façon avoir tué son père, intervint l'avocat de Conor.

— Mais c'est ce qu'il vient de faire, monsieur Carthew.

— Pour moi, ce n'était pas l'aveu de sa responsabilité dans la mort de son père, mais...

— Si cela ne vous dérange pas, monsieur Carthew, je préférerai entendre la version de l'accident de la bouche de monsieur O'Briain !

L'avocat s'apprêta à protester puis se ravisa. Il lança un regard d'avertissement à Conor, mais celui-ci l'ignora. Il était trop tard à présent, et ce qui était dit était dit.

— Très bien, inspecteur, déclara Conor en regardant l'homme droit dans les yeux. Je sais que ça se présente mal. Je sais que je n'aurais pas dû fuir comme je l'ai fait. Mais... (Il hésita puis se lança :) Ce n'était pas la première fois que nous nous disputions, mon père et moi. Il me battait très souvent quand j'étais petit, et même après. Ce jour-là, le jour où il est mort, il cherchait la bagarre. Je ne sais pas pourquoi, tout ce que je peux vous dire, c'est que c'était assez habituel chez lui. Je n'irai pas jusqu'à vous dire qu'il me haïssait, parce que je ne sais pas ce qu'il pensait, mais ce dont je suis certain, c'est que ce jour-là, comme beaucoup d'autres, il brûlait de se battre. J'avais une vingtaine d'années, inspecteur. Une vingtaine d'années. Il venait de m'insulter, d'insulter ma mère et ma sœur. Je ne pouvais plus en supporter davantage et quand il a commencé à me frapper, j'ai senti que je ne me laisserais pas faire...

La voix de Conor avait commencé à vibrer de passion. Il s'arrêta brusquement. Personne dans la pièce ne bougea. Les deux hommes, qui prenaient des notes de chaque côté de l'inspecteur, gardèrent la tête baissée, leurs stylos en l'air.

Après quelques secondes, Conor reprit la parole. Il maîtrisait de nouveau sa voix.

— Je n'allais pas me laisser faire comme les autres fois. On s'était déjà battus, mais ce jour-là ce n'était pas pareil. Pour la première fois de ma vie, je me battais pour défendre quelqu'un d'autre que moi. Il venait d'insulter ma *sœur*.

A nouveau, Conor s'arrêta.

— Voulez-vous un verre d'eau, monsieur O'Briain ? demanda l'inspecteur en poussant la carafe et un verre vers Conor.

— Non, merci, répondit Conor en fixant un point au-dessus de la tête de l'inspecteur. Nous sommes sortis tous les deux, mon père et moi — je ne me rappelle pas ce qui a été dit et qui a dit quoi. Je sais seulement que ce combat devait régler les choses une bonne fois pour toutes.

L'avocat tendit la main vers Conor.

— Ça va aller, John, fit Conor. Je m'en fiche, maintenant. Nous avons retiré nos vestes, et brusquement mon père n'était plus mon père. Il n'était plus qu'un adversaire. Alors, nous avons commencé à nous battre. Il me frappait de toutes ses forces — c'était un pêcheur et il était très fort —, et je lui rendais ses coups. Les gens, des voisins et des enfants, se sont approchés pour nous regarder. Je me souviens d'avoir ressenti quelque chose de chaud couler sur mes yeux et, quand je me suis rendu compte que c'était mon propre sang, cela m'a fait un choc. Je n'y voyais plus très bien, mais je continuais de frapper et de frapper. Lui aussi frappait, et tout à coup il n'était plus là. Il était par terre. C'est tout.

Une pendule électrique était accrochée au mur et, dans le silence, on entendait le tic-tac de ses aiguilles.

— Je vois, déclara enfin l'inspecteur Silke. Une question, monsieur O'Briain. Vous rappelez-vous lequel d'entre vous deux a frappé le premier?

— Non, répondit Conor.

— Je vois, je vois, répéta l'inspecteur, et il nota quelque chose.

Un silence pesant s'installa de nouveau dans la pièce. Puis l'inspecteur se leva.

— Nous vous contacterons, monsieur O'Briain.

Conor, épuisé, fut abasourdi.

— Est-ce que vous... commença-t-il, mais il ne put se rappeler la fin de sa question.

Son avocat se leva à son tour.

— Mon client a connu des heures très éprouvantes au cours des dernières années, inspecteur. C'est pourquoi nous apprécierions beaucoup si vous pouviez nous donner quelque indication sur vos impressions quant à la suite que va connaître notre appel.

L'inspecteur leva la main.

— Je suis désolé, mais c'est à mes supérieurs de décider.

Et sur ces paroles, il remit soigneusement sa chaise en place avant de faire le tour de la table. Conor se leva automatiquement en voyant qu'il s'approchait de lui. Il était presque aussi grand que lui.

— Je vous demanderai de ne pas quitter la région tant que vous n'aurez pas de nos nouvelles. Avez-vous votre passeport sur vous?

— C'est moi qui l'ai, déclara l'avocat.

Il ouvrit son attaché-case et fouilla à l'intérieur. L'inspecteur Silke en profita pour tendre la main à Conor.

— Au revoir, monsieur O'Briain.

Alors que Conor lui serrait la main, il jeta un bref regard vers les deux officiers qui rangeaient leurs dossiers de l'autre côté de la table, puis se retourna vers Conor et lui fit un clin d'œil.

Christian transpirait et tremblait dans son lit. Le sédatif qu'on lui avait donné ne faisait plus effet et il sentait des vagues de panique balayer son corps tout entier, le vidant complètement et le laissant tour à tour tendu et sans énergie. Il avait envie de crier mais un reste de bon sens lui rappelait que crier ne servirait à rien. Ce dont il avait besoin, ce que chaque pore de sa peau réclamait, c'était un verre. De n'importe quoi. Lui qui s'était toujours vanté, quand il traînait dans les rues, de ne pas être de ceux qui se soûlent à l'alcool à brûler, aurait pu avaler à présent n'importe quoi. De l'alcool à brûler, de la vinasse, de la bière. N'importe quoi.

Il fallait qu'il sorte d'ici. Au plus vite. Il avait vraiment voulu jouer le jeu, mais il se rendait compte qu'il en était incapable. Aucun homme ne pouvait survivre à pareille épreuve. Il chercha des yeux ses vêtements. Ils n'étaient nulle part. Pour tout habit, il portait un vieux pyjama d'hôpital, effiloché et tout élimé.

Il se leva de son lit, mais il tremblait tellement qu'il ne put se tenir debout et dut ramper jusqu'à la porte. Elle était fermée. Il tenta de l'ouvrir, tira sur la poignée, la tourna de toutes ses forces. Saisi d'un accès de claustrophobie, le corps ruisselant de sueur, il céda à une terreur panique et se mit à hurler.

— Au secours! Au secours! Au secours!

Il ne reconnaissait pas sa voix, lointaine et amplifiée, comme si elle lui revenait depuis les sommets d'une haute montagne.

— Au secours!

Alors, la chambre se mit à bouger. Les murs battaient, se soulevaient, se tordaient, grouillant de vers. Terrifié, Christian rampa jusqu'à un coin de la pièce, se recroquevilla sur lui-même pour échapper aux vers, serra ses jambes contre lui tandis que les murs poursuivaient leur grotesque danse.

La porte s'ouvrit brusquement et deux hommes entrèrent. L'un d'entre eux avait une seringue à la main. Ils se jetèrent sur Christian : ce n'était plus des hommes, mais deux terribles monstres. Il les repoussa, se débattit, puisant dans sa terreur panique la force de leur échapper. Les deux hommes le poursuivirent le long du couloir. Christian ne reconnaissait pas le couloir. Il ne reconnaissait plus rien. Il poussa une porte et se retrouva dans une pièce qui ressemblait à une lingerie. De la vapeur montait de partout. D'énormes machines comme des roues géantes avalaient de longs draps blancs tels des linceuls et les recrachaient aussitôt.

Christian s'arrêta pour jeter un coup d'œil derrière lui. Les deux monstres arrivaient en courant. Apercevant une porte au fond, il se précipita vers elle, avec l'impression que ses pieds ne touchaient plus terre tellement ils étaient légers. La porte céda sur son passage quand il s'écrasa contre elle. Il était à présent dans la chaufferie. Des kilomètres de tuyauterie couraient au plafond et le long des murs. Un panneau sur une énorme porte verte indiquait la sortie. Christian s'en approcha, poussa la barre argentée et se retrouva enfin à l'air libre, sur un parking. Il disparut derrière une voiture, puis derrière une autre, et derrière une autre encore. Il ne s'arrêta pas pour voir si les monstres le suivaient toujours. Arrivé derrière un camion garé à l'extrémité du parking, il s'effondra, plié en deux. Son cœur battait à tout rompre et il avait envie de vomir. Jamais il ne s'était senti aussi mal de sa vie. Il regarda ses pieds. L'un d'eux saignait.

Pourtant, il lui fallait s'échapper d'ici au plus vite.

Il savait qu'il n'irait pas loin dans sa tenue. Jetant un coup d'œil autour de lui, il vit, à quelques mètres, un talus. Le parking longeait une voie ferrée. C'était sa seule chance.

Il avait rencontré dans ses errances des hommes, des vagabonds qui lui avaient raconté d'épiques histoires de voyages dans des wagons de marchandises. C'était sûrement là un moyen de s'en sortir. S'il parvenait à se cacher dans un wagon, il pourrait s'y reposer, puis trouver de l'aide, un autre vagabond, un compagnon de route qui lui prêterait des vêtements et qui partagerait peut-être avec lui sa bouteille.

Christian se releva et parcourut le parking du regard. Personne. S'agrippant aux touffes d'herbe et aux pierres, il grimpa en haut du talus. Les rails étaient juste en contrebas et il se laissa glisser jusqu'à eux.

Son corps tremblait comme une feuille mais il avait l'esprit clair. Là était son salut. Les wagons de marchandises. Les chemineaux.

Plein d'un allant soudain, il se fit violence pour ne plus claquer des dents comme il entendait un train arriver. Mais il roulait trop vite. Ce n'était pas un train de marchandises. Il n'y avait pas de wagons de marchandises. Il fallait qu'il se dépêche de remonter sur le talus en attendant le prochain train.

Il commença à se hisser en haut du talus mais son pyjama glissa et roula le long de ses jambes. Bras et jambes écartés contre la paroi, il donna des coups saccadés pour se débarrasser de son vêtement mais le train était déjà sur lui. Il aurait eu suffisamment de place pour l'éviter si, effrayé par le grondement des roues sur les rails et la brusque rafale de vent, il n'avait bougé. Alors qu'il essayait de se plaquer le plus possible contre la paroi, ses pieds, emmêlés dans le pyjama, glissèrent, et il tomba. Il tenta désespérément de se relever mais l'une de ses jambes fut emportée par les roues du train. Sous le choc, son corps se mit de travers et son autre jambe et ses deux bras furent arrachés. Le train traîna Christian pendant plusieurs mètres avant qu'il mourût.

Il fallut un moment à la police pour identifier Christian et il était presque minuit, le lendemain, quand sa famille vint chercher son corps. Molly était assise aux côtés de sa grand-mère dans la Lincoln tandis que Malcolm était à l'avant, avec le chauffeur. Ils avaient roulé vers le sud, longé des champs à perte de vue, croisé des fermes et passé l'embranchement pour The Dunes avant d'apercevoir, en face d'eux, les lueurs rouges du ciel de Gary.

14

Molly resta quelques jours à Evanston après l'enterrement, puis, promettant à ses grands-parents de revenir très vite, elle prit l'avion pour Galway. Comme elle avait quelques heures devant elle avant de reprendre un avion qui la conduirait à Inisheer, elle héla un taxi et se rendit dans le centre ville. Les émotions de la semaine passée avaient exacerbé sa sensibilité. Elle dormait mal et la fatigue, combinée à l'excitation, était si intense qu'elle devait parfois s'arrêter de marcher pour reprendre son souffle. Elle se promena dans les rues de Galway, grouillantes de monde, de ménagères qui faisaient leurs courses, de touristes et de groupes d'écoliers. Mais c'est à peine si elle les voyait. Conor brillait au fond de ses yeux.

Sans s'en rendre compte, elle était arrivée devant l'église Saint-Nicholas. La gorge serrée, elle se souvint de Sorcha lui racontant gravement que Christophe Colomb s'était arrêté dans cette même église pour prier avant de partir découvrir l'Amérique, ajoutant avec bienveillance que ce pauvre Christophe Colomb était arrivé trop tard : saint Brendan le Navigateur l'avait découverte des siècles avant lui.

Elle entra dans l'église et alluma un cierge en souvenir de sa mère, qui n'était, finalement, pas sa mère. Il régnait là une douce fraîcheur qu'elle accueillit avec bien-être. Le sacristain se déplaçait en silence autour du sanctuaire, accomplissant délicatement les gestes rituels et s'agenouillant chaque fois qu'il passait devant le tabernacle. Molly resta longtemps les yeux posés sur la flamme jaune du cierge et se rappela ce que Sorcha avait voulu lui dire quand, sur son lit de mort, elle lui avait demandé pardon. Maintenant, elle comprenait.

Elle s'assit sur le banc et regarda le cierge brûler jusqu'à ce qu'un courant d'air fasse vaciller la flamme. Alors, elle sentit que Sorcha était tout près d'elle.

— Oh, maman, murmura-t-elle. Je t'aimais.

Les funérailles de Christian avaient été discrètes et très tristes, et avaient permis à Molly de se rapprocher de ses grands-parents. Cependant, malgré tous ses efforts, elle n'était pas parvenue à pleurer Christian comme elle l'aurait voulu. Elle était plus triste pour le gâchis qu'avait été sa vie que pour sa mort elle-même.

Durant les jours qui avaient suivi l'enterrement, ils avaient parlé et parlé, Malcolm, Cordelia et elle. Molly leur avait posé des milliers de questions sur ses vrais parents et sur ses autres grands-parents, les parents de Maggie qui, bizarrement, ne s'étaient jamais manifestés après la mort de leur fille. Molly avait ainsi découvert que son vrai père, Cal, ressemblait énormément à Christian — jusqu'à l'épi dans sa chevelure au sommet de son crâne.

Elle avait essayé de les imaginer, de se représenter leur vie à Evanston. Elle avait essayé de se sentir dans la peau de la fille de Maggie.

Elle avait regardé sa photo pendant des heures, essayant de se vider l'esprit de tout ce qui n'était pas cette photo dans l'espoir de faire ressurgir un détail de sa brève vie avec Cal et Maggie dans cette maison. A une ou deux reprises, elle avait eu l'impression de se rappeler quelque chose, une expression, une odeur, un rayon de soleil dans la salle à manger. Réellement, elle reconnaissait que c'était probablement le fruit de son imagination. Sorcha serait toujours sa mère.

Elle resta assise sur le banc de l'église jusqu'à ce que le cierge qu'elle avait allumé ait complètement fondu. Alors, elle ressortit et alla acheter un cadeau pour Conor et pour Brendan. Elle aurait dû leur rapporter à chacun quelque chose des États-Unis. Cela aurait été plus exotique. Lorsqu'elle pensait à eux deux ensemble, ils étaient toujours ses frères.

Elle fouilla dans les rayonnages de vêtements pour homme du grand magasin et se décida finalement pour une veste en tweed pour Brendan. Elle ne l'avait pas vu depuis si longtemps qu'elle hésita sur la taille mais le vendeur lui assura qu'elle pourrait la changer si cela n'allait pas.

Comme elle ne trouvait rien pour Conor qui lui plût, elle sortit et alla chez le bijoutier, au bout de la rue. La vitrine n'exposait rien de bien intéressant. Molly entra tout de même et s'aperçut qu'elle était la seule cliente. Elle expliqua à la vendeuse qu'elle cherchait quelque chose de spécial à offrir à un homme, pour une occasion très spéciale.

La jeune femme réfléchit un instant et lui apporta un plateau sur lequel reposaient des gourmettes en or.

— Vous pourriez la faire graver, suggéra-t-elle.

Mais Molly n'était pas convaincue. Jamais Conor ne porterait l'un de ces vulgaires bracelets au poignet.

Elle parcourut du regard les vitrines à l'intérieur de la boutique et aperçut dans l'une d'elles, tout au fond, à moitié caché par une tirelire argentée en forme d'ours, un plateau qui exposait de très belles bagues ornées de pierres précieuses.

— Est-ce que je pourrais voir ces bagues ?

La vendeuse ouvrit la vitrine et sortit le plateau.

Molly en choisit une qui lui sembla correspondre exactement à ce qu'elle cherchait. C'était une chevalière en argent massif sur laquelle était montée une pierre de lune ovale. Molly la prit dans sa main. Elle était lourde, lisse et chaude. La pierre de lune était pâle, d'une pâleur sans couleur, mais alors qu'elle approchait la bague de la lumière, elle se mit à briller d'un éclat rose, gris et bleu. C'était un très beau bijou.

— Savez-vous qui l'a faite ? demanda-t-elle à la vendeuse.

La jeune fille secoua la tête.

— C'est une bague d'occasion, vous savez. Nous rachetons parfois des bijoux. Connaissez-vous la taille du monsieur ?

— Non, mais cela n'a aucune importance, répondit Molly. Pourriez-vous faire graver quelque chose à l'intérieur ?

La vendeuse hésita.

— Attendez, je vais me renseigner.

Elle alla derrière un rideau et revint quelques minutes après.

— Oui, il n'y a pas de problèmes.

— Vous avez une feuille ?

La jeune fille déchira une feuille d'un calepin et la tendit à Molly avec un stylo. Molly réfléchit un instant et écrivit : « Pour toujours. »

Elle hésita, leva la pointe du stylo, réfléchit à nouveau puis ajouta en vitesse la lettre *M*. Elle rendit la feuille de papier à la vendeuse, mais à peine la lui avait-elle donnée qu'elle la réclama.

— Excusez-moi, dit-elle en rayant le *M*.

Elle paya avec sa carte de crédit puis, une fois hors de la boutique, se rendit à Eyre Square où elle prit un taxi. Le voyage jusqu'à Oranmore ne fut guère mouvementé et un avion l'attendait quand elle arriva au terrain d'aviation. Molly n'avait pu arriver à temps pour le vol du début de l'après-midi, et elle avait dû téléphoner pour que l'on affrète spécialement cet avion pour elle.

Comme elle était l'unique passagère, les procédures d'embarquement prirent peu de temps. Molly s'installa à côté du pilote, dans la cabine, et ils bavardèrent gaiement durant le vol. En moins de quinze minutes, ils étaient au-dessus d'Inisheer.

Sur la piste, en dessous d'elle, elle aperçut plusieurs silhouettes. Elle s'était imaginée arriver sans tambour ni trompette et entrer doucement dans la cuisine, le prenant par surprise. Trop tard, elle se rendit compte que le pilote avait annoncé par radio l'arrivée de leur avion. La nouvelle avait dû se répandre comme une traînée de poudre parmi les habitants de l'île pour qui tout ce qui sortait de l'ordinaire était perçu comme une agréable rupture d'avec le train-train quotidien. Des enfants couraient le long de la lande en direction de la piste. Conor n'était pas là. Tant mieux. N'était-ce pas les Français qui disaient que l'anticipation est le meilleur de l'amour?

L'avion se posa puis roula à terre sur quelques mètres avant de s'arrêter. Molly remercia le pilote et sortit dans la lumière aveuglante du coucher de soleil. Elle s'était trompée au sujet de Conor. Il traversait la piste et s'avançait dans sa direction. S'il avait noté quoi que ce soit d'anormal dans son attitude, il n'en dit rien.

— Bonjour, petite sœur, dit-il en prenant son sac.

Ils s'éloignèrent de la piste d'atterrissage et commencèrent à marcher à travers la lande. Conor salua plusieurs hommes qui levèrent leurs casquettes en reconnaissant Molly tandis que les enfants, massés à l'entrée du terrain d'aviation, la suivaient des yeux.

Molly n'avait pas reparlé à Conor depuis son coup de fil abracadabrant, au milieu de la nuit, alors qu'il se trouvait encore à l'hôtel à Dublin, et le compte rendu de son entrevue avec l'inspecteur les occupa pendant la majeure partie du chemin jusqu'à la ferme. On ne l'avait pas recontacté depuis, lui raconta-t-il, mais demain il allait sur le continent pour voir où en était l'enquête.

Molly l'écoutait d'une oreille distraite. Pour la première fois de sa vie, elle s'autorisait à admirer son corps parfait, ses longues jambes, la façon dont ses cheveux bouclaient au-dessus du col de sa veste. Comme il se tournait vers elle pour lui expliquer un point particulier de l'entretien, elle fut presque choquée par l'extraordinaire clarté de ses yeux. Elle se mit à rire. Elle savait qu'elle se comportait comme une gamine, mais elle était si heureuse qu'elle s'en fichait.

— Est-ce que tu m'écoutes, Molly? demanda-t-il, en s'arrêtant.

— Oui, oui, répondit-elle, d'un air sage.

— Que se passe-t-il?

— Rien, rien, Conor.

— Vas-tu me dire enfin quel est ce grand secret?

Molly ouvrit grands les yeux.

— Bien sûr, Conor!

— Eh bien, je t'écoute.

— Pas maintenant, Conor. Pas *ici*!

Il soupira, exaspéré. Ils n'étaient plus très loin de la maison et continuèrent à marcher en silence. Molly était ravie du trouble qu'elle lisait sur le visage de Conor. Mais son cœur se serra quand ils approchèrent de la ferme. De toute évidence, Brendan ne s'en était pas occupé. Les murs avaient besoin d'être blanchis à la chaux; tous les ans, Sorcha repeignait la porte et les deux petits volets de devant, mais la peinture était à présent tout écaillée.

— Oh, Conor! s'écria-t-elle. Si Sorcha voyait dans quel état est sa maison.

— Je sais, répondit Conor. C'était pire à l'intérieur quand je suis arrivé, mais j'ai obligé Brendan à m'aider à nettoyer. Attention, Molly. Même en si peu de temps, il a énormément changé.

Brendan avait effectivement énormément changé depuis la dernière fois où Molly l'avait vu. Il avait toujours été maigre, mais à présent il était squelettique, voûté, et avait l'air en mauvaise santé. Il était assis près de la cheminée et fumait une cigarette quand ils entrèrent. Il se leva aussitôt pour les accueillir et fut pris d'une violente quinte de toux qui le courba davantage.

— As-tu vu un docteur, Brendan? demanda Molly, alarmée par cette toux rauque qui l'empêchait presque de respirer.

— Non, certainement pas, ahana-t-il. Ces docteurs, c'est que des charognards. Ils te prennent ton argent et ils te donnent un sirop, et ensuite, débrouille-toi avec. Mais dis-moi, comment ça va, Molly? s'enquit-il en s'efforçant de sourire.

Molly s'aperçut que ses dents de devant étaient toutes noires.

— Ça fait plaisir de te voir, continua-t-il. Tu as l'air en pleine forme. On dirait que la vie à Londres te convient. Je suis désolé pour le bébé. Ça a dû être très dur. Désolé, je suis vraiment désolé.

C'était un discours qu'il avait de toute évidence répété. Molly en aurait pleuré.

— Je vais très bien, Brendan, dit-elle. Je t'ai apporté quelque chose. Passe-la toute suite.

Elle sortit la veste en tweed de son sac, qu'elle avait enveloppée dans du papier cadeau.

— J'espère qu'elle t'ira.

Consternée, elle s'aperçut qu'elle parlait fort, et d'une voix enjouée qu'elle ne reconnut pas, comme si elle s'adressait à un malade mental dans un asile.

— Tu es trop bonne, dit-il, et moi qui n'ai rien à te donner.

Il ouvrit le cadeau et déploya la veste.

— C'est trop beau. Bien trop beau pour moi.

— Mais non, Brendan.

A nouveau, Molly eut envie de pleurer. Qu'était devenu le gamin fourbe et pleurnicheur de son enfance? Elle l'aurait presque préféré ainsi au lieu de cette créature pathétique et ravagée.

— Essaie-la, Brendan, dit Conor qui n'était pas intervenu jusque-là.

— Tu l'as rapportée exprès d'Amérique pour moi,

Brendan ôta la veste de costume qu'il portait et qui avait dû être autrefois marron et la jeta par terre. Le tissu était si vieux qu'il avait viré au gris.

— Conor m'a dit que tu arrivais droit d'Amérique.

— Oui, je l'ai achetée là-bas, mentit Molly. A Chicago même.

— C'est une grande ville, paraît-il. Chicago. La ville des gangsters, hein? Et ils teignent le fleuve en vert le jour de la Saint-Patrick.

Il enfila la veste. Elle était bien trop grande pour lui et lui donnait une allure encore plus chétive. Il fit quelques pas autour de la pièce.

— Molly, elle est magnifique. C'est la plus belle veste que

j'aie jamais eue. Et tu l'as rapportée exprès de Chicago pour moi ?

Il faisait de tels efforts pour essayer de se montrer aimable que c'en était grotesque. Molly se rendit compte avec tristesse que, depuis la mort de Sorcha, le pauvre homme n'avait pas dû prononcer une phrase entière.

— Je crois qu'elle est un peu grande pour toi, Brendan. Si tu veux, je peux la changer.

— Mais non, mais non ! Pourquoi la changer ? Cette veste me va très bien. Je mourrai avec. C'est une très belle veste.

Il frappa dans ses mains.

— Tu prendras bien une tasse de thé, ou quelque chose de plus fort, peut-être ?

Il se tourna, marcha sur sa vieille veste et sur le papier de soie qui traînaient par terre et se dirigea vers le buffet pour prendre des tasses.

— Brendan, on va d'abord aller faire un tour, Molly et moi. Molly a très envie de revoir l'île avant que la nuit tombe. Pourquoi n'irais-tu pas au pub ? On pourrait t'y rejoindre plus tard ?

— Très bien, très bien, fit Brendan. On se retrouve là-bas. On a beaucoup de choses à se raconter, pas vrai ?

Il leva la main en signe de salut et sortit. Les larmes aux yeux, Molly vit trop tard que l'étiquette de la veste pendait dans son dos. Elle n'eut pas le courage de courir après lui.

Conor haussa les épaules.

— Ne t'en fais pas, Molly. Ça va aller. Il m'a fallu un jour ou deux pour m'y habituer. N'oublie pas la vie que l'on mène, maintenant. Si on habitait toujours ici, ça ne nous choquerait pas.

— Mais Conor...

— Je t'ai dit de ne pas t'en faire. Tu n'es pas responsable de Brendan. D'ailleurs, je pense qu'il est très heureux comme ça.

Il ramassa le papier de soie et en fit une boule qu'il jeta sur les cendres de la cheminée. Puis, il accrocha la vieille veste de Brendan sur le dossier d'une chaise.

— Que dirais-tu de cette promenade, alors ? A moins que tu ne sois trop fatiguée...

Molly retira le foulard qu'elle avait noué autour de sa tête et secoua ses cheveux.

— Eh bien, en fait, j'irais bien me promener.

Ils sortirent sans un mot. Molly ne parvenait pas à effacer de son esprit la déchéance de Brendan, et Conor respecta son silence, marchant parfois devant elle, parfois à ses côtés.

Ils grimpèrent en haut de la colline, derrière la poste. Le coucher de soleil était magnifique et ils étaient seuls. Les enfants faisaient leurs devoirs ou étaient déjà au lit et les hommes qui n'étaient pas au pub ou massés devant la télévision dans la salle des fêtes, marchaient le long de la jetée. Le calme qui régnait et le doux clapotis de la mer apaisèrent Molly. Peu à peu, elle retrouva son espièglerie et sa joie, que l'excitation d'être tout près de Conor ne faisait qu'aiguiser.

Sans s'en rendre compte, ils étaient arrivés à l'endroit qu'ils connaissaient si bien, le petit creux tapissé d'herbe en haut de la falaise. Molly sourit quand elle le reconnut.

— Asseyons-nous un moment, Conor, c'est si beau ici, dit-elle.

Il avait sans doute remarqué quelque chose dans son attitude, dans le ton de sa voix, car il la regarda bizarrement, mais il s'allongea docilement sur le ventre, le visage tourné vers l'ouest. Il était neuf heures et demie et le soleil commençait à disparaître à l'horizon. Molly s'assit à son tour, mais elle croisa chastement les jambes, évitant soigneusement de se mettre trop près de lui. A présent que le moment était venu de lui dire la vérité, elle se sentait soudain nerveuse.

Ils s'abandonnèrent à la douce sérénité du crépuscule. Conor roula sur l'herbe, à la recherche d'un endroit plus confortable sur la terre inégale. A moins qu'il ne voulût s'écarter d'elle ? Il paraissait nerveux, lui aussi.

Ils regardèrent le soleil s'enfoncer lentement dans la mer plate, laissant derrière lui de longues traînées dorées et pourpres dans le ciel. Plus il s'enfonçait, plus le silence entre eux s'étirait jusqu'à ce qu'il devînt aussi tendu qu'une corde de violon. Une légère brise se leva et caressa l'herbe autour d'eux, mais la terre était chaude et ils n'avaient pas froid.

Molly risqua un coup d'œil vers Conor. Il semblait perdu dans la contemplation du paysage. Il tenait sa tête d'une main, et de l'autre cueillait des brins d'herbe, des touffes de lichen et de mousse qu'il plaçait consciencieusement devant lui comme s'il suivait un ordre bien précis. Au bout d'un moment, elle vit qu'il construisait une petite pyramide. Elle se rappela le monticule de terre qu'il avait déposé sur la tombe du bébé, mais son bonheur était si fort que même ce souvenir ne parvint pas à le ternir.

Conor portait un pantalon en velours côtelé vert bouteille et un pull-over de laine assorti, un ensemble qu'elle lui avait offert à Noël. Le pantalon était légèrement usé aux genoux et son pull-over remontait dans son dos, dévoilant un carré de sa peau, au-dessus de sa taille. Oh, comme elle brûlait de la toucher!

Elle continua de le regarder jouer avec l'herbe, tout en imaginant avec délice ce qu'elle ressentirait s'il posait les mains sur ses seins...

Tout à coup, il se retourna sur le dos et Molly sursauta légèrement. Il la regarda dans les yeux, plaçant ses deux mains derrière sa nuque en guise d'oreiller. Tous les bruits alentour leur parvenaient distinctement, le roulement de la mer en dessous, le cri d'un oiseau marin qu'elle n'arrivait pas à identifier.

— Vas-tu me dire enfin à quel jeu tu joues? demanda-t-il doucement.

Son regard était si direct et si tendre à la fois que le corps de Molly y répondit par une vague de désir. Mais elle détourna la tête et s'allongea dans l'herbe.

— Je pensais que cela aurait été facile à dire, commença-t-elle en contemplant le ciel qui se vidait peu à peu de ses couleurs, mais maintenant que nous y sommes, je ne sais pas par où commencer.

— Commence par le début.

— C'est bien le problème. C'est ce qu'il y a de plus compliqué. Essayons avec ceci. C'est un présent pour toi, Conor.

Elle fouilla dans la poche de son jean tandis qu'il la considérait avec curiosité, puis elle lui tendit le petit écrin dans lequel se trouvait la bague.

— C'est une bague, murmura Conor quand il eut ouvert la boîte.

— Oui. J'espère qu'elle t'ira.

Au même moment, Molly se rendit compte que c'était exactement ce qu'elle avait dit à Brendan. Elle inspira profondément.

— Conor, avant que tu la regardes ou que tu regardes ce que j'y ai fait graver, je voudrais que tu m'écoutes. Et que tu m'écoutes jusqu'à la fin. En fait, je vais commencer par la fin, si ça ne t'ennuie pas.

Mais Conor regardait déjà à l'intérieur de la bague. « Pour toujours. »

Il fit un mouvement vers elle.

— Molly...

Elle tendit la main.

— Chut... Laisse-moi parler d'abord, s'il te plaît.

Elle détourna les yeux et regarda la mer.

— La fin est que je t'aime, Conor. Je t'aime de tout mon cœur. Je t'ai toujours aimé de tout mon cœur, et cela depuis que j'ai deux ans, je crois. Et je me suis sentie coupable de t'aimer pendant toute ma vie, parce que je croyais que c'était contre nature. Bien sûr, c'était contre nature pour une sœur d'aimer son frère de cet amour-là. Car c'est ainsi que je t'aimais, Conor, physiquement, émotionnellement, sexuellement. Je ne m'en rendais pas toujours compte, mais c'était là, et ça a toujours été là. Je te voulais dans mon lit, dans mon corps, dans ma tête, dans mon cœur. Et je te veux toujours...

Un nuage de brume planait au-dessus de la mer. Comme elle aurait aimé que Conor dise quelque chose, fasse quelque chose, n'importe quoi...

Elle jeta un bref coup d'œil vers lui. Il la regardait et son regard semblait s'être assombri. Ne parvenant pas à deviner son expression, elle continua :

— Voilà la fin de mon histoire, Conor. Le début est plus compliqué et tu vas probablement avoir plus de mal à le croire qu'à croire la fin parce que, après tout, je ne suis pas la première sœur à aimer son frère d'amour. Le début de mon histoire, Conor, c'est que je ne suis pas ta sœur.

Elle entendit un mouvement derrière elle et elle se redressa aussitôt, le devançant de quelques secondes à peine. Aussi rapide qu'un félin, elle bondit sur lui et le repoussa de tout son poids, appuyant de ses mains sur ses épaules afin de le maintenir à terre.

— Ne dis rien. Je n'ai pas encore fini. Écoute-moi, Conor, écoute.

Sous ses mains, les muscles de ses bras paraissaient aussi durs que de l'acier à travers la laine fine de son pull-over. Il aurait pu se débarrasser d'elle comme d'un rien, elle le savait bien. Elle glissa les mains le long de ses bras jusqu'à prendre les siennes. Elles étaient si chaudes qu'elle en fut troublée.

— Je ne suis pas ta sœur. Je suis la sœur de Christian.

Il tenta de se redresser mais elle resserra son étreinte, usant de toute sa force et de toute sa volonté pour l'empêcher de bouger et l'obliger à l'écouter jusqu'au bout.

— Ce n'est pas ce que je veux que tu saches. Je veux que tu saches que je ne suis pas *ta* sœur.

Il resta immobile sous elle.

— Je t'ai raconté que la famille de Christian avait péri dans un accident d'avion. J'étais dans cet avion, et par un miracle incroyable j'ai échoué ici, dans un petit canot de sauvetage. Micheal et Sorcha m'ont trouvée et m'ont élevée comme leur propre fille. Mais je n'étais pas leur fille. On m'en a apporté la preuve il y a une semaine. Je suppose que la seule preuve véritable est l'analyse du sang, mais j'ai sur moi une photo de ma vraie mère, de la mère de Christian, et tu verras la ressemblance. Je t'expliquerai plus tard comment j'ai découvert tout cela, mais pour l'instant ce n'est pas important. Ce qui est important, c'est que personne n'est à blâmer dans cette histoire, ni maman, ni papa, ni Christian, ni toi ou moi.

Elle relâcha légèrement son étreinte.

— Je suis désolée de t'annoncer tout cela aussi précipitamment. Ce n'était pas mon intention. Je voulais te faire marcher, te faire languir. Oh, j'avais imaginé comment j'allais te choquer, Conor. Je pensais me déshabiller devant toi, te séduire et t'entraîner dans le péché, et quand nous aurions tous les deux fauté, alors seulement je t'aurais dit la vérité.

Il regarda au-delà d'elle, au-delà de la falaise, et elle pensa qu'il était scandalisé et qu'il allait se relever et s'éloigner. Tout à coup, elle eut terriblement honte.

Elle s'était trompée… Elle s'était ridiculisée à ses yeux. Elle se redressa et s'assit. Un bateau de pêche était sorti. La mer était bleu marine et le bateau avait allumé ses lumières.

Elle entendit Conor s'asseoir derrière elle, mais elle ne bougea pas. Puis il glissa ses deux mains autour de sa taille et l'attira contre lui. En un prompt mouvement, il la fit se retourner et plaqua ses lèvres contre les siennes. Elle lui répondit avec toute l'ardeur de son corps, sentant la chaleur de sa langue dans sa bouche.

Il la força à s'allonger et, quand elle céda et fut sous lui, il s'allongea à son tour, pesant de tout son poids sur elle. Alors elle se pressa contre lui, vibrante du désir qu'elle avait refoulé pendant toutes ces années, et l'embrassa longuement. Son corps l'enveloppait complètement et parce qu'il avait ses deux mains sous elle, on aurait dit qu'il la soulevait en lui, comme s'il cherchait à se fondre en elle.

Molly ne parvenait pas à croire à la force de son désir. Jamais, auparavant, elle n'avait éprouvé pareil sentiment. Elle se tendit, se cabra sous lui, attrapant ses cheveux à pleines mains et enroulant ses jambes autour de lui. Mais il s'écarta et plongea ses yeux dans les siens.

— Pas ici, dit-il.

Elle était dans un tel état que ces paroles lui firent l'effet d'une douche froide.

— Où ? murmura-t-elle.

Il se redressa puis l'aida à se relever. Ils se tinrent un instant l'un en face de l'autre, n'osant plus se toucher.

— Je veux te faire l'amour dans notre lit, Molly, dit-il.

— Ce n'est pas notre lit.

— Pas encore...

Ils descendirent la colline et regagnèrent le chemin qui menait à la ferme. Tandis qu'ils avançaient à travers la lande, l'excitation continuait de monter entre eux.

La maison était plongée dans l'obscurité, mais Conor n'alluma pas la lumière. Il prit la vieille lampe à pétrole qui servait lors des fréquentes coupures de courant et trouva les allumettes là où elles étaient toujours rangées, sur la tablette de la cheminée. Il souleva la mèche et l'alluma, maintint le verre de la lampe au-dessus de la flamme quelques instants pour le chauffer puis le reposa sur son support de cuivre crénelé. Molly, qui se tenait contre la porte d'entrée, le regardait faire en tremblant. La douce lumière jaune créa bientôt dans la pièce une intimité qui lui rappela les plus beaux jours de son enfance. Conor porta la lampe dans la chambre, cette même chambre où, des années auparavant, elle l'avait libéré de ses liens avec un couteau de cuisine. C'était, se souvenait-elle alors, la seule fois où elle l'avait vu nu.

A travers la porte de la chambre, elle le vit qui posait avec précaution la lampe sur une table, près de la fenêtre.

Puis il revint dans la cuisine.

— Viens, Molly, dit-il.

Elle ne bougea pas, pas encore.

— Et si Brendan revenait ?

— Brendan ne reviendra pas, répondit-il avec assurance.

Elle s'avança vers lui et, quand elle fut à sa hauteur, il l'arrêta, l'enlaça puis la souleva avant de la porter sur le lit. Les vieux ressorts se mirent à grincer.

Il resta un moment debout devant elle et elle le regarda sans crainte. Tout, dans la chambre, était baignée d'une lueur dorée. Il se pencha et lui ôta ses bottes. Il prit son temps pour la déshabiller, comme s'il accomplissait un acte sacré, dégageant un à un les boutons de son gilet et de son chemisier, qu'il fit ensuite glisser sur ses épaules. Il détacha son soutien-gorge puis abaissa les bretelles le long de ses bras. A chaque fois qu'il découvrait une partie de son corps, il la caressait longuement, comme il aurait caressé un jeune cheval pour le calmer. Il prit ses seins dans ses mains et les embrassa, l'un après l'autre, si délicatement et avec tant de révérence que Molly avait l'impression d'une légère brise qui soufflait sur elle.

Quand elle fut complètement nue, il se mit à la caresser, lentement, longuement, commençant par le cou, puis les épaules; les paumes de ses mains descendant le long de sa poitrine, il effleura ses seins du bout de ses pouces et, quand il arriva à ses hanches, il en traça les rondeurs avec une délicatesse infinie. Molly se tendit brusquement vers lui mais il ne s'arrêta pas, passant à présent à ses cuisses, ses genoux et ses mollets pour terminer par ses pieds. Elle tremblait de tout son corps et chaque centimètre carré de sa peau la brûlait.

— Conor, je t'en prie, murmura-t-elle.

Pour toute réponse, il se releva légèrement afin qu'elle lui enlève son pull-over. Il avait la peau bronzée et lisse. Il ne la quitta pas un seul instant des yeux tandis qu'il se déshabillait. Son corps était exactement comme elle l'avait imaginé, beau, fort et musclé.

Quand il remonta sur le lit pour s'allonger à ses côtés, elle voulut le mettre au supplice et tenta de le repousser.

Mais il était bien trop fort pour elle. Il poussa un profond soupir et l'attira vers lui. Molly céda et se pressa contre lui jusqu'à ce que, enfin, ils se tiennent serrés, l'un contre l'autre, peau contre peau.

Il se tourna légèrement sur le côté et, prenant ses fesses dans ses mains, il la pénétra. Ils tremblaient tous les deux et quand il commença à bouger en elle, ce fut avec une telle intensité que Molly eut l'impression qu'il la pénétrait non pas dans son corps, mais dans son âme. Elle n'avait jamais eu d'orgasme auparavant. Lorsqu'elle arriva au plus haut point de son plaisir, elle hurla et s'agrippa à lui, comme si elle voulait qu'il la protège. Le visage enfoui dans le creux de son épaule, il jouit peu après, la déchirant de tout le désir qu'il avait gardé pour elle durant sa vie d'homme.

La lumière dorée qui venait de la lampe à pétrole baignait leurs corps comme une bénédiction.

Conor se leva sans un mot et revint quelques instants après avec un édredon qu'il avait pris dans un coffre, dans le coin de la chambre. Il se rallongea aux côtés de Molly et recouvrit leurs deux corps avant de la prendre dans ses bras, l'embrassant tendrement. D'abord sur le front, puis sur les yeux, les joues, le nez, le menton et enfin sur la bouche. Elle avait tellement rêvé de ses lèvres sur sa peau, de ses lèvres si douces et si chaudes, et légèrement sucrées... Elle enfouit sa tête sous l'édredon et retrouva d'anciennes odeurs de son enfance, le cuir et la pierre, la tourbe et l'huile de paraffine, qui se mélangeaient à leur odeur à tous deux. Elle tira l'édredon sur leurs deux têtes et l'embrassa dans le creux du cou, juste sous sa pomme d'Adam.

Puis, comme la dernière fois où ils s'étaient couchés ensemble dans ce lit, elle se fit toute petite et se blottit contre lui comme un petit chat.

Achevé d'imprimer en mars 1999
sur les presses de l'Imprimerie Bussière
à Saint-Amand (Cher)

POCKET - 12, avenue d'Italie - 75627 Paris Cedex 13
Tél. : 01-44-16-05-00

— N° d'imp. 588. —
Dépôt légal : novembre 1994.

Imprimé en France